Perry Rhodan NEO

# Mutantendämmerung

mit exklusiver NEO-Story
»Sachiko«

Perry Rhodan NEO

# Mutantendämmerung

mit exklusiver NEO-Story
»Sachiko«

EDEL

**Impressum:**

Ungekürzte Lizenzausgabe Edel Books,
ein Verlag der Edel Germany GmbH, Hamburg

www. perry-rhodan.net
Redaktion: Sabine Kropp
Titelillustration: Dirk Schulz / Horst Gotta
Umschlaggestaltung: STRAUB & LINARDATOS GmbH
Vertrieb: Edel Verlagsgruppe, Hamburg
www.edel.com
Druck und Bindung: optimal media GmbH
Printed in Germany 2017
ISBN: 978-3-86803-625-1

# Inhalt:

Im Jahr 2036 treffen die amerikanischen Astronauten Perry Rhodan, Reginald Bull, Eric Manoli und Clark Flipper auf dem Mond auf die Arkoniden: menschenähnliche Außerirdische, die mit ihrem Kugelraumschiff AETRON notgelandet sind. Der alte, kranke Wissenschaftler Crest fliegt mit Perry Rhodan und dessen Kameraden zur Erde, wo er Heilung findet.

Damit die arkonidische Technik, mit der sie ausgerüstet wurden, nicht zum Werkzeug irdischer Machtinteressen wird, sagen sich Rhodan und die übrigen Astronauten von ihrer amerikanischen Heimat los und landen in der Wüste Gobi. Im Schutz eines Energieschirms errichten arkonidische Roboter hier die Stadt Terrania: das Symbol für Perry Rhodans Traum einer geeinten Menschheit. Unter den Helfern, die sich Rhodan weltweit anschließen, befinden sich auch übersinnlich begabte Menschen, die Mutanten. Allerdings gelingt es einer weiteren amerikanischen Mondmission, die AETRON mit einer Atombombe zu vernichten.

Auf der Venus wird eine uralte Fluchtfestung der Arkoniden entdeckt. Mit einem kleinen Kugelraumschiff dieser Festung brechen Perry Rhodan, Thora und einige andere kurzentschlossen ins Wegasystem auf, als von dort ein Notruf aufgefangen wird. Inmitten der Planeten der Wega geraten sie in den mörderischen Kampf zwischen den echsenhaften Topsidern, die mit ihrer Raumflotte in das System eingefallen sind, und den dort heimischen, weit unterlegenen menschenähnlichen Ferronen. Die Menschen der Erde werden in den Konflikt der beiden Kriegsparteien hineingezogen und tragen am Ende entscheidend zu dessen friedlicher Beilegung bei.

Zur gleichen Zeit entdecken Rhodans Gefolgsleute in den Tiefen des Atlantischen Ozeans das zehntausend Jahre alte, arkonidische Großraumschiff TOSOMA sowie eine ebenfalls verlassene Unterwasserbasis der Arkoniden. In ihr existiert ein Transmitter, eine Art Tor zu anderen Welten. Crest vertraut sich dem Transmitter an, denn er ahnt, dass hier der Weg zum Planeten des ewigen Lebens beginnt. Er hat seine Expedition mit der AETRON nur unternommen, weil er im Archiv des Universalgelehrten Epetran auf Arkon von dem mysteriösen Planeten erfahren hat. Nach einigen Prüfungen gelangt er auf den Planeten Wanderer, die Welt des Überwesens ES. Unterwegs wird er, zehntausend Jahre vor seiner eigenen Zeit, Zeuge des Untergangs von Atlantis, einer von Arkoniden auf der Erde gegründeten Kolonie. Auch Rhodan, der Crest gefolgt ist, erreicht auf Umwegen Wanderer. ES bietet ihm die Unsterblichkeit an, aber dieser lehnt ab und bittet das Überwesen, statt seiner Crest unsterblich zu machen. So erhält der alte Arkonide den Zellaktivator, der ihm das ewige Leben verleiht und seine Krankheit heilt.

Mit der TOSOMA starten Perry Rhodan und seine Freunde von der Erde ins ferne Arkonsystem. Bereits nach wenigen Sprüngen durch den Hyperraum versagt das Überlichttriebwerk und sie stranden bei einer großen Raumstation der menschenähnlichen Mehandor. Kurz darauf materialisiert dort ein arkonidischer Flottenverband. An Bord halten sich keine Arkoniden auf, sondern die Söldner des Imperiums: riesenhafte, dreiäugige Naats. Ihr Kommandant hat den Befehl, Crest und Thora zu verhaften. Die TOSOMA wird zerstört und der Großteil der überlebenden Menschen gerät in die Gefangenschaft der Naats.

Rhodan und einige andere entkommen auf die Eiswelt Gedt-Kemar und finden die Unterstützung des Mehandor Orlgans. Da aber Thora lebensgefährlich verletzt wird, ist Rhodan froh, die Arkonidin Orlgans Verbündetem, dem geheimnisvollen terranischen Mutanten Ernst Ellert, anvertrauen zu können. Ellert, Thora und die Übrigen fliegen mit einem Raumschiff davon. Rhodan bleibt zurück und gelangt zu den gefangenen Menschen in den arkonidischen Schiffen, die auf Befehl Sergh da Teffrons, der *Hand* des Regenten von Arkon, ins Tatlirasystem fliegen müssen. Skrupellos treibt da Teffron die Naats dort in einen mörderischen Kampf mit den Topsidern, der auf beiden Seiten große Opfer fordert.

Perry Rhodan und die übrigen Gefangenen schließen ein Bündnis mit den Naats. Die Situation eskaliert, als Sergh da Teffron selbst mit der riesigen VEAST'ARK, dem modernsten Kampfraumschiff Arkons, am Schauplatz erscheint. Überraschenderweise taucht auch der mysteriöse Arkonide Atlan, der vor Jahrtausenden Kommandant der TOSOMA und der Kolonie Atlantis war, im Tatlirasystem auf und kann unter einem Vorwand die VEAST'ARK betreten. Mit Unterstützung ihrer naatschen Bewacher revoltieren die gefangenen Menschen und erobern die VEAST'ARK. Gedemütigt flieht Sergh da Teffron mit einem Beiboot. Den Zellaktivator, den Atlan da Teffron überlassen hat, muss dessen Gehilfe Stiqs Bahroff anlegen, weil die Hand des Regenten dem Gerät misstraut. Atlan schließt sich Perry Rhodan an.

Erst nach der Rückkehr zur Erde berichtet Crest seinen Freunden erstmals vom Epetran-Archiv auf Arkon, in dem der Beginn der Spur zur Welt des ewigen Lebens und damit auch die Position des Sonnensystems der Menschheit gespeichert sind. Da diese Koordinaten somit auch für da Teffron erreichbar wären, ist Perry Rhodan und seinen Getreuen klar, dass ihrer Heimatwelt die Vernichtung droht, wenn die Datei nicht gelöscht oder das ganze Archiv zerstört wird. Perry Rhodan, die Mehandor Belinkhar, Crest, die Mutanten Ishy Matsu und Iwan Goratschin und der zehntausend Jahre alte Arkonide Atlan, der wie Crest einen Zellaktivator trägt, machen sich daher auf den Weg nach Arkon. Auf der Medowelt Isinglass XIV lassen sie ihre Individualsignatur verändern, um nicht identifiziert werden zu können, und auf dem vergessenen arkonidischen Kolonialplaneten Siron bringen sie eine Jacht der Prinzessin Crysalgira da Quertamagin in ihren Besitz, die vor Jahrtausenden Atlans Geliebte war.

Unterdessen kommt es auf der Erde zur Genesis-Krise: Die Parakräfte der Mutanten potenzieren sich, während die übersinnlich Begabten selbst die Kontrolle über sich verlieren und zur Gefahr für Terrania werden.

Perry Rhodan und seine Gefährten erreichen mit der TIA'IR genannten Jacht das Sonnenleuchtfeuer Hela Ariela, den Sammelpunkt für den gefahrvollen Flug zu dem hoch im Milchstraßenhalo gelegenen Arkonsystem. Dort trifft auch der Tross des Regenten ein, ein Heerwurm aus 178 Raumschiffen. Zusammen mit Sergh da Teffron und Stiqs Bahroff dringt der Regent in die Unterwelt des Planeten Artekh 17 ein, um eine Waffe für den drohenden Krieg mit den Methans zu finden. Perry Rhodan, Belinkhar, Ishy Matsu, Iwan Goratschin und Atlan folgen ihnen. Als der Regent achtlos den Schrein mit dem konservierten Körper Crysalgiras zerstört, verliert Atlan die Beherrschung und erschießt ihn. Da Teffron und Bahroff flüchten. Gleichzeitig taucht aus dem Nichts Ernst Ellert auf.

Inzwischen wird Crest, der in der TIA'IR zurückgeblieben ist, von drei Schatzsuchern aus dem Volk der Unither entführt ...

Oliver Fröhlich

# Artekhs vergessene Kinder

*Aus den Unterweisungen der Geschichtswahrer*

*Im Land unserer Väter lauert der Tod. Er sucht nach uns, will uns ins Verderben und in ewige Dunkelheit reißen. Doch er wird uns nicht finden, denn sie wacht über uns.*
*Anmutiger als aufsteigende Sternschwärmer am Morgen.*
*Duftender als die rosafarbenen Blüten des Muliohnistrauchs.*
*Mutiger als der Felssteiger, der dem Bolany die Eier aus dem Nest stiehlt.*
*Sie stellt sich dem Feind entgegen, lacht ihm ins hässliche Gesicht und treibt ihn in die Flucht.*
*Möge sie ewig leben, auf dass unser Wohl gesichert bleibe.*
*Prinzessin Crysalgira*

# Kapitel 1

## Die Angst im Herzen der Hand
## Crysalgiras Garten im Untergrund der Insel Ghewanal

Sergh da Teffron rannte, dass der bunte Kies unter seinen Füßen nur so wegspritzte. Er achtete nicht auf die Schönheit der Landschaft, die von Moosen und Ranken umschmeichelten Ruinen oder die Komposition der Farben in den Blütenmeeren.

Denn hinter sich wusste er den Regenten. Den mächtigsten Mann des Großen Imperiums. Der mit einer knappen Geste über Leben oder Tod seiner Untertanen entschied. Den Arkoniden, in dessen Glanz sich da Teffron lange Zeit gesonnt hatte.

Früher. Denn dass es mit seinem Posten als Hand des Herrschers vorbei war, stand außer Frage.

Was war nur in ihn gefahren, den Regenten daran zu hindern, Stiqs Bahroff – einen Lakaien! – hinterrücks zu erschießen, ihn körperlich anzugreifen, wegzustoßen und die Waffe aus der Hand zu schlagen?

Sergh da Teffron verfluchte sich dafür. Hätte er wenigstens den Strahler aufgehoben, anstatt in blinder Panik davonzustürmen. Dann hätte er ...

Ja, was? Den Regenten erschießen können?

Er verscheuchte den erschreckenden und doch so süßen Gedanken und sprang über eine Reihe kopfgroßer Steine, die den Wegesrand säumten. Da Teffron hetzte an einem Baum vorbei. Den herb-sauren Geruch der rosafarbenen Blüten nahm er nur unbewusst wahr. Der Stamm bot sich als Deckung an, aber gewährte er auch Sicherheit? Sollte er sich verstecken? Vor dem mächtigsten Mann der Galaxis, dem man nicht entkommen konnte, egal wo man sich verbarg.

Er folgte seinem Instinkt, ignorierte den Baum und rannte weiter.

Die Muskeln im Nacken verspannten sich. Er nahm sich nicht die Zeit, sich umzudrehen, aber in seiner Vorstellung sah er, wie der Regent den Strahler aufhob, auf ihn anlegte und ...

... abdrückte.

Kurz nacheinander fauchte es dreimal auf. Strahlschüsse.

Da Teffron zuckte zusammen, geriet ins Straucheln, stürzte in ein Meer aus Blumen. Blütenstaub wirbelte in einer betörend duftenden Wolke auf.

Sein Herz raste, obgleich er wusste, dass ihn die Energieentladungen nicht getroffen hatten. Der Regent musste vorbeigeschossen haben.

Sergh da Teffron rollte sich ab, blickte zurück – und glaubte kaum, was er sah.

Der Regent hatte gar nicht geschossen! Er lag auf dem Boden, am Eingang der Ruine, in der er vor wenigen Augenblicken Prinzessin Crysalgiras Leichnam zerstrahlt hatte. Leute eilten den Hügel herab, auf den reglosen Leib zu. Offenbar hatten sie sich hinter den Mauern einer etwas abseits gelegenen weiteren Ruine verborgen.

Er war also doch keinem Irrtum aufgesessen, als er vorhin geglaubt hatte, Stimmen zu hören.

Da Teffron sah einen großen, kräftigen Mann, eine zierliche Frau mit merkwürdig geformten Augen, eine Mehandor und eine gewaltige schwarze Raubkatze. Wer waren sie? Roboter wie Chergost, die auf die Prinzessin aufpassen sollten und die Vernichtung ihres Körpers gerächt hatten? Oder gar Bewohner dieses außergewöhnlichen Ortes?

Doch dann fiel sein Blick auf zwei weitere Männer der Gruppe. Ihm stockte der Atem.

Nein! Das war völlig unmöglich. Ausgerechnet sie *konnten* sich nicht in Crysalgiras Garten herumtreiben. Erst recht nicht miteinander. Und doch taten sie es.

Atlan, der ihm den Zellaktivator überreicht hatte, den nun Stiqs Bahroff um den Hals trug.

Und Perry Rhodan!

Der Mensch von einem Planeten mit dem einfallslosen Namen Erde. Der Kerl, den er mehr hasste als alles andere im Universum, der Dieb der VEAST'ARK, seines ehemaligen Flaggschiffs, der Verführer der Naats und Auslöser einer Kette von Ereignissen, die in diesem Debakel mündeten, dem er gerade Herr zu werden versuchte. Wenn man eine kopflose Flucht so bezeichnen mochte ...

In seinem Zorn wäre Sergh da Teffron am liebsten aufgesprungen, zu der Tempelruine zurückgerannt und hätte Rhodan das gegeben, was er verdiente: einen langsamen, schmerzhaften Tod. Ein sinnloser Gedanke. Er war unbewaffnet, allein und deshalb chancenlos.

Während sich Rhodan über den Körper des Regenten beugte, traf da Teffron die Erkenntnis wie ein Blitz. Das Tarkanchar, das der Herrscher über das Große Imperium bei der Prinzessin so verzweifelt gesucht hatte – dieser verfluchte Mensch musste es an sich genommen haben. Gestohlen. Wieder einmal. Und erneut schien es, als käme er mit seinen schäbigen Diebereien durch.

Trotz der Entfernung erkannte da Teffron die Kälte in da Gonozals Blick, als er auf den Regenten hinabschaute. Er trug ein Strahlengewehr. Offenbar war er es gewesen, der den Herrscher niedergestreckt hatte.

Die Bestätigung folgte nur Augenblicke später.

Rhodan sagte etwas, das da Teffron nicht verstand. Aber ein anderer aus der Gruppe, dem er bisher keine Beachtung geschenkt hatte, reagierte umso heftiger und lauter.

»Er ist tot?«, brüllte er da Gonozal an. »Was haben Sie getan, Sie Narr? Er war wichtig für ... für ... Und nun ...«

Für einen Wimpernschlag kam es da Teffron so vor, als flackerten die Konturen des Mannes. Doch der Eindruck erlosch sofort wieder. Vermutlich nur ein Trugbild im Licht der biolumineszierenden Moose.

Erleichterung durchflutete ihn: Er brauchte den Zorn des Regenten nicht länger zu fürchten. Das bedeutete jedoch keineswegs das Ende der Gefahr. Er musste verschwinden, bevor die Gruppe um da Gonozal und Rhodan auf ihn aufmerksam wurde.

Ein Sergh da Teffron vergaß niemals! Eines Tages würde er

Rhodan die Strafe erteilen, die er verdiente. Aber nicht in diesem Augenblick, in dem es nur darauf ankam zu überleben.

Perry Rhodan stemmte sich hoch. Dennoch konnte er den Blick nicht von der Leiche des Regenten lösen.

Chabalh umrundete den toten Körper, schnupperte am Gesicht, an den Brandlöchern in Kleidung und Fleisch, an den Schuhen. Fast so, als traue der Purrer Rhodans Diagnose nicht und wolle sich selbst vom Ableben des Arkonidenherrschers überzeugen. »Geruch nach lebendig geht weg. Mann gestorben.«

»Sie hätten ihn nicht erschießen dürfen«, sagte Ernst Ellert.

*Ein körperlicher Ernst Ellert,* machte sich Rhodan klar, *der eigentlich in einem Keller Terranias in rätselhaftem Winterschlaf liegen sollte, seit sich sein Geist von der fleischlichen Hülle getrennt hat.*

»Sie haben alles verdorben.« Ellert sprach leiser und beherrschter als gerade eben. Oder hatte er resigniert? »Alles.«

»Ich habe keine Ahnung, wovon Sie sprechen«, erwiderte Atlan. Nach kurzem Zögern fügte er hinzu: »Wer auch immer Sie sein mögen.«

»Jemand, der mehr über gewisse Zusammenhänge weiß, als Sie auch nur ahnen. Wer auch immer *Sie* sein mögen.«

Rhodan schaute zu den Streithähnen. »Schluss mit dem Gezanke! Für gegenseitige Vorwürfe und Schuldzuweisungen haben wir später Zeit.«

Er sah sich um – und entdeckte *ihn.* Dort, inmitten eines Blumenfeldes neben einem kräftigen Baum. Er deutete auf den Mann, der ihm einen hasserfüllten Blick zuwarf, sich abwandte und davonrannte.

»Die Hand des Regenten!«, rief Belinkhar. »Bahroff kann nicht weit vor ihm sein. Wir dürfen sie nicht entkommen lassen.«

Atlan hob das Strahlengewehr, doch da Teffron tauchte hinter einer hohen, lang gestreckten Hecke mit weißen kelchartigen Blüten ab. Darüber tanzten Schmetterlinge und Insekten – und davor erstreckte sich eine hüfthohe Mauer, die dem Flüchtigen zusätzlich Schutz bot. Der Arkonide senkte den Lauf der Waffe.

»Chabalh, schnapp ihn dir!«, rief Rhodan.

Die Großkatze rannte sofort los. Die anderen folgten ihr, konnten mit Chabalhs Schnelligkeit aber nicht ansatzweise mithalten.

Rhodan hoffte, dass das trotz des großen Vorsprungs auch für Sergh da Teffron galt.

Mit raumgreifenden Sprüngen jagte der Purrer auf die Hecke zu, um sie herum, verschwand aus ihrem Blickfeld und ...

... jaulte gequält auf.

Rhodan fing einen überraschten und zugleich ängstlichen Blick von Belinkhar auf.

»Chabalh!«, rief Ishy Matsu. Ihre Sorge war diesem einen Wort deutlich anzuhören. So mysteriös die Umstände auch gewesen sein mochten, unter denen der Purrer zu ihnen gestoßen war, sosehr hatten sie ihn alle inzwischen schätzen gelernt.

»Er ist bestimmt in Ordnung«, keuchte Iwan Goratschin, während er lief. »Er kann gut auf sich selbst aufpassen.«

Der Anblick, der sie hinter der Hecke erwartete, widerlegte die Ansicht des Zündermutanten jedoch.

Chabalh lag seitlich in einer roten Lache. Die Zunge hing ihm aus dem Maul, ein gelbliches Sekret rann aus einem Auge und über das tiefschwarze Fell. Insekten umschwirrten ihn, krabbelten ihm über die Ohren, die Nase, den Schwanz.

»Chab-alh, Hil-fe«, röchelte er.

Sergh da Teffron sah, wie Atlan da Gonozal den Strahler hob, dann hetzte er hinter die Hecke. In Deckung. Zumindest für den Moment.

Der Anblick des Arkoniden hatte ihn verwirrt. Warum sollte er ihm erst einen Zellaktivator überreichen und später versuchen, ihn zu erschießen? Wo lag da die Logik?

Aber es war nicht Atlan, der ihm Angst einjagte. Oder ein anderer seiner Verfolger. Vor ihnen hatte er einen komfortablen Vorsprung.

Es war der Purrer, den er fürchtete. Nicht umsonst setzte so manch Angehöriger besserer Kreise diese Katzenwesen als Leibwächter ein. Ehe er das Ufer und das Boot erreichte, würde das Vieh ihn einholen. Und selbst wenn er sich versteckte oder Umwege lief, der Geruchssinn der schwarzen Bestie war sicher herausragend.

Ziemlich ratlos schaute er sich um. Sein Blick fiel auf die Schmetterlinge und Insekten, die über der Hecke tanzten. Genauer gesagt tanzten sie über einer länglichen, etwa handgroßen gelblich grünen Frucht, deren von dunklen Fasern bewachsene Haut geplatzt war und die deshalb einen intensiven süßen Geruch verströmte.

Über den intakten Früchten flatterte kein einziger Falter. Auch die Insekten interessierten sich nur für das überreife Exemplar. Sie wirkten wie im Rausch, nicht mehr als Herr ihrer Sinne.

Sergh da Teffron kam eine Idee. So verrückt und abenteuerlich, dass sie sogar klappen konnte. Er dachte nicht lange darüber nach, denn viel Zeit blieb ihm nicht. Stattdessen machte er sich an die Ernte.

Chabalh läuft. Spürt die Muskeln unter der Haut, fühlt, wie sie arbeiten, sich zusammenziehen, entspannen, zusammenziehen, entspannen. Er genießt die Bewegung, kostet sie aus.

Sonst läuft er nur selten. Das ist schade. Ja, er trottet neben dem Herrn, aber das ist nicht Laufen. Laufen ist schnell, Laufen kostet Kraft. Laufen tut gut. Aber in Raumschiffen kann man nicht gut laufen. Dort gibt es Gänge und Wege, doch er benutzt sie kaum. Er mag die bösen Blicke nicht, die die Leute ihm zuwerfen, wenn sie glauben, dass er sie umrennt. Manche schauen ängstlich. Halten ihn für gefährlich. Vermutlich ist er das auch. Deswegen würde er aber trotzdem nicht über sie herfallen.

Das tut er nur, wenn es einen Grund dafür gibt. Wenn er sich verteidigen muss. Oder wenn er seinen Herrn beschützen muss.

So wie in diesem Augenblick.

Er hetzt auf den Handmann zu, weil er gefährlich für den Herrn ist. Chabalh versteht nicht, wieso man ihn *Hand* nennt. Dabei sieht er aus wie viele andere Zweibeiner und nicht wie eine Hand. Er versteht auch nicht genau, warum er den Handmann verfolgen soll, denn ein naher und lauernder bulanischer Kehlenschlitzer ist gefährlicher als einer, der davonläuft. Wieso soll das bei einem wegrennenden Handmann anders sein?

Der Herr hat den Befehl gegeben, und Chabalh gehorcht. So hat alles seine Ordnung. So ist es gewollt.

Und so genießt er nun die Bewegung, das Spiel seiner Muskeln, die Luft, die ihm durchs Fell streicht.

Er sieht den Handmann nicht. Das ist auch nicht nötig, denn er riecht ihn. An ihm kleben Reste des Regentengeruchs. Nur wenig. Bald werden sie verflogen sein. Dann riecht er wieder ganz nach sich selbst. Nach Bittermostron, saurem Zelchapfel und Schumoskraut. Doch auch etwas anderes mischt sich in sein Aroma.

Der Geruch der Leute auf den Raumschiffen, die Chabalh erschreckt ansehen.

Angst.

Chabalh erreicht die Hecke hinter der Mauer. Ein letzter Blick zum Herrn, der ihm mit seiner Gefolgschaft hinterherläuft. Dann herum um das Gewächs.

Zuerst schenkt er den länglichen Früchten, die in großer Zahl auf dem Boden liegen, kaum Beachtung. Er sieht, dass es viele sind. Mehr als ein Kolaniweibchen Junge wirft. Aber sie sind nicht wichtig.

Wichtig ist nur der Handmann, der hinter einem Hügel verschwindet. Nicht mehr weit entfernt. Bald wird er ihn einholen, sich auf ihn werfen, ihm die Vordertatzen auf die Schultern stellen, die Zähne um seine schutzlose Kehle legen und ihn so dazu bringen, auf den Herrn zu warten, der ihm ...

Da zerplatzt unter seinen Pfoten die erste Frucht.

Der aufsteigende Geruch ist stärker als alles, was er bisher gerochen hat. Er dringt ihm in die Nüstern, legt sich ihm auf die Zunge. Süß, intensiv, widerlich. Sinnesbetäubend.

Chabalh erstarrt. Er will weiterrennen, doch er zögert.

Wohin ist der Handmann gelaufen?

Er kann ihn nicht mehr erschnuppern. Die Süße überdeckt alles.

Ein Schritt nach vorne. Unbeholfen und tapsig.

Halt! Chabalh muss auf seine Füße achten. Aufpassen, nicht mehr der Früchte zu zertreten. Aber es ist so schwer. Der Boden flirrt vor seinen Augen. Der Gestank lässt die Luft erbeben. Dennoch! Er darf nicht ...

Eine weitere Frucht platzt, ergießt ihren roten Saft ins Gras.

Der Geruch wird schier unerträglich. Er hüllt Chabalh ein. Es gibt nichts anderes mehr auf der Welt. Nur ihn und diesen fürchterlichen Süßgestank.

Bald wird es nur noch den Süßgestank geben! Und die Insekten und Schmetterlinge, die ihn mit einem Mal umschwirren.

Er schlägt mit der Pranke nach ihnen, kann damit aber nichts ausrichten. Nur, dass er mehr dieser Beeren zertrampelt.

Chabalh taumelt. Nach links, nach rechts.

Weitere Früchte bersten, spritzen, stinken.

Er kippt seitlich um, zerdrückt mehr dieser ... dieser ...

Wo bleibt der Herr? Rhodan muss ihm ... muss ... Rhodan ...

Sieht er ihn da nicht? Neben den anderen? Zwischen all den Insekten, die ihn umschwirren, durch sein Fell krabbeln, auf seiner Zunge sitzen?

Er weiß es nicht.

»Chab-alh, Hil-fe«, röchelt er.

Dann packt ihn die Dunkelheit und trägt ihn davon. Chabalh ist dankbar.

»Was ist das für ein Gestank?« Ishy Matsu stöhnte auf. »Der dreht einem glatt den Magen ...« Sie unterbrach sich, wandte sich ab und übergab sich in die Hecke.

Auch Rhodan spürte, wie sich sein Inneres verkrampfte. »Iwan, hilf mir!«

Sie eilten zu den Vorderpfoten des Purrers. Gemeinsam zogen sie ihn aus der widerlich riechenden Saftpfütze.

»Vorsicht!«, sagte Atlan. »Achten Sie darauf, nicht noch mehr Früchte zu zertreten! Wir müssen ihn so weit wie möglich wegschaffen.« Er packte einen der Hinterläufe und unterstützte sie.

»Da Teffron darf nicht entkommen!«, sagte Belinkhar. »Sollten wir nicht erst später ...?«

»Nein! Chabalh wird zugrunde gehen, wenn er dem Geruch länger ausgesetzt ist. Vertrauen Sie mir!«

»Was sind das für Dinger?«, fragte Belinkhar. Auch sie kämpfte erkennbar gegen die Übelkeit an. Ihr Gesicht war zu einer Grimasse verzogen.

»Artekhosy«, keuchte Atlan, während sie an dem schweren Tier zerrten. »Früher eine Spezialität dieses Planeten. Sehr wohlschmeckend. Außerordentlich berauschend. Auf Lebewesen, die Nachwuchs austragen können, wirken sie um ein Vielfaches stärker. Oder kurz gesagt: auf Frauen. Wir sollten zusehen, die Ausdünstungen nicht allzu lange einzuatmen, wenn wir nicht wie Chabalh zu Boden gehen wollen. Der ist zwar kein Weibchen, dafür wurde ihm sein Geruchssinn zum Verhängnis.«

Rhodan ächzte, während sie die Großkatze von der Hecke wegzerrten. Wie viel wog so ein Purrer eigentlich? Auf jeden Fall genug, dass ihm der Schweiß auf die Stirn trat. Und das, obwohl er mit Iwan Goratschin und Atlan kräftige Hilfe an seiner Seite hatte.

Ernst Ellert griff nach dem zweiten Hinterbein – und fasste hindurch.

»Was ...?«, stieß er hervor. Seine Miene verriet, dass er selbst nicht begriff, warum er seine Körperlichkeit verlor. Eine Sekunde später flackerte er, verschwand, tauchte aber kurz darauf wieder auf. Einen zweiten Versuch, beim Transport des Purrers zu helfen, wagte er nicht.

Rhodan warf einen Blick zu Iwan Goratschin, der Ernst Ellert mit großen Augen ansah. Ihm war das Flackern also ebenfalls aufgefallen. Die anderen jedoch hatten offenbar nichts bemerkt, weil jeder zu sehr mit dem beschäftigt war, was er gerade tat, wie zum Beispiel sich zu übergeben oder gegen die Übelkeit anzukämpfen.

Sie zerrten und zogen Chabalh auf den Rasen. Der Purrer gab knurrende Laute des Unmuts von sich. Rhodan hoffte, dass er nicht plötzlich erwachte und sich instinktiv verteidigte.

»Das dürfte weit genug sein«, sagte der Arkonide, als Rhodan längst nichts mehr von dem Ekelsaft roch. »Wir müssen ihm die restlichen Duftstoffe von Augen, Nase und Zunge wischen. Belinkhar, können Sie das übernehmen, während wir da Teffron folgen?«

»Womit ...?«

»Gras. Einfach büschelweise ausreißen.«

Die Mehandor betrachtete den reglosen Purrer. Rhodan konnte in ihrem Gesicht förmlich lesen, was ihr durch den Kopf ging. *Wie wird er reagieren, wenn er erwacht und jemand mit Gras in seinem Auge herumfuhrwerkt?* Dennoch stimmte sie zu.

»Sehr gut.« Rhodan richtete sich auf. Er schaute sich um. »Wo ist da Teffron hingerannt?«

»Zum Fluss«, antwortete Ellert.

»Er will zu seinem Boot!«, stieß Goratschin hervor.

»Und uns hilflos zurücklassen«, ergänzte Ishy Matsu, die sich zu ihnen gesellte. Sie war noch etwas blass um die Nase, hatte ihre Übelkeit aber überwunden.

»Es liegen zwei Boote an der Anlegestelle«, sagte Ellert.

Atlan fuhr zu ihm herum. »Woher wissen Sie das?«

»Ich ... habe es gesehen.«

»Und wann soll das gewesen sein?«

»Gerade eben, als ...«

»Ich weiß nicht, welches Spiel Sie mit uns ...«

»Lassen Sie ihn in Ruhe!«, fiel Rhodan ihm ins Wort. Er wusste genau, was Ellert mit *gerade eben* gemeint hatte: den Moment, als er weggeflackert war. »Ich glaube ihm. Führen Sie uns hin, Ernst!«

Der Angesprochene ging voraus. Nach wenigen Metern knirschten Steinchen und Erde unter seinen Schritten. Er hatte seinen Körper zurückerhalten. Warum auch immer.

Sergh da Teffron blickte sich nicht um, ob sein Hinterhalt funktionierte. Stattdessen hetzte er dem Ufer entgegen.

Als die Anlegestelle in Sicht kam, entdeckte er außerhalb der Bucht seinen Adjutanten Stiqs Bahroff. Dieser sah dem zweiten Boot hinterher, das von der Strömung gepeitscht den Fluss hinabtrieb. Bahroff eilte zurück in die Bucht, löste das übrig gebliebene Boot und sprang hinein. Es schwankte unter der Aufprallwucht, tanzte auf den Wellen, die selbst im Anlegebecken herrschten, und wirkte für einen Augenblick wie ein störrisches Tier, das ihn abwerfen wollte. Bahroff glich die Bewegungen aus, hielt sich an der Reling fest und stieg über die Einpersonensitzbänke des schmalen Boots nach vorne zur Spitze. Er berührte mit den Fingerspitzen die Milchglasscheibe am Platz des Steuermanns.

Da Teffron stieg in das Boot und stieß seinen Adjutanten weg. Bahroff taumelte, stürzte rückwärts über die erste Sitzbank und knallte mit dem Schädel auf die Bank dahinter. Ein paar der Kopffedern brachen ab.

»Zur Seite!«, befahl da Teffron, obwohl Bahroff längst nicht mehr im Weg stand. »Ich übernehme die Steuerung.«

Das holografische Gesicht einer Frau erschien in der schlierigen Benutzeroberfläche – der Frau, die da Teffron vor wenigen Minuten als Tote unter einer Glassitkuppel gesehen hatte.

Prinzessin Crysalgira.

»Wünschen Sie Hilfe?«, fragte das Positronikprogramm.

Obwohl ihm die Steuerung bereits vom Herweg vertraut war, überkam ihn ein merkwürdiges Gefühl. Ihn überfiel das irrationale Verlangen, sich bei der Frau dafür zu entschuldigen, dass der Regent ihren Leichnam zerstrahlt hatte. Absurd.

»Antrieb starten!«, befahl er stattdessen.

Die Hand des Regenten drehte sich zu seinem Adjutanten um. »Du wolltest doch nicht ohne mich verschwinden, oder?«

»Natürlich nicht«, brachte Bahroff hervor. »Wie können Sie so etwas denken?«

»Natürlich nicht«, antwortete auch die Steuerpositronik. »Ich bin nicht darauf programmiert, ohne Steuermann zu ...«

»Das war nicht an dich gerichtet!«, rief da Teffron. »Bring uns stromaufwärts.«

»War dies für mich gedacht?«

»Ja, verdammt. Mach schon!«

»Darf ich fragen, welche Reisegeschwindigkeit ich ...«

»Notstart. Jetzt! So schnell es geht.«

»Wie Sie wünschen.«

Aus dem silbernen Antriebskästchen am Heck erklang ein Summen, dann saugten die senkrechten Röhren links und rechts davon Wasser an und stießen es mit Druck wieder aus. Das Boot bäumte sich auf, schoss aus der Anlegebucht, legte sich scharf in die Kurve, schrammte an einem Felsen entlang und zischte endlich stromaufwärts.

Bahroff rappelte sich zwischen den Sitzbänken auf.

Da Teffron warf einen hektischen Blick zu dem Hügel, hinter dem er seine Verfolger wusste. In diesem Augenblick tauchten sie auch schon auf. Vier Männer und eine Frau rannten dem Ufer entgegen. Sie schrien ihm und Bahroff hinterher, aber die Rufe gingen im Getöse des Flusses unter.

Da Gonozal riss ein Strahlengewehr hoch und legte auf sie an.

»Schneller!«, brüllte da Teffron.

»Darf ich darauf hinweisen, dass eine höhere Geschwindigkeit in Anbetracht der ...«, meldete die Positronik.

»Schneller, sag ich!«

»Wie Sie wünschen.«

Das Boot machte einen weiteren Satz nach vorne. Der Bug hob sich aus dem Wasser. Beinahe sackte da Teffron rücklings weg. Im letzten Augenblick klammerte er sich am Handlauf fest. Die Verfolger blieben am Ufer zurück.

Da drückte da Gonozal ab.

Der Schuss des Strahlers traf nur wenige Meter hinter ihnen in den Fluss. Flüssigkeit verdampfte, stieg in dicken Nebelschwaden hoch, verbarg sie zumindest ansatzweise vor den Blicken der Feinde und schützte sie vor neuerlichen Schüssen.

Das Boot zischte um eine Flussbiegung. Zwischen sie und die Gruppe um da Gonozal schob sich eine Felswand.

»Wir sind außer Sichtweite!«, schrie Bahroff.

Sergh da Teffron befahl der Positronik, die Geschwindigkeit auf das höchstmögliche sichere Maß zu drosseln. »Wir haben es geschafft«, rief er seinem Adjutanten zu.

»Das haben wir.«

»Sie sitzen fest!«, triumphierte da Teffron. »Wenn wir an der Oberfläche sind, befehle ich einen Trupp hinunter, der diesen lächerlichen Garten ausräuchert und mir Rhodan, da Gonozal und all ihre Kumpane sorgfältig verschnürt vor die Füße legt.«

Bahroff antwortete nicht.

»Weil du so gut mitgedacht und das zweite Boot gelöst hast, werde ich ausnahmsweise vergessen, dass du meine Anordnung missachtet hast, den Zellaktivator abzulegen, bevor wir den Regenten treffen. Aber damit ist nun Schluss. Wenn wir oben sind, wirst du ihn mir zurückgeben. Hast du verstanden?«

Wieder bekam er keine Antwort.

»Ob du mich verstanden hast, will ich wissen?«

»Ja, Herr. Ich habe verstanden.«

*Aus den Unterweisungen der Geschichtswahrer*

*Nie dürfen wir den Feind vergessen. Ohne Gnade fiel er über unsere Vorväter her. Tötete, zerstörte, verheerte.*
*Doch er rechnete nicht mit der Zähigkeit der Nethor.*
*Der Feind mordete – und schuf damit neues Leben.*
*Er vernichtete – und begründete eine neue Kultur.*
*Er schwächte uns – und machte uns nur stärker.*
*Nie dürfen wir vergessen, was er uns angetan hat.*
*Nie, was er uns dadurch geschenkt hat.*
*Stets müssen wir uns der Geschichte der Nethor erinnern.*
*Unserer Geschichte.*
*So hört den Namen der Zerstörer, der Mörder, der Schöpfer, und vergesst ihn nie. Hört den Namen, den die Väter den Feinden gegeben haben.*
*Sie nannten sie Methans.*

# Kapitel 2

## Gestrandet

Als sich der Nebel Sekunden später auflöste und einen ungehinderten Blick auf den Strom erlaubte, erkannte Rhodan die bittere Wahrheit: Sergh da Teffron und Stiqs Bahroff waren entkommen.

»Wo ist nun dieses zweite Boot, das es hier geben soll?«, fragte Atlan.

Ellert deutete flussabwärts, wo das schmale silberne Ding gerade aus ihrem Blickfeld verschwand.

In diesem Augenblick hätte Rhodan alles dafür gegeben, Anne Sloane an seiner Seite zu wissen. Die Telekinetin hätte das Boot zurückholen können und ihnen die Verfolgung von da Teffron ermöglicht. Aber so ...?

Er ballte die Hände. Nein! So schnell gab er nicht auf. Und noch hatten sie nicht ihr gesamtes Pulver verschossen. »Ishy?«

Die Japanerin verstand sofort, was Rhodan von ihr wollte. »Ich kann es versuchen, aber ich bin am Ende meiner Kräfte.«

»Ich weiß, aber wir müssen da Teffron aufhalten.«

Sie lächelte verkniffen, streckte die Arme aus und schloss die Augen. Sekundenlang geschah nichts. Dann zeigte sich ein schwaches Flimmern über ihren Handflächen ...

... und erlosch.

»Ich kann nicht«, ächzte Ishy Matsu. Schweiß stand ihr auf der Stirn.

»Weiter!«, forderte Rhodan. »Du schaffst es.«

»Ich ... es geht nicht ... ich bin zu ...« Plötzlich versteifte sie sich. »Ich hab sie!«

Das Flimmern entstand erneut. Es zeigte das unscharfe Bild des Fluchtbootes. Die biolumineszierenden Moose und Flechten an den Schluchtwänden erschienen als verwaschene Lichtflecke.

»Iwan, halt sie auf!« Rhodan wusste genau, was er von Goratschin verlangte. Der Ex-Soldat wollte sich nicht als tödliche Waffe instrumentalisieren lassen, wollte seine Kraft als Zünder nicht für einen Mord einsetzen. Und vor allem wollte er sie nicht durch seine geliebte Ishy leiten.

»Ich könnte dir wehtun«, sagte er zu ihr. »Oder dich umbringen.«

»Jetzt mach schon, Großer!«, keuchte sie. »Wenn er entkommt, schickt er eine Armee runter. Dann sterben wir alle.«

»Aber ...«

»Los! Ich kann das Bild nicht mehr lange halten.«

Iwan tat, was seine Partnerin verlangte.

Die Hitze war mörderisch. Sie kroch durch ihren Körper, brachte ihr Blut zum Kochen, verdampfte jede Feuchtigkeit in ihrem Leib.

Nichts davon geschah wirklich, aber für Ishy Matsu fühlte es sich so an. Die Anstrengung, ihre parapsychische Gabe einzusetzen, ließ sie erzittern. Sie spürte, wie sich Iwans geistiger Finger in ihr entlangtastete. Wie er nach der Quelle ihrer Vision suchte. Sich von dort vorarbeitete zur Vision selbst.

Sie glühte. Schweiß rann ihr über die geschlossenen Lider, kroch in die Augenwinkel und sorgte für ein Brennen anderer Art.

*Los!,* wollte sie ihn anschreien. Doch ihr fehlte die Kraft dazu. Jeden winzigen Tropfen, der davon übrig war, steckte sie in die Erschaffung des Bilds über ihren Händen.

Ein Knistern erklang. Der scharfe Geruch verbrannter Haare stach ihr in die Nase. Nein, er *entstand* in ihrer Nase! Ihre Schleimhäute trockneten aus.

Sie fühlte, wie Iwan zupackte. Wie er nach der Molekülstruktur des Bootes griff, sie in Schwingung versetzte und ...

Ein flammender Schmerz hüllte ihre Hände ein.

Ishy Matsu schrie auf und öffnete die Augen.

»Das wollte ich nicht!«, brüllte Goratschin. »Zum Fluss mit ihr!«

Wovon redete er nur? Da erst sah sie es auch. Ihre Finger fühlten sich nicht nur an, als ob sie brannten – sie taten es tatsächlich. Die Vision des Fluchtboots erlosch.

»Ich ... mir ...«, stammelte sie.

Starke Hände packten sie unter den Achseln und hoben sie in die Höhe, als wiege sie nicht mehr als eine Feder.

Iwan!

Er trug sie die letzten Schritte zum Flussufer, ließ sie schnell und doch sanft zu Boden gleiten, ergriff sie bei den Armen und tauchte ihre Hände ins kalte Wasser.

Die Flammen ertranken mit lautem Zischen.

Selbstständig zog Ishy Matsu die Finger heraus und starrte auf die rote Haut. »Ist nicht so schlimm. Gibt nur ein paar Blasen. Nur ein paar kleine, lächerliche ...«

Sie wurde ohnmächtig.

Rhodan eilte zu Goratschin und Ishy Matsu an den Strom und vergewisserte sich, dass es der Japanerin gut ging.

»Nie wieder werde ich versuchen, etwas durch sie hindurch zu zünden«, sagte Goratschin, ohne aufzusehen. »Nie wieder.«

Den linken Ärmel der gestohlenen Uniform, die er trug, hatte er abgerissen. Er tauchte ihn ins Wasser, kühlte Ishys Gesicht, tauchte ihn erneut ein, kühlte ihre Hand.

»Hast du da Teffron erwischt?«

Der Blick des Zündermutanten zuckte hoch. »Keine Ahnung. Wahrscheinlich nicht, aber sicher kann ich es nicht sagen.«

Rhodan nickte und schaute zu Ishy. »Pass gut auf sie auf!« Er wandte sich ab und rannte zurück zu den Ruinen. Vielleicht gab es eine letzte Hoffnung.

Atlan und Ellert schlossen sich ihm an.

»Was nun?«, fragte der Arkonide.

»Chergost! Ich weiß nicht, warum er in der Ruine zurückgeblieben ist, aber jetzt ist es an der Zeit, dass er sich ein wenig einbringt.«

»Mit dem Fluggürtel!«

»Mit ebenjenem.«

Sie hetzten an Belinkhar und Chabalh vorbei. Der Purrer stand inzwischen wieder auf allen vieren, wirkte aber benommen. Er schüttelte den Kopf, strich sich mit den Pfoten übers Gesicht, leckte sie ab und gab ein kehliges Hustengeräusch von sich.

Die Tempelruine mit der Leiche des Regenten beachteten sie nicht. Zwar lag hier ein zweiter Chergost-Roboter, von dem war dank der Wut des Arkonidenherrschers allerdings nicht viel übrig geblieben. Schon vorhin hatte Rhodan gesehen, dass der Fluggürtel nur ein qualmendes Stück Technoschrott war.

Also legten sie auch die restlichen fünfzig Meter zu der Ruine zurück, von der aus Atlan auf den Regenten geschossen hatte.

Bereits als Rhodan Chergost zwischen den sorgfältig platzierten und mit Moos bewachsenen Steinen der künstlich angelegten Ruine sah, wusste er, dass mit der Unterstützung des Roboters nicht zu rechnen war. Der Wächter von Crysalgiras Garten stand regungslos da, fast in der gleichen Position, in der sie ihn zurückgelassen hatten. Sein Blick ging in die Ferne. Die zuvor so lebensecht erscheinend nachgebildete Haut sah grau aus, die darunterliegenden Imitationen von Muskeln schlaff.

»Chergost? Ist alles in Ordnung mit Ihnen?«, fragte Rhodan.

»Ordnung«, entgegnete der Sonnenträger. »Muss ... trennen ...«

Sein Kopf ruckte zur Seite, sodass sein Blick Rhodan hätte treffen müssen. Dennoch waren seine Augen weiterhin auf einen Punkt in der Ferne gerichtet. Erst nach und nach bekam Rhodan das Gefühl, dass der Roboter ihn wirklich ansah.

»Was ist geschehen?«

»Geschehen«, wiederholte Chergost. »Ordnung. Muss ... Verbindung trennen.«

Rhodan drehte sich zu Atlan. »Wissen Sie, wovon er spricht?«

»Ich vermute es. Sie erinnern sich, was er uns erzählt hat? Dass der echte Chergost vor seinem Tod mehrere Roboter baute, die seine Aufgabe fortsetzen sollten und auf die er sein Bewusstsein transferierte?«

»Natürlich.«

»Er sagte, dass er andere Exemplare nach und nach abschalten musste, um sie als Ersatzteillager zu benutzen und sich selbst zu warten. Ich nehme an, dass sich ein Roboter stets aus dem Verbund ausklinkte, bevor er sich als ... Organspender zur Verfügung stellte. Diese Möglichkeit blieb dem Chergost in der Tempelruine verwehrt.«

»Sie meinen, *unser* Chergost hätte die ... die Todeserfahrung seines Kollegen am eigenen Leib miterlebt?« Rhodan wandte sich dem Sonnenträger zu. »Trifft das zu?«

»Trifft zu«, bestätigte dieser. Rhodan war sich allerdings nicht sicher, ob er nicht nur wiederholte, was er hörte. »System Notaus. Muss ... Verbindung trennen. System neu ordnen. Ordnung.«

»Hören Sie, uns läuft die Zeit davon! Sie müssen da Teffron mit Ihrem Fluggürtel folgen! Oder geben Sie mir das Gerät, dann ...«

»Folgen. Kann nicht folgen. Das hätte Folgen. Können Sie mir folgen?« Die Muskeln im Gesicht des Roboters zuckten. Er presste die Lippen aufeinander, gleich darauf spitzte er sie. Beide Augenbrauen ruckten in die Höhe, dann sank eine herab, während die zweite in ihrer Position blieb.

Großartig! Das letzte Wesen in Crysalgiras Garten, das ihnen hätte helfen können, erging sich in sinnfreien Wortspielen.

Chergost schüttelte den Kopf. Hin, her, hin, her. Pause. Rauf, runter, rauf, runter. Pause. Hin, rauf, her, runter.

»Wie lange dauert Ihr Systemneustart noch?«

»Zwei Tontas. Zweieinhalb. Drei. Dreieinhalb ...«

»Geht das nicht schneller? Ein Notmodus, bei dem nur die wichtigsten Funktionen aktiviert werden?«

»Verdammt, Chergost«, mischte sich Atlan ein. »Das kann doch nicht so schwer sein. Vergessen Sie die Feinmotorik und konzentrieren Sie sich auf die Kommunikation. Aber beeilen Sie sich!«

»Kommunikation wird vorzüglich ... wird vorzugsweise ... wird vorgezogen.« Erneut erbebte das Gesicht des Roboters. Eine Kaskade zusammenhangloser Worte kam ihm über die Lippen, als sortiere er sein Vokabular.

»Also, was ist jetzt mit dem Gürtel?«, fragte Rhodan.

»Antikraft ... Antigravgürtel kann verfolgen nicht verwenden für. Wie mitgeteilt zu Zeitpunkt früherem ich Ihnen habe schon ist viel nicht Energie mehr.« Er blinzelte, die Wangenmuskulatur zuckte.

Trotz des Wortsalats verstand Rhodan, was der Sonnenträger ausdrücken wollte.

Deutlich geordneter fuhr Chergost fort: »Ich mit dem Gürtel kann noch ein paarmal auf Fluss schweben und zurück. Längere Strecke möglich nicht. Verfolgen Unmöglichkeit.« Erneutes Blinzeln und Wangenzucken. »Es tut mir leid, dass ich nicht Ihnen ... Ihnen nicht helfen kann.«

Rhodan, Atlan und Ellert wechselten ein paar Blicke. Keiner sagte mehr etwas, denn jeder wusste, was das bedeutete.

Nicht nur waren Sergh da Teffron und Stiqs Bahroff entkommen. Zu allem Überfluss saßen sie in Crysalgiras idyllischem Garten fest.

Sie waren gestrandet im Paradies.

Einige Minuten vergingen, bis Chergosts System so weit funktionierte, dass er aus sinnvollen Wörtern grammatikalisch korrekte Sätze bilden konnte. Nach und nach bekam er auch die Steuerung seines Bewegungsapparats halbwegs in den Griff. Er stakste zwar ruckartig und steifbeinig umher, als laboriere er an den Spätfolgen komplizierter Knochenbrüche, aber wenigstens vermochte er zu laufen.

Auf dem Rückweg zum Fluss hob Rhodan den Kombistrahler auf, den da Teffron dem Regenten aus der Hand geschlagen hatte. Um die Hecke mit den süßen Früchten machten sie einen großen Bogen.

Belinkhar und Chabalh waren zum Strom vorausgegangen. Ishy Matsu hatte das Bewusstsein wiedererlangt und ließ die Mehandor ihre Hand untersuchen. Als Rhodan näher kam, grinste sie ihn schief an.

»Wie geht es dir?«, fragte er.

»Ich bin total schlapp, aber ansonsten ist alles in Ordnung. War halb so schlimm.« Sie reckte ihm die Hände entgegen und lächelte.

»Die Rötung ist verschwunden!«, stellte Rhodan fest. »Wie ist das möglich?«

»Iwan hat seine Kraft nicht auf mich angewendet, sondern sie nur durch mich in die Vision fließen lassen. Trotzdem hat mein Körper unterbewusst mit Anzeichen von Verbrennung darauf reagiert.«

»Aber die Flammen ...«

»Vermutlich Iwans Energie, die von mir in die Vision floss, wo sie entstand: über meinen Händen. Anders ausgedrückt: Es war nicht das Feuer, das mir geschadet hat, sondern mein Unterbewusstsein. Als es erkannte, dass die Gefahr vorüber war, bildete es die Brandwunden zurück.«

Rhodan runzelte die Stirn. »Das klingt abenteuerlich.«

»Abenteuerlicher als die Tatsache, dass ich Visionen entstehen lassen kann? Vielleicht ist meine Theorie Mumpitz, aber sie erscheint mir schlüssig. Wie du siehst, geht es mir gut. Es konnte nichts passieren.«

»Blödsinn!«, begehrte Goratschin auf. »Meinst du, die Brandverletzungen wären auch von selbst verheilt, wenn dein Unterbewusstsein deinen Körper zu Asche verbrannt hätte?«

Ishy zuckte mit den Schultern. »Wohl kaum.«

»Eben! Deshalb werde ich dich dieser Gefahr auch nicht mehr aussetzen.«

»Aber ...«

»Nein! Ende der Diskussion.«

Minutenlang starrten alle schweigend auf den Strom, auf die scharfkantigen Felsen, die in der Mitte aufragten, umspült vom Türkis und Weiß des Wassers, auf die hohen Steinwände, die nur andeuteten, wie tief unter der Oberfläche von Artekh 17 sie sich aufhielten.

Dann kam Rhodan endlich dazu, Ernst Ellert zu begrüßen, der vor nicht einmal einer Stunde aus dem Nichts heraus erschienen war. »Es ist mir eine Freude, Sie hier zu sehen. Aber Sie werden verstehen, dass ich – wir – einigermaßen überrascht sind.«

»Natürlich.«

»Woher kommen Sie?«

»Das kann ich Ihnen leider nicht sagen.«

»Wieso? Sind ...«

»Ich weiß es nicht«, unterbrach ihn der Mann, dem es seine parapsychische Gabe möglich machte, den Geist vom Körper zu trennen und durch Raum und Zeit zu reisen. Aber der Mann, der vor Rhodan saß, war kein Geist.

»Sie wissen es nicht? Weshalb sind Sie hierhergekommen?«

»Um das Schlimmste zu verhindern.«

»Deshalb wollten Sie den Regenten retten?«

»Für den Augenblick? Ja.«

Rhodan ließ die Antwort einsinken. »Was meinten Sie damit, der Regent wäre noch gebraucht worden?«

»Erklärt sich dieser Satz nicht von selbst?«

»Das tut er keineswegs! Wofür wäre er gebraucht worden? Für das Gleiche wie ich?«

»Wie kommen Sie auf diese Idee?«

»Als wir uns das letzte Mal gesehen haben, vor vier Monaten auf der Eiswelt Snowman, haben sie über mich dasselbe gesagt. Dass ich gebraucht werde.«

Ellert sah ihn lange an. »Nein, der Zweck ist ein anderer.«

»Welcher?«

»Das darf ich Ihnen nicht sagen.«

»Warum denn nicht? Wer verbietet es?«

»Auch das darf ich nicht verraten. Bitte akzeptieren Sie meine

Aussage. Sie werden eines Tages verstehen. Aber Sie werden von selbst erkennen müssen und nicht, weil ich es Ihnen gesagt habe.«

»Der Kerl redet völlig wirr«, schimpfte Atlan, während er sich den Tornister mit der Tarnseide und anderer Ausrüstung auf den Rücken schnallte.

Rhodan ließ einen Versuchsballon steigen: »Es hat mit dem Ringen zu tun, nicht wahr?«

Ellert lächelte sphinxhaft.

»Erzählen Sie mir mehr, Ernst. Was wissen Sie davon?«

»Zu wenig, viel zu wenig. Aber eines ist sicher: Wir müssen uns ihm stellen. Es gibt kein Entrinnen.«

Rhodan schüttelte unwillig den Kopf. So kam er nicht weiter. Ellert konnte oder wollte ihm nicht mehr verraten.

Er dachte an den Sternengott Anetis, der auf der Lotsenwelt Tinios zu ihm gesprochen hatte. Nach seinen Worten war der Regent schlecht für die Arkoniden und das Große Imperium. Ellert hingegen behauptete, er wäre noch gebraucht worden. Wie passte das alles zusammen?

Rhodan konnte es nur erahnen. Aber eine andere Frage, die ihm auf der Zunge brannte, mochte der rätselhafte Mutant beantworten. »Was ist mit Thora? Auf Snowman haben Sie sie an Bord Ihres Raumschiffs genommen, mit dem Versprechen, Hilfe für sie zu suchen.«

»Sie lebt.«

»Julian Tifflor? Mildred Orsons? Orlgans? Die Verbannten? Und Gucky?«

»Sie leben alle.«

»Wir haben einen Notruf von Thora empfangen, der zumindest hinsichtlich Orlgans etwas anderes behauptet. Was hat es damit auf sich?«

»Ich kann Ihnen nur sagen, was ich weiß. Und das ist: Sie leben.«

»Wo haben Sie sie hingebracht? Wo steckt Thora?«

Eine kurze Pause entstand. Zögerte Ellert? Überlegte er, was er verraten durfte? »In Sicherheit.«

Das beruhigte Rhodan zwar ein wenig, stellte aber dennoch so gut wie keine Antwort dar. »Wie haben Sie den Weg zu uns gefunden?«

»Man hat ihn mir gewiesen.«

»Wer ist *man?* Halt, lassen Sie mich raten: Das dürfen Sie mir nicht sagen.«

Ellert lächelte.

»Warum bestehen Sie nicht mehr aus reinem Geist? Wieso sind

Sie körperlich?« Rhodan verkniff sich hinzuzufügen: *zumindest, wenn Sie nicht flackern, durch Gegenstände greifen oder kurz verschwinden.*

»Es war notwendig.«

»Was sind Sie eigentlich?«, fragte Atlan.

»Ein Mensch. Wie Perry Rhodan, Ishy Matsu oder Iwan Goratschin. Trotz allem, was Sie denken mögen, bin ich nur ein Mensch und werde immer einer bleiben.«

»Na schön. Das sind interessante Fragen, die wir hier erörtern«, fuhr Atlan fort. »Eine müssen wir jedoch bevorzugt lösen. Die wichtigste, wie mir scheint: Was sollen wir tun? Hat jemand eine Idee, wie wir von hier verschwinden können?«

Niemand antwortete.

»Der Weg flussaufwärts ist uns abgeschnitten«, stellte Rhodan fest. »Wir könnten zwar vielleicht ein Floß bauen, aber ohne Antrieb kommen wir gegen die Strömung niemals an.«

»Bleibt die andere Richtung«, sagte Atlan. »Chergost, was liegt flussabwärts?«

Ein Ruck fuhr durch den Roboter. Es wirkte, als habe er sich zur Wiederherstellung des Systems in sich zurückgezogen und der Arkonide habe ihn aus diesem Zustand geweckt. »Flussabwärts? Dort liegt Artekhs Vergangenheit. Und der Shonumoy.«

Rhodan bemerkte, dass Atlan verwundert schaute. Sagte ihm dieser Begriff etwas?

»Ein Shonumoy?«, fragte der Arkonide nach. »Sind Sie sicher, dass Ihre Kommunikationsfunktion vollständig wiederhergestellt ist? Was soll uns ein ...«

»Nicht *ein* Shonumoy«, entgegnete Chergost. *»Der* Shonumoy. Er könnte eine Möglichkeit darstellen, den ...«

»Wen haben wir denn da?«, unterbrach Ishy Matsus aufgeregte Stimme.

»Das kann nicht wahr sein!«, rief Belinkhar. »Seht doch! Dort!«

Rhodan blickte in die Richtung, in die die Mehandor zeigte ...

... und vereiste innerlich.

Chabalh schnuppert.

Er riecht die Herbheit der Blumen, das erdige Aroma des Bodens, das Harz der Bäume, den quellfrischen Geruch des Wassers mit seinem verrotteten Nebenduft. Über allem liegt Süße. Die widerliche Süße der Heckenfrüchte.

Die Frau mit dem roten Fell auf dem Kopf hat ihn davon befreit. Nicht ganz, aber so gut es ging. Chabalh weiß, er wird das Überbleibsel des Gestanks eine Weile mit sich herumtragen. Wie eine Wunde, die nur langsam heilt.

Er ist der Rotfellfrau dankbar. Sein Herr nennt sie Belinkhar, aber für ihn wird sie immer die Rotfellfrau sein. Sie tut ihm gut. Die Farbe ihrer Haare beruhigt ihn. Er mag sie.

Den Flackermann mag er nicht. Er ist ihm unheimlich.

Nicht, weil er ihn nicht kennt. Oder weil er fürchtet, dass er für den Herrn eine Gefahr bedeutet.

Nein, er ist ihm unheimlich, weil er nicht riecht.

Chabalh umrundet den Flackermann mit respektvollem Abstand. Er nennt ihn so, weil er manchmal verschwindet. Nie lange, meistens so kurz, dass der Herr oder seine Gefolgschaft es nicht bemerken.

Sein Herr sagt Ernstellert zum Flackermann. Ein Wort ohne Bedeutung. Zumindest für Chabalh. Vielleicht heißt es in der Sprache der Menschen etwas wie »Der Mann, der nicht ist«.

Der Flackermann beantwortet Fragen. Chabalh hört nicht zu, schnappt nur ein paar Begriffe auf. Er weiß nicht, wer Thora, Gucky oder Juliantifflor sind, deshalb interessiert es ihn nicht.

Viel interessanter ist, dass der Flackermann nicht riecht. Interessanter – und unheimlich.

Chabalh hat es schon vorhin bemerkt. Oben bei der Ruine, als Ernstellert plötzlich aufgetaucht ist. Wie aus Nebel entstanden.

In diesem Augenblick *hat* er gerochen. Fremdartig und mit nichts vergleichbar, was Chabalh jemals erschnuppert hätte. Vielleicht war es aber auch der Geruch des Ortes, von dem er zu ihnen gekommen ist. Denn gleich danach war das Aroma verschwunden, und der Flackermann roch nach nichts.

Dieser Ort mit dem Fremdgeruch, ist er es, an den Ernstellert geht, wenn er kurz wegflackert?

Chabalh dreht eine weitere Runde. Prüft, ob er vielleicht einen winzigen Duft übersehen hat. Aber er weiß, er würde ihn nicht finden. Nicht, solange die Überbleibsel des Süßgestanks in seiner Nase hängen.

Da! Mitten in eine Frage, die der Herr stellt, verschwindet der Flackermann kurz – so kurz, dass keiner der Zweibeiner es bemerkt –, taucht wieder auf, greift hinter sich nach einem Ast, um sich festzuhalten, fasst hindurch, packt noch einmal zu und kann ihn plötzlich berühren.

Merkwürdig.

Manchmal *ist* der Flackermann und manchmal *ist* er nicht.

Chabalh fragt sich, warum er in den Momenten, in denen er nicht ist, nicht im Boden versinkt. Müsste er doch, wenn er auch den Ast nicht fassen kann.

Merkwürdig.

Und unheimlich.

Chabalh beschließt, ihn im Auge zu behalten.

Plötzlich kommt Aufregung auf. Ishymatsu ruft etwas, und die Rotfellfrau ruft noch lauter.

Er schiebt sich an den Beinen seines Herrn vorbei. Will den Grund der Aufregung erkennen. Bevor er ihn sieht, riecht er ihn. Schwach nur über den Geruch des Wassers und die Reste des Süßgestanks hinweg, aber doch wahrnehmbar: Bittermostron, saurer Zelchapfel, Schumoskraut und Angst.

Stiqs Bahroff saß auf der zweiten Passagierbank, klammerte sich an der Reling fest, um von dem bockenden Boot nicht von der Sitzfläche geschleudert zu werden, und starrte die bläulich schimmernde Felswand an, die an ihnen vorbeizog. Trog ihn sein Gefühl oder wurde die Fahrt stetig langsamer?

Vermutlich weil der Fluss an dieser Stelle bedeutend enger war als weiter unten in Crysalgiras Garten. Deshalb strömten die Wassermassen ihnen mit größerem Druck entgegen.

Die Wellen ließen das schmale Gefährt auf und ab tanzen und bescherten Bahroff ein fortwährendes Gefühl der Übelkeit. Vielleicht lag es aber auch nicht an den heftigen Bewegungen des Boots, sondern an der Sorge vor dem, was ihn an der Oberfläche erwartete.

Immer wieder spritzte ihm Wasser ins Gesicht. Da Teffron hatte die Steuerungspositronik das Schutzfeld abschalten lassen, das sie vor Spritzwasser hätte bewahren sollen. Die dadurch entstehenden Energiereserven flossen in den Antrieb.

Bahroff zermarterte sich das Hirn, wie er der Hand des Regenten die Herausgabe des Zellaktivators verweigern konnte. Ihm fiel nichts ein. Wenn er ihn nicht freiwillig zurückgab, würde da Teffron ihm den Anhänger mit Gewalt abnehmen und ihn für seinen Ungehorsam töten? Oder irrte er sich?

»Warum haben Sie mir das Leben gerettet?«, brüllte er gegen das Tosen des Stroms an.

Eine Zeit lang gab die Hand des Regenten keine Antwort, und Bahroff glaubte, er habe ihn womöglich nicht gehört.

»Darüber denke ich nach, seit wir in diesem verdammten Boot

sitzen«, schrie er schließlich zurück. »Es war selbstmörderischer Unsinn.«

Gewiss nicht das, was Bahroff zu hören gehofft hatte. Ihm war klar, dass da Teffron ihn, den Halbarkoniden, nur deshalb als Adjutanten eingesetzt hatte, weil er damit die Arkoniden adliger Herkunft vor den Kopf stoßen konnte. Dennoch war er stets von der Hoffnung beseelt gewesen, da Teffron schätze ihn auch als Person. Eine Hoffnung, die ins Wanken geraten war, als sein Herr ihm den Zellaktivator umgehängt hatte, um negative Wirkungen nicht am eigenen Leib erforschen zu müssen.

Er hatte erkannt, dass da Teffron ihn nur benutzte, wie er jeden anderen auf seinem Weg benutzte. Und wenn er keine Verwendung für seine Handlanger mehr besaß, warf er sie weg.

Doch vorhin, als da Teffron ihm das Leben gerettet hatte, war die Hoffnung wieder aufgeflammt.

*Ich habe den Regenten daran gehindert, dich zu erschießen, weil du mir ein treuer Freund geworden bist. Nicht einmal der Regent darf dir etwas zuleide tun.*

Eine solche oder ähnliche Antwort hätte Bahroff gerne gehört. Nicht sehr wahrscheinlich, natürlich nicht, aber dennoch einen Wunschtraum wert.

»Sie hatten Angst um den Zellaktivator, nicht wahr?«

Wieder schwieg da Teffron einen Augenblick. »Kann sein. Außerdem hätte er ihn für sich behalten. Das durfte ich nicht zulass... – Verdammt, was ist mit dem Antrieb los? Wir werden immer langsamer!«

Also hatte Bahroff es sich doch nicht nur eingebildet.

»Sie haben sich dem Regenten widersetzt«, stellte der Adjutant fest. Er konnte nicht verhindern, dass in seiner Stimme ein Hauch ehrfürchtiger Bewunderung lag.

»Er wird mich dafür nicht mehr zur Rechenschaft ziehen. Da Gonozal hat ihn erschossen.«

»Er hat ihn ... Der Regent ist *tot?*«

»Das ist man üblicherweise, wenn man erschossen wird.«

»Das ... das ... Was haben Sie nun vor? Wenn wir wieder oben sind, meine ich.«

Da Teffron, der ihm bisher nur den Rücken zugewandt hatte, drehte sich zu ihm um. »Das ist eine sehr gute Frage. Was würdest du an meiner Stelle tun?«

»Ich? Das ... weiß ich nicht.«

»Deshalb bin ich die Hand des Regenten, und du bist nur mein

Adjutant.« Er drehte sich wieder in Fahrtrichtung. »Geht das nicht schneller?«

»Tut mir leid«, antwortete die Positronik. Eine programmierte Floskel, denn einer Maschine tat gewiss nichts leid. »Die Strömung ist zu stark. Ich kann Ihnen aber versichern, dass wir auch bei dieser Geschwindigkeit das Ziel erreichen.«

Da Teffron stieß einen Fluch aus und versank in Schweigen.

»Also?«, fragte Bahroff nach einigen Minuten.

»Also was?«

»Was werden Sie tun?«

»Warum glaubst du, dass ich dich über meine Pläne informiere?«

»Weil ...« Er stockte. Ihm war klar, dass er keinen vernünftigen Grund nennen konnte. Da Teffron hatte ihn bisher nur als Befehlsempfänger angesehen. Wieso sollte sich das geändert haben?

»Ich werde es dir trotzdem sagen. Was ist eine Hand ohne den Rest des Körpers wert?«

»Nicht viel.«

Da Teffron lachte auf. »Nichts, um genau zu sein. Gar nichts. Ich weiß, dass man mich hasst. Ohne den Schutz des Regenten habe ich noch ein paar Tage zu leben. Bestenfalls.«

»Sie wollen fliehen? Sich verstecken?«

»Nein, mein kleiner ahnungsloser Adjutant. Ich erinnere mich an die Worte von Atlan da Gonozal, als er mir den Zellaktivator gab. *Der Regent herrscht durch seine Hand. Doch diese Hand ist trotz ihrer unermesslichen Macht ein Werkzeug, austauschbar. Aber stellen Sie sich vor, die Hand besäße einen Zellaktivator, wäre unsterblich. Sie würde den Regenten überdauern. Einen Regenten, der keinen Nachfolger hat.* Ich werde mich nicht verstecken, Stiqs. Sobald wir an die Oberfläche zurückgekehrt sind, werde ich mich selbst zum neuen Regenten aufschwingen.«

Bahroff blieb die Luft weg. »Das ist ... großartig.«

»Ich werde mit Verstärkung zurückkommen und mir Rhodan schnappen. Dann nehme ich ihm das Tarkanchar ab, das mein Vorgänger bei Crysalgiras Leiche gesucht hat. Ich bin mir sicher, dass *er* es gestohlen hat.« Da Teffron machte eine kurze Pause. »Und dann überreden wir unsere Gefangenen dazu, mir die Position der Erde zu verraten. Egal, wie lange es dauert, ich werde es herausfinden und den Planeten auslöschen.«

*Egal, wie lange es dauert.*

Stiqs Bahroff wusste, was das bedeutete: Mit dem Zellaktivator hatte die Hand des Regenten ... nein, mit dem Zellaktivator hatte *der neue Regent* alle Zeit der Welt, sich an den Menschen zu rächen. Da Teffron würde ihm das Gerät abnehmen. Dann würde er ihn töten, weil er ihn nicht mehr brauchte. Und weil er als Einziger mitbekommen hatte, dass sich da Teffron gegen seinen Vorgänger gestellt hatte. Da Teffron konnte es sich nicht erlauben, jemanden am Leben zu lassen, der davon wusste.

Seine Tage waren gezählt. Ach was, seine Stunden!

Bahroff stand auf, arbeitete sich zum Platz des Steuermanns, achtete nicht auf den unsicheren Grund unter seinen Füßen, packte da Teffron an den Schultern, schleuderte ihn über Bord, übergab ihn den tosenden Fluten, die sich um den Rest kümmern würden, und ...

... wünschte sich, er hätte den Mumm, genau das tatsächlich zu tun – und nicht nur in seiner Vorstellung. Aber den Herrn zu töten war etwas anderes, als ihm in Kleinigkeiten den Gehorsam zu verweigern.

Er war ein Feigling. Dessen war er sich nun sicher.

Wenn es darum ging, Hilflose zu foltern, weil die Hand des Regenten es von ihm verlangte, wenn sich seine Opfer nicht wehren konnten, dann fühlte er sich stark. Es hatte sogar Zeiten gegeben, da hatte er diese Macht genossen, ließ sie ihn doch vergessen, was für ein jämmerlicher Wurm er in Wirklichkeit war.

Doch dann hatte Sergh da Teffron ihm den Zellaktivator umgehängt.

Seitdem war Bahroff ein *unsterblicher* jämmerlicher Wurm. Zumindest so lange, bis die Hand des Regenten ihm den Aktivator wieder abnahm.

Seit er ihn trug, hatte sich seine Sichtweise auf das Leben verändert. *Er* hatte sich verändert. Eine ungekannte Stärke wuchs in ihm heran. Er hatte es nicht mehr nötig, Hilflose zu quälen, um sich selbst größer zu fühlen.

Bahroff distanzierte sich zunehmend von da Teffron. Erst innerlich, Schritt für Schritt. Später auch in Taten. Er hatte geringen Ungehorsam oder Trotz gezeigt, die der Hand des Regenten womöglich gar nicht aufgefallen waren, von denen jede einzelne aber einen Sieg Bahroffs gegen sein altes Ich dargestellt hatte.

In diesen Augenblicken war er sich sogar mutig vorgekommen.

Doch was war davon übrig geblieben? Nichts. Weniger als nichts.

Er war vor dem Regenten und dessen Hand blindlings davongelaufen. Und nun saß er hinter seinem Herrn, wagte es nicht, ihn ins Wasser zu stoßen, und freute sich stattdessen darüber, dass da Teffron das Lösen des zweiten Bootes missverstanden hatte. Die einzigen Verfolger, die Bahroff hinter sich hatte zurücklassen wollen, waren nämlich Sergh da Teffron und der Regent gewesen.

Stiqs Bahroff musste an die Welt Palor denken, wo sie versucht hatten, aus ihren menschlichen Gefangenen die Position der Erde herauszubekommen. Das Unterfangen war nicht nur schiefgegangen, es hatte in einem totalen Fiasko geendet. Er erinnerte sich an den Mut eines Manns, den sie an eine Bestie verfüttert hatten, um so an sein Wissen zu gelangen. Er war aufrecht und mit sonderbaren Tönen auf den Lippen in den Tod gegangen. Noch mehr beeindruckt hatte ihn allerdings Sharmila Jain, die Tänzerin. Sie hatte seine Demütigungen an sich abperlen lassen und den Tod mit einer Tapferkeit empfangen, wie er es bei noch niemandem erlebt hatte. Am wenigsten bei sich selbst.

Bahroff klammerte sich fester an die Reling. Könnte er im Angesicht des Todes auch die Haltung bewahren? Vermutlich würde ihm der zukünftige Regent Sergh da Teffron bald Gelegenheit geben, es herauszufinden.

»Du bist plötzlich so schweigsam«, sagte da Teffron. »Haben dir meine Pläne die Sprache geraubt?«

»Ich habe darüber nachgedacht, ob ...«

Mit einem lauten Knall zerbarst etwas am Heck des Bootes. Ein Schatten sauste an Bahroffs Schädel vorbei und pflügte eine Schneise in die Kopffedern und die darunterliegende Haut.

*Einen Fingerbreit weiter rechts und du wärst jetzt tot!* Ihm wurde übel bei der Vorstellung. Sein Herz hämmerte.

»Was ...?«, brüllte da Teffron. Er warf sich herum, sah an Bahroff vorbei und bekam große Augen. »Das ist unmöglich!«

Das Boot zog nach links, stellte sich quer zur Strömung, erbebte unter den Wassermassen und drohte zu kentern. Bevor es jedoch so weit kommen konnte, setzte das Boot seine Linksschleife fort.

Bahroff warf den Kopf herum und erkannte die Ursache für die ungesteuerte Bewegung.

Die linke Ansaugröhre war geborsten. Der silberne Antriebskasten war eingedellt und an einer Stelle gerissen.

»Da stimmt was nicht!«, schrie da Teffron. »Das Ding geht nicht einfach so kaputt.«

»Ich weise darauf hin, dass die linke Steuerröhre ausgefallen ist«, erlaubte sich die Crysalgira-Positronik zu bemerken.

»Was du nicht sagst. Ursache?«

»Unerwartete plötzliche Überhitzung. Sehr sprunghaft. Kühlungsversuche blieben ergebnislos.«

»Werden diese verdammten Boote denn nicht gewartet?«

»Natürlich werden sie das. Von mir. Interessieren Sie sich für das letzte Wartungsprotokoll?«

Bahroff hörte fassungslos zu. Ihr Boot war einseitig gelähmt und wurde zunehmend zu einem Spielball der Strömung, und da Teffron hatte nichts Besseres zu tun, als mit der Positronik zu diskutieren?

»Nein.«

»Dann eben nicht.«

Wer hatte nur diese Positronik programmiert? Sie klang doch tatsächlich ein bisschen beleidigt.

»Wie war der technische Zustand zu Beginn unserer Fahrt?«, fragte da Teffron.

»Bestens. Keinerlei Mängel.«

»Wie kann dann die Ansaugröhre bersten?«

»Unerwartete plötzliche Überhitzung. Sehr sprungh...«

»Ich weiß!«, brüllte da Teffron.

»Warum fragen Sie dann?«

»Ist eine kontrollierte Steuerung möglich?«

»Nein. Auch die rechte Ansaugröhre droht zu überhitzen.«

»Rhodan!«, keifte die ehemalige Hand des ehemaligen Regenten. »Irgendwie muss er es geschafft haben, das Boot zu beschädigen.«

In Bahroff kam der Verdacht auf, dass da Teffron sich in einen Rhodanwahn steigerte und ihn für alles verantwortlich machte, was in seinem Leben nicht nach Plan lief. Oder hatte er mit seiner Behauptung recht? Hatte doch ein Strahlschuss getroffen?

»Aus Sicherheitsgründen schalte ich den Antrieb vollständig ab«, verkündete die Positronik.

»Was? Das kannst du nicht tun! Wir brauchen ...«

»Der Antrieb ist abgeschaltet.«

Das Boot beendete den Versuch, stetig links herum im Kreis zu fahren. Es gab den Widerstand auf und ergab sich der Strömung. Die Felswände, an denen sie sich gerade mühsam vorbeigequält hatten, schossen nun vorüber.

Da Teffron warf sich zu Boden und umklammerte die erste Sitzbank. »Festhalten!«, schrie er.

Als ob es dieses Ratschlags bedurft hätte.

»Keine Angst!«, rief Bahroff zurück. »Ich werde dafür sorgen, dass ich nicht mitsamt Ihrem wertvollen Zellaktivator untergehe.«

Hatte da Teffron ihn gehört? Er war sich nicht sicher. Allerdings brauchte er sich wahrscheinlich keine Gedanken darüber zu machen, wie er die Herausgabe des Geräts verweigern konnte. Denn entweder ertranken sie, oder sie fielen Rhodan in die Hände.

Bahroff wusste nicht, welches die bessere Alternative war.

Rhodans Überraschung währte nicht lange, als er das Boot auf dem Fluss dahinschießen sah.

»Da Teffron!«, schrie er.

Er riss den Strahler hoch und feuerte. Zu überhastet, zu ungenau. Der Energiestrahl jagte ins Wasser und produzierte erneut Nebelschwaden.

Das Boot hüpfte auf und ab, ein Spielball der Naturkräfte – und ein nur schwer zu treffendes Ziel.

Atlan legte das Strahlengewehr an. Zielte. Drückte ab.

Und brannte ein Loch in die gegenüberliegende Felswand. Brocken lösten sich, stürzten in die Fluten.

Dann war das Boot vorüber.

»Iwan! Halt sie auf!«, rief Rhodan.

Sie rannten am Ufer entlang, durften das Boot nicht aus den Augen verlieren. Hinter dem silbernen Geschoss explodierte das Wasser. Als ob ein unsichtbarer Felsbrocken hineingestürzt wäre, schoss eine Fontäne hoch und bildete einen Dunstschleier.

Rhodan verfügte über keine Parakräfte, konnte also bestenfalls spekulieren, wie schwer es für Iwan sein musste, während er lief, ein kleines, sich schnell, aber ungleichmäßig bewegendes Ziel zu treffen. Aber gewiss war es nicht einfacher, als es unter denselben Umständen mit dem Strahler abzuschießen.

»Versuch es noch einmal!«, forderte er von Goratschin.

»Ich hole mir«, sagte Chergost, der mit steifen Gliedern unkontrolliert neben ihnen herstakte. Irgendwie schaffte er es dennoch, Schritt zu halten. »Bevor Reichweite des Antigravgürtels verlässt. So, wie Sie wollten.«

»Fühlen Sie sich dazu imstande?« Die Kommunikationsfähigkeit des Roboters wurde zwar zunehmend besser, und er ließ nur noch gelegentlich ein Wort aus, aber die Feinmotorik hatte er offenbar noch nicht im Griff.

»Ich muss versuchen! Wenn sie den Shonumoy finden, entkommen uns.«

Die nächste Wasserfontäne schoss hinter dem Boot hoch, deutlich weiter vom Ziel entfernt als beim ersten Mal. Iwan fluchte. »Ich erwische ihn nicht.«

Für Chergost bedeutete das offenbar das Signal, auf das er gewartet hatte. Er stieß sich ab, aktivierte den Antigravgürtel und jagte dem Boot nach. Während der ersten Meter sah es gut aus. Er holte schnell auf, weil er einen geraden Kurs fliegen konnte, wohingegen das Boot von den Wellen hin und her geworfen wurde. Für ein paar Sekunden erlaubte sich Rhodan so etwas wie Hoffnung.

Doch die zerbarst nur kurz darauf. Unvermittelt und ohne erkennbaren Grund flog der Roboter eine Rechtskurve. Er sackte in die Tiefe und berührte mit den Füßen die Wasseroberfläche. Die Strömung riss die Beine zur Seite, und Chergost kam ins Trudeln. Er drohte in den Fluss zu stürzen. Im letzten Moment gewann er die Gewalt über den Antigravgürtel und seinen Körper zurück. Er schoss in die Höhe.

Aber zu schnell! Und zu schräg.

Er schrammte die Felswand, trudelte erneut, verlor nicht nur die Kontrolle, sondern anscheinend auch die Orientierung, jagte – diesmal mit dem Kopf voraus – auf die Wasserfläche zu und prallte mit dem Schädel gegen einen spitzen Fels in der Strömung.

Getragen vom eigenen Schwung und der Kraft des Fluggürtels setzte er mehrere Male auf der Oberfläche auf. Wie ein flacher Stein über einen ruhigen Teich springen mochte. Er überschlug sich, versank, tauchte auf, versank erneut.

Diesmal endgültig.

Für einen Augenblick verharrten alle.

»Nein!«, keuchte Ishy Matsu.

»Wir müssen ihn retten!«, rief Atlan.

*Wenn es etwas zu retten gibt,* schoss es Rhodan in den Sinn.

Das Boot mit Sergh da Teffron und Stiqs Bahroff war inzwischen außer Sicht.

Sie rannten weiter. Einen Kiesweg am Ufer und unter gewaltigen Bäumen mit strahlend roten Blättern entlang, über Wiesen hinweg. Endlich kamen sie auf Höhe des spitzen Felsens an, gegen den Chergosts Schädel geprallt war. Von dem Roboter jedoch fehlte jede Spur.

Nach einigen Metern, etwa auf Höhe der Stelle, an der Chergost versunken war, blieben sie stehen und starrten aufs Wasser. Ergebnislos. Nirgends entdeckten sie einen Körper, der gegen den

Strom ankämpfte, Fetzen von der Kleidung des Roboters oder – Rhodan wollte diese makabre Möglichkeit nicht ausschließen – Einzelteile.

»Vielleicht konnte er sich ans Ufer retten«, sagte Atlan.

»Was tun wir hier?«, fragte Belinkhar. »Sollten wir nicht da Teffron verfolgen, statt nach einem Roboter zu suchen?«

»Er weiß, was flussabwärts liegt. Er kennt sich in dieser Unterwelt aus. Wir können auf ihn nicht verzichten.« Nach einer kurzen Pause fügte er hinzu: »Und ich fürchte, er ist auch der Einzige, der einen Weg nach oben wüsste.«

»Wir gehen das Ufer ab und sehen, ob wir Chergost finden«, entschied Rhodan. »Oder da Teffron und Bahroff, falls sie sich dorthin haben retten können. Wenn sie aber noch immer flussabwärts treiben, haben wir ohnehin keine Möglichkeit, sie zu verfolgen. Nicht ohne Boot.«

Sie durchkämmten Schilffelder, wateten in knietiefem Wasser durch Flussausbuchtungen, schreckten Vögel im Unterholz auf, die laut keifend aufstoben, durchsuchten Sträucher in Ufernähe, drehten jedes größere Blatt um, ob sie darunter nicht eine Spur fanden.

Chergost blieb verschwunden.

Ishy Matsu versuchte, eine Vision des Roboters erstehen zu lassen, aber eher hätte sie Wasser aus einem Stein gepresst. Sie war mit ihren Kräften am Ende. Zunächst sprachen sie sich gegenseitig Mut zu, doch allmählich verstummten die Gespräche und machten einem beklommenen Schweigen Platz.

Jeder hing den eigenen trüben Gedanken nach. Langsam verwandelte sich die Ernüchterung in Verzweiflung.

Bis sie das Boot fanden.

Gerüche.

Überall Gerüche. Nach süß schimmernden Weißblüten, nach sauer funkelndem Gesträuch, nach herb glänzendem Moos.

Sie hüllen Chabalh ein, nur leicht verfälscht von dem Süßgestank der Ekelfrüchte. Sie erzählen ihm Geschichten von plüschigen Fellknäueltieren, von kleinen langschwänzigen Erdwühlern, von stolzen Laufvögeln. Das Aroma nach körperlicher Vereinigung hängt in der Luft. Der Duft nach Leben.

Doch auch der Gestank des Todes erreicht seine Nüstern. Ein verendetes zweibeiniges Spitzschnabelding, dessen einst buntes Federkleid ihm stumpf und dreckig am Leib klebt. Darüber liegt der Geruch eines anderen Tiers, rau, ursprünglich, frei. Der Geruch des Jägers.

Aber nirgends eine Spur des nicht lebendigen Halbdoppelmanns, der ins Wasser gefallen ist.

Chergost. So heißt er.

Chabalh findet ihn merkwürdig. Nicht so sehr wie den Flackermann, aber doch merkwürdig.

Denn es gibt ihn zweimal!

Oder nein: Es *gab* ihn zweimal. Jetzt gibt es ihn gar nicht mehr.

Die eine Hälfte des Doppelmanns hat der Regent kaputt gemacht. Mit einer Strahlenwaffe. Chabalh hat an ihm geschnuppert, als sie im Tempel waren. Der kaputte Halbdoppelmann hat genauso gerochen wie der nicht kaputte, der sie erst ins Wasser hineingestoßen und dann daraus gerettet hat. Ja, er hat ganz genauso gerochen, wenn man nicht auf den Gestank der Brandlöcher achtet.

Die zweite Hälfte des Doppelmanns ist in den Fluss gefallen und nicht wieder aufgetaucht. Chabalh findet, dass ihm das recht geschieht, immerhin hat auch er sie ins Wasser geschubst, indem er das Boot umstürzte.

Und Chabalh mag kein Wasser. O nein, ganz und gar nicht.

Denn Wasser ist nass. Es macht das Fell schwer, rinnt einem in Tröpfchen in die Nase, schwemmt den Geruch von allem davon.

Trotzdem stapft er durch Feuchtlöcher, schnuppert an Baumstämmen, an im Wasser schwimmenden Blättern, riecht kleine bräunliche Hüpftiere, die ihn aus großen Augen anglotzen und aufgeregt wegspringen, wenn er ihnen zu nahe kommt, wittert brackig modrige Pfützen. Er riecht Wasserpflanzen, Wassertiere, Wasserwurzeln.

Aber er riecht nicht den versunkenen Halbdoppelmann.

Chabalh ist traurig. Auch wenn er die beiden Hälften der Doppelmänner merkwürdig findet, weiß er, dass sein Herr nach ihm sucht und ihn dringend finden will. Chabalh will seinem Herrn helfen, will für ihn suchen und finden. Will, dass es dem Herrn gut geht und er stolz auf Chabalh ist.

»Seht doch, da!«, ruft plötzlich die Rotfellfrau.

Er hört auf, nach dem Halbdoppelmann zu schnuppern, und hebt den Kopf.

Da sieht er es auch: das lange, schmale Boot, das silbrig schimmert wie ein Fisch. In der Mitte des Flusses ragen zwei Felsen aus dem Wasser. Der Abstand zwischen ihnen ist groß. Aber nicht ganz so groß, wie das Boot lang ist. Das Wasser drückt den Silberleib gegen die Steine, das vordere Ende gegen den linken, das hintere gegen den rechten.

Chabalh sieht auch, dass das nicht mehr lange so bleiben wird.

Das Wasser schlägt ans Boot, schiebt es um Winzigkeiten umher. Es schrammt über die Felsen. Nicht viel, aber für jemanden mit scharfen Augen deutlich erkennbar.

Er zögert nicht und entfernt sich zwei Körperlängen vom Ufer. Von dort aus nimmt er Anlauf, springt, fliegt auf den Fluss zu und hört den erschreckten Ruf seines Herrn.

»Chabalh! Was tust du d...?«

Dann schlägt das Wasser über ihm zusammen.

Er hasst Wasser!

Kälte kriecht ihm ins Fell, will ihn lähmen. Er kämpft dagegen an. Er darf den Herrn nicht enttäuschen.

Chabalh taucht auf, stemmt sich gegen die Kraft des Stroms. Er orientiert sich.

Da! Die Felsen mit dem Boot.

Er ist so gesprungen, dass er oberhalb des Hindernisses im Wasser aufgekommen ist. Gut, sehr gut.

Jetzt, da er weiß, wohin er muss, legt er sich in die Strömung, lässt sich von ihr tragen, korrigiert mit Schwanz und Hintertatzen nur gelegentlich den Kurs.

Ein Wirbel packt ihn, zieht ihn in die Tiefe.

Chabalh verliert das Ziel aus den Augen. Wasser dringt ihm ins Maul. Unfreiwillig schluckt er es, keucht, hechelt, schluckt dabei nur umso mehr.

Dummes, dummes Wasser! Er hasst es.

Das heißt nicht, dass er nicht gut schwimmen kann.

Er lässt dem Wirbel seinen Willen, lässt es geschehen, dass er mit ihm spielt, ihn in die Tiefe zerrt, ihn herumschleudert. Chabalh wehrt sich nicht, vergeudet nicht sinnlos Kraft im Kampf, hofft, dass ihm die Luft ausreicht.

Ein böser Geist scheint die Strömung zu beherrschen. Als der Fluss Chabalh ausspuckt, wirft er ihn gegen den Bootsleib. Ein Stich zuckt ihm durch die Flanke.

Nein, nein, nein! Dummes Wasser!

Das Boot verschiebt sich unter dem Aufprall, rutscht zur Seite weg und verliert allmählich den Halt zwischen den Felsen.

Chabalh ignoriert den Schmerz. Ihm bleibt nicht viel Zeit für seinen Plan. Nicht, wenn das Boot jeden Moment zwischen den Steinen hindurchgleiten kann.

Er taucht. Öffnet die Augen. Sucht. Außer der weißen Gischt

und dem gelegentlichen Vorbeihuschen eines Fischs entdeckt er nichts.

Wenn er doch unter Wasser nur schnuppern könnte! Aber das geht nicht. Deshalb mag er kein Wasser.

Mit dem Kopf durchbricht er die Oberfläche. Er muss sich neu orientieren. Wo sind die Felsen? Wo das Boot?

Dort!

Nur unbewusst hört er die Rufe der Leute am Ufer. Er versteht sie nicht.

Da passiert es. Das hintere Bootsende rutscht endgültig vom Stein. Die Strömung erfasst es, stellt das Boot gerade und spült es zwischen den Felsen hindurch.

Nein! Dummes Wasser.

Durch den Wegfall des Hindernisses kann der Fluss zwischen den Steinen hindurchströmen. Wie bei einem gebrochenen Damm.

Ein Sog entsteht. Er erfasst Chabalh, treibt ihn dem Boot hinterher, drückt ihm den Kopf unter Wasser.

Und da sieht er es! Knapp unterhalb der Oberfläche. Wie eine Schlange schwimmt es an ihm vorbei, hin und her gepeitscht von der Strömung.

Wie ein Raubtier lauert er. Dann schnappt er zu. Das Wasser setzt ihm Widerstand entgegen, sodass er fürchtet, nicht getroffen zu haben. Doch da spürt er den Ruck zwischen den Zähnen und im Nacken.

Er hat das Tau des Boots erwischt, mit dem die Zweibeiner es am Ufer befestigen.

Das Boot zerrt, die Strömung schiebt.

Die Zeit des Kämpfens ist gekommen. Er schwimmt so gut er kann. Flussaufwärts, Stück für Stück.

Aussichtslos. Mit dem Boot im Schlepp kommt er gegen die Kraft nicht an.

Also ändert er den Plan.

Er legt sich wieder in die Strömung, lässt sich tragen und steuert doch dagegen. Nach links. Zum Ufer hin. Das Boot will ihn in die Flussmitte reißen, doch er widersteht.

Weiter nach links. Bald spürt er seine Pfoten nicht mehr. Die Kraft schwindet, das Herz hämmert.

Trotzdem beißt er die Zähne fest zusammen. Er darf das Tau nicht loslassen, sonst war alles umsonst.

Langsam – zu langsam! – nähert er sich dem Ufer.

Aber er gibt nicht auf. Darf nicht aufgeben. Der Herr verlässt sich auf ihn. Er darf ihn nicht enttäuschen.

Das Boot zerrt an ihm. An seiner Kraft und seinem Stolz.
Da entdeckt er vor sich das Ende des Gartens. Die Felswände rücken näher an den Fluss heran, bis sie links und rechts in die Höhe ragen. Ohne ein rettendes Ufer zwischen ihnen und dem Strom.
O nein! Er muss vorher an Land kommen. Er mussmussmuss!
Er kämpft. Schwimmt. Wehrt sich.
Wasser dringt ihm in die Nase, will ihn verlocken, das Maul aufzureißen. Er widersteht.
Das Tau nicht loslassen! Keinesfalls das Tau loslassen.
Er schnaubt das Wasser durch die Nüstern aus. Ignoriert die schwindende Kraft, die immer langsamer werdenden Bewegungen. Und dann erreicht er das Ufer. Er weiß nicht, wie, kann sich an die vergangenen Momente nicht erinnern. Aber er hat es geschafft.
Mit letzter Energie schleppt er das Boot an Land, muss ein weiteres Mal gegen die Strömung kämpfen, die ihm die Beute entreißen will, dann ist es vollbracht.
Er hat seinen Herrn stolz gemacht. Das weiß er.

»Hinterher!«, brüllte Rhodan, als er sah, wie sich das Boot zwischen den Felsen losriss und auch Chabalh dazwischen hindurchgespült wurde.
Mit großer Wahrscheinlichkeit hatten sie Chergost verloren. Er wollte nicht auch noch den Purrer verlieren.
Er hetzte am Ufer entlang, achtete nicht darauf, ob die anderen ihm folgten. Bloß nicht Chabalh aus den Augen lassen. Es misslang. Die Strömung war zu stark. Immer wieder erfasste sie die Großkatze, drückte sie unter Wasser.
Er blickte über die Schulter. Erleichtert stellte er fest, dass Belinkhar, Ishy, Iwan, Atlan und Ellert ihm folgten. Der Schreck über Chabalhs plötzliche Aktion stand ihnen ins Gesicht geschrieben.
Sie rannten weiter, ohne sich um die Vögel oder die kaninchenartigen Tiere mit den flauschigen Tellerohren zu kümmern, die sie mit ihrer ungestümen Art in die Flucht trieben.
»Dort vorne ist der Garten zu Ende«, stellte Atlan überflüssigerweise fest.
Rhodan war klar, was das bedeutete: Wenn Chabalh es bis dorthin nicht geschafft hatte, dem Fluss zu entkommen, hatte ihn die Strömung weiter flussabwärts gespült. Was auch immer ihn dort erwarten mochte.

»Da liegt er!«, rief Ishy Matsu.

Tatsächlich. Am Rand eines schmalen Schilfgürtels, über dem aufgeregt eine Wolke aus Schmetterlingen tanzte, kauerte Chabalh. Sein Brustkorb hob und senkte sich, pumpte Luft in die Lungen. Der Purrer war erkennbar am Ende seiner Kräfte.

Im Schilf, halb an Land und halb im Wasser, lag das Boot. Das Tau hing zwischen Chabalhs Zähnen.

Rhodan ging zu seinem selbst ernannten Leibwächter, löste das Seil aus seinem Maul und tätschelte ihm den Kopf. »Das hast du gut gemacht.«

Der Purrer schnurrte zufrieden, was sich bei einer Katze dieser Größe höchst beängstigend anhörte, und war nur Augenblicke später eingeschlafen.

Sie gaben ihm eine gute Stunde, um zu Kräften zu kommen. In der Zwischenzeit suchten sie das Ufer weiter nach Chergost ab. Ohne Ergebnis.

»Wir müssen es riskieren«, sagte Belinkhar, als Chabalh die Augen aufschlug und herzhaft gähnte.

»Was?«, fragte Rhodan.

»Da Teffron mit dem Boot zu verfolgen. Flussabwärts. Auch wenn wir nicht wissen, was uns dort erwartet.«

»Du hast recht. Wäre Chergost an Land gespült worden, hätten wir ihn längst gefunden. Wir müssen die Suche nach ihm einstellen.«

Selbst Atlan stimmte zu, auch wenn er zuvor der heftigste Verfechter gewesen war, den Roboter nicht aufzugeben.

Nicht für eine Sekunde erwogen sie, mit dem Boot flussaufwärts zu fahren und an die Oberfläche der Insel Ghewanal zurückzukehren. Nicht, solange die Hand des nun toten Regenten frei war. Vielleicht gab es weiter unten am Strom tatsächlich einen Ausgang aus dem Höhlensystem. Sie mussten ihn erwischen, bevor da Teffron ihn erreichte.

»Was hat Chergost gemeint, als er sagte, flussabwärts liege Artekhs Vergangenheit?«, fragte Rhodan den Arkoniden.

»Ich weiß es nicht.« Das Eingeständnis fiel ihm sichtlich schwer.

»Und diese andere Sache? Sie wissen schon: *Wenn er den Schumanoi findet, entkommt er uns.*«

»Shonumoy«, korrigierte Atlan. »Tut mir leid. Ich weiß nicht, was er damit sagen wollte.«

»Was ist ein Shonumoy?«

Der Arkonide zeigte auf eine Wiese etwa hundert Meter von ihnen entfernt. Darauf saßen drei Tierchen, die Rhodan bereits aufgefallen waren. Die weißfelligen kaninchenähnlichen Wesen mit den runden Köpfen und den flauschigen Tellerohren. *»Das* sind Shonumoy.«

»Ich verstehe nicht. Wie soll ein ... ein Kaninchen da Teffron dabei helfen zu entkommen?«

»Fragen Sie mich etwas Leichteres.«

»Wie Sie wünschen: Wollen wir aufbrechen?«

Sie wollten. Zwar waren nicht alle so erholt, wie sie es sich erhofft hatten. Das konnte nur durch mehrere Stunden Schlaf erreicht werden. Dennoch fühlten sie sich ausgeruht genug, sich dem Fluss anzuvertrauen.

Um zu vermeiden, dass das Boot ihnen davonschwamm, kaum dass sie es ins Wasser setzten, zogen sie es mit vereinten Kräften aus dem Schilfgürtel und an eine ruhigere Ausbuchtung des Stroms.

Wie bei ihrer ersten Fahrt stellte sich Atlan auf den Platz des Steuermanns. Rhodan ließ sich auf der Sitzbank dahinter nieder, dann folgten Belinkhar, Ishy Matsu, Iwan Goratschin und Ernst Ellert.

»Wo Chabalh?«, fragte der Purrer.

Tatsächlich waren sie mit einer Person weniger in Crysalgiras Garten angekommen, da Ellert erst in einer der Ruinen buchstäblich aus dem Nichts zu ihnen gestoßen war. Und selbst da war es in dem Boot verdammt eng zugegangen.

Sie beschlossen, dass sich Goratschin auf Ishy Matsus Platz setzte und die zierliche Japanerin auf den Schoss nahm. Auch Ellert rückte nach vorne, sodass Chabalh am hinteren Ende halbwegs Platz fand.

Rhodan hoffte nur, dass die Bootsfahrt nicht allzu wild wurde, denn der Silberfisch – wie er das Boot in Gedanken getauft hatte – war eindeutig überbesetzt.

»Bereit?«, fragte Atlan.

Alle bestätigten.

Der Arkonide berührte die Milchglasscheibe, und ein holografisches Gesicht erschien darin. Diesmal nicht die anmutigen Züge der Prinzessin, sondern das eines schielenden Mädchens mit schiefen Zähnen.

»Die Benutzeroberfläche verfügt offenbar über ein vielfältiges Repertoire«, stellte Rhodan fest.

»Sieht so aus«, knurrte Atlan. »Aber Runeldana hätte es wirklich nicht sein müssen.«

»Wer?«

»Crysalgiras Zofe. Ein neugieriges, schnippisches Ding, das

den Posten nur bekommen hat, weil der Bruder ihres Vaters in der Leibgarde ... ach, ist doch auch egal.«

»Was kann ich für Sie tun?«, erkundigte sie sich.

»Bring uns flussabwärts.«

»Ist mir ein Vergnügen.« Eine programmierte Lüge, um den Anschein von Freundlichkeit zu erwecken, genauso wie die für Positroniken ungewöhnliche Höflichkeitsanrede.

Der Antriebskasten zwischen den senkrechten Röhren am Heck des Boots erwachte in einem anhaltenden Summen. Der Silberfisch arbeitete sich aus der Bucht heraus. Sofort erfasste die Strömung des Flusses das Gefährt.

Die Positronik passte die Steuerung so an, dass der Antrieb der Flussrichtung entgegenwirkte und sie nicht gleich mitgerissen wurden, sondern langsam stromabwärts fuhren.

Sie erreichten das Ende von Crysalgiras Garten. Die steilen Felswände rückten an den Fluss heran, auch die Decke kam ihnen entgegen.

Unwillkürlich fragte sich Rhodan, was passierte, wenn der Tunnel immer niedriger wurde und kein Weiterkommen mehr ermöglichte.

*Dann steht da Teffron vor dem gleichen Problem. Da offenbar sein Antrieb ausgefallen ist, wird er feststecken wie ein Korken in der Flasche.*

Glücklicherweise lieferten biolumineszierende Moose und Flechten an den Felsen genügend Licht, um sich zu orientieren. Von der Decke hingen Pflanzenstränge wie Laternen.

Gelegentlich stießen aus anderen Höhlen Seitenarme des Flusses in ihren Strom.

Manche trugen Müll mit sich. Folien, Kunststoffplatten und ähnliches Zeug.

»Abfall von Ghewanal und aus dem Bergbau«, vermutete Atlan. »Auf Artekh 17 beutet man wieder die Bodenschätze aus.«

Glücklicherweise trieb nicht so viel Unrat im Strom, dass er ihre Fahrt gefährdete. Dafür brachten die Seitenarme ein anderes Problem mit sich: Wasser! Mit jedem Zufluss wurde die Strömung reißender.

Plötzlich wurde es dunkel.

»Was ist passiert?«, rief Belinkhar.

»Hier wachsen keine Pflanzen mehr«, schrie Rhodan zurück. »Also kein Biolicht mehr.«

»Scheinwerfer!«, forderte Atlan von der Bordpositronik.

»Sehr gerne«, antwortete sie. »Ich möchte jedoch darauf hinweisen, dass der Antrieb bereits auf Höchstlast läuft, um der Strömung entgegenzuwirken. Wenn ich Teile der Energie für die Beleuchtung abzweige, geht dies zulasten des Antriebs.«

»Dann fahren wir eben etwas schneller«, sagte er zum Runeldana-Holo. »Scheinwerfer!«

»Wie Sie wünschen.«

Die Reling um das Boot erstrahlte in bläulichem Licht.

»Leuchtkraft ausschließlich nach vorne!«, befahl Atlan.

Die Positronik gehorchte. Während es hinten und seitlich dunkel wurde, erhellte ein Lichtschein drei oder vier Meter des Flusses vor ihnen. Nicht sehr weit, wie Rhodan fand. Zumal, wie das Runeldana-Hologramm angekündigt hatte, ein Teil der Energie für den Antrieb fehlte und die Strömung sie innerhalb kürzester Zeit über den sichtbaren Bereich hinwegspülte.

Plötzlich stieß Atlan einen Fluch aus.

Rhodan umklammerte die Reling und schaute an dem Arkoniden vorbei. Das Licht zeigte etliche spitze und flache Felsen, an denen sich das Wasser tosend brach.

Stromschnellen!

»Festhalten!«, brüllte Rhodan, da erfasste sie das Chaos.

»Prallschutz!«, schrie Atlan.

Rhodan konnte nicht feststellen, ob sich danach etwas veränderte. Der Strom wirbelte sie hin und her. Schläge trafen das Boot von unten, hoben ihn vom Sitz und ließen ihn mit voller Wucht darauf zurückknallen.

Er umklammerte die Reling. Hinter ihm kreischten Ishy und Belinkhar. Riefen etwas. Rhodan verstand kein Wort.

Hoch, runter, ein neuerlicher Schlag.

Rhodans Finger verkrampften sich allmählich. Lange würde er sich nicht mehr festhalten können, dann musste er loslass...

Von einer Sekunde auf die nächste kehrte Ruhe ein. Sie hatten die Stromschnellen überstanden.

Er warf den Kopf herum und konnte sich ein erleichtertes Lachen nicht verkneifen, als er die gesamte Gruppe vollzählig hinter sich entdeckte. Die biolumineszierenden Pflanzen waren zurückgekehrt. Die Reling des Boots leuchtete nicht mehr.

Der Purrer im Heck schüttelte sich wie ein Hund, dass die Tropfen nur so flogen. »Chabalh hasst dummes Wasser«, knurrte er.

Rhodan blickte sich um. Sie trieben langsam auf einem breiten Abschnitt des Flusses. Ein Ufer existierte zwar nicht, aber die Felswände standen so weit auseinander, dass die Strömung ihnen ein wenig Zeit zum Atemholen gewährte.

»Das brauche ich so schnell nicht mehr«, keuchte Ishy Matsu. »Übrigens kannst du mich wieder lockerer fassen, Iwan. Du zerquetschst mich fast.«

»Seht ihr irgendwo das Wrack von da Teffrons Boot treiben?«, fragte Rhodan in die Runde.

Sie entdeckten nichts. Also hatte die Hand des Regenten mit seinem Lakaien die Stromschnellen entweder überstanden, oder der Strom hatte die Überreste bereits weggespült.

Der Silberfisch näherte sich der nächsten Engstelle. Sofort wurde die Strömung stärker.

Atlan legte den Kopf schief, als lausche er auf etwas. Bevor Rhodan nachfragen konnte, hörte er es auch. Ein leises dumpfes Rauschen. Die Felswände brachen den Laut so, dass er aus allen Richtungen zu kommen schien.

»Was ist das?«, fragte er.

»Ich fürchte, nichts Gutes«, gab der Arkonide zurück. »Vielleicht ein ... oh!«

»Was denn?«

Atlan antwortete nicht. Er fummelte an Holoreglern auf der Milchglasscheibe herum, las Anzeigen ab, schüttelte den Kopf, betätigte Holotaster.

»Sind Sie mit meiner Art, das Boot zu steuern, nicht zufrieden?«, erkundigte sich die Positronik mit freundlicher Stimme.

»Wir müssen zurück! Schaffen wir die Stromschnellen in umgekehrter Richtung?«

»Ausgeschlossen. Dafür reicht die Energie nicht.«

»Atlan!«, sagte Rhodan. »Was ist los?«

»Ich sehe hier Anzeigen für Notsysteme, Internwartung, Protokollführung, Spritzwasserprallschutz und mehr unnützen Kram. Wenn wir die gesamte Energie in den Antrieb stecken und ...«

»Entschuldigen Sie, wenn ich unterbreche.« Die Positronik verlor nicht einmal ansatzweise ihre Freundlichkeit. »Aber die von Ihnen angesprochenen Systeme sind essenzielle Bestandteile des automatischen Steuersystems und lassen sich nur bis zu einem gewissen Grad herunterregeln.«

Das Rauschen wurde lauter. Und besser ortbar. Es kam eindeutig von vorne. Ein Wasserfall!

»Die Systeme lassen sich nicht ausschalten?«, schrie Atlan. »Das kann doch nicht sein.«

»Ist aber so. Tut mir leid.« Nach einer kurzen Pause fügte sie an: »Es sei denn, Sie wollen auf manuelle Steuerung umschalten.«

»Ich ... das geht?«

»Natürlich. Auch wenn ich Ihnen davon abraten möchte, weil kein biologisches Gehirn die Rechenleistung eines ...«

»Umschalten. Sofort!«

»Wie Sie wünschen. Meine anderweitige Empfehlung wurde im Protokoll verzeichnet. Ab diesem Augenblick führen Sie das Boot auf eigene Gefahr und ohne Anspruch auf Versicherungsschutz. Viel Glück.«

Runeldanas Gesicht erlosch. Die Glasplatte öffnete sich, und zwei Handhebel glitten in die Höhe. Mit ihnen ließen sich offenbar die Antriebsröhren einzeln ansteuern.

Doch es war zu spät. Die Felswände verengten sich immer mehr, die Strömung nahm stetig zu.

Atlan schaltete ein System nach dem anderen ab, drückte die Hebel bis an den Anschlag, jagte alle Reserven in den Antrieb. Es nützte nichts. Er verfügte nicht über die Reaktionsschnelligkeit einer Positronik. Das Boot geriet zunehmend ins Schlingern.

Dann wurde es dunkel um sie. An dieser Stelle des Flusses gab es keine leuchtenden Pflanzen.

Rhodan glaubte Atlan »Beleuchtung!« schreien zu hören, doch nichts geschah. Natürlich nicht, hatte der Arkonide doch die automatische Steuerung desaktiviert.

Hinter ihm überschlugen sich die Schreie. Er konnte sie nicht zuordnen. Und er konnte nichts, aber auch gar nichts tun.

Also tat er das Einzige, was ihm blieb. Er klammerte sich fest. Bereitete sich geistig auf den unvermeidlichen Augenblick vor.

Dennoch schrie auch er unwillkürlich auf, als das Boot nach vorne wegkippte und in einen dunklen bodenlosen Abgrund stürzte.

*Aus den Unterweisungen der Geschichtswahrer*

*Vor langer Zeit lebte bei den Khal-Nethor eine junge Frau, deren Schönheit sich mit der von Prinzessin Crysalgira messen ließ. Sie war die Tochter des Anführers der Khal und sie hieß Crysalya. Nicht von ungefähr trug sie einen Namen, der dem der Prinzessin ähnelte.*

*Sie war die Anmut in Person. Die Haut hell wie die Blüten der Schattenrose. Ihre Adern schimmerten hindurch, zeichneten Muster in Vollendung, die die jungen Khal in den Wahnsinn trieben.*

*Doch niemand, der um sie warb, war gut genug für sie.*

*Sie suchte nach einem anderen. Nach ihrem Prinzen.*

*Wer sie fragte, wie er denn auszusehen habe, dieser Prinz, erhielt zur Antwort: »Wenn ich ihn sehe, werde ich ihn erkennen.«*

*Dann traf sie ihn. Und erkannte ihn.*

*Sein Name ist in den Geschichten der Nethor nicht überliefert, und doch kennen wir die Bezeichnung, die unsere Vorväter ihm verliehen.*

*Sie nannten ihn den Hoffnungsbringer.*

# Kapitel 3

## Der Fluss gibt, der Fluss nimmt

Das Boot fällt. Und Chabalh fällt mit ihm. Die Welt dreht sich um ihn, doch er kann es nicht sehen. Dazu ist es zu dunkel. Trotzdem spürt er es.

Leute purzeln übereinander. Für Chabalh bestehen sie nur aus fliegenden Armen und Beinen. Und Schreien. Die Gerüche vereinen sich zu einem undefinierbaren Gemisch, in das sich zunehmend der Gestank eines Kolanimännchens mengt, das angesichts eines bulanischen Kehlenschlitzers erstarrt.

Panik!

Ein Körper berührt ihn, wird aus dem Boot geschleudert. Er riecht weder nach Körper noch nach Panik. Der Flackermann Ernstellert. Niemand anders kann es sein.

Eine leuchtende Hülle errichtet sich um den Bootsleib und hält andere Leute davon ab, auch aus dem Boot zu fallen. Für den Flackermann aber kommt sie zu spät.

»Akute Notsituation«, sagt die Stimme der flachen Frau, die aus der Scheibe spricht. »Positronik übernimmt Steuerung. Prallschirm etabliert. Antigraveinheit aktiviert.«

Das Wort kennt Chabalh. Das hat sein Herr schon für den Gürtel des Halbdoppelmanns verwendet.

Fällt das Boot langsamer? Nein, Chabalh muss sich irren.

»Antigraveinheit nicht lange funktionsfähig«, sagt die flache Frau aus der Scheibe. »Unzureichende Energiereserven, verursacht durch übermäßigen Verbrauch während der manuellen Steuerung.«

Er wundert sich, dass die flache Frau vorhin so freundlich mit dem Gonozal-Mann gesprochen hat und nun kühl und unfreundlich klingt. Merkwürdig.

»Antigraveinheit abgeschaltet.«

Chabalh weiß nicht, was das bedeutet, aber plötzlich hat er das Gefühl, wieder schneller zu fallen.

»Energiereserven aufgebraucht. Notabschalt...«

Die flache Frau in der Scheibe bricht mitten im Wort ab. Vielleicht hat sie sich erschreckt, weil mit einem Mal die Leuchthülle erloschen ist. Auch die bunten Lichter auf der Glasscheibe bei der flachen Frau gehen aus. Es wird dunkel.

Dann der Aufprall.

Hart, als wäre er aus einem hohen Baum auf einen Felsen gefallen. Dabei ist es doch nur Wasser. Dummes, dummes Wasser.

Die Luft bleibt ihm weg, aber das ist gut so. So ist er nicht versucht zu atmen, als er im Fluss abtaucht.

Er strampelt mit den Pfoten, rudert mit dem Schwanz, kämpft sich an die Oberfläche zurück. Giert nach Luft.

Chabalh fühlt, wie das Wasser ihn mit sich trägt, voranpeitscht, einem ungewissen Schicksal entgegen.

Er riecht das Wasser. Den frischen und doch hinterhältigen Geruch. Das Aroma nach Fisch und Tod. Aber noch einen anderen Duft nimmt er wahr. Über den des Wassers hinweg.

Die Panik der Leute.

Die Rotfellfrau Belinkhar.

Und da der große Feuermann.

Der Gonozal-Mann.

Jetzt riecht er auch die kleine Frau mit dem langen, zu einem Seil geflochtenen Fell.

Und seinen Herrn.

Das ist gut. Sie haben Angst. Das heißt, sie leben. Ja, das ist gut.

Die Strömung treibt Chabalh voran. Wenn er doch nur etwas sehen könnte. Was, wenn ein Felsen mitten im Fluss steht, den er nicht erkennt?

Eine Kraft packt ihn. Es fühlt sich an, als lauere etwas unter Wasser, was ihn zu sich in die Tiefe ziehen will. Aber es ist nur eine Verwirbelung. Sie wirft ihn umher, zerrt ihn hinab, spuckt ihn wieder aus.

Er keucht.

Schluckt.

Hustet.

Erneut zieht ihn die Kraft unter Wasser.

Als er auftaucht, ist es hell. Die Strömung wirkt unvermindert weiter, aber sie haben einen neuen Abschnitt des Flusses erreicht. Der Fels weicht zurück.

Sie sind in einem Tal angekommen. Eines wie der Garten der Prinzessin Crysalgira.

Doch schnell erkennt Chabalh den Unterschied.

Nein, die Höhle ähnelt dem Garten der Prinzessin doch nicht.

Dazu ist sie zu fremdartig.

Viel zu fremdartig.

Perry Rhodan schluckte Wasser. Hustete.

Er war den Urgewalten hilflos ausgeliefert. Atemlos. Und blind von der ihn umgebenden Dunkelheit.

Doch plötzlich wurde es hell. Allerdings nur für einen Augenblick, dann zog ihn die Strömung nach unten. Er wehrte sich nicht. Nur Sekunden später gaben ihn die Kräfte frei.

Sein Kopf durchstieß die Wasseroberfläche. In unmittelbarer Nähe entdeckte er Ishy Matsu, die sich an Iwan Goratschin festklammerte. Ein Stück vor ihm kämpfte Atlan gegen die Fluten, verschwand unter Wasser, tauchte auf, hustete, verschwand erneut.

Wann immer die Strömung es zuließ, versuchte Rhodan einen Eindruck der Umgebung zu gewinnen. Doch er sah nur nackte Felswände, die bis an den Fluss reichten. Kein Ufer, keine Möglichkeit, sich in Sicherheit zu bringen.

Woher stammte das Licht?

Er schaute nach oben, da erfasste ihn eine Welle und spritzte ihm Wasser in Augen, Nase und Mund. Er hustete, nein, *wollte* husten, doch erneut zog ihn die Strömung in die Tiefe ...

... und gab ihn nicht mehr frei.

Zuerst ließ er dem Fluss seinen Willen, hoffte darauf, von selbst an die Oberfläche gespült zu werden. Aber das geschah nicht. Allmählich ging ihm die Luft aus. Der Überlebensinstinkt übernahm die Kontrolle. Rhodan strampelte, versuchte, der Strömung zu entkommen, endlich wieder zu atmen. Aber um ihn herum war nur Wasser.

Sterne platzten vor seinen Augen auf. Zeichen des Sauerstoffmangels.

Hoch! Er musste nach oben!

Aber er hatte der Gewalt des Stroms nichts entgegenzusetzen.

Er widerstand, solange er konnte, verwehrte sich dem Wunsch, den Mund aufzureißen und zu atmen.

Dann ging es nicht mehr. Er öffnete die Lippen – und herrlich frische Luft strömte ihm in die Lungen. Für ein paar Sekunden genoss er es, einfach zu atmen, doch als er sich das nächste Mal umsah, wurde ihm klar, dass sich seine Lage kaum verbessert hatte. Noch immer spülten ihn Unmengen von Wasser durch einen unterirdischen Kanal, dessen Ende nicht abzusehen war. Wie lange konnte er, wie lange konnten seine Freunde diesen mörderischen Ritt überstehen?

Etwas Leuchtendes schwebte über dem Fluss, unter der Decke. Ballons? Dünne Fäden hingen von ihnen herab, die an die Nesselfäden von Quallen erinnerten. Diese ... Tiere? Pflanzen? Worum auch immer es sich handelte, diese Dinger sorgten für das Licht im Tunnel.

Erneut zog ein Wirbel ihn nach unten und spuckte ihn kurz darauf wieder aus. Der Fluss vollzog eine Biegung nach links – und trug Rhodan in ein weit geöffnetes Tal.

Vor ihm gabelte sich der Strom. Die Landmasse zwischen den Flussarmen bestand aus einem gigantischen zerklüfteten Felsmassiv, aber an den Außenufern erstreckte sich ein Land voller Wunder.

Es war Rhodan nicht vergönnt, viel zu erkennen. Aber das bisschen reichte aus, ihn zu erstaunen. Dichte Vegetation, Vögel, die in der Höhe ihre Kreise zogen, ein Geflecht aus Hängebrücken, das sich zwischen Bäumen spannte.

Kurz vor der Flussgabelung überbrückte ein merkwürdiges Konstrukt den Wasserlauf. Ein Steg, der aussah, als habe man ihn aus Schrott, Kunststoff und Pflanzenfasern zusammengesetzt. Er wirkte alles andere als vertrauenerweckend. Dennoch tummelten sich etliche Personen darauf.

»Hül...pfe!«, schrie Rhodan. Er schluckte Wasser, musste husten.

Die Leute auf der Brücke blickten in seine Richtung, deuteten auf die Gruppe aus menschlichem Treibgut und brüllten einander an. Allerdings machten sie keine Anstalten, den Schiffbrüchigen zu Hilfe zu kommen.

Wie Rhodan kurz darauf feststellte, war das auch nicht nötig.

Der Fluss spülte ihn unter der Brücke hindurch, und mit einem Mal endete die unfreiwillige Reise. Einige Sekunden des Orientierens vergingen, bis er merkte, wohin das Wasser ihn getragen hatte: in ein Gitter. Er fühlte glitschiges Holz unter den Fingern, wollte daran in die Höhe klettern, rutschte ab, versuchte es erneut, rutschte wieder ab und gab auf.

Er ließ zu, dass die Strömung ihn gegen das Gitter drückte, bemühte sich allerdings, den Kopf über Wasser zu halten. Soweit die Gewalten des Flusses es gestatteten, schaute er sich um. Erleichterung überkam ihn, als er seine Gefährten entdeckte, die es ebenfalls hierher – was war das? Eine Reuse? – gespült hatte. Auch sie klammerten sich an das Gitter, waren mit den Kräften am Ende, aber wenigstens lebten sie. Vor allem Ellert machte den Eindruck, als sei er dem Ertrinken nur um Haaresbreite entronnen.

Rhodan sah nach oben. Auf die Brücke, wo die Leute sie noch immer ignorierten.

Sie erinnerten ihn an Arkoniden und doch wieder nicht. Die Glupschaugen, die bleiche Haut, auf der sich ein Netz aus dunklen Linien abzeichnete, die Kleidung, die zum größten Teil aus Pflanzenfasern, Federn und rohem Leder bestand, soweit er das aus der Distanz beurteilen konnte – all das machte auf ihn den Eindruck, als hielten sich die wahren Schiffbrüchigen *auf* und nicht *unter* der Brücke auf.

Chergosts Antwort auf die Frage, was sich flussabwärts befand, ging ihm durch den Sinn. *Artekhs Vergangenheit.*

Eine weitere Welle brach über ihn herein, drückte ihn gegen das Gitter und spülte den Gedanken weg.

Als er wieder etwas sehen konnte, ging einer der Arkonidenähnlichen zu einem großen Rad. Ein anderer schrie Worte, die Rhodan nicht verstand, lief auf den Ersten zu und rammte ihm einen angespitzten Pfahl in den Bauch.

Da erst begriff Rhodan, dass es sich offenbar um zwei verfeindete Gruppen handelte.

Und wieder drückte eine Welle ihn unter Wasser. Nur mit Mühe kämpfte er sich an dem Gitter so weit hoch, dass er Luft bekam. Er wusste nicht, wie lange er für solche Aktionen die Kraft aufbrachte. Seinen Begleitern ging es nicht besser. Atlan hatte Ellert gepackt und achtete darauf, dass er nicht unterging.

Geschrei wurde auf der Brücke laut. Fünf, sechs, sieben Arkonidenähnliche rannten mit erhobenen Waffen auf den Pfahlstecher zu. Sie trugen Knüppel, schartige Kunststoffteile, bleiche Dolche, die aussahen, als bestünden sie aus Knochen.

Der Pfahlstecher wich zurück. Seine Körperhaltung verriet Panik. Zwei Männer, offenbar Angehörige seiner Gruppe, stellten sich vor ihn, hoben abwehrend die Hände und redeten hektisch auf die Angreifer ein. Tatsächlich blieben diese stehen, drohten ein paarmal mit ihren Waffen, ließen die anderen aber abziehen.

Die kleine Gruppe um den Pfahlstecher, sie bestand aus höchstens fünf der Arkonidenähnlichen, verließ die Brücke auf der linken Seite. Dort aber verharrten die Männer und beobachteten.

Die anderen lachten laut auf, als hätten sie einen großartigen Sieg errungen. Zwei von ihnen schleppten den leblosen Körper von der Brücke, während drei weitere das aufrecht stehende Rad fassten und daran drehten. Unwillkürlich musste Rhodan an das Steuerrad auf einem altertümlichen Meeresschiff denken.

Als sich plötzlich das Gitter vor ihm in die Höhe bewegte, erkannte er die Wahrheit. Kein Steuerrad, sondern eine Winde für das Schleusentor!

Etwas berührte seine Füße, drückte von unten dagegen, hob ihn hoch.

Ein weiteres Mal musste er sich korrigieren. Keine Schleuse. Ein einseitig offener Käfig! Die Arkonidenähnlichen hatten sie gefangen, wie Seeleute Fische in einem Netz fingen.

Der Käfig war riesig. Mit vielleicht fünfzig Metern so breit wie der gesamte Fluss und drei oder vier Meter tief. Endlich ließ der Wasserdruck nach, der Rhodan so lange gegen das Gitter gepresst hatte. Wie seine Begleiter kam er auf einer Platte zu liegen, die von Wasserpflanzen bedeckt war. Er keuchte, schnappte nach Luft, genoss für ein paar Sekunden das Ende des Kampfs gegen die Gewalten der Strömung.

Der Fang der Arkonidenähnlichen bestand nicht nur aus ihm und seinen Begleitern. Auch der lädierte Silberfisch, das Boot, war ihnen ins Netz gegangen, zusammen mit zwei Kunststofffolien und einem beinlangen spiralförmigen Ding unbekannten Zwecks. Es erinnerte Rhodan an eine alte Sprungfeder.

Als die Bodenplatte etwas höher als die Brücke hing, verharrte der Käfig mit einem Ruck. Rhodan wollte sich mit den Händen abstützen und schob den Film aus Wasserpflanzen zur Seite. Schriftzeichen und Nahtstellen kamen darunter zum Vorschein. Sie verrieten, dass die Platte aus einzelnen Kunststoffelementen bestand. Vielleicht die Überreste von Bootswandungen.

Die Glupschäugigen griffen nach dem Käfig, zogen ihn zu sich heran und senkten ihn ein Stück ab. Nun schwebte er etwa eine Handbreit über der Brücke, die von oben nicht wesentlich vertrauenerweckender als von unten aussah.

Getuschel wurde laut, als die Männer ihren Fang betrachteten.

Rhodan unterdrückte den Drang, den Strahler zu ziehen, den ihm nicht einmal die Strömung hatte entreißen können. Wenn die Fremden ihnen böse gesinnt waren, hätte er ohnehin nur einen kurzen – und blutigen – Aufschub erkauft. Die Übermacht war zu groß. Außerdem wirkten die Arkonidenähnlichen eher neugierig als aggressiv. Manche deuteten auf das Boot, andere machten eine kopfwackelnde Geste, deren Bedeutung sich Rhodan nicht erschloss.

Einer trat auf den Käfig zu. Er trug das weiße Haar zu einem straffen Knoten am Hinterkopf gebunden. Seine Kleidung hob sich von der der restlichen Glupschäugigen ab. Kein Leder, keine Federn – sondern Teile einer Uniform. Zuerst begutachtete er Chabalh, der das Interesse mit einem kehligen Grollen quittierte. Dann glitt sein Blick über die weiteren Mitglieder der Gruppe, bis er an Atlan hängen blieb.

Er sagte etwas in einer Sprache, die Rhodan nicht verstand und die der Translator nicht übersetzte. *Noch* nicht, wie er hoffte.

Zu seiner Überraschung antwortete Atlan in der gleichen Sprache. Zumindest vermutete Rhodan das, denn der Fremde lachte.

Wenigstens eine vertraute Regung, auch wenn er sich nicht sicher war, ob sie beim Volk der glupschäugigen Arkonidenähnlichen dasselbe bedeutete wie bei den Menschen.

Der Fremde gab eine Antwort – und plötzlich mischten sich bekannte Worte in die ansonsten unverständlichen Sätze. Der Translator hatte offenbar genug gehört, um der Sprache allmählich Herr zu werden.

»... musst Ihr erschöpft ... Ihr und Eure Freunden ... dass Ihr ausruhen kannst ... Khal geben Euch Unterkunft ...«

Wer waren diese Leute? Arkoniden, die mit der Herrschaft des Regenten nicht zufrieden waren und sich in den Untergrund zurückgezogen hatten? Rebellen?

Aber das erklärte nicht ihr merkwürdiges Äußeres.

Sah er etwa das Ergebnis von Evolution vor sich? Wahrscheinlich. Fehlendes Sonnenlicht konnte dafür gesorgt haben, dass die Haut keine Pigmente bildete und sich die Adern darunter als feines Netz abzeichneten.

Wie lange mochte die Unterwelt von Ghewanal bereits die Heimat dieses Volkes darstellen? Jahrtausende, schätzte Rhodan.

*Dort unten liegt Artekhs Vergangenheit.*

Wenn diese Kultur tatsächlich vor so langer Zeit entstanden war, wussten deren Angehörige überhaupt etwas von dem Leben auf der Oberfläche? Mussten sie die Besucher nicht für höhergestellte Wesen oder Götter halten?

Der Fremde streckte ihnen die offenen Handflächen entgegen. Offenbar eine universelle Geste der Friedfertigkeit.

»Ihr sind willkommen bei den Khal-Nethor im Zweistromland!«, sagte der Mann in Uniform. »Ich heiße Thinche und bin der Hochvater der Khal.«

Die Khal-Nethor hoben die Fundstücke samt Boot aus dem Käfig, trugen sie ans linke Ufer und warfen sie den Männern, die sie vorhin von der Brücke verjagt hatten, vor die Füße. Sie kehrten zurück und ließen auf ein Handzeichen von Thinche den Käfig zu Wasser.

Die Arkonidenähnlichen am linken Ufer tuschelten miteinander. Einer rief ein Wort, das der Translator mit »Zyklenbrecher« übersetzte, dann wandte er sich ab und rannte davon. Rhodan meinte, den Pfahlstecher zu erkennen.

»Was ist mit ihnen?«, fragte er. »Warum haben sie Sie angegriffen?«

»Thas-Nethor!«, entgegnete Thinche, als würde das alles erklären. Vielleicht tat es das sogar.

Der Hochvater der Khal führte sie von der Brücke. Rhodan misstraute der Konstruktion aus Technoschrott, Holzstämmen, Metallstreben und Pflanzensträngen weiterhin, auch wenn sie sich unter seinen Füßen erstaunlich stabil anfühlte.

Fünf Arkonidenabkömmlinge – Rhodan hatte sich inzwischen festgelegt, dass es sich um solche handelte – folgten ihnen. Er war sich nicht sicher, ob man sie als Gäste oder als Gefangene betrachtete.

Am Ende des Trupps gingen zwei weitere Nethor. Sie hatten ihren toten Kameraden auf eine aus Pflanzenfasern geflochtene Matte zwischen zwei Holzstangen gelegt. Eine einfache Bahre aus natürlichen Rohstoffen.

»Sie haben den Mord an ihrem Kumpanen erstaunlich schicksalsergeben hingenommen«, flüsterte Rhodan Atlan zu. »Anstatt sich an den Angreifern zu rächen.«

»Mir kommt es so vor, als geben sie sich selbst die Schuld an seinem Tod. Wer weiß, welcher Konflikt zwischen den Gruppen schwelt.«

»Bitte folgen Ihr uns zu Eurer Unterkunft«, sagte Thinche. »Dort können Ihr sich ausruhen.«

Rhodan fragte sich, ob die verschrobene Grammatik dem Lernprozess des Translators geschuldet war oder ob sie der tatsächlichen Ausdrucksform der Nethor entsprach.

Ein wundersames Land tat sich vor ihm auf. Am auffälligsten waren die quallenähnlichen Geschöpfe, die hoch über dem Land schwebten und die Umgebung mit Helligkeit versorgten.

»Sternschwärmer«, sagte Thinche, als er Rhodans nach oben gerichteten Blick bemerkte. »Wir müssen uns beeilen, der lichte Zyklus neigt sich dem Ende.«

Was auch immer das bedeuten sollte in einem Land, in dem keine auf- und untergehende Sonne für einen Tag-Nacht-Wechsel sorgte.

Sie kamen an einer Weide vorbei, auf der zottelige Tiere mit sechs kurzen Beinen grasten. Der Gestank nach Moschus und Exkrementen beleidigte Rhodans Geruchsempfinden. Chabalh, der neben ihm hertrottete, schüttelte sich gelegentlich und gab ein unleidliches Knurren von sich.

Über ihnen kreisten und kreischten Vögel mit buntem Gefieder, aber langem nackten Hals. Sie erinnerten ihn unangenehm an Geier.

Instinktiv hielt er nach weißfelligen Tieren mit flauschigen Tellerohren Ausschau, den Shonumoy, auch wenn er nicht wusste, wie sie dazu beitragen sollten, von hier wegzukommen, wie Chergost es behauptet hatte. Da er keine entdeckte, stellte sich die Frage aber ohnehin nicht.

Sie passierten Getreidefelder, Bäume mit ihm unbekannten Früchten und Wiesen voller Blumen. Diese ganze unterirdische Welt wirkte auf ihn wie ein Wunderland.

Am meisten aber faszinierte ihn die Architektur. Hängebrücken, die sich wie ein komplexes Straßensystem auf verschiedenen Ebenen zwischen den Bäumen spannten, einfache Leitern, aber auch um die Stämme gewendelte Treppen, Plateaus aus Holzplanken und Kunststoffplatten, Hütten und Häuser, die sich ins Geäst schmiegten. Auch auf dem Boden gab es Gebäude, die nur gemeinsam hatten, dass sie nichts gemeinsam hatten. Eines sah aus wie ein baufälliger Schuppen in einer Mischung aus Technoschrott und unförmigen Holzstücken, ein anderes wie eine Rundhütte auf einer Südseeinsel mit spitzem strohgedecktem Dach, ein weiteres wie ein Blockhaus.

Wann immer sie an Nethor vorübergingen, hielten diese in ihren Verrichtungen inne und bestaunten die Neuankömmlinge. Vielleicht erweckten die großen Augen mit den hervorquellenden Augäpfeln aber auch nur diesen Eindruck.

Sie tuschelten miteinander, deuteten auf Atlan oder Iwan und besonders auf Chabalh. Gelegentlich fing er Satzfetzen auf, die zwischen Hoffnung, Misstrauen und Feindseligkeit pendelten.

»... Unheil über uns bringen ...«

»... lange ersehnte Rettung ...«

»... bevorzuge eine Gabe von flussaufwärts für die Reinigung.«

»... können auch nicht helfen ...«

Natürlich fiel ihnen der Tote auf, den zwei Nethor hinter der Gruppe hertrugen. Glücklicherweise schien niemand sie für die Mörder zu halten.

»Vhyrno! Das ist Vhyrno! Was ist geschehen?«

»... müssen die Thas gewesen sein. Aber warum?«

»... Erntezyklus missachtet?«

»Du meinst, wir Khal sind Zyklenbrecher? Das wäre ein Verstoß gegen uraltes ...«

Offenbar kam der Translator immer besser mit den Eigenheiten der Grammatik zurecht und passte sie Rhodans Sprachempfinden an.

»Warum beherrschen Sie die Sprache der Nethor?«, raunte er Atlan zu.

»Weil ich sie früher selbst gesprochen habe. Eine alte Form des Arkonidischen, der heutigen sehr ähnlich.«

»Wie alt?«

»Zuletzt habe ich sie vor zehntausend Jahren gehört.«

»Was bedeutet *Khal* und *Thas?«*

»Arkonidisch für *rechts* und *links.«*

Also bezeichneten die Begriffe die Flussarme des Zweistromlands.

Zu gerne hätte Rhodan mehr über die Nethor erfahren, über ihre Geschichte, ihre Ursprünge und Entwicklung. Aber noch war er sich nicht sicher, ob die Arkonidenabkömmlinge ihnen freundlich gesinnt waren. Falls sie sie tatsächlich als Götter ansahen, mochten zu viele Fragen diesen Eindruck zerstören und die Stimmung kippen lassen.

Aber eine Sache brannte ihm so auf der Seele, dass er sie sich nicht verkneifen konnte. Er schloss zu Thinche, dem Hochvater, auf und wartete, bis der ihm einen Blick zuwarf. »Vor uns müssen andere im Zweistromland angekommen sein.«

Der Nethor sah ihn kurz an und schaute geradeaus. Er schwieg.

»Stimmt das?«

Thinche schürzte die Lippen, aber Rhodan wusste diese Mimik nicht zu deuten. »Der Khertak gibt, wie es ihm beliebt.«

»Was ist aus ihnen geworden?«

»Warum wollen Sie das wissen?«

»Weil ...« *Weil wir sie verfolgen? Weil sie unsere Feinde sind? Unsere Freunde?* Rhodan erkannte, dass jede Antwort die falsche sein konnte. »Aus Neugier.«

»Der Khertak gibt, der Nethor nimmt. So war es immer.«

Rhodan ließ sich zurückfallen, bis er auf gleicher Höhe mit Atlan ging, doch der vermochte mit den Aussagen des Hochvaters genauso wenig anzufangen.

Die nächsten fünfzehn oder zwanzig Minuten folgten sie Thinche, ohne zu sprechen. Mit gesenktem Blick trotteten sie entlang. Ellert taumelte mehr, als dass er ging, und musste gelegentlich Pausen einlegen und sich von Iwan stützen lassen.

»Es wird dunkler«, unterbrach Belinkhar das Schweigen.

Rhodan schaute nach oben. Die Sternschwärmer leuchteten nicht mehr in der Helligkeit von vorhin. Sie schwebten auch nicht mehr so hoch, sondern sanken langsam herab und strebten derselben Stelle zu. »Sie sammeln sich über dem Fluss.«

»Der lichte Zyklus endet«, wiederholte Atlan einen Satz des Hochvaters.

Kurz darauf erreichten sie eine Ansammlung mehrerer Hütten am Flussufer. Sie alle bestanden aus der üblichen abenteuerlichen Mischung aus Technoschrott und pflanzlichem Material.

Sie blieben stehen.

»Dort werden Sie den Dunkelzyklus verbringen und ausruhen.« Thinche zeigte auf eine Hütte mit quadratischem Grundriss und einer Seitenlänge von gut fünf Metern. Ein Geflecht aus Wurzelsträngen, Kabeln, Kunststofffasern und Metallstreben bildeten die Wände. Zumindest von außen sah es äußerst stabil aus.

Wie ein Gefängnis.

Rhodan maß dem jedoch keine Bedeutung bei. Die Nethor bekamen sicher zu selten Besuch – also nie! –, als dass sie Unterkünfte bereithielten. Der Fremdenverkehr stellte in der Nethorkultur gewiss einen unterentwickelten Gewerbezweig dar. Also mussten sie ihre Gäste/Götter/Gefangenen dort unterbringen, wo Platz war.

Thinche öffnete die Tür, eine schwer aussehende Metallplatte mit unregelmäßig verteilten fingerdicken Löchern, und ließ sie eintreten. Er gab einem seiner Männer Anweisungen, genügend Matratzen, Jhekvektee und Sumunar für ihre Gäste zu holen.

Auch wenn Rhodan mit Jhekvek und Sumunar nichts anfangen konnte, war zumindest geklärt, als welches der drei G die Nethor ihre Besucher betrachteten.

Die Hütte bestand aus einem einzigen Raum, den als schmucklos zu bezeichnen übertrieben gewesen wäre. *Leer* traf es deutlich besser.

»Whyrnt wird Ihnen gleich Essen und Trinken bringen, dass Sie sich kräftigen können.« Er wandte sich Atlan zu. »Es tut mir leid, dass Sie es nicht gemütlicher haben, aber wir sind auf Besucher nicht eingerichtet.«

Rhodan verkniff sich ein Grinsen. Der Hochvater bewies doch tatsächlich Humor. Dass sich Thinche allerdings nur bei dem Arkoniden entschuldigte, entging ihm keineswegs.

Der Raum verfügte über ein winziges Fenster, eher ein Guckloch, in das man straffe Kabel eingezogen und das man so vergittert hatte. Rhodan blickte hinaus und blickte auf ein Gerüst am Ufer. Von einer zwei Meter hohen Plattform reichte eine breite Planke bis zur Mitte des Flusses. Ein Sprungturm? Sicher nicht, auch wenn es so aussah.

»Sie betrachten den Abschiedssteg?« Thinche hatte sich neben ihn gestellt.

»Wozu dient er?«

»Khertak gibt, Khertak nimmt. Das ist der Lauf der Dinge.«

»Ist das der Name des Flusses? Khertak?«

Der Hochvater musterte Rhodan eindringlich, als überlege er, ob dieser ihn veralbere. »Natürlich.«

Rhodan ließ den Blick über die nackte, zerklüftete Felswand schweifen, die sich nach einem schmalen Uferstreifen auf der anderen Flussseite erhob. Im krassen Gegensatz dazu standen die diesseitigen Bäume mit zum Teil gewaltigen Stämmen, überhaupt die Pflanzen- und Tiervielfalt. Wie hatte sich so tief unter der Oberfläche Ghewanals eine derart abwechslungsreiche Flora und Fauna bilden können?

Er musste an Crysalgiras Garten denken, dieses prächtige Gelände oberhalb des Wasserfalls und der Stromschnellen. Ihn hatte man mit all seinen Ruinen künstlich angelegt. Die Landschaft der Nethor jedoch bot sich zwar gebändigt, aber dennoch ursprünglich dar.

Rhodan wandte sich vom Fenster ab und seinen Gefährten zu. Sie alle sahen so aus, wie er sich fühlte: erschöpft. Iwan Goratschin und Ishy Matsu saßen Hand in Hand an die Wand gelehnt auf dem Boden. Ihr Blick ging ins Leere. Daneben Belinkhar, die Beine anzogen und mit den Armen umklammert, der Kopf lag auf den Knien. Immer wieder fielen ihr die Augen zu.

Chabalh hatte sich zu ihrer Linken zusammengerollt. Seine Ohren zuckten gelegentlich und richteten sich nach Geräuschen aus. Ansonsten sah er aus, als schliefe er.

Am schlimmsten mitgenommen wirkte Ernst Ellert. Er lehnte allein an der gegenüberliegenden Wand. Sein Brustkorb hob und senkte sich in rascher Folge, so schnell ging sein Atem. Ein Zeichen der neu erworbenen Körperlichkeit. Dennoch kam es Rhodan so vor, als schimmere der Boden durch seine Beine.

Hastig schaute er zu Thinche, doch der schien nichts zu bemerken.

Atlan war der Einzige, dem man die Erschöpfung nicht sofort anmerkte. Er stand aufrecht in der Mitte des Raums, die Arme hinter dem Rücken verschränkt.

Der Nethor, den der Hochvater Whyrnt genannt hatte, betrat die Hütte. Er trug einige dünne Matten und Decken. Ihm folgten drei Frauen in Feder-Leder-Pflanzenfaser-Kleidung mit Holztabletts, auf denen sie dampfende Schüsseln, Näpfe, Holzbecher und -löffel balancierten.

Whyrnt breitete die Matten aus, sodass jedem der Besucher, sogar Chabalh, eine Schlafstatt zur Verfügung stand. Mit erkennbarem Widerwillen erhoben sie sich von ihren Plätzen und ließen sich stattdessen auf den improvisierten Betten nieder. Nur Ernst Ellert musste Rhodan dreimal ansprechen, bevor er reagierte.

Das Sumunar stellte sich als herzhafter Eintopf heraus, in dem verschiedene Gemüse, Sprotten und weiche Fleischstücke schwammen. Niemand verschwendete einen Gedanken darauf, ob das Essen vergiftet oder für ihren Organismus unverträglich sein könnte. Dafür war der Hunger zu groß. Und warum sollten die Nethor sie umbringen wollen? Das hätten sie einfacher haben können.

Chabalh hob den Kopf, trottete zu seinem Napf, schnupperte daran und machte sich über die Mahlzeit her.

Nachdem sie ihre Schüsseln geleert hatten, reichten die Nethorfrauen ihnen Becher mit einer dampfenden Flüssigkeit. Erneut erhielt der Purrer einen eigenen Napf.

Das musste der Tee sein, dessen Name Rhodan entfallen war.

»Jhekvek ist das beste Mittel, zu Kräften zu kommen«, sagte Thinche.

Rhodan nippte daran. Der Tee schmeckte süß mit einer sauerherben Note. Gut. Sehr gut sogar. Er nahm den nächsten Schluck, verbrühte sich die Zunge und gönnte sich einen weiteren Schluck. Entfernt erinnerte der Geschmack an die Limonade von Miss ... Miss ... Wie hieß die Nachbarin doch gleich, von der er im Alter von fünf Jahren immer ein Stück Kuchen und Limonade vorgesetzt bekommen hatte, wenn er im Garten spielte? Die mit dem geblümten Kleid, das sie zu jeder Gelegenheit trug, egal ob Geburtstagsfeier oder Beerdigung. Ein anderer Nachbar hatte einmal behauptet, das Kleid sehe aus wie ein Textil gewordener Acid-Trip. Der kleine Perry hatte damals nicht gewusst, was das bedeutete. Außerdem hatte er ihn sowieso nicht leiden können, diesen bärtigen Kerl mit den eingefallenen Wangen. Wie hatte er noch mal geheißen? Egal, auf jeden Fall schmeckte der Fleckwegtee ähnlich wie die Limonade von Miss wie auch immer, nur war er wärmer. Natürlich. War ja Tee und keine Lim...

Rhodan fuhr aus den zunehmend wirren Gedanken hoch. Es fiel ihm schwer, sich zu konzentrieren oder auch nur die Augen offen zu halten. Er rutschte auf seiner Matte umher und versuchte, eine gemütliche Position einzunehmen.

»Jetzt müssen Sie sich ausruhen und zu Kräften kommen«, drängte sich Thinches Stimme in das Gewirr seiner Gedanken. »Und wenn Sie wieder wach sind, unterhalten wir uns darüber, wie Sie die Khal vor dem Untergang retten können.«

Wie bitte?

Rhodan wollte fragen, was der Hochvater damit meinte, wollte ihm sagen, dass sie nicht die Götter waren, für die man sie offenbar hielt, wollte ihm erklären, was sie ins Zweistromland der Nethor verschlagen hatte.

Er tat es nicht.

Stattdessen schlief er ein.

Die Sternschwärmer hingen über dem Khertak, tauchten ihre Fäden in den Fluss und tankten Energie. Die im lichten Zyklus so strahlenden Gallertkörper gaben nurmehr einen matten Schein ab, der das Land der Khal-Nethor in Dämmer hüllte. Am Ufer hatten sich die Ausdünner versammelt, um mit Pfeil und Bogen Jagd auf die Leuchtquallen zu machen, so, wie die Nethor es seit dem Beginn der Unterweisungen des Geschichtswahrers taten.

Nur einmal, so hieß es, hatten die Nethor diese Aufgabe vernachlässigt. Damals, nach dem Wirken des Hoffnungsbringers. Prompt hatten sich die Sternschwärmer so schnell vermehrt, dass der Rhythmus zwischen lichtem und Dunkelzyklus verloren gegangen war. Die Luft hatte sich schwerer atmen lassen, die Temperatur war gesunken, die Fische im Khertak waren ungenießbar geworden, die Pflanzen abgestorben. Beinahe hätte es das Ende der Nethor bedeutet. Seit dieser Zeit gehörte die Ausdünnung der Schwärmer zur obersten Pflicht der Bewohner des Zweistromlands, egal ob Khal oder Thas.

Nun ja, außerdem bildeten die Gallertkörper eine köstliche Einlage für das Sumunar.

»Gute Jagd?«, fragte Thinche einen der Ausdünner, der auf einer der wenigen Brücken über den Fluss stand und die Leuchtquallen im Blick behielt.

»Bisher nicht«, bekam er zur Antwort. »Die Sternschwärmer sind nervös. Mirrholo haben sie mit ihren verdammten Fäden erwischt und beinahe getötet. Ich fürchte, sie spüren die Ankunft der Fremden. Sie gefallen ihnen nicht.«

Ein Schwärmer schwebte auf den Ausdünner zu und stieg plötzlich in die Höhe und über die Brücke hinweg. Der Mann duckte sich unter den Fäden, riss den Bogen hoch, spannte und ließ den an eine hauchdünne Schnur gebundenen Pfeil los. Obwohl die Entfernung nicht groß war, zuckte der Sternschwärmer im letzten Augenblick zur Seite und entging dem Angriff. Hinter der Brücke sank er tiefer und setzte seinen Weg unbeeindruckt fort.

»Siehst du, was ich meine?«, rief der Ausdünner. »So flink habe ich sie lange nicht mehr erlebt. Noch nie, wenn ich es mir recht überlege.« Er zögerte. »Die Fremden sind schuld. Du musst zusehen, dass wir sie so schnell wie möglich loswerden, Thinche!«

Der Hochvater lächelte. »Dann hätten wir sie gar nicht erst aus dem Fluss ziehen brauchen. Hab Geduld, mein Freund. Ich bin auf dem Weg zum obersten Geschichtswahrer, um mit ihm über unsere Gäste zu sprechen.«

Er wünschte dem Ausdünner eine erfolgreiche Jagd und verabschiedete sich.

Gharjochuns Haus lag auf einem Hügel nahe der Teltryweide. Anders als die restlichen Behausungen der Khal-Nethor bestand es ausnahmslos aus Material, das der Khertakfluss ins Gatter gespült hatte. Ein Symbol dafür, dass man die Vergangenheit niemals vergessen durfte.

Den Blickfang der Hütte stellte eine metallene Kiste rechts der Tür dar. Auf ihr war eine trübe Scheibe befestigt. Eines der kostbarsten Geschenke, die der Strom je gebracht hatte: Glas. Kostbar nicht nur, weil das Material so selten war, sondern vor allem um dessen willen, was es zeigte: das Gesicht einer Frau!

Prinzessin Crysalgira.

Ihr Antlitz wirkte nicht ganz so anmutig, wie die Geschichten behaupteten. Dazu waren ihre Augen viel zu klein und zu flach. Außerdem zeichneten sich keine Linien unter ihrer Haut ab. Das Schönheitsideal hatte sich im Laufe der Zeit offenbar verändert.

Thinche betrat die Hütte.

Im Zentrum des Raums stand ein Sessel – ein weiteres Fundstück –, vor dem einige Matten auf dem Boden ausgebreitet waren. Die Tische an den Wänden lagen voll Treibgut. Gegenstände, mit denen sie im täglichen Leben nichts anfangen konnten und deren Zweck sich den Geschenkdeutern nicht erschlossen hatte. Sie hofften, der Geschichtswahrer könne eines Tages ihr Geheimnis enträtseln. Der Sessel war leer.

»Gharjochun?«, rief Thinche.

»Wer stört mich außerhalb der Unterweisungszeiten in meinem Schlaf?«, antwortete eine knarzige Stimme aus einem Nebenraum, dem Wohngemach des Geschichtswahrers.

»Thinche, der Hochvater.«

»Der Hochvater? Will er Geschichten hören oder bringt er sie mir?«

»Ich bringe sie.«

»Nun denn, dann muss er sich einen Augenblick gedulden, bis der Schlaf meine alten Knochen verlassen hat.«

Es rumpelte und krachte von nebenan, gelegentlich unterbrochen von einem Ächzen. Dann betrat Gharjochun den Raum. Er nestelte an seinem bodenlangen Umhang, der vollständig aus den bunten Federn des Bolany bestand.

*Das Kleid des Raubvogels ist meiner Bestimmung angemessen,* sagte der Geschichtswahrer stets. *Denn Geschichten sind wie Vögel. Man muss sie festhalten, wenn man vermeiden will, dass sie aufsteigen, davonfliegen und man sie aus den Augen verliert.*

Gharjochun ging gebeugt, das lange weiße Haar hing ihm wirr ins Gesicht. Er schlich zu seinem Sessel und ließ sich unter lautem Stöhnen hineinsinken.

»Thinche, mein Nachfolger als Hochvater seit vielen Zyklen.

Was verschafft mir das Missvergnügen seiner Aufwartung zu dieser Unzeit, in der mein müder Körper nach Schlaf giert? Was hat er zu berichten?«

»Wir haben Besuch bekommen. Von flussaufwärts.«

Das Oberhaupt der Khal-Nethor hatte damit gerechnet, dass die Nachricht Gharjochun in Aufregung versetzte. Stattdessen sagte der Alte: »Natürlich von flussaufwärts. Von flussabwärts ist niemals jemand zurückgekehrt, wie ihm durchaus bekannt sein dürfte.«

Plötzlich kam sich Thinche wie der kleine dumme Junge vor, der er vor unzähligen Zyklen gewesen war, der mit den Kindern seines Alters auf den Matten vor dem Sessel des Geschichtswahrers gesessen und den regelmäßigen Unterweisungen gelauscht hatte. »Natürlich.«

»Mag er mir erzählen, was sich ereignet hat, oder ist seine Geschichte bereits beendet? Falls ja, war es eine der kürzesten Geschichten, die ich je gehört habe.« Gharjochun stockte, als ihm etwas auffiel. »Was meint er damit: *Wir* haben Besuch bekommen? Wir Khal?«

»Leider nein.«

Dem obersten Geschichtswahrer war sofort klar, was das bedeutete. »Auch die Thas?« Seine Stimme wurde ernst. »Berichte er!«

Thinche gehorchte.

Die wichtigste Einrichtung im Zweistromland war das Gatter. In ihm fingen sich die Geschenke, die der große Strom Khertak den Nethor brachte. Früher, als die Gaben des Flusses selten gewesen waren, hatte die Zyklenwacht eine nicht besonders aufregende Routineaufgabe dargestellt. Und das auch nur, wenn man sich freundlich ausdrücken und das Wort *langweilig* vermeiden wollte. Aber wie sollte man es anders bezeichnen, wenn man zwei lichte und zwei dunkle Zyklen lang auf der Brücke stand und sich der Khertak von seiner geizigen Seite zeigte?

Selten war es zwischen den Khal und den Thas zu Streitereien gekommen. Natürlich hatte man den anderen besonders vielversprechendes Treibgut geneidet, dennoch hatte man sich an die vor Urzeiten nach dem Spaltungskrieg getroffenen Vereinbarungen gehalten und nur das der Gemeinschaft zukommen lassen, was der Strom einem während der eigenen Zyklenwacht geschenkt hatte. Egal, worum es sich handelte.

Doch die Zeiten änderten sich. Der Khertak wurde großzügiger und spülte immer mehr Treibgut in das Gatter. Im Gegensatz zu früher brachte er aber nicht nur Segen. Erst vor wenigen Tausend Zyklen hatten die Khal im Laufe ihrer Wacht eine unterarmlange silberne Röhre mit blinkenden Leuchten erbeutet, die beim Transport zur Siedlung explodiert war. Drei Khal waren gestorben, einem vierten hatte man den zerfetzten Arm abschneiden müssen, um ihn zu retten. Vergeblich. Er war nur drei lichte Zyklen später in das Schöne Land eingegangen.

Einige Zeit danach hatten sie einen kopfgroßen schwarzen Stein im Gatter vorgefunden, den rötlich schimmernde Adern durchzogen hatten.

»Er zittert und bebt!« So hatten die Worte des Wachtführers Sheku gelautet, als er das Geschenk des Flusses an sich genommen hatte. Nach zehn Zyklen hatte Sheku selbst gezittert und gebebt. Ihm waren die Haare ausgefallen, im folgenden Dunkelzyklus die Zähne. Die Adern unter seiner Haut waren geplatzt, und statt eines zierenden Geflechts hatten schwarze Flecke auf seinem Gesicht geprangt. Den Aufstieg der Sternschwärmer zum Beginn des nächsten Zyklus hatte Sheku schon nicht mehr erlebt.

Das Misstrauen zwischen den Nethorstämmen war gewachsen.

Die Khal fürchteten, die Thas könnten entgegen der Vereinbarung Treibgut im Gatter lassen, das sie für gefährlich hielten. Die Thas wiederum unterstellten den Khal dasselbe.

So kam es immer häufiger vor, dass beide Gruppen bei der Flussgabelung vertreten waren. Die einen, um ihre Zyklenwacht abzuleisten, die anderen, um die Einhaltung der Gesetze zu sichern. Nicht selten gesellten sich die Hochväter dazu.

So auch bei dieser Wacht, die so völlig anders verlaufen sollte als alle bisherigen.

Da den Thas das Ernterecht zustand, beobachtete Thinche von einem Felsen abseits der Gabelung den Hochvater der Thas. Der Khertak zeigte sich wenig freigebig. Bis auf ein paar Kunststoffröhren, einen Kabelballen und verrottete Planken hatte er den Thas nichts geschenkt. Und so stand Thalyan, der oberste Thas, auf der Brücke, starrte auf den Fluss und versuchte offenbar, durch Geisteskraft ein paar lohnende Stücke herbeizuwünschen. Sein Gesicht war eine Grimasse des Zorns. Immer wieder brüllte er den Wachtführer aus nichtigen Gründen an, als ob dieser schuld an der mageren Ausbeute sei.

Er trug die Haare bis auf einen schmalen Kamm in der Mitte des Schädels rasiert. Der Kamm schimmerte rötlich im Licht der Sternschwärmer. Wahrscheinlich hatte er den Dotter eines

Bolanyeies ins Haar massiert, um ihm die nötige Standkraft zu verleihen. Gewiss wollte er damit nicht nur seine herausragende Rolle unterstreichen, sondern auch auf seine Tapferkeit hinweisen. *Schaut her, ich bin ein Felssteiger, und ich habe einem Raubvogel ein Ei gestohlen!*

Thinche fand, dass es lächerlich aussah. Gerade als er seine Beobachtung beenden und in die Siedlung zurückkehren wollte, kippte die Stimmung.

»Seht doch!«, schrie Thalyan. »Der Khertak bringt ein Geschenk!«

Gharjochun saß mit hängendem Kopf auf seinem Sessel, die Augen geschlossen. Thinche glaubte, der Geschichtswahrer sei eingeschlafen, und unterbrach die Erzählung.

»Will er mir vorenthalten, über welches Geschenk sich Thalyan freute?«, fragte der Alte plötzlich, ohne die Körperhaltung zu ändern.

»Nein, natürlich nicht«, beeilte sich der Hochvater der Khal zu sagen. »Es war ein gekentertes Boot.«

»Ein schönes Geschenk. Selten.«

»Ich kann nicht verhehlen, dass ich neidisch wurde.«

»Seine Offenheit ehrt ihn. Was geschah weiter?«

»Die Thas bargen ihre Beute und schafften sie auf ihre Seite des Zweistromlands. Sie ließen das Gatter wieder zu Wasser. Und kurz darauf ...« Thinche stockte.

»Kurz darauf?«

»Kurz darauf spülte der Khertak noch ein Boot an. Und mit ihm zwei Körper.«

Gharjochun hob den Kopf und sah dem Hochvater in die Augen. Sein Blick verriet Neugier.

»Lebende Körper«, ergänzte Thinche.

»Wahrlich, ein noch viel selteneres Geschenk.«

Der Hochvater lachte. »Die Wachtführer erzählen, dass es früher gelegentlich vorgekommen sei, dass der Khertak tote Leiber gebracht hat. Aber wir wissen, wie Wachtführer sind. Sie neigen zur Ausschmückung und Übertreibung. Doch sogar sie sagen, dass seit dem Hoffnungsbringer nie ein lebendes Wesen das Zweistromland erreicht hat.«

»Das ist in der Tat eine interessante Geschichte.«

»Sie ist noch nicht zu Ende. Die Thas wollten das ... Treibgut bergen. Einen Mann, der aussieht, als sei er einer unserer Vorväter. Und einen zweiten, dessen Kopf von Federn bewachsen ist.«

Der Geschichtswahrer strich über seinen Federumhang. »Sieh an, sieh an.«

»Sie wollten also das Treibgut bergen, da spülte es einen dritten Körper an. Bereits vorher herrschte helle Aufregung unter den Thas. Als sie aber den dritten Körper sahen, gerieten sie völlig aus der Fassung. Und das, obwohl er offenbar nicht mehr lebte.«

»Kennt er den Grund für das Verhalten der Thas?«

Thinche verneinte. »Wir konnten nur hilflos zusehen, wie die Thas das Treibgut aus dem Wasser zogen und es auf ihre Seite brachten. Ich spürte Zorn in mir aufsteigen über die Ungerechtigkeit des Khertak. Warum beschenkte er die Thas so reich? Und wir mussten einen weiteren Dunkelzyklus warten, bis unsere Zyklenwacht begann. Die Aufregung bei den Thas war so groß, dass beinahe der gesamte Wachttrupp mitsamt Thalyan die Brücke verließ. Nur eine Handvoll Männer blieb zurück.«

»Zwei lebende und ein toter Körper für die Thas«, knarzte Gharjochun. »Interessant, interessant. Aber ich habe den Eindruck, dass er das Ende der Geschichte noch immer nicht erreicht hat.«

Thinches Augen tränten vor Aufregung. »Der Khertak spülte ein drittes Boot an. Samt Besatzung. Wiederum einen Mann, der aussieht, wie die Geschichten unsere Vorväter beschreiben.«

»Sie heißen Arkoniden. Er sollte den richtigen Begriff benutzen, wenn er nicht wünscht, dass aus Vergangenheit Vergessenheit wird.«

»Natürlich. Also ein Mann, der wie ein Arkonide aussieht. Dazu drei weitere Männer, zwei Frauen und ein großes schwarzes Tier.«

»Zu viel der Großzügigkeit für die Thas.«

»Das dachte ich mir auch. Deshalb gab ich den Befehl, das Treibgut für uns zu sichern. Wir waren in der Überzahl, die Thas hatten uns nichts entgegenzusetzen. Nur Vhyrno verlor dabei leider das Leben.«

»Er hat was?«

»Das Leben verloren.«

»Nein, nicht er. *Er!*«

»Oh! Ich habe befohlen, ...«

Der Geschichtswahrer stemmte sich von seinem Sessel hoch. »Meine Frage sollte lediglich meine Fassungslosigkeit zum Ausdruck bringen! Ich habe sehr wohl verstanden, was er befohlen hat. Einen Unrechtsakt! Einen Zyklenbruch, einen Verstoß gegen uraltes Recht!«

»Ich sah keine andere Möglichkeit. Ich muss an die Zukunft denken, an das Schicksal der Khal.«

»Die Thas können diesen Rechtsbruch unmöglich ignorieren. Es wird unweigerlich zum Krieg kommen! Wie kann er da behaupten, an die Zukunft der Khal gedacht zu haben?«

»Weil die Khal nur auf diese Weise überhaupt eine Zukunft haben!«, begehrte Thinche auf. Verstand der Alte denn nicht, dass er nicht anders hatte handeln können? »Die Thas wissen nicht, mit solch wertvollen Geschenken umzugehen. Schon vor der Spaltung benutzten sie die Gaben des Khertak zwar, aber sie wollten niemals in das Land der Vorväter zurückkehren.«

»Ist das so falsch?«

»Das wage ich nicht zu beurteilen. Aber sie misstrauen allem, was von oben kommt. Und nun Lebewesen! Sie werden in ihnen Spione des alten Feindes sehen, sie für Gesandte der Methans halten. Vielleicht für den Feind selbst. Sie werden die Gelegenheit nicht nutzen, den Untergang der Nethor aufzuhalten. Nicht die Thas! Ich *musste* den Befehl geben. Ist das denn so schwer zu verstehen? Dafür riskiere ich auch einen Krieg.«

Gharjochun ließ sich in den Sessel sinken. »Er ist mir schon früher bei den Unterweisungen als hitzköpfiger, unbelehrbarer Jungnethor aufgefallen. Warum setzt er so große Hoffnung in seine ... Gäste? Muss ich ihn erst an die Geschichte des Hoffnungsbringers erinnern?«

»Das ist nicht nötig. Sie ist mir durchaus bewusst.«

»Und was, wenn er sich täuscht? Was, wenn die Thas recht haben und es sich tatsächlich um Spione von flussaufwärts handelt?«

Thinche dachte kurz nach. »Dann werden wir sie töten müssen.«

*Aus den Unterweisungen der Geschichtswahrer*

*Die Geschichte der Nethor beginnt mit einem Krieg.*

*Heute wissen wir nicht mehr, von wo oberhalb des Flusses die Methans kamen und wie sie aussahen, ja, wir wissen nicht einmal, was ihr Name bedeutet, aber wir wissen, dass sie in großer Zahl über unsere Vorfahren herfielen.*

*Es blieben nur zwei Möglichkeiten: Flucht oder Tod. Unsere Väter wählten die Flucht.*

*War es feige, vor dem übermächtigen Feind davonzulaufen? Vielleicht. Aber eines war es sicher: weise. Denn so schufen sie die Grundlage für ein Leben, wie wir es heute kennen.*

*Ihr Weg führte sie am Fluss entlang und hinab in die Tiefe. Doch der Khertak stellte sie auf die Probe. Er riss sie mit sich und spülte nur die Stärksten ins Zweistromland. Sie nannten sich Neth'or, die vom Strom Erwählten.*

*Unsere Urväter fanden eine triste, harte Welt vor, in der sie jeden Tag ums Überleben kämpfen mussten. Die Luft schmeckte verbraucht, es war kalt, und bis auf wenige Moose und Flechten wuchsen keine Pflanzen. Sie litten Hunger. In ihrer Verzweiflung aßen sie das Einzige, was es im Überfluss gab: Sternschwärmer. Sie jagten sie, was wegen ihrer großen Zahl damals einfacher war, zerlegten sie, ließen die Leuchtgase entweichen und verschlangen sie roh.*

*Wie erstaunt müssen die Urväter gewesen sein, als sie feststellten, wie wohlschmeckend und nahrhaft diese Wesen sind! Doch damit nicht genug. Im Laufe der Zeit bemerkten sie, dass die Luft besser wurde und die Temperatur in gleichem Maße anstieg, wie die Menge der Sternschwärmer schwand.*

*Nach und nach fanden sie heraus, wie groß die Population der Leuchtquallen sein musste, um optimale Lebensbedingungen für die Nethor zu schaffen. Ein Wechsel aus hellen und dunklen Phasen stellte sich ein. Es ist überliefert, dass Sternschwärmer nach sechs Tontas ihre Leucht- und Schwebekraft verbraucht haben und sich für drei Tontas am Fluss stärken, bevor sie zu Beginn des nächsten lichten Zyklus erneut in die Höhe steigen. Das Wissen, was diese Maßeinheit bedeutet, ist leider verloren gegangen.*

*Die Moose begannen zu wuchern, Flechten breiteten sich aus, andere Pflanzen fassten Fuß, deren Samen der Strom mit sich trug. Die Nethor lebten von dem wenigen, was ihre neue Heimat zu bieten hatte und was der Khertak ihnen schenkte. Fische, Wasserpflanzen, aber auch Geschenke von oben, aus der alten Welt.*

*Dennoch war das Zweistromland weit entfernt von dem Paradies, das wir heute kennen.*
*Das änderte sich, als der Hoffnungsbringer ins Land der Nethor kam.*
*Erst brachte er uns Leben.*
*Und dann den Tod und die Spaltung.*

# Kapitel 4

## Eine Geschichte zweier Kulturen

Perry Rhodan erwachte aus einem merkwürdigen Traum von Limonade, geblümten Kleidern und Beerdigungen. Als er die Augen öffnete und Atlan nackt am Fenster stehen sah, glaubte er zunächst, in einen noch skurrileren Traum geraten zu sein.

Er setzte sich auf und stellte fest, dass er ebenfalls nichts anhatte. »Was ...?«, stieß er hervor.

Der Arkonide drehte sich um. »Guten Morgen! Oder wie man in dieser Gegend die Zeit nennen mag, zu der die Leuchtquallen anfangen zu strahlen und in die Höhe steigen.«

Rhodan schaute zu seinen Gefährten. Iwan Goratschin, Ishy Matsu und Belinkhar waren bereits wach. Sie saßen auf ihren Matten, die Frauen bis zum Hals in Decken gehüllt. Ernst Ellert schlief noch. Chabalh lag in der Mitte des Raums, öffnete ein Auge, entschied offenbar, dass es nichts bemerkenswert Neues gab, und schloss es wieder.

Was Rhodan jedoch nicht entdeckte, war ihre Kleidung. Und die Ausrüstung, die ihnen nach dem Wildwasserritt geblieben war. Der Tornister, die Tarnseide – und die Strahler. Alles war weg.

»Was ist passiert?«, fragte er, obwohl die Antwort auf der Hand lag.

»Sie haben uns Schlafmittel verabreicht«, sagte Ishy Matsu. »Und bestohlen.«

Atlan bückte sich nach einer Decke und schlang sie sich um die Hüften. Dabei baumelte ihm der Zellaktivator vor der Brust. Wenigstens etwas, das die Khal-Nethor nicht mitgenommen hatten.

»Ich glaube nicht, dass sie uns betäubt haben. Natürlich, der Tee wirkte beruhigend, *sehr* beruhigend, um genau zu sein, aber den Rest haben unsere erschöpften Körper erledigt.«

»Warum haben sie uns alles abgenommen?«, fragte Goratschin.

Rhodan fiel noch etwas ein. »Was ist mit dem Tarkanchar aus Crysalgiras Garten?«

»Ebenfalls weg«, sagte Atlan. »Wieso sie es getan haben? Das wird Thinche uns erklären müssen, wenn wir ihn das nächste Mal sehen.«

Perry Rhodan stemmte sich hoch und bedeckte seine Blöße auch mit einer kratzigen Decke. Merkwürdig, wie manche Konventionen tief im Gehirn verwurzelt waren. Sein Blick fiel auf die Narben, die Atlans Bauch zierten. Spuren eines langen Lebens und der gelegentlichen Notwendigkeit, den Zellaktivator zu schlucken, um ihn vor Feinden zu verbergen. Glücklicherweise war dem Arkoniden das diesmal erspart geblieben.

Rhodan ging zur Tür, doch sie ließ sich nicht öffnen. Von der anderen Seite hörte er das Klirren einer Kette. Er lugte durch die Öffnungen in der Türplatte und fand seine Vermutung bestätigt.

»Anscheinend sind wir doch keine Gäste, sondern Gefangene«, sagte er. »Allerdings dürfte es nicht allzu schwer sein, hier rauszukommen.«

Goratschin tauchte neben ihm auf und spähte ebenfalls durch die Löcher. »Soll ich die Kette sprengen?«

Rhodan schüttelte den Kopf. »Wir haben keinen Ort, an den wir gehen könnten. Außerdem sind wir nackt. Ich hätte gerne unsere Kleidung und zumindest die Strahler zurück.«

»Und ich das Tarkanchar«, ergänzte Atlan.

»Solange wir lediglich ein kleines Gefängnis gegen ein größeres austauschen würden – und nichts anderes ist das Zweistromland! –, dürfen wir den Nethor keinen Hinweis auf unsere Möglichkeiten geben.«

»Wie sollen wir aber einen Ausweg aus dem größeren Gefängnis finden«, wandte Belinkhar ein, »solange wir im kleinen festsitzen?«

»Indem wir erst mal sehen, was die Nethor von uns wollen. Vielleicht interpretieren wir die Gegebenheiten falsch und sind gar keine Gefangenen.«

»Warum sollten sie uns dann eingesperrt haben?«

»Zu unserem eigenen Schutz? Ich weiß es nicht. Wir werden

es herausfinden. Womöglich gewährt Thinche uns eine Führung durch das Nethorland.«

»Und dann? Was würdest du hoffen, dabei zu finden?« Belinkhar hob Zeige- und Mittelfinger der rechten Hand. »Es gibt genau zwei Wege. Einen herein und einen hinaus. Und keiner wird uns helfen.«

»Wie kommst du darauf?«

»Ist das nicht offensichtlich? Weil die Nethor hier leben! Gäbe es einen Weg aus diesem unterirdischen Gefängnis, hätten sie ihn längst benutzt.«

Rhodan musste zugeben, dass die Argumentation schlüssig klang. Der Wasserfall und die Stromschnellen bildeten unüberwindliche Hindernisse, zumindest wenn man nicht über die nötige Ausrüstung wie Antigravgeräte verfügte. Flussabwärts sah es nicht wesentlich besser aus. Dieser Weg stellte eine Reise ins Ungewisse dar – und wenn man bedachte, dass bereits die kurze Strecke vom Wasserfall zum Fangkorb der Nethor sie beinahe das Leben gekostet hätte, sogar eine *tödliche* Reise ins Ungewisse.

»Dennoch hat Chergost behauptet, dass es einen Ausweg gibt. Wir müssen nur den ...« Er schaute Hilfe suchend zu Atlan.

»Shonumoy«, sagte der Arkonide.

»... den Shonumoy finden.«

Ishy Matsu schüttelte den Kopf. »Die Heimat der Nethor mag ein Wunderland sein, aber du bist nicht Alice. Und ich für meinen Teil würde keinem Kaninchen zutrauen, uns einen Weg nach draußen zu weisen. Egal, ob es eine Uhr bei sich trägt oder nicht.«

Belinkhar zog die Augenbrauen zusammen. »Wovon sprichst du?«

»Irdische Literatur. Vergiss es. Der Punkt ist, dass ich nicht verstehe, wie ein Shonumoy uns den Weg zeigen können soll, den Nethor aber nicht.«

»Vielleicht hat Chergost einen Gang wie bei einem Kaninchenbau gemeint, den die Nethor bisher nicht gefunden haben«, sagte Iwan.

»Aber wir sollen das innerhalb kürzester Zeit schaffen, ja?« Ishy hob abwehrend die Hände. »Ich will nicht den Spielverderber mimen, aber mir erscheint die Sache mit dem Shonumoy an den Haaren herbeigezogen. Wahrscheinlich hat Chergost Unsinn geredet, weil er dabei war, sein System zu sortieren.«

»Kann sein«, gestand Rhodan ein. »Obwohl er sich zu diesem Zeitpunkt bereits verständlich artikuliert hat. Warten wir erst einmal ab, was Thinche zu sagen hat und ob er sich endlich etwas Aussagekräftigeres über den Verbleib von da Teffron und Bahroff aus der Nase ziehen lässt. Kannst du ihn uns zeigen, Ishy?«

»Ich kann es versuchen.«

Ohne sich von der Matte zu erheben, streckte sie die Arme vor, die Handflächen nach oben. Sie schloss die Augen und konzentrierte sich.

Nichts geschah.

Rhodan wartete ab, wollte sie nicht drängen. Auch die Blicke der anderen waren auf sie gerichtet, nur Atlan sah aus dem Fenster.

Chabalh hob den Kopf und schnupperte.

Nach einigen Minuten flimmerte es über Ishy Matsus Fingern, wie bei großer Hitze die Luft über einer Asphaltstraße flirrte. Unwillkürlich musste Rhodan daran denken, wie ihre Hände in Crysalgiras Garten in Flammen gestanden hatten.

Ein Bild entstand.

Nethor. Einer von ihnen trug die Haare zu einem Hahnenkamm aufgestellt. Vor ihm kniete Sergh da Teffron. Sein Mund war verschmiert, und Rhodan musste zweimal hinsehen, um zu erkennen, dass es sich um Blut handelte. Der Nethor mit der bemerkenswerten Frisur bewegte die Lippen und verzog das Gesicht. Offenbar brüllte er den Arkoniden an. Er hob die Hand, ballte sie zur Faust, ließ sie nach unten sausen – und die Vision brach ab.

Ishy Matsu stöhnte auf. »Tut mir leid, mehr geht nicht.«

»Warum?«, fragte Iwan.

»Ich weiß es nicht. Ich fühle mich ausgeruht, aber meine Kräfte nicht. Ich glaube, wir haben nicht annähernd so lange geschlafen, wie wir denken. Zwei oder drei Stunden. Höchstens!«

»Egal«, sagte Rhodan. »Wenigstens wissen wir jetzt, dass die Hand des Regenten nicht entkommen ist.«

»Und was uns demnächst blühen könnte«, warf Belinkhar ein. »Wer war der Nethor mit der Kammfrisur? Hat den jemand während unseres Herwegs schon gesehen?«

Alle verneinten. Sogar Chabalh. Nur Ellert äußerte sich nicht, weil er immer noch schlief. Beinahe zu ertrinken musste ihn wesentlich mehr angestrengt haben als den Rest der Gruppe, vielleicht weil es ihn zusätzlich Kraft kostete, die Körperlichkeit zurückzugewinnen. Aber hätte er eigentlich ertrinken können? Wo er schon einmal gestorben war?

Rhodan beschloss, ihn weiter ausruhen zu lassen. Aber wenn

er aufwachte, würde er ihnen einige Fragen zu beantworten haben. Zum Beispiel was er mit seiner kryptischen Aussage meinte, der Regent wäre gebraucht worden. Wofür?

»Vielleicht hat sich da Teffron bockiger als wir gezeigt«, vermutete Matsu. »Deshalb behandeln sie ihn anders.«

»Wir werden es herausfinden«, versicherte Rhodan.

»Da draußen tut sich etwas«, sagte Atlan, ohne sich vom Fenster abzuwenden.

Rhodan stellte sich neben den Arkoniden und lugte durch das Guckloch hinaus. Vier mit Speeren bewaffnete Nethor gingen langsamen Schrittes zu dem Gestell am Flussufer, das er für ein Sprungbrett gehalten hatte.

*Abschiedssteg,* fiel ihm ein. *So hatte Thinche es genannt.*

Zwischen sich trugen sie eine Bahre. Auf ihr lag in ein prächtiges Gewand aus Blättern und Blüten gehüllt der Nethor, der beim Kampf an der Flussgabelung das Leben verloren hatte. Der Prozession folgte ein gebückt gehender Greis mit einem bodenlangen Umhang aus Federn.

*Priester,* war das erste Wort, das Rhodan in den Sinn kam.

Die Speerträger stiegen die Stufen zum Abschiedssteg hinauf, hielten die Bahre zwischen ihnen aber stets waagrecht. Zwei weitere Nethor tauchten neben dem Greis auf, stützten ihn und halfen ihm, die Treppe zu erklimmen.

Oben angekommen, legten die Leichenträger die Bahre auf dem Steg ab, hielten den Speer diagonal vor die Brust und blickten flussabwärts. Der Federmann baute sich dahinter auf, hob die Arme und sprach einige Worte, die das Rauschen des Stroms davontrug. Synchron stellten die Speerträger ihre Waffen neben sich auf den Steg.

Die Zeremonie zog sich etliche Minuten hin, in denen es zu einem immer schnelleren Wechsel zwischen Ansprachen des Federpriesters und einer beeindruckenden Choreografie wirbelnder, stampfender und gegeneinanderschlagender Speere kam.

Zwei der Speerträger griffen das hintere Ende der Bahre, stellten sie schräg, und die Leiche rutschte in den Fluss.

»Wir schicken unseren Freund den Khertak hinab, in die unbekannten Gefilde des Schönen Landes. Sein Gewand aus Im-Geiste-nie-vergessen wird ihm Einlass gewähren.«

Rhodan drehte sich um und sah Thinche in der Tür stehen. Offenbar hatte ihn die Zeremonie so gefesselt, dass er nicht einmal das Lösen der Kette gehört hatte. Auf den Armen trug der Hochvater ihre getrocknete Kleidung.

»Im Geiste nie vergessen?«, fragte er.

»Die in das Abschiedsgewand geflochtenen Blumen. Die Näher haben während des ganzen Dunkelzyklus daran gearbeitet, um Vhyrno die Reise zu ermöglichen.«

»Ins Schöne Land.«

»So ist es.«

Ein Glaubensmythos? Oder Realität und somit eine Möglichkeit, aus der Heimat der Nethor zu entkommen? »Wie ist es dort?«

Thinche legte die Kleidung seiner Gäste auf den Boden. »Was passiert dort, wo Sie herkommen, mit jemandem, der stirbt? Zieht sein Geist nicht weiter?«

*Das kommt darauf an, wen man fragt,* dachte Rhodan. Da er dem Hochvater aber keinen Vortrag über irdische Religionen halten wollte, sagte er nur: »Manche glauben daran, andere nicht.«

»Wissen die, die daran glauben, wie es dort ist, wohin der Geist zieht?«

»Nein.«

»Sehen Sie? So wie bei uns. Wir sind uns nicht unähnlich.«

»Warum übergeben Sie den Körper dem Strom, wenn doch sein Geist ins Schöne Land eingeht?«

Thinche sah Rhodan an, als habe dieser etwas unglaublich Dummes gesagt. »Wie soll der Geist im Schönen Land ohne Körper überleben? Natürlich schicken wir ihn hinterher. Der Khertak gibt, der Khertak nimmt. Das ist der ewige Lauf der Dinge. Er bringt Wasser, Fische, die Gaben von flussaufwärts.« Der Hochvater stockte, als seien ihm unangenehme Gedanken gekommen. »Und er trägt uns mit sich, wenn es für uns Zeit ist weiterzuziehen.«

Rhodan suchte aus dem Kleiderstapel seine Uniform heraus, die anderen taten es ihm gleich. Der Stoff kratzte und roch nach Nuss, aber wenigstens standen sie nicht mehr in Decken gehüllt herum.

Iwan Goratschin legte Ernst Ellerts Kleidung neben die Matte. Der Deutsche stöhnte und drehte sich im Schlaf um.

»Warum haben Sie uns eingesperrt? Sind wir Ihre Gefangenen?«, fragte Rhodan.

»Natürlich sind Sie das nicht, wo denken Sie hin? Es geschah nur zu Ihrem Schutz. Die Gegend ist tückisch in der Dunkelheit.«

Die Gegend? Oder die Nethor, die sie bei ihrer Ankunft misstrauisch beäugt hatten?

»Was ist mit unseren anderen Sachen? Dem Tornister? Dem

Stoff darin? Den Trinkflaschen?« *Den Strahlern?* »Wann bekommen wir sie wieder?«

»Gar nicht. Sie stehen als Gaben von flussaufwärts den Nethor zu. So lautet das Gesetz.«

Atlan machte einen Schritt auf Thinche zu. Rhodan wusste genau, was dem Arkoniden durch den Kopf ging: das Tarkanchar. »Das ist Diebstahl!«

»Nicht nach dem Recht der Nethor«, erwiderte der Hochvater. »Was der Khertak bringt, gehört uns Khal.« Nach einer kurzen Pause fügte er leise hinzu: »Oder den Thas.« Deutlich lauter und im Brustton der Überzeugung sagte er: »Das heißt, dass nach unserem Gesetz sogar Sie uns gehören.«

Rhodan musste an Sergh da Teffron denken, den ein Nethor in die Mangel genommen hatte. In Ausübung seines vermeintlichen Eigentumsrechts? »Wir sind Besucher in Ihrem Land und respektieren dessen Regeln. Dennoch sind die Dinge, die Sie behalten haben, sehr wichtig für uns. Und sie gehören uns.« Ihm fiel auf, dass Thinche ihnen mit den Uniformen ausgerechnet die Sachen zurückgegeben hatte, die sie selbst gestohlen hatten. Was für eine Ironie. »Es handelt sich nicht um Gaben Ihrer Götter, sondern ...«

»Was reden Sie da von Göttern?«, unterbrach der Hochvater ihn mit barschem Ton.

»Nun, das Treibgut, das der Fluss euch bringt«, sagte Perry vorsichtig. »Glauben Sie nicht, dass es von Gött...«

»Natürlich nicht! Es stammt von denen, die flussaufwärts leben. Den Arkoniden. Oder den Methans, falls die den Krieg gewonnen haben, was Crysalgira verhüten möge.«

Die Überraschungen nahmen kein Ende. »Sie kennen Crysalgira?«

»Selbstverständlich. Sie lebt flussaufwärts und beschützt uns vor den Methans. Warum reagieren Sie so verwundert? Sie kommen doch selbst von dort oben!«

Das war der letzte Beweis, dessen es gar nicht mehr bedurft hätte. Chergosts Aussage, flussabwärts liege Artekhs Vergangenheit. Die zehntausend Jahre alte Sprache, die die Nethor sprachen. Die Tatsache, dass ihnen Crysalgira ein Begriff war und dass sie von dem Krieg gegen die Methans wussten, aber nicht, wann und wie er endete. Bei der unterirdischen Kultur handelte es sich wirklich um Abkömmlinge der früheren Bevölkerung Artekhs, vermutlich Flüchtlinge. »Ich bin überrascht, dass Sie von ihrer Geschichte wissen.«

»Glauben Sie, weil wir seit Millionen von Zyklen im Zweistromland leben, sind wir verblödet? Es ist die Aufgabe des Geschichtswahrers, die Historie der Nethor lebendig zu halten.«

»Wenn Sie wissen, woher wir kommen«, warf Belinkhar ein, »wollen Sie dann nicht erfahren, wie der Krieg gegen die Methans ausgegangen ist?«

»Nein.«

»Nein?«

»Nichts, was Sie sagen können, würde uns davon überzeugen, dass Sie die Wahrheit sprechen.«

»Ich verstehe. Aber wollten Sie nie nach Hause zurückkehren?«

»Das Zweistromland ist unser Zuhause. Was flussaufwärts liegt, haben wir zurückgelassen, was flussabwärts liegt, noch nicht erreicht. So war es und so muss es sein. In früheren Tagen mag die Versuchung groß gewesen sein, aber wir haben die Strafe dafür erhalten und unsere Lektion gelernt.«

Rhodan erkannte, dass sich eine zehntausend Jahre alte Geschichte nicht so einfach wegwischen ließ. Die Länge dieser Zeitspanne wurde ihm erst bewusst, als er in der Menschheitsgeschichte so weit zurückdachte. Hatten nicht um das Jahr 8000 vor Christus in einem anderen Zweistromland – nämlich in Mesopotamien auf der Erde – die Menschen erst begonnen, Rinder, Schafe und Ziegen zu domestizieren? Welche Entwicklung hätten sie wohl durchgemacht, wenn sie in einem so engen Umfeld hätten leben müssen wie die Nethor?

Er wollte nach Sergh da Teffron fragen, wagte es aber nicht, solange er nicht wusste, warum die Nethor ihn gefangen hielten und verprügelten, während sie Rhodan und seine Gefährten fürsorglicher behandelten. »Sie verdanken dem Khertak viel«, sagte er stattdessen.

»Das tun wir«, antwortete Thinche.

»Wenn Sie mir die Frage gestatten: Wieso haben die Thas bei unserer Ankunft einen Khal getötet?«

»Weil sie uns die Gaben des Flusses nicht gegönnt haben.«

»Mit *Gaben* meinen Sie uns?«

Der Hochvater bestätigte nicht, das war aber auch nicht nötig. »Wir konnten die Thas zurückdrängen, bevor auch Sie in ihre Hände gefallen wären.«

»Wie kam es zur Feindschaft zwischen Ihnen und den Thas?«, fragte Atlan. »Immerhin haben Sie die gleichen Vorfahren.«

Thinche schaute ihn lange an. »Arkoniden, wie Sie einer sind. Aber ... schlimme Dinge spalteten die Nethor.«

»Welche Dinge?«

»Der Hoffnungsbringer«, gab er leise zur Antwort. »Das süße Gift seiner Stimme, die Versuchung, die fehlende Standhaftigkeit der Nethor.«

»Was ist geschehen?«, fragte Iwan Goratschin.

Sekundenlang schwieg der Hochvater. »Das liegt lange zurück. Zu lange, um es mit Fremden zu erörtern, die uns vielleicht erneut in Versuchung führen wollen.«

Rhodan fiel eine Formulierung auf, die Thinche benutzt hatte. »Sie sagten, Sie konnten die Thas zurückdrängen, bevor auch wir ihnen in die Hände fielen. Warum *auch?*«

»Weil die anderen, nach denen Sie gestern gefragt haben, den Thas in die Hände gefallen sind.«

»Was wird man dort mit ihnen machen?«, fragte Atlan – und meinte es sicher nicht annähernd so sorgenvoll, wie Thinche es vermutlich verstand.

»Wir können es nicht wissen, aber die Thas werden wohl das tun, was sie auch mit dem Hoffnungsbringer getan haben.«

»Und das wäre?«

»Ich fürchte, Ihre Freunde sind so gut wie tot.«

Stiqs Bahroff konnte es nicht fassen, dass er lebte.

Als der Strom ihn und da Teffron in einem nicht steuerbaren Boot erst an Rhodan vorbei und dann durch Stromschnellen und einen Wasserfall hinuntergespült hatte, war ihm klar geworden, dass nicht einmal fünf Zellaktivatoren ihn vor dem Tod retteten, wenn es dem Schicksal gefiel, ihn ertrinken zu lassen.

Aber offenbar hatte das Schicksal andere Pläne mit ihm. Dass diese allerdings beinhalteten, ihn und da Teffron in ein obskures Land mit verunstalteten Arkoniden zu schwemmen, die sie aus ihren Glotzaugen anstarrten und ihnen in altertümlichem, verwaschen klingendem Arkonidisch Beschimpfungen und Todeswünsche entgegenzischten, nach ihnen traten und sie unter Einsatz von Speeren zu einer Hütte trieben, darin wegsperrten und verprügelten, das empfand er nicht als großen Gewinn.

Es war ein eigenartiges Gefühl, als Gefangener und waffenlos in einer Hütte zu sitzen und darauf warten zu müssen, was als

Nächstes geschah. Es fühlte sich ... verkehrt an. Sonst war stets er der Wärter, der Verhörende, der Folterer gewesen, den man fürchtete.

Zu seinem großen Entsetzen hatten sich die Thas-Nethor, wie sie sich nannten, nahezu ohne Ausnahme ihn als Prügelopfer ausgesucht. Vielleicht weil sie bei Sergh da Teffron mehr äußerliche Gemeinsamkeiten mit sich selbst erkannten. Die Hand des Regenten war Arkonide, er hingegen nur zur Hälfte – und sogar das fiel wegen seiner schwarzen Haut und der Federn auf dem Kopf kaum auf.

Diese bleichen Arkonidenmolche hatten ihn und da Teffron nach Waffen durchsucht, außer dem Zellaktivator jedoch nichts gefunden. Zu Bahroffs Erleichterung hatten sie den Anhänger als wertlosen, hässlichen Schmuck abgetan und ihm gelassen.

Ein auffälliger Nethor mit rötlichem Sichelkamm namens Thalyan hatte ihm Fragen gestellt.

*Woher kommen Sie?*

*Wer schickt Sie? Die Methans?*

*Warum vergiften Sie unsere Heimat? Was haben wir Ihnen getan?*

Fragen über Fragen, von denen Bahroff in seiner Erschöpfung keine einzige vernünftig hatte beantworten können. Zur Strafe hatte er Schläge eingesteckt, die ach so fremdartige Haut war geplatzt, die ach so fremdartigen Federn gebrochen. Jeder Schlag hatte ihn an das erinnert, was er selbst seinen Opfern angetan hatte.

Irgendwann hatten die Nethor und ihr Hochvater Thalyan von ihm abgelassen, und Sergh da Teffrons Gesicht war über ihm erschienen. »Hör auf mit deinem Gejammer und benimmt dich wie ein Mann!«, hatte er ihn angebrüllt. »Es ist ja nicht zu ertragen!« Wenn er es nicht zuvor schon getan hatte, dann hatte Stiqs Bahroff in diesem Augenblick angefangen, seinen Herrn zu hassen.

Seit dem Verhör zuckte er bei jedem Geräusch zusammen, das vor der Tür erklang. Bisher war es stets blinder Alarm gewesen, doch als diesmal erst ein Klacken, dann ein Scheppern und das Rasseln einer Kette ertönte, wusste er, dass die Tortur weiterging.

Die Tür schwang auf, und da stand er. Der Thas-Nethor mit der rötlichen Kammfrisur. Thalyan. Als Bahroff ihn sah, rasten die Bilder seit ihrer Gefangennahme an seinem inneren Auge vorbei. Er merkte, wie er zitterte.

Bahroff blickte zu da Teffron, hoffte auf seine Hilfe, doch

der hatte nur ein höhnisches Grinsen für ihn übrig. Er erinnerte sich daran, wie er nach der Prügelattacke mit geplatzten und geschwollenen Lippen gekrächzt hatte: »Warum haben Sie mir nicht geholfen? Wieso haben Sie nichts gesagt?«

»Weil sie *dich* gefragt haben«, hatte die lapidare Antwort gelautet. »Wenn ich eine Gelegenheit sehe, die Lage zu unseren Gunsten zu verändern, werde ich sie ergreifen. Nicht vorher. Und nun gib mir den Zellaktivator!«

Es war zu einem Streit gekommen, in dessen Verlauf sich Bahroff sogar erniedrigt hatte, da Teffron anzuflehen, ihm den Aktivator noch nicht abzunehmen. Zuerst hatte die Hand des Regenten gezögert, doch dann hatte er – er! Stiqs Bahroff, der Feigling! – gedroht: »Wenn Sie ihn mir abnehmen, sage ich den Nethor, was es mit dem angeblich so wertlosen Schmuckstück auf sich hat. Dann werden auch Sie nicht lange Ihre Freude daran haben.«

Da Teffrons fassungsloses Gesicht war der einzige Lichtblick in den Stunden des Schmerzes gewesen. Doch er hatte sich rasch in den Griff bekommen. »Was deine Respektlosigkeit angeht, ist das letzte Wort nicht gesprochen, mein Freund. Aber du hast recht. So kann ich prüfen, ob der Aktivator deine Wunden schneller heilen lässt.«

Wie sich herausstellte, hatte der genau das getan. Bahroff war zwar längst nicht auf dem Damm, aber im Vergleich zu der schmerzvollen Zeit nach dem Verhör fühlte er sich wie neugeboren. Bis zu dem Augenblick, als sich die Tür öffnete und Thalyan mit einem Gefolge von vier Nethor eintrat.

»Haben Sie es sich anders überlegt?«, fragte der Hochvater. »Konnte ein Dunkelzyklus, ohne zu essen und zu trinken, Sie umstimmen? Sagen Sie mir nun endlich die Wahrheit? In wessen Auftrag sind Sie zu uns gekommen?«

»Wir können Ihnen nur das Gleiche sagen wie ...«, begann Bahroff.

Ein Nethor stieß ihm die stumpfe Seite des Speers in die Kniekehle, und er ging zu Boden.

»Du schweigst!«, fuhr Thalyan ihn an. Stattdessen wandte er sich an da Teffron. »Diesmal beantworten Sie meine Fragen.«

Der Angesprochene zuckte merklich zusammen. Vermutlich ohne sich dessen bewusst zu werden, fasste er an den Ring, den er trug. Das Zeichen seiner Macht. Er drehte ihn ein paarmal hin und her und ließ ihn wieder los.

Thalyan baute sich vor ihm auf. »In wessen Auftrag sind Sie hier?«

Da Teffron schwieg. Sein durch den Raum huschender Blick zeigte, dass er angestrengt nachdachte. Nach einem Ausweg suchte.

»Noch einmal: In wessen Auftrag sind Sie hier?«

Als da Teffron erneut die Antwort verweigerte, sagte Thalyan: »Wie Sie wollen.« Er ballte die Hand zur Faust und drosch sie seinem Gefangenen ins Gesicht.

Da Teffron stöhnte und sank auf die Knie.

»In wessen Auftrag sind Sie hier? Warum vergiften Sie unsere Welt?«

Wieder keine Antwort. Stattdessen folgte der nächste Fausthieb.

Blut schoss da Teffron aus der Nase, rann ihm über Lippen und Kinn. Ein Blutstropfen fiel zu Boden. Die Hand des Regenten griff zur Tasche, was Thalyan widerspruchslos geschehen ließ.

Für einen Augenblick rechnete Bahroff damit, sein Herr – traf diese Bezeichnung überhaupt noch zu, oder sollte er ihn besser seinen Mitgefangenen nennen? – ziehe die Lösung aller Probleme hervor. Eine Waffe, die die Nethor beim Abtasten übersehen hatten. Oder ein Wunderding, mit dem er sich und ihn auflösen und in Sicherheit rematerialisieren lassen konnte. Wenn da Teffron ihn denn mitgenommen hätte. Obwohl, er trug immer noch den Zellaktivator!

Umso größer war seine Enttäuschung, als der Arkonide nur ein rosafarbenes Halstuch hervorzog. Das Tuch, das der Regent ihm gegeben hatte, um vom Wächterroboter Chergost Zutritt zu Crysalgiras Garten gewährt zu bekommen. Trotz seiner geschwollenen Nase roch Bahroff den erregenden weiblichen Duft, der dem Stoff selbst nach Jahrtausenden anhaftete.

Da Teffron hob das Tuch, wollte sich vermutlich das Blut vom Mund wischen ...

... da sanken sämtliche Nethor im Raum auf die Knie.

Sofort verharrte da Teffron in der Bewegung.

Thalyan betrachtete den Stoff voller Ehrfurcht, als handele es sich um eine Reliquie. »Die Prinzessin?«, flüsterte er. »Nicht die Methans schicken Sie? Sie sind im Auftrag der Prinzessin zu uns gekommen?«

»Warum sollten die Thas unsere ... Freunde töten?«, fragte Rhodan den Hochvater der Khal-Nethor.

»Weil sie nicht erkennen, dass Sie die Rettung der Nethor sein können.«

»Sie erwähnten so etwas bereits zuvor«, sagte Atlan. »Wir verstehen aber nicht, wovor wir Sie retten sollen?«

*Und vor allem, wie,* fügte Rhodan in Gedanken hinzu.

»Der Khertak!« Thinche stieß ein glucksendes Geräusch aus, das Rhodan als das Nethoräquivalent zu einem menschlichen Seufzen deutete. »Der Bringer des Lebens, der Spender von Wasser, Fisch, Pflanzen und Geschenken – er stirbt.«

»Wie darf ich das verstehen?«

»Früher war er ein Segen für alle Nethor. Er brachte nur Gutes. Mit ihm begann die Kultur des Zweistromlands. Doch seit einiger Zeit ist nichts mehr, wie es war. Der Fluss bringt Gefahren, zuweilen tödliche Gefahren. Mehrmals hat er sich verfärbt, hat Gift mit sich getragen. Wir wurden krank, manche starben. Die Fische wurden ungenießbar. Die Pflanzen im Khertak färbten sich schwarz. Die Sternschwärmer wurden nervös, aggressiv, immer schwerer zu fangen. Etwas flussaufwärts tötet den Strom. Und wenn der Strom stirbt, sterben die Nethor.«

Da Teffron reagierte mit einer Geistesgegenwart, um die Bahroff ihn beneidete. »So ist es. Die Prinzessin schickt uns.«

»Aber warum haben Sie uns das nicht von Anfang an gesagt?« Thalyan schaute zu Bahroff. Lag in diesen aufgequollenen Augen der Ausdruck eines schlechten Gewissens, dass er ihn misshandelt hatte?

»Die Prinzessin hat uns verboten, uns zu früh zu erkennen zu geben. Wir sollen Sie in ihrem Auftrag prüfen. Das konnten wir aber nur, wenn Sie nicht wussten, wer wir sind. Aber Sie haben sich wacker geschlagen. Misstrauisch! Einen Angriff des Feindes vermutend. Das ist sehr, sehr gut. Crysalgira wird zufrieden mit Ihnen sein.«

»Wie haben Sie uns an dem Tuch erkannt?«, fragte Bahroff und fing dafür einen strengen Blick von da Teffron ein.

»Die Unterweisungen des Geschichtswahrers berichten von ihrer Lieblichkeit«, antwortete Thalyan dennoch. »Von ihrem Duft, davon, dass der Muliohnistrauch in ihrer Lieblingsfarbe blüht – der Farbe dieses Tuchs –, davon, dass sie über uns wacht. Aber erklären Sie mir: Hat jene, die nach Ihnen kamen, auch die Prinzessin geschickt? Prüfen sie die Khal?«

Die Frage überraschte da Teffron sicherlich genauso wie Stiqs Bahroff, doch sein Gesichtsausdruck blieb unbewegt. »Beschreiben Sie sie mir?«

»Man berichtete mir, dass sie zu sechst seien. Ein Arkonide wie Sie und fünf andere. Mit ihnen kam eine schwarze Bestie.«

Da Teffron lachte. »Ich habe befürchtet, dass Sie das sagen. Diese Leute sind Verbrecher. Sie gehören weder zu uns noch zu der Prinzessin. Sie machen gemeinsame Sache mit den Methans.«

Thalyan sog mit einem pfeifenden Geräusch die Luft ein. Offenbar ein Laut des Erschreckens.

»Mein Gefährte und ich«, fuhr da Teffron fort, »wollten ihnen das Handwerk legen. Doch sie erwiesen sich als rücksichtslos und brutal. Sie stahlen unsere Waffen und versuchten, uns zu ermorden. Im letzten Augenblick konnten wir entkommen. Umso mehr bedauere ich, dass sie unsere Spur anscheinend nicht verloren haben. Wir haben sie unfreiwillig in Ihr Land geführt. Das tut uns sehr leid. Aber wir dürfen nicht aufgeben. Jetzt, da wir so treue Diener der Prinzessin an unserer Seite wissen, ist mir nicht mehr bange. Sie müssen sie töten, sonst werden sie das Ende über die Nethor bringen.«

»Wie meinen Sie das?«

»Sie haben vorhin gefragt, warum wir Ihre Welt vergiften. Aber es sind nicht wir, die das tun, sondern diese Verbrecher!«

»Sie müssen dafür sorgen, dass die Vergiftung aufhört!«, flehte Thinche.

Rhodan erkannte, dass es nichts mehr brachte, mit ihrer eigenen Rolle hinter dem Berg zu halten. »Es tut mir leid, aber das können wir nicht.«

»Warum denn nicht? Das Gift kommt von flussaufwärts, Sie kommen von flussaufwärts. Crysalgira muss Sie geschickt haben, um diese Prüfung von uns zu nehmen.«

»Ich wünschte, es wäre so.«

»Sie müssen! Denken Sie nach, es muss eine Lösung geben.«

»Niemand hat uns geschickt. Wir stammen nicht einmal von diesem Planeten.«

»Was ist ein Planeten?«

»Sagt Ihnen das nichts? Eine Welt, die im All um eine Sonne kreist?« Als er Thinches verwirrten Gesichtsausdruck bemerkte, versuchte er es anders. »Wir kommen von sehr viel weiter flussaufwärts als Ihre Vorväter. Wir wissen nicht, wer Sie vergiftet und warum.«

Atlan strich sich über das Kinn, als wolle er damit andeuten, dass er eine Theorie habe, sie aber lieber erst einmal für sich behielt.

»Ich wünschte, wir könnten Ihnen helfen. Aber es geht nicht.«

In einer allzu menschlichen Regung sackten Thinches Schultern nach unten. Sein Körper verlor an Spannung. »Das ist schlecht. Sehr schlecht. Für uns. Und für Sie.«

»Für uns?«, echote Goratschin.

»Denken Sie an die Blicke, die man Ihnen zugeworfen hat. Viele Khal misstrauen Ihnen, wollen Sie loswerden. Sie glauben, Sie sind schuld an der Vergiftung.«

»Der Gedanke ist absurd«, meinte Ishy Matsu. »Wie sollten wir ...?«

»Die Khal wollen Rache für das, was man ihnen antut. Sie sind die Einzigen, an denen sie sie nehmen können.«

»Das würde überhaupt nichts ändern!«

»Erklären Sie das einem zornigen Volk.«

»Was ist denn passiert?«, fragte eine müde Stimme von der anderen Seite des Raums. Ernst Ellert war aufgewacht. Er setzte sich auf und blinzelte Rhodan verwirrt und benommen an.

»Was passiert ist?« Matsu lachte ohne Spur von Humor auf. »Das kann ich Ihnen sagen. Wir stecken bis zum Hals im Schlamassel. Das ist passiert!«

»Wir können die Verbrecher nicht töten«, sagte Thalyan.

»Warum nicht?« Wieder spielte da Teffron an seinem Ring. Bahroff vermutete, dass er so besser nachdenken konnte.

»Obwohl sie uns zustehen, haben die Khal sie gestohlen. Sie werden ihre Beute nicht herausrücken.«

»Dann müssen Sie hingehen und sie holen. Mit Gewalt, falls es nötig sein sollte.«

»So viel Macht haben wir nicht. Der Frieden zwischen den Stämmen des Zweistromlands hält nur, weil keiner dem anderen überlegen ist.«

Der Ring wanderte um den Finger, dann noch einmal. Und stoppte. »Mit dem Gitter im Fluss fangen Sie Treibgut ab?«

»Natürlich. Das ist der Zweck des Gatters. Wissen Sie das nicht?«

»Selbstverständlich wissen wir, dass Crysalgira und ihr Volk Ihnen über den Strom Geschenke zukommen lassen. Nur, dass Sie sie auf diese Weise sammeln, war mir neu. Und das tun Sie schon immer?«

»Nicht von Beginn an mit dem Gatter. Aber ja, die Nethor fangen seit langer Zeit das auf, was der Fluss bringt. Auch wenn wir nicht alles verstehen.«

Bahroff ahnte, worauf da Teffron hinauswollte. Im nächsten Augenblick bekam er die Bestätigung.

»Mein Gefährte und ich stammen von dort, wo das Treibgut herkommt. *Wir* verstehen es. Und wir können dafür sorgen, dass es Ihnen die Macht gibt, die Sie brauchen, um die Khal zu besiegen.«

Waffen! Das war es, worauf er aus war.

Einerseits bewunderte Bahroff die Hand des Regenten für seine Gerissenheit. Andererseits regte sich etwas anderes in ihm. Etwas, das er früher nie verspürt hatte, wenn er für da Teffron die Drecksarbeit erledigt hatte.

Abscheu!

Die Hand des Regenten war ohne Skrupel dazu bereit, eine Kultur in einen Bruderkrieg zu stürzen, nur weil es seinen Zwecken diente. Nur weil er Rhodan hasste.

Warum erwachte plötzlich das Gewissen in ihm? Früher hätte er da Teffron bedenkenlos in seinem Tun unterstützt.

*Weil der Zellaktivator dich verändert hat. Weil er dich gelehrt hat, dass Unsterblichkeit ein Geschenk ist, das man nicht missbrauchen darf.*

Mit einem Mal spürte er die Last, die dieses Geschenk mit sich brachte. Sollte er für alle Ewigkeit zusehen, wie da Teffron mordete, Macht ansammelte und alles vernichtete, was ihm im Weg stand?

In der nächsten Sekunde erkannte er seinen Denkfehler. Natürlich würde er nicht in alle Ewigkeit zusehen müssen, weil die Hand des Regenten ihm den Zellaktivator abnehmen würde.

Und noch etwas wurde ihm klar: Nur damit zu drohen, den Nethor die Wahrheit über den Anhänger zu sagen, reichte womöglich nicht aus, um ihn ihm nicht geben zu müssen. Nicht bei einem Mann wie Sergh da Teffron.

»Ich schlage vor, Sie denken darüber nach, wie Sie die Nethor retten können«, sagte Thinche. Seine Stimme hatte einen kalten Tonfall angenommen. »Später bringen wir Ihnen etwas zu essen und zu trinken. Nach dem nächsten Dunkelzyklus erwarte ich Ihre Antwort.«

Rhodan verkniff sich den Satz, dass diese genauso aussehen

würde wie die bisherige. Stattdessen sagte er: »Danke für das Angebot. Darf ich Ihnen eine letzte Frage stellen?«

»Welche?«

»Leben im Zweistromland Shonumoy?«

»Was ist das?«

»Kleine Tiere mit weißem Fell und flauschigen Tellerohren.«

»Warum sollte das wichtig sein für die Rettung unserer Heimat?«

Gute Frage.

»Weil sie die Fähigkeit besitzen, Gift zu neutralisieren«, erklärte Atlan im Brustton der Überzeugung. »Wenn man aus ihren Sekreten ein Gegengift herstellt, das ...«

»Nein«, unterbrach Thinche. »Solche Tiere gibt es nicht. Und nun denken Sie sorgfältig nach. Ich würde vorschlagen, Sie lassen sich eine bessere Lösung einfallen als Tiere mit Flauschtellern.«

Er verließ den Raum. Im nächsten Augenblick erklang das Rasseln der Kette, mit der er die Hütte verriegelte.

»Was nun?«, fragte Rhodan. »Können wir ihm glauben?«

»Ich denke schon«, sagte Belinkhar. »Das Imperium rüstet auf. Vermutlich hat der Regent deshalb den Bergbau auf Artekh 17 wieder anlaufen lassen. Das ist mit Verschmutzung verbunden. Ich muss euch nicht daran erinnern, wie es an der Oberfläche von Ghewanal aussieht.«

»Sie haben recht«, ergänzte Atlan. »Denken Sie nur an den Müll, der uns aus den Seitenarmen des Stroms begegnet ist.«

Rhodan ging zum Fenster und schaute hinaus. Der Abschiedssteg lag wieder verlassen am Flussufer. »Aber was können wir tun, um den Nethor zu helfen?«

»Nichts«, sagte Atlan. »Sie müssen sich selbst helfen.«

»Vielleicht ist ihnen mit dem Tod des Regenten bereits geholfen«, meinte Iwan Goratschin. »Kein Regent, keine Aufrüstung, kein Bergbau.«

Ishy Matsu schüttelte den Kopf. »Das mag sein. Aber das ist nichts, womit sich Thinche abspeisen lassen wird.«

»Also bleibt nur eines, was wir tun können«, sagte Atlan.

Rhodan nickte. »Fliehen. Aber wohin? Wenn jemand eine gute Idee hat, wäre jetzt ein geeigneter Augenblick, sie vorzutragen.«

Doch niemand trug eine Idee vor. Weder eine gute noch eine schlechte.

Chabalh stieß ein Knurren aus.

Alle fuhren zu ihm herum. »Was ist?«

»Wo ist der Flackermann?«, fragte der Purrer.

»Wer?«

»Ernstellert.«

Rhodan sah zu der Matte, auf der Ellert mit verwirrtem Gesichtsausdruck gesessen hatte. Doch nun war die Matte leer.

Aber nicht nur Ernst Ellert war verschwunden. Auch von der Kleidung, die danebengelegen hatte, fehlte jede Spur.

*Aus den Unterweisungen der Geschichtswahrer*

*Schon vor der Spaltung besiedelten die Neth'or beide Flussarme des Zweistromlands. Das Leben war hart und entbehrungsreich, aber die Brüder halfen sich, wo es nur möglich war.*
*Wenn thas die Beeren der ersten Sträucher knapp wurden, gaben ihnen die Neth'or von khal, was sie erübrigen konnten – und manchmal mehr.*
*Wenn khal zu wenig Fische im Fluss schwammen, überließen die Neth'or von thas den Hungernden die schönsten Exemplare aus ihren Vorräten.*
*Ohne diese Selbstlosigkeit und Hilfsbereitschaft wären aus den Neth'or niemals Nethor geworden.*
*Und doch barg die gegenseitige Unterstützung Gefahren, denn es existierte keine Verbindung zwischen khal und thas. Der Khertak trug davon, was man ihm übergab. Ihn zu durchschwimmen war schier unmöglich. Nur mithilfe von zu Schnüren gedrehten Flechten versuchte man, die Boten abzusichern.*
*Aber Schnüre konnten reißen.*
*Oder die Strömung druckte den Boten unter Wasser, obwohl er festgebunden war.*
*Oder der Khertak spülte in dem Augenblick, in dem der Bote gegen die Fluten kämpfte, ein hartes, scharfkantiges, tödliches Stück Treibgut an.*
*Die Gefahren waren endlos. So beschloss man, eine Brücke zu bauen. Es dauerte Tausende von Zyklen, bis es gelang, den Plan zu verwirklichen. Man opferte jedes nicht überlebenswichtige Stück Schrott, das der Khertak mit den Flüchtlingen ans Ufer gespült hatte. Trümmer der Boote, die Wandungen von Vorratskisten. Doch es reichte bei Weitem nicht aus. Also griff man wieder auf Flechtschnüre zurück – und wartete auf das, was der Fluss brachte. Treibgutfischer wachten am Ufer und versuchten mit einfachen Netzen aus Flechten abzufangen, was ankam.*
*Die Brücke wuchs Stück um Stück, stürzte ein, wurde aufgebaut, gefestigt und doch erneut vom Strom davongetragen. Aber nach vielen Zyklen mit vielen Toten unter den Arbeitern hatte man es vollbracht.*
*Man hatte einen Weg erschaffen, der einen sicher von thal nach khas brachte.*
*Die Neth'or nannten ihn den Brudersteg.*

# Kapitel 5

## Die Stunde des Flackermanns

Die Stimmen rissen Ernst Ellert aus dem Schlaf.

Er öffnete die Augen, versuchte die Umgebung wiederzuerkennen, diesen engen Raum, das kabelvergitterte Fenster, die Wände aus Schrottteilen. Langsam kehrte die Erinnerung zurück, dennoch fühlte er sich desorientiert. Die Anstrengungen der letzten Zeit waren fürchterlich gewesen. Der Kampf, seinen Körper zu stabilisieren. Der Kampf gegen die Fluten. Und offenbar alles umsonst. Der Regent war tot! Das hätte nicht geschehen dürfen.

Statt diesen Arkoniden daran zu hindern, den Regenten zu erschießen, steckte er mitsamt der Gruppe um Perry Rhodan fest in diesem ... diesem ... Er war zu benommen, um einen Kraftausdruck zu finden, der die Situation nur halbwegs beschrieb.

Es dauerte einen Augenblick, bis er bemerkte, dass er nackt war. Seine Kleidung lag neben ihm.

»Die Khal wollen Rache für das, was man ihnen antut. Sie sind die Einzigen, an denen sie sie nehmen können.«

»Das würde überhaupt nichts ändern!«

»Erklären Sie das einem zornigen Volk.«

Stimmen, die auf ihn einprasselten. Worte, die sich zu inhaltsleeren Sätzen vereinten.

»Was ist denn passiert?«, fragte er. Er setzte sich auf, blinzelte. Wo war Rhodan? Ah ja, dort bei dem Wesen mit den riesigen Augen.

»Was passiert ist?« Die Stimme von Ishy Matsu. Oder? »Das kann ich Ihnen sagen. Wir stecken bis zum Hals im Schlamassel. Das ist passiert!«

Er wollte etwas ergänzen, brachte aber kein weiteres Wort hervor. Stattdessen setzte das Stimmengewirr wieder ein. Diskussionen über Gift, Rache und weiße Flauschtiere. Wenn es doch nur einen Sinn ergeben hätte! Dann jedoch schnappte er ein paar Brocken auf, die er verstand.

»Also bleibt nur eines, was wir tun können.«

»Fliehen. Aber wohin? Wenn jemand eine gute Idee hat, wäre jetzt ein geeigneter Augenblick, sie vorzutragen.«

*Fliehen!*

Als hätte dieses eine Wort etwas in ihm ausgelöst, griff eine unsichtbare Kraft nach ihm. Sie zerrte an ihm, riss ihn weg von der Matte, weg aus der Hütte, weg aus der Körperlichkeit.

Die Welt um ihn herum zog sich zu Erbsengröße zusammen. Wände, Länder, ganze Planeten stürzten auf ihn ein, nur um sich Sekunden später aufzublähen, bis er selbst nicht mehr war als ein Staubkorn im Universum. Die Kraft schleuderte ihn umher und ...

*... mit einem Mal steht er auf einer Wiese. Zottelige Tiere mit sechs kurzen Beinen glotzen ihn an. Ein Gestank nach Moschus und Exkrementen bohrt sich ihm in die Nase. Eine Nase? Besitzt er so etwas überhaupt? Er hebt den Arm, um sich zu vergewissern, hält aber inne, als er bemerkt, dass dieser in einem Ärmel steckt. Was auch immer mit ihm passiert, unbewusst hat er die Kleidung mitgenommen. Vielleicht, weil Menschen sich in ihren Gedanken meist angezogen sehen? Aber davon abgesehen: Spielt es wirklich eine Rolle?*

*Die Zottelviecher senken die Köpfe. Wollen weitergrasen.*

*Doch nein, das ist ein Irrtum.*

*Er erkennt einen Kranz von fingerlangen spitzen Dornen hinter den Ohren.*

*Die Tiere wollen angreifen! Ihm die Dornen ins Fleisch stoßen, weil er ihr Revier betreten und sie beim Grasen gestört hat, oder weil sie endlich einmal etwas anderes auf dem Speiseplan stehen haben und ihn deshalb verzehren möchten.*

*Er dreht sich um, will davonlaufen, doch auch aus der anderen Richtung nähert sich ein Zottelvieh. Sie sind schnell, beängstigend schnell für die kurzen Beine!*

*Da sind sie heran, stoßen ein aggressives Blöken aus, senken den Kopf ein bisschen tiefer – und rennen durch ihn hindurch, als wäre er gar nicht da.*

*Weil er tatsächlich nicht da ist. Sein Körper existiert nicht mehr, schwebt irgendwo zwischen den Zeiten und ...*

... das Universum kollabierte um ihn, expandierte, pumpte. Kräfte erfassten Ellert, bliesen ihn durch Äonen von Zeit und Raum, durch das Alles und das Nichts zugleich.

Geschah dies wirklich, oder spielte ihm sein Geist einen Streich? Bevor er über diese Frage nachdenken konnte ...

*... sitzt er auf einem Felsvorsprung hoch über dem Land der*

*Nethor. Er schaut über ein paradiesisches Gebiet, an dessen entgegengesetzter Seite sich der Khertak an einem Steinmassiv entlangschmiegt. Zu seinen Füßen liegt ein Nest aus Ästen, Blättern und den Knochen kleiner Tiere. Darin entdeckt er ein Ei, grau mit braunen Flecken.*

*Ein großer Vogel mit nacktem Hals und knallbunten Federn kreist einige Meter unter ihm. Doch mit dem Instinkt der werdenden Mutter hebt er den Kopf, sieht den Fremden in der Nähe des zukünftigen Nachwuchses und kreischt wütend.*

*Ellert bedauert das, schaut dem aber gelassen entgegen. Die Erfahrung mit den Zotteltieren hat ihn gelehrt, dass kein körperliches Wesen ihm in diesem Zustand etwas antun kann. Also ignoriert er den Vogel und blickt über das Land der Nethor hinweg.*

*Erstmals sieht er es in seiner ganzen Pracht, der Blick nur getrübt von einigen Leuchtquallen, die nicht so hoch schweben wie ihre Artgenossen.*

*Es fällt ihm schwer, aus dieser Höhe Entfernungen zu schätzen, aber sieben oder acht Kilometer mag der Fluss schon lang sein, bevor sich das Tal verengt und der Strom in einer Höhle verschwindet. Der Landstreifen am Ufer des Khertak, die Heimat der Khal, kommt vielleicht auf eine Breite von zwei Kilometern.*

*Er sieht das Wuseln der Nethor über die Hängebrücken zwischen den Bäumen, andere, die Früchte ernten oder auf den Feldern arbeiten. Und dort zu seiner Linken, ist das nicht die Weide mit den Zotteltieren, die ihn gerade angegriffen haben?*

*Die Vogelmutter steigt auf, höher als er selbst, und schießt im Sturzflug auf ihn zu. Aber bevor sie ihn erreichen kann ...*

... packte ihn die Kraft erneut, trug ihn durch Universen, die nicht mehr oder noch nicht existierten. Sie zerriss seinen Geist ...

*... lässt ihn auf der Spitze eines hohen Baumes erscheinen ...*

... setzte ihn wieder zusammen, erschuf Körper aus Geist, löste ihn auf ...

*... schickt ihn auf den Grund des Flusses, doch die Strömung kann ihm nichts anhaben. So wie die Ohrdornen des zotteligen Sechsbeiners ...*

... verstreute ihn über Galaxien, sammelte die Einzelteile, setzte sie ein weiteres Mal zusammen ...

*... und spuckt ihn in totaler Finsternis aus.*

*Schwebt er noch immer zwischen allen Existenzen, ohne Körper, reiner Geist im Weltall für alle Zeiten?*

*Aber wenn dies das All ist, warum sieht er dann keine Sterne?*

*Er streckt die Arme aus, will fühlen, aber wie kann er das, wenn er doch nur aus Geist besteht? Er konzentriert sich auf Bewegung. Nach vorne!, ermuntert er sich. Aber die Dunkelheit bleibt bestehen. Nichts verändert sich. Bewegt er sich tatsächlich? Er weiß es nicht.*

*Weiter, immer weiter. Nicht aufgeben!*

*Und dann – da! – ein Lichtschimmer. Er schwebt darauf zu. Oder läuft er? Kriecht er? Macht das für einen Körperlosen überhaupt einen Unterschied?*

*Er kommt dem Licht näher. Es wird größer, intensiver.*

*Endlich erkennt er, wo er sich aufhält: in einer Höhle oder einem Stollen. Einer von denen unter der Oberfläche Ghewanals? Er folgt dem steinernen Gang und erreicht dessen Ende. Oder besser, dessen Beginn.*

*Wieder blickt er auf das Land der Nethor herab, diesmal aber von der anderen Seite, von dem Felsmassiv, das die Khal von den Thas trennt. Nur wenige Meter tiefer zieht der Khertak von links nach rechts seine Bahn. Die Höhle, in der der Strom verschwindet, kann er wegen des Blickwinkels nicht erkennen, aber ...*

*Moment! Von links nach rechts? Wenn er tatsächlich auf das gleiche Land schaut, müsste die Höhle zu seiner Linken liegen und der Khertak folglich von rechts nach links fließen.*

*Die Schlussfolgerung ist zwingend: Unter ihm liegt nicht das Land der Khal, sondern das der Thas.*

*Neugier packt ihn. Er tritt einen Schritt weiter vor, beugt sich aus dem schmalen Schlitz im Massiv. Die Landschaft unterscheidet sich in nichts von der Seite, auf der sich Rhodan aufhält. Warum sollte sie auch? Da eine Weide mit Sechsbeinzotteln, dort ein Getreidefeld, die gewaltigen Bäume, die Hängebrücken dazwischen.*

*Nicht weit unter sich macht er eine kleine Brücke über den Strom aus. Ausgerechnet hier? Zufall? Oder wissen die Thas von dem Felsspalt und haben den Flussübergang deshalb an dieser Stelle errichtet? Nutzen sie den Stollen etwa?*

*Bevor er sich umdreht, um ihn genauer zu untersuchen, fällt ihm etwas auf, das sein Herz schneller schlagen lassen würde, wenn er im Augenblick eines besäße: Nicht weit von der Brücke entfernt steht eine Hütte. Seitenwände aus Schrottteilen, ein kegelförmiges Strohdach, nur winzige Schlitze als Fenster – und davor auf der Wiese liegt ein umgekipptes, aber anscheinend intaktes Boot. Von der Bauart identisch mit dem, was sie für da Teffrons Verfolgung benutzt haben.*

*Das Boot, mit dem Rhodan in Crysalgiras Garten gelangt ist und das Chergost zum Kentern gebracht hat.*

*Eine Möglichkeit, damit zu fliehen? Vielleicht, aber leider auf der falschen Seite des Felsmassivs.*

*Woher stammt dieser Stollen? Und wichtiger: Wo führt er hin? Er sieht ihn sich genauer an und stellt fest, dass es sich um eine natürliche Höhle handelt. Das leuchtet ein. Die Nethor verfügen gewiss nicht über das Werkzeug, um solche Gänge im Fels selbst anzulegen.*

*Er geht/schwebt/fliegt den durch Gang ins Innere des Massivs. Das Licht von außerhalb bleibt zurück, erhellt den Felsspalt immer unzureichender, bis es sich verliert. Dennoch sieht er vor sich einen weiteren Schimmer. Er folgt ihm und erreicht eine kathedralengroße Höhle, voll mit Tropfsteinen und biolumineszierendem Moos. Auf dem Boden liegen voneinander getrennt Fische, Früchte und Fleisch.*

*Er spürt keine Temperaturen, geht aber davon aus, dass es in der Höhle kühl ist und die Thas hier ihre Vorräte frisch halten.*

*Zwischen einem Berg orangefarbener Knollen und zwei dreibeinigen Zottelviehhälften zweigt ein Gang ab – und endet vor einer Felswand. Sackgasse.*

*Er ist enttäuscht, hat er doch auf eine Verbindung zwischen Khal- und Thas-Land gehofft. Aber er gibt nicht auf, sondern nutzt, dass er sich in Körperlosigkeit bewegt. Er geht trotz des Hindernisses geradeaus weiter. Dringt in den Felsen ein. Sofort umgibt ihn Dunkelheit wie vorhin, als er dachte, im All gelandet zu sein. Noch ein Schritt. Und der nächste.*

*Schneller als erwartet tritt er in einen moosbeleuchteten Höhlengang, der sich in beide Richtungen erstreckt. Er entscheidet sich für rechts, kommt an eine Gabelung, wählt wieder rechts, geht nach oben, nach unten, um Biegungen, über weitere Gabelungen. Er ist in ein wahres Labyrinth geraten.*

*Er zählt nicht die Versuche, ist sich auch nicht sicher, ob Zeit im Augenblick eine Rolle für ihn spielt, aber irgendwann findet er einen Ausgang. Tatsächlich weist er auf die Landseite der Khal.*

*Was für eine Entdeckung! Zwischen der Vorratskammer der Thas und dem Ganglabyrinth auf der Khal-Seite liegt eine Felsschicht von drei oder vier Metern. Höchstens fünf. Ein unüberwindliches Hindernis für die Nethor. Aber nicht für jemanden wie Iwan Goratschin.*

*Er geht den Weg zurück, verläuft sich, versucht es erneut, schafft es, prägt sich den Weg ein, schreitet ihn noch einmal ab und wiederholt es so oft, bis er sicher ist, ihn auch in einigen Stunden zu finden.*

*Jetzt muss er nur zu seinen Kameraden zurückkehren, um ihnen von seiner Entdeckung zu berichten, da ...*

... riss ihn die Kraft erneut mit sich.

Chabalhs Beine schmerzen.

Er braucht Bewegung, muss laufen, springen, sich austoben. Aber es geht nicht. Nicht in einem so kleinen Raum.

Er trottet von einer Wand zur andern, schnuppert in den Ecken, trottet zurück. Legt sich hin. Streckt sich. Steht wieder auf. Dreht eine weitere Runde.

Sein Herr redet mit seinen Freunden. Sie wollen fliehen. Das ist gut, denn dann kann Chabalh die Enge hinter sich lassen.

Er spürt, wie ein Knurren sich den Weg durch seine Kehle sucht. Ein Laut, den Zweibeiner als bedrohlich empfinden. Er will ihn unterdrücken, aber es gelingt nicht.

Oh, wenn er doch nur rennen könnte! Wenigstens ein bisschen.

Einer der Zweibeiner mit den komischen großen Augen hat Wasser gebracht. Und Essen. Fleisch. Es schmeckt, wie die Leuchtkugeln in der Luft riechen. Er behält seine Beobachtung für sich. Wahrscheinlich gefällt dem Herrn der Gedanke nicht, das zu essen, was er Quallen nennt.

Später hat der Großaugenzweibeiner die Schüsseln wieder abgeholt. Ohne zu sprechen.

Seitdem reden sie. Wie sie fliehen könnten. Wohin. Und ob sie es ohne den Flackermann versuchen sollen. Der Herr ist dagegen, will auf Ernstellert warten. Der Gonozal-Mann aber möchte so schnell wie möglich das Gefängnis verlassen.

Chabalh teilt die Meinung des Gonozal-Manns.

»Da ist er wieder!«, ruft plötzlich die Rotfellfrau.

Alle drehen sich dorthin, wohin die Rotfellfrau zeigt. Auch Chabalh.

Und da steht er. Der Flackermann.

Chabalh hat ihn nicht bemerkt, weil er nicht riecht. Das findet er immer noch merkwürdig.

»Wo waren Sie denn?« Der Herr will nach dem Flackermann greifen, aber er fasst durch ihn hindurch. »Sie sind nicht körperlich!«

Das stimmt. Auch Chabalh erkennt, dass der Flackermann nicht *ist.*

»Warum sinkt Mann nicht in Boden, wenn er nicht *ist?«,* fragt er.

Ernstellert blickt ihn an, reißt die Augen so weit auf, dass er fast aussieht wie die Großaugenzweibeiner, sagt: »Darüber habe ich nie nachgedacht« – und versinkt im Boden.

Er flackert. Ist. Ist nicht. Ist. Ist nicht.

Bleibt verschwunden.

Chabalh geht zu der Stelle. Schnuppert, riecht aber nichts.

Hoffentlich ist es nicht seine Schuld, dass der Flackermann verschwunden ist.

Die unsichtbare Kraft trug Ellerts Geist zurück in die Hütte. Doch bevor er von seiner Entdeckung berichten konnte, überraschte Chabalh ihn mit einer Frage, über die er sich nie Gedanken gemacht hatte.

Warum vermochte er im körperlosen Zustand durch Wände zu gehen, versank aber nicht im Boden?

Als er prompt doch bis zur Hüfte einsank, erkannte er die Antwort: eben *weil* er bisher nie darüber nachgedacht hatte.

Für einen Augenblick fürchtete er, ausgerechnet in dieser Lage die Körperlichkeit zurückzugewinnen und vom Fels, in dem er steckte, zerquetscht zu werden.

Die Angst sorgte dafür, dass die Kraft ihn erneut packte und seinen Geist durch Universen schleuderte. Er materialisierte auf der Brücke beim Gatter, verschwand, erschien am anderen Ende des Zweistromlands bei der Höhle, in die der Khertak floss, verschwand, tauchte zum zweiten Mal auf der Zottelviehweide auf, verschwand, landete in einer Hütte, in der ein Greis mit einem Umhang aus Federn einen ausnehmend schönen Kristall in Händen hielt, während auf dem Tisch daneben ein Handstrahler und ein Strahlengewehr lagen, verschwand, materialisierte an Dutzenden weiterer Orte.

Der Wechsel zwischen den Szenerien vollzog sich so schnell, dass er kaum einen Eindruck richtig erfasste. Glücklicherweise, denn so sah ihn wenigstens auch keiner der Nethor, in dessen Nähe er erschien. Hoffentlich.

*Konzentrier dich auf Rhodan und die anderen! So hast du vorhin auch den Rückweg geschafft.*

Kaum ermahnte er sich dazu, stand er mitten in der Gefangenenhütte. Dort lief noch immer die Diskussion, wie man die Chancen vergrößern sollte, nicht nur zu entkommen, sondern die Flucht auch zu überleben.

»Ohne ein Boot flussabwärts fliehen zu wollen ist reiner Selbstmord«, behauptete Belinkhar.

»Ich glaube, da könnte ich aushelfen.« In den nächsten Minuten gehörte die ungeteilte Aufmerksamkeit Ernst Ellert.

Gharjochun, der Geschichtswahrer der Khal, schaute auf den großen Edelstein, den der Khertak ihnen mitsamt den Fremden gebracht hatte.

Ein Schmuckstück. Hübsch anzusehen, aber ohne jeglichen Nutzen. Dennoch spürte er, *wusste* er, dass es damit etwas Besonderes auf sich hatte. Warum sollte der Arkonide ein so schönes Stück einfach in der Tasche mit sich herumtragen, statt es zu einem Anhänger oder einem Ring zu verarbeiten? Wieso trug er – wie Thinche ihm berichtet hatte – einen unansehnlichen Stein um den Hals und verbarg ein Juwel in seiner Kleidung?

Nein, der Edelstein *musste* eine Bedeutung besitzen. Wenn er nur gewusst hätte, welche.

Die Tür öffnete sich, und Hochvater Thinche betrat den Unterweisungsraum. Ihm folgten Mallyra, die Geschenkdeuterin, und zwei ihrer Gehilfen. Sie verneigten sich ehrfurchtsvoll.

Gharjochun legte den Stein auf den Tisch zu den anderen merkwürdigen Gegenständen und ließ sich mit lautem Ächzen auf seinem Sessel nieder. Seine Knochen schmerzten. Das Alter schmerzte! Er spürte, dass sich die Khal bald nach einem neuen Geschichtswahrer umsehen mussten. Bald würde er die Reise den Fluss hinunter antreten und sich davon überzeugen, dass es das Schöne Land wirklich gab. Oder eben auch nicht.

»Interessante Geschenke haben Sie mir gebracht«, begrüßte er Mallyra und ihre Gehilfen.

»Das ist wahr.« Die Frau hatte ihr langes Haar zu zwei Knoten gebunden, die jeweils oberhalb eines Auges saßen. Sehr elegant, sehr verführerisch. Manchmal wünschte Gharjochun, das Alter hätte ihn nicht so gezeichnet. »Ich habe die Geschenke untersucht und sie einer Nutzung zugewiesen. Nur bei diesen dreien wage ich keine abschließende Beurteilung.«

»Warum nicht?« Er deutete auf das stockähnliche Ding, das man sich mit einer Schlaufe über die Schulter hängen konnte. »Von diesen besitzen wir schon welche und benutzen sie zum Umgraben der Felder. Hat sie diese Verwendung nicht in Betracht gezogen? Muss erst mein alter, müder Geist sie daran erinnern?«

»Keineswegs. Die Stöcke, die uns der Fluss bisher gebracht hat, ähneln diesem sehr. Aber bei ihnen sind die Lichter oberhalb dieses gebogenen Dorns an der Unterseite erloschen. Bei dem neuen Stock jedoch leuchten sie. Das Gleiche gilt für das kleinere Exemplar.«

»Was folgert sie daraus?«

Mallyra zögerte. Sie warf einen kurzen Blick zu Thinche und einem ihrer Gehilfen. Gharjochun hatte schon genügend Nethor gesehen, um einen zu erkennen, der glaubte, mit seiner Meinung allein dazustehen. »Die Lichter deuten darauf hin, dass die Geräte funktionstüchtig sind.«

»Oder dass der vorherige Besitzer farbige Lichter mochte«, brach es aus einem der Gehilfen hervor, einem älteren, glatzköpfigen Mann namens Wofkurep, der sich nach dem Tod von Mallyras Vorgänger Hoffnung auf den Posten gemacht hatte. Doch Thinche hatte anders entschieden und die junge Frau berufen.

Der Geschichtswahrer hob die Hand. »Er soll ihr nicht ins Wort fallen!«

»Entschuldigung.«

»Weiter!«, forderte er Mallyra auf.

»Wir wissen heute nicht mehr, wozu die Vorväter solche Gegenstände benutzten oder ob sie sie überhaupt kannten. Vielleicht handelt es sich um Neuentwicklungen. Aber ich bin überzeugt, dass man diese Flussgeschenke für den Zweck einsetzen kann, für den sie gedacht sind.«

»Welcher Zweck könnte das sein? Hegt sie eine Vermutung?«

»Das kleinere Geschenk sieht aus wie ein Schlagwerkzeug. Mit dem längeren könnte man Früchte von einem Baum schütteln oder es in den Boden drillen und etwas daran befestigen.«

»Wozu dienen die Bügel?«

»Ich weiß es nicht.«

»Hat sie nicht damit experimentiert?«

Wieder zögerte Mallyra. »Nicht nach den Erfahrungen der letzten Zyklen. Der Khertak hat uns so häufig gefahrvolle Geschenke gebracht, die ihr Unheil erst entfalteten, wenn man sich ausgiebig mit ihnen beschäftigte. Ich habe es nicht gewagt.«

Gharjochun strich sich die Haare aus dem Gesicht, um seinen in vielen Unterweisungen perfektionierten strengen Blick auf Mallyra anzuwenden. »Aber ist es nicht die Aufgabe der Geschenkdeuterin, genau das zu tun?«

Verlegen schaute sie zur Decke. »Das ist richtig.«

Der Geschichtswahrer wandte sich Thinche zu. »Hat er die Fremden dazu befragt?«

»Nein.«

»Warum nicht?«

»Sie zeigen sich wenig hilfsbereit. Ich fürchte, wir dürften ihren Antworten nicht trauen, wären also ohnehin darauf angewiesen, es selbst zu probieren.«

»Was sagt er dazu?«, fragte Gharjochun den Gehilfen der Geschenkdeuterin, der ihr ins Wort gefallen war.

Wofkurep kam nach vorne. »Ich will Mallyra nicht zu nahe treten, aber wenn sie Angst vor den Gaben des Khertak hat, scheint sie mir als Geschenkdeuterin ungeeignet zu sein.«

»Ungeeigneter als er selbst?«

»Äh ... nun ... ja.«

»Weiß er, warum Thinche Mallyra und nicht ihn zum Deuter ernannt hat?«

Das Aderngeflecht unter Wofkureps Haut trat plötzlich markant hervor. »Weil sie mit ihm ... sie ... Nein, ich weiß es nicht. Ich habe eine Vermutung, will sie aber nicht äußern.«

»Dann will ich es ihm verraten. Er verfügt über große Erfahrung und untersucht in einem Zyklus mehr Geschenke als alle anderen. Doch darauf kommt es nicht an – und schon gar nicht darauf, damit zu protzen. Mallyra war die richtige Wahl. Sie mag zu vorsichtig sein, aber zugleich ist sie sorgfältig.«

»Aber ...«

»Stellen wir uns dennoch vor, er wäre der Geschenkdeuter«, sagte Gharjochun. »Wie würde er vorgehen?« Der Geschichtswahrer wies einladend auf den Tisch. »Vielleicht kann er uns von seinen Fähigkeiten überzeugen und Mallyra ablösen.«

Wofkurep zögerte kurz, dann trat er zu den Flussgaben und nahm den kleineren der Gegenstände. Er wog ihn in der Hand, strich mit den Fingern darüber, ertastete das Material. »Zunächst versuche ich, ein Gefühl für das Geschenk zu entwickeln. Oft ergibt sich die Antwort auf die Frage, wie man etwas halten muss, von selbst.«

Tatsächlich lag ihm das Stromgeschenk nur kurz darauf so gut in der Hand, dass es einfach richtig sein musste. Die Finger umschlossen den kürzeren Teil so, dass das längere Ende nach vorne oben aus der Faust ragte.

»Sollte diese Haltung die richtige sein, legt die Position des Bügels nahe, dass man ihn mit dem Zeigefinger bedient.«

Er drehte das Geschenk so, dass er es gut betrachten konnte.

Gharjochun fiel auf, wie unruhig Thinche und Mallyra wurden. Keine Frage, sie hielten den Gegenstand für gefährlich. Der Geschichtswahrer schloss sich dieser Auffassung an. Allerdings ging sein Leben ohnehin dem Ende entgegen. Da kam es auf ein paar schmerzhafte Zyklen weniger auch nicht mehr an. Deshalb saß er entspannt auf seinem Sessel und beobachtete Wofkurep, wie er mit dem Geschenk herumhantierte.

»Der Zeigefinger schmiegt sich natürlich um den Bügel. Wenn man den Finger krümmt, dann ...«

Ein greller Lichtstrahl fauchte aus dem vorderen Ende des Gegenstands, brannte ein Loch in Wofkureps Stirn und brachte ihn zum Verstummen. Für immer.

Thinche, Mallyra und der zweite Gehilfe, dessen Name Gharjochun entfallen war, schrien auf und eilten zu dem leblosen Körper. Er war tot, keine Frage. Aufgeregt redeten sie hin und her.

Der Geschichtswahrer hob die Hand und alle verstummten. »Damit sind zwei Sachen klar. Bei den Geschenken handelt es sich offenbar um Waffen. Mächtiger als alle Speere und Messer. Das bedeutet, ab jetzt sind wir den Thas überlegen!«

»Und die zweite Sache?«, fragte Thinche.

»Mallyra wird Geschenkdeuterin bleiben. Das Erste, was sie in ihrer neu bestätigten alten Funktion tun wird, ist, mir einen langen Streifen des Stoffs zu überlassen, den uns der Fluss mit den Fremden geschenkt hat.«

Stiqs Bahroff folgte Sergh da Teffron, der wiederum Hochvater Thalyan folgte, zu einer Hütte, vor der ein umgekipptes Boot lag.

Die Hand des Regenten musterte das Gefährt interessiert, sagte aber nichts.

Der Nethor öffnete die Tür. Im Gegensatz zu den stabil aussehenden Außenwänden aus Schrottteilen bestand sie aus ein paar mit Pflanzenfasern zusammengebundenen Holzplanken.

»Hier finden Sie die gesammelten Geschenke, die wir nicht verwenden«, sagte Thalyan.

Da Teffron und Thalyan betraten die Hütte.

Bahroff warf einen letzten sehnsuchtsvollen Blick auf das Boot. Vielleicht fand sich ein unbeobachteter Moment, in dem er es stehlen und den Nethor, Sergh da Teffron und dessen Gier nach dem Zellaktivator entkommen konnte.

»Was ist los, Stiqs?«, erklang die Stimme seines Herrn aus der Treibgutsammlung. Nein, die Stimme des Manns, der sich *für seinen Herrn hielt!* »Willst du da draußen erst Blümchen pflücken, bevor du uns mit deiner Anwesenheit beehrst?«

Früher hätte da Teffron nicht so großen Wert darauf gelegt, seinen Adjutanten an seiner Seite zu sehen. Früher hatte er aber auch nicht befürchtet, dass dieser ihm einen Zellaktivator vorenthalten wollte. Bahroff war sich sicher, dass da Teffron die keimende – ach was, die blühende! – Entfremdung seines Dieners spürte.

Noch einmal griff er unter seine Kleidung, umklammerte den Anhänger, fühlte dessen belebende Impulse, aber auch die Last der Verantwortung, dann betrat er die Hütte.

Regale säumten die Wände, nur gelegentlich unterbrochen von schmalen Fenstern. Im Zentrum des Raums stand ein großer Tisch.

Und überall lag Schrott herum. Messgeräte, Armbänder zur Kommunikation, zerfetzte Schutzanzüge, Sicherheitsschuhe, Werkzeuge, Warmhalteflaschen, aber auch Strahlwaffen und Teile von Kampfanzügen.

Unglaublich, was sich im Laufe der Jahrtausende alles ansammelte.

Auf einer Seite des Raums lagen Trümmer von mindestens zwei Booten. Die Wasseransaugröhren, zwei Antriebseinheiten, eine davon geborsten, Platinen, auf denen die Energiezellen steckten. Eine metallene Kiste mit einer Milchglasscheibe darauf erkannte er als Bootspositronik. In der Kiste verbargen sich vermutlich die Recheneinheiten und die nur dafür zuständigen Energieblocks, denn in der Scheibe schimmerte das holografische Gesicht von Prinzessin Crysalgira. Einen bizarren Moment lang überkam Bahroff das Gefühl, sie betrachte ihn missbilligend.

Er sah herausgebrochene Sitzbänke, zerlegte Seitenwände, eine weitere Positronik mit zerschmettertem Display. Kein Zweifel: Die Thas-Nethor schlachteten die Boote aus. Würde dem Exemplar vor der Tür das gleiche Schicksal blühen?

Das interessanteste Objekt entdeckte er jedoch auf dem Tisch in der Raummitte. Dort lag der zerstörte Körper von Chergost, dem Wächterroboter. Nicht der, den der Regent zerstrahlt hatte. Von dem war kaum etwas übrig geblieben. Es musste sich um das Modell handeln, das versucht hatte sie zu verfolgen, als die Strömung sie durch Crysalgiras Garten spülte.

»Sieh an, sieh an.« Sergh da Teffron trat an den Tisch. Er strich über den zerschmetterten Schädel des Roboters. »Er scheint ein wenig unsanft gestrandet zu sein.« Er öffnete die Schließe von Chergosts Gürtel und zog den handbreiten Metallstreifen unter dem Roboterkörper hervor.

»Was ist das?«, fragte Thalyan.

»Ein Antigravgürtel.«

»Was kann man damit machen?«

»Der Hose zu einem guten Sitz verhelfen.«

»Oh.«

Da Teffron studierte die Anzeige auf der oberen Kante der Gürtelschnalle. »Sieht aus, als würde er im Gegensatz zu seinem Vorbesitzer funktionieren. Aber er ist so gut wie leer.«

Über die Länge des Gürtels erstreckten sich in regelmäßigen Abständen vier Erhebungen. Er versuchte sie nach oben zu verschieben, nach unten, zu drehen, zu drücken, darüber zu streichen. Nichts geschah. Offenbar wusste er mit der uralten Technik nicht umzugehen. Doch als er mit zwei Fingern von beiden Seiten gegen die Wulste drückte, klappten sie nach oben auf. Zum Vorschein kam jeweils eine silberne Patrone, vermutlich das Antigravmodul, auf der eine Energiezelle steckte. Letztere gaben ein schwaches gelbliches Leuchten von sich. Im Gegensatz zu den Zellen auf den Platinen der Boote!

Da Teffron entfernte die Energiespeicher und ersetzte sie durch frische. Sie passten! »Es lebe die Vereinheitlichung.«

Nach wenigen Augenblicken war er im Besitz eines aufgefüllten Antigravgürtels.

Anschließend widmete er sich den Strahlern in den Regalen: sieben in der Form von Pistolen, drei von Gewehren. Keiner glich dem anderen. Vermutlich entstammten sie unterschiedlichen Baureihen und Epochen.

Vier der Handstrahler und ein Gewehr machte er mit Energiezellen aus den Booten und welchen, die er in den Kampfanzügen fand, funktionsfähig. Bei den restlichen ließen sich die Kraftspeicher nicht aufstecken.

»Warum zerlegen Sie die Boote«, fragte da Teffron den Hochvater, »anstatt sie ihres eigentlichen Zwecks gemäß zu verwenden?«

»Wir brauchen keine Schwimmgeräte«, antwortete Thalyan. »Es gibt keinen Ort, den wir nicht auch ohne Boot erreichen. Flussaufwärts liegt der Wasserfall und die Vergangenheit und flussabwärts das Schöne Land.«

»Das Schöne Land?«, wiederholte Bahroff.

»Kennen Sie das nicht? Das Land nach dem Leben. Dort gehen die Toten hin.«

»Hat es nie ein Lebender gewagt?«

»Der Geschichtswahrer berichtet von einigen abenteuerlustigen Nethor, die das Geheimnis des Schönen Landes vor langer, langer Zeit ergründen wollten. Keiner kehrte je zurück, um davon zu erzählen.«

»Was ist mit ihnen geschehen?«

Da Teffron versetzte Bahroff einen Schlag gegen die verletzte Schulter. »Was für eine dumme Frage! Woher sollen sie das wissen, wenn niemand zurückkehrte?«

Thalyan antwortete dennoch. »Vielleicht sind sie dort geblieben, weil es schöner ist als im Zweistromland. Oder der Strom hat sie verschlungen und sie sind ertrunken, ohne das Schöne Land je erreicht zu haben. Seitdem – und seit der Hoffnungsbringer die Nethor entzweit hat – wagt sich niemand mehr in die Höhle, in der der Fluss verschwindet.« Nach kurzem Zögern fügte er hinzu: »Es sei denn, ein Nethor will sein Leben freiwillig beenden.«

»Wer ist der Hoffnungsbringer?«, fragte da Teffron.

»Ein dunkles Kapitel in der fernen Vergangenheit der Nethor. Lassen wir es dabei. Nur so viel müssen Sie wissen: Der Begriff ist nicht so positiv gemeint, wie er klingt, denn der Hoffnungsbringer hat dem Zweistromland viel Unheil beschert. Oder nein, eigentlich waren es die Nethor selbst, die dafür verantwortlich waren. Er war nur der Versucher, der sie dazu gebracht hat.«

Die Hand des Regenten stellte weitere Fragen, aber Thalyan wollte zu dem Thema nichts mehr sagen. Also widmete sich da Teffron wieder den Stücken der Treibgutsammlung.

»Mit den Strahlern haben wir eine gute Ausgangsposition. Wir sind den Speeren und Messern der Khal überlegen. Wenn sie ihre Wirkung erst einmal kennengelernt haben, werden sie Sie nicht mehr davon abhalten, sich das zu holen, was Ihnen zusteht: die Geschenke, die während Ihrer Zykluswacht eingetroffen sind, und die Verbrecher.«

Zwischen zwei Regalen entdeckte er eine schmale Tür und ging auf sie zu.

»Nein!«, rief Thalyan. »Nicht diese Tür.«

Doch es war zu spät. Ehe er es verhindern konnte, öffnete da Teffron und blickte hinein. Seine Augen weiteten sich vor Überraschung. »Wie ist das möglich?«

Von drinnen erklang eine Stimme. »Wer sind Sie und was wollen Sie?«

»Das ist der Hoffnungsbringer!« Der Hochvater riss da Teffron die Tür aus der Hand und knallte sie zu, ehe Bahroff etwas erkannte. »Oder das, was wir von ihm übrig gelassen haben. Und nun widmen wir uns wieder der Verstärkung der Thas!«

»Wie Sie wünschen.« Ein kaltes Lächeln umspielte da Teffrons Lippen. Er deutete auf die verschlossene Tür. »Auch wenn das da eine neue Perspektive für mich und meinen Freund bedeutet.«

Bahroff spürte Hitze in sich aufsteigen. Mit dem Freund war gewiss er gemeint.

»Wie sollen wir vorgehen?«, fragte Thalyan.

»Ich schlage vor, dass wir Ihre vertrauenswürdigsten Männer mit Strahlern ausrüsten, sie in die Bedienung einweisen und beim nächsten Dunkelzyklus die Seite der Khal stürmen. Wenn sie mit nichts Bösem rechnen. Als Beauftragter von Prinzessin Crysalgira muss ich allerdings darauf bestehen, dass Sie mir zum Ausgleich etwas aus dem Raum des Hoffnungsbringers überlassen.«

Thalyan schaute ihn lange an. »Gut, wie Sie wünschen. So soll es geschehen.«

»Wie geht es Ihnen?«, fragte Rhodan, nachdem Ellert von seiner Geistreise und den Beobachtungen erzählt hatte.

Sie saßen im Kreis auf ihren Matten und hatten zugehört, als lauschten sie einer Geschichte am Lagerfeuer.

»Ich fühle mich wohl. Aber sehr erschöpft«, antwortete Ellert. Rhodan beobachtete, wie ihm für einen Moment die Augen zufielen. »Ich glaube, mein Geist hat sich ein letztes Mal dagegen aufgebäumt, dass ich körperlich werde. Deshalb diese unkontrollierte Reise durch das Land der Nethor. Es hat viel Kraft gekostet, aber ...« Sein Kopf sackte nach vorne auf die Brust. Er riss ihn hoch, lächelte verlegen und fuhr fort: »... aber jetzt ist es vorbei. Ein paar Stunden Schlaf, dann bin ich wieder auf dem Damm. Wenn wir das alles erst einmal hinter uns haben, beantworte ich Ihnen sämtliche Fragen. Versprochen.«

Er legte sich auf eine Matte und war nur Augenblicke später eingeschlafen. Schon wieder.

Rhodan seufzte. »Gut, lassen wir ihm seinen Schlaf. Eine Flucht kann nur gelingen, wenn wir ausgeruht sind.«

»Wie sieht dein Plan aus?«, fragte Belinkhar.

»Er besteht zu einem großen Teil aus Hoffnung, der Rest ist Improvisation.« Er lächelte. »Keine Sorge, wir schaffen das. Wir warten ab bis zum nächsten Dunkelzyklus. Im Schutz der Dunkelheit sprengst du, Iwan, die Kette vor der Tür. Wir schlagen uns zu der Hütte des Manns mit dem Federumhang durch.«

»Von der wir nicht wissen, wo sie liegt«, wandte Atlan ein.

»Von der ich hoffe, dass wir ihre Lage mit Ishys Fähigkeiten herausfinden werden.«

Die Japanerin nickte.

»Wir holen uns die Strahler«, sagte Rhodan. Mit Blick auf den

Arkoniden fügte er hinzu: »Und das Tarkanchar.« Er und Atlan hatten bereits einmal ein solches Wunderding gesehen. Auf der ehemaligen arkonidischen Venuszuflucht, die jetzt als Terrania Orbital um die Erde kreiste. Der Baumeister der Station, Kosol ter Niidar, war ihnen erschienen und hatte behauptet, dass sein Geist dank des Tarkanchars zehntausend Jahre überdauert hätte. Wenn das der Wahrheit entsprach ... war dann womöglich Crysalgiras Geist in dem Edelstein gespeichert? »Dann pirschen wir uns zu den Thas. Dort machen wir da Teffron und seinen Adjutanten ausfindig, falls sie noch leben.«

»Von denen wir nicht wissen, wo man sie eingesperrt hat«, sagte Atlan.

»Von denen ich hoffe, dass sie in einem ähnlichen Gefängnisgebäude sitzen wie wir, es im Gegensatz zu uns aber nicht verlassen können. Auch hier wird uns Ishy große Dienste erweisen. Wir schnappen uns die Kerle und fliehen mit dem Boot, das Ellert gesehen hat, den Fluss hinab.«

»Von dem wir nicht wissen, wohin er führt.«

»Das mag sein. Aber er ist der einzige Weg nach draußen, den wir kennen. Wir können Thinche bis morgen keine Antwort liefern, die ihn zufriedenstellen wird. Ich habe keine Lust, den Dunkelzyklus damit zu vergeuden, nach einem Kaninchen zu suchen, das vielleicht gar nicht existiert.«

»Dein Plan enthält viele Unwägbarkeiten«, sagte Goratschin.

»Ich weiß. Aber es ist der einzige Plan, den ich habe. Aber ich bin nicht egoistisch. Wenn jemand einen besseren hat, bin ich gerne bereit, meinen fallen zu lassen.«

Niemand hatte einen. Also kam man überein, es zu riskieren.

Und an den richtigen Stellen zu hoffen und zu improvisieren.

Chabalh schnuppert an dem Flackermann – und riecht ihn.

Er flackert nicht mehr. Chabalh beschließt, ihn dennoch weiterhin Flackermann zu nennen.

Ernstellert liegt auf seiner Matte, atmet tief und gleichmäßig und verströmt seinen Geruch. Das ist gut.

Denn das bedeutet, dass der Flackermann *ist.* Ab jetzt gehört er richtig zu ihnen.

Sie wussten nicht, wie lange der lichte Zyklus dauerte. Deshalb beschlossen sie, die Zeit bis zu ihrem Ausbruch zu nutzen.

Während Belinkhar und Iwan Goratschin versuchten, ein wenig Schlaf zu bekommen, und Atlan durch das Fenster die Sternschwärmer beobachtete, machte sich Ishy Matsu auf die Suche nach dem Mann im Federumhang.

»Wenn es dich zu sehr anstrengt, brich ab«, sagte Rhodan. »Es ist wichtiger, dass du später da Teffron findest.«

Die Japanerin lächelte. »Nachdem ich ihn vorhin gesehen habe, du weißt schon, bei der Beerdigung oder Flussbestattung oder wie man es nennen mag, müsste es eigentlich klappen.«

»Wenn der Federkleidpriester auf dem Abschiedssteg der gleiche ist, den Ellert während seiner Geistreise bei den Strahlern gesehen hat.«

»Hoffen wir aufs Beste. War das nicht ein essenzieller Bestandteil deines Plans?«

Rhodan grinste.

Sie streckte die Hände aus und schloss die Augen.

Sekunden vergingen, summierten sich zu Minuten. Einmal ächzte sie, schüttelte aber unwirsch den Kopf, als Rhodan fragte: »Wird es zu anstrengend?«

Endlich baute sich das Flimmern über ihren Handflächen auf. Es zeigte einen alten Mann mit wirrem weißem Haar, der auf einem Sessel saß. Einem Sessel? Womöglich Treibgut, der Sitz des Steuermanns in einem Boot oder ein unliebsames Möbelstück, das ein Arkonide auf Ghewanal weggeworfen hatte – wie auch immer es in den Fluss geraten sein mochte. Der Khertak hatte den Nethor in den letzten zehntausend Jahren wirklich die tollsten Sachen angespült.

Tischreihen umgaben den Alten, auf denen allerhand Zeug lag, vermutlich ebenfalls Flussgeschenke, die die Vision aber so unscharf abbildete, dass man kaum etwas erkannte.

»Was tut er da?«, fragte Rhodan.

Atlan wandte sich um und betrachtete die Bildkugel über Ishys Händen. »Sieht aus, als knüpft er eine Schlinge oder Schlaufe. Ist das ein Streifen unserer Tarnseide?«

»Möglich. Gut, kommen wir zum schwierigeren Teil. Versuch, die Vision aus dem Haus hinauszubewegen, Ishy.«

Wieder ächzte sie. Erste Schweißtropfen traten ihr auf die Stirn.

Das Bild setzte sich in Bewegung. Wie bei einer Kamerafahrt entfernte sich der alte Mann. Vor ihm auf dem Boden wurden Matten sichtbar, machten unvermittelt Dunkelheit Platz, die sich Sekunden später als Nahaufnahme einer Tür erwies. Ishy trat mental einige Schritte zurück, bis ein Teil der Hütte in der Vision auftauchte. Sie hatte es geschafft. Sie war draußen.

Rhodan schaute kurz zu Atlan, dann wieder zu dem Fernbild. »Sehen Sie das?«

»Sie meinen den Kasten mit der Scheibe neben der Tür? Fahren Sie kurz noch einmal näher hin, Ishy. – Danke! Tatsächlich, eine Holoscheibe, wie wir sie von der Steuerung der Boote kennen. Wenn ich mich nicht täusche, zeigt sie sogar Crysalgiras Gesicht.«

»Jetzt bitte in die Höhe, Ishy. Falls du noch kannst.«

»Ja doch!«, fauchte sie.

Die Perspektive kippte. Plötzlich sah man in dem Bild den Weg vor der Hütte von oben – allerdings nicht von sehr weit oben. Doch dann wurde der Weg schmaler, die Hütte kam mit ins Bild, ein Hügel, eine Weide, der Fluss. Und etwas, das Rhodan für den Abschiedssteg und ihr Gefängnis hielt.

»Das reicht. Ich habe genug gesehen. Brich ab.«

Sofort erlosch die Vision. Die Mutantin öffnete die Augen. »Vorsichtshalber sollte ich auch ein wenig schlafen.«

»Tu das. Vielen Dank, du hast mir sehr geholfen.«

Die nächsten Stunden vergingen quälend langsam.

Chabalh ließ sich neben Rhodan nieder, kuschelte sich an ihn und legte ihm den schweren Kopf in den Schoss. »Chabalh will hinaus. Will laufen.«

»Bald, sehr bald.«

Irgendwann brachte ein Nethor etwas zu essen – zum dritten Mal den Eintopf mit den Fleischstücken – und zu trinken. Wasser. Nun, da er von der Vergiftung des Flusses wusste, zögerte Rhodan, doch dann riskierte er ein paar Schlucke.

»Die Sternschwärmer sammeln sich«, sagte Atlan endlich. »Sie werden dunkler.«

Sie weckten ihre Kameraden.

»Gleich geht es los.«

Mit Einbruch der Nacht – oder des Dunkelzyklus – kehrte draußen Ruhe ein. Das Kreischen der Vögel verstummte. Immer weniger Stimmen erklangen, und schließlich schlief das Land. Zumindest hoffte Rhodan das.

»Iwan, dein Auftritt!«

Goratschin trat an die Tür, spähte durch die kleinen Löcher, beschwerte sich, dass er in der Finsternis kaum etwas von der Kette erkenne, doch dann flammte es jenseits der Tür kurz auf, Lichtstrahlen schossen wie Speere durch die Löcher und erloschen. Draußen klirrte es, als die Kette zu Boden fiel. Zu laut für Rhodans Geschmack.

»Schnell, bevor jemand kommt und nachschaut, was der Radau zu bedeuten hat.«

Rhodan öffnete die Tür, ließ die anderen hinaushuschen und folgte ihnen. Wegen der Resthelligkeit der Sternschwärmer und einiger biolumineszierender Pflanzen war es glücklicherweise nicht stockfinster. Der Dunkelzyklus erinnerte eher an eine sternenklare Neumondnacht auf der Erde, nur eben ohne Sterne.

Sie versteckten sich hinter einem buschigen Strauch, der sich als schwarzer Schatten vom Dunkelgrau der Umgebung abhob. Als nach einigen Minuten kein Nethor aufgetaucht war, kehrte Rhodan ein – wie er hoffte – letztes Mal zur Hütte zurück, schlang die gesprengte Kette durch die Halteösen und erschuf für einen zufällig vorbeikommenden Nachtspaziergänger oder einen Kontrolleur die Illusion, dass sie weiterhin im Gefängnis festsaßen.

Er rief sich das Bild aus Ishys Vision ins Gedächtnis und zeigte nach links. »Wir müssen in diese Richtung.«

Der erste Teil des Plans verlief nahezu reibungslos. Sie arbeiteten sich zwischen Bäumen hindurch, über Wiesen und durch Gesträuch. Sämtliche Hütten, die sie entdeckten, umrundeten sie großräumig. Nur gelegentlich hörten sie Stimmen vom Flussufer. Aus den Satzfetzen, die ihm ans Ohr drangen, schloss Rhodan, dass es sich um Jäger handelte. Gegen den Schein der Sternschwärmer erkannte er ihre Silhouetten.

Der Gedanke, dass sich ausgerechnet am Fluss ein paar Nethor tummelten, missfiel ihm. Denn wenn sie auf die Seite der Khas wechseln wollten, mussten sie den Khertak überqueren.

Aber darüber würde er nachdenken, wenn es so weit war.

»Sie jagen Sternschwärmer«, flüsterte Belinkhar.

Die Fleischstücke im Sumunareintopf kamen ihm in den Sinn, und ein Verdacht über deren Herkunft formte sich, den er lieber nicht vertiefte.

»Hier entlang«, raunte Rhodan. Er deutete links an einem Felsen vorbei, war sich aber keineswegs sicher, ob er damit richtiglag. Sich im Dunkeln in einer Gegend zu bewegen, die man erst einmal bei Licht und im Zustand tiefster Erschöpfung gesehen hatte, und sich dabei an einem Luftbild von der Größe einer Grapefruit zu orientieren, stellte die besten Voraussetzungen dar, sich hoffnungslos zu verlaufen. Selbst wenn sie die Hütte des Federkleidmanns nur um ein paar Meter verfehlten, würden sie an ihr vorübergehen, ohne sie zu bemerken.

*Hoffen und improvisieren,* rief sich Rhodan ins Gedächtnis.

Er ging an dem Felsen vorbei und hielt auf eine Ansammlung dicker Baumstämme zu, da knurrte Chabalh: »Stehen!«

Sofort verharrte er.

Der Purrer schob sich geräuschlos neben ihn und sah demonstrativ nach oben. Rhodan folgte dem Blick. Ihm wurde heiß. Er war im Begriff gewesen, die Gruppe unter einem dichten Netz aus Hängebrücken entlangzuführen. Auf manchen bewegten sich Schatten hin und her.

Nethor!

Wachen? Oder Pärchen, die den Dunkelzyklus für eine romantische Verabredung nutzten? Egal. Wenn sie die vermeintlichen Gefangenen entdeckten und Alarm schlugen – blieb das Ergebnis dasselbe? Wie gut vermochte die Bevölkerung des Zweistromlands mit ihren großen Augen eigentlich zu sehen? Sicher besser als die Leute an der Oberfläche, sonst hätte die Evolution sie ihnen nicht verpasst.

»Zu riskant, unter einem Dorf entlangzulaufen«, flüsterte Ellert.

Richtig, aber gab es Alternativen? Rhodan befürchtete, die Orientierung völlig zu verlieren, wenn sie die Siedlung umrundeten.

»Chabalh folgen«, knurrte der Purrer. »Kennt Federmanngeruch von Totenwasserung. Chabalh hat vorhin Spur entdeckt. Kann wiederfinden.«

Rhodan überlegte nicht lange. »Führ uns zu ihm!«

Den Rest der Strecke legten sie wohl nicht auf dem kürzesten Weg zurück, dafür aber umso unbehelligter. Einige Umwege waren nötig, um weiteren Hütten, Nachtarbeitern wie den Sternschwärmerjägern oder patrouillierenden Wachen auszuweichen. Als sie das Gebäude des Federkleidpriesters erreichten, bewunderte Rhodan einmal mehr den Geruchssinn des Purrers.

»Warum laufen die Khal nachts Streife?«, flüsterte Ishy.

»Vielleicht fürchten sie, die Thas könnten ihnen Treibgut stehlen.«

»Gerechtfertigte Sorge, obwohl die Diebe nicht vom anderen Flussarm stammen, sondern von einem anderen Planeten.«

»Atlan und ich gehen rein«, sagte Rhodan. »Ihr versteckt euch hier draußen. Chabalh, wir verlassen uns auf dich.«

»Chabalh passt auf«, erwiderte der Purrer.

Zu zweit schlichen sie den Weg bis zur Hütte entlang. Rhodan drückte vorsichtig gegen die Tür. Sie war nicht verschlossen. Er lugte durch den Spalt und starrte in totale Finsternis. »Wie sollen wir dort drin etwas finden?«

»Lassen Sie die Tür offen! Dann kommt wenigstens ein bisschen Licht hinein.«

Sie betraten die Hütte und warteten darauf, dass sich die Augen an die Dunkelheit gewöhnten. Viel besser wurde es allerdings nicht.

Atlan schlich zu einer der Tischreihen, beugte sich tief hinunter und betrachtete das gesammelte Treibgut. Er schob Stücke zur Seite, nahm andere auf, studierte sie sorgfältig und legte sie wieder hin.

»Das könnte uns helfen«, flüsterte er nach einigen Minuten. Er hielt Rhodan etwas hin, das der mit zusammengekniffenen Augen als einen fingerbreiten Armreif mit einer Verdickung identifizierte.

»Was ist das?«

»Ein Kommunikationsarmband vermutlich.«

»Wollen Sie jemanden anrufen?«

»Seien Sie nicht albern! Ich habe ein ähnliches Modell schon einmal gesehen. Es überträgt nicht nur die Stimme des Senders, sondern auch dessen Gesicht. Wie ein Pod auf der Erde, wenn es der Benutzer wünscht.«

»Aha. Und?«

»Um auch in der Dunkelheit eine visuelle Erfassung zu ermöglichen ... Ah ja, hier aktiviert man es.«

Aus der Verdickung sickerte trübes Licht. Nicht sehr hell, aber besser als nichts.

»Die Energie ist fast verbraucht«, sagte Atlan. »Wir müssen uns sputen.«

Langsam schritten sie die Tische ab und hofften darauf, in dem Lichtrinnsal die Strahler zu finden. Die Hoffnung erfüllte sich nicht.

»Sie sind nicht mehr hier«, flüsterte Atlan.

»Vielleicht haben wir sie übersehen.« Aber Rhodan ahnte, dass er sich irrte. Außerdem mussten sie sich beeilen. Sie waren sich einig, dass sie während des letzten Dunkelzyklus höchstens drei Stunden geschlafen hatten. Länger dauerte die Phase der Finsternis vermutlich nicht. Durch all die Umwege, die sie auf dem Weg zur Hütte in Kauf genommen hatten, war davon bestimmt schon eine vergangen. »Egal, wir haben keine Zeit!«

»Was soll das heißen?«

»Das mit dem Hoffen hat nicht geklappt. Also bleibt die Improvisation. Wir besuchen die Thas ohne Strahler. Wir können da Teffron trotzdem überwältigen. Wir sind in der Überzahl. Und wir haben Chabalh und Iwan. Kommen Sie!«

»Nein.«

»Was?«

»Ich gehe nicht ohne das Tarkanchar.«

Rhodan erinnerte sich an den Wutausbruch des Regenten, während er Crysalgiras Leichnam zerstrahlt hatte. Hatte er womöglich *danach* gesucht?

»Sie haben recht, aber wir sollten uns beeil...«

Grelles Licht flutete den Raum.

»Wer wagt es, den Schlaf zu unterbrechen, den meine müden Knochen ...«, tönte eine knarzige Stimme. »Oh, die Fremden, auf die Thinche so große Hoffnung setzt.«

Rhodan und Atlan fuhren herum. In einer Tür, die ihnen im Schimmer des Kommunikationsarmbands entgangen sein musste, stand der alte Mann aus Ishys Vision. Diesmal trug er keinen Federumhang, sondern lediglich einen Schurz aus dem gleichen Material. Sein ausgezehrter Leib wirkte im grellen Licht fast durchscheinend.

*Wie Ernst Ellert, als er um die Körperlichkeit gekämpft hat.*

Das Strahlen stammte von zwei Scheinwerfern links und rechts der Tür. Vielleicht Grubenlampen, die der Khertak angespült hatte.

»Wir wollen Ihnen nichts antun«, sagte Rhodan, um eine ruhige Stimme bemüht.

»Dass er das nicht will, glaube ich ihm. Dass er es nicht tun wird, jedoch nicht.« Er griff zu einer Kurbel neben den Scheinwerfern und drehte sie. Ein durchdringender Ton erklang, der Rhodan in den Ohren schmerzte.

Eine Alarmanlage.

Er warf sich nach vorne, riss den Alten von der Kurbel weg, und der Ton verklang in einem jämmerlichen Jaulen. Aber der Schaden war vermutlich schon angerichtet.

»Sie haben das Tarkanchar!«, brüllte Atlan plötzlich.

Nun sah auch Rhodan den Anhänger um den Hals des Greises. Eine aus Tarnseide geknüpfte Schlaufe, die den Edelstein fest umschloss.

»Her damit!«

»Ich habe geahnt, dass es mehr als nur Schmuck ist. Will er mir nicht verraten, wozu es dient?«

»Das will er nicht«, schrie Atlan und stürzte sich auf den Alten.

Mit einer Hand packte er den Stein, mit der anderen stieß er den Greis weg. Das Tarkanchar löste sich aus der Schlaufe und blieb in der Handfläche des Arkoniden liegen. Der Alte jedoch taumelte nach hinten in den zweiten Raum, kippte weg und heulte auf.

»*Jetzt* können wir gehen.«

»Es tut mir leid«, sagte Rhodan zu dem Greis.

»Ich weiß.«

Sie hetzten aus der Hütte, wo die anderen auf sie warteten.

»Was ist passiert?«, fragte Belinkhar.

»Wo sind die Strahler?«, wollte Goratschin wissen.

»Atlan hat einen alten Mann geschubst, die Strahler haben wir nicht gefunden.« Rhodan schüttelte den Kopf. »Keine Zeit für längere Erklärungen. Wir müssen weiter.«

»Herr hat recht«, sagte der Purrer. »Chabalh riecht Männer kommen. Männer riechen nach Wut.«

»Wir müssen zu den Thas«, rief Ishy. »Vielleicht verfolgen sie uns nicht bis dorthin. Los, zur Flussgabelung!«

»Nein!«, entschied Rhodan. »Wenn die Wachen und Jäger uns für Thas halten, werden sie Leute zur Brücke schicken, um uns den Rückweg zu blockieren. Außerdem sind dort die Männer der Zyklenwacht. Wir müssten ein Blutbad anrichten, um durchzukommen.«

»Willst du aufgeben?«, fragte Belinkhar.

»Es gibt einen anderen Weg.« Alle Augen richteten sich auf Ellert. »Wir müssen zum Fluss, aber nicht zur Gabelung. Folgen Sie mir!«

Rufe wurden laut.

»Dort sind sie!«

»Holt sie euch!«

Sie rannten auf eine dichte Hecke zu. Ein Pfeil sauste um Haaresbreite an Rhodan vorbei und blieb zitternd in einem Baum stecken. Sie schlugen einen Haken, dann noch einen und tauchten in die Hecke ein. Zweige und Dornen kratzten ihnen über die Haut, zerrten an ihrer Kleidung und den Haaren, als wollten sie die Flüchtlinge aufhalten.

Sie kämpften sich durch das Gestrüpp und brachen um einige blutige Schnitte reicher auf der anderen Seite hervor.

»Da entlang!« Ellert deutete auf das Band aus matt schimmernden Sternschwärmern. »Sucht nach einer Brücke.«

In den Bäumen flammten kleine Lichter auf. Benutzten die Nethor in ihren Baumhütten etwa Fackeln? Oder leuchtendes, technisches Treibgut, das sie nur selten einschalteten, weil sie wussten, dass die Energie irgendwann verbraucht sein würde?

Gleichgültig. Weiter!

Sie rannten über ein Feld, pflügten durch Getreidehalme, jagten über eine Wiese und durch ein kleines Wäldchen. Belinkhar stolperte über eine Wurzel, die sie im Dunkeln übersehen hatte, überschlug sich und krachte gegen einen Baumstamm.

Rhodan blieb stehen, hetzte zu ihr zurück und half ihr auf. »Alles okay?«

»Alles noch dran!«

Irgendwo hinter sich hörten sie Stimmen. Die Khal waren ihnen auf den Fersen. So schnell es ging schlossen sie zu den anderen auf.

Endlich sah Rhodan den Fluss und die Sternschwärmer vor sich. Die Jäger waren glücklicherweise verschwunden. Vermutlich hatte der Alarm sie weggelockt.

»Nach rechts«, rief Ellert.

Hoffentlich wusste er, was er tat.

Sie hetzten weiter, hielten aber so großen Abstand vom Khertak, dass sie sich gegen das Lichterband der Sternschwärmer nicht abzeichneten. Immer wieder verharrten sie und wichen ins Landesinnere aus, wenn der Purrer sie vor Nethor auf ihrem Weg warnte.

»Chabalh sieht Steg für Fluss überqueren!«

*Gelobt sei die Nachtsichtfähigkeit der Großkatze!* Rhodan kniff die Augen zusammen, erkannte jedoch nichts. Dennoch zweifelte er keine Sekunde am Wort seines Leibwächters.

Nach einigen Metern entdeckte auch er die Brücke.

Nun blieb ihnen nichts anderes übrig, als den Schutz der Bäume zu verlassen und sich auf den Präsentierteller zu begeben.

»Schnell! Wutmänner kommen!«

Sie liefen zur Brücke. Unruhe entstand in den Reihen der Sternschwärmer. Statt ruhig über dem Fluss zu treiben, schwebten sie hektisch durcheinander – und verteilten sich auch über den Steg. Ihre Fäden hingen bis auf den Boden. Waren sie gefährlich?

Mit weiten Sätzen jagte Chabalh auf die Quallenwesen zu. Sie wichen zur Seite und bildeten eine Schneise, durch die Rhodan und seine Gefährten das andere Ufer erreichten. Leider schlossen die Sternschwärmer den freien Streifen auf der Brücke nicht wieder.

»Es ist nicht mehr weit«, rief Ellert. Seit seiner Geistreise wirkte er wie ausgewechselt. Von einer Schwäche war nichts mehr zu bemerken.

Rhodan entdeckte drei Verfolger auf der gegenüberliegenden Flussseite. Einer trug einen Bogen und schoss einen Pfeil auf sie ab, der sie aber weit verfehlte. Die anderen beiden jedoch ...

»Sie haben unsere Strahler!«, rief Atlan. »Lauft!«

Alle folgten der Empfehlung des Arkoniden. Der Untergrund war uneben und mit Geröll bedeckt, was ein gefahrloses Vorankommen nicht erleichterte.

Rhodan riskierte einen Blick zurück. Die Nethor hetzten auf die Brücke zu, doch kurz bevor sie sie erreichten, verging sie in einer Explosion. Iwan Goratschins Werk! Schrotttrümmer, Holzplanken und Splitter pfiffen durch die Luft und rissen tiefe Wunden in die Reihen der Sternschwärmer.

Die Khal warfen sich zu Boden, um nicht getroffen zu werden. Im Liegen schoss einer den Handstrahler ab. Rhodan erkannte ihn: Es war Thinche! Glücklicherweise war er im Umgang mit der Waffe nicht geübt. Der Energiestrahl traf die Quallenwesen. Einige zerplatzten, was die Aufregung der anderen steigerte. Sie zuckten hin und her, ihre Leiber pulsierten und strahlten plötzlich einen grellen Schein aus. So hell, dass es Rhodan blendete.

Das andere Flussufer versank hinter dem Strahlen scheinbar in Dunkelheit. Das bedeutete zugleich, dass auch die Verfolger sie durch das Licht nicht mehr sehen konnten.

»Das ist unsere Chance!«, schrie er. »Schnell weiter.«

Sie setzten über eine Reihe von Gesteinsbrocken hinweg und rannten den schmalen Uferstreifen diesseits des Khertak entlang.

»Dort vorne, der Höhleneingang«, rief Ellert. »Wir sind da!«

Das Loch im Fels lag in gut drei Metern Höhe. Darunter türmte sich ein Berg Felsbrocken auf, der den Zugang erleichterte. Vermutlich hatten die Khal ihn irgendwann einmal angelegt, um das Höhlensystem zu erforschen.

»Hoch mit euch!«, schrie Rhodan.

Ein paar Steine rutschten unter ihnen weg, als sie den Hügel erklommen, vor allem unter dem Gewicht von Chabalh, dennoch erreichten sie den Höhleneingang ohne Probleme.

Rhodan war noch nicht richtig in den Gang abgetaucht, da bohrte sich ein Energiestrahl in das Gestein neben ihm. Offenbar lernten die Nethor allmählich, mit den Waffen umzugehen.

»Beeilt euch!«, sagte er. »Wir haben zwar einen kleinen Vorsprung, weil sie erst zu einer anderen Brücke müssen, aber ich möchte mich nicht darauf verlassen.«

Ellert führte sie durch schmale, weite, hohe und niedrige Gänge. Bei Gabelungen entschied er sich scheinbar wahllos mal für die linke, mal für die rechte Möglichkeit. Es ging nach unten, nach oben, um Kurven. Manche Abschnitte waren so von Biolumineszenzmoos bewachsen, dass es in ihnen taghell war. Andere lagen in gespenstischem Dämmer.

»Wo auch immer Sie uns hinführen«, sagte Atlan, »ist das wirklich der kürzeste Weg?«

»Woher soll ich das wissen?«, antwortete Ellert. »Aber es ist der Weg, den ich mir eingeprägt habe.«

Stimmen der Nethor hallten durch die Gänge. Es ließ sich unmöglich abschätzen, wie nahe sie waren.

»... ins Labyrinth geflohen ...«

»... sitzen in der Falle ...«

»... gibt es kein Entkommen!«

Sie passierten einen schmalen Durchgang.

»Augenblick!«, sagte Rhodan. »Iwan, verschaff uns mehr Vorsprung.«

Der Zündermutant nickte. »Tretet zurück.«

»Aber übernimm dich nicht! Denk dran, dass dir die Hauptaufgabe erst bevorsteht!«

Während Goratschin die eng beieinanderstehenden Felswände betrachtete und – wie Rhodan wusste – mental in ihre Struktur griff, führte Ellert den Rest der Gruppe um eine weitere Biegung. Sie waren nicht weit gekommen, da erbebte der Berg. Das Poltern stürzender Felsen und berstenden Gesteins erschütterte ihre Trommelfelle. Eine Wolke aus Steinstaub stob aus dem hinter ihnen liegenden Gang und hüllte sie ein. Als sie sich wieder legte, stand Goratschin vor ihnen, das Gesicht schwarz wie das eines Grubenarbeiters. Er hustete.

»Erledigt.« Er hustete erneut. »Da kommt niemand mehr durch.«

*Nicht einmal wir,* dachte Rhodan. *Hoffentlich wissen Sie, wohin Sie uns führen, Ernst.*

Sie setzten den Weg fort.

Nach weiteren unendlich lange erscheinenden Minuten sagte Ellert endlich: »Wir sind da.«

Rhodan blickte sich um. Für ihn sah der Gang aus wie jeder andere, den sie durchquert hatten. Geröll auf dem Boden, tropfendes Wasser von der Decke, Moos an den Wänden.

»Sind Sie sicher?«, fragte Atlan.

»Natürlich bin ich das. Dort vorne die Felskante im Boden, hier die Formation aus Moos und Flechten, die entfernt an eine Ballerina mit zu großem Kopf erinnert, hinter uns zwei Felsspalten in Form eines Y, durch die Wasser rinnt. Wir haben das Ziel erreicht. Auf der anderen Seite dieser Wand liegt ein Tunnel, der zu den Thas führt.«

»Wie dick ist der Fels an dieser Stelle?«, wollte Goratschin wissen.

»Etwa vier Meter.«

»Gut. Gehen wir in Deckung.«

Sie zogen sich hinter die nächste Biegung zurück. Iwan folgte ihnen, blieb aber so stehen, dass er einen guten Blick auf die zu sprengende Wand besaß.

Diesmal dauerte es länger. Goratschins Gesicht verzog sich zu einer Grimasse. Er stöhnte vor Anstrengung.

Mit einem Tosen, das das Geräusch der ersten Sprengung wie ein Fingerschnipsen erscheinen ließ, barst der Fels.

Hastig machte der Zünder zwei Schritte in den Schutz hinter der Gangbiegung. Torkelte mehr, als dass er ging. Eine Fontäne aus Staub und Splitt schoss an ihnen vorbei, prasselte gegen die Wand, verschluckte das Leuchten der Moose.

Sie warteten kurz, ob sich die Wolke setzte, aber das geschah nicht. Dazu hatte Goratschin zu viel Stein pulverisiert.

»Folgen Sie mir!«, sagte Ellert.

Sie stiegen über kleinere Brocken, husteten, kämpften gegen tränende Augen an.

Vor dem Durchbruch blieb Ellert stehen. Viel vermochten sie hinter dem Dunstschleier nicht zu erkennen. Ellert kniff die Lider zusammen, wischte sich die Augen trocken, trat einen Schritt vor. »Ich glaube, wir sind durch.«

Nach zwei weiteren Schritten verschwand er in der Staubwolke.

»Wir haben es geschafft! Kommen S...«

Im nächsten Moment hüllte ihn ein gleißender Schein ein und verwandelte den Dunstschleier in eine Mauer aus sich brechendem Licht.

Er schrie auf.

Und verstummte.

Sergh da Teffron rüstete die Thas für den Angriff.

Sie hatten entschieden, doch nicht gleich nach Anbruch des Dunkelzyklus die Brücke bei der Stromgabelung zu stürmen, sondern vorsichtshalber etwas länger zu warten, bis die meisten Khal schliefen.

Den Rest des lichten Zyklus hatten sie damit verbracht, den

Umgang mit den Strahlern zu üben. Die Treffsicherheit der Thas ließ zwar zu wünschen übrig, aber wahrscheinlich reichte es aus, bedrohlich in der Gegend herumzuschießen, um die Khal einzuschüchtern.

Einen Handstrahler hatte er selbst behalten. Einen zweiten trug Thalyan. Die restlichen und das Gewehr hatte der Hochvater an drei Männer verteilt. Da Teffron hatte sich nicht die Mühe gemacht, sich ihre Namen zu merken.

Sie standen vor der Hütte mit dem gesammelten Treibgut. Die Hand des Regenten – der zukünftige Regent! – hatte sich auf eine Metallkiste gestellt und schaute auf seine kleine Armee hinab. Hinter den technisch Bewaffneten hatten sich zehn weitere Nethor mit Speeren versammelt.

Etwas abseits stand Stiqs Bahroff, sein guter alter Stiqs.

Lange hatte er ihm treue Dienste geleistet, doch damit war es nun vorbei. Seit er den Zellaktivator trug, veränderte er sich. Zuerst nur in Nuancen, doch in der letzten Zeit wurde er zunehmend renitent. Eigensinnig. Und unverschämt.

Es war klar, was er plante: Sein Adjutant wollte ewig leben und da Teffron verweigern, was ihm zustand. Aber das würde er nicht zulassen. Er würde ihm den Aktivator abnehmen und ihm die fixe Idee des ewigen Lebens schneller austreiben, als Bahroff »Gnade!« winseln konnte.

Wenn er damit nicht seine Glaubwürdigkeit bei den Thas verloren hätte, hätte er den Halbarkoniden schon längst getötet. So aber wartete er lieber, bis sie an die Oberfläche von Artekh 17 zurückkehrten. Er konnte eine Hinrichtung wegen Hochverrats anordnen, gewissermaßen als seine erste Amtshandlung als neuer Regent. Aber vorher musste er Rhodan in die Finger kriegen oder ihn töten.

Da Teffron hob die Arme, und alle hässlichen Glupschaugen richteten sich auf ihn.

»Es ist so weit, ihr treuen Diener der Prinzessin Crysalgira. Wir haben euch geprüft und für würdig befunden. Die Khal jedoch erwiesen sich als schändliche Verbrecher gegen unsere geliebte Prinzessin. Nicht nur, dass sie sich des Rechtsbruchs schuldig gemacht haben, dem Fluss das zu entreißen, was nach uraltem Gesetz euch zusteht, nein, sie beherbergen auch Schurken, die sich im Auftrag der Methans gegen die Prinzessin wenden, der ihr so viel verdankt. Crysalgira, möge sie ewig leben.«

»Möge sie ewig leben!«, echoten die versammelten Thaskämpfer.

»Dafür verdienen es die Khal, bestraft zu werden. Durch eure

Hand! Wir werden nun zum Gatter aufbrechen und in ein Land eindringen, das niemand von euch bisher gesehen hat, obwohl es so nahe liegt. Wir brechen die Zyklenwacht der Khal, so, wie sie eure gebrochen haben. Der Sieg wird euer sein, denn das Recht und die Gnade der Prinzess...«

Ein Grollen erklang. Tief und bedrohlich.

»Was war das?«, fragte da Teffron.

Die Nethor blickten sich ratlos an. Dann schauten sie über den Fluss zum Felsmassiv am anderen Ufer. »Es kam von dort«, sagte Thalyan.

Das deckte sich mit da Teffrons Eindruck. Aber woher stammte das Geräusch? Von einem Erdbeben? Oder einer Explosion? Aber was sollte in Unmengen von Gestein explo...

Rhodan und seine Gefährten!

Irgendwie war es ihnen auch gelungen, den Antrieb des Fluchtboots aus der Ferne zu sprengen. Bahroff behauptete, ein verirrter Strahlschuss müsse ihn getroffen haben, aber daran glaubte da Teffron nicht. Nein, er war sich sicher. Dahinter steckte Rhodan! Eigentlich unerklärlich, aber es war geschehen.

»Ist so etwas früher schon einmal passiert?«

»Was meinen Sie?«

»Berichten die Geschichtswahrer von Erdbeben?«

Thalyans fragender Blick war Antwort genug.

Also tatsächlich eine Explosion. Also tatsächlich Rhodan.

»Was liegt in dem Felsmassiv?«

»Die Vorratskammer der Thas«, sagte Thalyan. »Eine kühle Höhle.«

»Mit Zugang zur Seite der Khal?«

»Natürlich nicht. Was für eine dumme Frage!«

Normalerweise hätte da Teffron ihn für diese Respektlosigkeit bestraft, aber er musste zugeben, dass der Nethor nicht unrecht hatte. Wenn es aber keine Verbindung zur anderen Seite gab, was hatte Rhodan dann vor?

*Eine Explosion!* Er riss die Augen auf und ähnelte in diesem Augenblick sicher mehr als je zuvor einem Thas, als er die Wahrheit erkannte.

»Änderung der Pläne«, rief er. »Die Agenten der Methans haben die Khal offenbar dazu verführt, sich gegen ihre Brüder auf dieser Seite des Zweistromlands zu stellen. Es begann mit dem Zyklenbruch und setzt sich nun in schlimmerem Maße fort.«

»Ich verstehe nicht.«

»Rhodan hat die Khal zum Krieg gegen die Thas aufgestachelt.

Sie greifen an. Doch sie nehmen nicht den Weg über die Brücke, sondern einen durch den Felsen.«

»Aber es gibt keinen Weg durch den Felsen!«

»Habt ihr das Grollen im Stein nicht gehört? Rhodan schafft den Khal einen Weg. Sie wollen euch im Schutz des Dunkelzyklus überfallen!«

Empörte Schreie wurden laut. Den Thas fiel offenbar nicht auf, dass sie selbst gerade im Begriff gewesen waren, das Gleiche zu tun.

»Hättet ihr alle geschlafen, wie die Methangünstlinge vermuten, wäre euch das Grollen nicht oder zu spät aufgefallen. Aber wir werden ihnen beweisen, dass die Thas unter dem Schutz von Prinzessin Crysalgira stehen, möge sie ewig leben. Führt mich zu der Vorratskammer.«

»Mir nach!«, rief Thalyan.

Es dauerte nicht lange, bis der Trupp eine Brücke erreichte. Auf der anderen Seite gab es einen aus Steinen aufgeschütteten Weg zu einem Felsspalt in vielleicht zwei Metern Höhe.

»Hol ein paar Ausdünner«, schrie der Hochvater einem Speerträger zu, »die die Brücke frei von Sternschwärmern halten!«

Wieder grollte der Boden. Heftiger diesmal und viel lauter. Kurz danach fegte eine Fontäne aus Staub aus der Felsspalte und regnete auf sie herab. Die Quallenwesen wichen vor dem Niederschlag zur Seite.

»Hat sich erledigt.« Da Teffron setzte sich an die Spitze des Trupps, rannte über die Brücke, den Weg hinauf und hinein in den Gang. Er achtete nicht auf den Staub, der in Augen und Lunge kratzte. Für ihn zählte nur Rhodan, dieser verhasste Mensch.

Er hastete den Gang entlang, obwohl er kaum etwas sah, und fand in einer riesigen Tropfsteinhöhle eine Abzweigung. Immer weiter drang er vor, immer schneller, mit gezogenem Strahler und ...

Vor ihm schälte sich ein Schatten aus dem Steindunst.

»Wir haben es geschafft!«, schrie dieser nach hinten.

Das musste Rhodan sein!

»Kommen S...«

Weiter kam er nicht, denn da Teffron feuerte ohne Zögern auf die Gestalt.

»Nein!«, brüllte Goratschin. »Ellert!«

Er preschte in den Durchbruch.

»Iwan!«, rief Rhodan ihm nach. »Warte!«

Der Zündermutant hörte nicht auf ihn. Rhodan hetzte ihm nach, und auch der Rest der Truppe schloss sich an.

Explosionen ertönten. Wie von Handgranaten.

*Wumm!*

Und wieder: *wumm!*

Offenbar löste Goratschin blindlings Explosionen aus, um sich auf diese Art selbst Feuerschutz zu geben.

Nach einigen Schritten sah Rhodan Ellert auf dem Boden liegen.

Iwan rannte bereits weiter vorne und feuerte auf Gegner, die er vermutlich bestenfalls erahnte.

»Ich folge ihm«, rief Atlan hinter ihm.

Rhodan nickte und kniete sich neben Ellert. Die Lider des Deutschen flackerten, als er Rhodan anschaute.

»Sagen Sie ...«, röchelte er.

»Nicht sprechen.«

Rhodan legte die Arme um den Oberkörper des Getroffenen, half ihm, sich aufzusetzen. Der Energiestrahl musste ihn voll erwischt haben, dennoch wirkte er äußerlich unverletzt.

*So wie damals, im Tunnel unter Terrania.*

»Ich muss ... sprechen«, krächzte Ellert. »Mir bleibt nicht ... viel Zeit.«

»Ernst ...«

»Ich ... bitte sagen Sie ... sagen Sie Quiniu ... ich ...«

Ellert brach ab. Er lächelte Rhodan an.

Ein Flimmern durchlief seinen Körper wie bei einer Bildstörung.

»Flackermann riecht nicht mehr«, sagte Chabalh.

Rhodan achtete nicht darauf. Er spürte, wie das Gewicht in seinen Armen dahinschwand.

Ellerts Oberkörper wurde durchscheinend, floss durch Rhodans Hände, sank zu Boden und war verschwunden, bevor er ihn berührte.

Rhodan blieb mit leeren Händen und leerem Herzen zurück.

*Aus den Unterweisungen der Geschichtswahrer*

*Vor langer Zeit, als die Begriffe »khal« und »thas« nur aussagten, an welchem Khertakarm man wohnte, lebte bei den Khal-Nethor eine junge Frau, deren Schönheit sich mit der von Prinzessin Crysalgira messen ließ. Sie war die Tochter des Anführers der Khal, und sie hieß Crysalya.*

*Theroslyn, ein Sohn des Hochvaters der Thas, umwarb sie voll Inbrunst, war er ihrer Anmut doch hoffnungslos verfallen. Aber sie erhörte ihn nicht. Sie erhörte überhaupt keinen ihrer Werber, denn sie hoffte auf den einen, der all ihre Träume erfüllte.*

*Als dann der geheimnisvolle Fremde auftauchte, war es um sie geschehen. Niemand wusste, ob er von flussaufwärts oder flussabwärts kam. Er war plötzlich da. Und er fragte die Nethor, ob sie in ihre alte Heimat zurückkehren mochten.*

*Das Angebot kam so unvermittelt, dass keiner zu antworten wagte. Doch dann lehnten sie ab. Er war ein Fremder, und warum sollten sie ihm trauen? Vielleicht war der Krieg gar nicht vorüber, und er wollte sie nur aus ihrem Versteck locken.*

*Aber selbst wenn er es ehrlich meinte, gab es flussaufwärts nichts mehr für sie. Die Urväter der Neth'or waren seit vielen Generationen tot. Das Zweistromland war den ehemaligen Flüchtlingen längst Heimat geworden. Eine karge Heimat mit wenig Pflanzen und kaum Tieren, gewiss, aber doch Heimat. Flussaufwärts hingegen erwartete sie nichts.*

*Der Fremde bot an, sie könnten wieder zurückkehren, wenn es ihnen flussaufwärts nicht gefalle, aber selbst das wagten sie nicht. Zu groß war die Angst vor Veränderung, zu groß die Sorge, man könne den Feind, die Methans, auf das Zweistromland aufmerksam machen.*

*Der Fremde akzeptierte die Einstellung der Neth'or, aber er versprach, ihnen dabei zu helfen, ihre Heimat in einen schöneren Ort zu verwandeln. Er verließ sie, und niemand wusste, wohin. Aber er kehrte zurück. Und er brachte Sträucher, Bäume und Tiere.*

*Als Crysalya sah, wie sich der Fremde für die Neth'or einsetzte, wie er das Zweistromland in ein Paradies verwandelte, verlor sie ihr Herz an ihn. Er war freundlich zu ihr, erwiderte aber ihre Gefühle nicht. Doch Theroslyn, der Hochvatersohn, zürnte dem Fremden, den alle inzwischen nur den Hoffnungsbringer nannten. Er stellte seiner Angebeteten nach, sprach Schmähreden über den Hoffnungsbringer, versprach ihr alles, wenn sie ihn nur erhörte.*

*Crysalya jedoch hatte nur Augen für den Fremden. Sie fragte*

*ihn, woher er all die Gaben habe, die er ihnen bringe. Er antwortete, sie stammten von Prinzessin Crysalgira, die allzeit über sie wache und ihnen eine schöne Heimat bereiten wolle. Sie fragte, ob es dort, wo er herkomme, überall so bezaubernde Pflanzen und Tiere gebe. Er antwortete, dass die Pflanzen und Tiere in seiner Heimat noch viel schöner seien. Sie fragte, ob er sie mit flussaufwärts nehmen könne. Er antwortete: »Ja.«*
*Und damit begann das Unheil.*

# Kapitel 6

## Der Hoffnungsbringer

Am liebsten wäre Stiqs Bahroff vor der Brücke stehen geblieben und hätte Sergh da Teffron und die Thas allein in die Höhle gehen lassen. Aber die Hand des Regenten – oder der neue Regent, als der er sich längst betrachtete – hatte ihm während des Schießtrainings vor ein paar Tontas zu verstehen gegeben, dass er ihn stets im Blick behalten werde.

»Ich weiß, was du planst«, hatte er gesagt. »Aber ich kann dir den Zellaktivator nicht überlassen. Ein Mann deiner Intelligenz begreift das sicherlich. Du kannst dich für den einfachen Weg entscheiden und ihn mir zurückgeben. Oder du wählst den schweren Weg und versuchst zu fliehen. Dann werde ich dich erschießen, es als Unfall hinstellen. Such dir aus, was dir lieber ist.«

Wäre nicht Thalyan zu ihnen gestoßen und hätte unzählige Fragen über den Strahler gestellt, hätte da Teffron den Zellaktivator sicher bereits in diesem Augenblick verlangt.

Als da Teffron nun allen voran in die Höhle stürmte, schien die Gelegenheit zur Flucht günstig zu sein. Immerhin trug Bahroff seit Kurzem einen Antigravgürtel wie sein Herr. Doch da stieß ihn Thalyan von hinten an.

»Ihr Kamerad hat gesagt, ich soll auf Sie aufpassen. Sie müssen mit in die Vorratshöhle kommen. Also los!«

Hatte da Teffron dem Hochvater auch aufgetragen, ihn zu erschießen, falls er fliehen wollte? Auszuschließen war es nicht. Also rannte er schweren Herzens mit.

Das Fauchen eines Strahlschusses erklang.

»Nein!«, brüllte eine Stimme. »Ellert!«

Eine Explosion hallte durch den Gang. Dann noch eine.

Schreie. Durcheinanderrennende, panische Nethor.

Weitere Explosionen. Aufspritzende Wolken aus Steinstaub.

Die Thas wandten sich um, strebten dem Höhlenausgang entgegen.

Sergh da Teffron tauchte aus dem Dunst auf. »Raus hier!«, brüllte er.

»Was ist denn ...?«

»Raus!«

Neben ihnen platzten Splitter aus der Steinwand, als habe ein Projektil eingeschlagen. Bahroff spürte einen heißen Schmerz an der Stirn, kurz darauf rann ihm Blut über die Nase.

Sie jagten aus der Höhle, setzten über einen gestolperten Thas-Nethor hinweg und liefen über die Brücke. Für einen Augenblick verharrten sie.

»Was ist passiert?«

»Ich wollte Rhodan erschießen, habe aber jemand anderen erwischt. Woher haben die Khal nur diese Feuerkraft?«

»Wo ist Ihr Strahler?«

Da Teffron sah an sich hinab. »Keine Ahnung. Habe ich wohl fallen lassen. Egal! Komm, Stiqs. Zeit für uns, diesen gastlichen Ort zu verlassen.«

»Aber Rhodan?«

Ein Strauch in der Nähe der Brücke ging in Flammen auf und zerplatzte nur wenig später. Brennende Blätter regneten auf Bahroff, die er hektisch aus den Kopffedern wischte.

»Um den werden sich die Thas kümmern. Dass er ihnen nicht freundlich gesinnt ist, hat er ja gerade bewiesen. Außerdem sitzt er hier unten fest. Schnell jetzt!«

Im Laufen aktivierten sie die Antigravgürtel.

Im ersten Augenblick spürte Bahroff Steine unter den Füßen, im nächsten trat er Luft. Der integrierte Antrieb schaltete sich zu und trug ihn dorthin, wohin er den Oberkörper neigte. Der Druck, den er auf die Gürtelschnalle ausübte, regulierte die Geschwindigkeit.

Sie rasten am Ufer entlang Richtung Gatter.

Neben Bahroff zerplatzten ein paar Schwebequallen. Ihr Schleim ergoss sich über ihn und verklebte seine Federn. Rhodans geheimnisvolle Waffe?

»Schneller!«, brüllte da Teffron.

»Sollten wir nicht ...?«

Rechts von ihnen ging ein Baum in Flammen auf.

Bahroffs Herz hämmerte, obwohl er sich nicht anstrengen musste. Es war ein Segen, dass sie einen zweiten Antigravgürtel gefunden hatten, sonst hätten sie niemals fliehen können.

Aber war es das wirklich? Was hätte da Teffron wohl getan, wenn er ihn nicht auch mit einem Gürtel hätte ausstatten können? Ihn erschossen und ihm den Zellaktivator sofort abgenommen? Bestimmt!

Wartete nicht an der Oberfläche das gleiche Schicksal auf ihn? Daran gab es keinen Zweifel.

Er blickte nach hinten und entdeckte zwei Männer am Ufer entlangrennen. Wieder platzten ein paar Quallen.

Was für eine Ironie! Er trug das ewige Leben um den Hals, und dennoch lauerte vor und hinter ihm der Tod.

Goratschin rannte durch die Höhle und zündete wahllos links und rechts den Felsen. Nur mit wenig Kraft und darauf bedacht, niemanden zu töten. Er wollte die Angreifer lediglich aus der Höhle vertreiben. Was ihm offenbar gelang.

Atlan da Gonozal tauchte neben ihm auf. »Wer?«, fragte er nur.

»Ich habe in dem Dunst niemanden gesehen, nur Stimmengewirr gehört. Aber ich denke, wir wissen beide, wem wir das zu verdanken haben.«

»Sergh da Teffron«, presste der Arkonide zwischen den Zähnen hervor. »Es muss ihm gelungen sein, die Khas auf seine Seite zu ziehen.«

Sie setzten den Weg fort. Langsamer diesmal, schließlich wollten sie in keinen Hinterhalt geraten. Sie durchquerten eine geräumige Höhle mit Vorräten und gelangten von dort in einen weiteren Gang, der sie aus dem Felsmassiv führte. Sie mussten über einen Nethor steigen, der sie angsterfüllt anschaute. Neben ihm lag ein Speer.

Atlan nahm ihn auf, und der Khas zuckte zusammen. In einer sinnlosen Abwehrgeste hob er die Hände vors Gesicht.

»Verschwinde!«, herrschte der Arkonide ihn an.

Der Nethor stand auf und eilte die Steinrampe hinunter. Er hetzte über eine Brücke und verschwand in der Dunkelheit.

»Da Teffron!«, zischte Atlan.

Nun sah auch Goratschin die Hand des Regenten und seinen

Adjutanten. Nicht weit von der Brücke entfernt. Er wollte den Boden vor ihnen zünden und hoffte, der Explosionsdruck würde sie davonschleudern und fluchtunfähig machen. Doch er hatte sich fast verausgabt. Seine Kleidung war nass geschwitzt, vor seinen Augen tanzten Sterne in den schillerndsten Farben. Deshalb traf er nur einen Strauch.

Da Teffron und Bahroff wandten sich um, spurteten los – und plötzlich schwebten sie.

»Verdammt, sie haben Chergosts Fluggürtel!«, schimpfte Atlan.

*Aber woher stammt der zweite?*

Goratschin schob die Frage beiseite. Sie hetzten über die Rampe aus aufgeschütteten Steinen hinab und über die Brücke.

»Hinterher!«, schrie der Arkonide.

Aus dem Augenwinkel bemerkte Goratschin rechts ein paar Thas, manche von ihnen hielten Strahler in der Hand. Glücklicherweise waren sie zu perplex, zu ängstlich oder zu respektvoll, um auf sie zu schießen. Hoffentlich änderte sich das nicht.

Sie rannten am Ufer entlang, doch der Vorsprung der Flüchtenden wurde zusehends größer.

Er versuchte, die Antigravgürtel zu zünden. Sinnlos. Die Ziele waren viel zu klein und in Bewegung. Selbst in ausgeruhtem Zustand wäre ihm das nicht gelungen. Stattdessen zerplatzten unter seinem mentalen Zugriff ein paar Sternschwärmer, und ein Baum entflammte.

»Das hat keinen Sinn«, sagte er. »Sie sind entkommen.«

Doch plötzlich fiel der Hintere zurück. Bahroff. Hatte sein Fluggürtel versagt? Hatte er ihn doch getroffen?

Auch da Teffron hielt kurz inne. »Was tust du denn da?«, drang leise seine Stimme zu Goratschin und Atlan.

Der Mutant startete einen weiteren Angriff, erwischte aber wieder nur Sternschwärmer. Mit ausgebreiteten Armen flog Bahroff auf sie zu.

*Seht her, ich bin waffenlos!* Sollte das die Geste bedeuten? Oder plante er einen Verzweiflungsangriff?

Da Teffron schien zu zögern. Er flog Bahroff ein Stück nach, aber dann erkannte er offenbar, dass er dadurch sein Leben gefährdete. »Das wirst du mir büßen!«, brüllte er, warf sich in der Luft herum und setzte die Flucht fort.

Bahroff hingegen flog ihnen ein wenig entgegen und landete zu kontrolliert, als dass der Antigravgürtel beschädigt sein konnte.

Er zeigte keinerlei Aggressivität.

Dennoch blieben sie wachsam, als sie sich dem Mann mit dem Federkopf näherten.

Kurz bevor sie ihn erreichten, fasste sich der Adjutant an die Brust.

Goratschin zuckte zusammen, glaubte, ihr Gegenüber wolle eine Waffe ziehen. Stattdessen holte er etwas anderes unter seiner Kleidung hervor.

»Der Zellaktivator?«, fragte Atlan hörbar erstaunt. »*Sie* haben ihn?«

»Mein Herr hat ihn mir gegeben. Er hatte Angst vor einer Falle.«

»Wie ist Ihnen die Unsterblichkeit bekommen?«

Bahroff zögerte mit einer Antwort. »Eine außergewöhnliche Erfahrung. Sie hat mir die Augen geöffnet. Über Sergh da Teffron. Über mich.« Er legte den Anhänger auf einen Felsen neben dem Fluss. »Mein Herr hat immer geglaubt, ich wolle ihm den Zellaktivator nicht zurückgeben, weil ich ihn für mich behalten will.«

»Ist das nicht so?«

»Nein. Ich wollte nur nicht, dass er ihn bekommt. Nicht ein Mann wie Sergh da Teffron. Er hat ihn nicht verdient.« Nach einer Pause fügte er hinzu: »Und ich auch nicht. Ich will nicht unsterblich sein und für immer auf das Leben zurückschauen müssen, das ich geführt habe.«

»Was wollen Sie dann?«

Bahroff sah sie lange an. Er lächelte. »Frieden. Und den werde ich in diesem Leben nicht finden.«

Er drehte sich um – und sprang an einem Sternschwärmer vorbei in den Fluss.

Ohne zu überlegen, rannte Goratschin los, wollte ihn zurückhalten, doch er kam zu spät. Als er den Strom erreichte, war von Bahroff nichts mehr zu sehen. Die Strömung hatte ihn mit sich gerissen.

Atlan seufzte, bückte sich nach dem Zellaktivator und steckte ihn in die Tasche.

»Was werden Sie mit dem Gerät tun?«, fragte Goratschin außer Atem.

»Es jemandem geben, der die Last vielleicht zu schultern weiß. Lassen Sie uns zu den anderen zurückgehen.«

Rhodan stand auf und blickte Belinkhar und Ishy Matsu an. Sie waren bestürzt.

»Ist ... ist er tot?«, fragte die Japanerin.

Er erinnerte sich an Ernst Ellerts ersten Tod im Tunnel unter dem Landeplatz der STARDUST in der Gobi. Ellert hatte versucht, unter dem Belagerungsring durchzuschlüpfen, den die Chinesische Volksbefreiungsarmee um Rhodan und seine Gefährten gezogen hatte. Er war gestorben und doch auch irgendwie nicht. Er war zurückgekehrt. Und nun war er wieder gegangen.

»Ich weiß es nicht.« Er atmete tief durch. »Wir müssen weiter. Sehen, wie es Atlan und Iwan ergangen ist.«

Nach einigen Schritten fiel Rhodan auf, dass der Purrer sich ihnen nicht angeschlossen hatte. Er stand an der Stelle, an der bis vor wenigen Augenblicken Ernst Ellert gelegen hatte.

»Chabalh, kommst du?«

Der Purrer schnupperte am Felsen, dann sah er auf. »Der Flackermann riecht nicht mehr.«

»Ich weiß. Los, wir müssen weiter.«

Chabalh trottete auf ihn zu, blieb noch einmal stehen, schielte zu der Stelle, an der er geschnuppert hatte, und schloss zu Rhodan auf. Erneut verharrte er. Seine Ohren zuckten hin und her. Wieder blickte er zurück und witterte. Doch diesmal nach etwas anderem. »Schnell machen! Khal-Männer kommen.«

Sie eilten durch die Vorratskammer, in der es sich der Purrer nicht verkneifen konnte, einen Fisch zu stibitzen und in einem Stück hinunterzuschlucken, einen weiteren Gang entlang und aus der Höhle hinaus.

Dort erwartete sie ein überraschender Anblick. Jenseits einer Brücke, über der glücklicherweise keine Sternschwärmer schwebten, stand eine Gruppe von Thas-Nethor und redete aufeinander ein. Die meisten trugen Speere, aber einige auch Strahler!

Ein Mann mit einer rötlichen Hahnenkammfrisur deutete zu ihnen hinauf. Rhodan erkannte ihn als denjenigen, der in Ishys Vision auf Sergh da Teffron eingeprügelt hatte. Rufe wurden laut, trotzdem schoss niemand auf sie.

Von der anderen Seite eilten Atlan und Goratschin auf die Brücke zu. Sie stiegen die Geröllrampe hinunter und überquerten den Fluss.

»Da Teffron hat dieses Chaos angezettelt«, sagte Atlan statt einer Begrüßung. »Ich vermute, er war es, der auf Ellert geschossen hat. Was ist mit ihm?«

Rhodan schüttelte den Kopf. »Tot. Verschwunden. Ich weiß es nicht.«

»Bahroff ist auch tot. Er hat Selbstmord begangen.«

»Was? Warum?«

»Später! Wir müssen zusehen, dass wir von hier verschwinden. Die Thas werden unruhig.«

Rhodan sah zu der Nethor-Gruppe. Die Thas schienen verwirrt, verstanden augenscheinlich nicht, was gerade geschehen war.

»Sie haben Angst«, sagte Goratschin.

»Und das macht sie gefährlich. Sie werden ihre Angst überwinden und uns angreifen.«

»Das werden sie womöglich auch, wenn wir weglaufen. Wir dürfen sie nicht reiz...«

Ein Blitz zuckte in einen Felsen bei der Brücke und brachte ihn zum Bersten.

»Was ...?«, begann Atlan.

Im Höhleneingang standen einige Khal. Allen voran Thinche.

Chabalh hatte ihn gewarnt. Dass die Khal aber so schnell sein würden, hatte Rhodan nicht vermutet.

Er warf sich hinter einen Baum mit dickem Stamm. Die anderen verbargen sich hinter einer Felsformation.

Die Thas stießen hasserfüllte Schreie aus und gingen ebenfalls in Deckung.

»Was wollt ihr in unserem Land?«, brüllte der Kerl mit dem Hahnenkamm. Er hob den Strahler und schoss auf den Höhleneingang. Der Energiestrahl zerschmolz nur eine Handbreit neben Thinches Kopf den Stein.

»Wie konnten sie die Barriere überwinden?«, stieß Goratschin hervor.

»Vielleicht haben sie einen anderen Weg genommen. Immerhin kennen sie das Labyrinth.«

Die Khal zogen sich in die Höhle zurück. Mit einem Gegenangriff hatten sie offenbar nicht gerechnet. Doch nur kurz darauf feuerte Thinche auf den Felsen, hinter dem der Hahnenkammmann lag.

»Wo ist die Hütte, vor der Ellert das Boot entdeckt hat?«, rief Rhodan den Kameraden zu. »Wir müssen dorthin, solange die Nethor mit sich selbst beschäftigt sind.«

»Ich weiß es nicht«, schrie Atlan zurück.

»Aber ich«, sagte Goratschin. »Vielleicht. Zumindest habe ich eine gesehen, als wir da Teffron verfolgt haben. Aber ein Boot ist mir nicht aufgefallen.«

»Versuchen wir es!«, entschied Rhodan.

Sie verließen die Deckung und rannten ihrem Kameraden nach. Hinter ihnen peitschten die Strahlschüsse, doch keiner davon galt ihnen.

Zielsicher führte Goratschin sie zu einem Gebäude mit Außenwänden aus Schrottteilen. Die Tür jedoch bestand aus Holzplanken. Davor stand eine Metallkiste. Aber kein Boot.

»Vielleicht sind wir hier doch falsch«, sagte Belinkhar.

Der Purrer schnupperte an der Kiste. »Chabalh riecht Bittermostron, sauren Zelchapfel und Schumoskraut.«

»Was?«

»Der Handmann. Kiste riecht nach ihm.«

»Er war also hier. Lasst uns drinnen nachsehen«, schlug Rhodan vor.

Sie zogen die Tür auf und traten ein.

Er wunderte sich, dass der Raum im Gegensatz zur Hütte des Federkleidpriesters hell erleuchtet war. Das Licht stammte von der Reling eines Bootes, das vor Regalen voller Treibgut lag. Oder besser: den Resten eines Bootes.

Die Thas hatten die Sitzbänke herausgebrochen, dabei aber so wenig Feingefühl an den Tag gelegt, dass faustgroße Löcher im Rumpf prangten. Die Wasseransaugröhren und der Antrieb waren mitsamt dem Heck verschwunden.

»Jetzt wissen wir auch, was aus Chergost geworden ist«, sagte Ishy Matsu.

Rhodan drehte sich um. Auf einem Tisch lag der Körper von Crysalgiras Wächter. Sein Schädel war zerschmettert. Das also hatte der Aufprall aus ihm gemacht.

»Keine Überraschung.« Atlan tastete den Robot ab, fand aber nichts, was Hilfe versprach. »Irgendwo musste da Teffron den Fluggürtel ja herhaben.«

»Mich interessiert mehr, woher er *zwei* hatte«, wandte Goratschin ein.

Rhodan durchsuchte die Regale nach Strahlern, entdeckte aber nur ein paar, deren Energiereserven aufgebraucht waren.

»Hier ist noch eine Tür«, sagte Atlan. »Vielleicht haben wir dahinter mehr Glück.« Er öffnete sie.

Aus dem Nebenraum erklang eine vertraute Stimme. »Atlan da Gonozal? Was für eine Überraschung!«

Rhodan trat neben den Arkoniden, spähte an ihm vorbei und

sah ein brusthohes Podest, auf dem ein abgetrennter Kopf lag. Der von Chergost.

Thinche zuckte hinter den Höhleneingang zurück, als Strahlschüsse in seiner Nähe das Gestein schmolzen.

»Wir kommen nicht hinaus!«, brüllte er.

»Wie ist das möglich?«, fragte Whyrnt, der das Strahlengewehr hielt, von etwas weiter hinten. »Warum haben die Khas plötzlich auch solche Waffen?«

»Woher soll ich das wissen? Stell keine dummen Fragen, sondern hilf mir lieber. Komm her!«

Der Hochvater der Khal spähte an der Felskante vorbei. Von den Fremden, die seine Hoffnungen so schändlich enttäuscht hatten, sah er nichts mehr. Stattdessen entdeckte er Thalyans lächerliche Frisur, die hinter einem Steinbrocken hervorragte.

Wieso hatten die Thas die Fremden verteidigt und ihnen die Flucht ermöglicht? Sie waren in Thas-Gebiet eingedrungen – und das auf einem Weg, der bisher nicht existiert hatte. Wie konnten die Thas sich das gefallen lassen?

Whyrnt tauchte neben ihm auf. Thinche zeigte auf den Brocken, hinter dem er Thalyan wusste. Whyrnt gab einen Schuss ab, der in die Brücke fuhr und nicht einmal in die Nähe von Thalyans Versteck ging.

Warum waren diese Waffen auch so schwer zu beherrschen?

Der Hochvater der Khal hob den Strahler, den sie den Fremden abgenommen hatten, und den, den er weiter hinten in der Höhle gefunden hatte. Er feuerte beide ab, rechts, links, rechts, links, wieder und wieder. Sträucher flogen in Fetzen, Steine platzten, und ein Thas schrie vor Schmerz auf. Hatte er getroffen?

Ihm blieb keine Zeit, das zu prüfen, denn die Antwort von unten in Form wütender Strahlereinschläge kam unverzüglich. Sie zogen sich in die Höhle zurück.

»Wie viele von diesen verdammten Dingern haben die?«, keuchte Whyrnt.

*Und woher?*

Die Frage, die Whyrnt vorhin gestellt hatte, war berechtigt. Wie hatte nur alles darin enden können, dass sich die Nethor wieder einmal untereinander bekämpften statt gegen die verräterischen Fremden.

»Oh nein!«, stieß Thinche hervor.

»Was ist? Bist du getroffen?«

Der Hochvater sah seinem Begleiter in die Augen. »Woher haben wir unsere Strahler?«

»Das weißt du doch genau. Von den Fremden, die du uns ins Land geschleppt hast.«

Thinche überhörte den Vorwurf. »Woher also werden die Thas ihre haben?«

Whyrnts Miene hellte sich auf. »Natürlich! Von den Fremden, die *sie* sich ins Land geholt hatten.«

»Kann das denn sein?«

»Ich verstehe nicht, was du meinst.«

»Bei Crysalgira, möge sie ewig leben, wir waren solche Narren!«

Er legte die Strahler auf den Boden und näherte sich dem Höhlenausgang.

»Was tust du denn da?«, schrie Whyrnt. »Willst du freiwillig ins Schöne Land eingehen?«

»Warte hier.« Er ging zwei Schritte weiter und lugte ins Freie. »Nicht schießen, Thalyan. Ich bin unbewaffnet!«

»Warum sollte mich das kümmern?«, kam prompt die Antwort von unten. »Was wollen Sie von mir, Thinche?«

»Ich will, dass Sie darüber nachdenken, was wir hier tun.«

»Wir schicken Sie dorthin zurück, wohin Sie gehören! Das ist es, was wir tun.«

»Nein! Wir tun genau das, was die Fremden erreichen wollten. Wir bekämpfen einander! Nethor schießen auf Nethor.«

Thalyan antwortete nicht.

»Verstehen Sie nicht? Damals kam der Hoffnungsbringer, führte die Nethor in Versuchung und entzweite sie darüber. Und nun kamen wieder Fremde ins Zweistromland und führten uns erneut in Versuchung. Diesmal, indem sie uns mit Waffen versorgten.«

»Wollen Sie mir eine Falle stellen?«, fragte Thalyan. »Hoffen Sie, dass ich aufstehe und Sie mich einfach niederschießen können?«

»Nein, ich komme in friedlicher Absicht.«

»Ich traue Ihnen nicht.«

»Das müssen Sie auch nicht.« Thinche atmete tief durch. »Ich komme jetzt raus. Unbewaffnet. Es ist Ihre Entscheidung, ob Sie auf mich schießen.«

Zwei Schritte und er stand vor der Höhle. Sein Herz raste. Sein Leben lag in der Hand eines Manns mit lächerlicher Frisur, den er stets als seinen Feind angesehen hatte. Aber das stimmte nicht.

»Die wahren Feinde«, sagte er mit seitlich ausgestreckten Armen, »sind für die Nethor nicht die Bewohner des anderen Flussarms, sondern die Fremden! Erst kam einer und sorgte für die Spaltung unserer Kultur. Und nun kamen gleich mehrere. Sie wollen, dass wir uns gegenseitig auslöschen. Das darf nicht passieren.«

Thalyan stand hinter seinem Felsen auf. Er hatte den Strahler nicht niedergelegt, richtete ihn aber wenigstens nicht auf sein Gegenüber. »Sie könnten mehr recht haben, als Sie ahnen.«

»Was meinen Sie damit?«

»Der dritte Körper, den wir im Gatter geborgen haben! Er war tot oder kaputt oder welche Bezeichnung bei einem solchen Wesen zutreffend sein mag. Sein Kopf zum Großteil zerstört. Dennoch haben wir ihn erkannt. Er sah genauso aus wie der Hoffnungsbringer.«

Diese Eröffnung traf Thinche wie der Schnabelhieb eines Bolany. »Der Hoffnungsbringer?«, wiederholte er.

»Nicht der echte. Wie Sie aus den Unterweisungen des Geschichtswahrers wissen, töteten ihn die Khas und bewahrten ihn als ewiges Mahnmal für nachfolgende Generationen. Deshalb kennen wir auch heute noch sein Gesicht.«

»Das ... ist ungeheuerlich.«

»Das ist es. Was schlagen Sie also vor?«

»Dass wir die Rivalität zwischen den Thas und den Khal zur Seite schieben und uns gemeinsam gegen den wahren Feind stellen.«

»Sie erkennen an, dass Sie einen unentschuldbaren Rechtsbruch begangen haben?«

»Das tu ich.«

»Sie erkennen an, dass Sie unter diesen Umständen nicht länger Hochvater der Khal sein können?«

Thinche zögerte, schloss die Augen. »Ja, das tu ich.«

»Dann sei es, wie Sie vorschlagen. Vertreter beider Stämme gegen einen gemeinsamen Feind.«

Was für ein historischer Moment! Ein Freudenfest für die Geschichtswahrer, die ihren Unterweisungen eine neue Lektion beifügen konnten.

Thinche hoffte nur, dass er seine Entscheidung nicht eines Tages bereute.

Zu sechst standen sie um das Podest mit Chergosts Kopf und starrten ihn an.

In einem Regal lagen weitere Einzelteile des Robotkörpers, nicht jedoch seine Kleidung. Diese hatten die Thas vermutlich einem anderen Zweck zugeführt.

»Das beantwortet deine Frage, woher da Teffron den zweiten Fluggürtel hatte«, sagte Rhodan zu Goratschin. Nicht dass ihnen dieses Wissen etwas nützte.

»Was hat das zu bedeuten?« Belinkhar umrundete den Kopf, der ihr mit dem Blick folgte, soweit es ging. »Was ... warum steht der hier?«

»Es muss sich um einen der Robots handeln, die der echte Chergost vor seinem Tod hergestellt hat«, stellte Atlan das Offensichtliche fest.

»Damit haben Sie vollholzig recht, mein alter Freund«, sagte der Kopf.

»Was ist passiert?«

Rhodan erinnerte sich an eine Andeutung, die Thinche gemacht hatte. »Sie sind der Hoffnungsbringer, nicht wahr? Der, der die Nethor gespalten hat.«

»Hoffnungsbringer, so nennen Sie mich, das ist richtig«, ratterte es aus dem Schädel hervor. Er zwinkerte heftig, allerdings immer nur mit einem Auge. »Aber es war keine Absicht, sie zu spalten.«

»Was ist passiert?«, wiederholte Atlan seine Frage.

»Lange nachdem mein fleischliches Ich gestorben ist, erkundete ich das Tunnelsystem, in dem Crysalgira ihren Garten angelegt hat.« Er pausierte kurz, als müsse er nachdenken. Dann fügte er hinzu: »Hat.«

»Und weiter?«

»Ich wollte jeden möglichen Zugang zum Garten kennen. So fand ...«, er verfiel in sekundenlanges Schweigen, »... ich die Nethor. Lange lebten sie schon jenseits des Wassergefälles. Ich bot ihnen an, sie in die alte Heimat zu führen, was sie aber nicht wollten. Wollten sie nicht. Stattdessen schenkte ich ihnen Saatgut aus dem Garten. Und Tiere. Pflanzen. Und Tiere. So erschufen sie im Laufe der Zeit ein Paradies aus einem kargen Flecken. Und Tiere.«

»Wie kann das zur Spaltung der Nethor geführt haben?«, erkundigte sich Rhodan.

»Eine Thas verliebte sich in mich. Sie hieß Crysallalaya und war eine Hochtochter. Ein anderer wollte sie, aber sie wollte ihn nicht, weil sie mich wollte, aber ich wollte sie nicht, was sie aber nicht merkte. Sie fragte mich, ob ich sie nicht doch in die Heimat ihrer Väter bringen könnte. Ich sagte ja, hatte es lange zuvor ja schon angeboten. Es sprach sich herum. Plötzlich wollten immer mehr mit. Auch der Bruder von dem Thas, der Crysallalaya auch wollte. Viele Nethor wollten sie zurückhalten, vor allem Thas, hatten Angst, dass Methans auf ihr Zweistromlandversteck unter der Erde aufmerksam werden. Aber sie gingen doch mit. Zwanzig Nethor. Oder achtzig. Oder ... egal.«

»Und das allein führte zur Spaltung?«, hakte Atlan ein. Rhodan merkte ihm an, dass er die Geschichte beschleunigen wollte, fürchtete aber wohl genauso wie er, dass das Chergost noch mehr durcheinanderbrachte.

Der Robot schloss die Augen und schwieg.

»Chergost!«, ermahnte ihn der Arkonide.

Der Kopf öffnete die Lider, erst das linke, dann das rechte – und lächelte. »Atlan da Gonozal? Was tun Sie hier?«

»Konzentrieren Sie sich! Wie wollten Sie die Nethor aus dem Zweistromland führen? Doch gewiss nicht über den Wasserfall?«

»Nein, keineswegs. Ich warnte sie, dass der Weg ein gefährlicher ist, aber sie wollten es riskieren. Wagen wollten sie es.«

»Wo liegt dieser Weg?«

»Bei dem Bergwerksschacht, der ins Zweistromland durchgebrochen hat. Ist. War. Erwähnte ich das nicht? Ich führte sie hin. Erwähnte ich das nicht? Zum Durchbruch. Aber es waren zu viele. Hektisch wurden sie. Wollten alle auf einmal. Und so brach der Bergwerksschacht noch mehr ein. Alle sind gestorben. Ins Schöne Land gegangen. Tot. Verendet. Erwähnte ich das nicht? Nur ich konnte mich retten, weil ich den Flugschwebegürtel trug. Aber alle anderen? Gestorben, tot, verendet, dahingeschieden. Auch die Prinzessin der Khal und der Prinz der Thas. Ich berichtete von dem tragischen Geschehen. Dass sie alle tot waren. Gestorben. Verend...«

»Das erwähnten Sie bereits«, sagte Atlan.

»Oh? Die Khal gaben mir die Schuld am Tod von Crysallalaya, die Thas die am Prinzentod. Dann machten sie sich gegenseitig Vorwürfe und es kam zum Kampf, zum Sterben. Tot, verendet, dahingeschieden.«

Die Lautstärke schwankte, es wurde immer schwieriger, Chergost zu folgen. Und bisher hatten sie nichts Brauchbares herausgefunden.

»Kopf abschlagen, Rache nehmen sie und gegeneinander, bis niemand der weiß Tod der ...«

Der Robotschädel schloss erneut die Augen.

»Das bringt doch nichts«, sagte Ishy Matsu. »Dieses wirre Gefasel führt nicht ans Ziel.«

»Das sehe ich anders«, widersprach Atlan. »Natürlich, es ist mühsam, ihm zuzuhören. Aber immerhin wissen wir nun, dass es einen Durchbruch zu einem Schacht gegeben haben muss. Außerdem ist das der einzige Ausweg, der uns bleibt.«

Chergost hob die Lider. »Atlan da Gonozal? Welche Überraschung.«

»Bitte, Sie müssen uns helfen! Konzentrieren Sie sich! Wo liegt der Bergwerkschacht, durch den Sie die Nethor führen wollten?«

»Der Schacht?«

»Ja.«

»Sie meinen den Schacht?«

»Richtig.«

»Den Shonumoy?«

Rhodan fühlte Hitze in sich aufsteigen, als er den Begriff hörte. »Das sagt Ihnen etwas?«

»Natürlich.«

»Und?«

»Was und?«

»Der Shonumoy!«

»Oh! Ja, der Shonumoy. Ein niedliches Tier mit seinen Tellerohren und ...«

»Das wissen wir!«

»Erwähnte ich es bereits?«

»Hat der Shonumoy mit dem Schacht zu tun?«

»Welchem Schacht?«

Rhodan glaubte, wahnsinnig werden zu müssen. »Dem, durch den Sie die Nethor führen wollten.«

»Ach dieser Schacht.«

Ishy Matsu wandte sich ab und verließ kopfschüttelnd den Raum. Goratschin folgte ihr.

»Chergost! Denken Sie nach. Wo liegt der Schacht? Was hat er mit dem Shonumoy zu tun.«

»Das weiß ich nicht.«

Auch Rhodan fürchtete inzwischen, dass die Japanerin recht haben könnte. Der Schaden, nachdem man dem Robot den Kopf abgeschlagen hatte, musste zu groß gewesen sein. Dann die Abkopplung von seinen Ebenbildern in Crysalgiras Garten, der Schock, als er erkannte, dass sein Bewusstsein nicht erlosch, vermutlich weil Energiezellen im Schädel es speisten. Jahrtausende allein auf einem Podest, umgeben nur von Leuten, die ihn hassten. Wer hätte da nicht den Verstand verloren?

Er schüttelte den Kopf, als ihm auffiel, dass er von dem Robot wie von einem Menschen dachte.

Die Tür zum Hauptraum sprang auf, und die Japanerin hastete herein.

»Ich fürchte, wir haben ein Problem.«

»Eines?«, fragte Belinkhar.

»Was ist los?«, wollte Rhodan wissen.

»Die Strahlschüsse draußen. Sie haben aufgehört.«

*Aus den Unterweisungen der Geschichtswahrer*

*Vor sehr, sehr langer Zeit spaltete der Hoffnungsbringer die Nethor. Es begann mit dem Tod von achtundzwanzig Thas und Khal, darunter die liebreizende Crysalya und ein Sohn des Hochvaters der Thas. Es endete in gegenseitigen Schuldzuweisungen, einer stetigen Steigerung der Aggression und im Bruderkrieg.*
*Unzählige Zyklen später, als die Geschichte des Hoffnungsbringers längst zu einer Legende geworden war, kehrte er zurück und säte erneut Unfrieden zwischen den Thas und den Khal. Diesmal kam er nicht allein. In seinem Gefolge standen schreckliche Kreaturen wie eine vierbeinige schwarze Bestie und ein ebenso schwarzes Federwesen, das des Fliegens mächtig war.*
*Sie gaben den Nethor Blitzschleudern, vergifteten ihren Geist und stifteten sie an, die Brüder am anderen Flussarm anzugreifen und zu vernichten.*
*Doch die Nethor durchschauten den Plan, allen voran Thinche, der nach seinem Rücktritt vom Amt als Hochvater den Khal als Geschichtswahrer diente.*
*Die verfeindeten Brüder vergaßen für diesen wichtigen Augenblick in der Geschichte der Nethor all ihre Konflikte und stellten sich gegen den gemeinsamen Feind.*
*Natürlich führte dieses eine Ereignis nicht dazu, dass die Stämme ihren Millionen Zyklen langen Zwist begruben. Derlei Dinge geschehen nur in den Geschichten, die Mütter ihren Kindern zur Schlafenszeit erzählten, nicht aber in den echten Geschichten der Geschichtswahrer.*
*Aber es war ein Anfang, der die Khal den Thas näherbrachte. Nicht nur im übertragenen Sinne, sondern dank des Verbindungsgangs durch das Grenzmassiv auch im wörtlichen.*
*Ob es eines Tages zu einer endgültigen Versöhnung zwischen den Stämmen kommen wird? Darüber müssen spätere Geschichtswahrer berichten.*

# Kapitel 7

## Der Shonumoy

Rhodan durchquerte den vorderen Lagerraum der Hütte und lauschte. Tatsächlich, das Fauchen der Strahlschüsse war verstummt. Was hatte das zu bedeuten? Waren die Waffen leer geschossen? Oder gab es einen anderen Grund für die Feuerpause?

Er öffnete die Tür, sah im matten Schimmer der Sternschwärmer in einiger Entfernung Nethor auf die Hütte zukommen. Thinche und der Thas mit dem Hahnenkamm in einer Gruppe! Rhodan traute seinen Augen kaum.

Als sie ihn entdeckten, blieben sie stehen und gingen hinter Bäumen in Deckung. Nur einer – wenn er sich nicht irrte, der Khal, der ihnen im ersten lichten Zyklus die Decken gebracht hatte – verzichtete auf Deckung und hob ein Strahlengewehr.

Rhodan schlug die Tür zu. Nur Augenblicke später brannte ein Energiestrahl ein faustgroßes Loch in eine der Türholzplanken.

»Die schießen sich langsam ein!«, rief er seinen Gefährten zu. »Wir sollten schnellstmöglich verschwinden.«

Er eilte in den Nebenraum, in dem Atlan noch immer versuchte, aus dem Chergost-Kopf etwas herauszubekommen. »Und?«

»Nichts Neues. Wahrscheinlich ist die Information, die wir brauchen, gar nicht mehr in seinem Speicher abgelegt.«

»Kommen Sie, Atlan, die Lage wird brenzlig! Wir müssen hier raus!«

»Aber wohin?«, frage Belinkhar.

Der Purrer schob sich an Rhodans Seite. »Chabalh kann rennen. Schnell rennen und Schießmännern Angst machen.«

»Und dich dabei erschießen lassen«, entgegnete Rhodan. »Kommt nicht infrage.«

Ein paar der wirren Sätze des Chergost-Kopfs fielen ihm ein. *Und so brach der Bergwerkschacht noch mehr ein. Alle sind gestorben. Ins Schöne Land gegangen.*

»Iwan, haben Sie noch genügend Kraft, die Nethor in die Flucht zu schlagen?«, wollte Atlan wissen.

»Ich kann es versuchen. Aber wäre das Problem dadurch nicht nur aufgeschoben?«

»Vielleicht bringt es uns die Zeit, die wir brauchen, um den Schacht zu finden. Oder diesen Shonumoy«, sagte Ishy Matsu.

»Und wo willst du mit Suchen anfangen?«

»Wir können nicht in dieser Hütte bleiben. Hier sitzen wir in der Falle.«

*Ins Schöne Land gegangen.* Natürlich! Das musste die Lösung sein.

»Ich glaube, ich weiß, wo der Schacht liegt«, rief er aus. »Am einzigen Ort, den die Nethor nicht oder kaum kennen.«

»Welchen meinst du?«, fragte Belinkhar.

»Iwan, um ein bisschen Feuerwerk muss ich dich noch bitten. Spreng einen Baum oder lass den Boden vor den Nethor bersten. Was sie in Deckung treibt.«

»Und dann?«

»Dann folgt ihr mir einfach. So schwer es euch fallen mag.«

Goratschin nickte. Er ging zu einem der schmalen Sehschlitze zwischen den Regalen. Kurz darauf erklang ein Knall. Angstschreie der Nethor erschallten, und Steinchen prasselten auf das Dach der Hütte.

»Jetzt!«, schrie Rhodan.

Er riss die Tür auf, hetzte hinaus, achtete nicht darauf, ob sich doch Nethor in der Nähe befanden, hatte nur Augen für sein Ziel. Er rannte, so schnell ihn die Beine trugen, sah es näher kommen, immer näher.

Kurz bevor er es erreichte, fragte er sich für einen Sekundenbruchteil, ob er das Richtige tat. Doch es gab kein Zurück mehr!

Die letzten zwei Schritte, dann stieß er sich ab ...

... und sprang in den Strom.

Das kalte Wasser schlug über ihm zusammen. Der eisige Griff der Strömung packte ihn und riss ihn mit sich. Er wirbelte umher, verlor innerhalb von Sekunden die Orientierung.

Er hoffte inständig, dass seine Gefährten ihm vertrauten und sich dem selbstmörderisch erscheinenden Sprung in den Khertak angeschlossen hatten, in den Fluss, der die Nethor nach ihrem Glauben ins Schöne Land brachte. Wie Chergost es gesagt hatte.

Rhodan ließ sich davontragen. Versuchte, der Strömung so wenig Widerstand wie möglich zu leisten.

Mit dem Kopf durchstieß er die Oberfläche und schnappte

nach Luft. Wasser drang ihm in den Mund. Er hustete. Aber er blieb oben. Zumindest fürs Erste. Neben sich entdeckte er das rote Haar von Belinkhar, nicht weit dahinter den weißen Schopf Atlans. Also waren sie ihm gefolgt.

Er versuchte, einen Blick zum Ufer zu erheischen, da tauchten vor ihm die Fäden eines Sternschwärmers auf. Die Strömung trieb ihn unten hindurch, dennoch strichen sie ihm für den Bruchteil einer Sekunde über den Kopf. Es fühlte sich an, als habe man ihm Säure ins Gesicht gekippt. Er schrie vor Schmerz auf. Erneut schwappte ihm Wasser in den Mund, und aus dem Schrei wurde ein Gurgeln.

Untertauchen, schnell! Er warf sich herum, tauchte ab und ließ das herrlich kalte Wasser sein Gesicht abwaschen.

Rhodan schoss hoch. Sah einen weiteren Sternschwärmer vor sich. Hastig zog er den Kopf ein und schluckte erneut Wasser.

Wie weit hatte der Khertak sie getragen? Wie weit war es bis zur Höhle? Reichte die Kraft bis dahin? Natürlich! Wenn er nicht ertrinken wollte, *musste* sie reichen.

Als er endlich einen Blick zum Ufer erheischte, standen dort Nethor, die aufgeregt hin und her liefen und auf das lebende Treibgut zeigten.

Ein schrecklicher Gedanke durchzuckte ihn. *Hoffentlich haben die Thas am Ende des Stroms kein zweites Gatter errichtet!*

Ein Wirbel packte ihn und zog ihn nach unten. Langsam bekam er Routine, wusste, wann er sich wehren musste und wann er dem Fluss besser seinen Willen ließ. Das machte die Reise nicht weniger anstrengend.

Unter Wasser, über Wasser. Nach Luft schnappen, schlucken, husten, runter und wieder rauf.

Plötzlich fiel ihm auf, dass er den Schmerz im Gesicht nicht mehr spürte. Was man mit ein bisschen Ablenkung alles erreichen konnte!

Und dann wurde es dunkel um ihn.

Ohne dass er bemerkt hatte, wie er auf sie zugespült wurde, hatte ihn die Höhle geschluckt.

Er stürzte einen kleinen Wasserfall hinunter, wurde unter Wasser gedrückt und kämpfte sich wieder hoch. Die Strömung hatte nachgelassen. Wenigstens etwas. Dennoch trieb ihn der Fluss unerbittlich voran.

Irgendwo über sich sah er winzige helle Stellen, kleine Inseln von biolumineszierendem Moos. Nicht annähernd genug, um mehr erkennen zu können.

Dafür erkannte er etwas anderes, die eklatante Schwäche seines Plans.

Wenn hier unten tatsächlich der Shonumoy existierte, dieses geheimnisvolle Kaninchen, das angeblich einen Ausgang wusste, würden sie ihn in dieser Finsternis niemals finden.

Seine Gedanken rauschten Sergh da Teffron durch den Kopf wie unter ihm der Fluss durch sein Bett. Die Rufe der Nethor auf der Gatterbrücke nahm er kaum wahr.

*Bahroff hat mich hintergangen!*

Dabei schockierte ihn weniger, dass sein Adjutant es versucht hatte – damit hatte er gerechnet –, sondern vielmehr die Tatsache, dass es ihm auch gelungen war.

*Er hat mich hintergangen und den Zellaktivator behalten!*

Da Teffron schwebte vor dem Wasserfall in die Höhe und setzte seinen Weg zu den Stromschnellen fort.

*Das letzte Wort ist nicht gesprochen. Ich weiß, wo ich ihn finden kann. Wenn ich mich erst einmal zum Regenten erklärt habe, werde ich eine Armee entsenden, die jeden Winkel durchsucht, jedes Blatt umdreht, jeden Nethor tötet, der nicht kooperiert. Ich werde den Zellaktivator finden und Bahroff schmecken lassen, wie es sich anfühlt, gefangen und Folterknechten ausgeliefert zu sein.*

Er brachte die Stromschnellen hinter sich und näherte sich Crysalgiras Garten, diesem schrecklichen Ort, an dem alles so fürchterlich schiefgegangen war. Andererseits war dort der Regent gestorben, also hatte der Garten auch seine guten Seiten. Vielleicht würde er ihn verschonen und bei der Tempelruine ein Denkmal errichten lassen, das an den Beginn seiner Regentschaft erinnerte.

*Und Rhodan! Diesen verfluchten Menschen werde ich mir holen, wenn ihn die Nethor nicht schon beseitigt haben. Falls nötig, werde ich die Erde auch ohne seine Hilfe finden und sie aus dem Weltall sprengen, dass nicht einmal mehr Erinnerungen an sie bleiben. Das Große Imperium hat den Regenten gefürchtet? Gegenüber ihrem neuen Herrscher wird er seinen Bürgern wie ein jämmerlicher Weichling vorkommen.*

Als er Crysalgiras Garten passierte, warf er einen Blick auf die Energieanzeige des Antigravgürtels. Sie neigte sich bedrohlich dem Reservebereich zu. Er hätte den Gürtel für Bahroff nicht auch aufladen sollen, sondern die Energie lieber für sich behalten. Wie hatte er es ihm denn gedankt, dieser verräterische ...

Für einen Augenblick setzte der Fluggürtel aus, und da Teffron stürzte auf den Fluss zu. Im letzten Moment aktivierte er sich wieder und trug den neuen glorreichen Regenten des Großen Imperiums weiter seinem Amtsantritt entgegen.

Endlich erreichte er die Anlegestelle, an der er vor nicht allzu langer Zeit als Hand des Regenten mit seinem Lakaien und seinem Herrn aufgebrochen war. Wie schnell sich die Dinge doch manchmal änderten!

Er musste sich einen guten Regentennamen überlegen. Etwas mit Klang, was seine Untertanen erzittern ließ, wenn sie ihn nur hörten.

Mit einer raschen Bewegung nahm da Teffron den Gürtel ab und musterte kurz die Anzeige, die ihm verriet, dass die Energie zu 98,7 Prozent verbraucht sei. Wen kümmerte es, wie knapp es zuging, wenn man am Ende sein Ziel doch erreichte! Er warf den Gürtel in den Fluss.

Während er zu dem Aufzug ging, beschloss er, an seinem Gang zu arbeiten. Er wollte ihm etwas Würdevolles, Unverwechselbares verleihen. Künftig würde er nicht mehr gehen, sondern schreiten.

Er fuhr nach oben und schmiedete weiter Pläne, bis er endlich im untersten Geschoss des Tir'toks ankam, dem Herzen der Insel Ghewanal. Sicheren Schritts ging er auf die fünf bewaffneten Männer zu, die vor einer Holokonsole standen und das Treiben auf der Straße, aber auch das Kommen und Gehen im Tir'tok beobachteten.

Die Wächter des Regenten.

*Seine* Wächter.

Er baute sich vor ihnen auf. »Ich muss den ... Regenten sprechen«, sagte er, auch wenn es ihm schwerfiel, Zelir da Girren so zu bezeichnen. »Sofort!«

»Worum geht es?«, fragte der Größte der fünf.

»Das sage ich ihm selbst. Und wenn Sie nicht wollen, dass Sie der Zorn des Regenten trifft« – *also meiner* –, »sagen Sie ihm, dass Sergh da Teffron ihn zu sehen wünscht.«

Der Wächter drehte sich um und öffnete die Tür zu dem Raum, in dem da Teffron zum ersten Mal dem Doppelgänger des Regenten begegnet war. »Warten Sie hier!«

Da Teffron trat ein. Wie beim letzten Mal ging er in die Mitte des fast leeren Zimmers, in dem sich lediglich links und rechts je eine virtuelle Konsole befand. Vielleicht hatten sich einst Wartungsmaschinen für die Orbitalkabinen in diesem Abschnitt befunden, Generatoren oder eine Kontrollstation. Was auch immer es gewesen war, es hatte seine Berechtigung verloren.

So wie Zelir da Girren, der Doppelgänger des Regenten.

Zum Glück für den Wächter ließ dieser da Teffron nicht lange warten. Die Tür glitt zur Seite, und da Girren trat ein.

Im ersten Moment bedeutete der Anblick einen Schock. Die Ähnlichkeit mit dem echten, nun aber toten Regenten war beachtlich. Er sah nicht nur aus wie der frühere Herrscher – in all diesen winzigen Details, die dem des Originals glichen –, ob es nun die schwarzen Haarsträhnen im Weiß waren oder die Kerbe am Nasenansatz. Es war die Ausstrahlung, die da Teffron für einen Wimpernschlag ins Wanken brachte. Doch er bekam sich schnell in den Griff.

»Da Teffron«, begrüßte ihn der Doppelgänger. »Es freut mich, Sie zu sehen. Auch wenn Ihr Äußeres dem Anlass wenig angemessen erscheint. Ich hoffe, Sie bringen gute Nachrichten. Und die Pläne für die Konverterkanone.«

»Keineswegs, da Girren. Im Gegenteil: Ich bringe betrübliche Nachrichten.«

»Ach ja?«

»Der Regent ... nun, bei seinem heldenhaften Versuch, die Pläne an sich zu nehmen, kam er leider ums Leben.«

»Das höre ich nicht gerne.«

»Nur zu verständlich. Bedauerlicherweise bedeutet dies auch, dass Ihre Dienste als Doppelgänger des Regenten nicht länger benötigt werden und Sie ...«

»Ich will genau wissen, was vorgefallen ist. Ruhen Sie sich etwas aus!« Er warf da Teffrons verdreckter Kleidung einen missbilligenden Blick zu. »Und bringen Sie sich in Ordnung! So, wie Sie aussehen, sind Sie eine Schande für das Große Imperium! Ich erwarte Ihren Bericht morgen früh.«

Da Teffron glaubte, sich verhört zu haben. »Ersparen Sie sich und mir das Theater, da Girren! Haben Sie nicht verstanden, was ich gesagt habe? Der Regent ist tot! Und wenn ich mich von den Strapazen erholt habe, werde ich mich ...« *Zum Regenten ausrufen,* wollte er sagen, doch der Doppelgänger fiel ihm ins Wort.

»Ich habe sehr gut verstanden«, sagte er mit scharfer Stimme. »Und unter diesen Umständen war es wohl ein Segen für uns alle, dass nicht ich selbst Sie begleitet habe.«

Da Teffron war verwirrt. »Was ... Sie glauben doch nicht ernsthaft, dass Sie die Rolle des Regenten weiterspielen können? Sie sind jemand, der sich bei Paraden der Menge zeigt und hier und da huldvoll winkt. Aber Sie sind kein Herrscher!«

»Diese Unverfrorenheit werde ich ausnahmsweise überhören, weil sie der Tatsache geschuldet ist, dass Sie mich für Zelir da Girren halten.«

»Ich ... aber ...«

»Sie denken doch nicht ernsthaft, dass ich, der Regent des Imperiums, lediglich in Begleitung seiner Hand und dessen halbarkonidischen Adjutanten zu so einer Mission aufbreche?« Der Doppelgänger, der behauptete, kein Doppelgänger zu sein, beugte sich zu ihm vor.

Da Teffron wich etwas zurück, weil er keine Bekanntschaft mit dem Schutzschirm schließen wollte, der den Regenten ... den Doppelgänger ... sein Gegenüber umgab. Ihm fiel ein silbernes Glitzern am Hals des Manns auf. Eine Kette!

*Nein!* Sein Blick glitt ein wenig nach unten und fiel auf die Wölbung unter der Robe. *Das kann nicht sein.*

»Sie interessieren sich für das hier?«, fragte der ... der ... wer auch immer er war. Er griff zu der Kette und zog sie sich über den Kopf. Am unteren Ende baumelte ein eiförmiger Gegenstand. Ein Zellaktivator.

»Das ...« Da Teffron stockte.

»Ist Ihnen nicht gut?«

»Doch, doch. Es ist nur ... Die Strapazen und die Freude, Sie am Leben und bei bester Gesundheit zu sehen.« Nach einem kurzen Zögern fügte er hinzu: »Herr.«

»Rhodan?«, hallte Atlans Stimme über den Fluss.

»Mir geht es gut!«, schrie er zurück, was eine maßlose Übertreibung darstellte.

»Dummes Wasser!«, knurrte es neben ihm. »Herr festhalten.«

Von der Seite puffte ihn etwas an. Er fühlte Fell unter den Fingern. Chabalh! Er krallte sich fest.

Nach und nach meldeten sich auch die anderen.

»Offenbar ist niemand ertrunken«, rief Belinkhar. »Und was jetzt?«

»Irgendwo hier unten liegt der zerstörte Schacht. Wir müssen ihn finden.«

»Wenn die Strömung uns nicht schon daran vorbeigetrieben hat.«

»Wir brauchen Licht. Mehr als den kärglichen Schein dieser ...«

Über ihnen flammte es plötzlich auf. Eine der Moosinseln

brannte, verglühte aber schnell wieder. Doch der kurze Moment hatte ausgereicht, einen klobigen Felsen schräg vor ihnen zu erleuchten.

»Mehr schaffe ich nicht«, keuchte Goratschin, gefolgt von einem Gurgeln und Husten. »Tut mir leid.«

»Haben ihn alle gesehen?«, schrie Rhodan. Allgemeine Bestätigung. »Versucht in die Richtung zu schwimmen. Wer ihn zuerst erreicht, gibt Zeichen.«

Eine einfach klingende Anweisung, aber wie sollte man auf etwas zuschwimmen, was man nicht mehr sah? Wenn man nicht wusste, wie schnell einen die Strömung vorantrieb?

»Chabalh sieht auch im Dunkeln etwas«, knurrte der Purrer. »Herr festhalten!«

Rhodan klammerte sich am Hals seines vierbeinigen Leibwächters fest. Er spürte das Spiel der Muskeln bei Chabalhs Schwimmbewegungen.

Ein paarmal befürchtete er abzurutschen, doch plötzlich fühlte er festen Boden unter den Füßen. Steine, Geröll, Kies. Eine Insel?

»Ich bin da!«, brullte Rhodan. »Schwimmt in die Richtung meiner Stimme!«

»Verdammt, ich höre dich hinter mir!«, schrie Goratschin. »Ich bin schon dran vorbei.«

»Chabalh holen!«

Rhodan hörte den Körper des Purrers ins Wasser klatschen, dann war er allein. Ohne Unterlass rief er in die Finsternis, sodass sich die Gefährten an seiner Stimme orientieren konnten.

»Okay, ich bin da«, keuchte Ishy Matsu direkt neben ihm. Dann folgte Atlan.

Wenig später erreichte Chabalh mit Goratschin im Schlepptau die Insel.

»Fehlt nur noch Belinkhar.« Rhodan rief ihren Namen.

Keine Antwort.

»Belinkhar!« Wieder nichts. Rhodan rutschte ein Fluch über die Lippen. »Iwan, du musst mehr von dem Moos zünden. Schnell!«

»Ich ... versuche es.«

Qualvolle Sekunden geschah nichts, doch dann züngelte eine Flamme über einen der Moosflecken an der Decke. Dann eine zweite. Im Schein des Feuers schälte sich eine Ballung von Flechten aus der Finsternis, die wie ein langer Bart herabhing. Goratschin zündete auch sie.

Endlich reichte das Licht aus, mehr von dem Fluss zu erkennen. Er war deutlich breiter als ein Seitenarm des Khertak im Zweistromland. An einer Stelle flussaufwärts, die sie von der Insel aus nicht sahen, mussten sich die beiden Arme wieder vereinen.

Einige Meter stromabwärts verengte sich das Flussbett und verschwand hinter einer Biegung.

»Belinkhar!«, schrie Rhodan noch einmal.

Sein Blick flackerte über den Fluss. Er wusste, dass die Flechten nicht ewig brennen würden. Schon schneiten die ersten feurigen Flocken ins Wasser. Von der Mehandor jedoch fehlte jede Spur.

»Chabalh riecht Rotfellfrau!«

Ohne weitere Erklärung stürzte sich der Purrer zum wiederholten Mal in den Strom und schwamm in Richtung der Biegung zu.

Die Flechtenballung löste sich von der Decke und fiel einem flammenden Kometen in Zeitlupe gleich in den Fluss. Mit einem lauten Zischen kehrte die Finsternis zurück.

Wasser, immer nur dieses dumme, dumme Wasser.

Viel lieber würde Chabalh laufen. Aber er muss schwimmen.

Die Rotfellfrau holen.

Er riecht sie. Ganz schwach nur. Ihre Angst hat Spuren in der Luft hinterlassen. Den Duft nach Sindoniar und Grünfurrhel. Aber er sinkt herab, auf das dumme Wasser, das ihn davonträgt. Weg von Chabalh.

Er muss sich beeilen.

Die Helligkeit vergeht. Die Dunkelheit kommt.

Das ist schade. Er sieht im Finsteren zwar besser als sein Herr, aber doch nur wenig. Und wenig ist schlechter als viel.

So muss er sich auf seine Nase verlassen. Auf den Duft nach Sindoniar und Grünfurrhel.

Er legt sich in die Strömung, hilft ihr mit den Pfoten, ihn schnell voranzutragen. Wird der Geruch stärker? Oder denkt er es nur, weil er es sich so sehr wünscht?

Eine Welle schwappt ihm übers Gesicht, spült den Geruch davon.

Nein! Der Herr wird enttäuscht sein, wenn er die Rotfellfrau nicht findet.

Er schnaubt die Nasenlöcher frei. Schwimmt. Schnuppert.

Da ist er wieder! Aber das Aroma nach Grünfurrhel ist verschwunden.

Das ist gar nicht gut, denn das heißt, die Rotfellfrau hat keine

Angst mehr. Und keine Angst in einer gefährlichen Lage ist gar nicht gut.

Er lässt sich von der Strömung um eine weitere Biegung tragen.

Und da sieht er sie! Ganz schwach nur als grauen Fleck im schwarzen Wasser.

Mit dem Gesicht nach unten treibt sie im Fluss. Sie ist gegen die Felswand gestoßen, schrammt an ihr entlang. Das verlangsamt sie.

Chabalh paddelt schneller mit den Beinen. Muss sie erreichen.

Da ist sie. Endlich.

Er schnappt nach ihr. Will sie nicht beißen, aber lieber gebissen sein als ertrunken. Er erwischt sie am Kragen, presst die Zähne fest aufeinander.

Nicht mehr loslassen.

Zurück zum Herrn. Schnell! Er paddelt, schwimmt, strampelt.

Gegen die Strömung. Anstrengend. Sehr, sehr anstrengend.

Nicht nachdenken, nur schwimmen. Und beeilen.

Endlich erreicht er die Insel aus Steinen. Zerrt die Rotfellfrau aus dem Fluss.

Und während der Herr sich um sie kümmert, ihr auf die Brust drückt, ihre Nase mit den Fingern und ihren Mund mit dem eigenen Mund zuhält, trottet Chabalh zu dem komischen Kasten auf der Insel, der seinem Herrn und dessen Freunden bisher wahrscheinlich nicht aufgefallen ist.

Ein metallenes, großes Ding.

Im schwachen Licht der Schimmermoose sieht er es nur undeutlich. Aber ist da nicht etwas in die Metallwand geritzt?

Als er näher hingeht, erkennt er es.

Tatsächlich! Ein lustiges Tier mit runden Ohren.

Belinkhar hustete und spuckte Wasser. Sie röchelte.

Für Rhodan war es das schönste Geräusch, das er seit Langem gehört hatte.

»Danke!«, krächzte die Mehandor.

»Der Dank gebührt Chabalh.«

Während der nächsten Minuten saßen sie schweigend nebeneinander auf dem Felseiland mitten im Khertak, starrten in die Dunkelheit und versuchten, einigermaßen zu Kräften zu kommen.

»Und jetzt?«, fragte Ishy Matsu.

Rhodan hätte gerne eine Antwort gegeben, aber er wusste keine. Hatte er sich tatsächlich geirrt? Hatten sie sich auf einen vagen Verdacht hin in die Fluten gestürzt und die Lage damit nur verschlimmert?

Der Purrer stieß ihm von hinten mit der Schnauze an die Schulter. »Chabalh hat gefunden.«

Rhodan drehte den Oberkörper zur Seite, tastete nach dem Kopf der Großkatze und kraulte sie hinter dem Ohr. »Ich weiß, das hast du gut gemacht. Das wird dir Belinkhar nie vergessen.«

»Nicht sie! Ja, sie auch, aber nicht nur sie.«

»Was denn dann?«

»Chabalh hat gefunden Shonumoy. Lustiges Tier mit großen Ohren, stimmt?«

Rhodan war wie elektrisiert. Auch die anderen redeten wild durcheinander.

»Chabalh führt.«

»Wartet hier.« Rhodan stand auf, legte die Hand auf den Nacken des Purrers und folgte ihm. Es ging leicht bergauf, und immer wieder lösten sich Steinchen unter seinen Tritten.

Chabalh blieb stehen. »Shonumoy hier.«

Im schwachen Schein der Leuchtmoose sah Rhodan vor sich nur einen großen schwarzen Fleck. Vorsichtig streckte er die Hand aus – und stieß gegen Metall. Er tastete dagegen. »Was ist das?«

»Was haben Sie entdeckt?«, rief Atlan ihm von hinten zu.

»Ich weiß es nicht. Ein riesiger Metallbehälter oder so etwas.«

Rhodan wunderte sich, dass er ihnen nicht vorher aufgefallen war, als Iwan den Flechtenbart entzündet hatte.

Nein, sie hatten ihn gar nicht sehen können, weil sie alle mit dem Rücken dazu gestanden hatten, um Belinkhar auf dem Fluss zu suchen. *Außerdem habe ich ihn schon gesehen!*

Der klobige Felsen, den sie im kurzen Aufflackern der Moose entdeckt zu haben dachten, war kein klobiger Felsen, sondern ein klobiges Metallding. Rhodan schaute nach oben, aber an der Decke schimmerte wieder nur ein winziger Flecken Moos.

»Hol Iwan her!«, bat er den Purrer.

Chabalh gehorchte.

»Einmal brauche ich noch deine Kräfte«, sagte er, als Goratschin neben ihm stand.

Der Zündermutant gab ein unwirsches Knirschen von sich, fragte dann aber: »Was soll ich tun?«

»Entzünde das Moos direkt über uns.«

Es dauerte ein bisschen, und Iwan keuchte und stöhnte vor Anstrengung, aber dann entflammte der Fleck.

»Na, sieh mal einer an!«, rief Rhodan aus.

Das Moos wuchs nicht an der Höhlendecke, wie man im Dunkeln hätte glauben können, sondern hinter einer großen, zerklüfteten Öffnung. Der durchgebrochene Schacht. Das Metallding entpuppte sich als gewaltiger Bergwerkswagen. Und die Insel als eine Anhäufung des herabgestürzten Gesteins.

Der Wagen stand schief auf seiner schmalen Seite. Verbogene Schienen ragten aus dem Durchbruch, so schwarz, dass sie mit dem Hintergrund verschwammen, wenn man sie nicht direkt anschaute. Eine war auf halber Höhe zur Seite gebogen, aber die zweite reichte bis zu einem Wagenrad. In das Metall des Wagens war ein stilisiertes kaninchenähnliches Tier gefräst.

»Natürlich!«, sagte Atlan, der neben ihm auftauchte. »Sie müssen ihre Schächte nach Tieren benannt haben. Chergost hat nicht diesen possierlichen Gesellen gemeint, sondern den Namen der Mine!«

»Was glauben Sie, wie hoch der Durchbruch liegt?«

»Schwer zu sagen. Vier oder fünf Meter vielleicht.«

»Niedrig genug, um an der Schiene hochzuklettern?« Das Licht des Mooses erlosch. »Noch dazu im Dunkeln?«

»Was bleibt uns anderes übrig? Ich versuche es. Dank des Zellaktivators bin ich von uns allen wahrscheinlich der Ausgeruhteste.«

Die nächsten Minuten glichen einem Drahtseilakt mit verbundenen Augen, für den jeder Zirkus ihn vom Fleck weg engagiert hätte. Atlan erklomm den Wagen, geleitet nur von seinem Tastsinn und Chabalhs Anweisungen.

»Fuß weiter rechts. Nach oben. Da ist Rad. Gut, sehr gut. Linke Hand nach oben, Metallstreben. Nein, weiter oben. Ja, da. Festhalten. Hochziehen. Jetzt wieder Fuß.«

Als der Arkonide endlich auf dem Wagen stand, dirigierte der Purrer ihn bis zur Schiene.

»Ich hab sie«, rief Atlan. »Ich fühle Löcher im Metall. Da müssen die Schrauben gesessen haben. Groß genug, um hineinzufassen. Das erleichtert den Aufstieg.«

Rhodan hoffte, dass der Arkonide die Wahrheit sprach und sie nicht nur beruhigen wollte.

Und dann, nach Minuten des Ächzens, Stöhnens und Fluchens, endlich der erlösende Ausruf: »Ich bin oben!«

»Können Sie etwas sehen?«

»Nicht besonders viel. Hier wächst nur wenig Moos und ...« Ein

Scheppern, ein Schrei – und das Geräusch eines Aufschlags jenseits des Wagens.

»Atlan!«, rief Rhodan.

»Alles in Ordnung«, kam die Antwort. Zum Glück von oben. »Ich bin gegen etwas gestoßen, was ... Was ist das denn?«

Licht flammte auf.

»Ich habe eine Grubenlampe gefunden. Und ... oh!«

»Was oh?«

»Ich glaube, der Aufstieg wird für Sie um einiges leichter ausfallen als für mich.«

»Was meinen Sie damit?«

Die Antwort bestand in einem ohrenbetäubenden Getöse polternder Steine.

»Was zum Teufel treiben Sie da oben?«

»Ich habe Ihr Taxi entleert. Augenblick!«

Wieder ertönte ein Rumpeln. Kurz darauf erschien über dem Durchbruch ein Käfig, der offenbar in einer Schiene an der Stollendecke hing.

Nach dem nächsten Rumpeln glitt er in die Tiefe, gehalten von vier Ketten.

»Damit wollen Sie uns raufziehen?«, rief Belinkhar.

»Natürlich! Bequemer geht es nicht.«

»Aber das Ding ist Tausende von Jahren alt!«

»Arkonidische Wertarbeit. Die Boote auf dem Khertak haben doch auch funktioniert! Außerdem hat der Käfig bis gerade eben tonnenschwere Gesteinsbrocken getragen, da wird er Sie auch aushalten. Stellen Sie sich nicht so an und steigen ein!«

Wenige Minuten später hatte Atlan mit dem Transportkorb alle zu sich in die Mine geholt.

»Sieht so aus, als hätten die Bergarbeiter von Artekh nach dem Einsturz alles stehen und liegen gelassen«, sagte Rhodan.

»Ein Zeichen, für wie gefährlich sie den Stollen gehalten haben«, ergänzte Ishy Matsu. »Grund genug, uns hier nicht länger aufzuhalten als nötig.«

»Sehen Sie es nicht so negativ.« Atlan legte die Steuerung des Förderkorbs auf den Boden. »Das Schlimmste haben wir hinter uns. Der Rest wird ein Spaziergang.«

Atlan sollte recht behalten. Sie folgten dem Stollen im Licht der Grubenlampe einen oder zwei Kilometer, brachen die Sperrbalken am Eingang weg, die jeden vor dem Betreten des Unglücksstollens warnten, und erreichten nach einer guten halben Stunde einen Aufzugsschacht.

Auf einer primitiven Plattform, die sie mit einer Kurbel und Muskelkraft selbst nach oben bewegen mussten, kamen sie in einen weiteren Gang, der vor einer Metalltür endete. Sie öffnete sich nicht automatisch, ließ sich aber mit einem Hebel entriegeln und zur Seite aufziehen.

Sie fanden sich im geröllübersäten Keller eines Gebäudes wieder. Es roch nach Staub und Verfall.

Nach weiteren Türen und Treppen gelangten sie endlich ins Freie. An die Oberfläche von Artekh 17.

Sie blickten sich auf dem Hof eines riesigen baufälligen Hauses um. Keine Arkoniden waren zu sehen.

Erschöpft ließen sie sich an einer Mauer nieder und atmeten tief durch. Das Licht der Sonne stach Rhodan in die Augen, aber er begrüßte den Schmerz wie einen lange vermissten Freund.

Er erinnerte sich an die Nesselfäden der Sternschwärmer und betastete sein Gesicht, fühlte aber keine Verletzungen. Er wollte nur noch schlafen, nichts als schlafen. Und wenn er damit fertig war, vielleicht ein kleines Nickerchen halten. Aber er wusste, dass das ein Wunschtraum bleiben würde.

»Kann ich Sie kurz sprechen?«, fragte Atlan.

Rhodan stand auf. »Worum geht es?«

»Ich möchte Ihnen etwas geben.« Atlan hielt ihm die Faust hin und öffnete die Finger. Auf der Handfläche lag ein Zellaktivator.

Rhodan stockte der Atem. »Ich ... Sie ... Sie machen einen Scherz mit mir!«

»Keineswegs! Nehmen Sie ihn! Sie haben ihn verdient.«

Er streckte die Hand danach aus, zögerte, zog sie zurück und nahm das Gerät dann doch entgegen. Es war schwerer, als er es sich vorgestellt hatte.

Crest hatte ihm von den belebenden Impulsen erzählt, die sein Aktivator aussandte. Neugierig horchte Rhodan in sich hinein. Spürte er diese Impulse auch?

Er lauschte ...

... und hörte eine Stimme. Wie aus weiter Ferne. »Wohin willst du, Junge?«, fragte sie auf Englisch.

Er ... er kannte diese Stimme! Aber das war unmöglich!

»Was hat das zu bedeuten, Atlan?«, flüsterte er.

Er erhielt keine Antwort.

Rhodan sah auf und erstarrte.

Seine Kameraden waren verschwunden.

**Frank Borsch**

# Rhodans Weg

# Prolog

*Es ist ein blauer Planet.*
*Eine Insel des Lebens in der Unendlichkeit.*
*Eine von Milliarden und zugleich einzigartig.*
*Als das Schiff sich zur Landung anschickt, hältst du dich an diesem Wort fest: einzigartig. Du wirst nicht abgeschoben. Dein Herr weiß, was er tut. Das Ringen verlangt Opfer von allen, die in ihm gefangen sind.*
*Das Exil auf dieser Welt ist dein Opfer.*
*Du wirst allein sein auf der Erde, wie die Menschen ihre Heimat nennen.*
*Sie sind stolz auf die Erde. Sie kennen keine andere Welt.*
*Sie ahnen die Existenz anderer Welten, träumen davon, die Unendlichkeit des Alls zu durchqueren und sie mit eigenen Augen zu erblicken.*
*Aber die Zivilisation der Menschen steht auf der Schneide. Sie bekriegen einander. Sie verbrennen die Schätze ihrer Welt. Und das Feuer, das sie entfacht haben, heizt ihren Planeten auf, droht binnen weniger Generationen die Grundlage ihrer Zivilisation zu zerstören.*
*Noch ist es nicht zu spät, ist das Schicksal der Erde und der Menschheit nicht unausweichlich.*
*Es ist deine Aufgabe, es zum Besseren zu wenden.*
*Indem du einen Menschen auf seinem Weg begleitest.*
*Einen von Milliarden und doch einzigartig.*

# Kapitel 1

**Mai 2007**
**Manchester, Connecticut**

Ein Junge stand an der Haltestelle.

Maximo Mendez, der die Linie 91 in den Norden seit vierzehn Jahren fuhr, sah ihn von Weitem. Er verlangsamte. An der Spencer Street wartete selten jemand auf den Bus. Und schon gar nicht an einem Samstagvormittag, wenn die Leute von Manchester, Connecticut, in den Shopping Malls an den Rändern der Stadt ihr Geld ausgaben, als gäbe es kein Morgen.

Niemand wartete an einem Samstag an der Spencer Street auf den Bus – und schon gar nicht ein schlaksiger Junge mit einem viel zu großen, prall gestopften Rucksack, der ihn jeden Augenblick in die Knie zu zwingen drohte.

Maximo Mendez fragte sich, was der Junge an der Haltestelle wollte.

Der Junge musste verabredet sein, sagte er sich. Mit seinem besten Freund und dessen Familie. Sie würden in einem der State Parks campen. Angeln. Abends am Lagerfeuer die gefangenen Fische braten und das Zusammensein genießen. Mendez hatte hin und wieder mit seinen Söhnen gezeltet, bis ihnen die Fliegen zu viel und die dünnen Schlafmatten zu hart geworden waren. Inzwischen waren sie erwachsen, bauten Häuser in Kalifornien und schrieben ihm gelegentlich Mails, in denen sie ihm rieten, seine Ersparnisse in Immobilien anzulegen.

Der Junge bemerkte den Bus. Er sah Mendez aus großen graublauen Augen an. Einen Moment lang wirkte er wie eingefroren, dann riss er einen dünnen Arm hoch und winkte mit der hektischen Dringlichkeit, mit der nur Kinder winken konnten.

Mendez trat auf die Bremse, bog in die Haltebucht ein. Ein empörtes Hupen zeigte ihm an, dass er es zu abrupt getan hatte.

Der Bus kam zum Stehen. Mit einem leisen Zischen glitt die Vordertür auf. Warme Luft strömte in den Bus. Es war der erste Tag im Jahr, der sich nach Sommer anfühlte.

Der Junge packte den abgewetzten Haltegriff am Einstieg, setzte ein Bein auf die Trittstufe und wuchtete sich mit ganzer Kraft hoch. Das Gewicht auf seinem Rücken drohte ihn nach hinten wegzuziehen, aber der Junge biss die Zähne zusammen, zog sich auf die zweite Stufe – und wurde jäh abgestoppt, als eine der Schnüre seines Rucksacks sich an einer Kante verfing. Er japste, machte einen Schritt zurück, löste die Schnüre hastig. Seine Finger zitterten.

»Wohin willst du, Junge?«, fragte Mendez und lächelte. Er mochte Kinder.

»N... nach South Hadley, Sir.«

»Das ist eine ganz schöne Strecke. Über die Grenze, in Massachusetts.«

»Ich weiß.« War da ein Unterton der Empörung? Der Busfahrer besah sich den Jungen genauer. Der Junge war keine zehn. Er hatte ein langes, schmales Gesicht. Helle Haut, aber jetzt gerötet vor Anstrengung. Und seine Augen ... Hatte er eben geheult?

»Was willst du in South Hadley?«, fragte Mendez.

»Meinen Onkel Karl besuchen.«

»Deinen Onkel Karl ...«

»Ja!«

»Weiß dein Onkel, dass du kommst?«

»Er hat eine Farm. Mit ganz vielen Autos und Kühen! Ich besuche ihn oft.«

Eine Farm mit ganz vielen Autos und Kühen ... Der Busfahrer überlegte. Es ging ihn nichts an, wohin der Junge wollte, solange er den Fahrpreis bezahlte. Einerseits. Andererseits ... Mendez musste an seine Kindheit zurückdenken. Seine Eltern hatten ihn über alles geliebt. Aber ihre Liebe war die von Einwanderern gewesen, die ihre gesamten Hoffnungen dem einzigen Sohn aufgebürdet hatten. Eines Tages war Maximo die Last unerträglich geworden. Er hatte alle Habseligkeiten, die ihm etwas bedeuteten, eine Flasche Cola und zwei Packungen Oreo-Kekse in eine Tasche gepackt und war abgehauen ...

»Wissen deine Eltern, dass du deinen Onkel ...«

»Karl!«, sagte der Junge laut. »Mein Onkel heißt Karl!«

»... dass du deinen Onkel Karl besuchen fährst?«

»Natürlich.«

Sein Ausbüxen war Mendez nicht gut bekommen. Die Polizei hatte ihn drei Tage später ausgehungert und erschöpft aufgegriffen. Und seine Eltern hatten den Schluss gezogen, dass sie ihren Jungen zu lax erzogen hatten ...

»Wie heißt du?«, fragte er den Jungen.
»Perry.«
»Und mit Nachnamen?«
»Rhodan.«
»Perry Rhodan?« Mendez musste kichern.
»Wie... wieso lachen Sie, Sir?«, fragte der Junge.
»Weil ... Na ja, dein Name gefällt mir. Perry Rhodan. Klingt wie ein Held.«
»Wirklich?« Der Junge strahlte plötzlich.
»Wirklich«, bestätigte der Busfahrer und behielt für sich, weshalb er gekichert hatte. Ja, »Perry Rhodan« klang wie ein Held. Aber wie einer aus einer schlechten Serie aus den Fünfzigern oder Sechzigern. Hatte es nicht einen »Perry Mason« gegeben? Oder einen Weltraumhelden, der so ähnlich hieß? Aber dafür konnte der Junge nichts, ebenso wenig wie Mendez für den seinen. Seine Eltern hatten ihm »Maximo« als unerreichbare Vorgabe mit ins Leben gegeben.
Mendez fischte das Handy aus der Tasche. »Weißt du eure Nummer, Perry?«
»Ja. Wieso?«
»Sag sie mir bitte.«
Der Junge nannte ihm eine Nummer in Manchester. Mendez wählte sie, während der Junge aufgeregt das Gewicht von einem Bein auf das andere verlagerte.
Eine Frauenstimme meldete sich. »Hallo?«
»Hallo, spreche ich mit Mistress Rhodan?«
»Ja – was ist?«
»Es geht um Ihren Sohn Perry. Ich bin Busfahrer auf der Linie 91, und Ihr Sohn ist eben zugestiegen. Allein. Er will nach South Hadley, sagt er. Zu seinem Onkel.«
»Und?«
»Hat das seine Richtigkeit?«
»Natürlich. Perry verbringt die Wochenenden oft bei Karl auf der Farm.«
»Dann ist es gut. Ich danke Ihnen, Mistress Rhodan. Entschuldigen Sie die Störung.«
Mendez legte auf. »Alles in Ordnung. Entschuldige, Junge. Ich wollte nur sichergehen ...«
Der Busfahrer beugte sich vor, tippte »South Hadley« in den Kassencomputer des Busses.
»Manchester nach South Hadley einfach. Das macht elf Dollar, dreißig Cent.«

Der Junge langte tief in die Hosentasche und holte das Geld heraus. Passend, als hätte seine Mutter es für ihn abgezählt. Mendez tippte den Touchscreen an, riss das Ticket ab, das aus dem Gerät glitt, und gab es dem Jungen.

»Danke, Sir!« Der Junge nahm das Ticket, drückte sich an dem Busfahrer vorbei und wollte ganz nach hinten zur Rückbank gehen.

Mendez sagte aus einer Eingebung heraus: »Wieso bleibst du nicht vorne bei mir, Junge?«

Der Junge zögerte. Es war ihm anzusehen, dass er sich viel lieber in den letzten Winkel des Busses verkrochen hätte. Aber einem Erwachsenen zu widersprechen ...

»Du kannst hinter mir sitzen«, sagte Mendez. »Ist der beste Platz im ganzen Bus.«

»Wirklich?«

»Ja, mit der besten Sicht. Und du kannst zusehen, wie ich steuere.«

Der Junge legte den Rucksack auf den Sitzen der zweiten Reihe ab und setzte sich hinter den Busfahrer. Mendez fuhr los. Er hatte fünf Minuten verloren, aber das machte nichts. Samstagvormittags fuhr er oft den ganzen Weg von Manchester nach Greenfield ohne einen einzigen Passagier. Mendez hielt dann öfters für ein paar Minuten an und rauchte eine Zigarette, um nicht den Fahrplan zu überholen.

Die Ausläufer von Manchester, die an eine einzige große Baustelle erinnerten, blieben nach und nach zurück. Mendez lenkte den Bus auf die Interstate 291 und nach einigen Kilometern auf die Interstate 91. Seine Route führte das Tal des Connecticut River hinauf, verband die Städte, die den Fluss säumten.

Um elf schaltete Mendez das Radio für die Nachrichten ein. Die Hauspreise stagnierten, zum ersten Mal seit Jahren. Jennifer Aniston hatte einen neuen Freund. In Bagdad hatte eine Selbstmordattentäterin einen Checkpoint der Armee in die Luft gesprengt.

»Sie haben einen Sohn in der Army?«, fragte der Junge.

Mendez sah auf, musterte den Jungen im Innenspiegel. »Wie kommst du darauf?«

»Sie ... Sie haben das Radio lauter gedreht.«

»Habe ich das?« Mendez hatte es nicht bemerkt. »Du hast recht, Junge. Mein Jüngster ist im Irak.« Julio hatte sich freiwillig gemeldet, angewidert von seinen älteren Brüdern, die nur noch das schnelle Geld im Kopf hatten und ein Haus nach dem anderen kauften, um es nach ein paar Wochen für einen höheren Preis weiterzuverkaufen. Julio wollte für etwas stehen im Leben.

»Wie alt bist du, Perry?«

»Sieben ... beinahe.«

»Ich habe dich älter geschätzt.«

»Das tun viele.«

»Das freut dich, nicht?«

»In der Schule kriege ich oft Prügel von den anderen Jungs.« Er zog die Schultern hoch, als wolle er sich schützen.

Mendez nickte. »Kann ich mir vorstellen. Menschen mögen es nicht, wenn man zu clever ist für sein Alter.«

Der Busfahrer wandte seine Aufmerksamkeit dem Verkehr zu, wechselte auf die Ausfahrt nach Thompsonville.

»Gehst du gern zu deinem Onkel?«, fragte er, um den Jungen von seinen trüben Gedanken abzubringen.

Perry nickte.

»Du hilfst ihm?«

»Ab und zu.«

»Das macht dir Spaß, was? Deshalb gehst du so gern zu ihm.«

»Nein. Onkel Karl, er ...«, der Junge suchte nach Worten, »... er lässt mich einfach sein. Verstehen Sie?«

»Ich denke schon.« Mendez fädelte den Bus in die Elm Street ein. »Was willst du werden, wenn du groß bist? Farmer wie dein Onkel?«

Der Junge schüttelte energisch den Kopf. »Nein! Ich will Astronaut werden! Zum Mond fliegen!«

Mendez musste laut loslachen.

»Wieso lachen Sie mich aus?« Der Junge lief rot an, als Wut und Scham in ihm miteinander wetteiferten.

»Ich lache dich nicht aus! Ehrlich!« Mendez hob eine Hand, machte eine beschwichtigende Geste. Er hatte den Jungen nicht verletzen wollen. »Ich lache mich selbst aus. Ich wollte auch mal Astronaut werden.«

»Wirklich?« Der Junge beugte sich vor. »Wieso sind Sie es nicht geworden?«

»Weil ...« Mendez überlegte, wie er seine Antwort so formulieren konnte, dass ihn der Junge verstand. Keine leichte Aufgabe. Der Busfahrer war sich nicht sicher, ob er die Antwort überhaupt selbst kannte. »Ich schätze, mir kam das Leben dazwischen«, sagte er schließlich. Den Rest behielt er für sich. Martha, die ungewollte Schwangerschaft, dann die Zwillinge.

Sie passierten das große Macy's-Kaufhaus. Der Parkplatz war

bis auf den letzten Platz belegt – und an der Haltestelle stand eine Frau.

Es war eine Schwarze. Übergewichtig. Prall gefüllte Plastiktüten in beiden Händen.

Der Junge sah sie, und ihm entschlüpfte ein politisch unkorrektes »Wow, ist die fett!«

Die dicke Frau sah den Bus kommen, wuchtete einen oberschenkeldicken Arm hoch und winkte mit ihren Tüten. Mendez stoppte und öffnete die Tür.

»Halten Sie in Springfield?«

»Natürlich.«

Die Frau – sie war so stark geschminkt, dass sie Mendez an eine Puppe erinnerte – legte ihre Tüten in der ersten Reihe auf der Beifahrerseite ab, bezahlte die Fahrkarte und ließ sich neben ihre Einkäufe fallen.

»Diese Hitze ist einfach zu viel für mich.« Sie tupfte sich die Schweißperlen von der Stirn. Ihre Hand strich über eine Augenbraue und wischte sie weg. Sie war lediglich aufgemalt.

Mendez mochte Gesellschaft, unterhielt sich gerne mit seinen Passagieren. Aber diese Frau ... Der Busfahrer wusste nicht, weshalb, aber er mochte sie nicht.

Sie griff in eine Tasche und hielt Perry einen Schokoriegel hin. »Hier, Junge. Du siehst ja halb verhungert aus.«

Perry beäugte den Riegel argwöhnisch, dann schnappte er ihn mit einer blitzartigen Bewegung, als befürchtete er eine Falle, dass die Frau ihn festhielte.

»Das ist ein ganz schön großer Rucksack«, meinte die Frau.

»Ja«, murmelte Perry. Der Junge öffnete den Riegel nicht, sondern steckte ihn in eine Seitentasche des Rucksacks.

»Deiner?«

»Nein. Ist von meinem Vater.«

»Dachte ich mir.« Die Frau sah sich suchend um. »Und wo ist dein Vater?«

»Zu Hause.«

»Und was tust du hier?«

»Ich besuche meinen Onkel.«

Mendez konzentrierte sich auf den Verkehr, der immer mehr zunahm, je näher sie Springfield kamen. Ein flaues Gefühl hatte sich in seinem Magen breitgemacht. *Wieso?,* fragte er sich und verfolgte, wie die dicke Schwarze den Jungen aushorchte. Es war nur eine gemütliche Mama, die nett zu einem Kind war. Sie meinte es gut.

Er stieß auf die Antwort, kurz bevor sie das Zentrum von Springfield erreichten. Ein Sonnenstrahl wurde vom Spiegel eines Lasters zurückgeworfen, blendete Mendez und seine Passagiere. Er hielt die Hand vor die Augen, sah im Rückspiegel, wie der Junge es ihm gleichtat – aber nicht die Frau. Sie saß da, ungerührt. Ihre Augen waren kalt und leblos.

Der Bus erreichte die Haltestelle. »Springfield, Dwight Street«, rief Mendez.

»Ah, schon?« Die Frau wuchtete sich aus dem Sitz, raffte ihre Tüten zusammen und arbeitete sich schwer atmend die Stufen hinunter auf den Asphalt. »Ich danke Ihnen«, wandte sie sich an Mendez. »Und dir alles Gute, mein Junge! Genieß die Zeit mit deinem Onkel.«

Mendez fuhr los. Im Rückspiegel verfolgte er, wie die Frau ein Handy aus der Hosentasche pulte und eine kurze Nummer wählte. Er blickte zu dem Jungen. Es war Perry anzusehen, dass er froh war, dass die Frau weg war.

»Ist nicht mehr weit bis zu deinem Onkel«, sagte Mendez.

Er lenkte den Bus zurück auf die Interstate. Sie schwiegen. Nach einigen Minuten kramte der Junge ein Taschenbuch hervor. Es war ein Science-Fiction-Roman. »Die lange Reise« von Robert A. Heinlein. Nicht die Art von Buch, die man für gewöhnlich bei einem Noch-Sechsjährigen erwartete.

Aber Mendez war nicht überrascht. Es passte zu diesem Jungen.

Der Junge vertiefte sich in die Lektüre. Als Mendez eine Viertelstunde später verkündete: »South Hadley, wir sind gleich da!«, schreckte er hoch.

Die Interstate blieb hinter ihnen zurück. Nach einigen Minuten kam die Haltestelle in Sicht. Ein Auto parkte am Rand der Haltebucht. Ein Polizeiwagen.

Das Buch fiel dem Jungen aus der Hand, als er den Wagen sah – und in diesem Moment wurde es Maximo Mendez schlagartig klar, was er längst geahnt hatte: Perry Rhodan war ein Ausreißer. Die Frau, mit der er telefoniert hatte, war nicht seine Mutter gewesen. Und jetzt waren ihm seine Eltern auf die Schliche gekommen. Oder hatte die dicke Schwarze die Polizei benachrichtigt? Aber wieso hätte sie das tun sollen?

»Du bist davongelaufen, nicht?« Aus dem flauen Gefühl im Magen des Busfahrers war ein Knoten geworden.

»J-ja.«

Auch auf den Ausreißer Mendez hatte die Polizei gewartet. Und jetzt, Jahrzehnte später, erkannte er, dass es dieser Punkt gewesen war, an dem seine Träume gestorben waren und er sich gefügt hatte. An dem aus dem Astronauten Maximo Mendez, der das Universum hatte stürmen wollen, der Busfahrer geworden war, der tagaus, tagein dieselbe Strecke fuhr und hoffte, sich so viel absparen zu können, dass er seinen Lebensabend nicht in Armut verbringen musste.

»Wieso bist du davongelaufen?«, fragte er. »Schlagen dich deine Eltern?«

»Nein. Aber sie wollen nicht, dass ich träume.«

Mendez hielt an, die Tür glitt zischend zur Seite. »Danke!«, sagte der Junge. Er war bleich. »Sie waren gut zu mir.« Er schulterte den Rucksack, stieg aus und ging den beiden Polizisten entgegen, die ihren Wagen verlassen hatten.

Als ihn noch eine Handvoll Schritte von den Polizisten trennten, hielt der Junge an. Er verdrehte den linken Arm, nestelte an der Seitentasche seines Rucksacks. Er bekam den Schokoriegel zu fassen und warf ihn weg, ohne hinzusehen.

Dann setzte Perry Rhodan seinen Weg fort – und in diesem Moment wusste Maximo Mendez, dass dieser Junge mit dem Namen eines altertümlichen Romanhelden seine Träume nicht aufgeben würde.

Niemals.

# Kapitel 2

**14. Mai 2037, früher Morgen**
**VEAST'ARK, am Goshunsee**

Die Hitze, die ihn von innen verbrannte, verwandelte sich schlagartig in Kälte.

»Wie fühlst du dich, Allan?«, flüsterte eine vertraute Stimme.

»Als hätte mich ein Pferd geknutscht«, brachte er hervor. Es war ein alter Reflex. Je mieser er sich fühlte, desto flapsiger seine Sprüche.

Es roch. Nach Krankenhaus. Und fremd zugleich. Wie nicht von dieser Welt.

»Keine Angst«, sagte die Stimme. »Du bist auf der VEAST'ARK. Unter Freunden.«

Allan D. Mercant schlug die Lider auf. Er lag in einem Bett. Sein Blick war trüb. Ein Schemen vor ihm verwandelte sich langsam in ein Gesicht. Eine Frau. Ein Pflaster über einer Schläfe. Blasse, aber volle Lippen. Ein herausforderndes, freches Funkeln in den Augen. Er kannte dieses Funkeln, es war ... sie ...

»Iga«, half die Frau ihm auf die Sprünge. »Ich bin es, Allan. Iga.«

Ihr Name brachte die Erinnerung zurück ...

*... das Wasser des Goshunsees stand ihm bis über die Knie. Neben ihm war Iga. Sie blutete aus einer Wunde über der Schläfe. Hinter ihr erhob sich die Kuppel aus Energie, die wie ein glitzernder Dom über dem aufragte, was vom Lakeside Institut, der Heimat der Mutanten, geblieben war. Dazwischen der arkonidische Schweber. Er hatte sich mit dem Bug in den Sand und das Geröll der Gobi gebohrt. Der Schweber brannte. Eine der Paraentladungen hatte ihn erwischt. Und neben ihnen stand dieser Junge – wie lautete sein Name gleich? Swen. Ja, Swen – als ginge ihn das alles nichts an. Dabei war alles seine Schuld! Er war ein Mutant. Iga hob die Injektionspistole, um den Jungen zu betäuben. Doch stattdessen presste sie die Pistole an seinen Hals und drückte ab ...*

»Iga!«, stöhnte er. »Du hast ...«

»Ich habe getan, was zu tun war.« Sie hob den rechten Arm. In der Hand hielt sie eine Injektionspistole. »Und damit du es gleich weißt: Ich werde es wieder tun. Du bist ein Mutant, Allan D. Mercant. Eine Gefahr für dich selbst und deine Mitmenschen.«

»Nein!« Mercant schüttelte den Kopf, stellte die Bewegung ruckartig ein, als ein stechender Schmerz durch seinen Schädel raste. »Fulkar, Manoli, Haggard, die übrigen Ärzte. Sie haben mich getestet. Ein Dutzend Mal. Das Ergebnis war negativ. Ich bin nur ein gewöhnlicher Mensch!«

»Das wage ich zu bezweifeln.« Iga grinste breit. Sie trug wie immer ihren Blaumann, darunter ein kariertes Hemd. Beides hatte schon länger keine Waschmaschine von innen gesehen. »Von deinen anderen Qualitäten ganz zu schweigen, bist du ein überaus gerissener Fuchs. So schien es. Inzwischen wissen wir, wie wenig wir gewusst haben. Die Paraentladungen haben in derselben Sekunde aufgehört, in der ich dich betäubt habe. Das ›überaus‹ hat sich als Paragabe herausgestellt.«

»Ihr seid verrückt! Ich ...« Mercant brach ab, als ihm klar wurde, dass Iga die Wahrheit sagte. Und das bedeutete ... »Wieso habt ihr mich dann aus der Bewusstlosigkeit geholt? Jeden Augenblick kann meine Gabe von Neuem erwachen, und ich ...«

»Unwahrscheinlich«, schnitt sie ihm das Wort ab. »Es ist Haggard, Fulkar und Manoli gelungen, das Antivirus herzustellen, dessen Bauplan uns André Noir hat zukommen lassen. Du hast es vor dreiundzwanzig Stunden bekommen. Nach menschlichem Ermessen ist in deinen Genen Ruhe eingekehrt. Und für den Fall, dass wir uns irren ...« Iga hob die Injektionspistole an. »Verstanden?«

»Verstanden.«

»Bestens. Und jetzt komm!«

»Wohin?«

»Zu den anderen. Wir brauchen dich. Die Kacke, die Fulkar so hochtrabend ›Genesis-Krise‹ getauft hat, ist weiter mächtig am Dampfen ...«

Iga stützte ihn, als er das Krankenzimmer verließ. Auf dem Korridor vertraute Mercant sich einem der Laufbänder an, die das weitläufige Schiff erschlossen. Gegen seine Gewohnheit, doch Mercant fühlte sich zu wacklig, sowohl was seine Knie anging als auch psychisch. Er horchte in sich hinein. Das Virus hatte seine sogenannte Junk-DNS manipuliert, hatte einige Gene aus-, andere eingeschaltet. Das Antivirus hatte der Manipulation ein Ende gesetzt – aber sie nicht rückgängig gemacht.

Hatte er immer noch eine parapsychische Gabe? Und wenn ja, welche? Er schloss die Augen und konzentrierte sich. Nichts geschah.

»Unheimlich, was?«, bemerkte Iga. Die Truckerin gab sich schroff, aber das war nur eine Maske, hinter der sich ein außergewöhnlich einfühlsamer Mensch verbarg. Sie ahnte, was in ihm vorging.

»Ja.« Er versuchte sich an einem Grinsen. »Ich weiß nicht, ob ich mir selbst noch trauen kann.«

»Kann ich mir vorstellen. Aber das wird schon wieder. *Wir* trauen dir.« Sie drückte seinen Arm.

»Danke!«

»Nichts zu danken.« Sie drehte den Kopf weg, wohl damit er nicht sah, wie sie rot anlief, ihre Maske verrutschte. Sie holte tief Luft, dann sagte sie: »Was willst du zuerst hören, die guten oder die schlechten Nachrichten?«

»Die guten.« Mercant schwor eigentlich darauf, dem Unangenehmen ins Auge zu schauen. Aber er spürte, dass er an diesem Tag etwas Aufmunterung brauchte, bevor er dazu in der Lage war.

»Okay. Also: In Lakeside ist es ruhig. Die letzte, kleine Paraentladung liegt zweiundzwanzig Stunden zurück.«

»Die Mutanten haben eingesehen, dass wir ihnen nicht ans Leder, sondern ihnen helfen wollen?«

»Schön wär's. Nein. Unter dem Schirm, den wir über das Trümmerfeld gelegt haben, das von dem Institut noch übrig ist, herrscht Totenstille. Niemand zu sehen. Die Mutanten haben sich in die unterirdischen Anlagen zurückgezogen. Keiner hat eine Ahnung, was sie dort treiben. Sicher ist nur eins: Sie stricken keine Pullover für den nächsten Winter ...«

»Wir haben keinen Kontakt?«

»Nein. Sie rühren sich nicht. Die Hershell-Zwillinge haben den Funkverkehr mit den über den Globus verstreuten Mutanten eingestellt. Die Frequenz ist tot. Und möglicherweise auch die Zwillinge.«

Ein schlechtes Zeichen. Der »Mutantenfunk« hatte in den letzten Stunden eine wichtige Informationsquelle für sie dargestellt. Die Mutanten hatten geglaubt, ihre Verschlüsselung wäre sicher – tatsächlich hatten Mercants Leute sie geknackt.

»Hört man uns?«

»Möglich. Aber wenn du mich fragst, will man uns nicht hören. Der Schock über die Quarantäne sitzt tief. Und wer weiß, was das Virus in den Mutanten noch anstellt.«

»Aber wieso haben die Entladungen aufgehört? Hat das Virus sie umgebracht?«

Sie zuckte die Achseln. »Keiner weiß irgendwas. Nur, dass wir den Schirm nicht einfach abschalten und nachsehen können. Was, wenn die Mutanten nur auf diesen Augenblick warten? Über sechzig sind in Lakeside eingeschlossen. Einige werden den Entladungen zum Opfer gefallen sein. Bleiben noch fünfzig oder mehr – wenn sie ihre Kräfte bündeln, dann gnade uns der Herrgott, an den ich nie geglaubt habe!«

Vor ihnen kam der Umriss eines Riesen in Sicht. Einer der Naats, die die Besatzung der VEAST'ARK bildeten. Das über drei Meter hohe Wesen verzog seinen verblüffend kleinen Mund zu einem vertikalen Strich und sagte einen Gruß in seiner Muttersprache, als sie es passierten. Die Naats waren Krieger. Wenn Administrator Adams den Befehl geben sollte, Lakeside zu vernichten, würden sie nicht zögern, ihn zu befolgen. Ein einziger Feuerschlag des Schlachtschiffs, das am Goshunsee gelandet war, würde genügen.

»Übrigens haben wir Ras Tschubai gefunden und paralysiert«, fuhr Iga fort. »Er war in den Keller in Terrania geflüchtet, in dem der Körper Ernst Ellerts gelegen hat.«

»Wieso ›hat‹? Habt ihr Ellert ...«

»... wegbringen lassen?« Sie schüttelte den Kopf. »Nein, schön wäre es. Er ist einfach verschwunden.«

»Das ist unmöglich!«

»Ich weiß, aber ehrlich gesagt, Allan, das ist im Augenblick ein unwichtige Kleinigkeit. Bai Jun hat gestern Abend die Evakuierung Terranias angeordnet. Unter der Bevölkerung überschlagen sich die Gerüchte. Bai Jun hat eines streuen lassen, das gerade die anderen verdrängt. Dass in Lakeside ein geheimer arkonidischer Reaktor außer Kontrolle zu geraten droht.«

»Diesen Mist glauben die Leute?«

»Scheint so. Und wieso auch nicht? Klingt überzeugender als ›die Regierung der Terranischen Union hat vor eurer Haustür eine Art Supermenschen zusammengezogen, die jetzt Amok laufen und drohen, kraft ihres Geistes, die schicke neue Hauptstadt der Erde in einen Krater aus glühender Lava zu verwandeln‹, wenn du mich fragst.«

»Da ist was dran. Die Wahrheit ahnt niemand.«

»Ahnen schon. Aber sie geht in den wildesten Vermutungen im Netz unter. Und das ist unser Glück: Stell dir vor, was geschehen würde, wenn sie sich verbreitete. Hexenjagd nach Mutanten in allen Winkeln der Erde ...«

»Womit wir bei den schlechten Nachrichten wären?«

»So ist es.« Sie versetzte ihm einen spielerischen Stoß in die Seite. »Das Virus hat dir deinen legendären Spürsinn nicht ganz genommen, was?«

»Dazu braucht es keinen Spürsinn. Wie sieht es aus?«

»Lausig. Hätten wir eine Weltkarte vor uns, sie wäre übersät mit Brandherden. Bislang sind wir auf einhundertdreizehn unbekannt gebliebene Mutanten gestoßen, und stündlich kommen weitere hinzu. Das Ganze läuft nach immer demselben Muster ab. Es kommt zu unerklärlichen Geschehnissen – meistens zum Glück ohne allzu viele Tote und Verletzte –, und der Mutant folgt einem Drang und versucht, nach Terrania zu kommen. An dem Punkt fangen wir die meisten ab. Terrania liegt in der Gobi ... und die Gobi wiederum am ungemütlichen A... – du weißt schon – der Welt. Hierhin kommst du nicht zu Fuß, sondern nur über Transportsysteme. Und die überwachen wir.«

»Was ist mit denen, die wir nicht abfangen?«

»Sieht es nicht so gut aus. Sie verlieren die Kontrolle über ihre Gabe, lösen in zunehmend engerem Abstand Paraentladungen aus. Wenn es gut läuft, sind unsere Leute rechtzeitig da und betäuben die Mutanten. Wenn es schlecht läuft, erschießt sie die örtliche Polizei. Und wenn es richtig bescheiden läuft, dann ...« Iga hob eine Hand, und das Laufband hielt an.

»Was geschieht dann?«

»Sieh es dir an.«

Eine Tür öffnete sich vor ihnen. Der Raum war zweigeteilt. Die vordere Hälfte lag im Dämmerlicht. Das Licht stammte von holografischen Elementen, die einen unscheinbaren Mann mit schwarzen Haaren umringten.

Die Hände des Mannes waren in Bewegung. Unentwegt packten sie die Schöpfungen aus Licht und schoben sie hin und her, ordneten sie, als handele es sich bei ihnen um reale, fassbare Gegenstände.

Mercant erkannte Eric Manoli, den ehemaligen Bordarzt der STARDUST.

Manoli dreht den Kopf zur Seite, als Mercant und Iga eintraten. »Allan! Willkommen zurück unter den Lebenden!«

»Danke, Eric!«

Er warf Iga einen fragenden Blick zu. *Was soll ich hier?*

Sie deutete in die hintere Hälfte des Raums. Der Boden lag etwa einen Meter tiefer. Der Bereich war durch eine Scheibe abgetrennt. Oder war es eine Art Energieschirm? Auf jeden Fall drang kein Schein von dem grellen, kalten Licht auf der anderen Seite durch die transparente Barriere.

Zwei Männer in weißen Arztkitteln standen in dem Licht. Der eine war groß und so dürr, dass es ungesund wirkte, und sein kahler Schädel glänzte wie poliert. Der andere Mann war einen Kopf kleiner, dafür aber muskulös und mit einer dichten, dunkelblonden Haarpracht ausgestattet, die Mercant, der die sechzig längst hinter sich gelassen hatte, einen gewissen Neid abnötigte.

Das ungleiche Paar waren der Ara Fulkar und der Australier Frank Haggard. Fulkar war der einzige Angehörige seiner Kultur auf der Erde. Einer Kultur, die sich seit Jahrtausenden der Medizin verschrieben hatte. Mercant war kein Arzt, geschweige denn Wissenschaftler, und es stand ihm nicht zu, die Qualifikation Fulkars zu beurteilen. Fest stand aber: Selbst wenn Fulkar einer der miserabelsten Ara-Ärzte der Milchstraße sein sollte – wofür es kein Anzeichen gab –, er wäre jedem irdischen Arzt noch immer um Jahrhunderte voraus gewesen.

Haggard wirkte dagegen fehl am Platz. Der Australier sah so gut aus, als hätte man ihn für die Hauptrolle einer schmalzigen Arztserie gecastet. Doch der Schein tat ihm unrecht: Haggard war Nobelpreisträger für Medizin und einer der führenden Virologen der Erde – und nebenbei ein begeisterter Rugby-Fan, der es sich nicht nehmen ließ, jede freie Minute auf dem Spielfeld zu verbringen. Haggard war erst vor Kurzem aus Edinburgh zurückgekehrt, von einem Match Menschen gegen Naats, das der halbe Planet verfolgt hatte.

Auf einem Tisch zwischen den beiden Männern lag, ungefähr in Bauchhöhe, ein Mensch. Er war nackt, verkrümmt und ganz offensichtlich tot.

»Was ... wer ist das?«, fragte Mercant.

»Joaquin Romeny«, übernahm Manoli es zu antworten. »Ein Angestellter aus Santiago de Chile.«

»Was ist mit ihm passiert?«

Mercant trat näher an die unsichtbare Barriere. Der Tote mutete ihm bleich und gerötet zugleich an, schlaff, in einer unmöglichen Position erstarrt. Seine Haut wirkte wie faltiges, ausgetrocknetes Pergament. Sein Mund war weit geöffnet, ja aufgerissen und entblößte ein mit dunklen Plomben durchsetztes Gebiss.

Welchen Tod Joaquin Romeny auch immer gestorben sein mochte, es war ein grausamer gewesen.

»Das versuchen wir eben herauszufinden.« Manoli flüsterte beinahe. Als Arzt war er den Tod gewohnt, doch das Schicksal Romenys schien ihn nicht unberührt zu lassen. »Aber ich kann Ihnen zeigen, wie er gestorben ist.«

»Ja, bitte.« Mercant wandte sich um.

Manoli packte eines der leuchtenden Holos und warf es aus dem Reigen. In der Mitte des Raums blieb es stehen und entfaltete sich. Als es ungefähr Mannshöhe erreicht hatte, formte es ein Bild.

Es zeigte Joaquin Romeny in besseren Zeiten: einen etwas fülligen Mann Ende dreißig, der in einem Park mit einer Handvoll Kindern Fangen spielte.

»Eine Privataufnahme«, kommentierte Manoli. »Beim siebten Geburtstag seiner ältesten Tochter vor einigen Monaten. Das hier nur zum Vergleich.« Die Kamera zoomte an Romeny heran, das Bild fror ein. Das Holo ruckte zur Seite, als Manoli ein neues in die Mitte des Raumes warf. »Dies hier ist Joaquin Romeny vor vierzehn Stunden.«

Mercant brauchte einen Moment, um den Mann, den das neue Holo zeigte, als denselben zu erkennen, der den Geburtstag seiner Tochter feierte. Romeny trug einen Anzug, doch er war viel zu groß, hing wie ein Sack an dem Mann, der nur noch aus Haut, Knochen und Sehnen zu bestehen schien. Seine Augen waren groß, schienen beinahe aus den Höhlen treten zu wollen – und in ihnen flackerte etwas, das Mercant zutiefst berührte, aber er dennoch nicht zu benennen vermochte. Angst? Wut? Wahnsinn? Oder alle Emotionen zusammen?

Romeny stolperte über einen Platz, der mit Palmen bestanden war, hielt sich nur mit Mühe auf den Beinen.

»Die Plaza de Armas in Santiago de Chile«, sagte Manoli. »Romeny war auf dem Weg von der Arbeit, als seine bislang verborgen gebliebene Paragabe außer Kontrolle geriet.«

»Wie hat sich die Gabe geäußert?«, fragte Mercant.

»Skurril. Er brachte im gesamten Bürogebäude, in dem er arbeitete, den Kaffee zum Gefrieren. Aber innerhalb kürzester Zeit brach sie sich Bahn in den mittlerweile vertrauten Para-Entladungen. Die Explosionen zerstörten die Kathedrale der Stadt und ein halbes Dutzend weitere Gebäude. Bevor Romeny noch weitere Zerstörungen anrichten konnte, geschah das ...«

Der Mann im Holo bäumte sich auf, als hätte er die Worte Manolis gehört. Er stieß einen Schrei aus, klappte zusammen und fiel zu Boden, wo er bebend liegen blieb. Aus seinem weit geöffneten Mund drang ein verzweifeltes Gurgeln.

»Joaquin Romeny starb auf dem Weg ins Krankenhaus«, sagte Manoli.

»Er ... er ist durchgedreht wie Tako Kakuta?« Mercant versuchte, sachlich zu klingen. Der Tod des japanischen Mutanten lastete auf seinem Gewissen – und hätte Iga nicht eingegriffen, wäre es jetzt sein eigener Leichnam, den die Mediziner untersuchten. Iga trat neben ihn, fand seine Hand und drückte sie.

»Ja und nein«, antwortete Manoli. »Tako hatte die Kontrolle über seine Paragabe weitgehend verloren, als er versuchte, durch einen Energieschirm zu teleportieren. Das hat ihn das Leben gekostet. Bei Joaquin Romeny hat sich die Entwicklung, die das Virus angestoßen hat, ungehindert fortgesetzt.«

Über der Leiche schwebte eine halbe Hundertschaft von Sonden. Mercant hätte sie für einen Schwarm Insekten gehalten, hätte ihm Haggard die Wunderwerke arkonidischer Technik nicht bei einem Besuch in der Klinik Terranias vor einigen Wochen vorgeführt. Es waren Quadrocopter. Winzige Maschinen, in der Luft gehalten von noch winzigeren Rotoren.

Fulkar sagte etwas, und der Ara und Haggard traten zurück. Wenige Augenblicke später stürzten sich die Sonden auf den Toten. Sie verschwanden im Mund des Mannes. Ihre Rotoren verwandelten sich zu Schneidewerkzeugen, mit denen sie sich einen Weg in den Leib bahnten und dabei aufzeichneten, was sie vorfanden. Neue Holos flammten auf, versperrten die Sicht auf Manoli nahezu vollständig, als die Daten einliefen.

Mercant sah wieder zur Leiche. Sie zitterte. Neues, unvermutetes Leben schien in sie eingekehrt. Doch das war ein Trugschluss. Die Sonden, die sich durch Fleisch und Gewebe in das Innere des Körpers vorarbeiteten, verursachten Erschütterungen.

Eine Minute später war es vorbei. Die Sonden hatten ihre Arbeit getan, verließen den Körper wieder und vereinigten sich zu einem Schwarm, der auf neue Anweisungen wartete.

»Das Ergebnis der Obduktion bestätigt unsere Vermutungen«, stellte Manoli fest. »Joaquin Romeny starb an Überhitzung. Als die Körpertemperatur auf über einundvierzig Grad anstieg, war er verloren. Das Eiweiß in seinem Körper entartete, die Nieren versagten.«

»Wie ist das möglich?«, fragte Iga. »Seine unkontrollierte Paragabe setzte Energien frei, die seinen Körper überforderten. Aber in dem Moment, als er zusammenbrach, hörte doch auch die Belastung auf, nicht?«

Manoli nickte. »Das ist richtig.«

»Wieso ist er dann gestorben?«

»Das kann ich Ihnen sagen, Miss Tulodziecki«, drang die Stimme Fulkars aus einem unsichtbaren Akustikfeld. Der Ara sprach ihren Nachnamen, an dem sich Mercant immer noch die Zähne ausbiss, so mühelos aus, als hätte er ihn wochenlang heimlich geübt. »Zumindest in Teilen. Bei diesem Menschen kam etwas in Gang, was die irdische Medizin als ›maligne Hyperthermie‹ kennt.«

»Noch nie gehört.« Iga stemmte die Hände in die Hüften. Mercant registrierte, dass ihre Finger geschwärzt waren und ölig glänzten. Sie musste an irgendeinem Motor geschraubt haben, als er ohne Bewusstsein war. »Was ist das?«

»Eine seltene genetische Veranlagung von Menschen, die beim Einsatz von bestimmten Narkosemitteln zu einer gefährlichen, potenziell tödlichen Kettenreaktion führen kann.« Der Ara beugte sich vor und zog eine Decke über den Leichnam. Es war eine Geste der Pietät, die Mercant bei Fulkar noch nicht beobachtet hatte. Setzte der Anblick dem Ara, der sich stets kaltschnäuzig gab, zu? »Bei Menschen mit dieser Veranlagung kommt es zur unkontrollierten Freisetzung von Calcium in Muskelzellen. Die Muskeln zucken, verhärten sich. Deshalb auch der weit geöffnete Mund. Die Dauerkontraktion lässt den Verbrauch von Nährstoffen, Sauerstoff und die Produktion von Kohlendioxid massiv ansteigen. Das Blut übersäuert, der hohe Energieumsatz lässt die Körpertemperatur hochschnellen. Die Atmung beschleunigt sich, und ohne rasche Hilfe tritt wie bei diesem Menschen hier der Tod ein.«

»Man hat ihm nicht geholfen?«

»Man hat es versucht. Vergeblich. Der Mechanismus, den das Virus benutzt, ist uns unbekannt – und wird es wohl noch für einige Zeit bleiben. Wenn wir überhaupt dahinterkommen.«

Mercant schwieg. Sein Blick blieb an dem Umriss hängen, den die Decke verhüllte. »Das heißt, alle Mutanten sind zu diesem Schicksal verurteilt?«

»Ich fürchte, ja. Es sei denn, sie erhalten das Antivirus.«

Iga nahm wieder seine Hand, drückte sie so fest, dass es beinahe schmerzte. »Was jetzt? An die Mutanten in Lakeside kommen wir nicht ran. Wir haben alles versucht ...«

»Nein, eines nicht«, widersprach er.

»Was?«

»Reden.«

Ihr Kopf ruckte herum. »Frank hat es versucht. Deine Leute versuchen es ständig. Nicht einmal John Marshall, der den klarsten Kopf hat, den man sich vorstellen kann, hat sich gerührt. Wie kommst du darauf, dass die Mutanten ausgerechnet auf *dich* hören werden?«

»Weil jetzt bewiesen ist, dass ich einer von ihnen bin: ein Mutant.«

# Kapitel 3

**14. Mai 2037, früher Morgen**
**Lakeside, am Goshunsee**

*Er kann dir nichts tun!*

Sue Mirafiore sprach den Satz lautlos, während sie sich durch den Untergrund von Lakeside arbeitete. Immer und immer wieder:

*Er kann dir nichts tun!*

Jedes Mal, wenn sie den Satz sagte, wanderte ihre freie Hand in die Hosentasche und schloss sich um den Griff des Messers. Sie hatte es in dem Trümmerhaufen gefunden, der von der Küche des Instituts geblieben war.

Mit der anderen Hand schleppte sie einen Fünfliterbehälter mit Wasser. Zwei Riegel und eine Tafel Schokolade hatte sie sich in die übrigen Taschen gestopft. Mehr hatte sie nicht greifen können, ohne Aufmerksamkeit zu erregen. Der Duft, der ihr von der angerissenen Verpackung der Schokolade entgegenstieg, ließ sie schwindeln. Aber sie beherrschte sich. Ihre mageren Vorräte waren für den Mann bestimmt, dem sie zu verdanken hatten, dass sie nicht längst in den Entladungen ihrer eigenen Paraenergien vergangen waren: Monk, den Mörder. Der religiöse Spinner, der glaubte, der Jüngste Tag wäre angebrochen und nur er könnte Satans Heerscharen stoppen.

Vor nicht allzu langer Zeit hätte Sue ihn dafür ausgelacht, jetzt war sie sich nicht mehr sicher, wer von ihnen der Spinner und wer der Realist war.

Sue kam nur langsam voran. In unregelmäßigen Abständen war der Weg versperrt. Einzelne Abschnitte der Decke waren eingestürzt, stählerne Materialschränke lagen schräg auf dem Boden. Folgen der Paraentladungen. Sue kletterte vorsichtig über die Hindernisse. Sie war von jeher ängstlich gewesen, zerbrechlich. Jetzt war ihr, als würden jeden Augenblick die Knie unter ihr nachgeben. Sie hatte zusammen mit Sid ein paar Stunden Ruhe gefunden, war in einen tiefen, traumlosen Schlaf gefallen, der an Bewusstlosigkeit grenzte. Trotzdem fühlte sie sich unendlich müde.

Das Virus, das sie wie alle anderen Mutanten in sich trug, musste daran schuld sein. Es spielte mit ihren Genen, mit ihrer Gabe und damit mit Sue selbst. Das Virus hatte Türen in ihr geöffnet, die niemals hätten geöffnet werden dürfen. Und es war noch nicht am Ende. Sie spürte es. Es arbeitete in ihr. Das Virus manipulierte den nicht kodierenden Teil ihrer DNA, schaltete nach Belieben Gene ein und aus ... und machte aus ihr *was?*

Sie konnte es nicht sagen. Sie war wie taub. Sid hatte seine Teleportationsgabe verloren und war zum Telekineten geworden. Er hatte Glück gehabt. Vielleicht hatte sie es auch. Oder würde das Virus sie verbrennen?

Sue wünschte sich, dass John bei ihr wäre, sie in den Arm nahm. John hätte eine Lösung gewusst. Zumindest hätte er die richtigen Worte gefunden. Doch John Marshall war irgendwo in Lakeside unterwegs und suchte vermisste Mutanten.

Sue zwängte sich unter einer Stahlbetonstrebe durch. Der graue Staub, der sich wie ein Leichentuch über alle Oberflächen gelegt hatte, verklebte ihr die Mundhöhle, drang in ihre Lunge, ließ sie stoßweise husten.

Für den Augenblick war sie vor dem Virus geschützt. Dank dem fetten Latino Moncadas, der sich Monk nannte. Monk war ein Antimutant. Er war imstande, die Paragabe anderer Mutanten zu blockieren. Wenn man das so bezeichnen konnte. Was für eine »Gabe« war es schon, etwas zu verhindern? Eine wahre Gabe heilte oder schuf. Doch in ihrer Lage war Monk die Rettung. In Lakeside war Ruhe eingekehrt. Und was immer in den Genen Sues und der übrigen Mutanten toben mochte, es würde erst zum Ausbruch kommen, wenn Monk versagte.

Doch das würde er irgendwann. Monk mochte ein Mörder sein, er war aber auch ein Mensch. Und Menschen waren fehlbar und schwach. Seine Kräfte würden erlahmen, und dann ...

Ein Knacken ließ Sue herumfahren. Sie spähte in den Korridor. Sie erkannte nur graue Schemen, die in Schwärze übergingen, wünschte sich, dass die verfluchte Notbeleuchtung sich ihren Namen verdient hätte, umklammerte das Messer in ihrer Tasche so fest, dass es schmerzte, und rief: »Ist da wer?«

Keine Antwort.

Sue wollte gerade ihren Weg fortsetzen, als sich aus dem

staubigen Grau eine Gestalt löste. Es war ein Mädchen, eine junge Frau. Sie hatte langes, krauses Haar und trug einen Kittel, wie ihn die Ärzte angehabt hatten, die längst aus Lakeside geflohen waren. Der Kittel war ihr viel zu groß, sein ehemals strahlendes Weiß lugte nur noch vereinzelt aus dem allgegenwärtigen Grau.

»Mirage!«, rief Sue. »Du hast mir einen ganz schönen Schreck eingejagt!«

»Entschuldige, das wollte ich nicht.« Das Mädchen senkte verlegen den Kopf. »Ich habe nur gemerkt, dass du weggegangen bist, und da wollte ich ...«

*... wissen, was du treibst,* vervollständigte Sue den Satz, als Mirage abbrach. *Du weißt nichts von Monk wie alle Übrigen. Nur Sid und ich wissen es. Und dabei muss es bleiben.*

»... und da ... da«, Mirage kratzte ihren ganzen Mut zusammen und sah Sue in die Augen. »Ich wollte Danke sagen. Ohne dich wäre ich tot.«

»Nichts zu danken. Du hättest dasselbe für mich getan.«

Mirages Gabe hatte sich gegen sie selbst gewendet. Noch vor zwei Tagen war sie ein sechsjähriges Mädchen gewesen. Eine Waise, die nicht einmal ihren richtigen Namen kannte. Zu »Mirage« war sie erst in Lakeside geworden. Ein Suchteam hatte das Kind in einem Flüchtlingslager im Jemen gefunden, gerade noch rechtzeitig, bevor man es gelyncht hätte. Seine Gabe hatte den Menschen Angst gemacht: Mirage vermochte es, Lebewesen – Pflanzen, Tiere, Menschen – rapide altern zu lassen.

Doch das Virus hatte sie die Kontrolle verlieren lassen. Hätte Sue ihre Heilerkräfte nicht eingesetzt, Mirage wäre innerhalb von Minuten zur alten Frau geworden und gestorben. Sue hatte die Alterung stoppen können. Jetzt war Mirage eine junge Frau, vielleicht sechzehn oder siebzehn, in Sues Alter – zumindest körperlich.

»Ich ... Sue, ich habe Angst!« Seelisch war sie ein Kind geblieben.

»Das haben wir alle«, entgegnete Sue.

»Weißt du, dass ich immer davon geträumt habe, groß zu sein?« Mirage hob einen Arm, besah und betastete ihn, als handele es sich um ein Wunder.

Sue spürte, wie ihr Tränen in die Augenwinkel traten. Sie war mit einem Stumpf geboren worden, war ein Krüppel gewesen, bis eines Tages Fulkar ihr ein Ara-Stimulans gegeben hatte – und der Arm nachgewachsen war. Es war ein Wunder, dem sie immer noch misstraute. Manchmal wachte sie nachts vor Schmerzen auf, wenn die Finger ihrer angestammten Hand sich so tief in das Fleisch ihres neuen Arms gegraben hatten, dass sie den Blutfluss unterbrachen.

»Jetzt bin ich groß ... und stark ... und habe noch schlimmer Angst als früher.«

»Du brauchst keine Angst zu haben. Ich habe deine Alterung gestoppt. Du bist jetzt ein Mensch wie jeder andere.« Es war eine glatte Lüge. Keiner von ihnen war ein Mensch wie jeder andere – und Sue hatte nicht die geringste Ahnung, was in Mirage vorgehen mochte.

»Wirklich?« Übergangslos blitzte Freude in Mirage auf. Sie machte einen Luftsprung.

*Sie ist sechs!,* erinnerte sich Sue. *Immer noch sechs!*

»Wirklich«, sagte sie mit fester Stimme und hoffte, dass Mirage ihre Zweifel nicht heraushörte.

»Dann kann ich bald in eine normale Schule und ...« Mirage brach ab. »Aber ... aber Sue, wieso tun sie uns das an?«

»Wer?«

»Die anderen Menschen! Mercant!«

»Sie wollen uns nichts antun.«

»Aber sie tun es! Tako ist tot. Und Dylan und Aang!«

»Das haben sie nicht gewollt. Sie haben Angst und ...«

Der Boden unter ihnen erzitterte. Aus der Ferne kam der dumpfe Knall einer Explosion.

Mirage sprang auf Sue zu, packte ihre freie Hand. »Was ist los? Kommen die Soldaten?«

Wieder bebte der Boden. Grauer Staub rieselte von der Decke, löste sich von den Wänden.

Sue erstarrte.

»Sue, was ist?«, schrie Mirage. »Sag doch was!«

Sue rannte los, ohne Antwort zu geben. Aber in Gedanken brüllte sie laut: *Monk!*

Mirage klammerte sich an Sues Hand.

Begleitet von Explosionen, die in immer kürzeren Abstanden kamen, erreichten sie Monks Versteck. Ein Nebenraum, der zur Heizungsanlage des Instituts gehört hatte; eine bittere Notwendigkeit im harten kontinentalen Winter der Gobi. In einer Ecke stand das, was einmal ein Warmwassertank gewesen sein musste. Seine obere Hälfte war geplatzt, hatte Wände und Decke des Raums mit zahllosen stählernen Splittern übersät, die sich tief in den Beton gegraben hatten. Die untere Hälfte des Tanks und des Raums waren unversehrt geblieben – wieso, war nicht zu erklären. Ebenso wenig wie das Platzen selbst. Es musste auf einen Ausbruch von Paraenergie zurückgehen.

Gegenüber dem ehemaligen Tank befand sich eine Matratze. Dem scharfen Geruch nach musste sie einer der vielen Ferronen, die im Institut gearbeitet hatten, dort platziert haben, um sich ab und zu für ein Nickerchen zurückzuziehen.

Jetzt lag kein blauhäutiger, gedrungener Ferrone auf der Matratze, sondern ein fetter Glatzkopf, ganz in Leder gekleidet. Er lag auf dem Bauch, hatte alle viere von sich gestreckt.

Monk, der Mörder.

Monk, ihre einzige Hoffnung auf Rettung.

Er regte sich nicht.

Mirages Augen weiteten sich, als sie den Latino sah. »Was ist das für ein Mann?« Sie wich zurück.

Sue beachtete sie nicht. Eine Paraentladung krachte in nächster Nähe, gefolgt von einem hässlichen Zischen, als eine Leitung barst.

Was war mit Monk? Hatte das Virus ihn getötet? Oder hatte ein anderer Mutant ihn gefunden und ...?

Sie ging vor der Matratze in die Knie. Stechender Schweißgeruch vermischte sich mit dem herben Ferronenduft. Der wuchtige Mann ragte wie ein Fleischberg vor ihr auf.

»Mirage, hilf mir!«, schrie sie.

»Aber ...«

»Kein Aber! Komm her, verdammt!«

Mirage ging neben ihr in die Knie. Gemeinsam gelang es ihnen, den schweren Mann auf den Rücken zu drehen. Sue beugte sich über sein Gesicht, hielt ein Ohr nahe an die Nase. Monk atmete!

Er war eingeschlafen, blockierte nicht länger die Paragaben der unter dem Energieschirm eingeschlossenen Mutanten. Deshalb hatten die Paraentladungen von Neuem begonnen!

Sue holte aus und versetzte Monk eine Ohrfeige. Monk reagierte nicht. Sue schlug ein zweites Mal zu, ein drittes Mal.

Mirage stieß einen schrillen Schrei aus. »Sue, was machst du da? Du tust ihm weh!«

Sue drehte sich zu der jungen Frau, die eigentlich ein Kind war. Sie nahm Mirages Hände und sagte eindringlich: »Vertrau mir! Dieser Mann hier, Monk, ist der Grund, weshalb wir keine Angst haben müssen. Er macht, dass es keine Explosionen gibt. Er ...«

Der Boden unter ihnen erzitterte, als eine weitere Paraentladung ihre Energien freisetzte.

»Verstehst du? Wir müssen ihn aufwecken!«

Mirage nickte langsam. Dann flüsterte sie: »Das Wasser. Er hat sicher Durst.«

Natürlich! Sue nahm den Behälter, riss den Verschluss weg und schüttete einen Schwall über das Gesicht Monks. Der Latino reagierte augenblicklich. Sein Mund öffnete sich. Monk leckte sich über die Lippen und kam mit einem Ruck hoch, als er sich verschluckte. Hustenkrämpfe erschütterten seinen Leib.

Sue packte ihn bei den Schultern und brüllte ihn an: »Konzentrier dich! Der Jüngste Tag ist da! Satans Heerscharen stehen vor den Toren! Nur du kannst sie aufhalten!«

Monk hielt inne. Er japste, als sein Bewusstsein in das Hier und Jetzt zurückkehrte. Er blinzelte, griff nach dem Wasserkanister und hob ihn an den Mund.

Monk leerte ihn in einem Zug.

Der Latino setzte den leeren Plastikbehälter ab, schnappte hechelnd nach Luft. Er schloss die Augen, aber nicht, weil er wieder eingeschlafen wäre. Monk konzentrierte sich.

Mit Erfolg. Die Explosionen wurden seltener, schwächer, blieben schließlich aus.

»Du bist eingeschlafen!«, herrschte Sue ihn an.

Monk öffnete die Augen. Sie waren winzig und glänzten glasig. »Ich bin nur ein Mensch, Mädchen. Ich war seit dreißig Stunden wach. Ich ...« Monk zuckte zusammen, zog den Kopf zwischen die Schultern und sah sich suchend um.

»Was ist los?«, fragte Sue. Sie folgte seinem Blick. »Nach was suchst du?« Sie waren immer noch allein.

»Dem Schatten.«

»Dem *Schatten?«*

»Er hat versucht, mich zu holen. Hast du ihn nicht gesehen?«

»Nein«, antwortete Sue. *Nein! Er ist endgültig übergeschnappt!* Laut sagte sie: »Die Anstrengung setzt dir zu, das ist alles. Du leistest Übermenschliches. Es gibt keinen Schatten.« Sie musste ihm gut zureden. Monk durfte nicht ausfallen!

Der Latino nickte. Sue registrierte, dass sich tiefe Furchen in sein Gesicht gegraben hatten. Seine Wangen waren eingefallen, als hätte jemand das Fleisch unter der Haut abgesaugt.

*Er hält nicht mehr lange durch! Die Anstrengung verzehrt ihn!*

»Du und dein smarter Freund müssen sich etwas einfallen lassen, Mädchen«, sagte Monk. »Sonst wird Satan triumphieren.«

»Wir ... wir arbeiten dran, okay?« Ihre Entgegnung klang lahm, selbst in ihren eigenen Ohren. Aber Sue hatte nichts Besseres zu bieten. »Tu du deinen Teil, Sid und ich tun unseren.«

Sie wollte aufstehen, aber Monk packte ihr Handgelenk. »Lass mich nicht allein, Mädchen! Der Schatten ...«

Es war zu viel. »Dein Schatten kann mich mal!«, brüllte Sue und zog die Hand weg. Mit einem Ruck kam sie frei. Ungläubig starrte Sue die Hand einen Moment lang an. Sollte sie so stark geworden sein ...? Dann verstand sie, was geschah: Der riesige Monk war bereits so geschwächt, dass er sie nicht mehr festhalten konnte!

»Der Schatten existiert nur in deiner Einbildung«, sagte sie leise. »Niemand weiß, dass du hier bist. Bleib, dann kann dir nichts geschehen.« Sie nahm Mirage an der Hand. Das Mädchen ließ es mit sich geschehen. »Ich komme bald wieder«, versprach sie, »und bringe dir neues Wasser.«

Monk antwortete nicht. Er beugte sich vor, barg den Kopf zwischen den Händen und wimmerte.

Draußen, auf dem halb verschütteten Korridor, wandte sich Sue an Mirage: »Du sagst niemandem etwas hiervon! Versprichst du das?«

»Ist Monk böse?«

»Nein, er hat nur Angst. So wie du und ich. Er ist auf unserer Seite. Aber nicht alle werden das verstehen, deshalb darf niemand von Monk erfahren. Verstehst du das?«

Mirage nickte langsam.

»Gut. Jetzt geh du voraus! Es ist am besten, wenn uns niemand zusammen sieht. Und mach dir keine Sorgen. Alles wird gut!«

Mirage zögerte, dann riss sie sich zusammen und verschwand im trüben Licht der Notbeleuchtung.

Sue wartete einige Minuten, anschließend folgte sie dem Mädchen. Sie nahm ihre Umgebung kaum wahr. Ihre Gedanken rasten. Monk hatte Angst. Vor einem Schatten. War er endgültig durchgedreht? Oder steckte einer der Mutanten dahinter, dessen Gabe sich so stark verändert hatte, dass Monk sie nicht zu blockieren vermochte? Oder ... Ihr kam eine Idee. Der Schatten. André Noir, der Einzelgänger, hatte sich »Shadow« genannt, als er vor Monaten seine Herrschaft über Chittagong errichtet hatte. Noir galt als tot – aber angeblich konnte er Menschen und Gegenstände zwischen Alternativuniversen verschieben. Versuchte Noir nach Lakeside zu gelangen?

Unwahrscheinlich, weit hergeholt – aber nicht unmöglich. Sie dachte an Mirage, die innerhalb von wenigen Minuten vor ihren Augen vom Kind zur Frau gereift war. Wie hatte sie gesagt? »Ich habe immer davon geträumt, groß zu sein!«

Das hatte Sue auch. Und jetzt war sie es. Verdammt groß – und sie wünschte sich nichts sehnlicher, als wieder klein zu sein.

# Kapitel 4

**Oktober 2010**
**Manchester, Connecticut**

Ein Klopfen. Leise, aber fordernd.

Perry Rhodan, der den Nachmittag vor dem Computer versunken in »Starcraft II« verbrachte, das ihm ein Freund geliehen hatte, horchte auf.

Da war das Klopfen wieder. Gefolgt von einem Flüstern: »Deb?«

Perry schlich auf Zehenspitzen zum Fenster. Ihr Haus war alt, das älteste in der ganzen Straße, und sein Holzboden war verräterisch. Man musste umsichtig sein und genau wissen, wo man den Fuß aufsetzte. Der Elfjährige, der sein ganzes Leben in dem Haus verbracht hatte, kannte jede einzelne Diele und vermochte sich mit der Lautlosigkeit eines Gespensts darin zu bewegen.

Perry duckte sich vor dem Fenster, damit man ihn von unten nicht sehen konnte, und lauschte.

»Deb, bist du da?«

Perry erkannte die Stimme. Sie gehörte Tin Can. Da war eine Schärfe, die sich durch alles zog, was Tin Can anfing.

»Was gibt's?«, antwortete eine zweite Stimme. Ebenfalls ein Flüstern. Die eines Mädchens. Sanfter. Aber auch sie, stellte Rhodan in diesem Augenblick fest, hatte eine Schärfe an sich, die ungewöhnlich war.

»Wir sind verabredet, Deb«, sagte Tin Can.

»Sind wir das?«

»Klar, unser spezieller Ride. Hast du es etwa vergessen?«

»Wie könnte ich das?«

Eine kurze Pause. Dann schnappte Tin Can: »Mach nicht blöd rum. Kommst du?«

»Gleich.«

Perry hörte, wie Deb in ihrem Zimmer, das unter seinem lag, rumorte. Der Junge wagte einen Blick über die Fensterbank. Tin Can war hässlich. Ein flaches, breites Gesicht mit einer viel zu kleinen Nase. Als hätte es jemand aufgemalt, hatte einmal in der

Schule ein Junge Tin Can gehänselt. Tin Can hatte dem Jungen die Nase gebrochen.

Tin Can hatte eine Schachtel Lucky Strike hervorgeholt und zündete sich mit einer Angebergeste eine Zigarette an: Er strich das Streichholz über seinen Brustprotektor.

Er war silbern. Wie die weiteren Protektoren, die Tin Can trug, wie die Ellenbogen- und Knieschützer und die Stiefel. Wie der Helm, den er lässig unter einen Arm geklemmt hatte und gegen die Seite presste. Zog er ihn auf, erinnerte der Junge an einen Ritter – oder an eine Blechbüchse, eben eine Tin Can. Es war als Beleidigung gedacht gewesen, als man in der Schule angefangen hatte, Vince Tortino so zu rufen. Doch Vince hatte die Beschimpfung aufgenommen, als hätte man ihm einen Ball zugeworfen. Vince hatte ihn einfach geschnappt und behalten.

Inzwischen gab es viele Kinder, die vergessen hatten, dass Tin Can nicht sein richtiger Name war. Tin Can war bekannt und gefürchtet. Und geachtet. Auch von Perry, der sich das nur schwer eingestehen konnte und sich einfach nur wünschte, dass Tin Can Deb in Ruhe ließe. Er war nicht gut für sie.

»Okay. Wir können gehen.«

Deborah war vors Haus getreten. Perrys Schwester hatte ihre Protektoren angelegt. Nicht durchgestylt wie die Tin Cans, aber immerhin Protektoren, wenn auch zusammengestückelt und geflickt wie alles im Hause Rhodan.

»Prima.«

Deb ging zum Schuppen, um ihr Bike zu holen. Perry folgte ihr mit Blicken. Sie war seine große Schwester. Dreizehn. Zwei Jahre älter als er. Ein Kind noch und doch keins mehr. Setzte sie ihren Helm auf, ging sie als sechzehn oder siebzehn durch. Es machte Perry unruhig. Und noch unruhiger, dass sie damit Jungs wie Tin Can anlockte. Tin Can war sechzehn, aber einssechsundachtzig groß und bullig wie ein Erwachsener.

»Los geht's!« Deb kam auf ihrem Stumpjumper aus der Garage geschossen, flitzte an Tin Can vorbei und nahm lässig das halbe Dutzend Stufen zur Straße. Unten angekommen, bog sie nach rechts ab, die Spring Street hinauf. Tin Can warf die halb gerauchte Zigarette auf die Terrasse, setzte den Helm auf und setzte sich hastig auf Debs Fährte. Er konnte es nicht ausstehen, wenn ihm jemand etwas vormachte.

Perry sah zu, wie Tin Can Deb einholte und ihr auf den Rücken klatschte. Deb lachte.

Tin Can war, was seine Schwester wollte. Aber Tin Can war so hohl wie eine Blechbüchse. Er war nicht gut für sie. Das dachten auch ihre Eltern. Tin Can hatte Hausverbot.

Perry überlegte. Seine Mutter war in der Garage, am anderen Ende des Grundstücks. Sie richtete Pakete wie seit Monaten, verscherbelte über eBay und Craig's List, was immer in ihrem Haus noch von Wert war, um die Hypothekenraten zu bezahlen.

Er sollte ihr sagen, dass Tin Can aufgekreuzt war. Aber das wäre Petzen gewesen. Und feige. Er hätte es seiner Mutter überlassen, sich der Sache zu stellen.

Perry Rhodan wollte nicht feige sein. Deb war immer für ihn da, wenn es darauf ankam. Sie hatte sich am Telefon als seine Mutter ausgegeben, als Perry mit sechs weggelaufen war. Deb hatte ihn gedeckt, als er mit acht sein gesamtes gespartes Taschengeld für einen Tandem-Gleitflug aufgebraucht hatte. Gegen den Willen seiner Eltern, die alles taten, um ihn am Boden zu halten, wie es ihm schien. Deb hatte einen Brief aufgesetzt und die Unterschriften ihrer Eltern gefälscht, damit der Pilot den Jungen mitnahm.

Er holte tief Luft, fasste einen Entschluss. Mit einem Satz war er auf der Fensterbank, mit einem zweiten hing er am Fallrohr der Regenrinne und hangelte sich nach unten. Das Rohr gab nach, aber es hielt. Perry war schlank, ein Leichtgewicht. Er erreichte den Boden, ohne gesehen zu werden. Seine Eltern hatten ihm verboten, aus dem Zimmer zu klettern. Deb grinste nur darüber und grüßte ihn ab und zu mit »He, Wandkrabbler! Wie steht's?«

Für Momente wie diese liebte er seine Schwester. Und deshalb musste er nach ihr sehen. Perry rannte in den Schuppen, sprang auf sein Bike. Ein einfaches Hardtail, zu groß und zu schwer für ihn und mit einem Federweg kürzer als ein Otterschwanz, wie Tin Can einmal in seiner abfälligen Art bemerkt hatte.

Perry trat in die Pedale, bremste vor den Stufen ab, rannte mit dem wild auf der Treppe bockenden Rad hinunter und machte sich an die Verfolgung.

Die Spring Street war flach, sein schweres Rad fiel nicht so sehr ins Gewicht. Perry holte auf. Deb und Tin Can fuhren langsam, führten eine Art Tanz auf. Tin Can umkreiste Deb, als zirkele er seine Beute ein, ignorierte den – wenn auch spärlichen – Gegenverkehr. Als ein Ford Escape in die Bremsen stieg und der Fahrer laut hupte, zeigte ihm Tin Can den Mittelfinger, ohne auch nur eine Sekunde seine Augen von Deb zu lassen.

Die letzten Häuser blieben hinter ihnen zurück. Die Straße wurde von niedrigen Bäumen und Büschen gesäumt. Jetzt, Mitte Oktober, war ihr Laub gelb und rot. Die Spring Street wurde abschüssig. Perry schaltete hoch, trat härter in die Pedale, um den Schwung mitzunehmen. Die Straße schwenkte nach links. Die Gabelung zur Glen Road kam in Sicht – und Deb und Tin Can waren verschwunden.

Perry stieg hart in die Bremsen, wäre um ein Haar über den Lenker gegangen. Einige Augenblicke war er verwirrt, dann ging ihm sein Denkfehler auf. »Unser spezieller Ride«, hatte Tin Can gesagt.

Perry drehte um. An der Seite der Straße war ein kleiner Parkplatz. Drei Autos mit einheimischen Kennzeichen verloren sich auf der ungepflasterten Fläche. Neben dem Parkplatz führte ein Weg in den Wald. Ein Schild an einem Baum wies ihn als »Case Mountain Trail« aus. Perry kannte ihn gut. Er führte zum Gipfel des Hügels. Seine Eltern waren ihn oft mit ihm und Deb gegangen, als sie noch klein gewesen waren.

Er bog auf den Trail ein. Anfangs war die Steigung moderat und der Weg breit genug. Dann, nach vielleicht zwei- oder dreihundert Metern verengte sich der Weg zu einem Pfad, wurde steiler und ruppiger.

Perrys Puls schlug hart, seine Oberschenkel brannten. Er schwitzte und fror gleichzeitig. Der Junge hatte nur die Kleider an, die er in seinem Zimmer getragen hatte. Kein Helm, keine Handschuhe, keine Protektoren. Und im Schatten war es kühl. An einer Felskante, die quer über den Pfad lief, hielt er an. Wo war Deb? Sie und Tin Can konnten nicht weit gekommen sein. Tin Can tat immer groß, aber in Wirklichkeit war er bergauf eine lahme Ente. Sein Bike war für den Downhill gebaut, stabil, hundertsechzig Millimeter Federweg vorne, wie er einem bei jeder Gelegenheit aufs Brot schmierte, aber schwerer noch als das Perrys. Und dazu kamen die Protektoren. Meistens schob Tin Can.

Ein Wanderer kam ihm vom Gipfel entgegen. »Entschuldigen Sie, Sir«, sprach Perry ihn an. »Haben Sie vielleicht zwei Biker gesehen? Ein... einer von ihnen ganz in Silber?«

Der Mann verneinte.

Perry bedankte sich. Wo konnten sie sein? Er drehte um, ließ sich von der sanften Steigung den Weg hinuntertragen. Das Rad bockte, als es über Steine und Wurzeln fuhr. Tin Can hatte recht. Es war ein besserer Schrotthaufen. Was fiel ihm überhaupt ein, sich ...?

Ein Kichern riss den Jungen aus den Gedanken. Deb! Deb, die im Begriff war, Unsinn anzustellen. Perry bremste abrupt, das Hinterrad rutschte ihm auf einer feuchten Wurzel weg. Der Junge nahm es nur am Rande wahr, fing sich mit Leichtigkeit ab. Es war von rechts gekommen. Aber da ... da war der Abdruck eines Fahrradreifens an einer schlammigen Stelle. Perry ließ das Rad achtlos fallen und rannte in das Unterholz.

Einige Meter weiter, von einem Gebüsch vor Sicht geschützt, fand er Deb. Sie lag auf dem Boden, Tin Can lag auf ihr. Neben ihnen, über den Waldboden verstreut, lagen ihre Protektoren.

»Was macht ihr da?«, rief Perry.

Tin Can ruckte hoch. Deb kam zum Vorschein. »Perry!« Ihr Gesicht war verschwitzt und rot. »Was tust du hier?«

»Ich ... ich wollte ...«

»Ich sag dir, was er will«, schnitt ihm Tin Can das Wort ab. »Der kleine Pisser will sich als Beschützer aufspielen. Dem zeig ich's!«

Perry blieb wie angewurzelt stehen, als Tin Can mit erhobenen Fäusten auf ihn zukam. Perry wollte nicht nachgeben, er konnte es nicht. Und: Es hätte ohnehin nichts genützt. Tin Can hätte ihn gleich eingeholt.

Perry hob die Fäuste. Weniger um auszuteilen, als um sich zu schützen. Tin Can erwischte ihn mit voller Wucht. Der Schlag warf Perry um. Er stürzte in das Unterholz, spürte, wie eine warme Flüssigkeit aus seiner Nase floss. Als sie ihm in den Mund lief, schmeckte er, um was es sich handelte: Blut.

Tin Can holte aus, wollte ihn treten. Doch plötzlich war Deb zwischen ihnen, baute sich schützend vor Perry auf. »Nein!«, brüllte sie. »Das darfst du nicht!«

»Wieso nicht?«

»Er ist mein Bruder! Er wollte nur helfen!«

»Er stört. Er steckt seine Nase in Sachen, die ihn nichts angehen. Ich werde ihm eine Lektion erteilen, die er sein ganzes Leben nicht vergisst ...« Er streckte den Arm aus, um Deb zur Seite zu schieben.

»Nein!«, brüllte Perry. »Lass Deb in Ruhe! Und außerdem darf ich fahren, wo ich will!«

Tin Can schob seine Schwester zur Seite. »Soso, du darfst fahren, wo du willst ...« Etwas blitzte in seinen Augen auf. »Dann wollen wir mal sehen, was du draufhast, Pisser! – Na, schon in die Hose gemacht, Knirps?«

Knirps. Immerhin war er nicht mehr der Pisser. Sie standen auf dem flachen Gipfel von Case Mountain, der eigentlich ein besserer Hügel war. Im Westen ging die Sonne unter, im Osten flammten in der Ferne die ersten Lichter von Hartford auf.

»Alles trocken, Tin Can.« Seine Nase hatte irgendwann auf dem Weg zum Gipfel aufgehört zu bluten. Sie tat nicht weh, aber Deb hatte den Kopf geschüttelt. »Sieht nicht gut aus, Perry«, hatte sie gesagt.

»Noch.« Tin Can beugte sich über sein Rad, fummelte an der Federung herum. Deb warf ihm einen Blick zu: *Tu es nicht, Perry!*

Perry schüttelte langsam den Kopf.

»Los geht's!« Tin Can schlug mit der flachen Hand auf den Brustprotektor und zog den Helm auf.

»Du bleibst hinter mir, Perry!«, zischte Deb. »Sieh mir genau zu – und bau keinen Mist. Du wirst noch gebraucht, Bruder!«

Tin Can fuhr los, überquerte die abschüssige Wiese, schlug einen Haken und verschwand im Wald. Deb folgte ihm, dann Perry. Er war froh, hinten zu sein. Perry zitterte, konnte nur mit Mühe den Lenker halten. Er ging aus dem Sattel.

*Bleib locker!,* ermahnte er sich in Gedanken. *Beine nicht durchdrücken, sonst kannst du die Stöße nicht abfedern!*

Perry tauchte in den Wald ein. Dreißig Meter weiter fegte Tin Can wie ein glitzernder Ritter über den Trail. Sein Bike schluckte mühelos die Stöße, die Perry hart durchschüttelten.

Perry kannte den Wald von Case Mountain beinahe so gut wie den Garten seines Elternhauses. Ihre Eltern hatten Deb und ihn von klein an auf Wanderungen dorthin mitgenommen. Später, als sein Vater den Laden verloren und nicht mehr gut zu ihm und Deb gewesen war, durchstreifte Perry den Wald auf eigene Faust. Anfangs zu Fuß, bald auf dem Bike. Der Gedanke hatte auf der Hand gelegen. Case Mountain war eines der ältesten Mountainbikerreviere in Connecticut. Trails zogen sich über seine Hänge wie Adern über einen Handrücken und verästelten sich. Laufend entstanden neue, ergaben sich neue Kombinationen. Die Bäume waren übersät mit farbigen Markierungen in unterschiedlichen Stadien des Ausbleichens.

Auch Tin Can kannte die Trails – und er folgte zu Perrys Verwunderung dem orangefarbenen. Ein Einsteigertrail. Perry hatte ihn schon oft gefahren, anfangs. Inzwischen war er ihm längst zu lasch geworden.

Immerhin, Tin Can hatte Tempo drauf. Deb blieb dran. Und Perry an seiner Schwester. Der Knoten in seinem Magen löste sich, als sie Spitzkehre um Spitzkehre die Höhe abbauten. Tin Can war nicht so schlimm, wie man sagte. Und er würde es ihm zeigen!

Dann, unmittelbar oberhalb der ersten Reihe von Häusern, die sich an den Hang schmiegten, stieg Tin Can in die Bremsen. Deb schrie spitz auf, rammte beinahe in ihn hinein. Tin Can machte mit dem stehenden Rad einen Hüpfer nach rechts und brach durch das Unterholz.

Auf einem mit Moos bedeckten Fels hielt er an.

Tin Can setzte den Helm ab. »Wie geht's der Hose, Knirps? Alles trocken?«

Perry bekam keine Entgegnung heraus. Sein Magen drohte den Donut herauszuwürgen, den er in seinem Zimmer genascht hatte.

»Hast du etwa gedacht, der Chicken Run wäre alles gewesen?« Tin Can stieg vom Rad, winkte dem Jungen zu. Perry folgte ihm wie in Trance. An der Felskante blieben sie stehen. Der Fels brach unvermittelt ab wie beim Tisch einer Skisprungschanze. Doch unter dem Fels wartete kein geglätteter, schneebedeckter Hang, sondern ein Geröllfeld ohne Neigung.

»Schicker Drop, nicht?«, sagte Tin Can. »Drei Meter mindestens, schätze ich. Was meinst du, Knirps?«

»Das ist nicht dein Ernst, Tin Can«, sagte Deb. Sie war bleich geworden.

»Dein Bruder wollte mit uns biken, nicht?« Tin Can drehte sich um. »Simple Sache, das Ganze. Genug Anlauf, schön glatt – und ein Drop ist so ziemlich das Einfachste, was man sich vorstellen kann. Einfach nur den Lenker im richtigen Moment hochziehen. Na ja, und man muss sich trauen. Traust du dich, Knirps?« Tin Can musterte ihn herausfordernd.

»Denk nicht mal dran, Perry«, sagte Deb. »Das ist Wahnsinn!«

Sie hatte recht. Deb kannte sich mit Wahnsinn aus. Seit sich Perry erinnern konnte, hatte seine Schwester verrückte Dinge angestellt. Er sollte es lassen. Er war der Vernünftige.

Aber da war dieses herausfordernde Glitzern in Tin Cans Augen, es förderte etwas in Perry zutage, dessen Existenz er nicht geahnt hatte.

»Klar. Wenn du dich traust, Tin Can«, hörte er sich sagen.

»Klar.«

Tin Can ging zu seinem Bike, schob es den Hang hinauf, soweit es das dichter werdende Unterholz zuließ. Er senkte den Sattel ab, setzte den Helm auf und stieß sich ab. Er raste geduckt zwischen Perry und Deb durch. Kurz vor der Kante streckte er sich, riss den Lenker zu sich. Tin Can sprang. Einen Herzschlag später kam er im Geröllfeld auf. Der Dämpfer fing den Großteil der Wucht ab, trotzdem wäre er um ein Haar über den Lenker gegangen. Doch Tin Can fing sich ab. Er kam zum Stehen, riss sich den Helm vom Kopf und rief: »Jetzt du, Knirps!«

Deb sah ihn flehend an. »Tu es nicht, Bruder. Du bist ein Dickkopf, ich weiß, aber sei kein Hohlkopf.«

Perry konnte sie nur mit Mühe verstehen. Das Pochen seines Pulses überlagerte beinahe alle anderen Wahrnehmungen. Er nahm sein Rad, schob es den Hang hinauf.

*Es ist ganz einfach,* sagte er sich. *Tin Can hat recht. Ein Drop ist ein Drop. Man muss sich nur trauen. Einfach nur den Lenker im richtigen Moment hochziehen ...*

Perry senkte den Sattel ab und fuhr los. Er sah nur noch die Felskante. Der Absprungpunkt. Er musste ihn erwischen. Sonst ...

Das Bike rüttelte über den Waldboden, glitt auf den Fels. Perry hörte auf zu treten, duckte sich, hielt den Blick auf die Kante fixiert – und plötzlich war da ein Schrei: »Halt!«

Er war wie ein Befehl. Perry zog mit aller Kraft an den Bremsen. Die Räder blockierten, Moos spritzte. Er schlug auf den Boden. Der Fels zerriss seine Hose, schürfte seine Haut auf. Perry brüllte vor Schmerz auf. An der Kante kam er zum Liegen. Vorderrad und Lenker hingen über dem Abgrund.

Und unter ihm stand Tin Can, plötzlich sehr klein und ängstlich.

Ein Mann hatte sich vor ihm aufgebaut. Er trug einen breitkrempigen Cowboyhut, ein grobes, kariertes Hemd und Jeans. Karl, der Onkel Perrys und Debs.

»Bitte, Mister Rhodan, es war nur ein Spiel!«, wimmerte Tin Can. »Ich ...«

Karl Rhodan holte aus und versetzte dem Jungen eine Ohrfeige. Tin Can taumelte zur Seite.

»Rühr den Jungen nicht an, verstanden?«, sagte Karl. Sein Hemdknopf war offen, gab den Blick auf den silbernen Anhänger frei, den sein Onkel nie ablegte. »Kriech zurück zu deinem Ziehvater! Richte ihm aus, dass er nie wieder die Grenze überschreiten darf. Sonst wird das Konsequenzen haben. Unabsehbare Konsequenzen.«

Tin Can murmelte etwas. Er rappelte sich hoch, rannte geduckt zu seinem Bike und sah zu, dass er das Weite suchte. Den Helm ließ er zurück.

Karl Rhodan hob ihn auf und schmetterte ihn gegen den Fels. Der Helm zerbrach wie eine Eierschale. »Ihr zwei geht jetzt nach Hause! Und kein Wort hiervon zu niemandem! Verstanden?«

Ohne eine Antwort abzuwarten, verschwand er so übergangslos zwischen den Bäumen, wie er aufgetaucht war.

# Kapitel 5

**14. Mai 2037, am Morgen
Stardust Tower, Terrania**

Homer G. Adams ließ es sich nicht nehmen, Mercant persönlich die Tür zu seinem Büro zu öffnen.

»Willkommen zurück unter den Lebenden, Allan!«, begrüßte er den Koordinator für Sicherheit, als hätte er sich mit Eric Manoli abgesprochen. »Wie geht es Ihnen?«

Mercant versuchte sich an einem schiefen Grinsen. »Den Umständen entsprechend gut, wie man so schön sagt.«

Homer G. Adams, der Administrator der Terranischen Union, mutete Mercant wie ein Butler aus einem alten britischen Film an. Adams trug seinen ramponierten Anzug. Ein Designerstück, das aus dem vorigen Jahrtausend zu stammen schien und bessere Tage gesehen hatte. Große Flicken waren über Knie und Ellenbogen genäht. Als Mercant Adams kurz nach der Landung der STARDUST in der Gobi kennengelernt hatte, hatte dieser niemals andere Kleidung angehabt. Seit man ihn zum Administrator gewählt hatte, trug Adams ihn nur noch selten – offensichtlich aber dann, wenn es brenzlig wurde.

Sein Aufzug passte.

Der bucklige Adams, der Mercant allenfalls zur Brust reichte, spähte seitlich an seinem Besucher vorbei. »Ah, Sie haben Ihre bezaubernde Freundin mitgebracht?«

Adams trat zur Seite, verbeugte sich spielerisch, als Mercant in den weitläufigen Raum im fünfzigsten Stock des Turms trat. Ein beachtliches Kunststück angesichts seines fortgeschrittenen Alters. Und insbesondere des Buckels, der aus seinem deformierten Rücken wuchs.

»Miss Tulodziecki! Ich sehe, Sie haben sich nicht verändert!« Der Administrator ließ den Blick vielsagend über den Blaumann der Truckerin gleiten.

»Sie auch nicht, wie ich sehe«, entgegnete sie. Es klang wie ein Kompliment, und Mercant war sich sicher, dass es auch so gemeint war.

»Wie geht es Ihrer Erkältung, Homer?«, erkundigte sich der ehemalige Agent, nachdem Adams die Tür hinter ihm geschlossen hatte. Einem Uneingeweihten musste die Frage wie belangloser Small Talk erscheinen, tatsächlich war sie von entscheidender Bedeutung: Dasselbe Virus, das gewöhnlichen Menschen lediglich eine lästige Erkältung verpasste, manipulierte die Paragaben der Mutanten.

»Eine Plage, die mich nur langsam verlässt. Ich werde älter.« Adams strich sich mit dem Handrücken über die gerötete Nase. »Aber ich habe Glück gehabt. Ich bin kein Mutant.«

»Ihr fotografisches Gedächtnis? Ihr intuitiver, genial anmutender Umgang mit Geld?«

»Offenbar im normalen Rahmen menschlicher Fähigkeiten.«

»Woher wissen wir, was der ›normale Rahmen‹ ist?«

»Gute Frage. Ich halte es mit dem alten Sprichwort: ›Je mehr wir wissen, desto mehr wissen wir, dass wir nichts wissen.‹«

»Ich glaube, den Spruch habe ich schon einmal irgendwo gehört.« Iga zwinkerte Mercant zu. »Was wollen Sie damit sagen, Homer?«

»Dass wir auf alles gefasst sein müssen.« Adams griff in eine Tasche des Jacketts und holte eine Waffe heraus. Sie war klein, passte auf die Handfläche des Briten.

»Was ist das?«, fragte Mercant. Als Agent, der jahrzehntelang in den Diensten der amerikanischen Homeland Security gestanden hatte, kannte er sich mit Waffen aus. Doch dieser Typ war ihm unbekannt.

»Ein Geschenk von Novaal. Ein arkonidischer Paralysator. Seine Ladung reicht aus, um einen Menschen innerhalb von Sekunden zu betäuben. Sollte ich mich wider Erwarten über die Maßen unwohl fühlen, weiß ich mir zu helfen.« Adams steckte die Waffe wieder weg. »Haben Sie die neuesten Paraentladungen mitbekommen?«

»Ich dachte, in Lakeside war es ruhig.«

»War es auch. Bis vor ein paar Minuten. Während Sie und Ihre Begleitung von der VEAST'ARK hierher geflogen sind, kam es zu neuen Explosionen. Insgesamt neunzehn. Seit einer Viertelstunde ist wieder Ruhe.«

»Gibt es eine Erklärung dafür?«

»Mir fallen aus dem Stegreif ungefähr ein Dutzend ein. Keine davon können wir auch nur im Ansatz nachprüfen. Ich sehe mit Sorge, dass sich die Lage zuspitzt. Als Administrator kann ich nicht mehr lange tatenlos zusehen ...«

Adams hatte die Stimme gesenkt. Die Mutanten waren seine Freunde. Adams hatte sich bis vor Kurzem selbst für einen gehalten. Mehr noch. Der Brite hatte noch vor der Rückkehr Perry Rhodans zum Mond damit begonnen, Mutanten aufzuspüren und ihnen eine Heimat zu geben ... Lakeside war für Adams kein Problem, das es aus der Welt zu schaffen galt. Es war eine Tragödie, der er hilflos zuschauen musste. Und irgendwann würde ihn seine Verantwortung für die Menschheit zwingen einzugreifen. Wohl wissend, dass er damit die Tragödie zu ihrem bitteren, womöglich tödlichen Abschluss brachte.

»Ich weiß«, entgegnete Mercant. »Deshalb bin ich hier. Vielleicht kann ich zu den Mutanten durchdringen.« Die Idee war aus der Verzweiflung geboren. Natürlich hätte Mercant Lakeside stürmen und die Mutanten betäuben lassen können. Aber die Mutanten hätten sich gewehrt – mit unabsehbaren Konsequenzen. Weder Mercant noch Adams waren an diesem Punkt angelangt. Noch nicht.

»Ich bete darum, Allan.« Adams schloss für einen Moment die Augen. »Ich habe alles vorbereiten lassen. Was Sie sagen, wird auf allen Radio- und Funkfrequenzen und Datenstreams übertragen. Verschlüsselt natürlich, damit nicht die gesamte Erde mithört, aber die Rechner in Lakeside kennen den Kode und werden Ihre Worte entschlüsseln.«

»Werden die Mutanten mich sehen können?«, fragte Mercant.

»Das hoffe ich.«

»Wo soll ich mich hinstellen?«

»Wohin Sie wollen. Das Equipment folgt Ihnen.« Adams schnippte mit dem Finger, und ein Schwarm mit Kameras und Mikrofonen bestückter Miniaturquadrocopter stieg summend auf. Sie schienen auf derselben Basis entwickelt wie die Maschinen, die in der VEAST'ARK die Obduktion ermöglicht hatten.

Mercant ging langsam in die Mitte des Büros. Es nahm das gesamte fünfzigste Stockwerk des Turms in Anspruch. Statt Wänden verfügte es über Glasflächen, die den Blick über Terrania und die Gobi erlaubten. Im Westen schlängelten sich endlose Fahrzeugkolonnen durch die Wüste, zogen riesige Staubfahnen wie Schleppen hinter sich her. Die Evakuierung. Von Bai Jun mit der Effizienz betrieben, wie sie von einem General zu erwarten war, dessen Geschäft jahrzehntelang das geordnete Verschieben von Truppen gewesen war.

Im Osten glitzerte die Morgensonne auf der Oberfläche des Goshunsees. Sie blendete Mercant. Er hielt eine Hand schützend vor die Augen. Die VEAST'ARK, eine stählerne Kugel mit einem Durchmesser von achthundertfünfzig Metern, ließ die Landschaft spielzeughaft erscheinen, als handele es sich um eine Modellanlage. Die Kuppel aus Energie, unter der die Mutanten eingesperrt waren, war dagegen kaum zu erkennen. Nur ein Flirren verriet Mercant ihre Existenz.

»Haben Sie ein Manuskript vorbereitet?« Adams war neben Mercant getreten.

»Ein paar Stichworte.« Er kramte den Zettel hervor, auf den er seine Gedanken gekritzelt hatte. »Und Frank hat mir noch das hier mitgegeben.« Es war ein Briefumschlag. Darauf stand in Handschrift: *Für Doktor Haggard. Von Doktor Haggard.*

Mercant sah zu Iga. Die Truckerin stand verloren in der Büroetage. Sie war eine Macherin. Wenn sie nichts zu tun hatte, fühlte sie sich nicht wohl in ihrer Haut. Mercant hatte eine Aufgabe für sie.

»Iga?«

»Was gibt es?«

»Ich brauche ein Publikum.«

»Klar.« Sie blieb drei, vier Meter vor ihm stehen. »Ist es so recht?«

Mercant betrachtete die Frau, die er liebte.

»Gut so?«, fragte sie.

»Ja«, antwortete er. Dann kam ihm ein Gedanke. »Nein. Noch was. Um mit den Worten unseres alten Freundes Pounders zu sprechen: ›Lächeln Sie, Miss Tulodziecki! Verdammt, lächeln Sie!‹«

Sie tat es.

Mercant räusperte sich, blickte fragend in die Richtung von Adams. Der Administrator antwortete mit einem »Daumen hoch!«-Zeichen.

»Mutanten!«, begann der ehemalige Agent. »Ihr kennt mich – zumindest glaubt ihr das. Ich bin Allan D. Mercant, Koordinator für Sicherheit der Terranischen Union. Ich war es, der den Befehl gegeben hat, das Lakeside Institute zu evakuieren. Der angeordnet hat, euch unter Quarantäne zu stellen. Der die Mutanten, die sich überall auf der Erde zeigen, jagen und betäuben lässt.«

Er schwieg. Iga lächelte breiter, nickte ihm aufmunternd zu.

»Die letzten Tage waren furchtbar. Sie haben viele Opfer gekostet. Unser Freund Tako Kakuta ist tot. Viele andere Mutanten starben, viele weitere Menschen. Aber neben diesen, von denen jeder Einzelne unersetzbar ist, starb noch etwas: das Vertrauen der Mutanten – *euer* Vertrauen – in die Menschheit. Auch das ist ein Verlust, der schwer wieder wettzumachen ist.«

Mercant senkte den Kopf für einen Moment wie in Trauer. Dann fuhr er fort: »Ich bedaure zutiefst, was geschehen ist. Ich wünschte, es wäre nicht geschehen. Und dennoch: Wenn ich wieder vor der Wahl stünde, ich würde mich wieder so entscheiden. Denn tatsächlich blieb mir keine Wahl. Um euer Wohl, um das Wohl der Menschheit willen.«

Mercant steckte den Zettel weg. Er brauchte ihn nicht mehr. Stattdessen holte er den Briefumschlag hervor und hielt ihn so, dass Iga lesen konnte, was auf seinem Umschlag stand – und somit auch die Mutanten, hoffte er.

»Dieser Brief ließ mir keine Wahl. Er ist geschrieben von Doktor Frank Haggard – und adressiert an Doktor Frank Haggard. Ihr alle kennt Frank, dessen Durchbrüche im Kampf gegen das HI-Virus unzähligen Menschen das Leben gerettet haben. Frank hat diesen Brief von dem sterbenden André Noir erhalten. Noir behauptete von sich, Menschen und Gegenstände zwischen Alternativuniversen austauschen zu können. Er nannte sich ›Changeur‹. Und er nutzte seine Gabe, um uns diesen Brief zu überbringen – aus einem Alternativuniversum, in dem ein anderer Frank Haggard existiert. Ich werde euch diesen Brief jetzt vorlesen.«

Mercant öffnete den Umschlag, entfaltete das Blatt, das sich darin befand.

*Frank ... oder sollte ich Bruder sagen? Ich schreibe diese Zeilen auf dringende Bitte von André Noir. Unser gemeinsamer Freund mit der wundersamen Gabe berichtet mir, dass sämtliche Menschen mit einer Paragabe in Not sind – in deinem Universum, das dem meinen bis auf wenige, aber in ihrer Konsequenz erhebliche Unterschiede gleicht.*

*Einer davon ist der Stand der Virologie. Die weiteren Unterschiede, die mich brennend interessieren, will André mir nicht verraten, um die Integrität meiner Realität nicht zu gefährden. Ach, du kennst ja André, selbstlos und übervorsichtig wie eh und je ...*

*André sagte mir, dass auch du den Nobelpreis für Medizin gewonnen hast. Meinen Glückwunsch, Bruder! Doch offenbar hat dich das Leben auf andere Wege geführt. André munkelte etwas von einem Rugby-Match, auf das deine ganze Welt hingefiebert hat. Ich vermute, dass du wahr gemacht hast, was ich mir in meinem Universum nur erträume: Rugby-Coach geworden zu sein.*

*Wie auch immer. Die Mutanten, sagt André, werden von einem Virus bedroht, das das manipuliert, was man bis vor einigen Jahren als Junk-DNS bezeichnet hat. Mit unabsehbaren Konsequenzen. Er sagt, das Virus schalte in den Betroffenen parapsychologische Gaben frei, die sie selbst und alle Übrigen bedrohen.*

*Deine Mutanten sind wehrlos gegen dieses Virus, das sie die Kontrolle über sich selbst verlieren lässt. Ihre Paragaben ändern sich, schlagen unkontrolliert los ... Ich weiß inzwischen mehr darüber, dazu gleich. Nur eins vorab: Die Mutanten deiner Welt werden schon bald Amok laufen.*

*Doch hab keine Angst, Bruder – Hilfe naht! André hat eine Probe des Virus gebracht: seinen eigenen Körper.*

*Es ist mir und meinem Team gelungen, ein Antivirus zu entwickeln, das den Erreger abtötet. Aber, das muss ich eingestehen, nicht in der Lage ist, die Manipulationen des Virus rückgängig zu machen. Das erscheint mir unmöglich. Bei André hat das Antivirus gewirkt und offenbar so frühzeitig, dass seine Gabe intakt geblieben ist.*

*In diesem Brief findest du alle Informationen, die du brauchst, um dieses Antivirus zu erzeugen. Das Mittel selbst, fürchtet André, würde den Transport zwischen den Universen nicht unbeschadet überstehen.*

*Ich hoffe, es kommt nicht zu spät! Dein Frank.«*

Mercant faltete das Blatt zusammen. Das PS las er nicht vor. Es war eine persönliche Botschaft von Frank Haggard an sein Pendant. Es tat nichts zur Sache.

»Wir können lediglich darüber spekulieren, was hinter dem Virus steckt«, sagte er. »Es mag sich dabei um eine Laune der Natur handeln, einen verrückten, unwahrscheinlichen Zufall – oder sogar um einen gezielten Angriff. Doch eines hat sich mittlerweile bewahrheitet: die Amokläufe, die André Noir vorausgesagt hat. Das Virus manipuliert eure Gaben, schließlich verliert der Infizierte die Kontrolle. Es kommt zu massiven Paraentladungen. Der Infizierte verausgabt sich, bis der Organismus der Belastung nicht mehr standhält und der Tod eintritt.«

Er gab ein Handzeichen an den Computer, der die Sendung koordinierte. Er übertrug mehrere Dateien: den »Bauplan« für das Antivirus, der zum Brief Haggards an Haggard gehörte. Die Obduktionsergebnisse Joaquin Romenys, Aufnahmen von Amokläufen. Und Aufnahmen von Mutanten in Krankenbetten, schlafend und unversehrt.

»Doch dieses Ende ist nicht zwangsläufig. Es ist Doktor Haggard, Doktor Manoli und dem Ara Fulkar gelungen, das Antivirus herzustellen, dessen ›Bauplan‹ Noir uns zusammen mit seinem Brief übermittelt hat. Und dieses Antivirus wurde bereits erprobt ... an mir selbst.«

Mercant zwang sich zu einer Pause, um seine Eröffnung wirken zu lassen.

»Ja, an mir selbst. Denn ich, Allan D. Mercant, habe mich als einer von euch erwiesen: als ein Mutant. Auch wenn ich es selbst nicht glauben wollte und alle Tests, über die wir verfügen, das Gegenteil behaupteten. Ohne dass ich es bemerkte, hat das Virus meine Gabe manipuliert. Hätte Iga nicht erkannt, was vor sich ging, und beherzt eingegriffen, hätte meine eigene Gabe mich umgebracht – und potenziell Hunderte, ja Tausende andere Menschen. Iga hat mich betäubt, Fulkar hat mir das Antivirus injiziert – und wie ihr seht, lebe ich und erfreue mich bester Gesundheit.«

Mercant nahm Blickkontakt zu Iga auf, sah sie – und damit sein unsichtbares Publikum – flehend an.

»Und auch ihr könnt leben! Ich appelliere an euch: Lasst zu, dass wir euch helfen! Um euretwillen – und um der Menschheit willen!«

# Kapitel 6

**14. Mai 2037, am Morgen**
**Lakeside**

»Und auch ihr könnt leben! Lasst zu, dass wir euch helfen! Um euretwillen – und um der Menschheit willen!«

Das täuschend lebensechte Holo von Allan Mercant in der Saalmitte fror ein, als der Koordinator für Sicherheit die Verbindung unterbrach.

Sue, die sich zusammen mit Sid eine der viel zu wenigen Sitzgelegenheiten teilte, mutete es an, als stünde er in Person vor ihnen.

Mercant hatte die Hände geöffnet, hielt sie seinen Zuhörern – den Mutanten – beinahe flehend entgegen. Er hatte sich verändert. Der ehemalige Agent ging auf die siebzig zu, dennoch hatte er auf Sue immer wesentlich jünger gewirkt. Nicht zuletzt wegen der straffen Haut seines Gesichts, die nicht zu einem Mann seines Alters passen wollte.

Jetzt war sie erschlafft. Falten hatten sich in seinen Zügen wie tiefe Schluchten aufgetan. Mercant wirkte ausgemergelt, wie geschrumpft. Es passte: Das Virus hatte seine Gabe manipuliert. Sie hatte ihn aufgezehrt – bis das Antivirus den Veränderungen ein Ende gesetzt hatte. Nur deshalb lebte Mercant noch, nur deshalb hatte er zu ihnen sprechen, nur deshalb ihnen die Rettung verheißen können.

Sue ließ ihren Blick über den Konferenzsaal wandern, der unter dem zentralen Gebäude Lakesides lag. Sie hatten es flapsig »den Tempel« genannt, weil man dort versucht hatte, ihren übermenschlichen Gaben auf die Spur zu kommen, ihnen quasi gehuldigt hatte. Der Tempel war nicht mehr. Er war unter dem Ansturm ebenjener entfesselten Gaben zusammengestürzt.

Insgesamt einundfünfzig Mutanten kauerten, saßen oder lagen auf allem, was sie finden konnten. Die intakt gebliebenen Stühle reichten vielleicht für ein Dutzend. Der Rest hatte sich auf Tische gesetzt oder auf Aktenbündel. Die Mutanten waren graue Schemen, aus denen das Weiß der Augen hervorstach. Der

Staub hatte sich in den Fasern ihrer Kleidung festgesetzt, klebte an ihrer Haut.

Vierundsechzig Mutanten waren in Lakeside eingeschlossen worden. Vier davon, darunter John Marshall, der Leiter – oder besser: ehemalige Leiter – des Instituts, waren irgendwo im Untergrund oder zwischen den Trümmern unterwegs und suchten die fünf vermissten Gefährten. Die Toten, Dylan, Rudy, Aang und Noémi, hatten sie bereits provisorisch begraben.

Die Mutanten starrten das Holo an, als handele es sich um einen Geist.

Niemand sagte etwas, bis eine der grauen Gestalten aufsprang, sich nach einem prall gefüllten Aktenordner bückte und ihn Mercant ins Gesicht warf. Der Ordner flog glatt durch die Projektion und klatschte in einer Staubwolke auf den Boden.

»Glaubt ihm nicht!«, rief die Gestalt. »Er lügt! Er ist nur neidisch!« Sie baute sich vor dem Holo auf, stemmte die Hände in die Hüften und spuckte es an.

Die Gestalt drehte sich um, sah die Mutanten an. Es war eine Frau. Takita, eine Japanerin, die bis vor wenigen Stunden vom Hals an abwärts gelähmt gewesen war. Takita hatte nicht einmal einen Finger rühren können, doch sie hatte eine besondere Gabe besessen: Sie hatte andere Menschen ihre Abneigung spüren lassen können. Und Takita hasste andere Menschen. Ihnen war vergönnt, was ihr verwehrt war: sich zu bewegen, aus eigener Kraft für sich zu sorgen.

Sich Takita zu nähern war praktisch unmöglich gewesen. Sue hatte es einmal versucht, um ihr zu helfen. Ihre eigene Gabe war die einer Metabiogruppiererin. Was, wenn sie den Defekt fand, der Takita an den Rollstuhl fesselte? Sue war unter Aufbietung ihrer letzten Kraft bis zwei Schritte vor die Japanerin gekommen, dann war sie ohnmächtig geworden.

Sie war in einem Krankenbett wieder zu sich gekommen, mit einem Verband auf der Stirn, der die Wunde schützte, die sie sich bei dem Sturz zugezogen hatte. Und einem wütenden Sid an ihrer Seite, der es Takita heimzahlen wollte.

Sue hatte ihn davon zu überzeugen vermocht, dass Takita nicht anders hatte handeln können, der Schmerz in ihr zu tief saß. Doch ein Groll war in Sid geblieben. Er konnte die Japanerin nicht ausstehen – und seinen Mund nicht halten.

Sid schnellte hoch. »Woher willst du das wissen, Takita? Wenn hier jemand neidisch ist, dann du!«

Sue packte Sids Hand, wollte ihn wieder zu sich auf den Stuhl ziehen. Sie mussten einen kühlen Kopf bewahren. Einander zu attackieren führte nirgendwohin.

Sid entwand sich ihrem Griff.

»Sieh an, Sid González ...« Takita hielt seinem Blick mühelos stand. In ihren Augen funkelte eine Wut, die Sue vertraut war. Das Virus mochte ihren Körper geheilt haben, an ihrer Seele war es gescheitert. Takita war verbittert wie eh und je. »Der Junge, der den Leuten aus der Hand frisst, die uns umbringen wollen, und zu blind ist, es zu bemerken.«

»*Du* bist blind! Wir haben es Mercant und Rhodan und Adams und ihren Leuten zu verdanken, dass wir hier sind! Ohne sie ...«

»Wofür sollen wir ihnen danken?«, schnitt ihm Takita das Wort ab. »*Sie* haben uns hier eingesperrt! *Sie* haben Tako umgebracht!«

»Takos Tod war ein Unfall!«

»Der nicht geschehen wäre, hätten uns diese gewöhnlichen Menschen in Frieden gelassen!«

»Sie wollten uns schützen!«, protestierte Sid.

»Sie haben uns benutzt, von Anfang an! Wir waren ihre Werkzeuge. Sie wollten uns als Waffen! Was in uns vorgeht, was wir wollen – das hat sie nicht interessiert! Ich war ein Krüppel, aber das hat niemanden gekümmert.«

Sue hielt es nicht mehr auf dem Sitz »Das stimmt nicht! Du hast dir nicht helfen lassen!«

»Was weißt du schon vom Leben, Mädchen? Weißt du, wie es sich anfühlt, ein Krüppel zu sein? Nicht einmal einen Finger rühren zu können?« Takita reckte die Arme in die Höhe, drehte sich langsam im Kreis. »Und jetzt? Seht mich an, was mit mir geschehen ist! Ich bin ein ganzer Mensch geworden! Meine Glieder gehorchen mir! Glaubst du, ich lasse mir das wieder nehmen?«

»Niemand will dir das nehmen!«

»Ja? Dann denk nach, Mädchen! Wenn dein verehrter Mercant die Wahrheit sagt und dieses Virus existiert – was wird das Antivirus mit mir anstellen? Mich wieder zu einem Krüppel degradieren? Willst du das?«

»Nein! Natürlich nicht, aber ...«

»Falls dieses Virus überhaupt existiert!« Zwei weitere Mutanten standen auf, stellten sich demonstrativ zu Takita. Der eine war dürr und groß, beinahe zwei Meter. Der andere war klein und dick. Clément und Liam. Die Hershell-Zwillinge – so nannten sie sich, angeblich nach dem Mann, der sie zusammengeführt hatte. Clément war in der Provence geboren, Liam in Massachusetts. In einem Abstand von zehn Monaten. Die beiden hatten sich als Teenager auf einer Sommerfreizeit kennengelernt und waren seitdem unzertrennlich. Jeder der beiden wusste jederzeit alles über den anderen.

Sid überwand als Erster seine Überraschung. »Was wollt ihr damit sagen?«

»Ganz einfach«, sagte Clément. »Woher willst du wissen, dass es dieses Virus tatsächlich gibt? Das ist weit hergeholt, nicht? Ein Virus, das ausschließlich Mutanten befällt.«

»Das tut es nicht. Es ist ein Erkältungsvirus, mit dem sich überall auf der Erde Menschen angesteckt haben. Nur dass es auf Mutanten anders wirkt. Allan hat doch den Brief von Doktor Haggard vorgelesen, der alles erklärt. Er ...«

»Hast du Beweise?«

»Ich ... Natürlich! Allan hat den Bauplan des Antivirus an seine Botschaft angehängt!«

»Das soll ein Beweis sein?« Liam verschränkte die Arme. »Wer von euch kann das Dokument verstehen?« Er sah auffordernd in den Halbkreis, den die Mutanten gebildet hatten.

Niemand meldete sich.

»Das heißt gar nichts!«, rief Sid. »Wir sind keine Wissenschaftler!«

»Nein. Aber wir sind auch nicht so dumm, wie die Menschen denken!«, versetzte Liam. »Mein Bruder und ich haben Kontakt mit unseren Geschwistern gehalten. Sie werden gejagt! Ermordet! Diese angebliche Krise ist eine Inszenierung, ein Vorwand, um uns alle zu beseitigen!«

»Das ist absurd! Wieso sollte uns denn jemand umbringen wollen?«

»Die Menschen haben Angst vor uns, vor unseren Gaben. Wir können Dinge, die sie nicht können. Wir sind mächtig. Deshalb!«

»Das ist Wahnsinn! Wenn man uns hätte umbringen wollen, hätte man das längst tun können!«

»So einfach ist das nicht. Es hätte Aufsehen erregt«, entgegnete Clément. »Mercant und seine Leute brauchten einen Vorwand.«

»Und außerdem«, ergänzte Liam, »wollen sie *alle* unsere Geschwister umbringen. Nicht nur die, die in Lakeside sind. Deshalb verbreiten sie Panik. Damit unsere Geschwister, die überall auf der Erde verstreut sind, den Kopf verlieren und sich verraten.«

Was war mit den Zwillingen geschehen, fragte sich Sue. Sie waren wie ausgetauscht. Sue hatte sie als gutmütige Menschen kennengelernt. Die Empathie, die sie füreinander empfanden, hatte sie gelehrt, einfühlsam auch gegenüber Dritten zu sein. Die Zwillinge hatten stets kurz davor gestanden, buchstäblich ihr letztes Hemd herzugeben. Sie lebten füreinander, für die Gemeinschaft.

Hatte das Virus sie so sehr verändert? Oder war es die Enttäuschung über das, was sie als Mercants Verrat ansahen?

Was auch immer. Sue musste zu ihnen durchdringen.

»Die Amokläufe«, wandte sie sich an die ungleichen Zwillinge und die Japanerin. »Wie erklärt ihr euch die Amokläufe? Sie sind real. Wir alle haben erlebt, was die Paraentladungen anrichten können. Sie haben das Institut dem Erdboden gleichgemacht. Ihr könnt sie nicht leugnen.«

»Das tun wir nicht.«

»Wie erklärt ihr sie dann? Keiner von uns besitzt eine solche Gabe. Mit Ausnahme von Iwan Goratschin vielleicht. Aber Iwan ist weit weg von der Erde. Was hat die Paraentladungen ausgelöst? Und wieso haben sie aufgehört?«

Clément und Liam antworten einstimmig: »Evolution.«

»Evolution? Was soll das heißen?«

»Die Evolution ist ein immerwährender Prozess«, antwortete Clément. »Es ist die Essenz des Lebens. Leben verändert sich, entwickelt sich weiter. Der Homo sapiens, wie er heute existiert, stellt lediglich eine Zwischenstation dar. Im Lauf der Jahrmillionen sind zahlreiche Spielarten von Hominiden auf der Erde entstanden und wieder verschwunden. Wir Mutanten sind eine neue, überlegene Spezies. Diese sogenannte Genesis-Krise ist keine Krise. Wir verpuppen uns wie eine Raupe. Wir werden wie neugeboren daraus hervorgehen!«

Seine Worte hallten noch in Sue nach, während Sid bereits reagierte.

»Ach so.« Er kratzte sich demonstrativ am Kopf und fuhr mit beißendem Spott fort: »Und wir sind der Homo superior, der den Homo sapiens ablöst. Klar!«

Die Zwillinge nickten. »So ist es. Wie der Neandertaler ...«

»Habt ihr völlig den Verstand verloren?« Sid ging auf die Zwillinge und die Japanerin zu, mit geballten Händen. »Wir müssen das Antivirus bekommen! Sonst sind wir binnen vierundzwanzig Stunden tot, vergehen in den Entladungen unserer eigenen Parakräfte!«

»Wir sind tot, wenn wir diesem Mörder Mercant vertrauen!« Clément löste sich von seinem Bruder und Takita und trat Sid entgegen. Sid war in den letzten Monaten zu einem Erwachsenen herangereift, aber gegen den zwei Meter großen Zwillings-Mutanten wirkte er wie ein Zwerg.

Sid, blind vor Zorn, kümmerte es nicht. »Dir zeig ich's!«

Sue wollte ihm hinterherrennen, Sid zurückhalten, da hallte eine Stimme durch den Saal.

»Was geht hier vor?«

Selbstsicher, mit Autorität. Die Stimme versetzte Sue augenblicklich an einen anderen Ort, eine andere Zeit ...

*... der Pain Shelter in Houston. Ihre Zuflucht. Die Zuflucht für über dreißig Straßenkinder, darunter Sid. Kinder und Jugendliche, die sich immer wieder stritten, aufeinander losgingen. Die düsteren Zwillinge, Damon und Tyler. Mit Messern in den Händen, bereit, einander umzubringen. Die übrigen Kinder, die einen Kreis um die beiden gebildet hatten. Niemand hatte sich getraut dazwischenzugehen ...*

... bis auf einen. Derselbe Mann, der auch jetzt wieder dazwischenging: John Marshall.

Die Köpfe flogen herum.

Tatjana Michalowna, die verschollene Telepathin, stützte sich auf Marshall. Ihre Hose war zerfetzt. Aus den Löchern lugte großflächig abgeriebene Haut hervor. Sie musste verschüttet gewesen sein. Zwei der Mutanten, Heidi, die von den Färöerinseln kam, und Nirina von Madagaskar, erwachten aus ihrer Starre, nahmen John die Frau ab, die sich kaum auf den Beinen halten konnte.

John war zurück! Die Erleichterung fühlte sich an wie eine Woge, die Sue mit sich trug, ihr neue Kraft verlieh. Sie musste sich beherrschen, um nicht loszurennen und sich an ihn zu klammern.

»Noch einmal: Was geht hier vor?«

Sid fasste sich als Erster. »Die Hershell-Zwillinge haben den Verstand verloren! Ihre Phantasien vom Übermenschen werden uns alle umbringen!«

Takita schob sich vor Clément und Liam, streckte die Brust heraus. »Ist das etwa eine Phantasie? Ich bin kein Krüppel mehr!«

Clément fügte hinzu: »John, etwas geschieht mit uns! Eine Genesis. Wir werden zu etwas Neuem. Wie Raupen, die sich verpuppen und zu Schmetterlingen werden. Wir dürfen den Prozess nicht unterbrechen. Sonst werden wir von innen verbrennen!«

John Marshall sagte nichts. Er kam langsam näher. Wie alle Mutanten hatte er Gewicht verloren, waren ihm die Strapazen der letzten Tage anzusehen. Doch Marshall stand aufrecht.

»John«, bat Sid, »glaub ihnen nicht!« John Marshall war für ihn wie ein Vater – wie für sie selbst.

»Nein, nicht blindlings. Aber ich glaube auch nicht Allan Mercant ohne Weiteres.«

»John, wir ...« Sid brach ab, als brauche er einen Moment, um wahrzuhaben, dass John sich nicht bedingungslos auf seine Seite stellte. »Aber was sollen wir dann tun? Uns weiter hier unten verkriechen und darauf warten, bis wir endgültig durchdrehen und einander umbringen?«

Marshall legte den Kopf leicht zur Seite, überlegte. »Nein, nicht durchdrehen. Aber warten. Wir sind alle erschöpft, Sid. Am Ende unserer Kräfte, eigentlich darüber hinaus. Das ist kein guter Moment, um Entscheidungen zu treffen. Wir müssen schlafen, uns regenerieren.«

»Aber das geht nicht! Das Virus schläft nicht! Wir ...«

»Wenn es das Virus gibt, scheint sich die Entwicklung verlangsamt zu haben, vielleicht ist sie sogar zu einem Halt gekommen. Bis auf einen kurzen Ausbruch hat es in den dreißig Stunden keine Paraentladungen gegeben.«

»Das muss nichts bedeuten! Es kann jederzeit wieder losgehen!«

»Möglich. Aber selbst wenn das geschähe, könnten wir sofort Kontakt zu Mercant aufnehmen. Er wartet nur darauf. Innerhalb von Minuten wären wir alle betäubt, innerhalb von Stunden hätte man uns das Antivirus injiziert.«

Sid bebte. Ihm ging gegen den Strich, was Marshall sagte. Und Sid hatte sich noch nie beherrschen können. Er würde ...

»Ja«, sagte Sid leise. »Du hast recht, John. Warten wir ab.«

Sue traute ihren Ohren nicht. Sid vernünftig? Und wieso sagte er nichts über Monk? Das war der Moment! John würde verstehen, was sie getan hatten – und was es bedeutete. Sie saßen auf einem Vulkan, der jeden Augenblick ausbrechen konnte, ausbrechen *würde*. Sie mussten handeln, bevor es geschah!

Sie zog an Sids Hand, warf ihm einen fragenden Blick zu. Er tat so, als hätte er nichts gemerkt.

Marshall sah zu den Zwillingen und Takita, anschließend zu Sid und Sue. »Ich wusste, dass wir zu einer vernünftigen Lösung kommen würden. Schließlich sind wir alle zivilisierte Menschen. Ruhen wir uns aus!«

Das Holo Allan Mercants erlosch. Die Hershell-Zwillinge und Takita zogen sich tuschelnd zurück. Nicht ohne Sue und Sid im Vorbeigehen böse Blicke zuzuwerfen.

»Komm, du siehst müde aus!«, sagte Sid und zog Sue mit sich, hinaus aus dem Saal.

Sue ließ es mit sich geschehen, bis sie um eine Biegung gekommen waren. Dann blieb sie stehen und zischte: »Sid, was ist los? Wieso hast du John nicht von Monk erzählt?«

»Ich weiß nicht. Irgendwas stimmt mit ihm nicht.«

»Was soll nicht mit ihm stimmen? Er ist müde wie wir alle. Wenn er von Monk erfährt, wird er sofort reagieren. Die anderen werden auf ihn hören. John ist ...«

Sie spürte einen plötzlichen Lufthauch, drehte sich um. Nichts. Sie fröstelte. Gänsehaut breitete sich auf ihren Armen aus. Der Schatten?

»Sid! Hast du das auch gespürt?«

Sid sagte nichts. Stattdessen antwortete eine Stimme aus dem Nichts: »Sid hat es richtig gemacht! John Marshall ist nicht mehr zu trauen! Er macht gemeinsame Sache mit dem Schatten!«

# Kapitel 7

**September 2012**
**South Hadley, Massachusetts**

»South Hadley!«

Der Busfahrer verdrehte den Kopf, als er den beiden Jungen – seinen einzigen Passagieren – den Namen der nächsten Haltestelle zurief.

Perry Rhodan und Marcus Everson griffen nach den schweren Rucksäcken, die sie auf leeren Sitzen abgelegt hatten, und schulterten sie. Der Bus kam in der Haltebucht zum Stehen. Marcus ging voran, gleichermaßen ungeduldig wie aufgeregt, und sprang zur Fahrertür hinaus. Perry folgte ihm, blieb einen Augenblick bei dem Busfahrer stehen. Es war ein Schwarzer.

»Entschuldigen Sie, Sir?«

»Ja?«

»Was ist mit Ihrem Kollegen, der die Linie sonst fährt? Mister Mendez?«

Der Fahrer überlegte einen Moment. »Der alte Latino mit den Sommersprossen?«

»Den meine ich.«

»Den hat's erwischt. Infarkt. Eine Woche vorm Ruhestand. Traurige Geschichte.« Der Fahrer sah auf. »Hast du ihn gekannt?«

»Ein bisschen. Ich danke Ihnen, Sir.«

Perry stieg aus dem Bus. Mister Mendez hatte es gut mit ihm gemeint, als er davongerannt war. Was damals geschehen war, erschien ihm unendlich fern, und zugleich hatte es sich tief in sein Gedächtnis eingebrannt. Er war jetzt dreizehn, die Ereignisse lagen fast ein halbes Leben zurück. Doch Perry spürte immer noch die Prügel, die ihm sein Vater verabreicht hatte, nachdem ihn die Polizei zu Hause abgeliefert hatte. Die Strafe war ihm eine Lehre. Keine halben Sachen.

Die Hydraulik zischte leise, als sich die Tür schloss. Mit aufbrüllendem Motor fädelte sich der Bus wieder in den fließenden Verkehr ein.

Perry war erneut auf der Flucht. Aber dieses Mal war er nicht davongerannt. Sein Vater hatte ihn aufgefordert zu gehen, hatte ihm das Geld für den Bus in die Hand gedrückt. Das lange Labour-Day-Wochenende stand bevor. Sein Vater spürte, dass er und Perry unweigerlich wieder aufeinanderprallen würden, und half auf eine Weise ab, die ihm erlaubte, das Gesicht zu wahren: mit einem Besuch des Jungen bei seinem Onkel.

»Ist das da dein Onkel?«, fragte Marcus. Der babyspeckige Junge deutete auf einen verbeulten Pick-up, der mit laufendem Motor am Ende der Haltebucht stand. Die Fenster waren heruntergedreht. Eine Rauchwolke stieg von der Fahrerseite herauf, und schräge, beinahe schon in den Ohren schmerzende Musik übertönte den dichten Feiertagsverkehr.

»Was ist das für Zeugs?« Marcus verzog das Gesicht.

»Zwölftonmusik«, antwortete Perry.

»Nie gehört. Ich dachte, dein Onkel wäre cool?«

»Ist er auch, wirst sehen.«

Die beiden Jungen gingen zu dem Pick-up. Als sie noch eine Handvoll Schritte von dem Wagen trennten, brach die Musik ab – die tatsächlich keine Musik war, fand Perry, auch wenn er seinen Onkel öffentlich jederzeit für seinen Geschmack verteidigt hätte –, und ein Mann stieg aus.

Er war groß, knochig und hässlich.

Das blonde Haar Karl Rhodans hatte sich mit Mitte vierzig auf einzelne Inseln am Schädel zurückgezogen, die wie Bastionen in einem längst verlorenen Kampf wirkten. Sein Kinn war breit, der Mund erinnerte an den eines Kindes, und seine blaugrauen Augen muteten wie Murmeln an und schienen Gefahr zu laufen, jeden Augenblick aus den Höhlen zu treten und davonzurollen.

»Wo ist deine Schwester?« Mit der ausgewaschenen Jeans, dem karierten Flanellhemd und dem zu groß geratenen Hut wirkte Karl Rhodan wie die Karikatur eines Cowboys. Der Anhänger, den er an einer Kette um den Hals trug, glänzte in der Sonne. Er zeigte den heiligen Georg, den Drachentöter.

»Deb wollte nicht mitkommen«, antwortete Perry.

»Wieder ein Junge im Spiel?«

»Schätze ja.«

»Tin Can?«

»Nein. Den hast du vertrieben. Tin Can wechselt die Straßenseite, wenn er einen von uns nur aus der Ferne sieht.«

»Gut so.« Karl Rhodan hob eine Hand und strich sich mit den von Altöl geschwärzten Fingern über das Kinn. »Aber das mit deiner Schwester gefällt mir nicht. Sie wird kein gutes Ende nehmen, wenn sie so weitermacht.«

»Ich versuche ...«

»Ich weiß, du tust, was du kannst«, unterbrach ihn Karl. »Aber kein Mensch kann einen anderen Menschen vor sich selbst schützen.« Er drehte sich zu Marcus, der unsicher von einem Bein auf das andere wippte. »Und wer bist du, Wonneproppen?«

Marcus zuckte zusammen. »Marcus Everson, Sir. Ein Schulkamerad.«

»Was willst du hier? Siehst nicht nach einem Jungen aus, der es länger als eine Stunde auf einer Farm aushält.«

Marcus lief knallrot an. »Ich, Sir ... ich ...«

»Ich habe ihn eingeladen«, eilte ihm Perry zu Hilfe. »Ich habe ihm von der Farm und dir erzählt. Marcus ist neugierig.«

»Ach ja?« Karl bedachte den Jungen mit einem abschätzigen Blick. »Also gut, ich habe eine Schwäche für neugierige Jungs. Rein mit euch!«

Die beiden Jungen wuchteten ihre Rucksäcke auf die Ladefläche und stiegen ein. Der Pick-up war breit genug, dass sie alle drei nebeneinandersitzen konnten. Karl brauste los. Er war der einzige Erwachsene, den Rhodan kannte, der ein Auto ohne Automatik fuhr – und der einzige, der seinen Wagen so rücksichtslos rannahm.

»Ein schöner Farmer«, sagte Perrys Vater immer, »der seine Werkzeuge so misshandelt.«

Perry konnte ihm nicht widersprechen. Trotzdem war es nur ein Teil der Wahrheit. Karl konnte Tage damit verbringen, einen Motor komplett auseinanderzunehmen und wieder zusammenzusetzen. Und er fand dabei die innere Ruhe, die Perrys Vater sein Leben lang vergeblich suchte.

Nach einem Kilometer zwang Karl den Pick-up von der Hauptstraße, ohne abzubremsen. Marcus japste überrascht, wurde gegen die Tür geworfen. Perry, der das Manöver hatte kommen sehen, gelang es, sich an der Kante der Sitzbank festzuklammern. Karl beachtete die beiden Jungen nicht und gab wieder Gas. Der Pick-up rumpelte mit beinahe fünfzig über den unbefestigten Feldweg.

»Bist wieder gewachsen, Junge, was?«

»Ja.«

»Wie groß?«

»Einsneunundfünfzig.«

»Aus dir wird noch was, Junge.« Karl grinste. »Wie geht es deiner Mutter?«

»In Ordnung. Die Verkäufe laufen gut, seit sie sich auf Schuhe verlegt hat. Ich soll dich von ihr grüßen.«

»Dein Vater?«

»Nicht so gut.« Perry zögerte nicht. Vor Karl musste er nicht verbergen, was er fühlte.

»Er trinkt wieder?«

Perry nickte.

Karl Rhodan trat scharf auf die Bremse, bog auf einen noch engeren, noch holprigeren Feldweg ein. Perry stützte sich mit beiden Armen auf dem Armaturenbrett ab. Seine Jacke verrutschte, gab den Blick auf den Button frei, den er auf der Brust trug.

»OBAMA 2012«, stand in Blau auf weißem Grund. »Yes, we can ... AGAIN!«

»Ihr streitet euch über Politik?« Karl schüttelte missbilligend den Kopf.

»Dad streitet mit mir! Er ist total verbohrt! Wenn Romney Präsident wird, dann ...«

»Dann was? Stürzt der Himmel über uns alle nieder?«

»Nein ... aber der amerikanische Präsident ist der mächtigste Mann der Welt!«

»Wahrscheinlich.« Karl nickte. »Aber was bedeutet das schon?«

»Das ist doch ...« Perry verstummte, als er versuchte, in Worte zu fassen, was so offensichtlich war. Doch bevor es ihm gelang, hatten sie die Farm seines Onkels erreicht: ein abgehalftertes Mobile Home auf einer Waldlichtung, das sich nie wieder vom Fleck rühren würde, daneben ein Stall und ein windschiefer Schuppen.

»*Das* ist die Farm ...?« Marcus klappte der Kiefer herunter.

Karl Rhodan grinste diebisch. »Willkommen im Abenteuer, meine Herren!«

Karl tat, was Perry am meisten an seinem Onkel schätzte: Er ließ ihn und Marcus in Ruhe.

Perry führte seinen Schulkameraden in das Zimmer an der Rückseite des Mobile Homes, in dem er immer schlief, wenn er seinen Onkel besuchte. Der einzige Einrichtungsgegenstand war eine große alte Matratze. Das Fenster hatte sich noch nie richtig schließen lassen, aber das machte nichts. Durch den Spalt drang das Rauschen des Flusses, der unterhalb des Homes seinen Lauf zog.

Marcus stand einen Moment lang da – sein Vater war ein erfolgreicher Unternehmer, seine Familie lebte in einer Villa mit gepflegtem Garten –, dann gab er sich innerlich einen Ruck und ließ sich auf das Abenteuer ein.

Die beiden Jungen warfen die Rucksäcke in eine Ecke und machten sich daran, das zu erforschen, was Karl seine »Farm« nannte.

»Schrottplatz« war das Wort, mit dem die meisten anderen Menschen den Ort bezeichnet hätten. Onkel Karl sammelte alte Autos, heruntergekommen und von ihren Eignern aufgegeben, oder Unfallwagen und richtete sie wieder her. Von einem kleinen Wäldchen von der Sicht abgeschirmt, warteten drei Dutzend Fahrzeuge darauf, dass Karl sie wieder instand setzte oder ihre Teile in andere Wagen transplantierte.

Perry und Marcus verbrachten den Rest des Samstags auf der Lichtung. Sie rissen an Lenkrädern, traten auf Pedale und hämmerten gegen Hupen, die keinen Laut mehr von sich gaben, kletterten durch geborstene Scheiben und in muffige Kofferräume und jagten einander, während sie von Dach zu Dach sprangen.

Marcus vergaß sogar seinen Frust über die Entdeckung, dass die Farm in einem Funkloch lag und damit sein nagelneues Nexus, das ihm sein Vater zum Geburtstag geschenkt hatte, nutzlos war.

Am Nachmittag trieben Hunger und Durst die beiden zurück zum Mobile Home. Onkel Karl war in der Scheune, hantierte an einem alten Ford Ranger, begleitet diesmal von einer Musik, die Perry, der seinen Onkel kannte, seinem verblüfften Schulkameraden als gregorianische Choräle erklärte.

Die Jungen plünderten den bis zum Bersten mit Fertiggerichten gefüllten Kühlschrank und zogen weiter. An einem der Bäche, die in den Fluss mündeten, legten sie einen Staudamm an. Sie holten Angeln, und Perry zeigte Marcus, was Onkel Karl ihm gezeigt hatte: wie man einen Fisch aus dem Fluss zog. Schließlich rannten sie zu der Weide, auf dem das Dutzend Kühe graste, die der Farm die Berechtigung auf den Namen »Farm« gaben, und versuchten sie zu ärgern. Die Kühe ließen sich von ihren Bemühungen nicht beeindrucken.

Mit dem letzten Licht kehrten die Jungen zum Mobile Home zurück. Onkel Karl hatte auf dem Platz vor dem Wohnwagen ein Feuer entzündet und briet die Fische, die die beiden Jungen gefangen hatten. Sie aßen die Fische, und hinterher gingen sie in das Mobile Home in das Zimmer Karls. Es glich demjenigen, in dem sie schliefen: ein Fenster, das nicht dicht schloss, eine Matratze – dazu ein Stuhl und ein Tisch, auf dem ein Laptop stand.

Karl schaltete es ein und zeigte den Jungen seine Spiele. Sie stammten aus der digitalen Steinzeit, aus den Achtzigern des vorigen Jahrhunderts. Karl führte sie ihnen vor, als wären es kleine Weltwunder. Seine Murmelaugen glänzten, schienen beinahe aus den Höhlen zu treten, als »Pacman«, »Space Invaders« und »Asteroids« um den Platz auf dem Display wetteiferten. Es handelte sich um Kunstwerke, hatte er Perry einmal erklärt, gerade wegen ihrer Primitivität. Die Spiele zeigten, was den Menschen ausmachte.

Die Dokumentationen über den Zweiten Weltkrieg, die seinen Onkel mindestens ebenso faszinierten, ließ Karl an diesem Abend aus, wohl um Marcus nicht zu verschrecken. Perry war froh. Sein Onkel schien nicht genug davon bekommen zu können. Für ihn, hatte er dem Jungen erklärt, gewährte das, was in diesen dunklen Jahren auf der Erde geschehen war, einen tiefen Blick in die Seele des Menschen.

Weit nach Mitternacht gingen die Jungen schlafen. Freiwillig, Karl hielt nichts von Bettzeiten.

Sie rollten ihre Schlafsäcke aus und legten sich auf die Matratze. Sie roch angeschimmelt; ein Geruch, den Perry längst lieb gewonnen hatte. Er schmeckte nach Freiheit und Abenteuer.

»Du hast recht«, sagte Marcus, das Gesicht leicht verzogen wegen des Geruchs. »Dein Onkel ist cool. Er hat keinen Schiss, dass wir Mist bauen. Nicht wie die ganzen anderen Erwachsenen.«

»Hab ich doch gesagt.« Ein warmes Gefühl breitete sich im Magen Perrys aus. Er bekam nicht oft recht.

»Hast du ... Aber dein Onkel hat kein Wort von den UFOs gesagt.«

Sein Magen zog sich abrupt zusammen. »Ja, schon.«

»Du hast gesagt, dein Onkel weiß was über Aliens.«

»Tut er auch!«

»Ja? Wieso erzählt er dann nichts davon?«

»Onkel Karl erzählt, was er will.«

»Das habe ich schon bemerkt. Wieso fragst du ihn nicht danach?«

»Ich ...« Perry brachte keinen Satz zustande. *Weil er mir noch nie davon erzählt hat,* dachte er. *Weil mein Onkel wütend werden kann, wenn man ihn etwas fragt, was er nicht erzählen will. Sehr, sehr wütend.*

»Ich schwöre es dir, Marcus. Ich habe die Aliens gesehen! Und ihre Raumschiffe! Auf seinem Computer!«

»Dann ist es ja gut. Morgen will ich sie sehen, verstanden?«

»Verstanden.«

»Und wenn das nur Spiele sind ...« Marcus Everson schüttelte verächtlich den Kopf. Dann drehte er sich weg und war wenige Augenblicke später eingeschlafen.

Perry erwachte aus einem unruhigen Schlaf. Er sah auf sein – auf der Farm seines Onkels nutzloses – Handy: 4:33 Uhr.

Er drehte sich auf die andere Seite und stellte fest, dass er allein war. Marcus' Schlafsack war leer.

*Kein Ding!,* sagte sich Perry. *Er ist kurz pinkeln.*

Perry horchte. Das Rauschen des Flusses drang durch den Fensterschlitz, übertönte mögliche andere Geräusche. Marcus musste nach draußen gegangen sein, zu den nahen Bäumen. Wie Perry es ihm gesagt hatte. Es brauchte etwas Mut für einen Dreizehnjährigen – was weder Perry noch Marcus jemals vor anderen eingestanden hätten –, in der dunklen Nacht rauszugehen. Doch die Toilette des Mobile Homes war ebenso vernachlässigt wie der Rest des Wohnwagens. Es stank dort. Auf eine besondere Weise. Onkel Karl tat vieles anders als andere Erwachsene. Er stank auch anders.

Die Minuten verstrichen, ohne dass Marcus zurückgekehrt wäre. Perry schloss die Augen, konzentrierte sich ganz auf sein Gehör. War da nicht ein Klackern, das hin und wieder aus dem Rauschen des Flusses hervorstach?

Dieses Klackern war ihm vertraut. Es stammte von Karls Tastatur. Perry krabbelte aus dem Schlafsack, zog ein Fleece über das T-Shirt, um zu sehen, was seinen Onkel wach hielt.

Der fahle Schein des Displays erhellte den Hauptraum des Homes. Eine pummelige Gestalt hockte davor.

»Marcus?«, flüsterte Perry. »Was tust du da?«

»Siehst du doch.« Der Schulkamerad wandte den Blick nicht von dem Display ab. »Ich nehme die Sache selbst in die Hand.«

»Aber ... aber wieso? Ich werde meinen Onkel fragen. Morgen. Das habe ich doch gesagt.«

»Klar. Und ebenso klar, dass du die Klappe nicht aufkriegen wirst, Perry. Du hast viel zu viel Schiss vor deinem Onkel.«

»Du ...« Perry verstummte, als ihm klar wurde, dass Marcus recht hatte. »Aber selbst wenn. Das darfst du nicht!«

»Wieso? Ich tue nichts Böses. Ich nehme ihm ja nichts weg.« Marcus' Finger huschten über die Tastatur. »Und weißt du was? Ich weiß nicht, was das für ein Teil ist. Kein normales Thinkpad auf jeden Fall. Muss irgendein exotisches Linux sein, was er da laufen hat. Dein Onkel ...«

»Was tust du da, Junge?« Karl war in den Raum getreten. Er trug Shorts und ein ausgeleiertes Feinripp-Unterhemd. Seine Beine waren unmöglich knochig.

»Ich ... Sir ... ich ...« Marcus wand sich auf dem abgewetzten Stuhl.

»Du steckst deine Nase in Angelegenheiten, die dich nichts angehen, Junge.« Der Anhänger tanzte auf seiner vor Empörung bebenden Brust.

»Es tut mir leid, Sir. Ich wollte nicht ... ich wusste nicht ...«

Karl trat näher. Auf seinen Armen und an seinem Hals traten Adern hervor. Perrys Onkel war ein schlanker, ja beinahe ausgemergelter Mann, aber in den Momenten der Wut schien er förmlich anzuschwellen. Und: Im Zorn war er unberechenbar.

»Sir, ich ...« Marcus glitt vom Stuhl und verkroch sich unter dem Tisch.

Karl bückte sich. »Ich werde dir zeigen, was ...«

Perry reagierte. Mit einem Satz brachte er sich zwischen seinen wütenden Onkel und den Schulkameraden. »Nein! Tu ihm nichts, Onkel Karl! Es ist meine Schuld!«

Karl verharrte in der Bewegung. »Wieso deine Schuld? Ich habe gehört, was ihr geflüstert habt. Du bist nur dazugekommen.«

»Das stimmt. Aber ...« Perry holte tief Luft. »... aber Marcus ist überhaupt nur mitgekommen, weil ich ihm gesagt habe, dass du über Aliens und UFOs Bescheid weißt.«

»Du hast *was?* Woher willst du das wissen?«

»Ich habe mitbekommen, was du nachts machst. Manchmal kann ich nicht schlafen und ...«

»Und was hat das mit diesem Jungen zu tun?« Karl zeigte auf Marcus, der vorsichtig unter der Tischplatte hervorlugte.

»Ich wollte ...« Perry schluckte, es fiel ihm schwer, Karl und Marcus seine innersten Gefühle zu offenbaren – und noch schwerer, sie sich selbst einzugestehen. »Ich wollte, dass Marcus mein Freund ist. Deshalb. Ich ... ich wollte angeben.«

Karl richtete sich auf. Seine Murmelaugen fixierten Perry. Die Wut war aus ihnen verschwunden, stattdessen glaubte der Junge in ihnen Verwunderung zu lesen. Als sähe sein Onkel ihn unvermittelt in einem neuen Licht.

»Du musst noch viel lernen, Perry«, sagte Karl schließlich. »Aber du hast Mut, das muss ich dir lassen.« Er winkte dem Jungen unter dem Tisch zu. »Du kannst herauskommen. Ich tue dir nichts.«

Marcus warf Perry einen fragenden Blick zu. Erst als dieser nickte, traute er sich hervor.

»Du glaubst also an Aliens, Junge?«, fragte Karl.

»J... ja.«, brachte Marcus heraus.

»Wie kommst du darauf?«

»Es ...« Marcus straffte sich. »Statistik. Es gibt einhundert Milliarden Sterne in der Milchstraße. Mindestens! Dass sich nur auf der Erde intelligentes Leben entwickelt haben soll, wäre ein grotesker Zufall.«

»Und wieso sollten diese Aliens ausgerechnet zur Erde kommen?«

»Zufall. Früher oder später wird jede Zivilisation ins All vorstoßen – und früher oder später wird eine von ihnen uns finden.«

»Und dann?«, fragte Karl.

»Dann müssen wir sehen, dass wir die Ersten sind! Wenn die Chinesen oder die Russen die Technologie der Aliens in die Finger bekommen, dann gnade uns Gott! Wir ...«

»Gott?«, schnitt Karl dem Jungen das Wort ab. »Ich bezweifle, dass Gott sich für die Vereinigten Staaten von Amerika interessiert – angesichts von einhundert Milliarden Sternen in der Milchstraße. Von anderen Galaxien ganz zu schweigen.«

»Sir, ich ...« Marcus Everson brach ab. Ihm fehlten die Worte.

Karl wandte sich an Perry. »Aber was meinst du, Perry Rhodan? Was sollten wir tun, wenn die Aliens kommen?«

Der Blick des Onkels war durchdringend. Perry überlegte. Ihm brach der Schweiß aus. »Ich ... vielleicht ... ich weiß es nicht.«

Es arbeitete in Karls Zügen. Dann sagte er: »Das macht nichts, Junge. Du musst keine Antwort darauf wissen. Noch nicht.«

# Kapitel 8

## 14. Mai 2037, am Morgen
## Lakeside

»John Marshall macht gemeinsame Sache mit dem Schatten!«

An der Stelle, von der die Stimme kam, begann die Luft zu flimmern. Das Flimmern verdichtete sich innerhalb von Sekunden zu einem Schemen, der Schemen schließlich zu einem Menschen. Es war ein junger Schwarzer. Lang und schlank – und versengt.

Sie brauchten eine Sekunde, um ihn zu erkennen.

»Lekoche!«, rief Sid. »Verdammt, was tust du hier?«

Lekoche Kuntata war ein junger Massai, der eine spezielle Paragabe besaß: die des Verschwindens. Sue kannte ihn nur flüchtig. Lekoche war vor einigen Wochen dem Tode nahe nach Terrania Central gebracht worden. Frank Haggard hatte die tödliche Variante des HI-Virus, der in ihm tobte, erfolgreich bekämpft. Kaum war Lekoche wieder zu Kräften gekommen, war der Massai verschwunden, allerdings auf andere Weise: Er hatte die Finder-Mutantin auf ihrer Suche nach André Noir begleitet.

Caroline Frank hatte Noir nach einer mehrwöchigen Suche, die sie durch ganz Europa geführt hatte, aufgespürt. Jetzt lag sie in einem Krankenbett in Terrania Central. Betäubt, damit ihre Paragabe neutralisiert war. Dort sollte eigentlich auch Lekoche sein. Stattdessen ...

»Was ist mit dir passiert?«

Kopfhaare und Augenbrauen des jungen Massai waren verbrannt.

»Ach das?« Lekoche strich sich beiläufig über den blanken Schädel. »Die wachsen wieder nach. Beim letzten Durchgang hat es mich beinahe erwischt.«

»Bei *was?«* Sue erinnerte sich, dass Lekoche sich selbst als Krieger betrachtete. Und ein Krieger kannte keinen Schmerz.

»Als ich durch den Schirm bin. Die Paraentladungen überlasten ihn stellenweise. Man muss nur den richtigen Moment abpassen, dann kann man durchschlüpfen.«

»Hast du sie eigentlich noch alle?« Sid sah den Massai an, als hätte er ihm eben erklärt, er spaziere in seiner Freizeit mit Vorliebe durch Minenfelder. »Denk an Tako!«

»Das mache ich. Und es tut mir sehr leid um ihn. Wir haben einmal miteinander gesprochen. Er war sehr gut zu mir. Aber Tako ist teleportiert, in Panik. Ich bin ein Krieger. Ich bleibe ruhig.«

Lekoche war schmächtig, sah bestenfalls wie sechzehn aus. Und ohne Behaarung wirkte er auf Sue wie ein übergroßes Baby – und überhaupt nicht wie ein Krieger.

»Du willst ein Krieger sein? Ein echter Krieger hat es im Kopf. Er geht keine unnötigen Risiken ein. Was soll dieser ...« Sue suchte nach einem passenden Begriff für die Dummheit, die der Massai begangen hatte. »... dieser Stunt?«

»Das ist kein Stunt!« Lekoche versteifte sich. »Ich bin ein Krieger! Hier in Terrania und überall sonst ist alles voll mit Leuten, die sich dafür halten. Sie sind ganz wild aufs Kämpfen, aber sie werden nichts erreichen. Jeder von ihnen sieht nur einen Teil der Wahrheit.«

»Aha. Und du siehst das große Ganze?« Sids Tonfall ließ keinen Zweifel daran, was er von Lekoches Behauptung hielt.

»Nein. Aber mehr als die meisten anderen.«

»Zum Beispiel ›Schatten‹. Was soll dieser Quatsch mit John und einem Schatten?«

»Das ist kein Quatsch«, entgegnete Lekoche. »Ich habe den Schatten mit eigenen Augen gesehen. Und Monk hat ihn gesehen. Das ist doch so, Sue?«

»Du ... du warst dabei vorhin? Als ich Monk geweckt habe?«

Lekoche nickte. »Ja, und als du und Sid Monk davon überzeugt habt, dass der Jüngste Tag bevorsteht und er die Mutanten blockieren muss, damit uns Satan nicht holt. Und ich weiß, dass Monk Angst vor einem Schatten hat und du denkst, dass er dabei ist, den Verstand zu verlieren. Und weißt du, was ich noch weiß? Dass Monk, was den Schatten angeht, seine Murmeln zusammenhat. Es gibt den Schatten! Ich habe ihn gesehen.«

»Augenblick! Ich kapiere gar nichts mehr.« Sid sah abwechselnd Sue und Lekoche an. »Wovon redet ihr? Was ist hier los? Lekoche, du warst mit Caroline unterwegs, um diesen Mörder Noir zu fangen, nicht? Caroline ist draußen und betäubt. Wieso bist du es nicht?«

Lekoche grinste breit. »Jemanden, den du nicht wahrnimmst, kannst du nicht betäuben.«

»Dann hat dich das Virus nicht erwischt?«, fragte Sue.

»Doch, wie uns alle früher oder später. Es hat meine Gabe verändert. Früher konnte ich sie nicht kontrollieren. Die meiste Zeit war ich einfach weg von der Bildfläche für andere Menschen. Dann, auf der Suche nach Noir, hat meine Gabe plötzlich gestreikt. Ich konnte nicht mehr verschwinden. Inzwischen habe ich sie unter Kontrolle. Seht ihr?«

Lekoche wurde zu einem Schemen, der Schemen zu einem Flimmern. Gleich darauf war der Massai verschwunden.

»Keine Ahnung, was los ist«, kam seine Stimme aus der leeren Luft. »Monk sollte mich blockieren wie euch alle. Aber er tut es nicht. Wie auch immer: Ich habe mich davongeschlichen.«

»Nach Lakeside und zurück und wieder hierher«, stellte Sid fest.

»Und noch mal und noch mal.« Lekoche wurde wieder sichtbar.

»Wozu?«

»Um zu kapieren, was Sache ist.«

»Das wissen wir längst«, entgegnete Sid. »Ein Virus spielt mit unseren Gaben und wird uns bald umbringen, wenn wir keine Hilfe bekommen.«

»So einfach ist das nicht.«

»Wie ist es dann?«

»Dazu muss ich etwas länger ausholen, okay?«

Sue und Sid nickten.

»Ihr wisst Bescheid über André Noir, über Chittagong?«

»Klar«, sagte Sue. »Er nannte sich ›Shadow‹ und hatte seine eigene kleine Herrschaft aufgebaut, bis ihm Tako, Wuriu und Ariane eingeheizt haben.«

»Nicht ganz so ruhmreich«, korrigierte sie Lekoche. »Noir hat ihnen eine Falle gestellt. Er wollte ihnen etwas mitteilen. Dass unsere Existenz zu unwahrscheinlich ist, um ein Zufall sein zu können. Unter Aliens gibt es praktisch keine Mutanten mit Paragaben, nur unter Menschen. Und die auch nur seit einigen Jahren. Wir müssen uns bloß anschauen, um zu wissen, dass da was dran ist. Die meisten von uns sind noch keine zwanzig. Niemand ist richtig alt.«

»Und wennschon!«, sagte Sid trotzig. »Noir war ein machtgeiler Mörder.«

»So schien es. Noir ist aus Chittagong verschwunden, seine Herrschaft brach zusammen. Als Caroline und ich uns an seine Spur hefteten, stießen wir auf etwas, das wie eine Mordserie ohnegleichen wirkte. Noir brachte alle um, die in seinem Leben Bedeutung hatten, angefangen bei seinen Eltern. Und jeden dieser

Morde tarnte er als einen Unfall. Caroline und ich sind ihm durch ganz Europa gefolgt und haben ihn schließlich durch einen Zufall gefunden: in Edinburgh, beim großen Rugby-Match Menschen gegen Naats.«

»Wo ihn Caroline erschossen hat«, bemerkte Sue.

»Ja. Weil sie glaubte, er zöge eine Waffe. Aber es handelte sich um den Brief Frank Haggards, von dem er behauptete, er stamme aus einem Alternativuniversum. Den Brief hat Mercant euch eben vorgelesen. Und die Morde waren keine Morde, behauptete er. Noir will nur diejenigen in andere Universen gerettet haben, die ihm lieb und teuer sind. Er tauschte sie gegen ihre Entsprechungen aus anderen Universen ein, die ohnehin gestorben wären.«

Sid schnaubte verächtlich. »Das würde ich an seiner Stelle auch behaupten! Er ist und bleibt ein Mörder!«

»Ich bin mir nicht so sicher. Eine Mordserie ließe sich mit einer kranken Seele erklären. Aber wieso hätte Noir dann versuchen sollen, unserem Frank Haggard diesen Brief zu übergeben? Und wie hätte er den Bauplan für ein Antivirus entwerfen können, das die Ärzte inzwischen erfolgreich ausgeführt haben? Wenn ihr mich fragt, ist die Erklärung, die Noir gegeben hat, die schlüssigste.«

Sue musste ihm widerwillig zustimmen. Alles, was sie von Noir gehört hatte, war ihr zuwider. Aber hier ging es nicht um Sympathien oder Abneigungen, sondern darum, eine schlüssige Erklärung zu finden. Und eines musste Sue Noir lassen: Er hatte an seine Version der Wahrheit so fest geglaubt, dass er sein Leben aufs Spiel gesetzt – und verloren hatte.

Sid schien zu ähnlichen Schlüssen gekommen zu sein. »Okay«, sagte er. »Nehmen wir an, das stimmt. Was hat das, was du uns eben erzählt hast, mit diesem Schatten zu tun, von dem du und Monk erzählen? Ist Noir – oder ein Noir aus einem Alternativuniversum – der Schatten?«

»Gute Frage.« Lekoche hob die knochigen Schultern und ließ sie wieder sinken. »Das ist zumindest eine Möglichkeit. Aber ich halte eine andere für wahrscheinlicher.«

»Eine andere? Wieso erzählst du uns lang und breit von Noir?«

»Weil Noir ein Teil der Wahrheit ist: Das Virus existiert, es manipuliert uns. Die Symptome sind: eine anscheinend harmlose Erkältung, Aussetzen, Fluktuieren oder Wechsel der Paragaben, später Kontrollverlust und der Drang der Mutanten, sich an einem Ort zu versammeln.«

»Deshalb versuchen Mutanten von überall auf der Erde nach Terrania zu kommen«, stellte Sue fest.

»Genau.«

»Wieso spüren wir nichts davon?«, wandte Sid ein.

»Ihr seid schon hier, nicht? Das zum einen. Und ihr seid nach Takos Tod freiwillig wieder unter den Schirm gegangen – wieso eigentlich?«

»Wir wollten hier helfen! Wir ...«

»Das glaubt ihr«, schnitt ihm der Massai das Wort ab. »Aber ich will auf etwas anderes hinaus. Ich glaube, es gibt noch ein Symptom, dem bisher niemand Beachtung geschenkt hat: eine Vision, die alle Mutanten teilen.«

»Du meinst diesen Traum vom Garten? Der Mann mit der Waffe?«

Lekoche nickte. »Jeder von uns hatte ihn mit kleineren Abweichungen. Wir alle haben einen Fluss gesehen, der sich durch ein paradiesisches Tal schlängelt. Und wir wurden Zeugen, wie ein uns Unbekannter zwei Männer in das Visier seiner Waffe nimmt ...«

»... und dann ist da diese Stimme«, nahm Sue den Faden auf. »Sie brüllt: ›Nein! Tun Sie das nicht! Sie ...‹«

»... aber es ist zu spät«, vervollständigte Sid den Satz. »Der Unbekannte drückt ab.« Er war kreidebleich. »Was ... was hat das zu bedeuten?«

»Ich habe keine Ahnung«, gab Lekoche zu. »Aber wenn ihr mich fragt, klingt das wie eine Warnung. Und in Terrania hat man inzwischen einen Hinweis, von wem sie kommt: Ernst Ellert.«

»Ellert ist wieder wach?«, fragte Sue.

»Nein. Aber Ras Tschubai hat seine Stimme erkannt. Er hat mit einigen anderen Mutanten versucht, die Energieversorgung des Schutzschirms zu kappen, der über Lakeside liegt. Sie haben es nicht geschafft. Auf der Flucht hatte er eine Eingebung und hat den Keller des Hochhauses in Terrania aufgesucht, in dem Ellert liegt.«

Sue kannte den Ort. Sie hatte ihn schon einmal zusammen mit Sid aufgesucht. Sie waren neugierig auf den Mann gewesen, der dort in einem unerklärlichen Winterschlaf lag, seit er in den frühen Tagen nach der Landung der STARDUST am Goshunsee versucht hatte, zu Rhodan vorzudringen. Ellert war in einen sich aufbauenden Energieschirm geraten. Eigentlich hätte die Energieentfaltung ihn auf der Stelle verbrennen sollen, stattdessen war sein Körper unversehrt geblieben – und sein Geist, das hatte sich mittlerweile herausgestellt, hatte sich von ihm gelöst und durchstreifte das Universum.

»Ellerts Körper war verschwunden«, sagte Lekoche.

»Was? Jemand muss ihn weggebracht haben!«

»Nein, die Aufnahmen der Überwachungskamera zeigen sein Verschwinden. Ernst Ellerts Körper wurde durchsichtig, und schließlich war er weg.«

»Du meinst, dieser Schatten könnte Ernst Ellert sein, der versucht zurückzukehren?«

»Möglich.«

»Oder es ist eben doch Noir«, sagte Sid. »Ich meine, ein Noir aus einem Alternativuniversum. Oder es ist die Gefahr, vor der Noir gewarnt hat.«

Sie schwiegen, während die Spekulationen in ihren Gedanken einander an Wildheit überboten. Irgendwann sagte Sid: »Mir schwirrt der Kopf. Ich weiß nicht mal mehr, ob zwei und zwei noch vier ergibt. Was sollen wir tun?«

Lekoche straffte sich. »Uns wie Krieger gebärden!«

»Alle erschießen, damit dieser Spuk ein Ende hat?«

»Klar, und am Ende erschießen wir drei uns gegenseitig«, entgegnete Sue. »Ich glaube, Lekoche wollte etwas anderes sagen: Ein echter Krieger hat keine Angst vor der Angst.«

»Du verstehst.«

»Nicht einmal im Ansatz«, wehrte Sue ab. »Aber ich verstehe, dass ich nichts verstehe. Das ist ein Anfang. Wir sollten vorsichtig sein.«

»Was bedeutet?«, fragte Sid.

»Lass es mich so sagen: Sicher ist, dass etwas geschieht. Und dass dieses Etwas eine Tragweite hat, die wir nicht einmal erahnen können. Das macht uns Angst. Wir können der Angst nachgeben, wild um uns schlagen und versuchen, dem Ganzen ein rasches Ende zu bereiten. Das Antivirus stoppt die Entwicklung und Ende der Geschichte. Doch dann werden wir nie erfahren, was dahintersteckt. Ich sage: Bleiben wir dran. Was, wenn Ellert der Schatten ist und er ohne unsere Hilfe nicht mehr zurückkehren kann?«

»Und wenn es der Satan ist, wie Monk glaubt?«, warf Sid ein.

»Ich glaube, dass Menschen Böses tun, aber nicht an das personifizierte Böse.« Sie machte eine wegwerfende Handbewegung. »Aber nehmen wir an, das Ganze ist ein Angriff. Irgendjemand will uns Böses. Wenn das so ist, wird er nicht ruhen und einen weiteren Angriff beginnen. Und er wird uns genauso unvorbereitet treffen wie der erste. Also schauen wir den unangenehmen Tatsachen lieber jetzt ins Auge. Jetzt haben wir nämlich einen Vorteil: Niemand rechnet mit uns dreien. Was sagt ihr?«

Sie sah zu Sid. Er nickte. Dann zu Lekoche. Auch er nickte.

»Wie gehen wir vor?«, fragte Sid.

Sue überlegte einen Moment. »Wir brauchen mehr Informationen. Ich sehe zu, was ich von John herausfinden kann. Und ihr zwei benachrichtigt Allan. Er muss erfahren, was hier los ist!«

# Kapitel 9

**Juni 2020**
**Nevada Fields, Nevada**

»Lächeln Sie!«, hatte Lesly K. Pounder die Parole ausgegeben. »Verdammt, lächeln Sie!«

Also ging der Flight Director der NASA mit gutem Beispiel voran und zwang sich zu einem Zähnefletschen, das mit etwas gutem Willen als Lächeln durchgehen mochte, als ihm auf dem weitläufigen Startfeld von Nevada Fields die ersten Besucher begegneten.

Es ging um das Ganze an diesem Tag. Für Lesly Pounder persönlich, für die NASA, für die gesamte Raumfahrt. Nevada Fields, das neue Space Center der Weltraumagentur, feierte seine Inbetriebnahme mit einem Tag der offenen Tür.

Eine Tür, nein, ein neues Tor ins Weltall wurde an diesem Tag für die Menschheit aufgestoßen – so zumindest behauptete es die Presseerklärung, die Pounder autorisiert hatte.

Schwülstig und durchaus zutreffend, aber nur ein Teil der Wahrheit. Nevada Fields war aus der Not geboren. Ein Zögling, der nur unter schwierigsten Wehen das Licht der Welt erblickt hatte und mit Sicherheit nicht ohne die entschlossene Geburtshilfe Pounders, den man innerhalb der NASA hinter seinem Rücken stets als den »Knochen« bezeichnete.

Die große Sturmflut des Jahres 2015 hatte an der Ostküste das Kennedy Space Center überflutet. Cape Canaveral, der Ort, von dem aus die ersten Menschen zum Mond aufgebrochen waren, hatte zwei Meter tief unter Wasser gestanden. Das Johnson Space Center an der texanischen Küste war zwar weiter in Betrieb, aber Pounder hatte sich keinen Illusionen hingegeben: Auch wenn sich die republikanischen Abgeordneten gegen die Idee einer Klimaerwärmung heftiger wehrten als ein Straßenhund gegen ein Bad, war sie real. Pounder, der von den Sternen träumte, war ein Realist. Ihm war klar, dass die Ökologie der Erde nur einen Gleichgewichtszustand kannte: den der Instabilität. Die Erde heizte sich rapide auf, und das Johnson Space Center an der texanischen Küste war ähnlich verletzlich, wie sich die Schwesteranlage in Florida erwiesen hatte.

Pounder, der fest daran glaubte, dass jede Krise eine Chance darstellte und das Leben selbst eine Abfolge von Krisen war, hatte die Chance beim Schopf ergriffen, die ihm die Sturmflut geboten hatte. Ein nationales Symbol war jämmerlich abgesoffen – eine Schande, die die Nation nicht auf sich hatte sitzen lassen können, ungeachtet der Tatsache, dass dieses Symbol in die Jahre gekommen und vernachlässigt gewesen war. In einer raren Sternstunde der Einigkeit hatten Senat und Abgeordnetenhaus, Demokraten wie Republikaner, den Bau von Nevada Fields genehmigt.

Pounder hatte die längst fertigen Pläne aus der Schublade geholt, hatte dem Kontrollturm noch schnell einige zusätzliche Stockwerke verpasst und seine ganze außerordentliche Energie und Zähigkeit auf den Bau des Space Centers konzentriert. Als die düstere Haushaltslage die Abgeordneten zwei Jahre später wieder zu Sinnen gebracht hatte, war es zu spät gewesen. Pounder hatte ihnen eine einfache Rechnung präsentiert: Der Bau war bereits so weit fortgeschritten, dass ein Stillstand teurer gekommen wäre als ein Weiterbau.

Hinter den Türen hatte man die Zähne gefletscht, vor den Türen hatte man Lippenbekenntnisse zur Raumfahrt und der technologischen Führerschaft der Vereinigten Staaten abgegeben und gequält gelächelt. Nur Pounder hatte so befreit gelächelt wie selten in seinem Leben.

»Da sind Sie ja, Sir!« Jenny Whitman kam auf ihn zugerannt. Ungelenk in ihren hohen Stöckelschuhen und dem kurzen, engen Rock und zugleich mit einer Eleganz, die Pounder verblüffte. Der Flight Director fragte sich, wie ein Mensch mit Verstand sich derart unvernünftig anziehen konnte. Er hatte es von seiner Public-Relations-Managerin jedenfalls nicht verlangt. Und Verstand besaß Whitman mehr als ein Dutzend seiner Ingenieure zusammen.

Whitman blieb keuchend vor ihm stehen. »Ich habe Sie überall gesucht! Wo sind Sie nur gewesen?«

Pounder drehte sich betont langsam um und zeigte auf einen der mit Josuapalmen und knorrigen Kiefern bewachsenen Hügel, die das Hochtal säumten. »Dort oben.«

Whitman kniff die Lider skeptisch zusammen. Einen Augenblick lang überlegte sie, ob der Knochen sie zum Besten hielt. »Was haben Sie dort oben getan?«

»Was wohl? Ich habe nachgesehen, was hinter dem Hügel liegt.«

»Ah ja.« Whitmans Lider weiteten sich, verrieten, dass sie seine Anspielung nicht verstanden hatte – was wiederum Pounder nicht verstand. Die PR-Managerin war eine Überfliegerin, eine Virtuosin in ihrem Fach. Dieser Eröffnungstag war ihr Werk, von den unzähligen Ballons, Girlanden und Flaggen in Nationalfarben, die das Gelände bedeckten, über die kostenlosen Barbecues bis zu den Hunderten von Sonderbussen, die von überall im Umkreis von tausend Kilometern Besucher in diesen abgelegenen Teil Nevadas gekarrt hatten.

»Was gibt es?«, fragte Pounder. »Weshalb haben Sie mich so dringend gesucht? Will mich etwa der Präsident persönlich sprechen?«

»Nein, der Vizepräsident.«

»Der Vizepräsident?« Pounder gelang es, seine Überraschung zu verbergen. »Was will er hier?«

»Dabei sein, wenn die stolze amerikanische Nation den nächsten Schritt bei der Eroberung des Weltalls unternimmt.« Whitman spulte den Satz ohne eine Spur von Ironie herunter. Als glaubte sie daran.

»Wo ist er?«

»Er wartet im Kontrollturm. Kommen Sie!«

Pounder und Whitman passierten einige Besucher, die in ausgedienten Raumanzügen schwitzend, aber glücklich über das Flugfeld marschierten. Zwei NASA-Ingenieure lächelten verschwörerisch, als sie Pounder erkannten.

Pounder erwiderte das Lächeln und machte einen mentalen Vermerk. Die Besucher in den Raumanzügen machten eine erstaunlich passable Figur ...

Am Rand des Flugfelds wurde die Menschenmenge dichter, drängte sich um die Attraktionen, die Pounder hatte ankarren lassen. Diverse Raumkapseln aus Jahrzehnten der Raumfahrtgeschichte, darunter eine in die Horizontale gelegte, gigantische Saturn V und das Spaceshuttle ATLANTIS – beide bei der Sturmflut in Cape Canaveral in Mitleidenschaft gezogen und hastig restauriert.

Insbesondere die Raumfähre zog die Besuchermassen an. »Es ist ein Symbol für eine bessere Zeit«, hatte Whitman seine Anziehung zu erklären versucht. Pounder war das so unbegreiflich wie die Stöckelschuhe der PR-Managerin. Kein Programm der NASA hatte so viele Ressourcen gebunden, so viele Menschenleben gekostet, hatte die Raumfahrt so sehr am Boden gehalten wie das Spaceshuttle.

Das Gedränge wurde enger, während sie die Bauten passierten, die das Flugfeld säumten. Hier konnten die Besucher sich für einige Minuten als Astronaut fühlen: Es gab Zentrifugen, Tauchgänge in Raumanzügen und Simulatoren – selbstredend alles im »Baby-Modus«, wie es die Ingenieure nannten. Das Letzte, was die NASA gebrauchen konnte, war ein verunglückter Besucher, der die Behörde verklagte.

Hinter den Gebäuden begann das eigentliche Nevada Fields: eine einzige weitläufige Baustelle, aus der der Rohbau des Kontrollturms ragte. Das Space Center war ein Potemkinsches Dorf, eine Fassade. Frühestens in zwei oder drei Jahren würde der erste Start anstehen.

Das Gedränge wurde zu einer Wand.

»Verdammt!«, zischte Pounder, der es nicht ausstehen konnte, wenn man ihm den Weg verstellte. »Was ist hier los?«

»Versteigerung von NASA-Memorabilien«, antwortete Whitman.

»Wieso weiß ich davon nichts?«

»Der Gedanke kam mir erst im letzten Moment. Ist Kram, der am Cape lagerte und von dem keiner wusste, was man damit anfangen soll. Wir versteigern ihn für einen guten Zweck, Stipendien für die Astronauten von morgen.«

»Nicht übel, Whitman.« Es war das größte Kompliment, das man von dem Knochen erwarten konnte. »Aber hier kommen wir nicht weiter. Kommen Sie!«

Pounder drehte um und bahnte ihnen einen Weg zurück zu Gebäude IV. Er kletterte über eine Absperrung, half Whitman, das Hindernis zu überwinden. Ein Wachmann wollte sie zurückweisen, aber als er den Knochen erkannte, wurde er blass, zwang sich zu einem Lächeln und wünschte ihnen einen guten Tag.

Pounder und Whitman betraten Gebäude IV durch einen Seiteneingang. Es war im Grunde eine große, hangarähnliche Halle, über deren Fläche ein Dutzend Simulatoren verteilt waren. Besucher umringten die Geräte, doch zwischen den Menschentrauben war genug Platz für ein Fortkommen.

»Der Vizepräsident fragt, wo Sie bleiben«, sagte Whitman, zwei Finger gegen den Knopf in ihrem Ohr gedrückt, ohne den Pounder sie noch nie gesehen hatte.

»Er hat es eilig?«

»Der Vizepräsident hat einen engen Terminplan, Sir. Er muss weiter.«

»Tatsächlich?«

Pounder konnte den Vizepräsidenten nicht ausstehen. Vor fünf Jahren war er der Senator gewesen, der um ein Haar die Mittelfreigabe für Nevada Fields gekippt hatte. Er hatte erst eingelenkt, als man einen lukrativen Regierungsauftrag in seinen Wahlkreis umgeleitet hatte.

Sie passierten eine der Unterdruckkammern; ein rot lackierter, stählerner Zylinder mit einer Reihe von Bullaugen. Mehrere Displays waren über der Kammer aufgehängt, zeigten Bilder vom Inneren der Kammer.

Ein halbes Dutzend Besucher unterzogen sich dort gerade einem Höhentraining, wie es üblicherweise Piloten absolvierten.

Pounder hielt an. Später hätte er nicht zu sagen vermocht, wieso er angehalten hatte. Der Gedanke, den Vizepräsidenten der Vereinigten Staaten warten zu lassen, hatte ihm jedenfalls diebische Freude bereitet.

»Sir!«, protestierte Whitman. »Der Vizepräsident ...«

»Richten Sie ihm aus, er solle sich noch ein paar Minuten gedulden. Ich habe zu tun.«

Pounder wandte sich ab, ohne ihre Proteste zu beachten.

Der Ingenieur ruckte herum, als Lesly Pounder den Leitstand betrat.

»Bleiben Sie sitzen«, beschied ihm der Flight Director. »Ich will nur zuschauen.« Und fügte dann hinzu: »Und sparen Sie sich dieses dämliche Grinsen! Wir sind unter uns.«

Die Mundwinkel des Ingenieurs, eines leicht aus der Fassung geratenen Mittvierzigers, sanken nach unten, als hätte Pounder die Muskelstränge gekappt, die sie hielten.

Ein rechteckiges Fenster gab den Blick in das Innere der Kammer frei. Links und rechts säumten Bänke die Wände. Bis zu zwanzig Personen fanden hier Platz, doch an diesem Tag befanden sich nur acht Menschen in der Kammer. Zwei Spezialisten der NASA und sechs Besucher – handverlesen. Drei junge Männer und Frauen, keiner von ihnen älter als Mitte zwanzig. Zu jung, um für die Astronautenausbildung infrage zu kommen, aber aus dem Holz, aus dem Raumfahrer geschnitzt waren.

»Wir haben eine Höhe von achtundzwanzigtausend Fuß erreicht«, sagte der Leitende Ingenieur.

Wenn die Probanden auf seine Worte reagierten, war es nicht zu sehen. Die Atemmasken, die sie seit dreißig Minuten mit reinem Sauerstoff versorgten, um den Stickstoffgehalt in ihrem Blut zu senken, verdeckten die Gesichter bis auf Augen und Stirn.

»Ich werde Sie gleich bitten, die Atemmasken abzunehmen. Sie werden sich in einer simulierten Höhe wiederfinden, in der der Körper nicht mehr ausreichend mit Sauerstoff versorgt wird. Dieses Phänomen bezeichnet man in der Medizin als ›Hypoxie‹. Seine Symptome sind vielfältig und individuell verschieden.«

Unter dem Fenster zog sich eine Reihe von Displays hin. Sie zeigten jeweils den Namen des Probanden, sein Gesicht in Großaufnahme und den Fragebogen an, den der Proband in der vergangenen halben Stunde auf dem Tablet ausgefüllt hatte, das auf das Podest vor ihm geklemmt war.

»Für jeden Piloten und Astronauten ist es von überlebenswichtiger Bedeutung, die eigenen Symptome zu erkennen. Nur dann hat er oder sie die Chance, in einem Notfall rechtzeitig und korrekt zu reagieren.«

Pounder besah sich die Fragebögen. Die verlangten Auskünfte wirkten wie ein Sammelsurium, reichten von Privatem über Allgemeinwissen bis zu kleineren mathematischen Aufgaben. Unauffällig eingestreut war die einzige Frage, die Pounder wirklich interessierte: »Was halten Sie für den Sinn der Raumfahrt?«

»Ich werde Sie gleich bitten, die Masken abzunehmen«, fuhr der Leitende Ingenieur fort, »und eine Aufgabe zu erfüllen. Geben Sie Ihr Bestes, aber seien Sie vernünftig und legen Sie die Masken wieder an, wenn Sie spüren, dass der Sauerstoffmangel Ihnen zu sehr zusetzt. Wir sind hier nicht auf der Suche nach Helden.«

Der Flight Director besah sich die Antworten. Das Übliche. Zwei Patrioten, die Amerika voranbringen wollten. Das Ziolkowski-Zitat von der Menschheit, die nicht ewig in der Wiege der Erde bleiben kann. Der Weltraum als die ultimative Grenze, die es zu überschreiten galt.

Und eine unübliche: »Nur im All wird es uns Menschen gelingen, uns selbst zu erkennen.«

Pounder las den Namen des Probanden: Perry Rhodan.

»Nehmen Sie die Masken jetzt ab!«, sagte der Ingenieur.

Die Probanden folgten der Anordnung. Glatte, ausdruckslose Milchgesichter kamen zum Vorschein. Die Probanden muteten

Pounder wie halbe Kinder an. Aber das war unvermeidlich. Pounder war Ende dreißig, hatte sich seit Jahren im Kampf gegen Budgetkürzungen aufgerieben. Und seit seine Frau mit ihren beiden Kindern zusammen mit ihrem Wagen von einer Spazierfahrt in Florida nicht zurückgekehrt war, hatten die Sorgen tiefe Falten in sein Gesicht getrieben. Die Ungewissheit hatte schließlich ein Ende genommen, als man Emily, Todd und Samantha zwei Jahre später aus einem Sumpf gezogen hatte, der ihr Auto verschluckt hatte. Doch die Trauer würde Lesly Pounder bis an sein Lebensende begleiten.

Perry Rhodan saß links vorne. Pounder musterte ihn. Ein groß gewachsener, schlaksiger Kerl. Haare, die Emily »straßenköterblond« genannt hätte, und große graublaue Augen. Auf dem rechten Nasenflügel erkannte Pounder eine kleine Narbe. Wahrscheinlich eine bleibende Erinnerung an einen Spielplatz in dem Kaff aus Connecticut, in dem er laut Fragebogen aufgewachsen war.

Die Fragebögen verschwanden von den Tablets, als ein Spiel startete. »Lunar Descent« – »Mondlandung«. Vor einigen Monaten von zwei NASA-Programmierern an einem langweiligen Samstagabend in einer Kneipe gestrickt.

»Dieser Test dient dazu, Ihre persönliche EPT zu ermitteln, Ihre effective ›performance time‹, also die Zeit, die Ihnen in einer Notfallsituation bleibt, um sie zu bereinigen. In der von uns simulierten Höhe beträgt sie zwischen zweieinhalb und drei Minuten. Danach setzt unvermittelt Bewusstlosigkeit ein.«

Die Erläuterungen des Leitenden Ingenieurs gaben sich als Informationen aus, tatsächlich dienten sie als zusätzliche Ablenkung der Probanden.

Auf den Tablets erschien ein unscharfes Bild der Mondoberfläche aus großer Höhe. Sie war bleich, erinnerte Pounder an einen Teig, der mit Blasen übersät war. Es waren Originalaufnahmen von Apollo 11, der ersten Mondlandung.

»Zu den Symptomen der Hypoxie in dieser Höhe zählen unter anderem eingeschränkte Koordination und Gedächtnisausfälle«, erläuterte der Leitende Ingenieur. »Das Schmerzempfinden lässt nach, ebenso wie die Urteilsfähigkeit.«

Letzteres, wusste Pounder, war der Schlüssel bei diesem Test. Balken erschienen rechts oben auf den Tablets. Sie zeigten Höhe, Geschwindigkeit, Anflugwinkel und Treibstoffvorrat des Eagle an.

»Anflug beginnt jetzt!«, verkündete der Ingenieur.

Der Lander befand sich in einer Höhe von dreitausend Fuß, die Sinkgeschwindigkeit betrug siebzig Fuß die Sekunde.

Zwei der Probanden, eine zierliche Frau asiatischer Herkunft und ein Schwarzer, nickten. Sie mussten die Filmaufnahmen erkannt haben. Rhodans Lider verengten sich, sonst zeigte er keine Reaktion.

»Bitte denken Sie daran, sich selbst zu prüfen und die Sauerstoffmasken selbsttätig wieder anzulegen, wenn die Symptome zu gravierend werden«, mahnte der Leitende Ingenieur. Er nahm Blickkontakt mit den beiden Spezialisten auf. Sie hatten ihre Masken aufbehalten. Mehrere Meter lange Schläuche erlaubten ihnen volle Bewegungsfreiheit.

Die Lander sanken tiefer. Sie folgten einer automatischen Voreinstellung – wie beim Vorbild von Apollo 11. Die Triebwerke zündeten, bremsten die Fahrt ab. Der Balken der Treibstoffanzeige schwand beunruhigend schnell dahin.

Zweitausend Fuß, dann tausend.

An diesem Punkt hatte Neil Armstrong erkannt, dass der vorgesehene Landepunkt zu felsig war, um eine gefahrlose Landung zu ermöglichen. Er hatte augenblicklich gehandelt und die Manuellsteuerung übernommen.

Wie würden die Probanden reagieren?

Zwei, die Asiatin und ein kräftiger Weißer, verpassten den Augenblick. Sie überließen der Automatik das Manöver, das in einer Bruchlandung endete. Die Spezialisten gingen zu ihnen, hielten ihnen auffordernd die Sauerstoffmasken hin. Sie waren durchgefallen.

Der Schwarze und eine der beiden Latinas übernahmen die Steuerung, aber zu grobschlächtig. Noch bevor ihre Lander die Mondoberfläche berührten, war ihr Treibstoff aufgebraucht. Sie stürzten ab.

Armstrong hatte noch fünf Prozent Treibstoff übrig gehabt, als der Eagle aufgesetzt hatte.

Die zweite Latina brach die Landung ab und brachte ihren Eagle zurück in den Orbit. Eine durchaus kluge Entscheidung, fand Pounder. Ein guter Astronaut musste erkennen können, wann es Zeit war, umzukehren.

Blieb nur noch Perry Rhodan.

»Sir«, wandte sich der Leitende Ingenieur an Pounder. »Drei Minuten. Wir können ihn nicht länger der dünnen Luft aussetzen. Wir ...«

»Lassen Sie ihn. Ich übernehme die Verantwortung.«

Der Ingenieur zögerte, dann gab er den beiden Spezialisten ein Zeichen, den Probanden unbehelligt zu lassen.

Rhodan zeigte jetzt erste Symptome der Hypoxie. Seine Linke klammerte sich an das Pult vor ihm. Seine Rechte, die den Lander mit Wischgesten steuerte, zitterte.

Noch einhundert Fuß trennten den Lander vom Mondboden, die Sinkgeschwindigkeit war viel zu hoch. Rhodan wischte über das Tablet, fuhr die Triebwerke hoch. Einen Armbreit über dem Boden war die Fahrt aufgezehrt. Rhodan schaltete die Triebwerke ab, der Lander glitt zu Boden.

Die Treibstoffanzeige stand bei zwei Prozent.

Pounder nahm sich eines der Headsets, die am Rand des Kontrollpults an kleinen Haken baumelten, setzte es auf und sagte: »Meinen Glückwunsch zu Ihrer ersten erfolgreichen Mondlandung, Mister Rhodan.«

Der junge Mann sah sich suchend um, als er die unbekannte Stimme hörte. Sein Blick fand Pounder, blieb an ihm haften.

»Danke!«, sagte Rhodan. »Sie sind ...«

»Lesly K. Pounder, Flight Director der NASA. Der ›Knochen‹, wie meine Leute sagen. Wie fühlen Sie sich, Rhodan?«

»Gut, Sir.« Seine Stimme war klar.

»Das ist ungewöhnlich. Sie sind jetzt ...« Pounders Blick sah zur Anzeige über dem Sichtfenster, »vier Minuten und zwölf Sekunden ohne zusätzliche Sauerstoffzufuhr. Wenn es nach rechten Dingen zuginge, dürften Sie schon längst nicht mehr auf den Beinen sein, geschweige denn einen Lander auf den Mond hinunterbringen. Wie stellen Sie das an, Mann?«

»Ich weiß es nicht.« Rhodan stand auf. »Ich fühle mich ganz norma...«

Der junge Mann kippte weg, schneller, als die beiden Spezialisten zu reagieren vermochten. Rhodan knallte der Länge nach auf den Boden.

»Rhodan!«, rief Pounder. »Sie ...«

Jemand tippte dem Flight Director auf die Schulter. Er wirbelte herum. Es war Whitman.

»Was gibt es, Whitman?«, herrschte er die PR-Managerin an.

»Sir, der Vizepräsident lässt ausrichten, dass er – Zitat – ›Ihren Spielzeugweltraumbahnhof‹ dichtmachen lässt, sollten Sie nicht innerhalb der nächsten fünf Minuten bei ihm auftauchen.«

»Gleich!«

Pounder drehte sich um. Die beiden Spezialisten beugten sich über Rhodan. Sie hatten ihm die Sauerstoffmaske übergezogen.

»Alles in Ordnung«, meldete einer von ihnen. »Er hat sich beim Sturz nur die Hand angeknackst.«

»Sehen Sie zu, dass er die beste Behandlung bekommt!«, brummte Pounder, dann wandte er sich wieder Whitman zu. »Los, was trödeln Sie noch? Den Vizepräsidenten lässt man nicht warten!«

# Kapitel 10

**14. Mai 2037, mittags**
**Über der Wüste Gobi**

»Dreißig Minuten bis zur Landung in Terrania!«

Schreiner brüllte. Er musste es, um das Dröhnen der Turboprops des Fracht-Airbus zu übertönen, doch Fleming war sicher, dass er ohnehin gebrüllt hätte. Schreiner stand kurz vor der Pensionierung und stammte aus einem Jahrtausend, in dem Brüllen einem Militärarzt noch gut angestanden hatte.

Seine Stimme hallte in dem Laderaum, der Fleming an eine Halle erinnerte. Er war ausgelegt für sechs Geländewagen oder zwei Kampfhubschrauber oder über hundert Soldaten, wie ihm der Kopilot kurz vor dem Start in Berlin erzählt hatte. Mit einem gewissen trotzigen Stolz in der Haltung, den Fleming als Unsicherheit gedeutet hatte. Überall auf der Erde arbeiteten etablierte Flugzeughersteller und eine unübersehbare Schar von Flugbegeisterten fieberhaft daran, ferronisches und arkonidisches Knowhow aufzugreifen. Der Airbus war so gut wie obsolet – und mit ihm womöglich seine Piloten.

Doch noch flog die Frachtmaschine, auch wenn sie kein Gut transportierte, das die Konstrukteure bei ihren Planungen je vor Augen gehabt hätten.

»Sie links, Fleming!«, bellte Schreiner. »Ich übernehme rechts.«

Der Arzt nickte und ging zum vordersten der Krankenbetten. Es war wie die drei weiteren Betten in der Reihe mit ölverschmierten Riemen am Boden des Laderaums festgezurrt.

Im Bett lag ... Wer eigentlich? Fleming wusste es nicht.

Es war ein Mann. Ein Nordeuropäer. Ende zwanzig, Anfang dreißig. Unrasiert und mit eingefallenen Wangen. Seine Haut glänzte wächsern. Seine Arme und Beine waren mit Ledergurten fixiert, beinahe so breit wie die Riemen, die das Bett selbst hielten. Auf ein Papierschild am Bett hatte jemand mit einem dicken Filzstift »L1« gekritzelt. Es stand für »Links 1«. Einen Namen hatte dieser Mann nicht.

Ein Dutzend Sonden klebten auf ihm, sandten ihre Daten zu der im Krankenbett integrierten Rechnereinheit. Fleming konnte sie überall im Flugzeug über sein Tablet aufrufen. Aber Schreiner war von der alten Schule, er bestand auf Augenschein.

Alle Werte waren im unbedenklichen Bereich. Der Mann befand sich in einer stabilen, künstlich hervorgerufenen Bewusstlosigkeit.

Fleming kontrollierte den Sitz der Sonden, prüfte, ob die Infusion richtig eingestellt war. Sie versorgte den Mann mit Flüssigkeit und dem Mittel, das ihn in der Bewusstlosigkeit hielt.

»L1, Werte?«, brüllte Schreiner ungeduldig.

»Im Normalbereich!«, brüllte Fleming seine Antwort.

Er ging zum nächsten Bett. Eine Frau. Oder besser: ein Teenager. Die Haut um ihr linkes Auge war schwarzblau verfärbt, als hätte ihr jemand einen Faustschlag versetzt. Schweiß hatte ihre blonden Haare zu fingerdicken Bündeln verklebt.

Fleming hatte Gerüchte gehört. Ein Freund von der Universität, ein Russe, hatte ihm gemailt, dass auch er einen Transport wie diesen begleiten sollte. Drei Bewusstlose. Fleming hatte nachgefragt, aber Igor hatte nicht geantwortet.

»L2 im Normalbereich!«, rief er hastig, um nicht von Schreiner ermahnt zu werden.

Im dritten Bett lag eine alte Frau, ein zusammengeschrumpeltes Etwas. Ihr Mund stand offen, gab den Blick auf die wenigen gelben Zähne frei, die ihr noch geblieben waren.

Fleming beugte sich vor, schloss sanft ihren Mund.

Überall auf der Erde gab es Unruhen. Amokläufe von Verrückten, Terroristen. Transportierten sie etwa Terroristen? Er sah zu der alten Frau. Nein, das war absurd. Aber was war dann mit diesen Menschen? Was verband sie? Eine ansteckende Krankheit schied aus. Sie hatten keine der Prozeduren eingeleitet, mit denen man Patienten behandelte, die eine gesundheitliche Gefahr für andere Menschen darstellten. Weshalb die Gurte?

Fleming hatte Schreiner gefragt, aber hatte nur ein bellendes »Befehl ist Befehl!« und »Tun Sie gefälligst Ihre Arbeit!« als Antwort erhalten.

»L3 im Normalbereich!«, brüllte er und ging weiter.

Im letzten Bett lag eine weitere Frau. Um die dreißig, schätzte er. Mit Wangenknochen, die viel zu hoch aus dem eingefallenen Gesicht herausragten. Sie war verrutscht, lag schräg im Bett. Eigentlich unmöglich angesichts der Ledergurte. Fleming schob die Hände unter ihren Rücken und Hintern und schob sie zurecht. Sie war heiß wie eine Fieberkranke – und ihre Muskeln waren bretthart. Fleming sah auf das Display des Krankenbetts. Die Frau war in tiefer Bewusstlosigkeit. Er folgte mit Daumen und Zeigefinger dem Schlauch, der von der Infusionsflasche bis zu ihrem Arm führte. Intakt, keine Verwindungen, die den Fluss gestört hätten.

Er beugte sich vor, spreizte Daumen und Zeigefinger und schob ihre Lider hoch.

Ihre Pupillen waren nicht geweitet. Sie waren klein und auf ihn fixiert, und sie sahen ihn, ihr Blick ging durch ihn durch, packte ihn und ...

»Fleming!«, schrie Schreiner. »Ist da was?«

Fleming ruckte hoch. Die Lider der Frau fielen zu, aber der Blick – er spürte immer noch ihren Blick. Er war wie eine Berührung. Und eine Aufforderung.

»Nein!«, rief er. »A... alles in Ordnung!«

»Bestens!« Schreiner sah auf die Uhr, nickte zufrieden. »Ich bin kurz vorne. Stellen Sie so lange keinen Mist an, Fleming! Verstanden?«

»Verstanden.«

Schreiner schloss die Tür hinter sich, die Laderaum und Cockpit voneinander trennte.

Das Dröhnen der Triebwerke schwoll zu einem fernen Wummern ab. Der erfahrene Arzt, den nur noch Wochen vom Ruhestand trennten, wischte sich mit dem Ärmel über die Stirn. Der Stoff seines Ärmels saugte die Schweißperlen auf.

Schreiner war nervös. Er machte sich Vorwürfe. Die Menschen im Laderaum taten ihm leid. Er konnte nur darüber spekulieren, wer oder was diese Menschen waren, aber er wusste genau, was sie *nicht* waren: die medizinischen Notfälle, als die man sie deklariert hatte.

Er hätte sich nicht auf diesen Flug einlassen, den Befehl verweigern sollen. Aber er hatte den Mut in sich nicht gefunden, und nun ließ er seine Wut auf sich selbst an Fleming aus.

»Na, Doc, schlafen Ihre Schäfchen?«, fragte der Pilot.

»Tief und fest.«

Schreiner ließ sich auf einen der beiden Sitze sinken, die hinter denen des Piloten und Kopiloten angebracht waren. Ihm war, als hätte er eine andere Welt betreten. Das Cockpit erinnerte mit seinen zahllosen Displays und Anzeigen, seiner klinischen Reinheit an ein Krankenhaus.

Helles Sonnenlicht schien durch die Scheiben. Die Sonne stand hoch am klaren, wolkenlosen Himmel. Unter dem Flugzeug zogen kahle Bergflanken dahin.

»Haben Sie vielleicht eine Zigarette für mich?«, fragte Schreiner.

Er hatte keine Ahnung, woher der Impuls kam. Er hatte seit Jahren nicht mehr geraucht. Er war Arzt.

»Ich muss Sie darauf hinweisen, dass dies ein Nichtraucherflug ist«, entgegnete der Pilot ernst.

»Es ... es tut mir leid! Ich ...«

Der Pilot und der Kopilot lachten laut, klopften sich auf die Schenkel. »Machen Sie sich nicht ins Hemd, Doc! Nur ein kleiner Scherz.«

Der Pilot nickte seinem Kopiloten zu. »Simon, gib ihm eine!«

Der Kopilot holte eine Schachtel, die mit Buchstaben bedruckt war, die Schreiner als Thailändisch deutete, aus einem Fach und hielt sie Schreiner hin. Er fummelte eine Zigarette mit zitternden Händen heraus und tippte die Spitze gegen die Rückenlehne des Pilotensitzes. Sie entzündete sich. Schreiner nahm einen tiefen Zug.

»Der Transport macht Sie nervös, Doc, was?«, bemerkte der Pilot.

»Sie nicht?«

»Wieso sollte er? Ich bin nur der Pilot.« Er streckte einen Arm aus und zeigte mit einem Finger in Flugrichtung. »Außerdem sind wir gleich da. Sehen Sie das?«

Es brauchte einen Moment, bis Schreiner den dunklen, senkrechten Strich erkannte, der den Horizont in eine linke und eine rechte Hälfte trennte.

»Der Stardust Tower«, erklärte der Pilot. »In ein paar Minuten sind wir in Terrania. Gleich haben Sie's hinter sich, Doc!«

*Sie glauben, dass du schläfst.*

*Sie glauben, dass du hilflos bist.*

*Sie glauben, dass sie verhindern können, was geschehen muss.*

*Sie irren sich.*

*Deine Kraft ist vermindert, doch deine Gabe ist ungebrochen.*

*Du musst schlau sein. Du bist schlau.*

*Du vertreibst den alten Arzt, indem du die Schuld aufgreifst, die er verspürt, und sie verstärkst. Er flüchtet in das Cockpit. Du findest eine alte, längst vergessen geglaubte Sucht in ihm und rufst sie ins Leben zurück.*

*Er ist aus dem Weg.*

*Der junge Arzt ist einfacher zu beherrschen. Sein Mitgefühl ist größer. Es ist das Tor, durch die deine unsichtbaren Finger einfallen und ihn lenken.*

*Er stellt den Tropf ab. Nicht mehr länger rinnt Betäubungsmittel in deine Adern.*

*Du erwachst.*

L4, die Frau, schlug die Augen auf.

Ihr Blick war klar. Intensiv. Fleming mutete er wie ein Griff an, dem er sich nicht entziehen konnte.

*Großer Gott, was tue ich hier eigentlich? Wenn der alte Schreiner mitbekommt, was ...*

»D... danke!«, krächzte die Frau. Sie wollte sich aufrichten.

Die Ledergurte hielten sie auf halbem Weg zurück. »Nicht! Sie müssen sich schonen!« Er drückte ihre Schulter wieder auf das Bett. Sie setzte ihm unvermutete Kraft entgegen.

»H... haben Sie Wasser?«

»Natürlich.«

Fleming befreite eine Flasche aus dem in Folie eingeschweißten Sechserpack, der für ihn und Schreiner gedacht war, und hielt sie der Frau hin.

Sie leerte die Flasche in einem Zug. Ohne sich zu verschlucken.

»Sie ... Sie behandeln mich wie ein Mensch«, sagte sie. »Wie heißen Sie?«

»Markus.«

»Markus«, wiederholte sie. »Sie hat der Himmel geschickt. Ich heiße Anita. Wo bin ich?«

»In einem Flugzeug nach Terrania. Dort wird man Ihnen helfen.« Er gab die Antwort, die man ihm gegeben hatte. Die Antwort, von der er wusste, dass es sich um eine Lüge handeln musste.

»Nein!« Anita bäumte sich auf. Er versuchte, sie zurückzuhalten. Es gelang ihm nicht. Erst als sie das Spiel der Ledergurte ganz ausgereizt hatte, fiel sie wieder aufs Bett.

»Beruhigen Sie sich! Niemand will Ihnen etwas tun! Ich ...«

»Sie wissen nicht, wovon Sie reden. Wissen Sie, was ich bin?« Ihr Blick fixierte ihn. »Ich bin eine Mutantin.«

»Sie sind ...«

»Sie haben von uns gehört, nicht? Auch wenn die Behörden versuchen, unsere Existenz zu verschweigen. Ich ... ich bin anders. Die Menschen jagen uns. Sie stellen Experimente mit uns an, dann bringen Sie uns um.«

»Das glaube ich nicht! Niemand ...«

»Wieso bin ich dann in diesem Flugzeug? Gefesselt? Wieso sind die anderen hier?«

»Ich ... ich ...«

»Helfen Sie uns, Markus! Bitte!«

Fleming spürte, wie etwas in ihm brach.

*Ich muss ihr helfen! Ich muss diesen armen Menschen helfen!*

Er ging an das nächste Bett, stellte den Tropf ab, ging weiter und weiter ...

*Deine Gefährten erwachen einer nach dem anderen.*

*Du spürst, wie deine Kraft wächst, wie sie sich mit der ihren verbindet.*

*Wir sind dem Ziel nahe.*

*Niemand kann uns mehr aufhalten ...*

Die Berge flachten zusehends ab, mündeten in eine Ebene aus Geröll und Sand. Aus dem senkrechten Strich wurde ein dunkler Balken, der sich nach unten hin verdickte. Um sein Fundament herum erstreckte sich eine Stadt, die wie ein gigantischer, dichter Wurzelteller anmutete.

Terrania.

Schreiner verkniff sich einen Seufzer der Erleichterung. Er zog sich in die Höhe, um besser zu sehen. Lange Kolonnen von Fahrzeugen arbeiteten sich durch die Ebene, wirbelten riesige Wolken aus Sand hoch.

*Was ist da los?,* wollte er fragen, doch die Worte blieben ihm im Hals stecken, als er die stählerne Kugel bemerkte. Sie war riesig, überragte die Hügel, die sich jenseits des Goshunsees erhoben. Sie wirkte fehl am Platz, so überdimensioniert und fremdartig, dass der Verstand sich weigerte, ihre Existenz zu akzeptieren.

»Der Anblick bläst einem die Mütze weg, Doc, was?«, bemerkte der Pilot. »Die VEAST'ARK. Das arkonidische Schlachtschiff, das Rhodan mitgebracht hat.«

Sie waren jetzt so nahe, dass die Landebahn des provisorischen Flughafens in Sicht kam. Er lag am Ufer des Sees, zu Füßen des arkonidischen Raumschiffs.

Nur noch ein paar Minuten, dann würde er die Betäubten los sein, konnte die ganze Sache vergessen.

Schreiner wollte zurück in den Laderaum. Er hatte Fleming hart angegangen. Vielleicht ein versöhnliches Wort ...

»Hiergeblieben, Doc!«, pfiff ihn der Pilot zurück. »Schnallen Sie sich an, wir ...« Der Pilot brach ab, der Satz ging in ein Fluchen über.

»Was ist los?«

»Die Steuerung reagiert nicht!« Der Pilot und sein Kollege beugten sich vor, wischten hektisch über ihre Touchscreens. Die Frachtmaschine legte sich in eine Kurve, hielt auf das andere Ufer des Sees zu. Dort glänzte etwas in der Sonne wie ein riesiger Diamant.

Schreiner hielt eine Hand vor die Augen und spähte durch die Schlitze zwischen den Fingern, um etwas zu erkennen.

»Das gibt es doch nicht!«, schrie der Pilot. »Wir ...«

Vor dem Airbus zerplatzte ein Glutball.

*Du spürst eine Kraft, wie du sie nicht für möglich gehalten hast. Es ist deine, verbunden mit der deiner Gefährten.*

*Ihr lenkt das Flugzeug auf einen neuen Kurs, zum flachen Uferstreifen, an dem die Kuppel aus Energie liegt. Der Ort, an dem eure Geschwister sind.*

*Das Flugzeug gehorcht. Du siehst die Kuppel, die Bordwand des Flugzeugs ist kein Hindernis mehr für deine Sinne.*

*Gleich seid ihr vereint! Gleich ...*

*Ein Glutball blendet dich, brennt auf deiner Haut. Verblüfft stößt du einen Schrei aus.*

*Was geschieht? Schießt das arkonidische Schiff auf euch?*

*Ein zweiter und dritter Glutball entstehen, näher noch. Du hörst deine Gefährten aufschreien, hörst dich selbst aufschreien, als die Glut sich in dein Inneres frisst.*

*Du presst die Hände gegen den Bauch, deine Finger graben sich tief in das Fleisch, als könntest du damit die Glut greifen und von dir werfen.*

*Ein neuer Glutball entsteht.*

*Du brennst.*

*Deine Finger krümmen sich, reißen die eigene Haut auf, als du erkennst, was geschieht: Die Glut kommt aus deinem Innern. Es ist deine Kraft, eure Kraft, die sich vereint.*

*Sie ist zu stark, als dass ihr sie beherrschen könntet ...*

»Hilf mir! Ich verbrenne!«

Das Gesicht der Frau, die sich Anita nannte, glänzte feucht und wächsern.

Sie sah ihn flehend an, aber ihr Blick ließ Fleming plötzlich unberührt. Er hatte seine Intensität verloren. »Bleiben Sie ruhig«, sagte er. »Ich werde ...«

Sie warf sich zur Seite. Mit einem Peitschenschlag rissen die Ledergurte, die ihre Handgelenke ans Bett fesselten.

Fleming ließ sich instinktiv fallen. Eine Hand, die wie eine Klaue nach ihm ausholte, verfehlte seinen Kopf knapp.

Peitschenschläge knallten, als die übrigen Kranken sich von den Ledergurten befreiten.

*Nein! Was habe ich getan?*

Fleming rannte los. Er erreichte ungehindert die Tür zum Cockpit und fingerte daran herum. Schreiner! Der alte Arzt konnte vielleicht helfen. Er *musste* es!

Die Tür schwang auf.

Schreiner lag auf dem Gang hinter den Pilotensitzen. Eine Blutlache breitete sich unter seinem Kopf aus. Er rührte sich nicht mehr.

Der Pilot zerrte an seinem Joystick und stieß Flüche aus. Der Kopilot brüllte etwas in sein Headset.

Vor der Maschine glitzerte Wasser in der Sonne, zum Greifen nahe.

Ein Glutball entstand aus dem Nichts vor der Maschine. Fleming riss schützend die Arme hoch.

Es nützte nichts.

Neue Glut flammte auf und verzehrte ihn und das Flugzeug.

# Kapitel 11

**Mai 2024**
**Berkeley, Kalifornien**

Perry Rhodans Pod vibrierte.

Viel zu früh, mitten in der Abschlussfeier.

Er musste nicht nachsehen, wer es war. Seine Mutter. Sie hatte noch nie viel für Regeln und Anstand übrig gehabt, wenn sie etwas wollte. Und seit dem Tod seines Vaters war sie nicht mehr die Alte. Sich zu merken, dass drei Stunden Zeitunterschied das verschlafene Ostküstennest Manchester und die University of California in Berkeley an der Westküste trennten, überstieg ihre Kapazitäten.

Rhodan ignorierte das Vibrieren. Irgendwann – real nach einer halben Minute, gefühlt nach einer kleinen Unendlichkeit – hörte es auf.

Taylor, die neben ihm auf einer der vielen Bänke saß, die man auf dem Spielfeld des California Memorial Stadium aufgereiht hatte, versetzte ihm einen Knuff in die Seite.

»Alles klar, Astronaut?«, flüsterte sie. Ihre grünen Augen funkelten.

Rhodan murmelte etwas. Taylor entging wenig, wenn überhaupt. Das gefiel ihm. Und sie konnte es nicht lassen, ihn aufzuziehen. Ihr »Astronaut« konnte er nicht ausstehen. Eigentlich sollte er sich über sie ärgern. Was er tat – und gleichzeitig war ihm klar, dass es gerade ihre Frechheit war, die ihn anzog.

Wieder vibrierte der Pod.

»Da scheint jemand mächtig scharf auf dich zu sein ...« Taylor zwinkerte ihm zu. Ihre Kappe, dazu gedacht, akademische Würde auszustrahlen, saß schräg, verlieh ihr einen Anflug von Verwegenheit. Ein Freund hatte Taylor einmal »das heißeste Ding auf dem Campus« genannt. Eine Einschätzung, der Rhodan zustimmte – und dass Taylor, die nahezu freie Wahl unter Männern hatte, ausgerechnet ihn zu ihrem Freund auserkoren hatte, ließ ihn immer noch in regelmäßigen Abständen schwindeln. Es war beinahe zu schön, um wahr zu sein.

Rhodan drückte den Rücken durch und sah sich um. Vorne auf der Tribüne stand ein verdienter Absolvent der Universität und hielt eine Rede, von der er selbst und jeder andere im Stadion wussten, dass sie lediglich ein Vorspiel für den Höhepunkt der Feier darstellte: die Rede des beinahe achtzigjährigen Exgouverneurs Schwarzenegger.

Die Ränge des Stadions waren gut gefüllt. Nicht komplett wie bei den Spielen der California Golden Bears, aber für eine Abschlussfeier mehr als eindrucksvoll. Zehntausende von Eltern, Großeltern, Verwandten und Freunden waren gekommen, um die abgehenden Studenten zu feiern, die im Begriff standen, in ein neues Leben zu treten.

Perry Rhodan war allein im Stadion. Seine Mutter hatte Flugangst, und die Busfahrt war ihr zu weit. Karl verließ seine Farm allenfalls, um irgendwo im Umkreis ein Autowrack abzuholen – aber immerhin war seit dem vorigen Jahr die Lücke im Mobilfunknetz um South Hadley geschlossen worden, und sein Onkel endlich erreichbar.

Und Deb ... Rhodan hatte ihr alles Geld gegeben, das sein mageres Konto zu bieten hatte. Sie war auf dem Weg zu einem wichtigeren Ort als seiner Abschlusszeremonie.

Als der Pod ein drittes Mal vibrierte, stand er auf und huschte gebückt durch die Reihen, bemüht um einen staksigen Gang, der anzeigen sollte, dass ihm die Aufregung des Tages auf den Magen geschlagen hatte. Es funktionierte. Ihn begleiteten deutlich mehr mitfühlende als abschätzige Blicke.

Eine Ordnerin nickte ihm zu, als er in die Kühle unter der Tribüne eintauchte. Rhodan stieß die Tür zu einer der Toiletten auf. Der Raum war verlassen. Er hob die Robe an, die er für den großen Tag geliehen hatte, und fummelte den Pod aus der Hosentasche. Das Display bestätigte, was er längst vermutet hatte: Seine Mutter hatte versucht, ihn zu erreichen. Er rief sie zurück.

Sie ging sofort dran. »Perry«, sagte sie, bevor er sie begrüßen konnte. »Ich bin stolz auf dich. Und dein Vater wäre es auch, hätte ihn der liebe Gott noch länger unter uns gelassen.«

Rhodan stand im Waschraum, der den eigentlichen Toiletten vorgelagert war. Ein wandbreiter Spiegel war über den Waschbecken angebracht. Einen Augenblick lang musterte er sich selbst verwundert. Das Stipendium der NASA, das er sich erträumt hatte, war ausgeblieben. Er hatte das Bionik-Studium gegen den Willen seiner Eltern begonnen, die es vorgezogen hätten, dass er wie sein Vater von der ehrlichen Arbeit seiner Hände zu leben lernte. Das hatte Rhodan getan, oft in mehreren Jobs gleichzeitig, um durch das Studium zu kommen. Er hatte sich diese Robe verdient – und doch mutete sie ihn wie ein Kostüm an. Ein Kostüm, das nicht zu ihm passen wollte.

»Perry?«, fragte seine Mutter. »Hörst du mich? Bist du noch dran?«

»Ja ... ja, Mom. Danke!«

»Ist Deb zur Feier gekommen?«

»Natürlich.« Die Lüge kam ihm, ohne zu zögern, über die Lippen. Rhodan hatte Routine darin, seine Schwester zu decken.

»Nichts ist natürlich bei Deb«, korrigierte ihn seine Mutter. »Das weißt du so gut wie ich.« Glaubte sie ihm? Oder war sie einfach so gut darin, sich nichts anmerken zu lassen, wie er darin, zu lügen? »Ich habe ihr gesimst, dass deine Feier ansteht. Sie hat nicht geantwortet.«

»Deb ist hier, Mom. Ich soll dich von ihr grüßen. Sie sieht gut aus. Ich ... ich glaube, sie hat einen Job.«

»Schön. Richte ihr Grüße von ihrer Mutter aus. Sag ihr, dass ich sie liebe.«

»Das werde ich.«

Einen Augenblick lang herrschte Schweigen, dann fragte seine Mutter: »Was ist mit dir?«

Die Frage klang unverfänglich, aber beiden war klar, dass sie der eigentliche Grund des Gesprächs darstellte. Sie bedeutete: *Kommst du nach Hause, Sohn?*

»Mom, ich ... ich habe jetzt einen Abschluss. Ich ...«

»Genau. Ich habe mich umgehört. In Hartford gibt es ein Institut, das zu dir passt. Das ist keine halbe Stunde Fahrt. Erinnerst du dich noch an Danny, den Sohn der Calwells? Er ...«

»Mom?«, unterbrach er sie. »Mom? Bist du noch dran? Ich kann dich nicht mehr hören. Ich glaube, das Netz hier ist überlastet. Zu viele Gespräche mit Eltern. Ich ruf dich später an, okay?«

Rhodan unterbrach die Verbindung und steckte den Pod ein. Er beugte sich über eines der Waschbecken, öffnete den Hahn und spritzte kaltes Wasser über das Gesicht. Er trocknete sich mit einem Papierhandtuch ab, strich die Robe glatt und rückte die Kappe zurecht.

Er musterte sich erneut im Spiegel, fand, dass er der Welt wieder entgegentreten konnte, und verließ die Toilette.

Er kam keine drei Schritte weit. Taylor erwartete ihn mit in die

Hüfte gestemmten Händen. »Langsam, junger Mann! Wohin des Weges?«

»Was machst du hier?«

»Oh, das Übliche: mir das holen, was ich will.« Sie nahm seine Hand, packte sie fest und zog ihn in Richtung Stadionausgang.

»He, die Feier ist noch lange nicht vorbei!«, protestierte er.

»Wenn schert das schon?« Mit der anderen Hand fegte sie ihm die Kappe vom Kopf. »Wir sind jetzt frei!«

Taylor führte ihn hinaus auf den Parkplatz vor dem Stadion. Er war bis auf den letzten Platz belegt – und menschenleer.

Vor einem zitronengelben Cabriolet blieb sie stehen. Es glänzte im Licht der Frühsommersonne, die nur noch knapp über dem Horizont stand, als hätte es eben den Showroom des Händlers verlassen.

»Audi TT Evolution. Gibt es eigentlich noch gar nicht. Verkaufsstart ist der erste Juli. Schick, nicht?«

Taylor fuhr ein altes Käfer-Cabriolet, liebevoll gepflegt. Alles andere als billig, weil eine gesuchte Antiquität. Taylors Familie hatte Geld, das war augenscheinlich. Aber Genaues wusste keiner, auch Rhodan nicht. Konnte es sein ...?

»Nicht übel«, entgegnete er. Rhodan machte sich nichts aus Autos. Sie waren für ihn ein Transportmittel, das ihn von A nach B brachte.

»Wie sich das Teil wohl fährt?« Taylor trat an den Audi, fuhr mit ihren spitzen Nägeln über die Haube. Der Motor des Wagens erwachte mit einem leisen Brummen, als handele es sich bei ihm um ein lebendes Wesen. Summend fuhr das Verdeck ein.

»He, ich glaub, es mag mich!«

Taylor packte den Saum der Robe mit beiden Händen, zog sie über den Kopf und warf sie auf den Rücksitz. Sie trug Jeans und ein T-Shirt darunter. Das Shirt rutschte hoch, gab den Blick auf ihren Bauch frei. Muskulös und doch weich. Nicht von dieser Welt.

Taylor bemerkte seinen Blick. »Alles klar?«

»Klar. Wieso?«

»Du siehst mich so an ...«

»Nur so.« Er schüttelte seine Benommenheit ab und folgte ihrem Beispiel. Seine Robe und Kappe flogen auf den Rücksitz.

Er stieg ein, ließ sich auf den ledernen Beifahrersitz sinken. Er roch neu. »Woher kommt dieser Wagen?«

»Geschenk zum Abschluss von meinem Dad. Er lebt in der

Hoffnung, dass ich ein braves Mädchen bin, solange er mich nur extravagant genug besticht.« Der Fahrersitz glitt nach vorne und nach oben, stellte sich automatisch auf Taylor ein.

»Du hast mir nie viel von deinem Dad erzählt«, sagte Rhodan.

»Und du mir nicht von deinem.« Sie zuckte die Achseln. »Was soll's? Wir haben alle unsere Leichen im Keller.« Sie streichelte mit der Hand das Lenkrad. »Was meinst du? Schaffen wir es bis Sonnenuntergang?«

»Wohin?« Rhodans Frage ging im Aufheulen des Motors unter.

Taylor steuerte den Audi vom Parkplatz. Innerhalb von wenigen Minuten hatten sie den Stadtrand erreicht. Taylor bog auf den Grizzly Peak Boulevard ein und gab Gas. Rhodan wurde in den Sitz gedrückt, als seine Freundin den Wagen die enge, sich windende Straße den Hang hinauftrieb.

Taylor war eine gute Fahrerin, aber der Audi überforderte sie. Ohne die softwaregesteuerte Fahrassistenz hätten sie es kaum über die ersten Kurven hinaus geschafft.

Die Straße wurde schließlich flacher, folgte der Kammlinie der Berkeley Hills.

»Sind nicht die Einzigen, die sich was Besseres vorstellen können als öde Abschlussfeiern«, kommentierte Taylor die überall auf Parkplätzen und breiteren Stellen abgestellten Wagen. Schließlich erspähte sie eine Lücke und brachte den Audi in einer Staubwolke zum Stehen.

Taylor öffnete den Kofferraum, reichte Rhodan einen Picknickkorb und eine Decke. »Komm, wir suchen uns einen lauschigeren Platz!«

Die beiden stiegen den Hang hinauf, bis sie eine leidlich flache Stelle fanden. »Perfekt!«, erklärte Taylor und drehte sich nach Osten, wo der Blick über Berkeley, die San Francisco Bay und schließlich zur Stadt selbst reichte.

Es wäre schwergefallen, ihr zu widersprechen. Büsche und Bäume rahmten ihren Picknickplatz nach drei Seiten ein, schützten sie vor neugierigen Blicken. Rhodan breitete die Decke aus, und einander an den Händen haltend, sahen sie zu, wie die Sonne unterging.

Sie schwiegen.

Irgendwann ließen sie sich auf den Rücken sinken und sahen in den wolkenlosen Himmel, an dem die ersten Sterne schimmerten.

Taylor lachte leise, dann flüsterte sie: »Na los, Astronaut, dein Einsatz!«

»Was meinst du?«

»Erzähl mir von den Sternen! Erklär mir die Sternbilder! Mal mir aus, was für wundersame fremde Wesen zwischen den Sternen leben, die Wunder, die wir dort entdecken können.« Sie kniff ihn in den Arm. »Gib's zu, auf die Gelegenheit hast du doch gewartet, seit wir uns kennen!«

Rhodan schwieg einen Augenblick, holte tief Luft. Er sog Taylors Duft ein. Sie roch nach Deo, vermischt mit einem Unterton von Schweiß. Er liebte diesen Duft.

»Vielleicht später«, sagte er.

»Später? Was meinst du damit?«

»Hinterher«, antwortete er. Rhodan zog Taylor an sich und küsste sie.

Hinterher zündete sich Taylor eine Zigarette an. Rhodan, der mit dem Kopf in ihrem Schoß lag, mutete es an, als flamme eine Sternschnuppe am Himmel auf, jedes Mal, wenn sie daran zog.

»Deine Mutter will, dass ihr Junge nach Hause kommt, nicht? Deshalb hat sie angerufen?«

»Ja.«

»Sie hat wirklich einen Narren an dir gefressen. Kann es nicht mal abwarten, bis die Feier rum ist.« Ihr Make-up glänzte. Für Rhodan war es das vielleicht größte Rätsel an ihr. Wenn er je eine Frau getroffen hatte, die nicht auf Schminke angewiesen war, dann Taylor.

»Sie braucht mich.«

»Wozu?« Taylor versteifte sich.

»Sie ist allein, seit mein Dad tot ist. Und ihr Geschäft läuft besser denn je.«

»Und du sollst ihr helfen, die ganzen Schuhe zur Post zu bringen, was?«

»So ähnlich.«

»Sie spinnt! Das bist nicht du.«

Rhodan schüttelte den Kopf. Seine Wangen strichen über ihre nackten, warmen Schenkel.

»He!«, machte Taylor. »Das kitzelt!«

»Sorry.« Rhodan wollte sich aufrichten, aber Taylor drückte ihn herunter.

»Bleib«, sagte sie. »Ich spüre dich gerne.«

Er blieb. »Meiner Mutter geht es nicht gut«, sagte er. »Sie bringt die Zeitzonen und alles Mögliche durcheinander, seit mein Vater ...«

Taylor winkte ab. »Ich kenne die Story. Tragisch. Sein Leben zu versaufen.«

Sie nahm einen tiefen Zug. Rhodan hatte keine Asche zu befürchten. Die Zigarette war aus Plastik, die Spitze eine LED. »Tust du es?«, fragte sie. Ihr Schoß versteifte sich.

»Ich weiß es nicht.«

Ein Teil der Spannung wich aus Taylor. »Na, das ist doch schon ein Anfang.«

Taylor gab die Harte, der niemand etwas konnte. Doch Rhodan wusste, dass das nur eine Maske war. Taylor war verletzlich, weinte oft, wenn sie glaubte, dass niemand es bemerkte. Ihre Eltern sorgten für sie mit Geld – und gelegentlichen, nichtssagenden Mails, von einem ihrer Privatsekretäre verfasst.

»Was dann?«, fragte sie.

»Ehrlich gesagt: keine Ahnung. Ich ...«

»Ich habe eine Idee«, unterbrach sie ihn.

Rhodan ruckte wieder hoch. Diesmal gab Taylor ihn frei. Er setzte sich auf, sah sie an. »Und deine Idee wäre ...?«

»Komm mit mir!«

»Wohin?«

»Dorthin!« Sie zeigte auf die Lichter der San Francisco Bay. »Überallhin, wo es schön ist auf der Erde. Kopfüber ins Leben, Astronaut. Das Hier und Jetzt.«

Rhodan versteifte sich. »Ich verstehe nicht, was du meinst ...«

»Meine Eltern haben Geld. Viel Geld. Hast du das gewusst?«

»Jeder denkt sich das.«

»Genau.« Sie nickte bitter. »Und deshalb ist jeder komisch zu mir. Nur du nicht. Mein Geld ist dir egal. Aber weißt du was, Perry? Meine Eltern haben nicht viel Geld, sondern scheißviel Geld. Mit gewöhnlichen Millionären pflegen sie keinen Umgang. Sie sind unter ihrem Stand.« Taylor nickte in Richtung der Straße, die unter ihnen am Hang verborgen lag. »Dieser fette Audi da unten ist nur ein Nasenwasser. Mein feiner Dad glaubt, mich mit so einem Mist bestechen zu können. Er hat Schiss.«

»Wieso sollte er Schiss vor dir haben?«

»Weil es nicht sein Geld ist. Mein Großvater hat es verdient. Er hat es vererbt. An seine liebste Enkelin. Mich, mein Lieber. Meine Eltern sind nur die Verwalter, bis ich die Bedingung erfülle, die mein Großvater im Testament gestellt hat: Ich muss einen Uni-Abschluss hinlegen, damit ich auf eigenen Beinen stehen kann. Das habe ich geschafft, wenn auch so ziemlich den miesesten in der ruhmreichen akademischen Geschichte der University of California, Berkeley Campus.«

»Damit ist dein Erbe fällig«, stellte Rhodan fest.

»Du bist ein kluger Kopf, Perry. Aus dir kann was werden.« Sie strich über den Sensor an der Zigarette, die LED in der Spitze erlosch. »Jetzt beginnt das echte Leben! Wir können alles kaufen, was uns einfällt. Häuser, Flugzeuge, Kunstwerke, Menschen, Abenteuer. Für den Rest unseres Lebens müssen wir keine Minute mehr einen Finger krumm machen – das erledigt unser Personal. Wenn du willst, kaufe ich dir eine Rakete, und du fliegst zum Mond oder zum Mars oder sonst wohin damit. Wir ...«

Rhodans Pod klingelte.

Taylors Augen verengten sich. »Das ist nicht von deiner Mutter.« Sie kannte den Ton, den Rhodan für sie eingerichtet hatte.

»Nein.« Rhodan beugte sich vor, fummelte den Pod aus der Hose. »Deb? Bist du schon ...«

Er brach ab, lauschte der fremden, männlichen Stimme. Seine Augen weiteten sich. »Ich ... ich danke Ihnen, Doktor«, sagte er schließlich. »Ich mache mich sofort auf den Weg.« Rhodan legte auf.

»Was ist?«, fragte Taylor.

»Deb. Sie ist ... Taylor, kannst du mich nach San Francisco bringen?«

»Ja. Klar doch.« Taylors Stimme war tonlos. Sie spürte, dass sie Perry Rhodan verloren hatte.

# Kapitel 12

**14. Mai 2037, mittags**
**Lakeside**

Sid González war froh, dass er John Marshall nicht gegenübertreten musste.

Hätte John ihn nicht in den Pain Shelter geholt, wäre er verloren gewesen. Und sosehr sich Sid dagegen sperren mochte, in der Gegenwart von John Marshall fühlte er sich wie ein kleines, schwaches Kind.

War es wirklich erst ein Jahr her, dass er John breitgeschlagen hatte, mit ihm in einen Bus zu steigen und fast vierzig Stunden Fahrt von Houston nach Nevada Fields auf sich zu nehmen, nur um den Start der STARDUST zum Mond mit eigenen Augen zu verfolgen?

An diesem Tag hatte alles begonnen. Für die Menschheit. Und für Sid, der an diesem Tag zu sich selbst gefunden hatte.

In der Aufregung über den Start war er zum ersten Mal kraft seines Geistes gesprungen.

Aus Sid, dem dicken Waisenkind, war Sid, der Teleporter, geworden.

Einen Moment lang fragte sich Sid, was geschehen wäre, wenn John sich nicht hätte überreden lassen. Sie hätten ihr gewöhnliches Leben weitergeführt, das Klein-Klein des Pain Shelter hätte sie weiter gefangen gehalten – bis das Virus ihn und John und Sue erwischt hätte.

Oder wäre es nie dazu gekommen? Wäre nicht nur ihre eigene, persönliche Geschichte, sondern auch die der Menschheit in anderen Bahnen verlaufen?

»Wohin gehen wir?«, fragte Lekoche. Seine Stimme kam aus dem Nichts. Der Massai war wieder »verschwunden«. Niemand wusste, dass er in Lakeside war. Und es war besser, wenn es so blieb.

»In ein Labor am Rand des Geländes. Da stört uns niemand. Hoffentlich.«

Sid spürte einen Windhauch. Er nahm es als Zeichen für eine zustimmende Geste. Lekoche fuchtelte oft mit den Armen.

»John Marshall beschäftigt dich«, stellte die Stimme fest.

»Wie kommst du darauf?« Sid versteifte sich. Er fühlte sich ertappt, durchschaut. »Kannst du neuerdings auch Gedanken lesen?«

»Nein, aber denken. John und Sue und du, ihr seid fast wie eine Familie.«

»Und wennschon!«

»Das ist kein Vorwurf. Ich wäre froh, wenn ich so gute Freunde hätte wie du. Aber jetzt steht John plötzlich im Zwielicht. Das muss dich beschäftigen.«

»Klar. Aber ich kann denken. Das hier muss ein Ende haben.«

Sie erreichten ihr Ziel, ohne jemandem zu begegnen. Die meisten Mutanten waren so geschwächt, dass sie den Großteil der Zeit schliefen. Zu Sids Erleichterung war das Labor weitgehend unbeschädigt. Der übliche Betonstaub hatte sich auf allen Oberflächen festgesetzt, aber soweit Sid es beurteilen konnte, gab es keine weiteren Verwüstungen.

»Das Labor kenne ich«, bemerkte Lekoche. »Hier haben sie versucht, mich sichtbar zu machen.«

»Hat es geklappt?«

»Nein.«

Sid wischte den Staub von einem Display und der darunter angebrachten Tastatur. Es leuchtete auf. Sie hatten Strom!

»Funktioniert es?«, fragte die Stimme aus dem Nichts.

»Hoffentlich.«

»Was ist das für ein Computer?«

»Ein medizinisches Gerät zur Diagnose oder so was. Aber vernetzt – und deshalb mit etwas Glück unser Draht zu Allan ... Verdammt!«

»Was ist denn? Geht es nicht?« Die Luft neben Sid flimmerte, als Lekoche in der Aufregung wahrnehmbar zu werden begann.

Sid antwortete nicht, arbeitete sich durch die Menüstruktur. Er fluchte noch mal, rief eine Shell auf. Das Display wurde dunkel, links oben blinkte der waagrechte Strich eines Cursors. Sid tippte ein Kommando, fügte Parameter hinzu.

»Was tust du da, Sid?«, drängte Lekoche. »Geht es?«

Sid holte tief Atem, widerstand dem Drang, die Tastatur mit der Faust zu traktieren – oder den quengeligen Massai.

»Nein«, sagte er. »Das Netzwerk ist unterbrochen.«

Lekoche schwieg einen Augenblick, dann sagte er: »Und wenn wir in ein anderes Labor gehen? Vielleicht ...«

Sid schüttelte den Kopf. »Aussichtslos. Das Netz hier unten ist intakt. Die Verbindung nach außen ist gekappt.«

»Aber wie hat dann Mercant vorhin ...«

»Vorhin war die Verbindung eben noch nicht gekappt!« *Die Hershell-Zwillinge!*, dachte Sid. *Natürlich. Sie wollen nicht, dass wir Allan antworten. Sie stecken dahinter!*

»Und jetzt?« Lekoche war immer noch ein flimmernder Schemen. Aber Sid glaubte, die großen, fragenden Kinderaugen des Massai, der ein Krieger sein wollte, vor sich zu sehen.

»Ich habe nicht die geringste Ahnung.«

»Aber das muss doch gehen! Was ... was ist mit deinem Pod?«

»Habe ich irgendwo verloren.«

»Und wenn wir ihn suchen?«

»Aussichtslos. Und selbst wenn wir ihn oder irgendeinen anderen finden würden. Wir haben hier kein Netz.«

»Und wenn wir nach oben gehen?«

»Bleib bei deinen Rindern, Junge«, versetzte Sid. »Damit kennst du dich besser aus!«

Aus dem Schemen neben Sid wurde schlagartig ein Mensch. Ein wütender, der die Arme in die Hüfte stemmte. »Was weißt du schon über mich? Die Mobilfunkabdeckung unter den Massai liegt schon seit Langem bei hundert Prozent! Die Zeiten, in denen wir einander von Hügeln zugewinkt haben, sind längst vorbei! Wir ...«

Sid zuckte zusammen, als hätte er einen Stromschlag erhalten. »Winken. Klar, das ist es!«

»Wie meinst du das?«

»Wirst du gleich sehen. Komm!«

»Wohin?«

»Nach oben! Dahin wolltest du eben noch, oder?«

*Er wird dir nichts tun!*

Sue Mirafiore sagte sich den Satz immer wieder auf, während sie sich durch den Untergrund von Lakeside arbeitete – sich schmerzhaft bewusst, dass sie erst vor wenigen Stunden mit ähnlichen Worten versucht hatte, sich zu ermutigen.

Auf dem Weg zu Monk, dem Mörder, ihrer Rettung. Sie hatte recht behalten. Monk hatte ihr nichts getan. Er hatte sich als schwach erwiesen, ängstlicher noch als sie selbst.

Die Angst vor dem Schatten hatte Monk umgetrieben – dem Schatten, mit dem angeblich John Marshall gemeinsame Sache machte.

Sues Hand klammerte sich um den Griff des Messers. *Wirf es weg!*, sagte sie sich. *Du brauchst es nicht! John würde dir niemals etwas tun!*

Ihre Hand – es war jene, die nachgewachsen war – gehorchte nicht.

Sue ging weiter, setzte einen Fuß vor den anderen. Der Korridor war lang, sein Ende war im schummrigen Licht der Notbeleuchtung nicht zu erkennen. Büros und kleinere Konferenzräume säumten ihn zu beiden Seiten. In einem von ihnen war John, hatte man ihr im großen Saal gesagt. John ruhte sich aus.

Vor ihr schälte sich eine Gestalt aus dem Dämmerlicht. Ein dunkler Schemen. Der Schatten! Sue erstarrte, wollte das Messer ziehen, als sie erkannte, wen sie vor sich hatte: Mirage.

»Mirage!«, rief sie. »Du schon wieder? Du hast mir einen ganz schönen Schrecken eingejagt!«

»Tut mir leid. Das wollte ich nicht.« Das Mädchen hatte die Schultern hochgezogen. Es flüsterte – beinahe, als hätte es Angst, dass jemand mithörte.

»Was ist los?«, fragte Sue. »Wieso bist du nicht bei den anderen?«

»Ich ...« Mirage brach ab. »Ich weiß nicht.«

»Das ist keine Antwort!«, wollte Sue entgegnen, aber sie beherrschte sich. *Es ist zu viel für sie! Vergiss nicht: Der Schein trügt. Sie ist erst sechs, ein kleines Kind!*

»Schon gut, Mirage. Ich verstehe. Es ... Alles wird wieder gut, ich verspreche es dir.«

»Danke!«

Mirage duckte sich, flitzte an Sue vorbei und verschwand am anderen Ende des Korridors.

Sue versuchte nicht, sie aufzuhalten. Sie würde später nach Mirage sehen, wenn sie das hier hinter sich gebracht hatte.

Sue setzte ihren Weg fort. Nach einiger Zeit schwenkte der Korridor nach links. Kurz darauf fand sie John Marshall.

Ein Lichtschein, der durch die Aussparung einer halb geöffneten Tür drang, verriet ihn. Er hatte es sich in einem Bürostuhl bequem gemacht, die Füße hochgelegt und las.

John Marshall bemerkte sie nicht.

Sue musterte ihn. Das war der Mann, den sie kannte und schätzte. Wenn der Druck im Pain Shelter zu groß geworden war, hatte John die Laufschuhe angezogen oder war auf das Rennrad gestiegen, und wie durch ein Wunder war er stets von seinen Runden zurückgekehrt, ohne dass ihn eine der vielen Gangs in Sugarland belästigt hätte.

Oder John hatte sich in seine Kammer zurückgezogen, die er »Zimmer« nannte, aber die Bezeichnung nicht verdient hatte, und war ganz in einem Buch aufgegangen.

Ganz gleich, was er gewählt hatte, wenn John wieder unter den Kindern weilte, hatte er seine innere Ruhe wiedergefunden – und meistens eine Lösung.

»John?«, sagte sie leise.

John Marshall sah auf. Er brauchte einen Moment, in das Hier und Jetzt zu gelangen, dann begriff er, wer ihn gerufen hatte. »Sue? Komm rein!«

Er nahm die Füße vom Tisch und legte das Buch ab. Sue konnte den Umschlag erkennen: »Walden« von Henry David Thoreau.

»Was kann ich für dich tun?« John war nicht ärgerlich, dass sie ihn gestört hatte. Das war er nie gewesen. Sue konnte John jederzeit besuchen, egal, was sie beschäftigte.

»Ich wollte dir sagen, dass es Tatjana wieder besser geht«, sagte Sue. »Heidi und Nirina kümmern sich um sie. Sie sagen, dass sie nur ein paar Schrammen hat und erschöpft ist. Sie wird wieder.«

Es war die Wahrheit – und doch nur der Vorwand für Sue, ins Gespräch zu kommen.

»Das freut mich zu hören«, sagte John und lächelte sie an.

*Weiter!,* ermahnte sie sich in Gedanken. *Rede weiter! Los!*

Es ging nicht. Sue hatte sich nicht mehr als den ersten Satz zurechtgelegt. Weiter hatte sie nicht denken können. Und mit Johns entwaffnender Freundlichkeit hatte sie nicht gerechnet.

»Dir liegt etwas auf der Seele, nicht?«, sagte John. »Das sehe ich dir doch an.«

Sie nickte dankbar.

»Dann raus damit!«

»Es ist ... Ich habe Angst. Ich vertraue Allan. Er war immer gut zu uns. Er meint es gut mit uns. Bestimmt! Aber was, wenn er sich irrt? Was, wenn es gar kein Virus gibt? Oder wenn es existiert, aber es ganz andere Dinge tut, als wir glauben? Ich kapiere nicht, was geschieht. Aber ich spüre, dass es etwas Großes ist. Dass nichts jemals wieder so sein wird wie vorher. Verstehst du, was ich meine?«

»Das geht uns allen so. Fragen über Fragen und keine Antworten.«

»Was denkst du, John?«

»Ich denke, wir werden sehen, was geschieht. Wir müssen die Ruhe bewahren, das ist das Wichtigste.« Ein Allgemeinplatz, keine Antwort.

»Aber was wird aus uns? Sid ist kein Teleporter mehr, sondern ein Telekinet. Ich konnte unvermittelt nicht nur heilen, sondern Leben zurückbringen. Und jetzt ... jetzt sind unsere Gaben verschwunden, wie blockiert.«

*Blockiert.* Sue hatte das Wort bewusst gewählt. Eine Anspielung auf Monk. Ahnte John, dass der Antimutant für die brüchige Ruhe verantwortlich war, die in Lakeside eingekehrt war?

»Wir sind erschöpft. Das wird sich wieder einspielen. Du wirst schon sehen.«

Wieder ein Allgemeinplatz. So kam sie nicht weiter. Sie musste sich aus der Deckung wagen, sonst war ihr Versuch umsonst.

»Ich habe vorhin mit Leonard gesprochen. Er hat mir gesagt, dass er etwas gesehen hat.«

»Etwas?«

Täuschte sie sich, oder hatten sich Johns Augen geweitet?

»Ja. Er hat erzählt, dass er einem Schatten begegnet ist. Er war allein auf dem Weg nach ...«

Hitze flammte in Sue auf, ließ sie verstummen. Sie sah, wie John sich unvermittelt vor Schmerzen krümmte. Der Boden unter ihr wackelte. Ein schwerer Aktenschrank kippte um. Eine Wolke aus Staub wirbelte auf, reizte ihre Schleimhäute.

In ihrem Kopf, in ihren Gedanken hörte sie einen Aufschrei, der nicht von ihr stammte.

Aus der Hitze wurde Glut. Sie verbrannte sie von innen. Die Beine gaben unter ihr nach. Sie kam hart auf, und ...

... so unvermittelt, wie die Glut gekommen war, setzte sie wieder aus.

Sue wuchtete sich hoch, sah sich ängstlich um. »Was war das?« Es klang nach *wawada,* selbst in ihren eigenen Ohren.

John verstand sie. Er kam zu ihr, half ihr hoch. Sein Griff war hart – ebenso wie sein Blick.

»John, hast du das auch gespürt?«

Er nickte. Von irgendwoher hatte er eine Wasserflasche und hielt sie ihr hin. Sue spülte sich den Mund aus. Den Rest trank sie in einem Zug aus.

»Was war das?« Diesmal waren ihre Worte klar. »Werden wir angegriffen?«

»Ich zeige dir etwas«, sagte er statt einer Antwort. »Komm mit!«

Sue folgte ihm wie betäubt auf den Korridor. Was konnte ...?

Ein Schatten löste sich von der Wand und fiel über sie her. Er packte ihre Handgelenke, verdrehte ihr den Arm, dass sie aufschrie.

Der Schatten stank nach Schweiß. Sein dicker Bauch drückte gegen ihren Rücken.

Sue verdrehte den Kopf, erkannte, wer sie festhielt: Liam Hershell. »Was soll das? Lass mich sofort los!«

Liam reagierte nicht. John Marshall trat vor Sue. Seine Stirn glänzte fiebrig, jede Milde war aus seinem Blick verschwunden. Er griff in ihre Hosentasche, fischte das Messer heraus und hielt ihr die Klinge an die Kehle.

»John, was hast du?«, brachte sie hervor.

»Ich mache mir Sorgen um uns«, antwortete er. »Raus damit, Sue: Wo steckt Monk?«

Und da verstand Sue. Mirage! Das Mädchen hatte sie an John verraten!

Oben erwartete Sid und Lekoche eine andere Welt.

Die Sonne stand hoch am wolkenlosen blauen Himmel. Ihr Licht war so grell, dass es Sid in den Augen schmerzte. Unwillkürlich duckte er sich, zog sich tiefer in den Treppenaufgang zurück, der sie an die Oberfläche geführt hatte. Von dem Gebäude, das über der Treppe gestanden haben musste, war nichts mehr zu sehen.

Er hörte, wie Lekoche neben ihm japste.

»Was ist?«, fragte Sid. »Du weißt doch, wie es hier aussieht. Du bist auf diesem Weg hergekommen, nicht?«

»Schon, aber ich bin um mein Leben gerannt, und es war Nacht. Ich habe nicht viel gesehen. Das hier ...« Der Massai brachte den Satz nicht zu Ende.

Das war auch nicht nötig. Von Lakeside, der Oase in der Wüste Gobi, waren nur noch geschwärzte Trümmerhaufen übrig. Der Park, den ferronische Spezialisten innerhalb von Monaten aus dem Wüstensand gezaubert hatten, war verbrannt. Hier und da stach ein von der Hitze verzogener Stahlträger aus der Aschewüste heraus.

»Als Monk vorhin eingeschlafen ist, ging es noch einmal los«, sagte Sid. »Zum Glück nur hier oben ...«

Sid musste an einen Newscast denken, den er an einem langen, trüben Winternachmittag im Pain Shelter gesehen hatte. Der Grenzkrieg von 2033 zwischen Peru und Ecuador. Die beiden Seiten hatten monatelang um eine Kleinstadt an der Grenze gekämpft, Macará. Was vom Lakeside Institute geblieben war, glich dem Macará, das Sid im Newscast gesehen hatte: eine verbrannte, leblose Hölle.

Und wenn sie nicht handelten, würde bald nicht nur Lakeside so aussehen.

»Dann los!« Sid klopfte in die Luft neben ihm und hatte Glück: Er erwischte Lekoches schmale Schulter.

Der Massai rührte sich nicht. »Was, wenn sie uns sehen?«

»Deshalb sind wir hier. Allan wird mit Überläufern rechnen, zumindest auf sie hoffen. Ich muss ihm nur ein Zeichen geben.«

»Das meine ich nicht. Ich meine unsere ...«, Lekoche suchte nach einem passenden Begriff, »... unsere Gefährten. Die, die auf der Seite des Schattens stehen.«

»Die sehen nur mich – hoffentlich.« Sid deutete in Richtung Terrania. In vielleicht zweihundert, dreihundert Metern Entfernung hörte das Schwarz abrupt auf, als hätte jemand mit einem Zirkel eine Linie gezogen. Sie markierte den unsichtbaren Energieschirm, der Lakeside und die Mutanten von der Außenwelt trennte. »Da vorne ist der Schirm. Wir gehen darauf zu. Allan wird eine Strukturlücke für uns schalten lassen. Und wir schlüpfen durch.«

»Wenn die anderen uns lassen.«

»Wenn nicht, lenke ich sie ab.«

»Und was wird aus dir?«

»Mach dir keine Sorgen. Sie werden mir nichts tun. Wir sind alle Mutanten. Und jetzt los!«

Sid wuchtete sich an der Mauer des Treppenhauses hoch, bevor Lekoche etwas entgegnen konnte – und bevor er es sich anders überlegte.

Er blieb stehen und wartete auf den Massai. Ihm war, als beobachteten ihn Tausende unsichtbare Augenpaare. Sid dachte wieder an Macará. In der Hölle hatte es Leben gegeben. Stadtbewohner, die nicht rechtzeitig geflohen und in ihren Kellern eingeschlossen waren. Ab und zu hatte sich einer von ihnen nach oben gewagt auf der Suche nach Wasser und Nahrung. Leichte Beute für die Scharfschützen, die überall gelauert hatten.

Sid wurde heiß.

Ein Lufthauch zeigte ihm an, dass Lekoche ihm gefolgt war. »Siehst du das?«, fragte der Massai.

»Was?«

»Richtung Terrania, nördlich vom Stardust Tower.«

Sid kniff die Augen zusammen. Da war ein dunkler Punkt, der rasch größer wurde. »Ein Flugzeug. Und?«

»Das gefällt mir nicht«, sagte Lekoche.

»Es hat nichts mit uns zu tun. Es steuert den Flughafen an.«

Schweiß rann Sid in die Augen und brannte. Er rieb ihn mit der linken Hand weg und begann mit der anderen zu winken. Ihm war übel.

»Sid! Sieh dir das an!«, schrie der Massai.

Sid blickte auf. Der Schweiß in seinen Augen ließ ihn nur verschwommen sehen. Aber es genügte. Ein glühender Feuerball entstand dort am Himmel, wo das Flugzeug sein musste, und zerplatzte.

Unerträgliche Glut flammte in Sid auf und erlosch wieder.

»Sie schießen das Flugzeug ab!«, brüllte Lekoche.

Weitere Glutbälle, neben und vor dem Flugzeug. Und mit jedem Glutball flutete unerträgliche Hitze durch Sid, als entlüde er seine Energien nicht am Himmel, sondern in seinem Leib.

Das Flugzeug war jetzt so nahe heran, dass er das ausgefahrene Fahrwerk erkannte.

Ein neuer Glutball flammte auf – und Sid verstand. »Das ist kein Beschuss!«, brüllte er. »Das sind Paraentladungen!«

Das Flugzeug schwenkte herum, kam jetzt direkt auf sie zu.

»Aber unsere Gefährten da draußen sind betäubt! Wir ...« Lekoche brach gurgelnd ab, als eine weitere Paraentladung zündete.

Die Luft neben Sid flimmerte. Abrupt wurde Lekoche sichtbar. Der schmächtige Massai bäumte sich auf, versteifte sich und knallte in die Asche.

»Lekoche!« Sid beugte sich vor, als ein neuer Glutball entstand. Näher und größer als alle vorhergehenden. Sid schrie auf. Die Beine knickten unter ihm weg. Er fiel hin, kam auf dem Rücken zu liegen, während der Schmerz in ihm tobte.

Das Letzte, was er sah, war die Silhouette des Flugzeugs. Ein schwarzer Umriss inmitten blendender Glut.

Dann fraß die Glut Sid und das Flugzeug auf.

Der dicke Liam Hershell führte Sue vor sich her. Er hatte Sue am Kragen gepackt und diesen so fest zugezogen, dass ihr beinahe die Luft wegblieb.

Links von ihr ging der riesige Clément, der sein Bruder war und auch nicht. Er hielt eine hölzerne Latte mit beiden Händen.

Rechts von ihr war John Marshall. John hatte das Messer wieder weggesteckt, aber Sue glaubte die Klinge immer noch an ihrer Kehle zu spüren.

»Wieso tust du das, John?«, fragte sie leise.

»Das verstehst du nicht.«

»Ich bin nicht auf den Kopf gefallen. Sag es mir!«

John reagierte nicht. Der schlanke, hochgewachsene Mann wirkte in sich gekehrt. Sein Blick reichte ins Leere. Als weilte seine Aufmerksamkeit nicht mehr in dieser Welt.

Sie waren auf dem Weg in Monks Versteck. Sein richtiges. Sue hatte überlegt, John und die Hershell-Zwillinge in die Irre zu führen, aber den Gedanken rasch verworfen. Es wäre sinnlos gewesen. Der Untergrund Lakesides war verwirrend, eine Welt für sich. Aber eine kleine Welt. Sie wäre innerhalb kürzester Zeit aufgeflogen. Und dann ... John Marshall, dem sie mehr vertraute als jedem anderen Menschen, hatte ihr ein Messer an die Kehle gepresst. Alles wäre möglich gewesen.

Nein, sie musste darauf hoffen, dass sich eine Gelegenheit zur Flucht ergab. Oder dass es Sid und Lekoche gelang, Mercant zu benachrichtigen. Solange John und die Zwillinge mit ihr beschäftigt waren, standen ihre Chancen, unbemerkt zu bleiben, höher.

»John, wieso tust du das?«, fragte sie noch einmal. Reden lenkte ab – und vielleicht gelang es ihr herauszufinden, was mit John vor sich ging?

John Marshall beachtete sie nicht.

Sie holte tief Luft und sagte laut: »John, das bist nicht du!«

John Marshall blinzelte.

*Er hört dich!*

»Der John Marshall, den ich kenne, hat Format!«, fuhr sie fort. »Der echte John Marshall hilft den Menschen. Er tut niemals anderen Gewalt an – und weißt du was? Der echte John verliert nie seinen kühlen Kopf!«

Es war eine kalkulierte Beleidigung. Sue kannte John besser noch als Sid. John Marshall hielt sehr viel auf seinen klaren Verstand ...

Johns Blick klärte sich. Er sah sie an. »Du tust mir unrecht.«

»Ja? Und was soll dann das hier?« Sie warf den Oberkörper nach vorne. Liam verstärkte seinen Griff, der Kragen zog sich um Sues Hals zusammen, drückte ihr die Luft ab. Sie stolperte zurück, keuchend. »Das bist nicht du«, brachte sie hervor.

»Es muss sein.«

»Wieso?«

»Wir müssen vollenden, was begonnen hat. Sonst waren alle Opfer umsonst.«

»Was heißt das?«

»Derjenige, den du den ›Schatten‹ nennst. Er muss sich manifestieren.«

»Was meinst du damit? Ist Ellert der Schatten? Sein Körper ist aus Terrania verschwunden!«

John Marshall gab keine Antwort.

»Noir? Kehrt er aus einem Alternativuniversum zurück?«

Keine Antwort.

»Verflucht, John! Wer steckt dann hinter diesem Schatten?«

»Ich weiß es nicht.«

»Du ...« Sue blieben die Worte in der Kehle stecken. *»Du weißt es nicht?«*

»Nein. Aber ich spüre, dass er kommt. Wir müssen ihm helfen. Es muss geschehen.«

»John, hörst du eigentlich, was du sagst? Du spürst es! Du bist mindestens so ausgetickert wie Monk mit seinem Gerede vom Jüngsten Tag. Was, wenn der Satan persönlich vor der Tür steht?«

»Das ist absurd. Ich glaube nicht an Gott.«

»Dann eben das Böse.«

»Es gibt kein personifiziertes Böse. Das ist Aberglauben.«

»Und was ist mit dem, was hier geschehen ist? Lakeside – das Institut, das du aufgebaut hast – ist ein rauchender Trümmerhaufen. Tako ist tot. Und Dylan. Und Rudy. Und Aang und Noémi. Ausgeknipst von einem Virus, das mit unseren Genen spielt. Und wenn wir nicht bald das Antivirus erhalten, jagen wir uns gegenseitig in die Luft!«

»Das habe ich nicht gewollt.« John Marshall schüttelte den Kopf. »Niemand hat das gewollt. Aber wenn wir jetzt aufgeben, sind unsere Geschwister umsonst gestorben. Wir verändern uns, wir wachsen ...«

»Wir drehen durch! Unsere eigenen Gaben bringen uns um, wir können sie nicht kontrollieren!«

»Es hat unkontrollierte Ausbrüche gegeben, ja«, gestand er zu. »Aber sie werden zunehmend weniger. Wenn es uns gelingt, unsere Kräfte zu bündeln, wird der Schatten sich manifestieren.«

*Was ist mit ihm? Das ist nicht der John, den ich kenne!*

»Die Paraentladungen haben aufgehört, weil Monk sie mit seinen Antifähigkeiten blockiert!«

»Für ein paar Stunden war das tatsächlich so. Und das hatte sein Gutes. Monk hat uns in der gefährlichsten Phase der Metamorphose vor uns selbst geschützt. Aber jetzt? Du überschätzt ihn. Er ist nur ein Mensch. Seine Kraft hat bereits nachgelassen. Er wird bald kein Hindernis mehr für uns sein.«

*Ich muss zu ihm durchdringen! Sonst ...*

»Du lügst!«, rief sie laut. »Wenn das so ist, weshalb wartet ihr dann nicht einfach ab? Irgendwann muss Monk schlafen!«

»Weil uns keine Zeit mehr bleibt. Die Nichtmutanten verstehen nicht, was geschieht. Sie haben Angst. Und Menschen, die Angst haben, greifen früher oder später zur Gewalt. Dieser Punkt kann jeden Augenblick kommen!«

Sie gelangten zu dem Korridor, an dem Monks Versteck lag. Liam riss sie am Kragen zurück.

»Welche Tür, Mädchen?«, zischte er Sue ins Ohr.

»D... die dritte links.« Sue musste sich zwingen, die Wahrheit zu sagen. Die Hershell-Zwillinge hätten niemals jemandem auch nur das Geringste angetan. Doch sie waren nicht mehr sie selbst, ebenso wenig wie John.

»Gut.« Liam ließ ihren Kragen los. John Marshall packte Sue. Der dicke Mutant hob eine Stange vom Boden auf und nickte seinem »Bruder« zu.

»Tut ihm nichts!«, rief Sue. Eine Hand legte sich auf ihren Mund.

Lange Augenblicke geschah nichts. Sue lauschte den leiser werdenden Schritten der Zwillinge. Es hörte auf. Dann hörte sie aufgeregtes Scharren – und Rufe der Überraschung.

John Marshall zerrte sie hinter sich her, in den Heizungsraum. Er war verlassen. Monk war verschwunden.

# Kapitel 13

**Februar 2027**
**Lancaster, Kalifornien**

Reginald Bull war so allein, wie ein Mensch nur sein konnte: an einem Freitagabend in einer Bar in einer Garnisonsstadt, mit mehreren Hundert Soldaten, die den Beginn des ersehnten Wochenendes feierten.

Bull war nicht nach Feiern zumute. Ihm war auch nicht nach Menschen zumute. Und gleichzeitig hatte er Angst davor, allein zu sein. In ihm war eine Leere und darin ein Schmerz verborgen, wie er ihn noch nie verspürt hatte.

*Madison,* dachte er immer wieder. *Madi, nein!*

Bull kauerte auf einem Hocker vor der Theke, die Ellenbogen auf das Holz gestützt, den Kopf zwischen den Händen. Vor Bull standen ein Glas und ein Krug Bier. Der Krug war beinahe leer. Sein dritter an diesem Abend. Zwischen Glas und Krug lag ein Brief. Ein papierner Brief. Ein Anachronismus, der nicht in die Zeit passen wollte. Unwirklich, aber real.

Bull war klar, dass er ihn wegstecken sollte, besser noch wegwerfen oder ihn in tausend kleine Fetzen zerreißen. Alles wäre besser gewesen, als den Brief immer wieder in die Hand zu nehmen, ihn anzustarren, die Nachricht wieder zu lesen. Und wieder und wieder.

Er hörte eine helle Stimme, die aus dem Dröhnen des Freitagabends herausstach. Sie schien von weit weg zu kommen, nichts mit ihm zu tun zu haben.

Jemand fasste ihn an der Schulter. Es war eine Bedienung. Jung, vielleicht zwanzig, die Augen so dick mit Kajal umrundet, dass sie Bull unwillkürlich an einen Waschbären erinnerte. Wie alle Bedienungen in der Bar, die sich »Sportsbar« nannte, hatte man sie in ein zu enges T-Shirt gezwängt und ihr einen Push-up verordnet, der ihre Brüste beinahe aus dem Ausschnitt drückte.

»He, Soldat!« Sie ließ seine Schulter los. »Jemand zu Hause?«

»Pilot.«

»Pilot?« Sie lehnte sich zurück, maß ihn mit einem spielerisch strengen Blick. »Siehst gerade nicht aus wie jemand, der gleich abhebt. Wo bist ...«

»Ich bin nicht zum Reden hier«, schnitt Bull ihr das Wort ab und staunte dabei über sich selbst. Das war nicht er. Er redete sonst mit jedem über alles.

»Okay. Wieso kommst du dann hierher?«

»Das siehst du doch: um mich zu besaufen.«

»Nimm's mir nicht übel, Pilot, aber du bist ein lausiger Säufer. Du gehörst nicht hierher, das sieht man. Weißt du keinen besseren Ort für dich?«

War das echtes Mitgefühl? Reginald Bull musterte die Frau. Sie hatte braune Augen. Wie Madi. Er ... »Nein«, sagte er und schüttelte langsam den Kopf.

»Ich verstehe.« Sie streckte erneut die Hand aus, legte sie auf seine Schulter und drückte sie. Wie eine Schwester, die zu trösten versuchte. »Dann pass auf dich auf, Pilot! Flieg nicht zu weit raus, okay?«

»Danke! Ich werd's versuchen.«

Die Bedienung ging weiter. Bull sah ihr nach, bis sie im Gedränge verschwunden war. Er hob die Hand, um das Bierglas zu greifen ... und plötzlich hatte er wieder den Brief in den Fingern.

*... muss ich Ihnen leider mitteilen, dass Ihre Schwester Madison Bull verstorben ist. Ihr Leichnam wurde am Morgen des 16. Januar 2028 in New York City aufgefunden, nahe dem Nordeingang des Central Parks. Eine Obduktion wurde vorgenommen. Die Obduktion ergab keinen Hinweis auf eine Gewalteinwirkung von außen. Der Tod trat durch einen Schlaganfall ein, mit hoher Wahrscheinlichkeit hervorgerufen durch die Einnahme von Methamphetamin, das im Blut der Toten nachgewiesen werden konnte.*

*Da Ms Bull keine Ausweispapiere bei sich trug, war eine zeitnahe Identifizierung nicht möglich. Ihr Leichnam wurde auf dem Friedhof von Hart Island auf Kosten der Stadt New York beigesetzt.*

*Wir erlauben uns, Ihnen als ihrem nächsten lebenden Verwandten die Rechnung in Höhe von ...*

»He, Finger weg!«, rief eine Frauenstimme.

Bull erkannte sie augenblicklich. Sein Kopf flog herum. Die Bedienung, die ihn zu trösten versucht hatte, stand bei den Billardtischen. Sie war kaum zu sehen. Eine Gruppe von Männern umringte sie.

Ein Mann mit einem dichten Schnauzbart hatte sich direkt vor ihr aufgebaut. »Wieso? Du bist doch für uns da.«

»Ich arbeite hier!«

»Eben.« Der Mann packte die Bedienung und zog sie fest an sich.

»Lassen Sie mich los!«, schrie sie und wand sich in seinem Griff. Niemand machte Anstalten, ihr zu helfen.

Bull steckte den Brief in die Hosentasche und glitt vom Hocker. Er schwankte leicht, als er sich einen Weg durch das Gedränge zu den Billardtischen bahnte. Die Bedienung hatte recht: Er war ein lausiger Säufer. Er spürte das Bier. Ihm drehte sich alles. Mit beiden Händen verschaffte er sich Platz durch das Spalier von Männern.

»Lassen Sie sie in Ruhe!«, wies er den Mann mit dem Schnauzbart an. »Sie will nichts von Ihnen wissen.«

»Das täuscht. Wenn ich sie erst zugeritten habe ...«

»Ich sage: Lassen Sie sie los!«

»Kumpel, du mischst dich in Dinge ein, die dich nichts angehen. Geh zurück zu deinem Bier und ...«

»Die Dame gehört zu mir.« Bull machte einen Schritt auf den Mann mit dem Schnauzer zu.

»Ach ja?« Der Mann verzog das Gesicht, traf eine Entscheidung. Er stieß die Bedienung zur Seite, als handele es sich um ein Spielzeug, an dem er das Interesse verloren hatte. Dann stemmte er beide Hände in die Hüften und sagte: »Dein Pech, Dicker!«

*Dicker.*

Die Bezeichnung traf Bull schlimmer, als jeder Schlag es vermocht hätte – und löste einen Reflex in Bull aus, der weit in seine Kindheit zurückreichte, auf die Schulhöfe von Queens, wo jedes Großmaul geglaubt hatte, es könnte sich an dem rothaarigen Pummelchen beweisen.

Reginald Bull schlug zu.

Sein Kinnhaken kam übergangslos. Der Mann mit dem Schnauzer riss die Arme hoch, um sich zu schützen. Viel zu spät. Die Wucht des Schlags riss ihn von den Beinen. Er schleuderte mit dem Rücken gegen einen Billardtisch und sank wie in Zeitlupe zu Boden, begleitet von ungläubiger Stille.

Dann brüllte jemand: »Das Schwein hat Angel angefasst!«

Bull sah aus dem Augenwinkel eine Bewegung. Er duckte sich, der Schlag ging ins Leere – und ein zweiter Schlag von links erwischte ihn. Er taumelte zur Seite, bunte Flecken tanzten auf seiner Netzhaut – und noch bevor sie verblassten, brachen die wütenden Angreifer über ihn herein wie eine Welle. Er wurde von den Beinen geholt. Ein Dutzend oder mehr Männer stürzten sich auf ihn. Eine Faust erwischte ihn an der Stirn, und plötzlich brannte sein linkes Auge. Seine Wahrnehmung verschwamm. Dunkle Schemen sprangen vor grellem Licht auf und ab. Er rollte sich Schutz suchend zusammen, aber Hände packten ihn hart an den Schultern, an den Armen, an den Beinen.

Bull bäumte sich auf, bekam zur eigenen Überraschung einen Arm frei. Blind schlug er zu, seine Faust bohrte sich in einen Bauch. Sein zweiter Arm kam frei. Bull schnellte hoch, deckte die Kerle, die seine Beine festhielten, mit Schlägen ein. Er hörte Stöhnen ... und kam frei!

Bull horchte. Von allen Seiten kamen Schreie, hörte er das Zersplittern von Holz, als das Mobiliar zu Waffen umfunktioniert wurde. Die Schlägerei musste sich auf die gesamte Bar ausgebreitet haben. Niemand schien sich noch an ihn zu erinnern. Er kroch los in die Richtung, in der er den Ausgang vermutete.

Einige Meter weit kam er unbehelligt, dann warf sich jemand neben ihn und zischte: »Raus hier, Kamerad! Jeden Moment ist die Polizei hier!«

Die Polizei! Wenn sie ihn in die Finger bekam, war es aus!

»Kannst du stehen?«, fragte die Stimme.

»I... ich glaube schon.« Bull richtete sich auf. Ihm wurde übel. Hände packten ihn an den Schultern. Fest, aber helfend.

»Hier lang!«, sagte die Stimme. Der Unbekannte ließ seine Schultern los, nahm ihn an der Hand und zog ihn wie ein Kind hinter sich her. Bull ließ es geschehen. Sein linkes Auge brannte wie Feuer. Das rechte Auge tränte so stark, dass er praktisch blind war. Von allen Seiten kamen Schreie, das Krachen von zerbrechendem Mobiliar.

Geduckt folgte er dem Unbekannten. Allmählich blieb der Lärm zurück. Schließlich strich kühlere Luft über seine Haut.

»Wo sind wir?«, fragte Bull.

»Dreimal darfst du raten!«

Bull hörte, wie sein Retter einer Tür einen Tritt versetzte. Sie traten in den Raum. Eine Toilette, der Gestank war eindeutig.

Ein spitzer Schrei. »W... was wollen Sie hier! Hier ist ...«

»Ich weiß«, sagte der Unbekannte. »Ein Notfall. Entschuldigen Sie die Störung, Madam. Mein Freund und ich sind gleich wieder weg.«

Die Damentoilette. Hier würde die Polizei zuletzt suchen.

Bull hörte, wie der Unbekannte ein Stück Papierhandtuch von der Spenderrolle riss. Wasser strömte in ein Becken.

»Hier!« Der Unbekannte drückte ihm das befeuchtete Papierhandtuch in die Hand. Bull hielt es gegen die aufgeplatzte Augenbraue. Es war wunderbar kühl.

»Stillhalten!«

Der Unbekannte machte sich daran, ihn mit einem zweiten Handtuch zu säubern. Es brannte wie Feuer. Bull biss die Zähne zusammen. Seine Wahrnehmung gewann wieder an Schärfe. Er erhaschte einen ersten halbwegs klaren Blick auf seinen Retter. Kurze blonde Haare. Ein schmales Gesicht, blaugraue Augen, in denen Entschlossenheit stand, etwas, das er als Abenteuerlust deutete. Eine Narbe am rechten Nasenflügel. Sie war weiß, stach heraus.

»Siehst du wieder klar?« Sein Retter grinste jungenhaft.

»Halbwegs.«

»Dann los!« Sein Retter zog ihn in eine der Kabinen, schloss hinter ihnen ab. Er klappte den Deckel hinunter, stieg auf die Toilettenschlüssel. In Kopfhöhe war ein kleines Fenster. Es war verschlossen. Unter dem Griff klebte ein knallroter Aufkleber. »Öffnen verboten! Alarmgesichert.«

Bulls Retter riss das Fenster auf. Sofort ging eine Alarmsirene los. Der Unbekannte zuckte die Achseln. »Und ich dachte immer, diese Aufkleber wären ein Bluff ... Egal, niemand schert sich um einen Alarm, während der ganze Laden zu Kleinholz zerlegt wird.«

Er hielt Bull den Arm hin, zog ihn zu sich hoch auf den Deckel. Das Plastik verbog sich, hielt aber zu Bulls Überraschung.

»Hoch mit dir!« Sein Retter verschränkte die Finger beider Hände, bildete eine Trittstufe.

Bull setzte den rechten Fuß auf, packte die Schulter seines Retters mit beiden Händen und wuchtete sich hoch. Der Mann unter ihm wankte, aber hielt das Gleichgewicht. Bull reckte die Arme hoch, bekam den Fensterrahmen zu fassen. Er zog sich hoch – und zu seiner eigenen Überraschung genügten seine Kräfte. Bull glitt durch das Fenster, fand sich auf dem mit Müll übersäten Hinterhof der Bar wieder. Das flackernde Licht der Signallichter von einem halben Dutzend Polizeiwagen, die vor der Bar standen, streifte ihn in einem hektischen Rhythmus.

Er drehte sich um, ging in die Knie und hielt seinem Retter die Hand hin. Dieser packte sie und zog sich hoch.

»Nichts wie weg hier!« Bull wollte über den Hof rennen und irgendwo in der Stadt verschwinden.

Sein Retter hielt ihn zurück. »Nein, nicht so! Wir würden sofort auffallen.« Er strich sich über Hemd und Jeans, reckte sich und bellte in der Nachahmung eines Offiziers: »Haltung, Soldat!«

»Pilot!«

»Gut, dann zeig, dass du fliegen kannst. Wir segeln an diesen Polizisten vorbei, klar?«

»Klar.« Bull strich sich T-Shirt und Jeans glatt. Sein Retter drückte ihm eine Sonnenbrille mit breitem Rand in die Hand, die er aus der Brusttasche seines Hemds zauberte. Bull setzte die Brille auf und rückte sie mithilfe seines Retters so zurecht, dass seine Wunde nicht zu sehen war. Dann verließen sie den Hof. Schlendernd.

Vor der Bar blieb sein Retter stehen, verdrehte neugierig den Hals, bis ein Polizist auf sie aufmerksam wurde. »Weitergehen!«, schnauzte er die vorgeblichen Schaulustigen an. »Hier gibt es nichts zu sehen!«

»Sofort, Officer.«

Mit gespieltem Widerwillen gingen sie weiter, drehten sich noch mehrmals um, um zu sehen, was vor sich ging: zwei Freunde in einer Freitagnacht, denen das Spektakel einer Bar, die von der Polizei geräumt wurde, gerade recht kam.

Drei Blocks weiter bogen sie um die Ecke, ohne dass man sie behelligt hatte. »Wir haben es geschafft!« Bulls Anspannung wich. Er lehnte sich mit dem Rücken gegen die Hauswand.

Sie hatten es geschafft!

Er zog die Brille ab und wischte sich mit der flachen Hand den Schweiß von der Stirn. Er streifte die Wunde. Sie brannte, als stünde sie in Flammen ...

... und Bulls Knie gaben nach, als er kapierte. Nichts hatte er geschafft. Es war aus.

Er hielt seinem Retter die Brille hin. »Danke für den Versuch, Kamerad.«

»Wieso Versuch?«

»Mit der Wunde über dem Auge brauche ich gar nicht mehr zurück auf den Stützpunkt zu kommen. Dann hat es sich mit dem Testpiloten. Und mit dem Astronauten sowieso. Ich ...« Er stockte, als ihm Madison einfiel. »Egal – was bedeutet das noch?«

Sein Retter nahm die Brille an sich, überlegte einen Moment. Dann griff er in die Hosentasche und holte etwas hervor. »Du hast übrigens in der Bar was verloren, Kamerad.«

Es war der Brief.

»Danke!« Bull wollte danach greifen, als plötzlich die Faust seines Retters auf ihn zuschoss. »He, was ...«, brachte er noch heraus, dann gingen die Lichter aus.

Als Reginald Bull wieder zu sich kam, lag er in einem Krankenhausbett. Die Morgensonne schien durch ein Fenster, glänzte auf einem Tablett, das auf dem Nachttisch neben dem Bett abgestellt war. Ein Frühstück wartete auf ihn. Die Prägung des Bestecks verriet ihm, wo er sich befand: »Edwards Air Force Base«.

Die Worte brachten die Erinnerung zurück. Die Bar, in der er sich betrunken hatte, taub von dem Schmerz über den Tod von Madison. Die Bedienung, die Mitleid mit ihm gehabt hatte. Die Schlägerei. Dann die Flucht über die Damentoilette. Dieser Mann, der ihm rausgeholfen ... und ihm plötzlich einen Kinnhaken versetzt hatte.

Und jetzt war er hier. Wie kam er hierher?

Die Tür ging auf, und ein Arzt trat in das Zimmer. Bull ruckte unwillkürlich hoch.

»Bleiben Sie locker, Soldat«, forderte der Arzt ihn auf. Er trug einen weißen Kittel, aber seine Haare waren kurz geschoren.

»Pilot.«

»Einigen wir uns auf ›Patient‹, einverstanden? Zumindest für den Augenblick.« Der Arzt hatte ein Tablet bei sich. Er rief Bulls Akte auf. »Wen haben wir denn da? Reginald Bull. Tatsächlich Pilot. Seit Monatsanfang an der Air Force Test Pilot School. Überragender Pilot, aber undiszipliniert und ein Hitz- und Dickkopf.« Der Arzt senkte das Tablet. Er beugte sich vor, hob den Verband um seine Stirn an, den Bull erst in diesem Moment bemerkte, und besah sich die Wunde. »Kaum zu glauben, was so ein unglücklicher Sturz anrichten kann.« Der Arzt schüttelte tadelnd den Kopf.

»Sturz? Was ...?«

»Der Kamerad, der Sie gestern Nacht in einem Taxi hergebracht hat, hat uns alles erzählt. Was für ein dummes Missgeschick.« Der Arzt zwinkerte ihm zu. »Eigentlich gehörten Treppen verboten. Viel zu gefährlich.«

Bull, für gewöhnlich mit einer außergewöhnlich raschen Auffassungsgabe gesegnet, brauchte einige Sekunden, bis er verstand. »Ja, man sollte denken, ein Flieger stünde über so etwas.« Er zwinkerte zurück.

»Wir sind alle nur Menschen.« Der Arzt widmete sich wieder dem Tablet. »Und besonders, wenn wir getrunken haben.«

»Oh! Ich ...«

Der Arzt winkte ab. »Keine Sorge. Ihre Alkoholwerte sind im Rahmen geblieben. An einem Freitagabend darf man sich ein Bier oder zwei genehmigen. Wir betreiben hier kein Kloster.« Er steckte das Tablet in die Tasche seines Kittels. »Ruhen Sie sich noch etwas aus. In ein paar Stunden sind Sie wie neu.« Der Arzt wandte sich zum Gehen. Vor der Tür blieb er stehen. »Oh, beinahe hätte ich es vergessen!« Er holte aus der zweiten Tasche seines Kittels einen Umschlag. »Ihr Kamerad wollte, dass ich Ihnen das hier gebe ...«

In dem Umschlag war der Brief – und auf der Rückseite eine handgeschriebene Nachricht.

*Ich kenne Deinen Schmerz. Meth hat meine Schwester umgebracht, gerade als sie endlich in eine Klinik gehen wollte. Aber mach Dir keine Vorwürfe. Ich bin sicher, Du hast alles getan, was ein Mensch tun kann. Jetzt musst Du tun, was Deine Schwester gewollt hätte: weitermachen.*

*Perry Rhodan*

# Kapitel 14

**14. Mai 2037, mittags**
**Stardust Tower, Terrania**

»... ist die Evakuierung von Terrania weitgehend abgeschlossen.«

Ein Unterton von Stolz lag in der Stimme von Bai Jun, dem ehemaligen General der chinesischen Volksbefreiungsarmee. Vor weniger als einem Jahr noch hatte er die am Goshunsee gelandete STARDUST belagert, hatte alles darangesetzt, die arkonidische Technologie, die Perry Rhodan vom Mond mitgebracht hatte, in den Besitz seiner Nation zu bringen.

Mercant selbst war ein abgehalfterter Agent der US-amerikanischen Homeland Security gewesen, abgeschoben nach Nevada Fields. Einen Ort, dessen Wichtigkeit in den Augen der Führung des Geheimdienstes ungefähr gleichauf mit dem im steigenden Pazifik absaufenden Inselstaat Nauru lag.

Mercant mutete es an, als wären seitdem Jahrzehnte vergangen. Bai Jun hatte die Seiten gewechselt und war zum Bürgermeister von Terrania geworden. Mercant hatte die Nation, der er sein Leben lang gedient hatte, verraten und war zu Rhodan übergelaufen – und dass er noch lebte und sich jetzt »Koordinator für Sicherheit der Terranischen Union« nennen durfte, hatte er nicht zuletzt Iga zu verdanken, die neben ihm am Konferenztisch saß. Nur dank ihres – in mehr als einer Hinsicht entschlossenen – Eingreifens war es ihm damals gelungen, dem langen Arm von Homeland Security zu entschlüpfen.

Seine Flucht hatte ihn zu Homer G. Adams geführt, damals ein zwielichtiges Finanzgenie, das sein Geld dazu benutzt hatte, heimlich ein eigenes Mutantenkorps zu gründen. Und natürlich zu Reginald Bull, dem besten Freund und Mitastronauten Rhodans, der kein formales Amt bekleidete, aber ohne dessen unermüdlichen Einsatz die Terranische Union nicht existieren würde.

»Der Personenverkehr nach Terrania Orbital wurde aus Sicherheitsgründen eingestellt«, berichtete Bai Jun. »Die letzte bemannte Kabine hat den Aufstieg in den Orbit vor drei Stunden begonnen.«

Und mit der letzten Kabine, die aus dem Orbit gekommen war, war Bull eingetroffen. Der kräftige Mann mit den kurzen roten Borstenhaaren hatte dort nach Spuren von Kosol ter Niidar gesucht, dem arkonidischen Baumeister der ehemaligen Venuszuflucht, die als Gegengewicht des Orbitalfahrstuhls diente, der Terrania mit dem All verband. Zweifellos eine wichtige Aufgabe, fand Mercant, aber nicht so wichtig, dass sie Bulls fortgesetzter Anwesenheit bedurft hätte.

Mercant glaubte den wahren Grund für Bulls Hartnäckigkeit zu kennen: die Sorge um seinen Freund. Drei Monate waren vergangen, seit Perry Rhodan zusammen mit Crest, Atlan und den beiden Mutanten Iwan Goratschin und Ishy Matsu die Erde verlassen hatte. Ihr Ziel war Arkon. Dort mussten sie das Epetran-Archiv finden und vor dem Zugriff des Imperiums schützen. Im Archiv war die Position der Erde gespeichert. Gelangte sie in den Besitz des Regenten, war das Schicksal der Erde besiegelt. Sergh da Teffron, die Hand des Regenten, würde die Demütigung, die die Menschen ihm mit der Eroberung der VEAST'ARK beigebracht hatten, niemals vergessen.

Der Flug von der Erde nach Arkon und zurück war in weniger als drei Monaten zu bewältigen, doch weder war Rhodan selbst zurückgekehrt, noch hatte man ein Lebenszeichen von ihm erhalten. Letzteres war auch nicht vorgesehen, um nicht unabsichtlich die Position der Erde zu verraten.

Doch Bull begann sich Sorgen zu machen – und er lenkte sich ab, wie es seiner Natur entsprach: Er suchte sich eine Aufgabe und verbiss sich darin.

Mercant konnte es gut nachvollziehen. Er selbst hatte das Glück – oder besser das Pech, eine Aufgabe gefunden zu haben, die die Sorge um ihre Kameraden und die Furcht vor einem Rachefeldzug des Großen Imperiums als weit hergeholt erscheinen ließ: die Genesis-Krise.

Fünf Stunden waren seit seinem Aufruf an die Mutanten vergangen. Sie hatten keine Antwort erhalten. Er hatte keine erwartet, aber insgeheim hatte er sie erhofft, sollte aus der Krise nicht endgültig eine Katastrophe ...

Ein Flüstern ließ ihn den Kopf drehen. Aber da war niemand.

Das Flüstern wurde lauter.

Mercant sah zu den kahlen Rücken der Yinshanberge, die in der klaren, trockenen Luft der Gobi zum Greifen nahe wirkten.

Das Flüstern, erkannte er, war in seinem Kopf. War das etwa seine neue Gabe? Das Virus hatte seine Junk-DNS manipuliert, das Antivirus hatte die Manipulation zum Stillstand gebracht, aber nicht korrigiert. Regte sich etwa eine telepathische Gabe in ihm?

Mercant bemerkte einen schwarzen Punkt am Horizont. Er kam rasch näher.

Das Flüstern war jetzt beinahe zu verstehen.

Der Punkt wurde zum Umriss eines Flugzeugs. Mercant erkannte es. Ein Frachtairbus der Europäischen Union, zeitlich unbegrenzt der Terranischen Union unterstellt. Die Maschine brachte acht betäubte Mutanten zur VEAST'ARK. Dort würden sie das Antivirus erhalten, die bestmögliche Pflege – und sie selbst und andere wären vor unkontrollierten Ausbrüchen ihrer Gaben geschützt.

Er spürte eine Hand auf seinem Oberschenkel. »Alles in Ordnung, Allan?«, fragte Iga.

»Ich ... ich glaube schon. Ich muss nur schnell etwas überprüfen. Einen Moment.«

Er stand auf und trat an die transparente Wand des Büros. Über seinen Pod rief er Novaal an, den Naat-Kommandanten der VEAST'ARK.

»Ja, was gibt es, Mercant?«, antwortete eine Stimme auf Englisch. Sie war ungewöhnlich tief, aber kein Uneingeweihter wäre auf den Gedanken gekommen, dass sich dahinter kein Mensch, sondern ein drei Meter hoher Koloss von einer anderen Welt verbarg.

»Der Mutantentransport aus Berlin. Ist damit alles in Ordnung?«

»Keine Unregelmäßigkeiten.« Die Antwort kam ohne Zögern, zeigte Mercant, dass der Naat seine Aufgabe ernst nahm. »Außer, dass die Maschine elf Minuten zu früh eintrifft. Rückenwind.«

Im selben Moment passierte der Airbus den Stardust Tower. Er hatte das Fahrwerk bereits ausgefahren.

Das Flüstern in Mercants Kopf wurde sprunghaft lauter, verwandelte sich in Schreie. Der ehemalige Agent stöhnte – und einen Herzschlag später zerplatzte ein Glutball in unmittelbarer Nähe der Frachtmaschine.

Es war, als hätte er in Mercants Magen gezündet. Der Pod glitt ihm aus den Fingern. Stöhnend klappte er nach vorne, schaffte es gerade noch, sich an der gläsernen Wand abzustützen.

Aus dem Augenwinkel registrierte er, wie Bai Jun eine Waffe zog und auf ihn richtete.

Iga war schneller. Mit einem Satz war sie bei ihm und baute sich schützend vor ihm auf.

»Halt! Er ist es nicht!«, brüllte sie. »Die Entladungen sind zu weit weg, Allan hat nichts mit ihnen zu tun!«

Bai Jun senkte die Waffe, aber er steckte sie noch nicht weg.

»Der Pod!«, presste Mercant hervor. »Novaal, ich ...«

Wie als Antwort entstand unvermittelt ein Holo in der Mitte des Raumes. Novaal. In Lebensgröße.

»Administrator Adams!«, sagte der Naat. »Über dem Goshunsee kommt es zu Paraentladungen von zunehmender Frequenz und Stärke!«

»Der Schirm über Lakeside ist stabil?«, fragte Adams. Der bucklige Brite hatte sich erhoben, dennoch wirkte er wie ein Gnom im Vergleich zu dem riesenhaften Naat.

»Ja. Der Mutant Sid González ist vor wenigen Augenblicken an die Oberfläche gekommen und gibt Handzeichen, aber es ist auszuschließen, dass er für die Entladungen verantwortlich ist. Die Mutanten an Bord der VEAST'ARK sind sediert, mit dem Antivirus behandelt und mit Energieschirmen separiert. Es bleibt nur eine ...«

»Die Mutanten an Bord der Frachtmaschine!«, rief Mercant. »Sie sind wach. Ich spüre es!«

»Ich stimme der Einschätzung von Koordinator Mercant zu, Administrator Adams.« Der Naat zeigte keinen Ärger darüber, unterbrochen worden zu sein. »Die Mutanten sind erwacht und haben die Kontrolle über ihre Paragabe verloren. Administrator, ich erbitte die Freigabe für den Abschuss der Frachtmaschine.«

»Nein!«, schrie Mercant. »Sie leiden! Und was ist mit der Besatzung?«

»Ihr Opfer wird sie als Helden in die Annalen der menschlichen Geschichtsschreibung eingehen lassen«, entgegnete Novaal. »Administrator, ich bitte Sie eindringlich um die Freigabe. Das Risiko ...«

Über dem Goshunsee flammte eine neue Sonne auf.

Die Scheiben verdunkelten sich automatisch, schützten Mercant vor dem Lichtblitz – aber nicht vor dem Aufbäumen in seinem Inneren. Unerträgliche Glut erfasste ihn, ein vielstimmiger Aufschrei dröhnte in seinen Gedanken, brachte seinen Schädel zum Platzen ...

... und dann brach der Schrei jäh ab. Hitze verwandelte sich in beißende Kälte. Sie zwang ihn in die Knie. Mercant glitt an der Scheibe entlang auf den Boden.

Eine Druckwelle traf den Stardust Tower wie ein Schlag, zerrte kreischend an der Konstruktion, riss Teile der Verkleidung mit sich. Steine und Sand prasselten wie Hagel gegen die Scheibe.

Nach und nach ließen die Schläge nach. Mercant gelang es, den Kopf zu drehen und die Lider aufzuschlagen.

Ein riesiger Atompilz stieg über dem auf, was einmal der Goshunsee gewesen war.

*Nein! Das darf nicht sein! Der Fallout ...*

»... handelt sich um keine atomare Explosion«, drang die Stimme Novaals zu ihm durch. Sie war fest, ungerührt. »Ich wiederhole: Bei der Paraentladung wurde keine radioaktive Strahlung frei. Die extreme Hitzeentfaltung hat den Goshunsee verdampft. Der vermeintliche ›Atompilz‹ besteht aus Dampf.«

Mercant kroch bis ganz an die Scheibe, sah nach unten. Die Stadt Terrania hatte die Explosion unbeschadet überstanden. Die Dächer der Stadt, die so eng miteinander verbunden waren, dass sie wie eines erschienen, hatten der Gewalt der Druckwelle lediglich an vereinzelten Stellen nachgegeben. Es waren oberflächliche Schäden, die man innerhalb von Tagen beheben würde.

Mercant blickte weiter in die Ferne. Ein Glitzern umgab die VEAST'ARK, zeigte an, dass das Schiff von einem Energieschirm geschützt wurde – ebenso wie die Trümmer des Lakeside Institute. Der Schirm, der die Mutanten einschloss, war intakt.

Doch der Goshunsalzsee, der sich zwischen Terrania, der VEAST'ARK und Lakeside erstreckt hatte, war verschwunden. Eine braungraue Senke war an seine Stelle getreten. Die Paraentladung hatte sein Wasser verdampft.

»Die Paraentladung war um Größenordnungen stärker als alle bisher aufgezeichneten«, stellte Novaal fest. »Die ... Ich bekomme gerade eine erste Einschätzung der Wissenschaftler Fulkar und Haggard. Sie gehen davon aus, dass die acht Mutanten an Bord der Frachtmaschine aus der Betäubung erwacht sind und einen mentalen Block gebildet haben. Der Block hat ihre Paragabe exponentiell verstärkt.«

Der Kopf des Explosionspilzes begann zu verwehen, als starke Winde in größerer Höhe ihn erfassten. Ein gewaltiger Regenbogen entstand, als Dampf abkühlte und zu Wassertropfen wurde.

*Ein mentaler Block,* dachte Mercant. *Acht Mutanten. Die Gewalt der Para-Entladung steigt exponentiell an.*

Iga hielt ihm eine Hand hin. Mercant nahm sie, zog sich auf die Beine. »Iga, das haben acht Mutanten ausgelöst. Wir ...«

»Ich weiß«, schnitt sie ihm das Wort ab. »In Lakeside sind sechzig oder mehr Mutanten. Wenn sie einen Block bilden und die Kontrolle verlieren, sind wir alle im Eimer.«

Novaal gab einen Laut von sich, der Mercant an ein Räuspern erinnerte. »Administrator Adams, erteilen Sie der VEAST'ARK die Freigabe, Lakeside zu vernichten! Das Risiko, das die Mutanten darstellen, ist unkalkulierbar geworden. Wir müssen handeln, bevor es zu spät ist!«

»Das wäre Mord!« Adams schüttelte den Kopf. »Die Mutanten sind keine Verbrecher!«

»Sie stellen eine Bedrohung für Ihren gesamten Planeten dar!«

»Das ist eine Hypothese! Sie ...«

»Sehen Sie zum Fenster hinaus! Ist *das* etwa eine Hypothese?«

Eine Ader trat auf der Stirn des Administrators vor, aber er schwieg. Ihm fiel keine Antwort ein.

Ebenso wenig wie den übrigen Anwesenden und Mercant. Der ehemalige Agent verfolgte, wie ein zweiter und dritter Regenbogen entstanden, als die Dampfwolke weiter abkühlte und verweht wurde. Regentropfen klatschten gegen die Scheiben.

Ein zweites Holo entstand neben Novaal. Es zeigte einen Menschen: Eric Manoli.

»Eric!«, rief Reginald Bull, der seine Überraschung als Erster überwand. »Wo steckst du? Alles klar bei dir?«

»Alles prima, Reg.« Er zwinkerte seinem alten Kameraden zu. »Ich bin ein paar Stockwerke tiefer in Terrania Central – und ich glaube, ich habe eine Entdeckung von entscheidender Wichtigkeit gemacht.«

»Schießen Sie los, Eric!« Adams ließ sich wieder auf den Stuhl sinken.

Manoli strich sich über das Haar, als ihn für einen Moment Befangenheit erfasste. Der ehemalige Astronaut war ein Mann, der sich im Hintergrund wohler fühlte. »Nachdem es Frank Haggard, Fulkar und mir gelungen ist, das Antivirus herzustellen, habe ich mir erlaubt, einer anderen Frage nachzugehen: Woher stammt das Virus, das die Mutanten befallen hat?«

»Wissen wir das nicht schon?«, warf Bull ein. »Es ist ein gewöhnliches Erkältungsvirus. Nur eben, dass es bei Mutanten, äh, gewisse Nebenwirkungen hat?«

»Richtig. Aber hast du eine Vorstellung davon, wie unwahrscheinlich das ist, Reg? Milliarden Menschen bekommen eine

Erkältung, und – global gesehen – bei einer Handvoll schaltet es Kräfte frei, von deren Stärke keiner von uns auch nur eine Ahnung hatte. Kann das ein Zufall sein?« Er sah seinen Kameraden von der STARDUST fragend an.

»Möglich. Aber ...« Bull brach ab und schüttelte widerwillig den Kopf. »Also gut: Ich weiß es nicht.«

»Ich auch nicht. Deshalb habe ich mich dahintergeklemmt. Du kennst mich ja, Reg. Wirf mir ein Rätsel hin, und ich kann nicht mehr schlafen, bis ich es gelöst habe.« Manoli grinste jungenhaft. »Und es war eigentlich gar nicht so schwer. Es musste nur jemand die Zeit haben, sich darum zu kümmern. Ich habe die Ausbreitung des Erkältungsvirus verfolgt.«

»Wie das?«, fragte Bull.

»Erinnert ihr euch noch an Google? Die Suchmaschine stieß Anfang des Jahrtausends darauf, dass sie die Ausbreitung von Grippeepidemien in Echtzeit verfolgen konnte. Einfach über die Suchanfragen, die gestellt wurden. Breitete sich irgendwo die Grippe aus, stieg die Zahl der entsprechenden Suchanfragen. Das ist das Grundprinzip. Im Lauf der Jahre hat man das verfeinert. Auf andere Krankheiten, soziale Netzwerke und so weiter.«

»Und Erkältungen?«, warf Mercant ein. Er war, auf Iga gestützt, wieder an den Tisch zurückgekehrt.

»Nein, Allan, die Mühe hat sich niemand gemacht. Erkältungen sind lästig, mehr nicht. Und da unsere Medizin immer noch kein Gegenmittel parat hat, nehmen sie die meisten Menschen einfach hin. Keine Suche im Netz nach Hilfe, kein Arztbesuch, keine Krankschreibung. Aber immerhin konnte ich die Region bestimmen, in der die Erkältungswelle ihren Ausgang nahm: in der Inneren Mongolei.«

»Das heißt ...?«, fragte Bull.

»Hier, Terrania, in den Städten Hohhot, Baotou und Ordos. Den Kleinstädten und Dörfern dazwischen.«

»Das bedeutet ...?« Wieder fragte Bull. Mercant mutete es an wie ein Spiel, das die beiden Männer schon oft gespielt hatten: Der Wissenschaftler Manoli hielt einen Vortrag, der Praktiker Bull lieferte ihm die Stichworte.

»An sich noch nichts«, fing Manoli den Ball wieder auf. »Erkältungsviren manifestieren sich gerne in den Wintermonaten – und der Winter in der Gobi ist hart und lang, wie wir alle mittlerweile feststellen durften.« Manoli verschränkte die Arme, als fröstelte er. »Aber ich habe noch mehr herausgefunden. Das Datum der ersten Erkrankungen. Der zwölfte Februar 2037.«

Schweigen herrschte, als jeder der Anwesenden sich zu erinnern versuchte, welche Bedeutung das Datum haben könnte.

Bull war am schnellsten. »Der zwölfte? Wir sind mit der VEAST'ARK und ihren Begleitschiffen am zehnten Februar auf die Erde zurückgekehrt!«

»Genau! Und an diesem Punkt wurden mir die Zufälle endgültig zu viel ...« Manoli wandte sich dem Holo des Naats zu. »Novaal, ich habe eine der Gewebeproben untersucht, die wir Ihrem Sohn Sayoaard entnommen haben. Sie war mit dem Erkältungsvirus infiziert.«

Der Naat stieß einen überraschten Ruf aus. Sein Mund schloss sich nicht wieder, bildete eine senkrechte Spalte im Gesicht. Die dünnen Lippen zitterten.

Sayoaard! Mercants Gedanken rasten. Der Sohn Novaals war ein Gefangener Sergh da Teffrons gewesen. Als die Hand des Regenten den aufständischen Naats und Menschen im letzten Moment entkommen war, hatte er Sayoaard auf der VEAST'ARK zurückgelassen, mehr tot als lebendig – und, wie sich erwiesen hatte, infiziert mit einem Virus, das dem irdischen Ebola-Erreger ähnelte.

»Da Teffron!« Novaal schrie. »Er hat Sayoaard benutzt!«

»Er hat ihn auf jeden Fall auf dem Gewissen«, entgegnete Manoli. »Wir waren machtlos gegen den Erreger. Selbst die Metabiogruppiererin Sue Mirafiore war machtlos, obwohl alle verfügbaren Mutanten ihre Kraft mit einem mentalen Block verstärkten.«

»Dieser Giftzwerg!« Bull verschränkte die Finger beider Hände und drückte zu. »Er hat Novaals Jungen ermordet – und hat ihn präpariert, um uns ein Virus unterzuschieben!«

Mercant überlegte. Ja, so musste es geschehen sein. Der Naat Sayoaard hatte unwissentlich die Mutanten mit dem Erkältungsvirus angesteckt, als diese versuchten, sein Leben zu retten. Nur ...

»Das ist möglich«, meldete sich Mercant zu Wort. »Aber ist das wahrscheinlich? Sergh da Teffron konnte nichts von der Existenz der Mutanten ahnen. Wie sollte er sie dann gezielt angreifen?«

»Sie haben diese Vogelscheuche nicht erlebt, Allan!« Bulls Gesicht war vor Erregung rot angelaufen. »Ihm ist jede Schweinerei zuzutrauen!«

»Das bezweifle ich nicht. Nur ...«

»Ich bitte um Mäßigung.« Adams hob die Hand. »Ich sehe nicht, wie wir diese Frage im Augenblick lösen könnten. Aber ich halte fest: Wir müssen von einem gezielten Angriff ausgehen. Von welcher Seite er auch immer geführt wird.«

»Ich stimme Ihnen zu, Administrator«, schaltete sich Novaal ein. »Und damit ist meine Einschätzung der Lage bestätigt. Geben Sie mir die Freigabe, das Feuer auf Lakeside zu eröffnen!«

Homer G. Adams holte tief Luft. Sein Blick wanderte zum See, der keiner mehr war. Zu dem riesigen Schlachtschiff, das innerhalb eines Augenblicks Lakeside in glühende Gase verwandeln konnte. Dann nickte er und sah dem Naat in seine drei leuchtenden Augen und sagte: »Nein.«

»Administrator, wir müssen handeln! Die Verantwortung ...«

»Novaal, stellen Sie sich vor, Sayoaard wäre noch am Leben und in Lakeside. Was würden Sie tun?«

»Ich würde natürlich ... natürlich ...« Der Naat brachte den Satz nicht zu Ende.

»Sie würden nicht schießen. Und das ehrt Sie. Die Mutanten sind Opfer. Wir müssen uns vor ihnen schützen – und ihnen helfen.« Adams wandte sich ab, sah Mercant an. »Allan, ich zähle auf Sie!«

# Kapitel 15

**Januar 2029**
**Nevada Fields, Nevada**

»Da ist es!«

Reginald Bull sprang aus dem Sitz, krallte sich an der Lehne des Sitzes vor ihm fest und hüpfte auf und ab wie ein aufgeregtes Kind auf seiner ersten Klassenfahrt.

Rhodan reckte sich, sein Rücken war steif von der elfstündigen Busfahrt, die sie aus dem Süden Kaliforniens nach Nevada geführt hatte. Am Horizont schälten sich Umrisse aus der staubigen Halbwüste: gewaltige Türme, die vom Grund des Hochtals senkrecht nach oben strebten, dem Himmel entgegen.

Es waren drei. Zwei Starttürme, jeder von ihnen über einhundertfünfzig Meter hoch, und dazwischen der Kontrollturm des Space Centers, nur unwesentlich niedriger.

»Siehst du sie?«, fragte Bull. Er packte Rhodan an der Schulter und zog daran.

»Ich bin nicht blind, Reg.«

Nach außen war Rhodan ruhig, ja ungerührt. In seinem Innern aber ... Er musste noch aufgeregter sein als Bull.

Beinahe neun Jahre waren vergangen, seit er das Space Center betreten hatte. Gerade zwanzig geworden – sein Onkel Karl hatte ihm den Flug bezahlt –, ohne Wissen seiner Eltern und grenzenlos naiv: Er hatte davon geträumt, dass man auf ihn aufmerksam würde, die NASA ihn vom Fleck weg als Astronauten einstellte. Stattdessen hatte er sich ein gebrochenes Handgelenk eingehandelt und einen Wutanfall seines Vaters. Er hatte sich als der letzte Anstoß erwiesen, den Rhodan gebraucht hatte, seinen Geburtsort hinter sich zu lassen.

Perry Rhodan hatte nicht daran geglaubt, dass er je wieder nach Nevada Fields zurückkehren würde. Und schon gar nicht in erlesener Gesellschaft wie dieser.

»Perry, der Ostturm ist beinahe fertig!«, platzte es aus Bull heraus, als der Zaun sichtbar wurde, der das Gelände weitläufig sicherte. Er versetzte Rhodan einen weiteren Klaps, hielt kurz inne, als sein Freund nicht reagierte. Dann zuckte er die Achseln und begann, sich mit ihren Vordermännern auszutauschen. Der rothaarige, stämmige Mann gestikulierte wie wild, streifte Rhodan mehr als einmal versehentlich.

Rhodan machte es nichts aus. Sein Freund witterte die Freiheit. Reginald Bull hatte sich der Air Force angeschlossen, um an diesen Ort zu gelangen. Er hasste das Militär, hasste Disziplin und Hierarchien. Bull hatte es auf sich genommen, um seinen Traum zu verwirklichen.

Seit jener Nacht in Lancaster vor zwei Jahren, als Rhodan Bull aus einer Schlägerei herausgehauen hatte, waren Rhodan und Bull Freunde geworden. Unzertrennlich und unaufhaltsam, wie man an der Testpilotenschule rasch gescherzt hatte. Wenn die beiden sich etwas in den Kopf setzten, bekamen sie es.

Wie diesen Trip nach Nevada Fields.

Die Konkurrenz um die wenigen Plätze der NASA war erbittert, und die Air Force sah es mit einem lachenden und weinenden Auge, wenn ihre Piloten zur Weltraumbehörde wechselten. Es zeichnete die Luftwaffe aus, wenn ihre Piloten für würdig befunden wurden, ins All vorzustoßen. Andererseits verlor die Air Force ihre besten Leute.

Man hatte Rhodan, in dem man einen fähigen Anführer erkannt hatte, nur widerwillig ziehen lassen. Was Bull anging ... Es hieß, das gesamte Offizierskorps der Edwards Base feierte den Abgang des Mannes, der täglich seine Existenzberechtigung infrage gestellt hatte.

Der Bus erreichte das Haupttor. Bewaffnetes Sicherheitspersonal stieg ein, prüfte sorgfältig die Dokumente der Bewerber, während autonome Spürmaschinen unter den Bus glitten und ihn auf Sprengsätze überprüften. Nach dem Anschlag im Herbst 2026 war man vorsichtig geworden.

Die Freundschaft zwischen Rhodan und Bull sorgte oft für Verblüffung. Bull hatte ein großes Herz und eine ebenso große Klappe. Er war ein leutseliger Mann, oft oder sogar zumeist unterschätzt. Rhodan war ruhig, wurde als ernst bezeichnet. Sie schienen wenig gemeinsam zu haben.

Doch die beiden ergänzten einander in nahezu idealer Weise. Wo Bull aufbrauste und drauf und dran war, übereilt zu handeln, blieb Rhodan ruhig. Wo Rhodan still blieb, stellte Bull die vorgeblich dummen Fragen, die niemand sonst sich zu stellen getraute.

Und, sah man genauer hin, erkannte man, dass die beiden so

ungleich wirkenden Männer auf vielfache Weise verbunden waren. Beide kamen aus dem Osten, der seit der großen Depression am Anfang des Jahrhunderts nicht mehr auf die Füße gefunden hatte. Beide stammten aus Familien, die daran zerbrochen waren, dass ihr Traum von der Teilhabe am amerikanischen Traum zerbrochen war. Beide hatten ihre Schwester verloren. Beide zog es unbändig hinaus, zu den Sternen.

Flucht? Rhodan konnte es nicht sagen. Er wusste nur, dass in ihm eine Sehnsucht war, der er nichts entgegenzusetzen hatte. Und dass diese Sehnsucht nicht um seiner selbst willen war, auch wenn er nicht hätte erklären können, wieso. Karl war der einzige Mensch, der sie zu verstehen schien.

Die Sicherheitsleute verließen den Bus wieder, die Schranke fuhr hoch und gab den Weg frei.

Der Bus brachte achtundvierzig Männer und Frauen an den Ort ihrer Träume. Achtundvierzig von mehreren Tausend, die sich beworben hatten, die ein halbes Dutzend zum Teil mehrtägige Prüfungsreihen an verschiedenen Orten der USA überstanden hatten. Die Hälfte von ihnen würde die Chance erhalten, Astronauten zu werden.

Es war Jahre her, dass die Weltraumbehörde eine derart große Zahl zuließ. Das Shuttle-Desaster hatte einen jahrzehntelangen, bedrückenden Schatten auf die NASA geworfen. Doch jetzt ging es wieder voran. Der Kongress hatte endlich die Gelder für die Entwicklung eines Shuttle-Nachfolgers freigegeben. Unbemannte Trägerraketen brachten Material und autonome Baumaschinen auf den Mond, wo eine permanent bemannte Basis im Entstehen war.

Perry Rhodan war bewusst, dass diese Entwicklung zu großen Teilen einem einzigen Mann zu verdanken war: Lesly K. Pounder, dem Flight Director der NASA.

Der Bus passierte die Halle, in der Rhodan sich das Handgelenk gebrochen hatte. Einen Augenblick lang fragte er sich, ob sich Pounder noch an ihn erinnerte, dann schob er den Gedanken weg. Für einen Mann wie Pounder würde er nur ein Gesicht unter Tausenden sein.

In der Nähe des Kontrollturms hielt der Bus an. Eine NASA-Angestellte erwartete sie. Sie musste Ende dreißig, Anfang vierzig sein, war klein und steckte in einem Kostüm, das an das einer Stewardess erinnerte, das sie aber wie ein Soldat seine Uniform trug. Ihr Make-up war dick, beinahe maskenhaft. In der Hand hielt sie ein digitales Klemmbrett.

Sie begann damit, die Namen der Bewerber in alphabetischer Reihenfolge aufzurufen.

»Nicht übel«, flüsterte Bull, nachdem er sein »Hier!« laut über den Platz gerufen hatte. »Ich glaube, mit den Kolleginnen hier könnte ich mich anfreunden.«

Rhodan nickte, aber ging nicht auf Bulls Bemerkung ein. Etwas störte ihn an dieser Frau, stellte seine Nackenhaare auf. Aber was?

Schließlich war Rhodan an der Reihe.

»Rhodan, Perry«, sagte die Frau.

»Hier«, antwortete er.

Sie tippte auf das Klemmbrett, sah auf. Einen Moment lang blieb ihr Blick an Rhodan hängen – und er erkannte, was ihn störte. Ihre Augen glitzerten kalt, leblos. Wie die der dicken Schwarzen im Bus nach South Hadley, als er mit sechs von zu Hause davongelaufen war. Sie hatte ihn verpfiffen. Wegen ihr hatte die Polizei auf ihn ...

Jemand knuffte ihn von der Seite. »Perry, los!« Es war Bull.

»Was ... was ist?«

Bull zog ihn sanft mit sich, zu einem Fahrstuhl. »Wir fahren runter, in einen Konferenzraum.«

»Wieso?«

»Keine Ahnung. Kleiner Scherz der NASA vielleicht. Wir sollen noch mal Mutter Erde spüren, bevor sie uns zum Mond schießen.« Bull grinste schief. »Aber du bist nicht schlecht, Perry. Keine fünf Minuten hier und schon verliebt.«

»Wie kommst du darauf?«

»Du bist komplett neben dir, Kumpel. Deshalb. Aber mach dir keinen Kopf. Hast du ihren Blick gesehen? Ihr geht es nicht viel besser ...«

Rhodan wollte widersprechen, aber entschied sich zu schweigen. Was hätte er seinem Freund sagen sollen? Dass er Gespenster sah?

Der Lift trug sie in die Tiefe.

»Da sind Sie ja, Sir!«, begrüßte ihn Whitman tadelnd, als er den Nebenraum der Halle betrat. Als arbeiteten sie nicht seit Jahren zusammen, kennte sie seine Gewohnheiten nicht in- und auswendig.

Lesly K. Pounder musterte sie. Sie war schmaler geworden, und in ihren Augen war eine Leere, die ihn beunruhigte. Und wann hatte sie eigentlich damit angefangen, ihr Gesicht unter einer ölig glänzenden Schicht Make-up zu vergraben?

»Sie brauchen Urlaub, Whitman«, sagte er.

Sie ging nicht darauf ein. »Die Bewerber warten, Sir!«

»Gut so. Sitzfleisch ist die wichtigste Fähigkeit des Astronauten.«

Es war die Art von markigem Spruch, die man von Pounder erwartete, doch an diesem Tag steckte mehr dahinter als seine übliche Trockenheit. Lesly K. Pounder war nervös.

Er fühlte mit diesen jungen Leuten. Einst war er an ihrer Stelle gewesen – und war gescheitert. Pounder hatte alle Prüfungen mit Bravour absolviert, doch im letzten Moment war der nicht korrigierbare Sehfehler aufgeflogen, den er verheimlicht hatte. »Sie sind nicht aus dem Holz geschnitzt, aus dem Astronauten sind«, hatte man ihm beschieden.

Pounder hatte sich damit abfinden müssen und sich auf das Zweitbeste nach dem Astronautendasein verlegt: Astronauten ins All zu schießen.

»Ist alles bereit?«, wandte er sich an Whitman.

»Natürlich!«, versetzte sie, schärfer als angebracht. Whitman war im Lauf der Jahre zu seiner rechten Hand geworden. Was immer er ihr anvertraut hatte, die resolute Frau hatte es hinbekommen.

Er nickte und trat auf die Bühne, in deren Mitte man das Rednerpult mit dem Logo der NASA aufgebaut hatte, das man sonst für Pressekonferenzen benutzte. Jemand klatschte, brach aber rasch ab, als niemand sich anschloss.

Pounder lehnte die Ellenbogen auf das Pult und ließ schweigend den Blick über die achtundvierzig Bewerber gleiten. Perry Rhodan saß rechts, neben einem stämmigen Kerl mit kurzen roten Borstenhaaren. Sein Gesicht war schmaler geworden, aber die Narbe am rechten Nasenflügel ließ keinen Zweifel daran, wen er vor sich hatte.

Rhodan straffte sich, als sein Blick ihn streifte.

Pounder ließ sich nichts anmerken. Er räusperte sich. »Willkommen in Nevada Fields, meine Damen und Herren.« Pounder hatte keinen Zettel, geschweige denn ein Manuskript. Er hatte nicht vor, eine Rede zu halten. »Ich darf mich vorstellen«, fuhr er fort. »Flight Director Lesly K. Pounder, gemeinhin der ›alte Knochen‹ genannt, wenn man glaubt, dass ich es nicht hören kann.«

Nervöses, verhaltenes Lachen antwortete ihm.

»In den nächsten Tagen erwartet Sie eine umfangreiche Serie

von Prüfungen. Sie werden Ihnen alles abverlangen, sowohl körperlich wie seelisch, wie intellektuell.«

Pounder drehte den Kopf, suchte Blickkontakt zu Whitman, die in der Türfüllung stand, einen Pod in der Hand.

Er nickte. Ihr Daumen wischte über den Pod – und im nächsten Augenblick erschütterte eine Explosion den Raum.

Übergangslos war der Raum in Schwärze getaucht. Eine Druckwelle aus heißer Luft fegte über Rhodan, drohte ihn vom Stuhl zu reißen, brannte auf seiner Haut.

Von allen Seiten kamen Schreie, Klappstühle fielen mit lauten Schlägen um. Dann hörte Rhodan schnelle Schritte.

»Verdammt!«, stieß Bull aus. »Terroristen!«

Der Hitze folgte beißender Rauch. Er brannte in Rhodans Lunge.

»Perry, raus hier!«, brüllte Bull.

Rhodan hielt die Luft an, griff in die Schwärze und bekam einen ebenso fleischigen wie muskulösen Arm zu fassen. »Nein!«

»Wieso? Wir ...«

Rhodan antwortete nicht. Er zog mit aller Kraft am Arm des Freunds. Bull, überrumpelt von der Attacke, verlor das Gleichgewicht. Fluchend ging er zu Boden. Rhodan löste den Griff, ließ sich fallen und drückte sich gegen den kalten Beton. Vorsichtig holte er Luft. Da war ein rauchiger Beigeschmack, aber sie war atembar.

»Der Rauch, Reg! Wir dürfen ihn nicht einatmen!«

Wie als Bestätigung kamen aus dem dichter werdenden Rauch dumpfe Schläge. Mitbewerber, die, vom Rauch betäubt, ohnmächtig zu Boden gingen.

Eng gegen den Boden gepresst, drehte sich Rhodan einmal um die Achse. Am rückwärtigen Ende des Saals glühte Licht auf, spendete fahle Helligkeit.

Einzelne Stühle standen noch. Die meisten lagen, umgeworfen von den Bewerbern, die aufgesprungen waren; dazwischen reglose Menschen. Das Podium war verlassen, von Pounder war nichts zu sehen.

»Siehst du das Grün?«, fragte Bull. Der Freund kroch neben ihn, streckte den Arm in den Rauch. Rhodan sah in die Richtung, die Bull anzeigte. Im grauen Rauch war ein grüner Fleck zu erahnen.

»Ja«, antwortete er.

»Der Notausgang«, sagte Bull. »Los!« Der Freund kroch los. Rhodan folgte ihm, versuchte, sich den Raum vor Augen zu halten. Schmucklos. Keine Einrichtung bis auf die unbequemen, billigen Klappstühle. Mehr fiel ihm nicht mehr ein. Er hatte tausend andere Dinge im Kopf gehabt, als auf so etwas Unwichtiges wie den Raum zu achten.

Sie erreichten die Wand. Bull drehte nach links, weg von dem Feuerherd. Noch einige Meter, dann ...

Rhodan stieß mit der Hand gegen einen Gegenstand. Metallisch, rund. »Reg!« Er packte den Freund am Knöchel.

»Was ist?«

»Ich bleibe.«

»Was?«

»Hier ist ein Feuerlöscher. Vielleicht habe ich eine Chance.«

»Spinnst du? Gleich ...«

Rhodan holte tief Atem. Er richtete sich auf, um den Feuerlöscher aus seiner Halterung zu lösen. Er bekam ihn nicht weg. Rhodan öffnete die Augen. Sie brannten, als sie mit dem Rauch in Berührung kamen. Tränten. Egal. Rhodan fand den Verschluss, packte ihn – und hörte ein Röcheln.

Er fuhr herum. Eine Frau wankte durch den Rauch, ein nutzloses Tuch vor Mund und Nase. Die Frau hatte die Orientierung verloren. Statt in Richtung Ausgang ging sie in die Raummitte.

»Halt!« brüllte Rhodan. »Hier lang!«

Die Frau hörte ihn nicht, wankte weiter hustend in den Raum. Sie durfte nicht ...

Rhodan ließ den Feuerlöscher fallen, stürzte sich auf die Frau. Er wollte sie zu Boden ziehen, wo die Luft noch annähernd atembar war. Doch sie schrie auf, stieß ihn weg. Aber er klammerte sich an sie, setzte sein ganzes Gewicht ein. Dann, gerade als sie begann, zu Boden zu gehen, bäumte sie sich auf. Ein Ellenbogen rammte in Rhodans Bauch, ließ ihn zusammenklappen. Reflexhaft holte er Luft.

Es war, als legte man einen Schalter um: Es wurde schwarz um Perry Rhodan.

Am Nachmittag brachte Whitman die Ergebnisse. Pounder hatte sich in sein Büro zurückgezogen, eine rundum verglaste Etage im Kontrollturm des Space Centers.

Der alte Knochen habe den Turm bauen lassen, um den Sternen näher zu sein, spottete man in Nevada Fields. Der Spott traf zu und war doch verfehlt. Manchmal war man näher an den Dingen, wenn man Abstand gewann. Nur aus der Ferne konnte man erkennen, was sich tatsächlich zutrug.

Whitman hatte ihr Klemmbrett mitgebracht. Sie hatte zwei davon. Ein Tablet, das sich als Klemmbrett ausgab, und ein anachronistisches Original. Pounder hatte im Lauf der Jahre gelernt, ihre Gewohnheiten zu lesen. Lag Whitman etwas auf der Seele, kramte sie Papier heraus.

»Elf haben es geschafft«, meldete sie.

»Nur?«

»Die Rauchentwicklung war stärker als beabsichtigt, dadurch fiel die Prüfung schwieriger aus.«

Pounder kniff die Lider zusammen. »Wie ist das möglich? Ein Fehler in der Steuersoftware?«

»Möglich. Ich habe ein paar Ingenieure darauf angesetzt. Morgen wissen wir mehr.«

»Das hoffe ich.« Pounder war Pedant. Der winzigste Fehler konnte im All über das Leben seiner Astronauten entscheiden. Und Fehler, die am Boden gemacht wurden, zeigten auf, dass die Organisation Schwächen hatte. »Verletzte?«

»Keine ernsthaften. Allerlei Prellungen. Das Betäubungsgas selbst ist zwar unangenehm, bleibt aber auch bei Überdosierung folgenlos.« Whitman strich ihren Rock glatt und wartete. Als Pounder keine Frage stellte, fuhr sie fort: »Sechsundzwanzig der Bewerber haben es nicht geschafft, den Saal zu verlassen. Sie gerieten in Panik und atmeten das Gas ein. Die Übrigen fanden einen der Ausgänge.«

»Das macht nach meiner Rechnung zweiundzwanzig, die unseren Test bestanden haben. Wieso haben Sie nur elf auf Ihrer Liste?«

»Drei haben versucht, mit dem Aufzug an die Oberfläche zu gelangen. Sechs weitere sind die Treppen aufgestiegen und atmeten das Gas ein. Nur elf haben richtig reagiert und sind nach unten.«

»Darf ich sehen?« Pounder streckte die Hand aus.

Whitman zögerte einen Moment, dann gab sie ihm das Klemmbrett. »Natürlich.«

Der Flight Director ging über die Liste, sah auf und sagte: »Was ist mit Perry Rhodan und Reginald Bull?«

»Die beiden Bewerber sind gescheitert.«

Der Test war von mehreren Dutzend Kameras aufgezeichnet worden. Pounder hatte sich die Aufnahmen angesehen – insbesondere jene, die Rhodan und Bull zeigten.

»Das wundert mich. Sie ...«

»Es ist, wie ich sage«, unterbrach ihn Whitman.

Whitman hatte ihn noch nie unterbrochen. Pounder straffte sich unmerklich.

»Zeigen Sie es mir!«, forderte er sie auf.

Whitman rief die Videosequenzen auf. Zusammen verfolgten sie, wie die beiden Testpiloten zum Ausgang krochen. Dann stieß Rhodan auf den Feuerlöscher und beschloss anzugehen, was er für einen Brandherd halten musste. Doch ehe er seine Absicht hatte umsetzen können, war er auf die orientierungslose Frau aufmerksam geworden. Er hatte versucht, ihr zu helfen. Die Frau hatte in Panik um sich geschlagen. Die Sequenz endete damit, dass Bull versuchte, Rhodan zu Hilfe zu kommen – und dass die Frau und beide Männer bewusstlos zu Boden gingen.

»Rhodan und Bull haben sich gut gemacht«, kommentierte Whitman. »Ausnehmend gut sogar. Niemand sonst ist auf die Idee gekommen, das Feuer anzugehen.«

»Wieso sind ihre Namen dann nicht auf Ihrer Liste?«

»Weil sie im entscheidenden Moment versagt haben. Rhodan hat einen Plan aufgegeben, der das Potenzial hatte, vielen seiner Kameraden das Leben zu retten, um eine einzelne Person zu retten. Und Bull ist seinem Beispiel gefolgt. Das ist nicht akzeptabel für einen Astronauten. Ein Astronaut trägt große Verantwortung. Wir brauchen Männer und Frauen, die in der Lage sind, harte Entscheidungen zu treffen, wenn es die Lage erfordert.«

Whitman zitierte sein eigenes Credo. Rhodan und Bull hatten versagt. Einerseits. Andererseits ...

»Sie haben großen Mut bewiesen«, wandte Pounder ein. »Und Menschlichkeit.«

»Falsch verstandene Menschlichkeit. Wir brauchen ...«

»... Menschen«, brachte er ihren Satz zu Ende. »Menschen mit Verstand *und* Herz.«

Pounder nahm einen Kugelschreiber vom Tisch und schrieb die Namen *Perry Rhodan* und *Reginald Bull* auf die Liste.

Whitmans Augen blitzten auf. »Sir! Sie ...«

»Sie brauchen Urlaub, Whitman. Sie sehen nicht gut aus. Sie verlieren den Blick für das Wesentliche!«

Whitman schluckte. Es arbeitete in ihr. Ihre Stirn legte sich in Zornesfalten. Sie öffnete den Mund, holte tief Luft und sagte leise: »Sie ... Sie haben recht, Sir. Darf ich?«

Pounder gab ihr die Liste. Sie klemmte das Brett unter die Achsel und verließ grußlos sein Büro.

Pounder sah sie niemals wieder.

# Kapitel 16

**14. Mai 2037, Nachmittag**
**Lakeside**

»Sid!«

Die Welt war bleich. Die Glut hatte jede Farbe weggebrannt. Sie glomm auf seiner Haut, röstete sie.

»Sid! Hörst du mich?«

Jemand packte ihn an den Oberarmen. Die Finger schienen aus Eis zu bestehen. Dumpfer Schmerz strahlte von ihnen aus, rang mit der Glut.

Sid schlug stöhnend die Lider auf und stellte fest, dass er sich geirrt hatte. Die Welt war nicht bleich, sie war schwarz. Er blickte in ein schwarzes Gesicht, umrahmt von ebenso schwarzer Asche.

Aus der Schwärze stach ein Augenpaar heraus, hell wie Scheinwerfer.

»Gott sei Dank, Sid!« Ein Mund öffnete sich. »Ich hatte schon Angst, es hätte dich gekostet.«

Sid verstand endlich, wen er vor sich hatte: Lekoche.

Er sah nach oben. Mehr verbrannte Erde, darüber ein Himmel von einem strahlenden Blau, dass es auf seiner Netzhaut schmerzte, und in diesem Himmel stieg ein riesiger Atompilz auf.

*Nein!* Alles in Sid verkrampfte sich. *Nicht noch einmal! Bitte nicht!*

Die Finger bohrten sich tief in seine Oberarme. »Sid, bleib bei mir!«, flehte Lekoche. Der Massai schüttelte ihn. »Ich brauche dich! Es ist nicht, was du denkst!«

Sid senkte den Kopf, sah wieder sein Gegenüber an. »W... was ist passiert?«

»Du hast Pech gehabt. Du warst stärker als ich. Ich war schon am Boden, als es passiert ist, mit der Visage in der Asche.« Lekoche zog eine Hand zurück, strich sich mit dem Zeigefinger über die Lippen. Er wandte den Kopf zur Seite, spuckte etwas aus und grinste. »Dieses Gras, das die Ferronen gepflanzt haben, ist nicht totzukriegen. Wird schwarz, aber es verbrennt nicht.«

Lekoche packte wieder seinen Oberarm. »Du hast die volle Breitseite der Paraentladung abbekommen.«

»Paraentladung?«

»Du denkst an damals, die Atombombe, nicht?«

»Ja.«

Es war in den ersten Tagen nach der Landung der STARDUST gewesen, während der Belagerung. Die chinesische Führung hatte beschlossen, dem Spuk ein Ende zu machen, und hatte ohne das Wissen Bai Juns eine Atombombe unter den Energieschirm geschmuggelt. Sekunden bevor sie gezündet hatte, war Sid mit ihr teleportiert. So weit er gekonnt hatte, hinaus in die Gobi. Und dann hatte er versucht, rechtzeitig wegzukommen. Es war ihm nicht gelungen. Die Bombe hatte ihn beinahe erledigt.

»Du weißt davon?«, fragte er den Massai.

»Klar. So was spricht sich rum. Lakeside ist wie ein Dorf. Und mit Dörfern kenne ich mich aus. Bis zum Erbrechen.«

Eine Paraentladung – wie konnte das sein?

Die Glut in Sid verlor langsam ihre Stärke, seine Gedanken klärten sich. »Lekoche, wieso sehe ich dich eigentlich?«

»Keine Ahnung.« Der Massai ließ ihn los. »Vielleicht ist einfach alles zu viel. Oder das Virus spielt weiter mit mir.«

Das Virus! Schlagartig begriff Sid, weshalb er hier draußen war. Sie mussten Alarm schlagen! Schnell!

»Wieso bist du nicht weiter? Allan muss doch erfahren, was los ist!«

»Und dich hätte ich hier halb tot liegen lassen sollen?« Lekoche schob trotzig die Schultern nach vorne. »Außerdem ging es nicht. Die Paraentladung hat mich nicht so schlimm erwischt wie dich, aber mehr als Kriechen war nicht drin.«

»Aber jetzt sitzt du schon wieder, oder?«

Sid wartete keine Antwort ab. Er kroch an der Wand des Lochs hinauf, in das Lekoche ihn geschleppt haben musste, und lugte über den Rand.

Trümmer. Verbrannte Erde.

Und ein Mann, der geduckt durch diese Albtraumlandschaft rannte, als wäre ihm der Satan persönlich auf den Fersen. Er war wuchtig, trug einen schwarzen Ledermantel.

»Lekoche!«, zischte Sid. »Sieh dir das an!«

Der Massai kroch neben ihn. »Monk! Verdammt, was macht er hier?«

»Keine Ahnung! Aber wir müssen ihn aufhalten! Er rennt direkt in den Schirm!«

Sie wollten aus dem Loch springen, als ein heller Blitz aus dem Nichts nach Monk leckte.

Der Antimutant erstarrte. Der Schwung trug ihn weiter, ließ ihn einige Meter über den Boden rollen. Dann blieb er reglos liegen.

Einen Steinwurf weit von dem Energieschirm, der Lakeside von der Außenwelt abschloss, kam Allan D. Mercant auf.

Er musste die Bewegung lediglich andeuten. Die Positronik seines arkonidischen Kampfanzugs las seine Körpersprache, setzte seine Absicht um.

Der Schirm war transparent, aber nicht zu übersehen. Er maß knapp zwei Kilometer. Ein exakter Kreis, wie mit einem imaginären, überdimensionalen Zirkel gezogen.

Im Innern des Kreises lag Lakeside. Mercant war in den vergangenen Monaten oft im Institut gewesen. Die Untersuchungen und Tests, die man am ihm durchgeführt hatte, hatten viel Zeit beansprucht. Mercant, der als Koordinator für Sicherheit täglich mit Dutzenden größeren und kleineren Krisen konfrontiert war, hatte sie sich gerne genommen. Die Tests, musste er sich selbst eingestehen, hatten sein Selbstwertgefühl gesteigert, hatten ihm das Gefühl gegeben, besonders zu sein. Und viele der Mutanten waren zu engen Freunden geworden. Aber auch der Ort selbst hatte ihn angezogen. Lakeside selbst stellte ein kleines Wunder dar. Eine eigentlich unmögliche grüne Oase in dieser elenden Wüste, in der es entweder zu heiß oder zu kalt war. Ein Symbol für die neue Welt, die sie zu erschaffen im Begriff waren.

Die Oase war zu Asche verbrannt.

Jenseits des Schirms erstreckte sich die Gobi. Ein desolater Ort von jeher, aber die jüngste Paraentladung hatte nicht nur die salzige Brühe des Goshunsees verdampft, sondern auch den Sand weggeblasen. Zum Vorschein war nacktes Gestein gekommen, das Mercant an von der Sonne gebleichte Knochen erinnerte.

Ein Seufzer drang aus dem Akustikfeld seines Helms. »Mann, hier sieht es schlimmer aus als auf dem Mond!« Die Stimme gehörte Reginald Bull.

Unwillkürlich wandte Mercant den Kopf, aber neben ihm war niemand. Bull war wie er selbst von einem Stealth-Feld getarnt. Bewegte er sich nicht zu schnell, war er praktisch unsichtbar.

*Beinahe wie Lekoche,* dachte Mercant. Der junge Massai war mit Frank Haggard und Caroline Frank aus Edinburgh gekommen. Und kurz darauf war er verschwunden. Mercant hatte ihn nicht suchen lassen. Sie hatten drängendere Probleme. Und was hätte es schon gebracht? Suchtrupps auf einen Menschen anzusetzen, der sich aus der Wahrnehmung anderer ausblenden konnte, war eine aberwitzige Idee.

Mercant mochte den Jungen, der sich trotzig »Krieger« nannte. Er hoffte, dass sie nicht irgendwann seine Leiche in der Wüste finden würden, verzehrt von seiner eigenen, außer Kontrolle geratenen Gabe.

»Du musst es ja wissen, Reg«, hörte Mercant Iga sagen.

Ebenso wie Bull hatte sie darauf bestanden, an dem Sturm auf Lakeside teilzunehmen. Zu warten und Däumchen zu drehen lag ihr ebenso wenig wie Bull. Mercant hatte nachgegeben – und hatte gar nicht erst versucht, Bai Jun und Novaal abzuwimmeln. Beide waren Soldaten, die sehr genau wussten, auf was sie sich einließen.

Zusammen bildeten Mercant und seine Begleiter einen von zweiundzwanzig Fünfertrupps, die in diesen Augenblicken rund um Lakeside in Stellung gingen.

Es waren ausschließlich Naats.

Novaal hatte darauf bestanden. Seine Leute waren stärker als Menschen und erfahrene Soldaten. »Und«, hatte Novaal argumentiert, »wir Naats sind nicht durch falsch verstandene Moralgefühle gehemmt, wie es menschliche Soldaten wären.«

Mercant hatte nicht nachgefragt, was Novaal damit genau meinte.

Auf dem Helmdisplay Mercants entstand ein transparenter Kreis. Dicke grüne Punkte, von denen jeder für einen Fünfertrupp Naats stand, näherten sich der Peripherie des Kreises und hielten an.

Einhundertzehn Soldaten. Mercant hätte auch tausend oder zehntausend in den Einsatz schicken können. Aber es hätte sie nicht weiter gebracht. Die Mutanten hatten sich unter der Oberfläche versteckt, in den weitläufigen unterirdischen Anlagen Lakesides. Die Zugänge waren beschränkt. Mehr Soldaten hätten ihre Schlagkraft nicht erhöht, sondern lediglich für mehr Verwirrung gesorgt. Und Verwirrung, wusste Mercant aus bitterer Erfahrung, barg die Saat des Scheiterns in sich.

Nach und nach schlossen sich die Lücken zwischen den Punkten mit weiteren Punkten, als die Trupps ihre Ausgangsstellungen erreichten.

*Eigentlich ist es eine einfache Sache,* versuchte Mercant seine Aufregung zu bändigen. *Wir müssen die Mutanten lediglich betäu-*

*ben. Sie sind unbewaffnet. Und selbst wenn der eine oder andere eine Waffe gefunden haben sollte, kann er uns damit nichts anhaben!*

Seine Einschätzung war korrekt, und gleichzeitig war dem ehemaligen Agenten bewusst, dass er sich in die Tasche log. Sie hatten es mit Mutanten zu tun, Menschen mit übersinnlichen Gaben. Gaben, mit denen ein Virus ein unberechenbares Spiel spielte.

Der letzte Trupp bezog Position. »Stealth-Funktion aktiviert lassen, alle übrigen Systeme herunterfahren!«, befahl Mercant. Novaal hatte gegen dieses Vorgehen protestiert, aber in diesem Punkt war Mercant hart geblieben. Überraschung war ihr wichtigster Trumpf. Das Risiko, dass die Anzugsysteme angemessen oder von einem Mutanten erspürt wurden, war gering, aber real. Mercant wollte es ausschließen.

»Los!«

Mercant stand auf und marschierte auf den Schirm zu. Er passierte ihn zusammen mit seinen Gefährten durch eine Strukturlücke, die sich augenblicklich wieder hinter ihnen schloss.

Einhundertfünf Naats taten es ihnen gleich, gelangten ohne Zwischenfall unter den Schirm.

»Weiter!«

Mercant musste sich beherrschen, sich nicht zu ducken. Seine militärische Ausbildung stammte aus einer anderen Ära, in der Deckung überlebenswichtig gewesen war.

Vorsichtig setzte er einen Fuß vor den anderen. Sie mussten langsam gehen, um nicht Asche aufzuwirbeln und sich damit zu verraten.

»Ein Mutant!«, rief Novaal.

Das Display von Mercants Helm reagierte augenblicklich, markierte einen Punkt in der Aschewüste Lakesides.

Ein dicker Mann in einem schwarzen Ledermantel rannte, als stünde sein Leben auf dem Spiel.

Monk!

*Aber das ist unmöglich!,* dachte Mercant. *Monk sitzt in seiner Zelle, von einem separaten Schirm von der Außenwelt getrennt!*

Monk stolperte, knallte in einer Aschewolke der Länge nach auf den Boden. Er rappelte sich hoch und rannte weiter.

*Was tut Monk hier draußen?*

»Er rennt in den Schirm!«, rief Iga. »Wir müssen ihn aufhalten, sonst verbrennt er darin!«

*Jemand muss ihn befreit haben. Er ist ...* Plötzlich verstand Mercant. *Monk ist ein Antimutant! Deshalb ist es in den letzten Stunden so ruhig gewesen!*

»Ich kümmere mich um ihn«, sagte Novaal.

»Nein!«, brüllte Mercant. »Nicht! Er blockiert die anderen Mutanten! Ohne ...«

Es war zu spät. Der grellweiße Strahl eines Paralysators langte nach Monk. Der Latino erstarrte in der Bewegung, als handele es sich um eine Maschine, der man die Energiezufuhr gekappt hatte, und stürzte in die Asche.

Sekunden später flammte der erste Glutball auf.

Sue war zurück im Konferenzsaal. Sie hockte auf dem kalten Boden, die Hände auf den Rücken gebunden – und an einen umgestoßenen Tisch.

*Sid!*, flehte sie stumm. *Verdammt, wo steckst du? Ich brauche dich!*

Ihr war klar, dass ihr Flehen wahrscheinlich unerhört bleiben würde, aber es tat gut, wenigstens in Gedanken etwas zu tun. Und irgendwo in ihr war noch die Hoffnung, doch gehört zu werden. Das Virus spielte mit ihnen. Wer sagte, dass es bereits ausgespielt hatte? Sid war vom Teleporter zum Telekineten geworden, Lekoche hatte seine Gabe unter Kontrolle bekommen und trotzte der Blockade Monks. Vielleicht konnte sie erreichen, dass ihre Gedanken gehört wurden. Nichts war unmöglich.

Ihr Blick fiel auf John Marshall. Hätte Sue nicht am eigenen Leib erlebt, welche Veränderung er hinter sich hatte, sie hätte keinen Verdacht geschöpft.

Marshall tat das, was ihn auszeichnete: Er kümmerte sich um andere. Der Mann, der Sue von der Straße geholt hatte, machte die Runde im Konferenzsaal. Die Mutanten hockten über den Raum verstreut in kleinen, eng aneinandergedrängten Gruppen, als suchten sie Schutz bei ihren Gefährten. Marshall ging von Gruppe zu Gruppe, sprach mit den Mutanten, hörte sich ihre Sorgen an, spendete Trost.

Sues Magen zog sich bei dem Anblick zu einem schmerzhaften Knoten zusammen. Sie kannte John Marshall. Seiner geballten Überzeugungskraft war nur schwer, wenn überhaupt zu widerstehen. Doch er setzte sie nicht zum Wohl der Mutanten ein, sondern um sie auf das Kommen des Schattens, seine Manifestation vorzubereiten.

Die Hershell-Zwillinge und Takita machten ebenfalls ihre Runden und verteilten Wasser und Nahrung, die sie irgendwo im Untergrund gefunden haben mussten.

Sue verhielt sich ruhig, flehte in Gedanken – und verbog sich die Finger, um ihre Fessel zu lockern. Vielleicht gelang es ihr, sie zu lösen ...

... und dann würde sie keinen Schritt weiter sein. Sie war auf sich allein gestellt. Die Zwillinge hätten sie innerhalb von Momenten wieder eingefangen, aber Sue war über den Punkt hinaus, an dem sie noch über »sinnvoll« oder »sinnlos« nachdachte.

Sue hatte Angst.

Was immer gleich geschehen würde, sie wollte es nicht miterleben.

Sue verdrehte die linke Hand. Das grobe Plastikseil rieb ihre Haut ab, aber sie ignorierte den Schmerz. Nur noch ein winziges Stück, ein kleiner Ruck, und ihr Handgelenk war durch die Schlaufe. Sie ...

Der Boden erbebte – und Sue durchlief eine Hitzewelle, die keinen Zweifel ließ, woher das Beben rührte.

Eine Paraentladung.

Die geflüsterten Gespräche im Saal verstummten. Die Mutanten sahen nach oben. Mirage schrie schrill auf. Die Hershell-Zwillinge rannten zu ihr, schoben ihr ein Tuch in den Mund. Das Schreien wurde zu einem unnatürlich tiefen Wimmern.

John Marshall ging in die Saalmitte und hob die Arme. »Brüder und Schwestern, es ist so weit. Sie kommen, um uns zu holen.«

*Eine Paraentladung!*, erkannte Sue. *Monk muss wieder eingeschlafen sein!*

»Das ist eine Lüge, John!«, brüllte Sue, so laut sie konnte. »Mercant und seine Leute sind unsere Freunde! Sie wollen uns helfen!«

Die Hershell-Zwillinge wirbelten herum. Sie waren im Begriff, zu ihr zu rennen und sie zum Schweigen zu bringen. Marshall gab ihnen ein Zeichen, sie reden zu lassen.

»Sue – sie ist wie eine Tochter für mich.« Er sagte es nicht zu ihr, sondern zu den übrigen Mutanten. »Ihr alle wisst es. Sie ist eine bemerkenswert kluge junge Frau. Aber sie versteht nicht ...«

»Aber du tust es, John?«, schnitt sie ihm das Wort ab. »Du hast den Durchblick, was? Für wen hältst du dich eigentlich? Für einen Hellseher?«

»Nein. Aber ich vermag zu sehen, was andere nicht sehen. Und ich kann es euch zeigen.«

Neben Marshall begann die Luft zu flimmern. Sue erwartete, dass der Schatten sich manifestierte, stattdessen glaubte sie, durch ein Fenster zu blicken.

»Ishy ist weit weg von uns, bei Rhodan, aber ich bin sicher, ihr alle seid einmal Zeuge ihrer Gabe geworden«, sagte Marshall. »Sie ist Televisorin, kann Blicke an entfernte Orte heraufbeschwören. Und ich, auch meine Gabe hat sich gewandelt. Ich kann an entfernte Orte sehen – und in die Vergangenheit. Seht selbst, was eben nur wenige Meter über uns geschehen ist ...«

Das Flimmern nahm Konturen an. Es zeigte eine verbrannte, geschwärzte Landschaft. Lakeside. Oder besser: was davon geblieben war.

Ein Mann rannte durch die Schwärze. Er trug einen schwarzen Ledermantel. Es war Monk. Und Monk war in Panik. Er stolperte immer wieder über seine eigenen Beine, kam hoch und rannte weiter. Die Asche hatte sein Gesicht schwarz gefärbt. Die Augen, vor Angst geweitet, standen übergroß hervor.

Plötzlich langte ein Lichtblitz nach Monk, erfasste ihn. Der Mutant erstarrte und fiel sich überschlagend der Länge nach hin. Er kam nicht mehr hoch.

»Das ist noch nicht alles«, sagte John Marshall.

Das Bild wechselte, zeigte einen anderen Ort der Aschewüste. Zwei Menschen kletterten mit hoch erhobenen Händen aus einem Loch. Es waren Sid und Lekoche! Sie riefen laut. »Nicht schießen! Nicht schießen!«

Grellweiße Strahlenbahnen zuckten auf die beiden zu, fällten sie. Mit verrenkten Gliedern blieben sie liegen.

Das Bild fror ein.

»Das nennst du Hilfe, Sue?«, fragte John Marshall. Er gab ihr keine Gelegenheit zu antworten. »Die Menschen haben Angst vor uns. Angst vor dem, was aus uns wird. Aber ich sage euch: Wir dürfen keine Angst haben. Wir müssen unsere Metamorphose vollenden. Und gemeinsam werden wir sie vollenden!«

»Nein!«, brüllte Sue. »Glaubt ihm nicht! Er ...«

»Halt endlich das Maul!« Liam Hershell schlug ihr mit der flachen Hand über den Mund. »Du hast nichts mehr zu melden, kapiert?«

Sues Unterlippe war aufgeplatzt. Sie schmeckte Blut auf ihrer Zunge.

»Kapiert«, flüsterte sie und senkte den Kopf.

»Na also.« Liam ging wieder weg. Er glaubte, sie gebrochen zu haben.

Er täuschte sich.

# Kapitel 17

**März 2032**
**Nevada Fields, Nevada**

»Und bringen Sie mir die Kiste heil runter, Sedgwick!«, sagte Lesly Pounder. Das Gesicht des Flight Director war gerötet. »Es ist die einzige, die wir haben!«

»Wir werden unser Bestes geben, Sir.« Helen Sedgwick, die im Cockpit der CAMPBELL neben Rhodan in eine Konturliege geschnallt war, hob eine behandschuhte Hand zu einem Gruß. Wie Rhodan trug sie einen Raumanzug.

»Sehen Sie zu, dass das genügt!«, bellte Pounder und festigte damit seinen Ruf als zäher Knochen. Sein Gesicht verschwand.

Helen hob den Kopf und reckte ihn aus dem geöffneten Visier ihres Helms. »Bereit, Perry?«

»Bereit.«

»Gut.«

Auf dem Display flammte eine Ziffer auf: zehn. Der Countdown begann.

Rhodan konzentrierte sich auf seinen Atem, ging durch die Werte des Shuttles. Eine Legion von Sonden zeichnete den Zustand des Raumschiffs und seiner Trägerrakete im Millisekundentakt auf. Die geringste Abweichung würde zu einem automatischen Abbruch des Starts führen. Was Rhodan tat, war eigentlich überflüssig – doch für ihn selbst war es unabdingbar. Es war klug, sich Instrumenten, Computern und Softwareroutinen anzuvertrauen, aber töricht, es blind zu tun.

Er hörte ein Räuspern und sah zu Helen. Er und die Astronautin waren allein an Bord der CAMPBELL. Pilotin und Kopilot. Helen Sedgwick, die dienstälteste Astronautin der NASA, die noch mit dem alten Spaceshuttle geflogen wäre, hätte man das Shuttle-Programm 2010 nicht unmittelbar vor ihrem Erstflug eingestellt. Niemand kam ihr an Erfahrung gleich. Sie war die logische Wahl als Pilotin des ersten Testflugs des Lunar Shuttles gewesen – Rhodan dagegen die unlogische.

Rhodan schlug sich »durchaus anständig« – wie es Pounder bezeichnete – bei der NASA, doch im Vergleich zu vielen anderen Astronauten war er ein blutiger Anfänger.

Noch sechs Sekunden.

Helen Sedgwick hatte die Lippen fest aufeinandergepresst, ihre Stirn lag in Falten. Sie hielt kühle Distanz zu Rhodan, als zöge sie vor, ihn nicht hier zu haben. Rhodan konnte es ihr nicht verübeln. Ihm selbst war unerklärlich, weshalb Pounder ausgerechnet ihn zum Kopiloten bestimmt hatte.

Zwei Sekunden.

Ein Gedanke kam Rhodan. Vielleicht gab es eine viel einfachere Erklärung für das Verhalten der Astronautin. Vielleicht hatte sie einfach Angst?

Eine Null erschien auf dem Display. Donnernd zündeten die Triebwerke der Trägerrakete. Das Shuttle erbebte. Einige Augenblicke lang mutete es Rhodan an, als wehre sich das Shuttle dagegen, den sicheren Boden der Erde zu verlassen, dann hob es ab, gewann Zentimeter um Zentimeter an Höhe.

Auf dem Display über ihm verfolgte Rhodan den Start, aufgenommen von einer Kamera am Rand von Nevada Fields. Shuttle und Trägerrakete zusammen erreichten nicht einmal zwei Drittel der Höhe des Startturms. Das Shuttle selbst wirkte fehl am Platz, überdimensioniert im Vergleich zu der Rakete, die es in den Himmel tragen sollte.

Der Eindruck trog nicht. Die DELTA-Rakete, deren ursprüngliches Design bis weit in das vorige Jahrhundert zurückreichte, war ein Notbehelf. Und dazu noch ein ungenügender. Das Lunar Shuttle bedurfte einer neuen, leistungsstarken Trägerrakete, um seine Masse auf Fluchtgeschwindigkeit zu bringen. Doch das NOVA-Projekt kam nicht voran. Bislang existierte noch nicht einmal ein Prototyp wie die CAMPBELL.

Lesly K. Pounder, der kein Mann war, der sich von Realitäten sonderlich beeindrucken ließ, hatte beschlossen, die CAMPBELL wenigstens bis an die Grenze des Weltraums zu schießen.

Rhodan verfolgte, wie das Shuttle und die Trägerrakete den Startturm hinter sich ließen. Der Andruck der Beschleunigung nahm zu, drückte ihn tief in die Konturliege.

»Bilder!«, hatte Pounder erklärt. »Wir brauchen Bilder, mit denen die Leute was anfangen können. Sonst dreht man uns in Washington den Geldhahn endgültig zu ...«

Rhodan kannte sich mit den Feinheiten der Politik in Washington nicht aus, doch die Bilder waren gelungen. Die CAMPBELL ritt auf einem Feuerschein in den Himmel, der Dramaturgie zuliebe in den nächtlichen.

In sechzig Kilometern Höhe war die erste Stufe der Trägerrakete ausgebrannt. Ein dumpfer Schlag zeigte an, dass sie abgesprengt wurde. Einige Sekunden lang setzte der Andruck aus, dann zündeten die Triebwerke der zweiten Stufe.

Alle Systeme arbeiteten einwandfrei.

Nach knapp neun Minuten hatte die CAMPBELL ihr Ziel erreicht: die Kármán-Linie in einhundert Kilometern Höhe, die Grenze zum freien Raum. Pounder konnte damit einen Raumflug für das Shuttle reklamieren.

In einhundertfünf Kilometern war die Trägerrakete abgebrannt und wurde weggesprengt. Später, im echten Einsatz, würden die Triebwerke der CAMPBELL übernehmen und das Shuttle in eine Umlaufbahn bringen oder sogar aus dem Anziehungsbereich der Erde. Bei ihrem Testflug begnügten sie sich mit dem kurzen Vorstoß ins All.

»Übernehme Steuerung«, sagte Helen Sedgwick.

Der Bug des Shuttles senkte sich, als die CAMPBELL den Rücksturz zur Erde begann. Die Fähre würde die Erde einmal umrunden und bei Washington D. C. niedergehen, publikumswirksam beinahe »vor den Stufen des Kongresses«, wie es Pounder ausgedrückt hatte.

Rhodan nahm sich einen Augenblick Zeit, den Blick zu genießen, der sich durch die Fenster des Shuttles bot. Per Definition befanden sie sich im Weltraum, aber ihre Höhe reichte nicht aus, um weite Teile der Erde, geschweige denn den Globus in seiner Gesamtheit zu überblicken. Dennoch war der Anblick erhaben. Der Himmel über Nordamerika war klar. Rhodan muteten die funkelnden Lichter der großen Städte wie Sterne oder ferne Galaxien an.

Der Bug des Shuttles senkte sich weiter. Es erbebte. Das Pfeifen, das den Sinkflug der CAMPBELL unterlegt hatte, wurde schriller, verwandelte sich zu einem Dröhnen. Die Atmosphäre, wenn auch noch weit davon entfernt, einem Menschen die Atmung zu erlauben, wurde dichter, rieb sich am Rumpf. Die Kacheln an der Unterseite des Shuttles nahmen die Reibungshitze auf.

Rhodan rief ihre Flugdaten auf das Display. Die Kacheln hatten sich bereits auf über eintausend Grad aufgeheizt – zu früh für diese Höhe. Und: Ihre Fluglage war falsch. Der Bug der CAMPBELL sollte in einem Vierzig-Grad-Winkel nach oben zeigen, um einen möglichst großen Widerstand zu bieten und Geschwindigkeit abzubauen.

»Helen, wir sind zu schnell!«, warnte Rhodan.

Die Astronautin antwortete nicht.

»Helen, wir ...«

»Warnung!«, meldete sich der Bordcomputer. »Geschwindigkeit überschreitet den zugelassenen Bereich!«

»Helen!« Rhodan sah zu der Pilotin. Sie hielt den Joystick umklammert, war ganz auf die Instrumente konzentriert. Schweiß stand in Perlen auf ihrer Stirn. »Übergib an den Bordcomputer!«

»Nicht nötig. Ich habe alles unter Kontrolle.«

»Sedgwick!«, meldete sich Pounder aus dem Kontrollzentrum in Nevada Fields.. »Was ist da los?«, brüllte er. »Ihre Eintrittsgeschwindigkeit ist viel zu hoch! Sie ...«

Die Astronautin wischte über einen Touchscreen, würgte den Flight Director ab.

»Helen!«, rief Rhodan. »Was soll der Mist? Zieh endlich hoch!«

»Wieso? Ich habe alles unter Ko...«

Die CAMPBELL bäumte sich auf. Das Display vor Rhodan erlosch. Alle Displays erloschen, alle Lichter. Rhodan wischte über Touchscreens. Keine Reaktion. Es war unmöglich. Die Systeme waren vierfach redundant!

»Alle Systeme ausgefallen. Helen, wir müssen ...« Er brach ab, als er einen Fluch hörte. Er drehte den Kopf, um Blickkontakt zu der Pilotin aufzunehmen – aber ihr Platz war leer.

»Helen!«, brüllte er. »Verdammt! Was ist los? Wo bist du?«

Er erhielt keine Antwort. Ein dumpfer Schlag erschütterte das Shuttle. Sekunden später gefolgt von einem zweiten oder dritten. Rhodan wusste, was das bedeutete: Die ersten Hitzekacheln platzten weg.

Die CAMPBELL geriet ins Taumeln. Das Dröhnen, mit dem die dichter werdende Luft über den Rumpf rieb, verwandelte sich in ein unerträglich hohes Kreischen.

Noch Sekunden, dann würde das Shuttle auseinanderbrechen. Das Kreischen steigerte sich weiter, schmerzte in seinen Ohren, ließ seinen ganzen Körper vibrieren, seine Hände erzittern.

Rhodan packte den Joystick. Die CAMPBELL war ein hochkomplexes Fluggerät. Jahrzehnte der Erfahrung in Luft- und Raumfahrt waren in seine Konstruktion geflossen. Unter anderem die wichtigste: Robustheit und Einfachheit.

Pounder hatte darauf bestanden, das Shuttle als letzte Redundanz mit Instrumenten und einem Steuersystem auszustatten, das weder auf Stromversorgung noch Computerunterstützung angewiesen war – und die Nutzlast der CAMPBELL empfindlich verringerte.

Rhodan zog den Joystick mit aller Kraft an sich. Er bewegte sich nur einen Fingerbreit, die mechanischen Kräfte, die auf ihm lasteten, waren zu groß.

Mit dröhnenden Schlägen platzten weitere Hitzekacheln ab. Schweiß rann über Rhodans Stirn, brannte in seinen Augen. Er presste die Lider zusammen, spürte, wie sich der Joystick Millimeter um Millimeter bewegte und ...

Da war ein Schrei. Er kam von hinten. Mehrere Schreie.

Der Helm versperrte Rhodan die Sicht, aber das tote Display war wie ein Spiegel, erlaubte ihm einen Blick auf das, was sich hinter seinem Rücken abspielte: Da war Helen. Sie kämpfte, sprang einen Mann mit der Geschmeidigkeit einer Raubkatze an. Als wäre der schwere, steife Raumanzug nicht vorhanden, als befände sie sich nicht in einem abstürzenden Gefährt. Und der Mann – er trug Jeans und ein kariertes Hemd ...

... und dann war der Moment vorbei. Die CAMPBELL schwang herum, stabilisierte sich.

Der Joystick gab weiter nach, ließ sich ganz heranziehen. Das Shuttle ächzte protestierend, aber Rhodan hielt den Joystick fest umklammert. Der Bug der CAMPBELL richtete sich auf. Das schrille Kreischen schwoll ab, verwandelte sich in das vertraute Röhren.

Als die Nase des Shuttles ungefähr einen Vierzig-Grad-Winkel und damit das Optimum erreicht hatte, ließ Rhodan den Joystick sanft nach vorne gleiten.

Zehn, vielleicht zwölf Kilometer trennten ihn noch vom Boden. Er befand sich über dicht besiedeltem Gebiet. Überall waren leuchtende Flecken, verwoben mit einem Gespinst aus Lichtfäden. Siedlungen und Straßen. In einer Richtung war Schwärze. Das Meer? Eine Wüste?

»Nevada Fields!«, sagte er in das Helmmikrofon. »Hier Rhodan. Hören Sie mich?«

Keine Antwort. Er war auf sich selbst gestellt.

Die CAMPBELL verlor rasch an Höhe. Das Shuttle vermochte sich ohne Antrieb in der Luft zu halten, aber nicht lange.

Rhodan zwang die CAMPBELL in eine Schleife. Er brauchte eine Landebahn. Schnell.

Er fand keine. Die hellen Flecken kamen näher, lösten sich in Muster aus Millionen einzelner Lichter auf. Gebäude, Industrieanlagen, Straßen – aber nirgends die Leuchtfeuer einer Landebahn.

Ein Highway kam in Sicht. Breit genug für die CAMPBELL, doch der Verkehr war zu dicht. Rhodan hätte eine Katastrophe ausgelöst.

Blieb nur noch die Schwärze. Sie glitzerte im Mondlicht. Es musste das Meer sein, der Atlantik. Er war Rhodans letzte Chance. Eine Notwasserung.

Rhodan griff nach dem Hebel, der das Fahrwerk auslöste. Zu seiner Verwunderung fuhr es aus. Er zog die Nase hoch, um weiter Geschwindigkeit abzubauen – und sah aus dem Augenwinkel eine hell erleuchtete Landebahn. Rhodan riss die CAMPBELL herum.

Ein schmaler Betonstreifen zeichnete sich vor ihm ab. Daneben ein Kontrollturm, eine Handvoll Hangars und ein Dutzend kleine Propellerflugzeuge.

Rhodan erwog eine Schleife, um weiter Geschwindigkeit abzubauen, aber verwarf den Gedanken. Er war bereits zu tief. Er löste das Notablassventil aus, stieß den verbliebenen Brennstoff ab. Die CAMPBELL setzte auf. Zu hart. Zwei-, dreimal hüpfte sie wieder in die Luft wie ein flacher Kiesel, den man im spitzen Winkel über eine Wasseroberfläche warf. Rhodan löste den Bremsfallschirm aus. Ruckartig setzte die Verzögerung ein. Die Gurte schnitten tief in Rhodans Brust. Rhodan ignorierte es, konzentrierte sich ganz auf die breiten weißen Streifen vor ihm, hielt das Shuttle in der Mitte der Landebahn. Die CAMPBELL wurde langsamer, das Ende der Piste kam in Sicht.

Dann riss der Schirm.

Die CAMPBELL schlingerte, ihre rechte Tragfläche berührte den Boden – und sich überschlagend raste sie über die Grasfläche, die sich an die Landebahn anschloss.

Das Shuttle kam auf dem Bauch zum Ruhen. Es stank verschmort, aber es brannte nicht. Links sah er, wie sich die grellorangefarbene Notrutsche automatisch entfaltete. Rhodan löste den Gurt, kam steif hoch. Er schien unverletzt.

Die Erde hatte ihn wieder.

»Helen!«

Die Astronautin lag neben der Luke, die in den hinteren Teil des Shuttles führte. Rhodan drehte sie auf den Rücken. Verwunderung stand in ihren Augen. Sie war tot.

Einen Augenblick lang starrte Rhodan sie an, wollte nicht wahrhaben, was er sah. Dann setzte sein Training ein. Er schob den Leichnam zur Seite, um den Weg frei zu machen.

Etwas glitt aus der Hand der Toten. Rhodan hob es auf.

Ein silberner Anhänger. Der heilige Georg, die Lanze auf den Drachen gezielt.

Rhodan starrte den Anhänger ungläubig an. Schließlich gab er sich einen Ruck, steckte ihn in eine Tasche seines Raumanzugs und verließ das Shuttle über die Rettungsrutsche. Langsam, als traue er dem Boden unter seinen Füßen nicht, ging er von der CAMPBELL weg. Lodernder Schein zeigte an, dass das Shuttle Feuer gefangen hatte.

Begleitet von Sirenengeheul, rasten zwei Fahrzeuge heran. Der Löschwagen ignorierte Rhodan, richtete seine Schaumkanone auf das Shuttle. Der Krankenwagen hielt vor Rhodan an. Zwei Männer in Signalkleidung sprangen heraus und rannten auf Rhodan zu.

»Alles in Ordnung.« Rhodan winkte den Männern zu. »Mir geht es gut.«

Die beiden Männer blieben vor ihm stehen, sahen ihn aus großen Augen an, als handele es sich bei ihm um einen Außerirdischen, der eben vom Himmel gefallen war.

»Perry Rhodan«, stellte er sich vor. »Und das hier«, er zeigte über die Schulter, »war das Shuttle CAMPBELL. Unser Testflug ging schief. Sind Sie so gut und benachrichtigen das Space Center Nevada Fields?«

Einer der Männer holte seinen Pod und tätigte einen Anruf.

»Haben Sie Ihren Pod bei sich?«, wandte sich Rhodan an den zweiten.

»J... ja.«

»Dürfte ich kurz einen privaten Anruf machen?«

»Natürlich.«

Rhodan wählte eine Nummer in Massachusetts. Niemand nahm ab.

# Kapitel 18

**14. Mai 2037, Nachmittag**
**Lakeside**

»Nicht schießen! Nicht schießen!«

Sid und Lekoche kletterten mit erhobenen Händen aus dem Loch, in dem sie sich verkrochen hatten.

*Sid!*, dachte Mercant. *Er und Sue sind freiwillig zurück unter den Schirm. Aber wie, zum Teufel, kommt Lekoche hierher?*

»Nicht schießen!«, bellte Mercant. »Wir ...«

Strahlenfinger erfassten die beiden Jungen. Sie erstarrten. Einen Moment lang hielten sie das Gleichgewicht, als weigerten sich ihre Körper, das Geschehen zu akzeptieren, dann kippten sie steif zu Boden.

Novaal hatte sie paralysiert.

»Was soll das?«, brüllte Mercant. »Sie haben meinen Befehl gehört!«

Zwei Naats wurden sichtbar. Sie beugten sich über die bewusstlosen Jungen, warfen sie sich über die Schulter und verschwanden wieder, als sie ihre Stealth-Generatoren erneut aktivierten. Sie brachten Sid und Lekoche zur VEAST'ARK, wo die Ärzte auf die betäubten Mutanten warteten.

»Ja«, antwortete Novaal. »Ich habe Ihren Befehl gehört. Er lautete, jeden Mutanten, den wir antreffen, umgehend zu paralysieren.«

»Aber nicht in diesem Fall!«

»Wieso? Wegen des nicht nachvollziehbaren menschlichen Tabus, Krieger zu schonen, die kapitulieren?«

»Sid und Lekoche sind keine Krieger!«, versetzte Mercant und fügte in Gedanken hinzu: *Auch wenn sie sich oft dafür halten!* »Die beiden wollten uns etwas mitteilen!«

»Was?«

»Ich ... Woher soll ich das wissen? Wie Monk aus seiner Zelle und nach hier oben kommt. Wie die Lage im Untergrund aussieht.«

»Das sind Fragen, die wir später klären können«, sagte Novaal. »Wir haben keine Zeit! Jeden Augenblick ...«

Der Glutball einer Paraentladung zerplatzte über der Aschewüste von Lakeside, tauchte sie in hartes, grelles Licht. Die Schattenrisse von Naats und Menschen wurden sichtbar, als die überforderten Stealth-Generatoren ihrer Kampfanzüge vor der Lichtflut kapitulierten.

»Schirmbelastung vierundsechzig Prozent«, meldete die Positronik von Mercants Kampfanzug.

Nicht genug, um ihn oder seine Kameraden zu gefährden. Und bei Weitem nicht genug, um den Energieschirm zu gefährden, der Lakeside von der Außenwelt abschloss – aber mehr als genug, um Mercant einen Stich in der Magengrube zu versetzen.

*Das ist der Anfang. Die Entladungen bei der Frachtmaschine haben sich gesteigert, bis die letzte Entladung den ganzen See verdampft hat!*

An Bord der Maschine waren acht Mutanten gewesen. Im Untergrund von Lakeside hatten sechzig von ihnen Zuflucht gefunden.

Ein weiterer Glutball zerplatzte über Mercant.

»Schirmbelastung achtundsechzig Prozent«, meldete die Positronik.

Mercant wurde auf einen Naat aufmerksam, der am Ostrand des Geländes einen Gegenstand auf dem Boden ablegte und geduckt davonrannte. Mit einem Satz warf er sich in die Deckung einer Senke, in der seine Kameraden bereits Schutz gesucht hatten.

Einen Augenblick später detonierte die Granate, die er zurückgelassen hatte. Erdbrocken und Gestein wurden hoch in die Luft geschleudert. Noch bevor der Knall der Explosion verhallt war, sprangen die Naats auf und rannten zu der Öffnung in den Untergrund, die sie geschaffen hatten.

Ein Glutball entstand in der Öffnung, gerade als der vorderste der Kolosse sich anschickte, in das Loch zu springen. Die Positronik seines Kampfanzugs reagierte sofort. Ein Schubstoß trug den Naat über die Öffnung, die sich in einen Krater aus verflüssigtem Erdreich und Gestein verwandelt hatte.

»Verdammt!«, fluchte Mercant.

Dann rief Reginald Bull: »Hier! Ich hab sie!«

Mercant wirbelte herum. Bull war schräg hinter ihm in die Knie gegangen, schob mit beiden Händen verbrannte Erde zur Seite. Eine glatte, metallene Oberfläche kam darunter zum Vorschein.

Die Luke eines Wartungsschachts. Das Ziel ihrer Gruppe.

Ein in die Luke eingelassenes Display erwachte zum Leben. Bull tippte mit dem behandschuhten Zeigefinger auf das Glas, gab den Zugangskode ein.

Zweimal vertippte er sich, schüttelte fluchend den Kopf. Beim dritten Mal gelang es ihm, den Kode korrekt einzugeben. Bull packte den Bügel und zog die Luke mit einem Ruck hoch.

Der Schacht, der zum Vorschein kam, war gerade groß genug für einen Menschen oder Ferronen. Novaal, so ihr Plan, würde an der Oberfläche bleiben und von dort den Angriff koordinieren.

Bull sprang in den Schacht. Bai Jun war im Begriff, ihm zu folgen, als ein greller Lichtblitz aus dem Schacht in den Himmel stach. Einen Herzschlag später wurde Bull nach oben geschleudert wie ein Korken von der Sektflasche.

Eine Paraentladung.

Nicht unkontrolliert, sondern sorgfältig platziert und dosiert.

In diesem Augenblick wurde Mercant klar, dass sie gescheitert waren.

Ein mentaler Block war für einen gewöhnlichen Menschen ein unspektakulärer, ja sogar langweiliger Anblick.

Ein gewöhnlicher Mensch sah nicht mehr als eine Anzahl von Leuten, die eng beieinandersaßen.

Manche starrten ins Leere.

Manche in nicht greifbare Fernen.

Manche hatten die Augen geschlossen, als ob sie schliefen.

Doch der Schein trog.

Sue, die Mutantin, sah, was tatsächlich vor sich ging: eine gewaltige, gemeinsame Kraftanstrengung.

Ein Mutant, der an einem mentalen Block teilnahm, konzentrierte sich ganz auf sein Inneres, auf die unerklärliche Gabe, die ihn von gewöhnlichen Menschen unterschied.

Er teilte seine Gabe. Alle Übrigen teilten ihre Gaben mit ihm. Und daraus entstand etwas, das unermesslich viel mehr war als die Summe seiner Teile.

Das, was gewöhnliche Menschen »Realität« nannten, blieb hinter Sue zurück, als der Sog des mentalen Blocks sie mit brutaler Gewalt anzog ...

... das regelmäßige unregelmäßige Beben der Paraentladungen ...

... das Hämmern ihres Herzschlags ...

... das Pochen des Schmerzes, der im Takt des Pulses in ihren Fingern und Handgelenken aufflammte ...

… der aufgewirbelte Staub, der ihr den Rachen reizte …

Der mentale Block glich einem über die Ufer getretenen Fluss, der alles mitriss, was sich in seinem Lauf wiederfand. Sue versuchte, gegen die Strömung anzuschwimmen. Vergeblich.

Sie versuchte, sich an das Ufer zu retten. Sie musste in den zweiten, kleineren Fluss überwechseln, der zu dem mentalen Block gehörte, den die Hershell-Zwillinge und Takita gebildet hatten, um die Paraentladungen zu steuern.

Vielleicht vermochte sie dort etwas auszurichten. Den Block der Zwillinge mit Takita wenn schon nicht beenden, so zumindest zu stören. Allan und seinen Leuten eine Chance verschaffen, in den Untergrund vorzudringen und …

Ein Keuchen ging durch den Saal. Ein Flimmern entstand in der Mitte des Raums.

*Nein!,* schrie Sue in Gedanken auf.

Niemand hörte auf sie.

Das Flimmern wurde zu einem Schatten.

Ein Ruck ging durch die Mutanten, als sie ihre Kräfte zu einer letzten, gemeinsamen Anstrengung bündelten.

*Nicht!* Sue bäumte sich auf, versuchte, den Strom der mentalen Kräfte abzulenken.

Es gelang ihr nicht.

Sue Mirafiore erhaschte noch einen letzten Blick auf den Schatten, der keiner mehr war, dann verlor sie das Bewusstsein.

# Kapitel 19

**24. März 2032**
**South Hadley, Massachusetts**

»Aha. So sieht also ein Held von Nahem aus.«

Rhodan, den im Gang des Polizeireviers von South Hadley die Erschöpfung übermannt hatte, sah auf. Ein Polizist war vor ihm stehen geblieben. Er war kurz geraten und fett und stank nach billigem Deo. Rhodan suchte nach einer passenden Entgegnung, aber bevor ihm eine einfiel, fuhr der Polizist fort:

»Ich weiß, Sie wollen kein Held sein. Will heute keiner mehr. Und genau das ist unser Problem, wenn Sie mich fragen. Aber mich fragt ja keiner!« Er hielt Rhodan eine fleischige Hand hin. Rhodan nahm sie.

»Officer Scalia. Aber alle hier nennen mich Scal.«

»Perry Rhodan. Sie ...«

»Ich fahr Sie raus, genau.«

Der Polizist führte Rhodan auf den Parkplatz vor dem Revier. Sein Gang war wackelnd. »Eine Affenhitze, was?« Er zog ein Taschentuch aus der Hosentasche und wischte sich über die Stirn. »Und das schimpft sich Frühjahr! Hat es noch nie gegeben!«

»Doch. 2011.«

»Sie kennen sich hier aus?«

»Als Kind habe ich meinen Onkel oft auf seiner Farm besucht.«

»Freiwillig? Ich wäre da draußen gestorben vor Langeweile!« Officer Scalia stieg in einen der Polizeiwagen ein, bedeutete Rhodan, sich auf dem Beifahrersitz niederzulassen. Rhodan tat es und stellte fest, dass der Wagen trotz seines Gegengewichts leichte Schieflage auf der Fahrerseite behielt.

Der Polizist fuhr los. »Wissen Sie, wie man Sie überall nennt?«

»Nein. Wie?« Seit seiner Bruchlandung waren nur Stunden vergangen. Rhodan hatte die meiste Zeit geschlafen, während ein Taxi ihn nach South Hadley gefahren hatte – bezahlt von Pounder, in einem Anfall von Großzügigkeit, die Rhodan ihm nicht zugetraut hätte.

»Sofortumschalter.«

»Sofortumschalter? Wer kommt auf so einen Mist?«

»Dieser NASA-Fuzzi, der gerade überall im Netz ist, hat Sie so genannt. Dieser Perkins.«

»Pounder?«

»Ja, genau, Pounder. Meinte ich doch.«

»Was erzählt Pounder so?«

»Dass Sie ein Held sind. Dass es eigentlich unmöglich war, dieses Shuttle überhaupt an einem Stück runterzubringen. Stimmt das?«

»Nichts ist unmöglich, wenn das eigene Leben auf dem Spiel steht.«

Der Polizist atmete laut aus. »Wohl wahr!«

Der Wagen passierte die Haltestelle, an der Karl ihn als Kind immer abgeholt hatte. Der Pfosten war umgeknickt. Scalia bog auf den Feldweg, der zur Farm seines Onkels führte. Er war noch rumpliger als sonst. In unregelmäßigen Abständen sah Rhodan die Abdrücke von grobstolligen LKW-Reifen.

»Werden Sie nicht bei Ihren Weltraumleuten gebraucht?«, fragte der Polizist. »Berichte schreiben oder so was? Wir müssen für jeden Pups einen schreiben.«

»Flight Director Pounder hat das Debriefing auf später verschoben. Er weiß, wie viel mir mein Onkel bedeutet.«

»Wirklich? Der Typ sah nicht so aus, als wüsste er, was menschliche Regungen sind ...«

Nach einigen Minuten erreichten sie die Farm. Für Rhodan war sie ein Ort, der abseits vom gewöhnlichen Leben stand, ein Fixpunkt in einem Leben, das sonst keine Konstanz kannte. Das Mobile Home, der Stall, die Scheune, der private Schrottplatz seines Onkels einige Schritte weiter – seit seiner Kindheit waren sie unverändert geblieben, genauso wie Karl, der von jeher wie Mitte vierzig ausgesehen hatte.

Die Farm existierte nicht mehr.

Scalia hielt vor dem ehemaligen Tor. »Sieht übel aus, was?«

Rhodan stieg aus, blieb mit einer Hand auf das Dach des Polizeiwagens gestützt stehen. Stall und Scheune waren bis auf die Grundmauern heruntergebrannt. Durch die angekohlten und um diese Jahreszeit noch kahlen Bäume konnte Rhodan Karls Schrottplatz erkennen. Die Fahrzeuge waren nur noch geschwärzte Skelette. Karls gestrandetes Mobile Home war zu einem Klumpen verschmorten Plastiks geschmolzen. Von dem Dutzend Kühen, die Rhodans Onkel gehalten hatte, war nichts zu sehen.

»Wie ... wie ist das passiert?«, fragte Rhodan. Am Telefon hatte man ihm von dem Brand erzählt. Doch das Ausmaß der Verwüstung hatte man ihm verschwiegen.

»Ein Unfall.« Scalia hatte sich aus dem Fahrersitz gewuchtet.

»Ein Unfall? Die Farm ... Es sieht aus, als hätte man sie systematisch abgefackelt.«

»Sieht so aus, nicht? Aber der erste Eindruck täuscht. Die Forensik ist bereits durch. Die Jungs waren ganz schön heiß auf ...« Scalia brach ab, als er merkte, dass er sich verplapperte. »Ich meine, ist zum Glück nicht viel los hier bei uns. Da sind die Jungs froh, mal beweisen zu können, was sie draufhaben.«

»Schon gut. Was haben Ihre Forensiker herausgefunden?«

»Ein Fremdverschulden ist ausgeschlossen. Ihr Onkel war ... war, sagen wir, ein eigenwilliger Mann. Er hat offenbar illegal hoch entzündliche Substanzen gehortet. Es kam zu einer Explosion, die die Scheune vernichtete. Die brennenden Trümmer wurden über das Gelände geschleudert, und bei dieser Dürre können Sie sich den Rest denken.«

Rhodan schüttelte den Kopf. »Das ist ausgeschlossen. Onkel Karl war besonders, zugegeben. Aber er wusste immer genau, was er tat.«

»Nehmen Sie es mir nicht übel, Perry.« Scalia wischte sich wieder mit dem Tuch über die Stirn. »Aber ich bin jetzt seit über zwanzig Jahren in diesem Job, und wenn ich eins gelernt habe, dann ist es, dass es nichts gibt, was es nicht gibt. Niemand will wahrhaben, dass jemand, der ihm nahesteht, Steuern hinterzogen, einen Mord begangen oder sich selbst in die Luft gesprengt hat. Niemand will wahrhaben, dass es solche Sachen überhaupt gibt. Und trotzdem werden jeden Tag Steuern hinterzogen und Morde begangen – und dann und wann sprengt sich ein Mensch in die Luft.«

In der Asche waren Schuhabdrücke zu sehen. Sie mussten von den Forensikern stammen.

»Wann ist es passiert?«

Officer Scalia holte ein Tablet hervor. »Mistress Kinsey, deren Anwesen an das Ihres Onkels grenzt, hat um 1:35 Uhr angerufen und von einem lauten Knall, gefolgt von Feuerschein, berichtet. Die örtliche Feuerwehr ist augenblicklich ausgerückt und war vierzehn Minuten später am Brandort. Aber da nichts mehr zu retten war, hat sie sich darauf beschränkt, eine Ausweitung des Feuers in einen Waldbrand zu verhindern. Im Augenblick jagen die Jungs von der Feuerwehr gerade die Kühe.«

1:35 Uhr. Das entsprach 22:35 Uhr der Pacific Standard Time – und jenem Zeitpunkt, als er verzweifelt versucht hatte, das Shuttle abzufangen, und er im toten Display eine Spiegelung gesehen hatte, die unmöglich war ... und von der er niemandem jemals erzählen würde.

»Wo haben Sie Karl gefunden?«

»Dort drüben.« Scalia zeigte auf den Aschehaufen, der von der Scheune geblieben war.

»In seiner Werkstatt?«

»Ja. Ihr Onkel muss an einem Auto Schweißarbeiten durchgeführt haben. Dabei muss er einen Brand ausgelöst haben, der zur Katastrophe führte ...«

Karl hatte die meiste Zeit damit verbracht, an Autos herumzubasteln. Dennoch ...

»Darf ich ...?«, fragte Rhodan.

»Eigentlich nicht, die Forensiker wollen sich den Laden nach der Mittagspause noch mal anschauen.« Der Polizist runzelte die Stirn. »Aber ich will mal so sagen: Wir zwei sind allein hier, und ich muss schon längst mal austreten. Und im Rücken habe ich keine Augen ...« Er zwinkerte Rhodan verschwörerisch zu und watschelte den Weg zurück.

»Danke, Scal!«

Rhodan bückte sich unter dem Absperrband durch und ging in den Spuren der Forensiker an den Ort, an dem die Scheune gestanden hatte. Die Bucht war mit Trümmern und rauchenden Balken verschüttet. Daneben war eine Kuhle in der Asche. Es musste die Stelle gewesen sein, an der man Karls Leichnam gefunden hatte.

Rhodan bückte sich. Er strich über die noch warme Asche, nahm eine Handvoll davon auf, als brauche er einen Beweis, um zu glauben, was geschehen war.

Karl tot.

Er konnte es nicht glauben.

Er öffnete die Hand. Die Asche rieselte zwischen seinen Fingern zu Boden.

Etwas glitzerte an der Stelle, an der er die Asche abgetragen hatte. Eine silberne Kette.

Rhodan zog sie behutsam aus der Asche, strich sie sauber. Aus der Hosentasche holte er den Anhänger, den er in der Hand der toten Astronautin gefunden hatte.

Der heilige Georg.

Er passte an den Verschluss der Kette.

# Kapitel 20

**14. Mai 2037, Nachmittag**
**Lakeside**

»Wir kommen nicht durch!« Novaal schrie, aber die Stimme des Naats wurde dennoch beinahe von dem Dröhnen der Entladungen verschluckt.

Die Aschewüste verwandelte sich in ein Lavafeld.

In Abständen von Sekunden platzten Paraentladungen, schufen mit flüssigem Gestein gefüllte Krater, die ein Vorstoßen in den Untergrund unmöglich machten.

Wie gelähmt verfolgte Mercant, wie die Naats immer neue Anläufe unternahmen, immer wieder aufs Neue scheiterten.

Die Paraentladungen waren präzise gesteuert. Als verfolgten die Mutanten jeden Schritt der Angreifer.

»Was ist da los?«, fragte Iga. Ihr Kampfanzug war angeschmort. Eine Explosion hatte den Schirm kurzzeitig überlastet.

»Das Virus muss neue Gaben in den Mutanten freigeschaltet haben. Anders kann ich mir diese punktgenaue Koordination nicht erklären.«

»Klingt plausibel.« Sie nickte. »Aber wozu das? Ihre Kräfte sind endlich, sie können uns nicht zurückschlagen.«

»Nein. Aber vielleicht ist das gar nicht ihr Ziel. Sie wollen uns nur aufhalten, bis ...«

»Bis was?«

»Keine Ahnung. Ich weiß nur, dass wir sie aufhalten müssen!« Er nahm Verbindung zu Novaal auf. »Wir müssen durchbrechen! Bald!«

»Das ist unmöglich«, entgegnete der Naat. »Meine Soldaten geben ihr Bestes, das sehen Sie. Aber es gibt kein Durchkommen. Wir müssen uns zurückziehen!«

»Zurückziehen?«

»Ja«, bestätigte Novaal. »Wir sind gescheitert. Ein guter Kämpfer erkennt, wann es Zeit ist, die Waffen zu wechseln.«

»Was wollen Sie damit sagen?«

»Das Risiko ist zu groß. Die Mutanten können jeden Augenblick eine Paraentladung von bislang ungeahnter Stärke auslösen. Wir müssen den Weg frei machen für einen Feuerschlag der VEAST'ARK!«

»Nein!«, brüllte Mercant!

»Es ist der einzige ...«

»Noch haben wir nicht alles versucht!« Mercant überlegte fieberhaft. »Novaal, Ihre Soldaten starten einen massiven Angriff, im Südteil des Geländes! Dort befinden sich lediglich einige Tunnel. Die Chance, dass sich dort Mutanten aufhalten, ist gering. Die Mutanten werden abgelenkt sein. Und wir stoßen vor!«

»Wie das?«

»Durch den Wartungsschacht! Wie ursprünglich geplant. Die Entladung hat den Schacht nicht vernichtet, sondern ihn verbreitert.«

»Er ist mit Glut gefüllt. Die Belastung ist zu hoch für unsere Schirme!«

»Möglich. Ich versuche es. Es steht Ihnen frei, an der Oberfläche zu bleiben.«

»Das ...« Der Naat brach verblüfft ab. »Das kommt nicht infrage!«

»Wie Sie wollen. Geben Sie Ihren Leuten die Befehle!«

Die Naats bildeten mithilfe ihrer Flugaggregate eine schwebende Schützenreihe über dem Südteil von Lakeside.

Plötzlich verging die Ruine des ehemaligen Hauptgebäudes im Glutball einer gewaltigen Paraentladung. Geschmolzenes Erdreich und Steine schossen nach allen Seiten, prasselten in den Anzugschirm Mercants und vergingen in sich vielfach verästelnden Blitzen.

Als die Kaskade aus Licht wieder abflaute, war ein riesiger Krater an die Stelle der Ruine getreten.

Aus seiner Mitte stieg langsam eine Gestalt auf. Sie bewegte sich nicht, als würde sie von einem Antigravfeld oder einem Traktorstrahl getragen.

Sie trug keinen Kampfanzug, sondern die schmutzigen Reste eines gewöhnlichen Anzugs. Trotzdem ließ die sengende Glut sie unberührt. Es war John Marshall.

»Nicht schießen!«, brüllte Mercant. Diesmal wurde sein Befehl befolgt.

Marshall streckte die Arme aus, zeigte seine bloßen Handflächen.

Mercant stand auf und ging auf Marshall zu. Aus dem Augenwinkel registrierte er, dass Iga, Bull, Bai Jun und Novaal sich ihm anschlossen.

Stille lag über dem Gelände.

»Es besteht keine Gefahr mehr, Allan«, sagte Marshall. »Es ist vollbracht.«

»Was ist vollbracht?«

»Die Genesis ist vollendet. Er ist hier.«

»Von wem reden Sie?«

»Kommen Sie!« John Marshall sank zurück in den Krater. Mercant tauschte einen Blick mit seinen Gefährten aus. Sie nickten.

Sie folgten Marshall. Der Mutant führte sie in einen der unterirdischen Konferenzsäle. Überall waren Mutanten. Sie wirkten hager, ja ausgezehrt. Staub hatte sich mit Schweiß vermischt, klebte wie ein bleicher Anstrich auf ihrer Haut. Die meisten lagen auf dem Boden. Als hätte sie die Erschöpfung übermannt. In ihren Gesichtern stand Frieden. Erfüllung.

Am gegenüberliegenden Ende bemerkte Mercant Sue. Das zarte Mädchen lehnte an einem Tischbein. Ihr Haar, das über das Gesicht gefallen war, verhinderte, dass Mercant ihre Miene lesen konnte.

In der Saalmitte stand ein Mann. Er wandte ihnen den Rücken zu. Sein Haar war dicht, aber grau. Er stützte sich auf einen Stock. Seine Kleidung war makellos sauber, als hätte er mit dem Elend um ihn herum nichts zu tun.

»Das ist er«, sagte John Marshall.

Der Mann drehte sich um, als er die Stimme hörte. Er hatte wache graublaue Augen. An seinem rechten Nasenflügel zeichnete sich eine Narbe ab.

*Du kennst ihn!,* dachte Mercant. *Aber woher? Er ...*

Jemand rannte an Mercant vorbei. Bull. Zwei, drei Schritte vor dem alten Mann blieb er stehen und rief: »Perry! Perry, bist du das?«

Die Pupillen des alten Mannes weiteten sich. Tränen traten in seine Augen. »Reg?«, flüsterte er.

Dann sackte er zusammen.

# Epilog

*Als das Schiff dich in den Weltraum trägt, blickst du zurück auf den blauen Planeten.*

*Es fällt dir schwer, die Erde hinter dir zu lassen. Ihre Menschen. Den einen Menschen, den du beinahe ein ganzes Leben lang begleitet hast.*

*Du hoffst, dass dein Herr dir die Erinnerung lässt.*

*Dein Herr erwartet dich auf Wanderer, nicht weit von der Maschinenstadt.*

*»Berichte!«, fordert er dich auf.*

*Du tust, was er sagt.*

*Als du geendet hast, schweigt dein Herr lange.*

*»Du wirst froh sein, dich nicht länger als ein Mensch ausgeben zu müssen«, sagt ES schließlich.*

*»Ja.« Du fragst dich, ob er dein Zögern bemerkt hat.*

*»Callibso glaubt, seine Puppen hätten dich getötet?«, fragt dein Herr.*

*»Ja. Sie sind grobschlächtig. Sie haben nicht gemerkt, dass ich ihnen einen unbeseelten Körper untergeschoben habe.«*

*Wieder schweigt ES. Dann sagt er die Worte, die deine Jahre des Exils wert waren: »Ich danke dir, Carfesch. Perry Rhodan wird seinen Weg gehen.«*

Gerry Haynaly

# Lotsen der Sterne

# Kapitel 1

*Vergangenheit*

Golath blinzelte. Nur langsam gewöhnten sich seine Augen an das grelle Licht der Empfangshalle. Verschwommen nahm er Arkoniden und Mehandor wahr, die wie Schemen an ihm vorbeiglitten.

»Passen Sie auf, wo Sie hintrampeln!«, erklang eine keifende Fistelstimme vor seinen Füßen.

Golath blieb stehen und schloss für einen Moment die Augen. Tränensekret sickerte aus seinen Augenwinkeln. Er wischte es entschlossen mit einer Bewegung der Rüsselfinger weg und öffnete die Augen wieder. Dann beugte er sich nach vorn, um besser sehen zu können, wer in diesem Ton mit ihm sprach.

Vor ihm stand – oder genauer: kauerte – ein Swoon, dessen faltige grüne Gesichtshaut nichts Gutes verhieß. Das winzige Wesen rappelte sich gerade hoch und stemmte beide Armpaare in die Seite.

»Es war nicht meine Absicht ...«, begann Golath.

»Ungehobelter Langrüssel«, zischte der Swoon.

Zu Golaths Glück ging die restliche Schimpftirade im Dröhnen unter, das von den Aggregaten eines landenden Kugelraumers ausging. Der Swoon drehte sich um und trippelte hinter seinen Artgenossen her, die ein paar Meter entfernt auf ihn warteten. Wieder verschwamm Golaths Sicht, doch er hätte schwören können, dass der Swoon ihm zum Abschied mit allen vier Händen obszöne Gesten zeigte.

»Auch das noch!« Golath schüttelte den Rüssel. Gleich in den ersten Minuten auf Lepso hatte er sich zwar keinen Feind geschaffen, aber er war stärker aufgefallen, als er je gewollt hatte. Rasch verließ er die kahle, nüchtern wirkende Halle.

Vor dem Empfangsgebäude ragte ein runder Turm in die Höhe, den unzählige Lichter aus der Dunkelheit rissen. Wie von Zauberhand erschien ein Hologramm in der Luft.

»Orbana Spaceport Palace«, stand da, Werbung für ein Luxushotel, benannt nach Lepsos Hauptstadt. Darunter kamen die sich drehenden dreidimensionalen Bilder der Hotelzimmer sowie

Preislisten. In einem früheren Leben hätte er sich dort eine der Suiten leisten können!

Golath lachte heiser auf. Er war nur ein mittelloser Gha'essold, ein *Schatzsucher*, der seine letzten Barmittel für die Passage nach Lepso verbraucht hatte.

Schatzsucher – welch ein Hohn! Das Wort suggerierte, dass das Dasein eine unendliche Suche war – nach Schätzen, dem Leben und sich selbst. Dabei benötigte es schon etwas mehr als einen Schatz, um die Schuld zu tilgen, die er auf sich geladen hatte. Er stampfte mit einem Fuß so fest auf dem Boden auf, dass er die niederfrequenten Schwingungen des Betonplasts hörte.

Links und rechts von ihm bauten sich weitere Hologramme auf, die alle möglichen Unterkünfte in der Umgebung des Raumhafens anboten – vom Luxusappartement bis hin zu einfachen Wabenunterkünften, die ihn an die Tiefschlafkojen an Bord der EM'BAKIR erinnerten. Sie boten keinen Komfort, gerade mal ein winziges Fach für persönliche Dinge sowie einen kombinierten Holo- und Fiktivspielprojektor. Dafür kosteten sie nur den Bruchteil eines echten Hotelzimmers. Trotzdem war dies mehr als die paar kümmerlichen Chronners, über die er noch verfügte.

Mit einer ungelenken Bewegung wischte er die Holos zur Seite. Am liebsten hätte er den Werbetafeln »Aus!« zugerufen, doch das hätte nur die Arkoniden des Sicherheitsdienstes auf ihn aufmerksam gemacht – und das musste nicht gleich in den ersten Minuten nach der Landung sein.

Er sah sich um. Dutzende Schildkrötenrobots mit Gepäck auf dem Rücken wuselten durch die Halle oder schwebten ihren Besitzern hinterher. Die kleinen Roboter hatten viel zu tun, denn allein mit ihm waren dreitausendachthundert Wesen aus allen Winkeln der Galaxis den Verheißungen von Lepso gefolgt und hatten die Mehandorwalze verlassen. dreitausendachthundert Wesen, aber kein einziger weiterer Unither, wie er bei einer Anfrage beim Chefsteward der Mehandor-Crew erfahren hatte. Missmutig blickte er in die Richtung, aus der er gekommen war. Kein Rüssel weit und breit – und von dem grün gemusterten Gepäckstück mit seinen Habseligkeiten war ebenfalls nichts zu sehen.

*Das muss nichts bedeuten,* redete er sich ein. Wahrscheinlich waren noch nicht alle Container der EM'BAKIR entladen worden. Trotzdem wurde er langsam unruhig. Er war jetzt eine Stunde wach, aber es kam ihm vor, als wären es zwanzig. Oder hundert. Die Gesellschaft von anderen Unithern fehlte ihm, und wenn er ehrlich war, fehlte ihm ganz Unith. Ein trockenes Gefühl breitete sich in seinem Rüssel aus.

*Erhöhter Wasserbedarf,* stellte er nüchtern fest. Das war eine der Nebenwirkungen des ZX-3, das verhinderte, dass arme Schlucker wie er sich in ihren depressiven Phasen etwas antaten. Nicht, dass es lebende Unither ersetzen konnte, nein, das war nicht die Aufgabe des Medikaments. Es dämpfte die Emotionen und verhinderte, dass ein Unither zu lange über seine Einsamkeit nachdachte. Aber ohne Gepäck kein ZX-3 und ohne ZX-3 keine normalen Gedanken – nur Erinnerungen und Selbstmitleid. Doch er war selbst schuld; warum hatte er auch die Ergebnisse des Auswahlverfahrens manipuliert?

Weil es so einfach gewesen war? Er hätte es besser wissen müssen. Wenn etwas zu schön war, um wahr zu sein, war es meist nicht wahr.

Wie ein Anfänger war er in die Falle getappt, die Manerk ihm gestellt hatte. Irgendein Lakai, wahrscheinlich dieser hinterhältige Regas, hatte wohl dem Leiter der Centro-Chronners von Unith gesteckt, dass es da einen profilierungssüchtigen Subdirektor namens Golath gab.

Aber für derartige Überlegungen war es längst zu spät. Er war ein Ausgestoßener, der sich die Gemeinschaft anderer Unither erst wieder erkaufen musste.

Das Röhren eines Triebwerks unterbrach seine Gedanken, die er bestimmt schon zum tausendsten Male wälzte und die doch nur in eine Richtung führten: in einen Kreis, der sich um sich selbst drehte. Auf dem größten Raumhafen des Planeten starteten und landeten unentwegt Raumschiffe – im Schnitt wurden zwei Millionen Reisende pro Tag abgefertigt, wie die Robotstimme am Eingang verkündet hatte. Von ihr wusste er auch, dass über ihm achtundvierzig Etagen und unter ihm weitere einhundert nur für die Passagiere dieser Schiffe gedacht waren – jede mit eigenen Gleiterparkplätzen und Anbindung an die öffentliche Infrastruktur.

Fünf Stockwerke waren für die Abfertigung der Neuankömmlinge der EM'BAKIR geöffnet worden, obwohl man auf Lepso nicht unbedingt von Abfertigung sprechen konnte. Die Freihandelswelt hatte den Ruf als verkommenster Schmelztiegel des arkonidischen Imperiums, auf dem die meisten Gesetze nicht oder nur in abgeschwächter Form galten.

*Und auf dem niemand dumme Fragen stellt,* dachte er.

Er schlurfte weiter. In seinen Beinen spürte er das Hämmern

der Medikamente, die die Auswirkungen seines monatelangen Tiefschlafs neutralisieren sollten. Da das Transitionstriebwerk des altersschwachen Raumschiffs nur für Sprünge von zweihundert Lichtjahren ausgelegt war, hatte der Transport entsprechend lange gedauert – und entsprechend geschwächt waren seine Muskeln. Die Tiefschlafkojen versorgten ihre Benutzer zwar mit Sauerstoff und Medikamenten, die dem Muskelschwund entgegenwirken sollten, aber dies funktionierte nur bis zu einem gewissen Punkt.

Auf einer normalen Passage wäre ihm das nicht passiert, doch mit seinen beschränkten finanziellen Ressourcen hatte es nur für die billigste Kategorie nahe dem Ringwulst gereicht. Wenn er an das Wummern und Vibrieren der Impulstriebwerke des alten Kahns dachte, war er fast dankbar, dass er dies nur beim Start und bei der Landung erlebt und die restliche Zeit im Tiefschlaf verbracht hatte.

Er streckte seinen Körper durch und beugte die Arme. Es knirschte wie bei einem eingerosteten Robot, dessen Wartungsintervall schon vor Jahren abgelaufen war.

»Herr?«

Golath ignorierte die Stimme, die unmöglich ihn gemeint haben konnte.

»Herr?«

Diesmal war die Lautstärke bedeutend höher und eindringlicher, sodass er nicht anders konnte, als nach ihrem Ursprung zu sehen. Eine der Schildkröten schwebte neben ihm lautlos auf ihren Magnetkissen in der Luft. Blinkende Anzeigen an der Vorderseite forderten ihn auf, den Empfang seines Rucksacks mit seinem Fingerabdruck zu quittieren.

Golath hielt die Hand vor die Erfassungseinheit des Robots, was dieser mit einem gleichmütigen »Danke, Herr« quittierte. Die Haltegurte klickten und gaben das Gepäckstück frei. Ein kurzer Blick genügte, um zu erkennen, dass noch alles da war, was er besaß.

Ein piepsendes Geräusch an seinem Handgelenk signalisierte ihm, dass sich der Multikom ins Netz von Lepso eingebucht und auf Ortszeit synchronisiert hatte.

*Drei Uhr morgens.*

Wenn er nicht gleich einen ruhigen Schlafplatz fand, konnte er genauso gut auf den Sonnenaufgang warten. Er vergewisserte sich, dass die Arkoniden des Wachdiensts nicht auf ihn achteten, und schlüpfte in den für die Manap-Sippe reservierten Bereich des Raumhafens, wo ihn weiche Polstersessel in Blau-Weiß und ein Wasserspender erwarteten.

»Wie verzweifelt muss man sein, um auf Lepso sein Glück zu versuchen?« Die helle Stimme ertönte in seinem Rücken.

Golath stockte mitten im Schritt. Betont langsam drehte er sich um. Vor ihm stand ein Unither wie er, doch der andere war höchstens halb so alt, kaum den Gemeinschaftshöfen entwachsen, in denen junge Unither auf die Welt vorbereitet wurden. Die hellbraune Haut wies keinerlei Falten auf, und auch der muskulöse Rüssel wirkte nicht, als hätte er in seinem Leben viel damit niedergerissen. Dafür überragte der Junge Golath um ein paar Zentimeter. Seine Kleidung wirkte alt und zerschlissen, aber das kannte er von Unithern dieses Alters zur Genüge.

»Was willst du?«, herrschte Golath den Jüngling an. »Spionierst du mir etwa nach?«

»Mach dich nicht lächerlich!«, antwortete der Junge.

Die Aussage regte Golath nur noch mehr auf. Er würde diesem Jungspund Manieren beibringen, der so despektierlich mit ihm redete. »Ich frage dich noch mal: Was willst du? Und lass dir eine verdammt gute Erklärung einfallen, sonst ...« Golath trommelte mit den Zehen auf den Boden.

»Dasselbe wie du.« Der andere machte eine Pause, wie um nachzudenken, was er sagen sollte. Er kratzte sich mit dem Rüssel an einer abgewetzten Stelle seines Overalls. Dann schnalzte er mit der Zunge, so als ob ihm die Antwort erst jetzt eingefallen wäre, hob den Rüssel zur Bestätigung in die Höhe und sagte nur ein Wort: »Golath!«

Golath zuckte zusammen. Der andere konnte unmöglich wissen, dass er ... Und was, wenn doch?

Er rollte den Rüssel zur Seite, bedeckte mit seiner Spitze den Mund. In all den Monaten, seit er von Unith verbannt worden war, hatte er die Schmach verdrängt. Und dieser hellhäutige ...

Ein Schauer lief über seinen Rücken und ließ dort sämtliche Haare zu Berge stehen. Woher kannte dieser verwahrloste Jüngling seinen Namen?

»Du musst mich mit jemandem verwechseln. Ich kenne keinen Golath, und ich wäre dir dankbar, wenn du mich nun verlässt. Ich möchte in Ruhe schlafen!«

Für einen kurzen Moment huschte ein erstaunter Ausdruck über das Gesicht des Jungen, doch er hatte sich schneller wieder im Griff, als es Golath recht war. »Lass die Späße! Wir wissen beide, dass du Golath, der flinke Rüssel, bist.«

Golath trompete protestierend, aber der Junge zog ein zusammengerolltes Datendisplay aus der Gesäßtasche des Overalls. Die Folie leuchtete auf. Sie zeigte einen Golath, der in die Objektive der Kameradrohnen blickte, sichtlich gezeichnet von der Gerichtsverhandlung gegen Manerk.

»Verdammt, Alter, ich habe keine Zeit für deine Versteckspiele! Entweder du gibst auf der Stelle zu, dass du Golath bist, oder du kannst meinetwegen die Nacht wirklich auf dieser Pritsche verbringen.«

»Was willst du von mir? Du behauptest, dass ich dieser Golath auf deinem Spielzeug sein soll – und ich kenne nicht einmal deinen Namen.«

»Wenn es weiter nichts ist: Man nennt mich Liszog.« Der Junge machte eine übertriebene Verbeugung, bei der sein Rüssel fast den Boden streifte. Als er sich aufrichtete, war jede Freundlichkeit aus seinem Gesicht verschwunden. »Und was das Behaupten angeht: Du kannst mir nichts vormachen, Golath. Ich weiß noch mehr über dich.«

Golath hob abwehrend die Arme.

»Ich weiß zum Beispiel«, fuhr Liszog fort, »dass du auf KEMATLON ein Geschäft selbst verbockt hast, weil du zu gierig geworden bist.« Golaths Augen weiteten sich, aber der Junge sprach weiter. »Ich weiß auch, dass dich in dem dortigen Kasino ein Ara über den Tisch gezogen hat.«

»Das war Pech. Die Karten waren an diesem Abend gegen mich.«

Liszogs Augen glänzten vor Freude. »Wir beide machen Fortschritte. Du gibst also zu, dass du Golath bist?«

»Ja, wenn es sein muss«, knurrte Golath.

»Gut, dann komm! Ich kenne einen weiteren Unither, der dich kennenlernen will und der dir vor allem einen weichen Schlafplatz bieten kann.«

Golath protestierte schwach, aber er war von der Tiefschlafpassage viel zu ermattet, um ernsthaft zu widersprechen. Insgeheim freute er sich über die Aussicht auf die Gesellschaft von Artgenossen. Das dämpfte die Einsamkeit.

Morgen war schließlich auch noch ein Tag. Er blickte auf die blau-weißen Sessel in der Suite, die ihre lederne Unbequemlichkeit herauszuschreien schienen. »Eines weiß ich immer noch nicht: Was wollt ihr von mir?«

Liszog rollte den Rüssel zusammen. »Das soll dir Zerft selbst sagen.«

»Ihr wollt was?« Golath verdrehte den Rüssel zu einer abwehrenden Spirale. Er beugte sich vor und stützte sich mit beiden Ellenbogen auf der hölzernen Tischplatte auf.

»Auch bei den Arkoniden gibt es Schatzjäger. An die müssen wir rankommen.« Liszog knallte seinen Krug mit vergorenem Karma-Drink so heftig auf den Tisch, dass der Inhalt über den Rand schwappte. Als sei nichts geschehen, wischte er die nasse Hand an einem Tuch ab, das ihm über die Schulter hing. Mit noch immer feuchten Fingern zerrte er einen Controller aus seinem Overall, den er wie ein lebendiges Wesen streichelte. Außer technischen Gadgets schien diesen Fachidioten nichts zu interessieren. Er legte keinen Wert auf sein Äußeres, ja selbst den dreckigen Arbeitsanzug trug er nun schon die ganze Woche.

Wie dieser schmuddelige Typ Assistent in einer Forschungsabteilung gewesen sein sollte, war Golath schleierhaft, genauso, wie er es geschafft haben sollte, für seinen privaten Spleen Forschungsgelder abzuzweigen, die für die Raumfahrt bestimmt gewesen waren. Der Typ hatte glatt das ganze Geld für den Prototyp einer Liege zum Rüsselreinigen hinausgeworfen. Sie sollte das lästige Prozedere schneller und sanfter durchführen als die bisherigen Sanitätsmaschinen oder gar eine professionelle Rüsselspülerin.

Die Sache hätte ihn reich machen können, denn der Rüssel diente Unithern nicht nur als Werkzeug, sondern ebenso der Nahrungsaufnahme. Dass er deshalb mehrmals täglich sorgfältig gereinigt werden musste, verstand sich wohl von selbst. Auch Golath hatte einen mechanischen Reinigungsarm besessen, der fix in den Spiegel des Badezimmers integriert gewesen war, aber das Ding hatte endlos gekratzt. Insofern verstand er Liszogs Versuche. Die Machenschaften des Forschers mussten aber aufgeflogen sein, denn sonst wäre er nicht ebenfalls auf Lepso gestrandet.

Liszog rülpste. Golath fragte sich, wie sich jemand so gehen lassen konnte. Hatte das jahrelange Exil Liszog so werden lassen?

Kurz darauf erschienen Symbole auf dem großen Holoschirm des Wohnraums, die Golath nichts sagten. Liszog machte zwei weitere Eingaben. Er rief eine Liste mit arkonidischen Namen auf. Zahlreiche »de« und »da« wanderten über die Anzeige, jeder einzelne Eintrag eine Beleidigung für jeden Unither, der nur halbwegs politisch gebildet war. Die starke Hand, mit der der Regent nach Unith griff, konnte nur ein Blinder oder Gefühlloser ignorieren; sie manifestierte sich in den Adelstiteln.

Namen über Namen – für Golath erschien die Aufzählung endlos, umso mehr, wenn er bedachte, dass sie nur Individuen auflistete, die ein gewisses Maß an Vermögen besaßen und im Moment auf Lepso weilten.

»Richtige Schatzjäger.« Zerft sprach die Worte seltsam unbetont aus. Dabei starrten seine Augen ins Leere. Er war nach unithischen Maßstäben ein Riese, zwei Meter groß und bullig. Seine Schlägervisage war zentimeterdick mit schwarzem Matsch bedeckt. Er hatte behauptet, es handle sich um eine traditionelle unithische Schlammmaske, aber Golath hatte keine Ahnung, wie er die auf Lepso aufgetrieben haben könnte.

Über den Rüssel verliefen schlecht verheilte Narben, die bestimmt nicht von einem Missgeschick bei der Maniküre herrührten. Liszog hatte gegenüber Golath erst am Vortag ausgeplaudert, dass Zerft die Regeln der Paarungsrituale etwas zu locker ausgelegt hatte. Während der Brunft war unter männlichen Unithern alles erlaubt, was den anderen nicht gerade verstümmelte oder umbrachte. Letzteres musste Zerft wohl überhört haben, als man ihn über die Verhaltensregeln unter Erwachsenen aufgeklärt hatte. Insofern war Golath froh, dass er diesem Vollidioten nicht in einer dunklen Gasse in der Altstadt von Orbana begegnet war. Aber er würde sich vor dem Schläger in Acht nehmen müssen.

Liszogs Liste stoppte. Ein Name leuchtete heller auf als die anderen, wurde größer, bis er das gesamte Hologramm einnahm. Im Hintergrund glomm das Antlitz eines weißhaarigen Arkoniden mit samtbrauner Haut auf.

»Was ist an Ordon ... da Kassim so besonders?« Golath las den Namen von der Anzeige ab. »Euch reicht es wohl nicht, einen wertvollen Fünf-D-Schwingquarz zu klauen, was?«

Die beiden anderen hatten ihn in einer Spelunke abgesetzt, in der hauptsächlich Mehandor *verkehrten.* Liszog hatte bei der Einsatzbesprechung das Wort »verkehrten« mit einem Lachen ausgesprochen. Golath hatte die Bedeutung sofort verstanden, als er die vollbusigen Mehandorfrauen im Halbdunkel der Kneipe bei ihrem Geschäft gesehen hatte. Wenn ihn nicht Liszog über das Mikrofunkgerät im Ohr beschwichtigt hätte, wäre er am liebsten auf der Stelle wieder hinausgestürmt.

Bei Golaths Eintreten war die Zielperson, ein zierlicher Mehandor mit einem dicken, geflochtenen Zopf, bereits so betrunken gewesen, dass dessen positronischer Kodeschlüssel fast wie von selbst in Golaths Rüssel gelandet war. Zerft hatte den Schlüssel übernommen, aus dem Lager des Händlers einen der schönsten

Hyperkristalle gestohlen und den Impulsgeber wieder zurückgebracht, ehe der Mehandor vom Stuhl gerutscht war.

Golath ließ ein tiefes Tröten los. »Sag mal, bist du so dumm, oder stellst du dich nur blöd? Du glaubst doch nicht im Ernst, dass der Kristall für uns drei die Rückfahrkarte nach Unith ist? Das genügt nicht.« Er hob den durchsichtigen Kristall in die Höhe. Das Licht der Deckenlampe brach sich in den geschliffenen Facetten und erzeugte winzige Regenbögen, die über die Wände tanzten.

»Da Kassim ist eitel wie die meisten Arkoniden!« Zerft spie die Worte förmlich aus. »Damit hat er etwas mit dir gemeinsam.«

Golath wollte aufspringen, aber Liszog hielt ihn zurück. »Lass ihn in Ruhe«, sagte Liszog zu Zerft. »Wir brauchen ihn.«

»Ja, schon gut«, zischte Zerft. »Aber wenn du mich noch einmal belehren willst, drehe ich dir mit meinem Rüssel den Hals um! Ich weiß selbst, was so ein verdammter Kristall wert ist.«

Liszog duckte sich, sagte aber nichts. Zerft, der Schläger, war also der Anführer dieses Duos, aber das würde sich schnell ändern.

Golath wusste auch schon, wie. »Ich habe da eine Idee«, sagte er.

Zerft warf Liszog einen undefinierbaren Blick zu. »Das wurde ja langsam Zeit ...«

»Denk daran, du sollst ihm nur das kleine Raumschiff abnehmen!«, sagte Zerft in seinem überheblichen Türsteherjargon.

»Ja«, sagte Golath gedehnt und nickte ihm über den Spiegel im Hygieneraum zu. Das lauwarme Wasser rann in einem weichen Strahl über seine Hände. »Ich werde diesen Arkoniden schon nicht um sein gesamtes Hab und Gut bringen.«

Von zehn Spielern am Tisch waren nur vier übrig, und Golath war einer davon. Vor den entscheidenden Runden hatten die Spieler die Möglichkeit bekommen, sich ein wenig frisch zu machen. Golath hatte die Gelegenheit genutzt, ein letztes Mal mit Zerft und Liszog zu sprechen.

»Ich will dich bloß erinnern, dass du keine Dummheit machst«, sagte Zerft. »Wir können es uns nicht leisten, mehr als notwendig aufzufallen.«

»Ich habe bereits Ja gesagt!« Golath spreizte die Finger. Augenblicklich versiegte das Wasser und machte einem warmen Luftstrom Platz, der seine Hände trocknete. Ein angenehmes Parfum mit Holznote, ganz so, wie es geschäftstüchtige Unither mochten, legte sich wie ein Nebel um ihn. Er drehte sich um und starrte auf die Toilettenkabine, in der er Liszog wusste. »Hast du etwas Neues herausgefunden, was mir gegen da Kassim helfen könnte?«

»Nein«, kam es kleinlaut aus der Kabine. »Sie haben mir am Eingang den Infokom und die Kontaktlinsen abgenommen.«

Der arme Liszog! Ohne seine technischen Spielereien war der Junge offenbar völlig hilflos. Zum Glück hatte Golath auf die Mikrokopfhörer in den Ohren verzichtet. Er wollte sich gar nicht ausmalen, wie die Männer an den Scannern reagiert hätten, wenn sie ihn mit diesen unerlaubten Hilfsmitteln erwischt hätten. Aber Golath setzte sowieso lieber auf seine eigene Intelligenz, die ihn noch nie im Stich gelassen hatte. Außer ...

»Wofür bist du dann nütze?«, schnauzte er Liszog an.

»Ich ... ich habe deine beiden anderen Gegner beobachtet.«

»Und? Ist dabei etwas herausgekommen? Ich habe nicht ewig Zeit, also red endlich!«

»Der Mehandor ...«, antwortete Liszog gepresst, als benutzte er die Toilette gerade wirklich. »Er blufft meistens, wenn er wirklich schlechte Karten hat, anstatt zu passen. Und dann zuckt sein rechter Mundwinkel für einen winzigen Sekundenbruchteil.«

»Das ist mir auch schon aufgefallen«, sagte Golath. »Der rothaarige Händler ist also kein ernst zu nehmender Gegner für mich. Was ist mit der Frau?«

»Die Arkonidenschnepfe?«, polterte Zerft.

»Genau die«, antwortete Golath. »Weiß einer von euch etwas über sie?«

Zerft stieß einen tiefen Trompetenlaut aus, aber Liszog räusperte sich durch seinen Rüssel. Es hörte sich eklig an, so als ob er dringend eine Rüsselreinigung benötigte. »Ich war draußen auf dem Dach, im Gleiter«, sagte er.

»Und das sagst du erst jetzt?« Golath musste sich beherrschen, um nicht laut loszubrüllen.

»Du hast mich ja nicht gefragt.«

Golath legte die Finger auf die Umrandung des Waschbeckens und zählte leise vor sich hin; manche Gewohnheiten legte man eben nie ab. *Zehn, elf, zwölf, drölf ...*

Liszog schnaufte. »Raja Deriu ist informationsmäßig ein ziemlich unbeschriebenes Blatt. In den Ranglisten von Orbana kommt sie nicht vor, ganz im Gegensatz zu Ordon da Kassim. Aber man munkelt, dass sie zu einem Khasurn gehört, der mit ihrer Hilfe Geld wäscht. Dazu würde auch passen, dass sie so passiv spielt, so oft abwartet, passt oder mitgeht, anstatt zu erhöhen und zu setzen.«

»Das klingt ja schon viel besser.« Golath warf einen letzten Blick in den Spiegel und strich die Smokinghose glatt, für die sie die eine Hälfte ihrer gemeinsamen Barschaft ausgegeben hatten. Mit seiner alten Hose hätte er im *Kasino,* wie sich diese Spelunke nannte, höchstens den Boden aufwischen können. Die andere Hälfte war für den Eintritt ins »Spaß und Spiele« draufgegangen.

Das fünfstöckige Gebäude in Orbanas Altstadt verfügte über einen Gleiterparkplatz und einen Zugang über die Untergrundbahn der Stadt, damit die Spieler ungesehen die Spielhölle betreten konnten. In den oberirdischen Ebenen frönte Orbanas Mittelschicht erlaubten Dingen – klinisch reinem Sex mit Robotpuppen, Wettgleiten bei Nullgravitation und jedem Glücksspiel der Galaxis, vom simplen Würfeln bis zum Balidan mit streng limitierten Einsätzen. In den unterirdischen Hallen wohnte das richtige Laster. *Drogen und Nutten,* hatte Zerft bei der ersten Besprechung gesagt, aber selbst das war untertrieben.

»Und du, mein starker Freund Zerft, hast du auch etwas herausgefunden?«, fragte Golath.

»Nö«, antwortete Zerft trocken.

Golath stöhnte auf; jede weitere Frage war reine Zeitverschwendung. »Gehen wir!«

Liszog betätigte die Spülung und schaffte es mit einigem Gepolter, die Tür von innen zu öffnen. Gemeinsam traten sie vor die Toilettenräume.

Der Gang lag in einem schummrigen Halbdunkel, das von violett fluoreszierenden Pflanzen erzeugt wurde. Ihre rot glimmenden Blütenkelche wiegten sich wie in einem sanften Wind.

Vom Gang zweigten Räume ab, die von Golaths Position aus einsehbar waren. Rechts johlte eine Meute von Arkoniden bei einem verbotenen Hahnenkampf mit metergroßen Hähnen, deren Krallen wie messerscharfe Klingen im Licht der Scheinwerfer glänzten. Links kämpften zwei Naats in einem primitiven Metallkäfig wie archaische Gladiatoren um ihr Leben – und die Menge überbot sich im Setzen auf den vermeintlichen Sieger.

Hier unten gab es keine Limits bei den Einsätzen. Wenn man wollte, konnte man ein ganzes Vermögen verspielen. Bei den Spielmöglichkeiten gab es ebenfalls keine Grenzen, denn im nächsten Ring standen sich zwei Mehandor gegenüber, die in seltsame Umhänge gekleidet waren und ihre Leuchtstäbe als Hieb- und Stichwaffe benutzten.

Unbeeindruckt ging Golath weiter. Ihm folgte Zerft, der von solchen Kämpfen und vor allem vom Balidan keine Ahnung hatte. Den Abschluss bildete Liszog, wie Golath an den schleifenden Geräuschen erkannte.

Am Ende des Ganges betätigte er den Öffnungsmechanismus des Schotts, das knarzend in der Seite verschwand. Er musste über den Aufwand grinsen, den die Betreiber des Kasinos trieben. Genau so stellte sich wohl jeder Balidanspieler die historischen Anfänge des Spieles vor.

Eine einzige Lichtquelle erhellte den Raum, eine Lampe, die tief über dem Balidantisch hing und die weinroten Wände erahnen ließ. Vor dem Croupier, einem Mehandor, der aussah, als gehörte er seit Jahrzehnten zum Inventar des »Spaß und Spiele«, lag ein Stapel Karten.

Seine Gegner saßen bereits am Tisch. Da Kassim starrte auf die Chips, die er vor sich aufgestapelt hatte. Die Arkonidin war sichtlich nervös. Ihr Fuß stieß unentwegt gegen ein Stuhlbein, aber in ihrem Gesicht regte sich kein Muskel. Golath hatte sie im Verdacht, ihre Mimik mit einer kleinen Spritze abgetötet zu haben. Der Mehandor stierte wie unbeteiligt auf die Wände, wo Poster eines antiken Kartensets und die Regeln des Hauses hingen.

Golath ließ sich in den ledernen Stuhl vor seinem eigenen Stapel Chips sinken. Er verschränkte die Finger und streckte die Arme. »Dann kann es ja losgehen.«

Da Kassim nickte ihm zu, die beiden anderen murmelten etwas, das wie »gut so« klang. Der Croupier mischte die Karten, hob die oberste ab und legte sie beiseite, ehe er jedem Spieler zwei Karten austeilte.

»Ach ja, noch eine Kleinigkeit«, sagte der Croupier zu Golath. »Wir wollen hier keine Betrügereien. Bitte unterlassen Sie also jegliche Unithermätzchen mit dem Ultraschall! Wir haben überall Mikrofone installiert.«

Golath breitete die Arme aus. »Ich doch nicht!«, sagte er und warf Zerft über den Tisch hinweg einen vielsagenden Blick zu. Er hatte von Anfang an gewusst, dass sie mit dieser plumpen Schummelmethode nicht durchkommen würden.

Da Kassim setzte, Raja Deriu ebenfalls. Der Mehandor, von dem Golath noch immer nicht wusste, wie er hieß, sah verstohlen in die Karten. Er bemühte sich dabei, gleichmütig dreinzublicken, aber es gelang ihm nicht ganz. Außerdem beging er einen weiteren Fehler: Er setzte viel zu schnell.

Dann war Golath an der Reihe. Seine Hände vibrierten leicht, als er mit dem Rüssel nach den Karten tastete und sie vorsichtig hochhob.

Ein roter und ein grüner Ma-len, Hochedle der Zweiten Klasse und damit von der Wertigkeit her nicht allzu hoch, grinsten ihm dreidimensional und in Farbe entgegen. Er kannte die beiden nicht, obwohl die arkonidischen Fürsten sicher täglich in den Klatschmedien zu sehen waren. Golath rechnete die Wahrscheinlichkeiten durch; die Prozentzahlen entstanden wie Holos in seinem Kopf. Er brauchte Liszogs Infokom nicht, um auszurechnen, dass sein Zwilling besser als einer mit zwei Agh-tiga war, aber etwas höher hätten die Karten schon sein können, Ta-moas, also Erzherzöge, etwa.

Dennoch, die beiden Spielkarten waren nur das Anfangsblatt. Golath erhöhte, die anderen gingen mit. Der Croupier legte die nächsten Karten in die Mitte. Zahlen und Prozente schwebten durch Golaths Hirn. Wie im Rausch stürmten sie auf ihn ein.

Durch einen Nebel hörte er den Croupier, der ihm sagte, dass er gewonnen hatte, und ihm einen Stapel Chips zuschob.

Die nächste Runde überraschte ihn mit zwei Imperatoren – als ob nicht einer schon genügte! Imperatoren ... daran merkte man, wie alt die Spielkarten schon waren. Auf neuen Karten war der Regent abgebildet, und auch die nächsten drei Karten waren inzwischen Vertraute des Regenten und nicht Angehörige des Khasurns des Imperators wie auf diesen.

Golaths zwei Imperatoren waren die höchsten Karten in diesem Spiel, aber Raja Deriu hatte fünf Hochedle Erster und Zweiter Klasse in aufsteigender Reihenfolge. Mit dem »Lob des Imperiums« gewann sie diesmal, dagegen hatten sein blauer und sein grüner Imperator keine Chance – aber in der Wirklichkeit hätten sich die beiden sowieso den Schädel gegenseitig eingeschlagen.

*Konzentriere dich auf die Realität!,* ermahnte er sich, und die nächste Spielrunde riss ihn mit sich. Er vergaß die Zeit und alles andere um sich. Was zählte, war nur das Spiel, Stunde um Stunde.

Später hätte er nicht zu sagen vermocht, wie lange er gespielt hatte. Das war egal, Liszog würde es ihm auf die Minute genau sagen können. Manchmal tauchte er aus dem Dunst auf und glaubte, schärfer zu sehen als sonst.

Die Karten ... Zu seiner Imperatrix kamen vor der dritten Wettrunde noch zwei weitere dazu, eine schöner als die andere, wenn man auf Arkonidinnen stand. In neueren Decks gab es keine Imperatrix, stattdessen das markante Gesicht von Ihin da Achran, die den Tross des Regenten befehligte. Golath hielt nichts von ihr, und selbst regententreue arkonidische Balidanspieler trauerten bei ihrem Anblick den alten Zeiten nach.

Golath war siegessicher und setzte hoch. Ordon da Kassim ging mit, erhöhte mehrfach und ließ sich dabei nicht lumpen. Bis Golath sehen wollte.

Als er die Karten des Arkoniden auf den Tisch gleiten sah, bereute er seinen hohen Einsatz. Da Kassim hatte die vierte Imperatrix auf der Hand gehabt! Immerhin war dies das Ende für den Mehandor und auch für Raja Deriu, die nun beide ausstiegen. Sie hatten mit einem und zwei Paaren bis zuletzt gehofft, den Gewinn einzustreichen.

»Nur noch wir beide«, raunte da Kassim und schielte auf Golaths Stapel Chips, der in etwa so groß war wie sein eigener. »Finde ich gut.«

Golath lehnte sich zurück und versuchte, so gleichmütig wie möglich zu sprechen. »Mir ist es egal, wem ich die Chronners abknöpfe.«

Der Arkonide lachte rau. »Gib endlich!«, forderte er den Croupier auf.

Der alte Mehandor mischte und schob die Karten zusammen.

»Halt!«, rief da Kassim plötzlich. Er deutete auf eine Spielkarte, deren Ecke deutlich verbogen war. »Du hast das absichtlich gemacht.«

»Tut mir leid, mein Herr. Ich weiß nicht, wie das passieren konnte.« Der Mehandor strich die Karte glatt, bis nichts mehr von dem Knick zu sehen war, und wollte die Karte in den Stapel stecken.

»Hey!«, rief da Kassim. »Ich traue dir nicht. Nehmen wir lieber ein neues Päckchen Karten.«

Der Croupier zuckte mit den Schultern. Er griff in das Fach vor ihm und riss das Siegel der Kartenhülle auf. Mit geschickten Fingern teilte er die Karten in zwei Stapel, fächerte sie wiederholt auf und schob sie wieder zusammen.

Zwei Karten für den Arkoniden, zwei für Golath, in dessen Ohren es rauschte. Er griff nach den Karten, bog sie langsam hoch.

Alles oder ... nichts!

Viel mieser ging es gar nicht, ein blauer Agh-tiga und ein blauer Ma-len. Nicht viel mehr wert als die abgebildeten Arkoniden, die ihn von den Kunststoffkarten angrinsten, der eine eins, der andere fünf – nur eine Sechs wäre noch schlimmer gewesen.

*Lass dir nichts anmerken!*

Golath zwang ein Lächeln auf sein Gesicht, ein kleines Lächeln, für einen winzigen Moment nur. Es sollte seinen Gegner täuschen, denn jedes längere Lächeln hätte den anderen misstrauisch gemacht. Die Kürze ließ es wie unwillkürlich aussehen.

Und es wirkte.

Ordon da Kassim zog seine Karten näher zu sich hin und drehte sie nach oben.

*Mist!*

Dieses Zucken in der Mimik war nicht vorgetäuscht. Der Arkonide war sichtlich zufrieden mit dem, was er sah. Sein Verhalten bestätigte Golaths Verdacht. Da Kassim setzte, aber nicht zu hoch. Offenbar wollte er seinen Gegner nicht gleich zu Anfang abschrecken.

Der Croupier legte eine Karte ab und drei weitere langsam in die Mitte zwischen Golath und seinen Gegner.

Die erste war ein blauer Ta-Tiga, die zweite ein blauer Ma-tiga, die dritte ein Agh-len ... ebenfalls blau!

Golath musste aufpassen, dass ihm die Augen nicht herausfielen. Ein »Lob des Imperiums«, und weil alle fünf Karten in der gleichen Farbe waren, sogar ein »Großes Lob«!

Und da Kassim begann zu setzen! Seine Handkarten mussten traumhaft sein. In Golaths Gedanken tanzten die Wahrscheinlichkeiten. Was hatte der andere auf der Hand? Das Wahrscheinlichste war ein »Kleines Lob« mit aufsteigenden Karten in verschiedenen Farben oder fünf Karten in Blau, jedenfalls Karten, mit denen man in einem Spiel zu zweit fast sicher gewann – wenn der Gegner nicht etwas viel Besseres in der Hand hielt.

Stöße von Chips wanderten Richtung Zentrum des Tisches, bis da Kassim nur mitging. Er sah also eine Chance, Golath auszunehmen!

Der Croupier legte eine vierte Karte in die Mitte – einen wertlosen Ma-len in Rot. Obwohl – »wertlos« war der falsche Ausdruck. Immerhin lagen vier Karten in aufsteigender Reihenfolge auf dem Tisch, es fehlte nur eine Karte auf ein »Kleines Lob des Imperiums«.

Da Kassim setzte die Hälfte seiner Chips, bevor er einsah, dass er mit Golath nicht mithalten konnte. Aber er wollte es wirklich wissen und forderte die fünfte Gemeinschaftskarte.

Die alles entscheidende Karte flog wie in Zeitlupe durch die Luft – ein blauer Imperator!

Golath glaubte, sein Herz müsste aussetzen. Was auch immer der Arkonide auf seiner Hand hielt, jetzt hatte er noch ein gewichtiges Argument dazubekommen, seinen Gegner besiegen zu können.

Wie siegessicher der Arkonide war, merkte Golath an den Chips, die er einsetzte. Nach zwei Stapeln, die Golath konterte, schob da Kassim seine restlichen Chips von sich. »Ich setze alles«, sagte er.

»Einverstanden«, sagte Golath langsam. Auch er schob sein ganzes gewonnenes Geld in die Mitte. »Wir spielen ohne Limit?«

Der Arkonide hob die weißen Brauen, aber dann verstand er. »Du hast noch einen Einsatz?«

Golath nickte. Der Moment der Entscheidung war gekommen. Er zog den gestohlenen Schwingquarz aus der Smokingtasche und hielt ihn unter die Lampe.

Der Croupier schwieg, aber da Kassim pfiff durch die Zähne. »Woher hast du ...«

»Das fragst du an diesem Ort?« Golath hob demonstrativ den Rüssel und drehte langsam den Kopf.

»Nein, ist schon in Ordnung.« Der Arkonide kramte in einer Tasche seines Anzugs. Zum Vorschein kam ein golden glänzender Speicherstick, wie er vor vielleicht hundert Jahren modern gewesen war.

Golath runzelte in gespielter Entrüstung die Haut in seinem Gesicht und rollte den Rüssel zu einer Abwehrhaltung. Jeder Arkonide, der auch nur die ersten beiden Grundschullektionen über Exopsychologie besucht hatte, würde die Gesten verstehen.

»Es ist nicht so, wie es scheint«, sagte da Kassim. Er hatte also angebissen ...

Golath hatte nicht vor, ihn vom Haken zu lassen. »Ein vermodernder Speicherstick?« Sein Rüssel schien ein Eigenleben zu entwickeln, und er war stolz auf seine Schauspielerei. Selbst die Spitze stülpte sich um, bis das rosafarbene Innere zu sehen war.

»Lass dich nicht von seinem Äußeren täuschen! Was auf dem Stick gespeichert ist, ist mehr wert als dein Hyperkristall.«

»Was ist auf dem Stick? Lass mich raten: Aktaufnahmen der ehemaligen Imperatrix?« Golath lachte gekünstelt. Er musste aufpassen, dass er es nicht übertrieb.

»Nein, ich sagte doch, etwas Wertvolles.« Da Kassim machte eine Pause, ehe er fortfuhr: »Es sind die Koordinaten eines Raumschiffs, das nur geborgen werden muss.«

Golaths Herz setzte einen Takt aus. »Überlichtfähig?«

»Das weiß ich nicht.« Der Arkonide breitete die Arme aus. »Der Stick ist verschlüsselt, und ich habe ihn bisher nicht entschlüsseln können. Aber das ist nur eine Frage der Zeit.«

»Du willst also ein *vielleicht* vorhandenes Raumschiff gegen meinen Hyperkristall setzen?«

Da Kassim grinste. »Du bist doch Schatzjäger, oder? Da kannst du ein Risiko eingehen.«

Golath tat, als müsste er erst überlegen. Dann legte mit einem Zögern den Kristall auf den Tisch. »Gut, ich bin einverstanden. Auf drei.«

Da Kassim legte seinen Stick neben den Kristall.

»Eins – zwei – drei!«, sagten sie gemeinsam.

Golath legte seine beiden Blauen auf den Tisch und schielte zu dem Arkoniden.

Da Kassim hatte die blaue Imperatrix und den blauen Waffenmeister auf der Hand gehabt. Dies waren zwar die höchsten blauen Karten, und sie ergaben zusammen mit den anderen blauen auf dem Tisch fünf Karten einer Farbe, jedoch waren sie zu da Kassims Pech nicht in einer aufsteigenden Reihe. Golaths »Großes Lob« war mehr wert – ein ganzes Raumschiff!

Für einen Moment sah Golath die Wahrscheinlichkeiten – 3,03 zu 0,028 Prozent – vor seinen Augen. Mit diesen Gemeinschaftskarten war kein höherer Gewinn möglich.

Er kostete den Augenblick aus und steckte erst den Speicherstick und dann den Hyperkristall ein. Einen der Stapel mit Chips schob er dem Croupier zu. »Fürs Haus.« Die übrigen Chips packte er auf ein Tray, das ihm der Mehandor reichte.

Golath stand auf. »Danke für das Spiel!«, sagte er und deutete vor da Kassim eine Verbeugung an.

»Es ... es war mir ein Vergnügen.«

In diesem Moment war Golath froh, dass er Zerfts rasselnden Atem hinter sich hörte.

# Kapitel 2

*Gegenwart*

Golath krümmte den Rüssel vor Qual. Nie im Leben würde er sich an den Entzerrungsschmerz gewöhnen, der mit einer Transition verbunden war. Auch von den beiden Pilotensesseln neben ihm kamen unterdrückte Laute.

Zum vierten Mal innerhalb der letzten Tage war die IQUESKEL über die Maximaldistanz gesprungen, die ihre Konverter hergaben. In dieser Hinsicht musste Golath eigentlich das bareonische Schiff loben: Die beiden Antriebe gehörten zum Besten, was er je gesehen hatte. Die zwölf Impulstriebwerke im zentralen Ringwulst des achtzig Meter durchmessenden Schiffes beschleunigten mit sagenhaften fünfhundertfünfzig Kilometern pro Sekundenquadrat, und das Sprungaggregat verfügte nach Auskunft der Positronik noch über eine Gesamtreichweite von knapp zweihunderttausend Lichtjahren, bevor eine gründliche Wartung in einer Werft unvermeidlich war. Da konnte er nicht meckern.

Aber das restliche Schiff ... Die spartanischen Sessel in der Zentrale waren alles andere als bequem, Golath tat vom langen Sitzen schon der Rücken weh. Noch etwas störte ihn. Der Platz des Kommandanten unterschied sich in nichts von den übrigen Sitzgelegenheiten auf der Brücke.

Links neben ihm rappelte sich Liszog auf. Da sah man wieder: Technikverständnis war nichts gegen eine robuste Konstitution. Wenigstens beherrschte Liszog die IQUESKEL inzwischen mit dem kleinen Finger, als hätte er sein ganzes Leben auf dem Schiff verbracht. »Ortung!«, rief er mit belegter Zunge.

»Läuft bereits«, antwortete die Positronik. »Ich bin vielleicht eine Positronik, aber bestimmt nicht dumm.«

»Ja, klar.« Liszog verdrehte die Augen.

Seit sie das Schiff verlassen im All treibend gefunden hatten, trieb die Positronik mit ihnen allerlei Spielchen. Zwar verweigerte sie nicht den Gehorsam, aber sie hatte eine etwas seltsame Interpretation von Befehlsempfang. Andererseits konnten die drei Unither froh sein, dass die Positronik nach all den Jahrhunderten noch funktionierte: Mit ihrer Hilfe war es Liszog möglich, die IQUESKEL allein zu steuern.

Liszog hatte mehrmals versucht, ihr die Spielchen auszutreiben, aber er hatte es nicht einmal geschafft, die Modulation ihrer Stimme zu verändern. Sie hatte sich dagegen verwahrt, schließlich sei sie eine Persönlichkeit und kein Computer, den man so einfach umprogrammierte.

»Was ist?«, fragte Zerft krächzend von der rechten Seite. Die Transition hatte dem Riesen stärker zugesetzt, als Golath erwartet hatte. »Kannst du der Kiste nun Befehle geben oder nicht? Wo bleiben die Daten?«

Die Positronik kam Liszog zuvor. »Was ist?«, fragte sie. »Hat das Rüsselwesen neben dir ein Problem, Liszog? Keine Manieren?«

Zerft schlug mit der Faust auf die Konsole vor sich; es krachte. Liszogs Augen weiteten sich.

»Sofort aufhören!«, befahl Golath. »Ich habe euren Kindereien lange genug zugesehen; jetzt ist Schluss damit! Das gilt auch für dich, Positronik.«

Verlegen strich Zerft über die Konsole. »Sie hat nicht einmal eine Delle abbekommen.«

»Zu deinem Glück«, antwortete Golath. »Ich hätte dich das Teil eigenhändig ausbauen und durch eines aus dem Lager ersetzen lassen.«

»Da!« Liszog deutete auf das Ortungsholo, das sich langsam mit hellen Punkten füllte. Sie stellten Planeten und Monde des Zwischenziels dar, eines Roten Zwergs vom Spektraltyp M5. Die IQUESKEL fiel antriebslos mit fünfundsiebzig Prozent der Lichtgeschwindigkeit durch den Randbereich dieses Sonnensystems.

Golath wartete, ob ein rotes Symbol in dem Holo aufleuchtete, aber nichts geschah. Wenn es einen Verfolger gab, so hatte er ihre Spur verloren. Dafür sprach auch, dass sie in den Wartephasen zwischen den Hyperraumsprüngen stets unbehelligt geblieben waren.

Ihre Flucht vom Sonnenleuchtfeuer Hela Ariela war gelungen. Nun hatten sie Zeit, sich um die Beute zu kümmern, die sie dort zu ihrer eigenen Verwunderung gemacht hatten.

»Zerft!« Golath streckte seinen Rücken und atmete tief ein. »Hol den Arkoniden und sein Artefakt! Vielleicht ist er nach vier Tagen endlich mürbe.«

Crest da Zoltral stolperte in die Zentrale des Schatzjägerraumschiffs.

»Da ist er«, sagte Zerft hinter ihm.

*Der meint dich,* raunte der Extrasinn überflüssigerweise. Crest hatte nicht die Absicht, sich in eine Diskussion mit seinem Logiksektor einzulassen. *Und vergiss deine Rolle nicht!*

Als ob er das könnte! Crest war klar, dass die Unither hinter seinen Schätzen her waren. Wenn sie zudem erfuhren, dass Sergh da Teffron, die Hand des Regenten, ihn fieberhaft suchte, war es vorbei mit ihm. Deshalb würde er die Rolle als Lefkin da Findur bis zum bitteren Ende weiterspielen.

Der stämmigste der Unither, den er als Grobian kennengelernt hatte, hatte ihn brutal aus seiner Zelle gezerrt und schob ihn seither vor sich her.

Crest hielt zwar in der Größe mit Zerft einigermaßen mit, aber der Unither war fast doppelt so breit wie er. Dazu kam, dass Zerft über eine Kampfsportausbildung verfügte; gegen ihn hatte Crest nicht den Hauch einer Chance. Der Unither hatte ihm den Rüssel um den Hals gelegt und dirigierte ihn damit mit festem Griff in jede gewünschte Richtung.

Golath, den Crest für den Anführer der Rüsselwesen hielt, wuchtete sich aus seinem Sessel. Wie ein lauernder Stelzvogel stakste der Unither auf ihn zu.

»Mein lieber Lefkin, ich sehe, du lebst noch.« Golath hob seine Pranke und wollte sie Crest auf die Schulter legen.

»Lassen Sie das!« Crest schlug die Hand beiseite, was Golath nur einen Lacher entlockte. »Hören Sie auf zu lachen! Ich will sofort zu meinen Kameraden auf die TIA'IR zurückgebracht werden!«

Jetzt stimmten auch noch die beiden anderen Unither in das röhrende Lachen ein. Es trieb Crest die Zornesfalten auf die Stirn. Perry Rhodan und die anderen auf der TIA'IR wussten nicht einmal, wo sie ihn suchen sollten.

»Gut, wenn du auf Höflichkeiten keinen Wert legst ...« Golath ignorierte die Forderung des Arkoniden und deutete mit dem Rüssel zur Seite, auf einen Sessel an der Wand direkt vor einer Konsole, die im Moment außer Betrieb war. Und in einem Fach der Konsole lag ein ... »Zerft, unser Gast möchte sich setzen.«

Crest duckte sich, sodass er mit der Hand den Boden berührte. Wenn er doch nur für einen Augenblick freikäme und das Werkzeug ergreifen könnte!

Die faltige Haut von Zerfts Rüssel kratzte über seinen Hals und drückte gegen das Ohr. So fest wie möglich krallte Crest die Finger in den Muskelstrang, der ihn am Atmen hinderte. Für einen kurzen Moment atmete er frei, aber Zerft musste mit dem Angriff gerechnet haben. Der Druck auf seinen Hals verstärkte sich wieder – und plötzlich spürte Crest auch einen harten Griff an seinem Unterarm.

Zentimeter um Zentimeter musste er der rohen Gewalt des Unithers nachgeben, bis schließlich sein Arm auf den Rücken gedreht wurde. Crest konnte nicht anders: Der einzige Weg war, aus der Hocke aufzustehen, bis er aufrecht zwischen den beiden Unithern stand. »Lassen Sie mich los!«, krächzte er.

*Zweckoptimismus?,* heuchelte der Extrasinn. *Das wird er niemals tun.*

Wie vom Extrasinn vorausgesagt, reagierte Zerft nicht auf die Forderung, sondern drängte Crest zu dem Sessel. Dort verdrehte er ihm den Arm so, dass Crest sich vor Schmerz hinsetzen musste. Zerft ließ seine Hand und auch den Hals los. Crest nutzte die unerwartete Freiheit und drückte sich von der Sitzfläche hoch.

Es klickte – dann noch einmal. Der eigene Schwung presste ihn gegen die Notfallgurte, die der hinterhältige Unither ausgelöst haben musste. Der Druck presste ihm die Luft aus den Lungen, ein Röcheln verließ seine Kehle. Wie ein nasser Sack plumpste er zurück in den Sessel. Immerhin enthielt sich wenigstens der Extrasinn eines Kommentars.

Erst jetzt kam Golath näher. Mit einem Ruck riss er den Sessel mit Crest herum, beugte sich nach vorn und stützte die Arme auf den Sessellehnen ab.

»Ich finde, wir sollten unser letztes Gespräch fortsetzen«, sagte Golath. »Es sind noch einige Fragen offen.«

»Ich habe Ihnen schon alles gesagt!«

Der Rüssel des Unithers schien sich selbstständig zu machen. Er bewegte sich vor Crest auf und ab, bis er direkt vor seiner Nase verharrte. Heißer Atem, der nach fauligem Gemüse stank, strich ihm über das Gesicht.

»Das glaube ich dir nicht«, sagte Golath, begleitet von einem weiteren Schwall der übel riechenden Luft.

»Aber Sie ... Sie müssen mir glauben!«

»Gar nichts muss ich.« Golath tippte mit den Tastfingern am Ende des Rüssels gegen Crests Hals und glitt über die Kette mit dem Zellaktivator. Nur noch wenige Zentimeter, und Golaths Rüsselspitze würde das Ei berühren.

In Gedanken zählte Crest die Sekunden. Dabei blickte er dem

Unither fest in die Augen, die sich keine Handbreit vor seinen befanden und ihn an überdimensionale Puppenaugen erinnerten. Auf einmal weiteten sie sich noch mehr als schon zuvor. Sie bekamen einen seltsam feuchten Glanz.

Crest sah an sich hinunter. Golath hatte den Aktivator mit seinem Rüssel umfasst und wiegte ihn an der Platinkette leicht hin und her. Crest hielt den Atem an.

Mit einer schnellen Handbewegung zerriss der Unither die Kette und packte das Ei. »Da ... da ist etwas.« Seine Finger fuhren die Krümmung des Eis entlang. »Ich spüre es. Das ist nicht nur ein Schmuckstück, wie du behauptest, Arkonide.«

»Woran merkst du das?« Der Unither namens Liszog stellte sich neben Golath und musterte das Ei.

»Es pulsiert und fühlt sich an, als ob es Energie abgeben würde«, antwortete Golath.

*Der Unither hat etwas gemerkt,* sagte der Extrasinn lautlos in Crests Kopf. *Es verheißt nichts Gutes, wenn er die Wirkung des Aktivators spürt.*

*Das sehe ich genauso,* antwortete Crest in Gedanken.

*Dann tu etwas!,* kam die Stimme des Extrasinns.

*Klar, ich schlage sie nieder. Oder hast du einen besseren Vorschlag?*

Der Extrasinn schwieg.

»Geben Sie es wieder her!«, bat Crest. »Es ist nichts weiter als ein Schmuckstück.«

»Später vielleicht«, antwortete der Unither mit einem träumerischen Blick.

»Lass mich auch mal sehen!« Liszog streckte demonstrativ die offene Handfläche aus.

Golath zuckte mit dem Aktivator in der Hand zurück. Nur zögernd reichte er ihn Liszog. »Und? Und? Spürst du etwas?«, fragte er.

Liszog jonglierte das Ei so zwischen seinen Händen, dass Crest allein beim Zusehen schlecht wurde. Liszog fing das Ei mit einer Hand und strich mit der anderen darüber. »Nö«, sagte er gedehnt. »Hey, Zerft, fang!«

*Oh-oh!* Selbst für den sonst so nüchternen Extrasinn war das zu viel.

Zerft musste dem Aktivator nachhechten, so ungenau hatte Liszog gezielt. »Ich spüre nichts außer kaltem Metall«, stellte er fest, nachdem er wieder hinter Crests Sessel aufgetaucht war. »Schön ist es auch nicht, aber es wird mir sowieso ewig ein Rätsel bleiben, was Arkoniden für *schön* befinden. Du kannst es wiederhaben.« Erneut flog der Aktivator durch die Luft.

»Ich behalte das mal«, sagte Golath und steckte den Aktivator achtlos in eine Tasche seiner Montur. »Was ist mit dem Artefakt?«

»Hier«, antwortete Zerft. Schon wieder flog ein Stück aus Crests Besitz Richtung Golath.

»Erzählst du mir, dass das auch nur ein Schmuckstück ist?«, fragte Golath lauernd, während er mit dem Artefakt vor Crests Nase herumwedelte.

»Nein, natürlich nicht. Wenn Sie mich aufstehen lassen, führe ich es Ihnen vor.«

»Das würde dir so gefallen, was, Arkonide?« Golath betatschte jede einzelne Erhebung des Metallzylinders. »Muss ich – da! – draufdrücken?« Golath wollte Crest anscheinend mit einer Reaktion des Geräts überraschen, aber nichts geschah. Der Unither wurde immer ungeduldiger, bis er es Crest in den Schoß warf.

»Dann zeig mir, wie das Ding funktioniert!«, sagte er; dann wandte er sich an Zerft: »Öffne seine Gurte, aber pass auf, was er tut! Notfalls darfst du ihm auch auf den Kopf schlagen.«

*Schöne Aussichten,* kommentierte der Extrasinn.

*Ja,* antwortete Crest lautlos. *Aber vielleicht kann ich damit ihr Vertrauen gewinnen und sie indirekt überzeugen, dass der Aktivator nur ein Schmuckstück ist. Außerdem sind die Schatzjäger mit ihrem Schiff sicher weit herumgekommen. Womöglich kennen sie sogar die Welt, auf die es Thora verschlagen hat.*

»Dieses Artefakt stammt aus dem Wrack einer untergegangenen Kultur, den Goldenen«, sagte er laut. »Und ich weiß auch, wie man es einschaltet.«

Crest suchte den verborgenen Schalter und fand ihn. Seine Finger zitterten. Ein Lichtfächer stach aus dem Artefakt und ließ das Hologramm in der Luft schweben. Es zeigte Thoras Gesicht. Die grauen Wolken und die Welt hinter der Arkonidin lösten bei den Unithern aber keine Geste des Erkennens aus. Crest selbst hatte der Anblick seiner Ziehtochter, die dunklen Ringe unter ihren Augen und das Blut auf der Stirn, bisher jedes Mal in einen Abgrund gestoßen, aus dem er nur mit Mühe herausgefunden hatte. Auch diesmal berührte es ihn, als sie zu sprechen begann.

»Wer immer meine Worte hören mag – helfen Sie uns! Wir können nicht mehr lange durchhalten. Diese verfluchten Puppen sind in der Übermacht. Orlgans ist tot. Er hat sich für uns geopfert. Gucky ist am Ende seiner Kräfte. Ihrem nächsten Ansturm haben wir nichts entgegenzusetzen. Callibso ...« Die Aufnahme brach ab.

*Thora!* Crest zwang sich, den Schmerz zu unterdrücken. Stattdessen beobachtete er die Schatzjäger, die gebannt zuerst auf Thora und dann auf das Artefakt blickten.

Die Intensität des Notrufs schien sie anzurühren, aber dann sagte Liszog: »Eine Arkonidin! Was geht uns das an?«

Auch Golath schüttelte den Moment des Interesses ab. Crest hatte gehofft, dass Golath wegen des Artefakts neugierig werden würde, aber die Art, wie ihn der Unither fixierte, ließ ihn nichts Gutes ahnen. Nur Zerft wiegte unschlüssig seinen Rüssel hin und her.

»Ich habe Ihnen das Artefakt gezeigt ...«, begann Crest.

Der Anführer unterbrach ihn. »Und genau deswegen glaube ich dir nicht, dass das da ...« Theatralisch reckte er den Aktivator in die Höhe. »... ein Schmuckstück sein soll. Du willst uns seinen Zweck verheimlichen!«

»Nein, das ist nicht wahr!«, rief Crest, aber er wusste, wann er verloren hatte. In gespielter Wut drehte er sich um und ließ sich auf die Konsole vor dem Sessel fallen. Zerft war sofort über ihm, aber die kurze Zeitspanne hatte gereicht, um das Kombiwerkzeug unter dem Umhang zu verbergen.

»Doch. Und deshalb behalte ich die beiden Dinge, bis du mir sagst, was ich wissen will – oder ich es selbst herausgefunden habe.«

»Nein! Bitte!«

»Pech gehabt, Arkonide«, sagte Golath. »Zerft, bring ihn wieder in seine Kabine! Dort kann er ja nachdenken, ob er endlich mit uns zusammenarbeitet.«

Crest fühlte, wie er hochgehoben wurde. Ein allzu bekannter Druck legte sich um seinen Hals.

»Abmarsch!«, sagte die Stimme in seinem Rücken.

# Kapitel 3

Ein weiterer Punkt erschien auf Che'Dens Ortungskonsole. Der Lotse startete mit einer Fingerbewegung die Standardprozedur für Neuankömmlinge im Sektor Hela Ariela. Noch einen Fehler durfte er sich nicht erlauben, sonst landete er bald als gewöhnlicher Frachtarbeiter auf einer der Serviceplattformen.

»Sorge dafür, dass diesmal alles reibungslos abläuft!«, hatte ihm Khe'Rhil, der Hohe Lotse, eingeschärft. »Ich will nicht schon wieder Klagen von unseren Kunden hören.«

Khe'Rhil hatte leicht reden, aber Che'Den würde tatsächlich sein Bestes geben. Innerhalb von einem Pulstakt erschienen die Messwerte am Rand des Sektorholos.

*Kennung: U-91-A-65, Eigenname STERN VON UNITH. Rumpfmaterial: Verbundstahl. Hersteller: Untark. Zustand: letztes Wartungsintervall um vier Arkonjahre überschritten, Spuren eines ausgebesserten Meteoriteneinschlags erkennbar. Sprungantrieb: Hyp-S-8k8, deutlich veraltet. Impulsantrieb: Imp-R-7k700, ebenfalls deutlich veraltet. Ausstattungsmerkmale: keine. Ortungsdaten stimmen mit den via Hyperfunk avisierten überein.*

Die schematische Darstellung der Hyperortung beseitigte Che'Dens letzte Zweifel. Bei dem soeben angekommenen Schiff handelte es sich um einen hundert Meter langen Walzenraumer mit stumpfem Bug, der ihn auf den ersten Blick an die Raumschiffe der Mehandor erinnerte – aber nur auf den ersten. Beim zweiten fielen sofort die drei Ringwülste auf, je einer an Bug und Heck mit jeweils vier Impulstriebwerken und ein breiterer in der Mitte, an dem die Antennen von Ortung, Funk und Astrogation sowie die Kuppeln von zwei Thermokanonen angebracht waren.

*Unither!*

Als ob die Rüsselwesen im Sektor Hela Ariela nicht schon genug angerichtet hätten! Sie waren schuld an der Zurechtweisung, die Che'Den von Khe'Rhil erhalten hatte. Vor zwei Tagen hatte ein Schiff mit unithischen Gha'essold, also ehrlosen Schatzjägern, einen Arkoniden entführt. Ausgerechnet über den Sektor, für den Che'Den verantwortlich war, waren die Unither in ihrem silbernen Kugelraumer geflohen. Weder die von ihm sofort mobilisierten Sicherheitsdrohnen noch die alarmierten Raumschiffe der Khe'Mha'Thir hatten das bareonische Schiff abfangen können.

Und dann wagten es diese Neuankömmlinge, viel zu nahe am Sammelpunkt aus dem Hyperraum zu kommen. Nicht einmal den Mindestabstand hielten diese Rowdys ein.

Wutentbrannt rief er mit einer Handbewegung das Walzenschiff. »Lotse Ess'Or ruft das Schiff STERN VON UNITH in Sektor 4-3-1!« Wie es in seiner Kultur üblich war, nannte Che'Den gegenüber Nichtlotsen seinen Außennamen.

Das Kommunikationsholo erwachte und zeigte einen mürrisch dreinblickenden Unither, der den Transitionsschock offenbar noch nicht ganz überwunden hatte. »Funak hier. Was gibt es, Lotse?«

Che'Den musste sich ermahnen, dass dieser Unither nichts mit den Schatzjägern zu tun hatte. Sein Schiff verfügte über eine gültige Kennung und eine Ladung, die von der arkonidischen Garnison von Unith überprüft worden war.

»Funak, Sie haben das Annäherungsprotokoll nicht eingehalten. Bremsen Sie Ihr Schiff sofort ab!«

Der Unither rollte seinen Rüssel drohend ein. Wenn Funak ihn wieder entrollte, wollte Che'Den nicht in seiner Nähe sein. Er wusste, dass der hoch bewegliche, einen Meter lange und armdicke Rüssel das Multifunktionsorgan der Unither war. Er diente ihnen sowohl als zusätzliches Greifwerkzeug als auch zur Atmung. Und sie waren in der Lage, damit wuchtige Schläge auszuteilen, gegen die ein Faustschlag ein sanftes Tätscheln war.

»Du kannst meine Arbeit gern übernehmen, Lotse. Wenn ich dieses alte Sprungtriebwerk besser kalibrieren könnte, würde ich es tun. Oder glaubst du, ich hüpfe absichtlich zwei Lichtstunden näher an einen Stern der Spektralklasse B als nötig?«

»In Ordnung«, erwiderte Che'Den. »Fliegen Sie die Parkposition an, die Ihnen die Positronik übermittelt!«

Mit einer Fingerbewegung löste er die vorbereitete Übertragung aus. Die Koordinaten verließen überlichtschnell die Antennen der Lotsenstation und kamen im gleichen Moment bei dem Unither an, der noch immer mit siebzig Prozent Licht auf den Sammelpunkt des nächsten Konvois zuschoss.

Auf dem Holo wurden die Augen des Unithers groß, so als starrte er auf einen Geist.

»Gibt es irgendwelche Probleme?«, fragte Che'Den.

»Probleme?«, echote Funak. Sein Rüssel zuckte unrhythmisch. »Du wirst gleich Probleme mit mir bekommen.«

Che'Den blickte auf den bulligen Unither hinunter. Er war sich keiner Schuld bewusst. »Was ist denn los?«

»Was los ist? Du willst, dass wir uns direkt unter einem arkonidischen Schlachtschiff einordnen?«

Der Lotse starrte ihn verständnislos an. »Und?«

»Das verhassteste Symbol der Unterdrückung unserer Heimat?«, presste der Unither hervor. Hautfalten traten zu beiden Seiten seines halbkugeligen Schädels hervor, unter denen das Blut pumpte. »Das kann unmöglich dein Ernst sein. Niemals!«

»Was soll ich tun?« Che'Den hob die Hände. »Fliegen Sie die Ihnen zugewiesene Position an, sonst ...«

»Sonst was?« Funak entrollte seinen Rüssel mit einem Knall. »Bürschchen, du wirst deine Sicherheitsdrohnen wohl nicht auf einen harmlosen Händler loslassen?«

Fieberhaft suchte Che'Den nach einem Ausweg. Was würde Khe'Rhil an seiner Stelle tun? Er könnte ihn ...

Nein, konnte er nicht. Der Befehl des Hohen Lotsen war unmissverständlich gewesen: Er wollte nicht gestört werden. Che'Den musste allein mit der Situation fertig werden.

Er warf einen flüchtigen Blick auf das Ortungsholo, wo bis auf sieben noch fehlende Raumschiffe das Gwalontar vollständig war. Aber einer der freien Plätze lag auf einer Position, von der aus das arkonidische Kriegsschiff namens DSCHIR'FAMA nicht mehr zu sehen war. Von dort aus blockierten zu viele andere Schiffe die Sicht.

Che'Den seufzte erleichtert. »Gut, Funak. Ich habe neue Koordinaten für Sie.«

Kaum war der Funkspruch draußen, änderte der unithische Pilot den Kurs. Mit noch immer hoher Geschwindigkeit raste er an dem Schlachtschiff vorbei. Dabei nutzte er eine Lücke zwischen den Raumschiffen, die ...

Moment!

Die freie Stelle war gar nicht frei! Sie begann im Takt rot zu blinken, während hinter dem Schlachtschiff eine weitere rote Markierung auftauchte.

Ein weiteres Schiff im Anflug!

»Funak!«, schrie Che'Den. »Kurskorrektur!«

Der Unither schien ihn nicht zu hören, aber an den wilden Gesten seiner klobigen Hände erkannte der Lotse, dass der Unither versuchte, die Impulstriebwerke seines Schiffes umzudirigieren.

»Kollisionswarnung!«, blinkte es quer über das Hologramm.

Che'Den wusste, dass im selben Moment Funksprüche mit

Korrekturanweisungen an die beiden beteiligten Schiffe hinausgingen. Als die Warnung trotzdem nicht erlosch, hielt er den Atem an.

Das betroffene Raumgebiet wurde automatisch herangezoomt, Kursvektoren wurden eingeblendet und daneben die Kollisionswahrscheinlichkeit, die längst jenseits von achtzig Prozent angelangt war und weiter anstieg. Die Schiffe reagierten viel zu langsam!

*Was würde Khe'Rhil tun?,* fragte sich Che'Den.

Der Lotse wischte das Holo des Unithers beiseite. Mit einer Handbewegung erschien die Überblickskarte des Sammelpunkts – und nach einer weiteren das mürrische Gesicht eines Naats.

»Lotse?« Che'Den konnte in der Mimik des schwarzen Riesen nicht lesen, aber der Tonfall allein zeigte, wie ungehalten der Kommandant des Schlachtschiffs über die Störung war.

Aber Che'Den hatte keine Zeit zu verlieren. »Nehmen Sie das Unitherschiff in Ihren Traktorstrahl!«, befahl er.

»Sie haben mir gar nichts zu befehlen«, polterte der Naat.

»Doch«, widersprach Che'Den. »Sie befinden sich im Sektor von Hela Ariela, der den Khe'Mha'Thir untersteht. Wenn Sie meinem Befehl nicht sofort Folge leisten ...«

Der Naat schloss die beiden äußeren Augen. Nur das mittlere fixierte Che'Den. Dann schoss sein Arm nach vorn.

Der Lotse musste sich beherrschen, um nicht im Reflex zurückzuweichen. »... werde ich Sie wegen unterlassener ...«

»Ist ja schon gut!«, brüllte der Naat dazwischen. »Schauen Sie auf Ihre Ortung!«

Che'Den blickte nach oben, wo nach wie vor das gezoomte Kollisionsfeld eingeblendet war. Der Kursvektor von Funaks Walzenschiff veränderte sich geringfügig, aber stetig. Inzwischen empfing die Positronik der Lotsenstation auch die Nahbereichsscans der beiden betroffenen Schiffe. Ihre Entfernung zueinander verringerte sich besorgniserregend.

Die Schiffe kamen sich immer näher, immer näher – und dann war das Unitherschiff vorbei.

Haarscharf, wie Che'Den an der eingefrorenen Distanz ablas. *42 Meter!*

Mit einem Blick stellte er fest, dass der Vektor der Unitherwalze in den freien Raum zeigte und kein weiteres Schiff des Konvois gefährdet war. Erleichtert lehnte er sich in seinem Stuhl zurück und wischte die Schweißtropfen aus den Augenwinkeln. *Das ist noch einmal gut gegangen,* dachte er.

Dann drängte sich ein Holo ohne sein Zutun in den Vordergrund. »Du siebenmal verblödeter Lotse!«, keifte Funak.

»Ich habe Ihr Leben gerettet«, widersprach Che'Den.

»Gerettet«, spottete der Unither. »Gefährdet hast du es! Und jetzt glaubst du wohl, dass ich dir und dem Kapitän des Arkonidenschlachtschiffs dankbar sein muss? Dass ich nicht lache.«

»Aber ...«

Als ob das noch nicht genug wäre, erschien auf einem weiteren Holo der Pilot des dritten beteiligten Schiffes. Ein Swoon.

Der Gurkenförmige plusterte sich auf und schrie mit piepsender Stimme: »Ich fordere Schadenersatz!«

»Das wird ein Nachspiel haben«, dröhnte nun auch der Naat. Noch bevor Che'Den antworten konnte, hatte der Kommandant der DSCHIR'FAMA die Verbindung unterbrochen.

# Kapitel 4

Golath saß mit den beiden anderen schweigend in der Kantine der IQUESKEL. Etwas braute sich zusammen, aber er wusste noch nicht, was. Zögerlich schnitt er die zarte Spitze von einem Gelbspargel auf seinem Teller ab, tauchte sie in die Vinaigrette und schob sie in den Mund. Normalerweise liebte er diese Delikatesse, doch an diesem Tag wollte sie ihm nicht so recht schmecken.

Zerft, der ihm gegenübersaß, ergriff mit dem Rüssel einen armlangen gedünsteten Weidenschössling und steckte ihn sich als Ganzes in den Mund. Liszog, der immer etwas Handfesteres brauchte, wenn er das Raumschiff pilotierte, knabberte an einem Proteinriegel mit Zuckergeschmack.

»Fassen wir einmal zusammen«, sagte Zerft, während er noch kaute. »Korrigiere mich, wenn ich mich irre!«

»Wovon sprichst du?«, fragte Golath.

»Lass mich ausreden! Also, wir haben in den letzten Monaten einige Schätze aufgetan, erst die IQUESKEL, dann die dreitausend Jahre alten arkonidischen Antiquitäten aus diesem abgestürzten Siedlerschiff, die Koordinaten des Erzmondes, die wir dem Mehandor abgenommen haben ...«

»Schon gut«, unterbrach Golath. »Du brauchst mir nicht alle unsere Beutezüge aufzuzählen. Ich kann mich an jeden einzelnen erinnern, als ob es gestern wäre. Worauf willst du hinaus?«

»Wir hätten, wenn wir die IQUESKEL wie geplant verkauft hätten, genug Geld, um unser Leben in der Gemeinschaft auf Unith zurückkaufen zu können. Wohlgemerkt, *hätten!*«

Golath nahm ein weiteres Stück Gelbspargel mit dem Rüssel. Es kratzte, ehe er es in den Mund schob. »Ich verstehe noch immer nicht.«

»Ich bin nicht fertig«, sagte Zerft. »In einer Verkettung unglücklicher Umstände siehst du ein sonderbares Raumschiff, das keinem bekannten Typ entspricht. Also musst du sofort los, um herauszufinden, was es mit dieser TIA'IR auf sich hat. Du musst unbedingt in dieses Keilraumschiff, koste es, was es wolle. Dann siehst du an Bord einen alten Arkoniden, der sich Schatzsucher nennt, sich nicht wie einer benimmt und trotzdem über zwei besondere Schätze verfügt – wie du glaubst. Ein Artefakt, das verbrannt aussieht, und ein Ei, das der alte Mann um den Hals trägt. Und wieder kannst du es nicht lassen, du musst alle drei unbedingt haben. Du bist schuld, dass wir die IQUESKEL nun auf längere Zeit hinaus nicht verkaufen können. Du hältst dich nicht an unsere Vereinbarung.«

Golath hasste es, wie sich dieser Vollidiot aufspielte. *Er* sollte schuld sein, weil es *seine* Idee gewesen war. Jaja, verdammt, es war seine Idee gewesen – und zwar eine ziemlich gute sogar. Nur weil es in das Hirn dieses Schlägers nicht hineinging, musste er sich rechtfertigen.

»Was du eine *Verkettung unglücklicher Umstände* nennst, war in Wirklichkeit ein Wink des Schicksals.« Golath streckte theatralisch den Rüssel in die Höhe. »Unsere Optionen haben sich inzwischen vervielfacht, ansonsten hat sich nichts geändert. Wir können die IQUESKEL immer noch verkaufen, da findet sich bestimmt ein Abnehmer – und wenn wir ihnen von der Reichweite des Aufklärers erzählen, können wir uns vor Angeboten nicht mehr retten. Wenn wir hingegen herausfinden, was es mit dem Arkoniden und seinem Schmuckstück auf sich hat, können wir uns nicht nur unser Leben zurückkaufen, sondern auch noch reich werden.«

»Ich denke trotzdem, dass wir einen großen Fehler gemacht haben.«

Golath hätte sich fast verschluckt. »Seit wann bist du derjenige von uns, der denkt? Dazu braucht man eine gehörige Portion Hirn. Ich kann mir nicht vorstellen, dass etwas Entsprechendes zwischen deinen Muskelpaketen zu finden ist.«

»Da muss man nicht allzu schlau sein. Das sind ganz einfache Tatsachen, so, wie vier plus vier acht ergibt.« Zerft hielt ihm beide Hände vors Gesicht.

Mit einem mürrischen Knurren schob Golath sie beiseite. »Oh, ich wusste gar nicht, dass Muskelberge so gut rechnen können.«

»Du bist ungerecht und extrem beleidigend«, sagte Liszog auf einmal.

Jetzt mischte sich sogar der weltfremde Techniker in das Gequatsche ein! Am liebsten wäre Golath aufgestanden, um sich das Gemaule der beiden nicht mehr anhören zu müssen.

Liszog legte seinen Proteinriegel beiseite. »Zerft spricht nur aus, was offensichtlich ist. Wir haben einen alten Mann samt seinem Tand entführt, nur weil du dir etwas einbildest. Bis jetzt sehe ich nichts von deinen versprochenen Reichtümern.«

»Warte nur. Genauso wie ich auf Lepso gespürt habe, dass wir dem Zocker da Kassim die IQUESKEL abnehmen werden, genauso habe ich es im Gefühl, dass an den Schätzen des Arkoniden mehr dran ist, als man von außen sieht.«

Zerft schnaubte verächtlich und zog das linke Auge skeptisch in die Höhe.

Liszog nahm das Artefakt in die Hand. »Ach so? Da muss mir etwas entgangen sein. Was soll an diesem Holoprojektor besonders sein, außer vielleicht, dass es ein Wunder ist, dass er nach all der Zeit noch funktioniert? Wenn mich nicht alles täuscht, sind das Brandspuren. Das ganze Ding ist oxidiert, und wenn schon die Oberfläche dermaßen korrodiert ist, wie muss es dann erst in seinem Inneren aussehen?«

»Ach was!« Golath schob den Teller mit dem Gelbspargel von sich. Er schmeckte ihm überhaupt nicht mehr.

»Du verstehst es wirklich nicht.« Liszog hob den Metallzylinder hoch. »Das ist ein stinknormaler Holoprojektor, der vielleicht fremdartig aussieht, aber das ändert nichts an der Tatsache, wie er funktioniert. Was wird schon drinnen sein? Eine Energiequelle, ein Datenspeicher, Schallerzeuger, eventuell ein Funksystem, ein Laser und ein Plasmagenerator. Alles ganz normal, abgesehen von der unüblichen Bauweise.«

Golath starrte den zweiten Gegenstand an, das eiförmige Schmuckstück, das er dem Arkoniden abgenommen hatte. Dieses Ding war anders. Er hatte es gespürt. Er schlug mit der Faust auf den Tisch, dass das metallen wirkende Ei leise gegen die Kette klirrte. »Du engstirniger Techniker! Dir fehlt es an Phantasie.«

»Genau«, antwortete Liszog. »Im Gegensatz zu dir. Was glaubst du, was das ist?«

Golath deutete auf das Ei. »Reine Energie. Ich habe sie gespürt.«

Liszog lachte heiser. »Wie die Energie, deretwegen gläubige Unither Metallkästen voll mit Sand an ihre Wasserleitungen tackern, nur damit deren kosmische Energie auf das Wasser übergeht? Damit die Weidenschösslinge besser nachwachsen? Alles Hirngespinste von mondsüchtigen Vollidioten. Es geht nichts über die Logik perfekter Technik – im Gegensatz zu Wahrsagen und anderem Hokuspokus.«

»Du verstehst das nicht. Es ist anders.«

»Wie anders? Erklär es mir!«

»Ja«, mischte sich Zerft kauend ein. »Das würde mich auch interessieren.«

»Ich weiß es selbst nicht genau.« Golath nahm das Ei in die

Hand. Wie beim ersten Mal spürte er die Energie, die aus dem Artefakt auf ihn überging.

»Hey, Golath!«, brüllte Zerft. »Schau nicht so verzückt wie bei einem Rüsselporno! Das ist ja zum Fürchten.«

»Die Schwingungen ...«, murmelte Golath, obwohl er genau wusste, dass dies die falschen Worte waren. Das Ei elektrisierte ihn nicht, auch sonst fühlte es sich an wie ein gewöhnliches Metallei. Die Kühle des Materials wich in seinen Händen einer ... nun, nicht gerade Wärme, aber die Kälte verschwand langsam, so, wie es sich bei jedem anderen metallenen Gegenstand wahrscheinlich auch angefühlt hätte. Das war unmöglich der Effekt, den er spürte. Es war eher etwas, das in ihm Euphorie auslöste – ja, Euphorie und das Gefühl, alles schaffen zu können.

»Abartig«, sagte Liszog. »Du tust ja geradewegs so, als würdest du tatsächlich etwas spüren.« Er streckte den Rüssel Richtung Golath. »Gib her!«

Golath öffnete die Hand und hielt ihm das Ei hin.

»Ich spüre ... ich spüre ...« Liszog drehte und wendete das Ei mit dem Rüssel, um es von allen Seiten begutachten zu können.

»Ja?«, fragte Golath erwartungsvoll. »Was?«

»Ich spüre ...« Liszog stoppte seinen Rüssel mitten in der Bewegung, starrte Golath aus großen Augen an.

»Ja?«

»Nichts«, schnauzte Liszog.

Golath hätte ihm dafür am liebsten eine auf den Rüssel gegeben.

»Lass mich mal probieren!«, sagte Zerft und riss das Artefakt an sich. Langsam pendelte es über seinem Bauch. »Bei mir rührt sich auch nichts.«

Liszog grinste, und Zerft feixte über das ganze Gesicht.

»Du bist ein Blödmann. Ihr seid beide Blödmänner.« Golath nahm das Ei und legte es vorsichtig zurück auf den Tisch. »Trotzdem, ich bleibe dabei, auch wenn ihr nichts spürt. Irgendetwas sagt mir, dass dieser Arkonide und die beiden Artefakte weit wertvoller sind als die IQUESKEL. Glaubt mir, ich täusche mich nicht!«

»Wie kommst du darauf?«, blaffte Liszog.

»Dieser Arkonide ist kein Schatzjäger«, antwortete Golath. »Ist dir nicht aufgefallen, dass sich kein Gha'essold so verhält? Er hat uns nicht einmal gefragt, woher wir die IQUESKEL haben. Dabei sieht doch ein blinder Arkonide mit Gehhilfe, dass das Schiff etwas Besonderes ist.«

»Und wennschon!« Liszog schnaubte verächtlich durch den Rüssel. »Was ist er dann? Ein Gegner des Regenten? Die Streitereien der Arkoniden gehen uns nichts an, wir haben nichts davon.«

»Mag sein, aber dieser Mann trägt ein Geheimnis mit sich herum. Ein großes. Ich bin sicher.« Wieso waren die beiden so verbohrt? Es war zum Aus-der-Haut-Fahren.

»Gut. Wenn das so ist ...« Zerft stand auf und schickte sich an, die Zentrale zu verlassen.

»Wo willst du hin?«, fragte Golath.

»Zu dem Arkoniden«, antwortete Zerft. Er presste die Fäuste vor seiner Brust zusammen. »In spätestens einer halben Stunde wird er reden.«

»Ja, aber er wird nur noch Unsinn plappern, wenn du mit ihm fertig bist.« Liszog sprach aus, was Golath dachte.

»Das werden wir sehen«, sagte Zerft. Er würde sich nicht umstimmen lassen, und Golath wusste, dass er gegen den bulligen Unither nicht die leiseste Chance hatte.

»Untersteh dich!«, rief Golath ihm nach.

Mit einem leisen Zischen öffnete sich das Schott der Kantine. Zerft streckte die Arme seitlich weg und machte eine obszöne Geste, ohne sich umzudrehen.

Golath konnte für den Arkoniden nur hoffen, dass er möglichst bald redete.

# Kapitel 5

»Eintritt nur nach Aufruf!«

Mürrisch starret En'Imh auf die Anzeige. Bestimmt hatte er die Sondereinladung seinem Zwillingsbruder Che'Den zu verdanken. Seit ihre Eltern zusammen mit dem Schiff, das sie geführt hatten, im Abgrund zwischen der Galaxis und Thantur-Lok verschollen waren, glaubte Che'Den, ihn erziehen zu müssen. Dabei war der Großkotz nur um fünf Minuten früher auf die Welt gekommen – und nahm sich durch diesen lächerlichen Zeitunterschied Dinge heraus, für die man anderswo bestimmt getötet wurde.

En'Imh stampfte mit dem Fuß auf. Er hasste die ständigen Bevormundungen durch seinen Bruder! *En'Imh, tu das! En'Imh, tu jenes! Das macht ein Lotse nicht!*

Es nervte. Che'Den sollte lieber vor seinem eigenen Holoschirm putzen. Der feine Herr Lotsenanwärter hielt sich auch nicht immer an die Regeln, aber regte En'Imh sich deswegen auf? Nein. Machte er deswegen seinem Bruder vor versammelter Verwandtschaft eine Szene? Nein. Schickte er ihn zur *Vorsorgeuntersuchung* ins größte Medo-Center von Hela Ariela? Nein.

Aber Che'Den erlaubte sich das bei ihm. *»Ich sorge mich um deine Gesundheit«,* hatte er gesagt. *»Sieh nur, wie fett du von den ganzen Fiktivspielen geworden bist.«*

En'Imh schob die Kapuze der typischen Lotsenkluft in den Nacken. Mochten die anderen Lotsen doch glotzen und sich vor Ekel wegdrehen, wenn sie seinen kahl rasierten Schädel sahen. Das war ihr Problem, nicht seines. Er wusste nur, dass es unter dem schwarzen Stoff viel zu heiß war.

Angeblich sollten in das Material winzige Kunststoffringe eingearbeitet sein, die den Schweiß von der Haut wegtransportierten, sodass man in der schwarzen Tracht überhaupt nicht schwitzen konnte. Aber entweder war das ein arkonidisches Märchen, oder jemand hatte bei den Anzügen, die er bekam, dieses Wunderding entfernt. Und dann noch diese Farbe oder besser gesagt Nicht-Farbe: Schwarz.

*»Schwarz macht schlank.«*

Wieder so ein alberner Satz seines Zwillingsbruders, der kein

Quäntchen Wahrheit enthielt. In Wirklichkeit gab es bei der Lotsenkluft nur zwei Größen: »zu weit« oder »zu eng«. Während Erstere schlabbrig an ihm herunterhing und wirkte, als hätte er sie von einem Naat geerbt, drückte die zweite und kniff an den unmöglichsten Stellen.

Da hatten es gewöhnliche Arkoniden weitaus leichter. Sie warfen sich einfach einen Umhang über und fertig. Aber nein, er musste dieses schwarze Ungetüm ertragen, wenn er nur den Fuß vor seine Kabine stellte.

*»Man muss uns sofort als Khe'Mha'Thir erkennen. Das fördert den Respekt.«*

Noch so ein Gerede von Che'Den. Die schwarze Lotsenkleidung mochte auf Arkoniden und andere Passagiere auf dem Weg nach Arkon Eindruck schinden. Die anderen gleichaltrigen Lotsen sahen in ihm aber nur den Positronikbesessenen, der zwar einen wichtigen Bruder hatte, aber ansonsten zu nichts zu gebrauchen war.

Ein Gong erklang und hallte durch die Gänge. Die Anzeige über der gegenüberliegenden Tür begann hektisch zu blinken. »En'Imh«, stand dort, gefolgt von seiner 28-stelligen Identifikationsnummer.

Gleichzeitig vibrierte sein Armbandkom. Auf dem Display standen die gleichen Zeichen, gefolgt von einem Satz Raumkoordinaten.

En'Imh kannte alle Bauwerke von Tinios, der Heimat der Khe'Mha'Thir, deshalb verzichtete er auf die integrierte Navigation des Armbandes. Er wusste auch so, dass sie zu dem Therapiezimmer vis-à-vis gehörten.

Langsam stand er auf und richtete die Kapuze zurecht. Noch bevor er die Tür erreicht hatte, ging diese auf, und ein Ara-Mediziner, erkennbar an seinem typischen Eierkopf, winkte ihm zu. »Sie müssen En'Imh sein.«

»Ja, wer sollte es sonst sein?«, grummelte der Lotse. Es überraschte ihn, dass der dürre Mann seinen Innennamen kannte. Woher nur? Es war unverzeihlich. Nur anderen Lotsen stand es zu.

Der Ara ließ sich nicht beirren. »Ich bin Doktor Shafar, Ihr Verhaltensratgeber. Kommen Sie herein und nehmen Sie in unserer Runde Platz!«

En'Imh betrat den Raum, in dem bereits fünf weitere Lotsen im Kreis saßen. Er spürte einen Druck an seinen Kniekehlen und drehte sich um. Der Ara hatte einen Magnetschwebestuhl hinter ihn bugsiert.

»Setzen ... Sie ... sich ... doch!«, sagte der Mediziner mit besonderem Nachdruck.

»Wenn Sie meinen.« En'Imh ließ sich fallen, sodass der Stuhl wild schaukelte. Ein einfacher Sicherheitsgurt legte sich automatisch um sein Becken.

»Sind Sie heute ein wenig aufgebracht?«, fragte der Ara.

»Ein wenig?«, entgegnete er. »Wie würden Sie sich fühlen, wenn Sie von Ihrem Zwillingsbruder verraten worden wären?«

»Ich bin sicher ...«

»Geschenkt«, unterbrach ihn En'Imh. »Bringen wir es hinter uns!«

»Gut, wie Sie wollen.« Shafar setzte sich in den freien Stuhl. Er hantierte an einer altertümlich wirkenden Fernbedienung. Immerhin funktionierte sie, denn En'Imhs Stuhl reihte sich in den Halbkreis ein.

»Das ist En'Imh«, fuhr er fort. »Wie Sie alle hat er ein Problem mit der Allgegenwart des Netzes, aber das wird er Ihnen gleich selbst erzählen. Zuvor ist Ka'Tin an der Reihe, um uns von ihren Fortschritten der vergangenen Woche zu berichten.«

Der Stuhl der Angesprochenen rollte aus der Formation in den Mittelpunkt des Halbkreises und drehte sich, sodass En'Imh sie ansehen konnte. Mehr als ihre Augen und ein paar Sommersprossen ließ das Lotsengewand nicht frei, sodass ihr Alter nur schwer zu schätzen war. Er vermutete, dass sie nur unwesentlich älter war als er.

»Ich ... ich habe mich wirklich bemüht«, sagte Ka'Tin. »Aber es klappt einfach nicht.«

»Was klappt nicht?« Shafar runzelte die Stirn.

»Diese sinnlose Beschränkung! Wie soll ich erfahren, was meine Freunde so machen? Sie fragen mich die ganze Zeit, ob ich keine Zeit mehr für sie habe.«

»Wir hatten ausgemacht, dass Sie als ersten Schritt Ihre Aktivitäten in den Netzen auf zwei Stunden pro Tag reduzieren.« Der Ara blickte in die Runde der anderen Delinquenten.

En'Imh presste den Rücken an die Lehne des Stuhls. Wo war er hier gelandet?

Tränen traten in Ka'Tins Augen. »Aber ich ... ich habe im Netz einen Freund. Ich vermisse ihn, wenn ich ihn nicht über Vid sehe und mit ihm reden kann.«

»Einen Freund im Chat ....« Shafar zog eine Schreibfolie aus seinem weißen Arztkittel und notierte etwas. »Ihr Verhalten wird zu einer ausgeprägten Sucht. Ich fürchte, ohne gravierendere Einschränkungen Ihres Konsums werden Sie davon nicht loskommen.«

»Aber ich tue alles, wenn ...«

Shafar schüttelte den Kopf. »Sie haben Ihre Chance gehabt – und nicht genutzt. Die Daten Ihres Kommunikators beweisen, dass Sie in dieser Woche noch mehr Zeit mit Ihren Chatpartnern verbracht haben. Ich muss eine Konsequenz ziehen.« Er sah sie starr an. »Sie bleiben am Ende der heutigen Sitzung da. Dann werde ich alles Entsprechende einleiten.«

Ka'Tins Sitz ruckte herum und fuhr in seine Ausgangsposition. Ihre Schultern zuckten.

Der Ara blickte sich um. »Und nun zu Ihnen.« En'Imh fühlte sich samt seinem Stuhl angehoben. Nun wusste er auch, wozu der Gurt gut war. »Erzählen Sie uns von Ihren Problemen!«, befahl Shafar.

En'Imh schüttelte den Kopf. »Ich habe keine Probleme.«

»Oh, Sie haben keine Probleme.« Der Ara lachte leise. »Dann werde ich sie aufzählen.« Shafar fixierte En'Imh. »Sie sind nach Fiktivspielen süchtig. Ohne eine wöchentlich steigende Dosis können Sie nicht mehr leben. Ihr Bruder Che'Den ...«

En'Imh stöhnte. Er hatte gewusst, dass sein vermaledeiter Zwillingsbruder seine Hand im Spiel hatte.

»... bemerkte, dass Sie langsam die Kontrolle verlieren. Sie flüchten aus der realen Welt in die Scheinwelt der Fiktivspiele.«

En'Imh hob die Fäuste. »Che'Den hat keine Vorstellung, worum es dabei geht.«

Der Ara ging nicht auf seinen Einwand ein. »Außerdem vernachlässigen Sie Ihr Aussehen, Ihre Ernährungsweise kann ich nur als *ungesund* bezeichnen, und den Schlafmangel sieht jeder an den müden Augen.«

»Und? Ich bin ein freier Mann. Ich kann tun und lassen, was ich will.«

»Sie sind ein Lotse, und als solcher sind Sie für andere Menschen verantwortlich. Auch wenn Sie sich vor der Arbeit drücken, werden Sie doch manchmal gebraucht.«

»Habe ich bisher nicht gezeigt, dass ich fehlerfrei arbeiten kann?«

»Bisher«, echote Shafar. »Schon beim nächsten Mal könnte es anders sein. Aber das wird nicht passieren.«

In En'Imh keimte ein schrecklicher Verdacht. »Wie meinen Sie das?«

»Ganz einfach«, sagte der Ara. »Für den nächsten ganzen Tag

müssen Sie ohne Verbindung zum Netz auskommen.« Shafar tippte kurz auf seine Schreibfolie, worauf En'Imhs Armbandkom zweimal piepste.

Der junge Lotse starrte auf das erlöschende Display des Koms. »Aber das können Sie doch nicht machen!«, rief er.

»Und ob ich das kann.« Shafars Grinsen wurde zu einer Grimasse. »Ich habe die Genehmigung von Anra'Thir'Nom. Wollen Sie sie sehen?« Der Ara hob die Folie hoch und hielt sie in En'Imhs Richtung.

*Der Hohe Lotse!* En'Imh war schockiert, aber beruhigt, dass der Ara wenigstens den Hohen Lotsen bei seinem Außennamen kannte, wie es sich für einen Nichtlotsen gehörte.

Auch auf die Entfernung erkannte En'Imh das Siegel von Khe'Rhil auf dem Display: 177 Sterne, die in drei konzentrischen Kreisen um eine stilisierte Darstellung von Hela Ariela angeordnet waren. So weit war Che'Den also gegangen.

En'Imh schlug die Hände vors Gesicht. »Ich bin nicht abhängig!«, stieß er verbittert hervor.

»Das werden wir ja sehen«, antwortete der Ara. »Wenn Sie morgen um die gleiche Zeit noch immer dieser Ansicht sind, wird Ihr Weg zurück in die Normalität etwas einfacher sein. Für heute jedenfalls sind Sie entlassen. Und vergessen Sie nicht: keine Netzverbindung für einen Tag!«

Der Sicherheitsgurt öffnete sich von selbst. Wie in Trance verließ En'Imh das Therapiezimmer.

En'Imh dachte gar nicht daran, sich Che'Dens Diktat zu beugen. Irgendwann würde er es seinem Bruder heimzahlen, und wenn es das Letzte war, was er tat.

Er legte die Hand auf den Türsensor seines Appartements im zweiundvierzigsten Stockwerk. Leise klackte das Türschloss. Das Schott fuhr zur Seite und gab den Weg in sein Reich frei.

Die Blenden vor den Fenstern waren halb geöffnet. Sie ließen so viel Licht der blauen Riesensonne Hela Ariela herein, dass seine Wohnung geradezu strahlte.

Als er eintrat, fiel sein Blick auf den Wandkalender. »Kein Netz«, stand da in großen Lettern.

Sie hatten es getan. Verdammt, sie hatten es tatsächlich getan! Shafar und Che'Den hatten ihn wirklich vom Netz genommen.

Immerhin funktionierte die batteriebetriebene Fernsteuerung für die Rollläden. Er wartete, bis das Surren verstummte, und öffnete die Augen. Im sanften Halbdunkel fand er nun alles, was er brauchte. Er grinste, wenn er nur an die dummen Gesichter von Che'Den und Shafar dachte.

*Regel Nummer eins: Arbeite nie ohne Back-up!*

En'Imh zog die Pneumoliege von der Wand weg und drückte auf einen der Hologramm-Rahmen, die an der Wand hingen.

Der altertümliche Rahmen schwenkte zur Seite. Dahinter blinkten die Kontrolllichter des Positronikknotens, der die beiden Appartements neben En'Imh versorgte. Davor leuchteten die Statusanzeigen einer Direktverbindung in beruhigendem Blau – und genau die war sein Ziel.

Er bückte sich zur Versorgungseinheit der Liege und koppelte das nutzlose Kabel von der Wand ab. Kabel ... Er liebte es, mit altmodischer Technik zu arbeiten; viele der sogenannten Experten kannten sich damit nicht mehr aus. Aus einem Fach kramte er seinen selbst gebauten Lichtkoppler, eine Mikropositronik samt Verbindungskabel und einem Dekodierelement, das die Grundverschlüsselung knackte.

En'Imh verband das Kabel mit dem Koppler, setzte das handtellergroße Ding an die Direktverbindung und drückte den Ein-/Ausschalter. Winzige Beinchen fuhren aus dem Koppler, um ihn an die richtige Position zu bringen. Es dauerte nicht lange, und der Stecker klickte leise, der die Liege und die daran angeschlossene Holosteuerung unsichtbar für den Stockwerksverteiler machte.

*Regel Nummer zwei: Lege dich nie mit einem Positronikgenie an! Es könnte sich an dir rächen.*

Sorgfältig schloss er die Abdeckung und schob die Liege wieder an die Wand. Das graue Kabel verschmolz so mit dem Mauerwerk, dass nur ein geübter Beobachter es erkennen würde. En'Imh grinste, als er über die Steuerelemente strich, die nun vor ihm in der Luft schwebten. Che'Den würde sich noch wundern. Wenn alles gut ging, leuchtete in zwei Stunden sein Körper als dreidimensionales Element von den Werbetafeln der Stadt herunter – in Unterhosen und mit einem selten dämlichen Gesichtsausdruck.

Zuletzt gab er die Startsequenz für das Fiktivspiel ein und lehnte sich zurück.

*Regel Nummer drei: Was war das noch mal?*

Die Gedanken flossen nur noch träge dahin. Dafür zog ihn die Illusion des Fiktivspiels tief in die Kunstwelt hinein.

Die oberste Schicht der Liege schmiegte sich an seinen Körper, umfloss Nacken und Hinterkopf. Nanometergroße Sensoren dockten an seiner Kopfhaut an und verbanden sein Gehirn mit der Maschine und damit auch mit Milliarden anderer Bewusstseine, die wie er Teil des Netzes waren. Als endlich der Kontakt hergestellt war, stürmten die Eindrücke mit aller Macht auf ihn ein.

Die Rückkopplung gebar erste Lichtpunkte, die unter der Zimmerdecke wie Glühwürmchen tanzten. Eine Welle der Euphorie schwappte hinaus ins Netz zu den anderen, die ihrerseits einen Teil ihrer Gedanken auf ihn zurückprojizierten. Jedes Gefühl kam als vielfaches Echo zurück, verstärkt von der Maschine und der Gemeinschaft.

Er wusste, dass es so viele Möglichkeiten gab, Fiktivspiele zu spielen, wie sich Individuen im Netz bewegten. Was für den einen ein Strategiespiel war, in dem es ein möglichst großes Reich zu erobern galt, war für den anderen die Simulation einer riesigen Raumschlacht oder eines ganzen Planeten. Ein Fiktivspiel war alles und nichts davon, genauso wie die leuchtenden Punktwolken über den Spielern nur ein milder Abklatsch der Realität waren, die der Spieler selbst sah.

Trotzdem waren alle Spieler im Netz vereint im ultimativen Ziel des Fiktivspiels: Die Ästhetik der Punkte, ihre Farben und Bewegungen lösten wahre Schauer von Oxytocin aus. Neben dem angenehmen Hautkontakt der Sensoren regten die stetig wechselnden Bilder in den neuronalen Netzen des Stammhirns die Ausschüttung des Neurotransmitters an.

Das Erste, was En'Imh spürte, war, dass er ruhiger wurde. Die Amygdala regulierte seine Stresssymptome herunter. Die wohltuende Wärme des Memory-Schaums tat ihr Übriges, ihm Wohlgefühle zu bereiten. Das thermoplastische Material passte sich seinem Körper an, sodass er sanft hineinsank. Nur am Rande merkte er, wie die Mikropositronik der Liege Statusinformationen als Hologramm vor seinem Gesicht einblendete.

»Blutdruck sinkt«, stand da in beruhigenden Blautönen.

Die Punktwolke wuchs. Sie ähnelte inzwischen einer Galaxis, über deren Hauptebene zahlreiche Kugelsternhaufen ihre Bahn zogen – so wie Thantur-Lok über der Milchstraßenebene und Hela Ariela.

En'Imh gab sich ganz seinem Lieblingsfiktivspiel hin: der Simulation des bekannten Universums. Dabei galt es, eins mit dem Kosmos zu werden, die Schwingungen aufzunehmen und sich in den Weiten des Alls zu verlieren. Er wusste, dass mit jeder Million Lichtjahre die Oxytocinproduktion in seinem Gehirn verdoppelt wurde – bis die Mikropositronik befand, dass er genug hatte, oder er vor Aufregung ohnmächtig wurde.

Er verspürte Liebe, Ruhe und Vertrauen, und die Rückkopplung sorgte dafür, dass er sich von Abermillionen Händen gestreichelt fühlte. Die Wolke aus glühenden Punkten zog sich zu einer kleinen Balkenspirale zusammen. Als Ausgleich strömten vom Bildrand elliptische Galaxien und Spiralnebel in das entstehende Vakuum.

En'Imh hielt den Atem an. Eine gigantische Welle des Glücks schwappte über ihm zusammen, schwemmte ihn hinweg aus diesem Dasein, ließ ihn auf der Gischt der Wellenkronen reiten, immer höher, immer ...

Ein Misston drängte mit aller Macht in seine Wahrnehmung, eine Dissonanz in all der Harmonie. Etwas war anders als sonst, grausam anders!

Mit einem Mal fror ihn. Die Weite des Abgrunds zwischen den Sterneninseln, die ihn sonst so gelockt hatte, wollte ihn nun verschlingen. Der Ausschnitt zwischen Liege und Zimmerdecke kam rasend schnell näher. Er stürzte darauf zu, mit einer Beschleunigung, die kein arkonidisches Schiff auch nur im Traum leisten konnte.

Die Milchstraße raste auf ihn zu, verschlang ihn und spuckte ihn vor einer blauen Riesensonne aus. Hela Ariela, zuerst ein Punkt, ein Ball, bis sie schließlich das gesamte Zimmer einnahm und um ihn herum in einer grell weißblauen Explosion zerstob.

En'Imhs Lider flackerten. Undeutliche Schemen standen vor seiner Liege, die nur langsam klarer wurden – zwei Riesen, so lang, dass sie fast bis zur Decke reichten, einer mit Augen wie schmale Schlitze vor einer schwarzen Fläche, der andere mit einem überdimensionalen Schädel. Es waren Che'Den und Shafar!

En'Imh riss seinen Kopf vom Sensornetzwerk los. Wie von tausend Sternengöttern gehetzt sprang er von der Liege und rannte davon.

# Kapitel 6

Crest wartete mit klopfendem Herzen, ob Zerft wiederkehren würde.

Der Schläger hatte ihm am Schott zu seiner Kabine – oder sollte er besser *Zelle* sagen? – einen Tritt verpasst. Noch immer schmerzten die Hände, mit denen er den Sturz abgefangen hatte. Sein Hals war vom Druck des Rüssels angeschwollen. Die regenerierende Wirkung des Zellaktivators fehlte ihm jetzt schon, obwohl Golath ihm das Gerät erst vor einer Stunde abgenommen hatte.

Er horchte am Schott, ob sich etwas regte. Was, wenn Zerft auf der anderen Seite der Metalltür ebenfalls lauschte?

Crest setzte sich auf die Pritsche und wartete. Fünf Minuten, zehn, fünfzehn.

Erst als er sich absolut sicher fühlte, dass Zerft nicht wiederkehren würde, rappelte er sich hoch. Am schnörkellosen Tisch der Kabine untersuchte er, was er in der Zentrale erbeutet hatte.

Gleich der Schriftzug »13k« und die schwenkbaren Instrumente erinnerten ihn an die Werbung, die damals auf den Nachrichtenstreams gelaufen war. Edmic da Rylls hatte den einzigen Überlebenden eines notgelandeten Raumschiffs gespielt, der sich mit der Natur eines unwirtlichen Planeten herumschlagen musste. Das Allzwecktaschenmesser »Swoonator 13k« war das Werkzeug gewesen, mit dem er von den riesigen Holowänden auf Arkon heruntergelacht hatte. Keine Frage, dass jeder Abenteurer eines haben musste.

Crest drehte das Taschenmesser in seiner Hand. Der Schriftzug funkelte im Licht der Deckenplatten. Wenn Crest nicht alles täuschte, handelte es sich sogar um die Sonderausgabe mit Gold- und Hyperkristallstaubauflage zum Amtsantritt des Regenten.

*Dieser Firlefanz nützt dir nichts,* spottete der Extrasinn.

*Ich probiere es trotzdem,* widersprach er.

*Das Messer ist wertlos!*

*Aber vielleicht hilft mir der Rest,* antwortete Crest in stummer Zwiesprache. Er klappte ein Instrument nach dem anderen aus, erst die gewöhnlichen wie Messer, Schere, Säge, Zange, Leuchte, Inbusschlüssel oder ein Schraubendreher, dessen Spitze auf

Knopfdruck zehn verschiedene Querschnitte annahm. Für die interessanteren Dinge war die swoonsche Mikroelektronik verantwortlich. Dazu gehörte ein programmierbarer positronischer Türöffner, für den dummerweise die Anleitung fehlte. Crest war zwar Wissenschaftler, aber dies war nicht sein Metier. Als Derengar war er Historiker und zum Teil auch Ethnologe, jedoch kein Techniker.

Die nächste Vorrichtung glich einem winzigen Thermostrahler, komplett mit Abstrahlmündung und Kühlwicklungen am Ende. Crest musste ihn sofort ausprobieren, aber zuerst scheiterte er am Auslöseknopf. Erst fand er ihn nicht, und dann konnte er ihn nicht betätigen, ohne die Finger zu verrenken.

*Nimm die zweite Hand,* empfahl der Extrasinn.

Mürrisch tat Crest, was der Extrasinn vorgeschlagen hatte. Ein feiner Laserstrahl zischte aus der Mündung und schlug in der Wand ein. Der Effekt war gering: Die Wand sah etwas rauer aus als zuvor, aber von *Waffenwirkung* war das weit entfernt. Crest probierte noch weitere Distanzen, doch der einzige Abstand, auf den er den Laser fokussierte, waren fünf Zentimeter.

Inzwischen war er sicher, dass ihn die Unither nicht überwachten. Sonst wären sie spätestens nach dem Laserschuss in die Kabine gestürmt. Bareon hatte vor zweitausend Jahren für Freiheit und Gleichheit eingestanden, und so war es für Crest kein Wunder, dass auf einem bareonischen Schiff keine Überwachungsanlagen installiert waren.

Crest ging zum Schott und hielt das Werkzeug mit aufgeklapptem Türöffner dagegen. Ihm kam eine Idee.

»Schott öffnen!«, befahl er, aber nichts rührte sich. Er wusste, dass Zerft den Öffnungsmechanismus von außen blockiert hatte und er damit gefangen war – aber er wusste ebenso, dass er keine Zeit verlieren durfte. Wenn die drei Unither erst einmal herausgefunden hatten, dass der Zellaktivator kein Schmuckstück war, war sein eigenes Leben so gut wie wertlos. Schon auf der TIA'IR hatten die drei gezeigt, dass mit ihnen nicht zu spaßen war.

»Kodeschloss öffnen!« Wieder nichts, kein Wort der Bestätigung. Wenn das Allzweckwerkzeug über eine Sprachsteuerung verfügte, so verwendete er offenbar die falschen Worte. Crest sah sich um. Welche Möglichkeit hatte er noch?

Sein Blick fiel auf das Lüftungsrohr, das an der Zimmerdecke quer durch die Kabine verlief. Wenn er die Sitzbank auf den Tisch stellte ...

Gesagt, getan. Crest kletterte mit einer Behändigkeit, die er sich vor wenigen Monaten nicht zugetraut hätte, auf den Möbelstapel. Sein Jungbrunnen, der Zellaktivator, lag dreißig Meter von ihm entfernt in der Hand der Unither; noch hielt seine Wirkung an. Aber welche Auswirkungen hatte der Verlust des Geräts? Bislang spürte er nichts, aber ein gewisses Gefühl der Unruhe breitete sich in ihm aus. Widerwillig schüttelte er den Gedanken ab und richtete sich auf.

Das Metallrohr über ihm hatte einen rechteckigen Querschnitt und war mit der Decke direkt verbunden. Aus mehreren Schlitzen in dem Rohr strömte frische Atemluft in den Raum.

Crest drückte mit der Zange gegen die Fugen. Das Metall gab nach, wenngleich nur einen Millimeter. Auch in die Gegenrichtung erkannte er ein gewisses Spiel, das auf eine separate Metallplatte hindeutete, in der die Lüftungsschlitze eingebaut waren. Im Schein der Leuchte fuhr er mit dem Messer an der Kante dieser Platte entlang. Er stieß auf Laschen, in die sie eingehängt war, und auf der gegenüberliegenden Seite fand er zwei Schrauben und zwei Nieten, die nach zehn Minuten entweder aufgeschraubt oder weggeschmolzen waren.

Vorsichtig entfernte er die Platte und kletterte mit ihr von dem Stapel hinunter. Während er sie abstellte, musste er schmunzeln. Der Extrasinn ließ ihn gewähren, ohne einen Kommentar abzugeben.

Die Öffnung im Schacht erwies sich als eng, aber groß genug, um sich hinaufzuziehen. Nur – wohin sollte er sich wenden? Die Kabinen lagen in der äußeren Kugelschale der IQUESKEL, zusammen mit den Impulstriebwerken. Den größten Teil des Schiffes nahm das Transitionstriebwerk ein, während die Zentrale lediglich zehn Meter durchmaß. Aber dort musste er hin. Nur dort hatte er eine Chance, den Aktivator und das Aufzeichnungsgerät mit Thoras Notruf zurückzuholen.

Also – rechts oder links?

*Da du die Konstruktionspläne der IQUESKEL nicht kennst, ist jede Richtung wie die andere,* meckerte der Extrasinn.

*Dann gehe ich nach links,* antwortete Crest.

Die metallene Röhre erwies sich als glatt und rutschig, aber solange sie waagerecht verlief, sollte dies kein Problem darstellen. Auf den ersten Metern erhellte die Beleuchtung aus Crests Kabine das Rohr, aber mit jedem Schritt nahm die Helligkeit ab, bis er schließlich die Lampe des Werkzeugs einschalten musste.

Crest rutschte auf Unterarmen und Knien vorwärts, kroch bis zu den nächsten Lüftungsschlitzen.

Was er sah, bestätigte, was er über Bareon wusste. Die Kabine unter ihm war ein exaktes Abbild seiner Unterkunft. Bareon war radikal egalitär ausgerichtet gewesen. Es hatte dort weder Adel noch Rang- oder Einkommensunterschiede gegeben. Das spiegelte sich in der Konstruktion des Schiffs wider. Alle Kabinen hatten dieselbe Größe und Ausstattung bis hin zu den Farbfolien an der Wand. Ob es die Bareonen mit der Gleichheit nicht ein wenig übertrieben hatten?

Zwei Lüftungsgitter weiter zweigte ein Schacht rechtwinklig ab – in Richtung Zentrale. Crest zwängte sich um die Kante – und prallte zurück.

Keine Handbreit vor seinem Kopf surrte ein Energiegitter, das die Luft ionisierte. Probehalber hielt er die Säge des Multiwerkzeugs in den Strahlengang. Binnen Sekundenbruchteilen zischte das Metall auf, und Crest riss das Werkzeug zurück. Im Licht der Taschenlampe, das von den Metallwänden reflektiert wurde, schimmerte die getroffene Stelle der Säge stumpf und blau.

Hier war also kein Durchkommen. Vielleicht gab es weiter vorne eine weitere Abzweigung, die weniger stark gesichert war. Schlimmstenfalls musste er die Emitter des Energiegitters mit dem Laser des Werkzeugs unbrauchbar machen.

In das ständige Summen des Raumschiffs mischte sich ein hämmernder Ton. Das Rumoren kam aus der Richtung, in die er wollte.

Crest erschrak. Er hatte nicht gedacht, dass die Unither ihn so schnell kriegen würden. Langsam kroch er zurück, doch der Krach kam näher.

Mit dem Kopf stieß er gegen das harte Metall. Er wusste nicht, was schlimmer war, der Schmerz am Hinterkopf oder der dröhnende Laut, der durch den Schacht hallte.

Vor ihm tanzten dunkelrote Lichter.

Sie hatten ihn fast eingeholt.

Das sollte sein Fluchtversuch gewesen sein?

Jetzt war ohnehin alles egal. Crest riss das Werkzeug mit der Taschenlampe hoch, dorthin, wo die roten Lichter glommen. Er hatte Liszog oder maximal Golath erwartet, da der Schacht für Zerft nicht breit genug war, aber was da einherstampfte, ließ ihn erstarren. Ein Käfer, der beinahe die gesamte Breite des Rohrs ausnahm, stakste auf seinen sechs Beinen auf Crest zu. Das Tier machte keine Anstalten anzuhalten.

Zurück! Das Surren des Absperrgitters kam näher, und dann war Crest vorbei. Noch drei Kabinen, dann wäre er über seiner eigenen ...

Schneller!
Er flüchtete vor dem Käfer, aber dieser war auf einmal verschwunden.
Crest schlug sich auf die Stirn. Der Käfer musste am Energiegitter zu den inneren Bereichen des Schiffs abgebogen sein – und damit war das Ding eindeutig ein Wartungsroboter. Der Derengar hechtete vorwärts.
Das Gitter!
Ein Meter, zwei Meter, die Abzweigung ...
... und das intakte Ionisierungsgitter. Im Hintergrund verschwand der Käfer in den Tiefen des Transitionstriebwerks. Aber immerhin wusste Crest jetzt, dass der Käfer das Gitter abschalten konnte. Also auf ein Neues!
Dieses Mal kam er gut zwanzig Meter weiter bis zu einem Knick im Lüftungsschacht, der eineinhalb Meter höher weiterführte. Bei einem letzten Blick zurück erkannte er gut die Krümmung des Schachts, die der Außenhülle der IQUESKEL folgte.
»Arkonide!« Es war Zerfts Stimme, sie klang gedehnt.
Direkt hinter ihm. Der Unither musste in Crests Zelle unter dem Lüftungsschacht mit der fehlenden Abdeckung stehen.
»Lefkin!«, rief Zerft. »Komm raus, ich kann dich riechen.«
Crest stockte mitten in der Bewegung. Was, wenn das stimmte? Bereits auf der TIA'IR hatten die Schatzsucher dies behauptet. Nein, es konnte nicht sein; der Luftstrom verteilte seinen Geruch in den Kabinen, die zwischen ihm und Zerft lagen. Außerdem kam der Großteil der Luft aus dem Schacht hinter dem Gitter, und dort verzweigte das Röhrensystem.
*Zerft blufft,* stellte der Extrasinn fest.
Crest hielt den Atem an. Langsam glitt er auf den Boden zurück.
Von Zerft war nichts mehr zu hören. Wahrscheinlich überlegte der bullige Unither, wie er Crest folgen konnte – oder er rief Liszog, der schmächtig genug war, um ihm nachzuklettern.
Der Derengar wartete, aber nichts rührte sich. Er richtete sich auf ...
... und schlug im gleichen Moment der Länge nach hin. Der Boden des Lüftungsschachts zerbarst, und eine Faust mit einer schweren Spitzhacke erschien in dem Loch. Der behaarte Handrücken sagte alles: Zerft hatte ihn gefunden.
»Du wirst es wohl nie lernen, Arkonide.« In den tadelnden Worten schwang Verachtung mit, ebenso eine Spur Sarkasmus.
Eine zweite Hand tastete durch das Loch, fand Crests Bein und zerrte daran. Der Arkonide trat mit dem anderen Fuß nach dem

Unither. Ein leises Stöhnen zeigte ihm zwar, dass er getroffen hatte, aber der Griff lockerte sich nicht. Zentimeterweise glitt er auf das Loch zu, das die Spitzhacke geschaffen hatte und das sich unter seinem Gewicht weitete.

Seine Hände rutschten an den glatten Wänden ab, sosehr sich auch dagegen sperrte. Zerfts Kraft hatte Crest nichts entgegenzusetzen, das war ihm in dem Moment klar, als er mit den Füßen voraus aus dem Lüftungsrohr fiel – direkt vor Zerft auf den Boden. Im nächsten Augenblick war der Unither über ihm, die Faust zum Schlag weit ausgeholt.

»Zerft!« Der Schrei durchbrach die Stille. »Lass ihn los!«

Aber Golaths Ausruf kam zu spät.

# Kapitel 7

»Ich gehe ja schon!« En'Imh versuchte, die Hände der beiden Sicherheitsleute abzuschütteln, doch sie lockerten nicht einmal ihren Griff. Wie Roboter umklammerten sie seine Oberarme und schoben ihn vor sich her. »Nehmt eure dreckigen Pfoten weg! Ich werde euch nicht davonlaufen.«

Die beiden fanden es nicht einmal der Mühe wert, ihm zu antworten. So verhielten sie sich bereits die ganze Zeit über. Sie hatten lediglich »Mitkommen!« gebrüllt, ohne ihm mehr zu sagen. Sie waren um einen ganzen Kopf größer als er – und sie waren bestimmt trainierter. Da machte er sich nichts vor.

Deshalb kam eine Flucht gar nicht infrage. Wohin hätte er sich denn wenden sollen? Schließlich hatten sie ihn schon einmal aufgespürt, und es würde ihnen ein zweites Mal ebenso gelingen. Auf Dauer konnte sich niemand auf einem Asteroiden wie Tinios verstecken.

Aber wie ihn die beiden behandelten, war unwürdig. Wie einen Delinquenten in den Archaischen Perioden schleppten sie ihn seit einer Tonta quer durch den Asteroiden, ohne Rücksicht auf gaffende Touristen oder andere Lotsen.

Inzwischen wusste er immerhin, wohin sie ihn brachten. Der Kontrollturm der Lotsen lag inmitten einer ausgedehnten Parkanlage auf der Tagseite von Tinios.

Verfluchter Che'Den! Ihm hatte er den Schlamassel zu verdanken, in dem er sich seit der Therapiesitzung befand.

»Da hinein!«, sagte einer seiner Bewacher. Sie drängten ihn zu einer Milchglastür, deren Flügel automatisch zur Seite fuhren, und stießen ihn hinein.

En'Imh stolperte in den angrenzenden Raum und erstarrte. An einem lang gestreckten, ovalen Besuchertisch saß sein verhasster Bruder, der ihn aus zusammengekniffenen Augen musterte.

*Nur weg hier!* En'Imh drehte auf den Absätzen um ...

... aber der Ausgang war versperrt. Die beiden Sicherheitsleute standen breitbeinig auf der anderen Seite der Glastür. Mist!

Ergeben fläzte er sich in einen Stuhl, der so weit wie möglich von Che'Den entfernt war, und tat so, als betrachtete er die Gemälde an den Wänden. Die Collagen stellten Raumschiffe auf fremden Planeten dar und stammten allesamt von einem angesagten arkonidischen Künstler, dem man nachsagte, dass er für das Malen eines Bildes einen Tag und ein Glas Hochprozentigen benötigte.

»Wann wirst du endlich erwachsen?« Die scharfe Stimme ließ En'Imh zusammenzucken.

»Dir habe ich also zu verdanken, dass ich bei Khe'Rhil aufsalutieren darf«, sagte er bissig.

»Aber nein. Es ist nicht mein Job, immer hinter dir aufzuräumen.«

»Wer sollte es sonst gewesen sein?« En'Imh beobachtete seinen Bruder ganz genau. »Wenn du es nicht warst, kann es nur dein dressierter Schoßhund Shafar gewesen sein. Du steckst doch mit dem unter einer Decke, gib es zu!«

»Ich gebe gar nichts zu.« Che'Den blieb auffällig ruhig.

En'Imh schüttelte den Kopf. »Warum? Ich verstehe nicht, warum du dich andauernd in meine Angelegenheiten einmischst. Passt dir meine Lebensweise nicht?«

»Ach, komm doch! Die Welt dreht sich nicht nur um dich, ich habe ganz andere Sorgen.«

»So? Welche denn?«

»Das geht dich gar nichts an.« Che'Den drehte seine Ausweiskarte zwischen den Fingern.

»Du glaubst, dass du dich in alle Aspekte meines Lebens einmischen darfst, aber ich habe kein Recht, etwas über deine Probleme zu erfahren? Spinnst du?«

»Verstehst du nicht, dass ich mir Sorgen mache?« Oh, jetzt kam er mit der Mitleidsmasche ...

»Nein«, antwortete En'Imh brüsk. »Wozu?«

Che'Den seufzte theatralisch. »Du hältst dich nicht an Shafars Auflagen!«

»Oh, ich könnte schon, wenn ich wollte. Aber ich will nicht. Das ist der Unterschied.«

»Ach Bruder!« Che'Den stand auf und umrundete den Tisch. »Das bildest du dir nur ein. In deiner Sucht kannst du nicht mehr unterscheiden, was richtig ist und was nicht.«

»Das ist wieder typisch für dich.« En'Imh sprang auf. Er wollte seinem Zwillingsbruder nicht die Genugtuung geben, von oben auf ihn herabzublicken. »Du glaubst, mich zu kennen, weil du dich über Spielsüchtige informiert hast.« Er machte eine Pause, in der Che'Den wie erwartet nickte. »Aber du irrst.«

»Ich habe dich doch gestern beobachtet«, sagte Che'Den. »Dein schlechtes Gewissen hat dich aus deinem Appartement fliehen lassen.«

»Da, schon wieder! Du kannst es nicht lassen.«

»Willst du etwa leugnen, dass du davongelaufen bist?« Che'Den war inzwischen auf eine Armlänge heran. »Dass dich die Sicherheitsleute erst einfangen mussten, um dich hierher zu bringen?«

»Ja, wie einen entlaufenen Hund. Aber du hast keine Ahnung, du hast mich sowieso in Gefahr gebracht.« Er holte Luft. »Wenn jemand aus einem Fiktivspiel gerissen wird, kann er einen geistigen Schaden zurückbehalten. Aber dir war das anscheinend völlig egal! Du hättest mich umbringen können.«

»Ich wusste, was ich tat, als ich dich da rausholte. Ich kann einfach nicht mehr zusehen, wie du dein Leben wegwirfst.«

En'Imhs Herz krampfte sich zusammen. Sein Zwillingsbruder würde ihn nie aus den Augen lassen, nie in Ruhe lassen.

»Dann darfst du dich nicht wundern, wenn du zum Hohen Lotsen gerufen wirst, kleiner En'Imh.«

Jetzt konnte er nicht mehr anders. Er legte alle Kraft in den Aufwärtshaken und schlug zu.

Che'Den war viel zu überrascht, um den Schlag abzuwehren. Sein Kopf flog zurück, aber er fiel nicht zu Boden. Taumelnd kam er wieder hoch.

En'Imh versuchte, dem Konterschlag auszuweichen, aber es gelang ihm nicht. Die Faust traf ihn seitlich am Kopf und riss ihn von den Beinen. Schwer knallte er mit dem Rücken auf den Boden. Che'Den stürzte sich auf ihn – links, rechts, En'Imh hatte keine Chance, sein Zwillingsbruder war stärker. Da half es auch nicht, mit den Beinen auf seinen Rücken zu treten.

En'Imh bäumte sich auf. Es gelang ihm, seinen Bruder abzuwerfen, und er setzte mit der Stiefelspitze nach – direkt aufs Auge. Mit einem dumpfen Laut sackte sein Gegner zusammen.

»Was ist hier los?« Über ihnen stand Khe'Rhil, der Hohe Lotse, und sein Blick war alles andere als erfreut.

»Euch beide kann man wohl nicht allein lassen«, stellte er nüchtern fest. »Steht auf und kommt mit!«

»Aber ...«, begann Che'Den.

Khe'Rhil machte nur eine wegwerfende Handbewegung. »Ab in mein Büro!«

Khe'Rhil wiegte langsam den Kopf. Trotzdem tat er so, als würde er Che'Dens blaues Auge nicht sehen und ebenso wenig En'Imhs heruntergerissene Kapuze.

»Ihr zwei ...«, sagte er. »Ihr werdet an euren Aufgaben mächtig wachsen müssen.«

En'Imh sah den Lotsen fragend an, und auch sein Bruder beugte sich in seinem Stuhl nach vorn.

»Ihr werdet in Zukunft zusammenarbeiten müssen, ob euch das passt oder nicht«, fügte der Hohe Lotse hinzu.

En'Imh zog nur die Augenbrauen hoch; er wartete lieber ab.

»Hoher Lotse, ich bitte Sie inständig, mir das zu ersparen«, sagte Che'Den. »Ich kann mit ihm nicht zusammenarbeiten.«

»Habe ich mich unklar ausgedrückt?«

»Mit dem höchsten Respekt, dieses Subjekt ...«

»Che'Den!«, donnerte Khe'Rhil. »Ihr zwei verdient es nicht einmal, mit eurem Innennamen angesprochen zu werden. Aber ich habe entschieden, dass ihr erste Wahl für diesen Auftrag seid.«

En'Imh schluckte. »Ein Auftrag, Hoher Lotse?«

»Vor zwei Tagen kam es zu einem unverzeihlichen Zwischenfall«, sagte Khe'Rhil. Che'Den zuckte zusammen. »Ein Arkonide namens Lefkin da Findur wurde von Unithern auf einem bareonischen Raumschiff entführt.«

Che'Den blickte betroffen zu Boden.

»Das ist in der Tat sehr bedauerlich«, sagte En'Imh.

»Mehr als bedauerlich«, sagte der Hohe Lotse und ließ Che'Den nicht aus den Augen. »Denn dein Bruder war daran nicht ganz unschuldig. Ihr werdet das Raumschiff IQUESKEL aufspüren, den dort gefangenen Arkoniden befreien und nach Hela Ariela zurückbringen. Das ist von höchster Wichtigkeit!«

Khe'Rhil aktivierte ein Holo, auf dem ein silberner Kugelraumer mit einem kantigen Ringwulst vor der Schwärze des Alls schwebte.

En'Imh holte tief Luft. Dafür würde Che'Den büßen.

»Ihr müsst und ihr werdet zusammen meinen Auftrag erfüllen«, sagte der Hohe Lotse bestimmt. Der Nachdruck seiner Worte erlaubte keine Widerrede. »Der Sternengott Anetis will es so.«

# Kapitel 8

Crest taumelte zum Bett in seiner Kabine.

Nicht *seine* Kabine, korrigierte er sich. Die Unither hatten ihn in eine weitere Zelle am anderen Ende des Ganges gesteckt, die identisch aussah.

Er wollte sich an der Bettkante abstützen, aber sein Griff ging ins Leere. Schwindel erfasste ihn, um ihn drehte sich alles. So wie damals im Hospital auf der Erde bei Doktor Haggard. Der Krebs! War er zurück? Nein, das durfte nicht sein! Aber diese Schmerzen ...

*Dein Krebs heißt Zerft. Der Unither hat dich ordentlich erwischt.* Die Stimme des Extrasinns drang wie durch eine Mauer zu ihm.

Zerft!

Der Name gab ihm einen Ankerpunkt, stoppte die Drehbewegung, die das Zimmer um ihn vollführte. Er setzte sich auf das Bett. Das Kinn schmerzte noch immer, dort, wo die Faust des bulligen Ungetüms gelandet war. Entwürdigend, wie er ihn aus dem Lüftungsrohr gezerrt hatte!

Mit der Zungenspitze fuhr er an den Zähnen entlang. Da – da war doch etwas! Wie ein Blitz raste der Schmerz vom Eckzahn bis in sein Hirn.

Er öffnete den Mund, um mit den Fingern zu ertasten, was passiert war. Der Eckzahn wackelte. Wieder dieser bohrende Schmerz. Crests Finger zuckten zurück. Ungläubig starrte er auf das Blut.

*Was hast du gedacht?,* fragte der Extrasinn.

*Du bist ja eine wunderbare Stütze!* Manchmal hätte er seinen in der Ark Summia aktivierten Gedankenbruder erwürgen können, wenn er ihn denn in Fleisch und Blut vor sich gehabt hätte. Aber da hatte der Extrasinn Glück: Er lebte nur in seinem Hirn und teilte mit ihm die Gedanken.

*Tut mir leid,* beschwichtigte der Extrasinn. *Deine Flucht wäre gelungen, wenn nicht dieser Zerft ...*

*Lass deine Durchhalteparolen!*

Tränen liefen Crest über die Wangen. Er war noch immer fassungslos, mit welcher entwürdigenden Ungehobeltheit diese

Barbaren agierten. Wieso gab es im arkonidischen Imperium niemanden, der etwas dagegen unternahm und sie in die Schranken wies? Unither waren eigentlich grundsolide und fleißig. Wie konnten die drei Ausgestoßenen zu einem derartigen Abschaum werden und so tief sinken? Wie unglücklich mussten sie sein!

Der Geschmack im Mund widerte ihn an, so süßlich und metallisch zugleich. Automatisch griff seine Hand an die Brust, wo der Zellaktivator ... Aber da war nichts. Nichts, was ihm Kraft gab. Und der Toilettenschrank bot nichts, was ihm bei der Heilung des Zahns und der Schwellung am Kinn helfen konnte.

*Hypochonder!*

Nur ein Wort des Extrasinns, aber es genügte, um Crest die eigene Hilflosigkeit spüren zu lassen. Wie lange war es her, dass Golath ihm den Zellaktivator abgenommen hatte? Fünf Stunden? Zehn?

Er versuchte, in sich hineinzuhören. Was hatte sich geändert? Er fühlte sich matt. Seine Lebensenergie war verschwunden und mit ihr seine Tatkraft.

Wie ein Schlag traf ihn die Erkenntnis. Er war wieder sterblich!

Sterblich. Er fragte sich, wie viel Zeit ihm noch blieb. Jedenfalls nicht genug, um den Regenten zu stürzen. Nicht einmal Thora würde er wiedersehen.

Gedankenverloren fuhr er mit den Fingern über die Stirn. Die Falte, die war doch gestern noch nicht da gewesen?

*Kämpfe!,* unterbrach der Extrasinn sein Grübeln.

*Du hast leicht reden.*

*Wieso? Ich bin du, hast du das noch immer nicht verstanden? Wenn du stirbst, sterbe auch ich. Darum kämpfe!*

*Wie denn? Du hast doch gesehen, was ich gegen die Unither ausrichten kann. Nichts.*

Er saß in einem ausweglosen Dilemma. Wenn er den Rüsselwesen erzählte, welche Bewandtnis es mit dem Zellaktivator hatte, war sein Leben keinen Chronner mehr wert. Und wenn er es ihnen nicht verriet, würden sie es aus ihm herausprügeln. Sie glaubten nicht mehr, dass er ein Gha'essold wie sie war. Wenn sie eins und eins zusammenzählten, kamen sie bestimmt darauf, dass ein hochgestellter Arkonide wie er über einen Extrasinn verfügte. Dann würden sie auch wissen, dass herkömmliche Methoden wie Wahrheitsdrogen oder Ähnliches bei ihm nicht wirken würden.

Welch eine grenzenlose Verschwendung, wenn diese Unither den Zellaktivator behielten! Trotzig schüttelte Crest den Kopf. Er würde ihnen niemals erzählen, was sich hinter dem Schmuckstück verbarg, selbst wenn er dafür sterben sollte.

Er bedauerte nur, dass er Perry Rhodan bei der Suche nach dem Epetran-Archiv keine Stütze mehr war. Er hatte ihn und die Menschen im Stich gelassen.

*Du hast die Lage falsch eingeschätzt,* sagte der Extrasinn. *Du hast mir nicht geglaubt, dass die unithischen Schatzjäger so rücksichtslos sein würden.*

*Ja, ich habe einen Fehler begangen. Aber du kannst mich anklagen, soviel du willst, es wird nichts ändern.*

*Rhodan wird es allein schaffen, er hat ja Atlan.*

Crest sparte sich jeden Kommentar. Er konnte den anderen Arkoniden nicht einschätzen. Vor allem seit er wusste, dass sich Atlans und sein Aktivator unterschieden, misstraute er ihm. Mit sich selbst war er ebenfalls alles andere als zufrieden. Er und Thora hatten die Menschen um Rhodan bei der ersten Arkon-Expedition nicht ausreichend informiert.

*Du beschönigst schon wieder!,* mahnte der Extrasinn.

*Du hast recht. Wir haben sie belogen. Aber es tut mir leid. Sehr sogar.*

Trotzdem nagten die Zweifel in ihm. Er hatte Rhodan nicht alles über das Epetran-Archiv gesagt. Gut, er hatte ein paar Informationen im Speicher der TIA'IR verankert, aber war das auch genug? Wie hätte Thora gehandelt?

Thora!

Jetzt starb er, ohne Thora je wiederzusehen, geschweige denn sie retten zu können. Er erinnerte sich an glückliche Momente, die er mit seiner Adoptivtochter auf Arkon erlebt hatte; wie es für sie beide eng wurde als Dissidenten und erklärte Feinde des Regenten; der Flug der AETRON und die Havarie auf dem Erdmond; Thora, die zuerst den Menschen gegenüber so überheblich gewesen war – und nicht mit der Intelligenz der »Wilden« gerechnet hatte.

Er musste sich eingestehen, dass er Thora sehr vermisste. Aber jetzt konnte er es nicht mehr ändern.

Langsam wiegte er sich in Trance. Er wollte sich mit dem beständigen Vor und Zurück von der Außenwelt abschotten. War diese Situation wirklich der Anfang von seinem Ende?

Er war nie ein gläubiger Mensch gewesen, dazu war er viel zu sehr ein Derengar, ein Wissenschaftler. Die She'Huan, die Sterngötter – ob sie tatsächlich existierten? Er kannte viele Kulturen, die an Götter von den Sternen glaubten – und wenn man ihren Mythen und Glaubensregeln nachging, fand man in vielen Fällen, dass sie auf die Landung eines Raumschiffs zurückgingen. Entweder vergaßen Kolonisten ihre Herkunft und verfielen in die Primitivität, oder ein einfaches Volk verbrämte die Landung der Fremden, die ihnen wie Götter vorkommen mussten, die auf einem Feuerschweif vom Himmel kamen.

Crest schloss die Augen, fühlte in sich hinein, ob noch ein Rest der Energie des Aktivators in ihm war. Doch wo immer er suchte, die letzten Überbleibsel schienen sich vor ihm zurückzuziehen.

Stunden vergingen, in denen er zwischen Meditation und Halbschlaf dahindämmerte. Deshalb dauerte es eine Weile, bis er das leise Klopfen an der Schwelle zu seinem Bewusstsein registrierte. Er beachtete es nicht weiter, auf einem Schiff gab es schließlich allerlei Geräusche.

Crest atmete tief aus.

Vor und zurück, im Takt einer stummen Melodie, immer weiter, bis eine gedämpfte, kaum zu verstehende Stimme die Stille durchbrach. »Kamerad?«

# Kapitel 9

»Es kann losgehen«, sagte Liszog.

Golath sah ihm an, dass er den Moment genoss. Der sonst so schweigsame Liszog dozierte unaufhörlich über irgendwelche technischen Dinge, seit sie in das Labor im Zentralteil der IQUESKEL gekommen waren. Man sah dem Raum das Alter gar nicht an, glänzte er doch in blendendem Weiß und Türkis, als wären die Labortische und Messeinrichtungen gerade erst geliefert worden.

»Ja«, bestätigte Golath. »Ich bin neugierig, was wir über die Schätze dieses Lefkin da Findur herausfinden werden.«

»Da gibt es eine recht einfache Methode.« Zerft lehnte an einem Glasschrank mit Messinstrumenten und schlug mit der rechten Faust gegen die hohle Linke.

»Lass das!«, befahl Golath.

Liszog legte das Artefakt des weißhaarigen Arkoniden auf eine rechteckige Glasplatte, die aus einem hüfthohen Kasten ragte. Mit einer Manschette aus widerstandsfähigem Kunststoff fixierte er die seltsame Walze auf der milchig weißen Platte. Der etwa kopfgroße Metallzylinder wirkte, als sei er zu lange einem Brandherd ausgesetzt gewesen. Ein Riss, umgeben von blau schillernden Oxidationsflecken, zog sich quer über die Oberfläche. Überhaupt fühlte sich das messingfarbene Metall an vielen Stellen rau an, so als wäre es jahrhundertealt. Nur die beiden Enden, stumpfe Wölbungen mit einem Dorn in der Mitte, glänzten wie frisch poliert.

»Positronik, Protokollierung beginnen!«, befahl Liszog. Er schaltete variable Mikrofonfelder, die sich um den Zylinder schmiegten. Damit zeichneten sie die Schallwellen auf, die das Artefakt von sich gab. Nach der letzten Demonstration der Fähigkeiten des Holoprojektors hatte das Teil noch minutenlang in Golaths Tasche vibriert.

Auch jetzt breitete sich ein feines Summen im Raum aus. Liszog betätigte der Reihe nach die Erhebungen und Vertiefungen der unregelmäßig geformten Walze. Nichts geschah, außer dass plötzlich das Summen erstarb.

»Aber das muss so gehen!«, schimpfte er. »Ich habe es bei diesem weißhaarigen Arkoniden genau so und nicht anders gesehen.«

Der Techniker rief mit wenigen Handbewegungen ein Dutzend Holodisplays auf, die er rund um das Artefakt positionierte. Auf den meisten befanden sich Diagramme, die alle relativ unspektakulär eine flache Linie entlang der waagerechten Achse darstellten, nur die Anzeige mit der Beschriftung TPT blieb leer.

*TPT?* Golath hatte keine Ahnung, was das bedeuten sollte. Er hatte auch von den restlichen Begriffen auf den Holos höchstens in irgendwelchen Medien gehört, aber ihr Sinn blieb ihm verborgen. Liszog hingegen schien dies als sportliche Herausforderung zu sehen, denn er befahl der Positronik immer neue Dinge.

»Translations-PT starten!« Liszog klang vergnügt wie schon lange nicht mehr. Auf Golaths fragenden Blick fügte er noch hinzu: »Positronik-Tomografie. Die Positronik erzeugt anhand von fünfdimensionalen Taststrahlen und Röntgenaufnahmen, die aus verschiedenen Richtungen aufgenommen werden, Schnittbilder, die wir sonst nicht ohne die Zerstörung des Objekts erlangen könnten.« Liszog sagte es mit einer solchen Selbstverständlichkeit, dass Golath sich wie ein dummer Jungunither vorkam.

Ein dicker Ring mit etlichen Kabeln daran schwebte an einem metallenen Robotarm aus einer Öffnung des Kastens und senkte sich auf die Glasplatte herab, bis er schließlich das Objekt umhüllte. Eine Zeile aus Leuchtpunkten blinkte, während auf dem TPT-Holo ein Statusbalken die verbleibenden Prozente des Scan-Prozesses anzeigte. Bei hundert füllte sich die Anzeige Schicht für Schicht mit einer schematischen Darstellung des Innenlebens des Metallzylinders, der die Positronik entsprechende Labels hinzugefügt hatte.

»Wie ich gesagt habe«, kommentierte Liszog. »Es ist ein Holoprojektor. Seht, hier sind die Keramiklinsen, hier die Laser und Farbwandler, da der miniaturisierte Generator, der das Plasma erzeugt, das wiederum die Laserstrahlen zum Aufleuchten bringen.« Nacheinander markierte er die korrespondierenden Teile.

»Was ist das?« Golath zeigte auf eine würfelförmige Struktur im Inneren des Artefakts, ziemlich genau in dessen Mitte, die nicht beschriftet war.

»Keine Ahnung.« Liszog verdrehte den Rüssel. Er tippte die entsprechende Stelle des Hologramms an, sodass sie orangefarben aufleuchtete. »Positronik, identifiziere dieses Teil!«

»Identifikation nicht möglich«, kam die prompte Antwort. »Dies ist eine unbekannte Technologie.«

Liszog nickte so heftig, dass sein Rüssel auf und ab pendelte. »Das bestätigt meine eigenen Überlegungen. Diese Technik entstammt keiner mir bekannten Zivilisation. Ich habe nicht einmal annähernd jemals etwas Ähnliches gesehen.«

»Aber es hat den Notruf einer Arkonidin abgespielt«, stellte Zerft trocken fest. »Dann wird es auch ein arkonidisches Funkgerät sein.«

»Dies ist nicht korrekt«, kam die Positronik einer Antwort Liszogs zuvor. Golath kam es vor, als würde in ihrer Stimme eine gewisse Heiterkeit mitschwingen. »Wenn es arkonidisch wäre, wüsste ich das.«

»Vielleicht bareonisch oder von einer anderen Kolonialwelt?«, fragte Golath.

»Auch dann wüsste ich das«, beharrte die Positronik. »Aber weder entspricht die Bauweise den im Imperium gängigen Normen, noch wurden bekannte Bauteile verwendet. Die Zuordnung erfolgte lediglich aufgrund der Morphologie.«

»Das dachte ich mir schon«, sagte Liszog. »Die Gestalt der einzelnen Baugruppen ähnelt gewohnten Mustern, aber sie sieht trotzdem fremdartig aus.«

»Bringt uns das jetzt weiter?«, fragte Zerft sichtlich gelangweilt.

»Nein.« Liszogs Rüsselfinger glitten über die virtuellen Bedienelemente. Der Metallring gab das Artefakt frei, verharrte jedoch über der Glasplatte. »Was es wohl mit dem Notruf auf sich hat?«

»Den Arkoniden nimmt er jedenfalls ziemlich mit.« In Zerfts Miene stand ein erwartungsvolles Grinsen. »Vielleicht hat er ja diese Frau auf dem Gewissen. Was hat sie noch mal gesagt? Ein gewisser Orlgans soll tot sein, und einer namens Gucky ist am Ende seiner Kräfte. Was ist, wenn Orlgans und Gucky die Liebhaber dieser Frau waren und Lefkin sie alle drei auf einem einsamen Planeten ausgesetzt hat? Zuzutrauen wäre es dem Alten – und Gucky hört sich für mich verdammt noch mal nach einem Kosenamen für einen Sexualpartner an.«

»Du hast eine schmutzige Phantasie!«, sagte Golath.

Der andere hob nur die Schultern. »Hast du eine bessere Idee?«

»So, wie der Arkonide reagiert hat, kennt er die Frau. So, wie er auf ihre Botschaft reagiert hat, sogar ziemlich gut. Die beiden könnten wirklich ein Paar sein.«

»Ja, aber diese Spekulationen helfen uns nichts«, mischte sich Liszog ein. »Wir haben aber ein zweites Objekt, das uns bei unseren Überlegungen helfen kann. Ich glaube es zwar nicht, doch die beiden Dinge könnten zusammengehören.«

»Dann wollen wir mal das Ei untersuchen.« Golath tauschte das Artefakt gegen Lefkins »Schmuckstück«. Der Ring senkte sich über das matte, gebürstete Metall.

Wieder erschienen die Leuchtpunkte auf seiner Oberfläche, und die Prozentanzeige lief nach rechts. Golath hielt den Atem an. Würden sie das Geheimnis des Alten lüften?

Als die Anzeige bei hundert angelangt war ...

... geschah nichts. Das TPT-Hologramm blieb schwarz.

Liszog starrte ebenso ungläubig auf das Holo, dann riss er die Augen weit auf und winkte das Holo näher zu sich heran. »Da ... da ist etwas. Vergrößern! Kontrast verstärken! Noch mehr!«

Langsam schälte sich ein eiförmiger Abdruck aus der Schwärze.

»Drehen!«, befahl Liszog. »Kontrast weiter erhöhen!«

Der schwarze Schatten drehte sich vor einem fast ebenso schwarzen Hintergrund, aber er blieb seltsam diffus, sah man von der scharfen Kante ab.

»Zeige mir einen Querschnitt an der dicksten Stelle!«

Das Ei verschwand und machte einem schwarzen Kreis Platz, ohne Details und ohne Inhalt.

»Was ist, wenn der Scanner defekt ist?«, fragte Golath.

»Ausgerechnet jetzt? Aber bitte, wenn du glaubst ...« Liszog holte einen daumennagelgroßen Speicherkristall aus der Hosentasche und legte ihn neben das Ei.

»Prozedur wiederholen!«, befahl er der Positronik.

Der Ring fuhr in seine Messposition wie zuvor – doch das Ergebnis war nicht das, was Golath erhofft hatte. Das Hologramm zeigte das Innenleben des Kristalls in klarer Deutlichkeit. Das Metallei widerstand weiterhin der Analyse.

»Objekt eins: Speicherkristall der Verschlüsselungsklasse 132, vorwiegend verwendet von Mitgliedern des unithischen Untergrunds ...«

Golath warf Liszog einen finsteren Blick zu. Irgendwann würde es sich bitter rächen, dass der Techniker die Positronik der IQUESKEL mit allen Daten gefüttert hatte, die er beschaffen konnte.

»... Objekt zwei: Identifikation des gesamten Objekts nicht möglich. Es kann weder von Röntgen- noch von Taststrahlen durchdrungen werden.«

»Jetzt haben wir ein Problem«, stellte Liszog fest.

»Wieso?«, fragte Zerft. »Kommst du nicht weiter? Soll ich ...?«

»Der Arkonide ist für dich tabu!«, zischte Golath.

»Ach ja? Mit dem Technik-Pipapo erfahrt ihr doch nichts. Lasst mich machen!«

»Ich sagte Nein.« Golath wusste, dass er Zerft nicht mehr lange würde hinhalten können. Aber er wusste ebenso, dass die Antwort nicht aus dem Arkoniden herausgeprügelt werden konnte. Der Alte würde vorher sterben.

Liszog nahm das Ei von der Glasplatte, hielt es mit den Rüsselfingern vor seine Augen und drehte es. »Es sieht aus wie gebürstetes Metall, Silber, Platin oder ...«

»Titan«, warf die Positronik ein.

»Wieso hast du das nicht schon längst gesagt?«

»Weil du nicht gefragt hast? Du hast mir nur befohlen, den Kontrast des TPT-Bildes zu erhöhen.«

Liszog machte eine wegwerfende Handbewegung. »Hast du sonst noch ein wichtiges Messergebnis unterschlagen oder nicht erwähnt?«

»Während der Analyse deines privaten Speicherkristalls habe ich einen schwachen fünfdimensionalen Impuls angemessen, der aus diesem Raum stammen muss.«

»Was? Das sagst du erst jetzt?«

»Ich fand es nicht wichtig, da ihr an Bord der IQUESKEL funken könnt, soviel ihr wollt.«

»Wir haben kein Funkgerät hier, oder?«, fragte Liszog.

Golath verneinte.

»Glaubst du, ich vielleicht?«, fragte Zerft.

»Wir drei haben kein Funkgerät«, fasste Liszog zusammen.

»Dann muss der Impuls von einem der drei Dinge stammen, die ich analysieren sollte, wobei ich den Kristall ausschließen würde.«

*Was du nicht sagst,* dachte Golath. Zu diesem Ergebnis war er auch ohne Positronik gekommen.

»Zerft, bring doch den Projektor in die Zentrale«, sagte er. »Wenn ein weiterer Impuls kommt, wissen wir, welches Ding dafür verantwortlich war.«

Kurz nachdem Zerft das Labor verlassen hatte, meldete sich die Positronik in diesem Augenblick erneut: »Fünf-D-Impuls geortet; Position Labor.«

»Jetzt ist alles klar, es muss das Schmuckstück sein!«, bemerkte Golath.

»Damit ist aber auch bewiesen, dass es sich nicht um ein Schmuckstück handelt, sondern um ein hoch entwickeltes technisches Gerät.« Liszog sprach die Konsequenz nüchtern aus. »Der Arkonide hat uns angelogen.«

»Ja. Aber damit wissen wir nach wie vor nicht, welchem Zweck das Gerät dient«, sagte Golath.

»Positronik, was kannst du uns über den Impuls sagen? Hatte das Signal einen Informationsgehalt?«

»Die Datenkomplexität ist leider maximal«, sagte sie. »Ich konnte das Funksignal, wenn es denn überhaupt eines war, nicht dekodieren. Entweder handelt es sich um ein zufälliges Rauschen, oder das Ei sendet mit höchster Kompressionsrate auf Hyperfunkfrequenzen.«

Liszogs große Augen blitzten auf. »Waren die beiden Impulse identisch?«

»Nein«, antwortete die Positronik.

»Damit ist klar, dass sie eine Information mit sich tragen«, sagte Liszog. »Bleibt die Frage, welche und für wen?«

»Habe ich richtig gehört?«, polterte Zerft vom Schott. »Das Ding *funkt?«*

»Scheint so«, antwortete Golath.

Zerft ging an den Labortisch. »Da hat uns der Arkonide ein schönes Ei gelegt! Was ist, wenn das ein Peilsender ist, der unsere Position verrät? Dann sollten wir uns schleunigst des Geräts entledigen.«

»Beruhige dich!«, antwortete Golath. »In dem Fall wären unsere Verfolger längst hier.«

»Der Impuls könnte auch eine gewöhnliche Emission des Betriebs sein«, pflichtete Liszog bei.

»Ich weiß nicht, ich weiß nicht.« Zerfts Rüssel pendelte aufgeregt hin und her. »Die Sache wächst uns langsam über den Kopf.«

»Du siehst zu schwarz«, sagte Golath. »Wir behalten das Gerät!«

»Die Positronik kann ja die Impulse aufzeichnen. Vielleicht ergibt sich ein Muster.«

»Ja, veranlasse das!« Golath war erleichtert, dass Liszog sich auf seine Seite geschlagen hatte.

Zerft rollte den Rüssel ein. »Sagt hinterher aber nicht, ich hätte euch nicht gewarnt.«

# Kapitel 10

Sofort war Crest hellwach. »Ist da jemand?«, flüsterte er, und als niemand antwortete, etwas lauter: »Ja? Wer ist da?«

»Tes... Ra...«, kam die Antwort.

»Wie bitte? Ich verstehe Sie nicht.« Er kniete sich auf den Boden und hielt ein Ohr gegen die Wand seiner Kabine, um besser hören zu können.

»Tesma Rayare.« Diesmal war die Stimme klar zu verstehen. Eine weibliche, dem Namen nach eine Kolonialarkonidin.

»Mein Name ist Lefkin da Findur.«

»Sind ...«, fuhr die zögerliche Stimme auf der anderen Seite der Wand fort, »... sind Sie auch Gefangener dieser rohen Unither?«

Crest nickte reflexartig, ehe er daran dachte, dass die Frau auf der anderen Seite der Wand ihn nicht sehen konnte. »Ja«, sagte er deshalb laut.

»Dann haben wir etwas gemeinsam«, sagte sie. »Die drei halten mich seit zwei Monaten gefangen.«

»Oh!«, rief Crest erstaunt. »So lange?«

»Ja«, kam die Antwort, gefolgt von einem tiefen Seufzer. »Sie haben mich ... Aber ich will Sie nicht mit meiner Geschichte langweilen.«

»Nein, nein«, beeilte sich Crest zu sagen. »Golath und seine Kumpane haben mich entführt, weil sie mir meine Schätze abnehmen wollten.«

»Was Sie nicht sagen! Sie haben mich ebenfalls entführt, weil sie sich von mir viel Geld versprechen.«

Irgendetwas in ihrer Stimme erinnerte ihn an Thora, obwohl er nicht sagen konnte, was es war – ihr Timbre, ihre Wortwahl? Egal was es war, er hatte eine Leidensgenossin gefunden, die ein ähnliches Schicksal wie er erlitten hatte. Crest fasste neuen Mut. Er war nicht mehr allein. »Erzählen Sie mir mehr!«

»Wenn ... wenn es Sie wirklich nicht langweilt: Ich bin Vertreterin für Positronikbaugruppen. Meinem Vater gehört das Unternehmen, deshalb glaubten die Unither wohl, mit mir einen guten Fang gemacht zu haben.«

»Und ... stimmt das nicht?«, fragte Crest.

»Mein lieber Lefkin – ich darf Sie doch so nennen? Meinem Vater mag zwar die Firma gehören, aber reich ist meine Familie deshalb nicht.«

»Die Unither verlangten Lösegeld für Sie?«, fragte er. Langsam taten ihm die Knie von der ungewohnten Haltung weh. Er stand kurz auf, streckte die müden Glieder und setzte sich auf den Boden. Aus der anderen Kabine hörte er ein leises Wimmern.

»Habe ich etwas Falsches gesagt?«, fragte Crest erschüttert. »Ich meine ... ich wollte ...«

»Schon gut«, antwortete Tesma. »Sie können nichts dafür, aber ich ... ich ...« Ihre Stimme erstarb in einem lauten Schluchzen. Es dauerte eine Weile, bis die Frau sich beruhigt hatte.

»Es tut mir leid«, sagte Crest, als ihr Weinen leiser wurde.

»Mir auch. Mein Vater hat das Lösegeld nicht zusammenbekommen, deshalb haben die Unither mich in ihrer Räuberhöhle eingesperrt.« Crest malte sich eine echte Höhle aus, tief im Berg, mit Schatztruhen, gefüllt mit Gold und Edelsteinen, aber Tesma unterbrach seine träumerischen Gedanken: »Dieser verlassene Planet mit der einsamen Siedlung am See ... Immer wieder sind die Unither mit ihrem Raumschiff auf Beutezug gegangen und haben mich allein in der Siedlung zurückgelassen.«

»Das ...«, begann Crest.

Ein Gong unterbrach ihn. »Transition in dreißig Sekunden«, sagte die wohlmodulierte Stimme der Bordpositronik.

Crest eilte zum Bett und zurrte die Sicherheitsgurte fest. Er hoffte, dass Tesma in der Nachbarkabine dasselbe tat.

»Wir reden nach der Transition weiter!«, rief er in der Hoffnung, dass die Arkonidin ihn trotz der Entfernung noch hören würde. Die Unither waren ihm in diesem Moment völlig egal.

»... zwei ... eins ... Transition.«

Der Entzerrungsschmerz raubte ihm die Sinne. Beim vorletzten Sprung durch den Hyperraum hatten die Kräfte des Zellaktivators die Folgen abgemildert. Nun lag das Leben verlängernde Gerät irgendwo in der Zentrale und konnte ihm nicht helfen. Seine Eingeweide fühlten sich an, als hätte sie jemand nach außen gezerrt. Quer durch sein Hirn stachen tausend glühende Nadeln, und die Finger prickelten vor Kälte.

Mühsam schlug er die Augen auf. Schwerfällig schnallte er sich los und erhob sich von der Liege. Der Entzug des Zellaktivators machte sich immer deutlicher bemerkbar.

*Reiß dich zusammen!* Selbst die Stimme des Extrasinns hallte anders als sonst in seinem Hirn. *Du siehst Gespenster.*

Nur allmählich normalisierten sich Crests Wahrnehmungen. Die Unither mussten mit dem Hypersprung das Schiff an den Rand seiner Belastungsgrenze getrieben haben.

Er stolperte zur Wand, hinter der er Tesma wusste. Es waren zwar kaum fünf Meter, aber mit jedem Schritt besserte sich sein Gleichgewichtsgefühl. »Tesma, ich bin wieder da«, sagte er.

»Dann kann ich ja weitererzählen, obwohl es nicht mehr viel zu sagen gibt«, sagte sie. »Nur, dass die Unither mich bei ihren Raubzügen auf einem einsamen Planeten zurückgelassen haben. Ein Nahrungsspender war meine einzige Gesellschaft. Helfen Sie mir hier! Zu zweit schaffen wir es.«

*Du musst etwas sagen,* mahnte ihn der Extrasinn.

»Da sind drei Unither! Ich habe mich schon einmal mit ihnen angelegt und den Kürzeren gezogen.«

»Aber jetzt sind wir zu zweit. Gemeinsam wird uns etwas einfallen. Die Unither sind keine professionellen Verbrecher, sie sind Ausgestoßene. Sie werden früher oder später einen Fehler begehen, den wir nutzen können.« Sie machte eine Pause. »Aber ich rede nur von mir. Sagen Sie mir, Lefkin, warum sind Sie Gefangener von diesen Wilden?«

»Ich bin Schatzjäger.«

»Ein Gha'essold also.« Sie sagte es so, dass Crest am liebsten im Boden versunken wäre.

»Nein, nicht wie die Unither«, bemühte er sich zu sagen. »Ich suche wirklich nach antiken Schätzen.«

Er erzählte ihr von dem Artefakt und dem Notruf, ohne jedoch Thoras Namen zu nennen, und schloss mit dem Diebstahl des Schmuckstücks durch Golath. Dass es sich um einen Zellaktivator handelte, behielt er für sich. Tesma brauchte das nicht zu wissen. Dafür erwähnte er seinen Fluchtversuch und Zerfts Brutalität.

»Ja, das kann ich mir gut vorstellen«, bekräftigte Tesma. »Zerft ist der Schlimmste von den dreien.«

Crest ballte die Rechte. Tesmas Energie und sein Intellekt waren einen Versuch wert. Die Unither würden sich noch wundern. Mehr als sein Leben konnte er ohnehin nicht verlieren.

# Kapitel 11

»Mein Name ist Lefkin da Findur.«

Die Stimme des Arkoniden drang von allen Seiten aus den Akustikfeldern der Zentrale. Golath kam es vor, dass der Gefangene kurz gezögert hatte, aber vielleicht lag es auch an der mangelnden Qualität der Funkübertragung.

»Wieso rauscht das so?«, fragte Zerft mürrisch. »Liszog, kannst du nicht einmal eine Abhöranlage ordentlich installieren?«

»Mach du es doch besser!«, schimpfte Liszog.

Pah! Golath verabscheute die ewigen Streitereien mit seinen Begleitern. Ständig flippte einer wegen Nichtigkeiten aus. War das ein Wunder? Die Einsamkeit machte ihnen zu schaffen. »Lass Zerft in Ruhe. Schau lieber, dass das Rauschen weggeht. Ich habe bereits ganz ausgefranste Ohren.«

»Ich bin ja schon dabei.« Die Bedienungselemente eines virtuellen Soundmischgeräts schwebten vor Liszog in der Luft. Hektisch verschob er die Regler. Auf einmal erstarb der Redefluss des Arkoniden komplett.

»Liszog, was ist jetzt wieder los?« Golath trommelte mit dem Rüssel auf seine Konsole, wo die Statusmeldungen der Strukturfeldkonverter einliefen. Die Aggregate waren in Kürze vollständig aufgeladen, sodass die IQUESKEL die nächste Transition mit voller Reichweite einleiten konnte.

»Es war keine Absicht.« Liszog malträtierte die Regler, aber al les, was er den Akustikfeldern entlockte, war ein schrilles übersteuertes Quietschen.

»Willst du, dass mein Trommelfell platzt?« Zerft sprang auf und hielt sich die Ohren zu.

»Gleich ist alles wieder im Lot«, behauptete Liszog.

»... meinem Vater mag zwar die Firma gehören, aber reich ist meine Familie deshalb nicht.« Das war die Stimme der Frau.

»Die Unither verlangten Lösegeld für Sie?« Und das jene des Arkoniden.

Ach nein, wieso musste er sich so etwas anhören? Das Gespräch verlief äußerst unspektakulär – aber wenigstens war vom Rauschen nichts mehr zu hören.

»Blabla«, machte Zerft und verdrehte die Augen.

»Wir lassen die beiden einander noch ein paar Minuten lang bemitleiden«, sagte Golath bestimmt.

»Muss das echt sein?«, fragte Zerft.

»Ja, es gibt keine andere Option«, antwortete Golath. »Anders bekommen wir niemals heraus, was sich hinter seinem Schmuckstück verbirgt und wozu es wirklich dient. Je teurer wir es verkaufen können, desto eher sind wir wieder daheim auf Unith.«

»Aber hauptsächlich redet die Frau.«

»Das wird schon noch«, sagte Golath. »Wenn sie mit ihrer Geschichte fertig ist, ist Lefkin an der Reihe. Ich bin gespannt, was er erzählen wird.«

Sein Blick streifte die Konsole. *Hundert Prozent.*

Endlich konnten sie die letzte Etappe ihrer Flucht antreten – zumindest dorthin, wo sie sich einigermaßen sicher fühlten.

»Liszog, Abflug!«

Der Angesprochene reagierte sofort. Mit fliegenden Rüsselbewegungen rief er die Steuerung des Überlichtantriebs auf und leitete den Countdown ein.

»Transition in dreißig Sekunden«, meldete die Positronik.

»Wir fliegen nach Hause«, sagte Liszog sichtlich zufrieden.

»Was du Zuhause nennst«, schimpfte Zerft und prüfte den Sitz seiner Gurte.

Auch wenn Golath oft mit Zerft zusammenkrachte, hier hatte er ausnahmsweise recht. Ufgar war nicht ihr Zuhause.

»... zwei ... eins ... Transition.«

Golath versuchte sich zu wappnen, aber die Welt verging um ihn – und kehrte mit rasenden Schmerzen zurück.

»... drei Unither!«

Golath hörte die Stimme des Arkoniden wie durch Watte. Er hatte in seinem Leben schon so viele Transitionen mitgemacht, dass er sie nicht mehr zählte. Ein gewisser Gewöhnungseffekt war eingetreten, aber ganz ohne kleinere Komplikationen wie Brechreiz und Kopfschmerzen würde es wohl nie abgehen.

»Auch schon wach, Chef?« Liszog grinste von einem Ohr zum anderen. Er hatte diesmal die Transition augenscheinlich besser überstanden.

Golath wackelte mit dem Rüssel. Es würgte ihn. Der Kloß in seinem Hals schob sich langsam in die Höhe, bis er am Gaumensegel anstieß. Er versuchte zu schlucken, aber das machte alles nur schlimmer. Ein Würgen – und er verteilte die Reste der letzten Mahlzeit auf dem Boden neben seinem Sessel. Sofort kam ein Reinigungsrobot angewuselt und entfernte alles.

Auf der Mitte des Hauptholos leuchtete eine gelbe Sonne, daneben prangten die astronomischen Daten des Systems.

*Ufgar: Spektralklasse G2 V, Oberflächentemperatur 5800 Kelvin; fünf Planeten; Entfernung zu Unitha 371, zu Hela Ariela 2119 Lichtjahre.*

»Und ich dachte, wir hätten dieses Loch endgültig verlassen«, schimpfte Zerft.

»Die Umstände haben sich verändert«, sagte Golath. »Aber es wird nicht für lange sein, das verspreche ich euch.«

Für einen Moment war Zerft ruhig.

»Ein Gha'essold also«, sagte in diesem Moment die Frau.

Liszog und Zerft bekamen gleichzeitig einen Lachkrampf.

»Nein, nicht wie die Unither«, sagte der Arkonide. »Ich suche wirklich nach antiken Schätzen.«

»Komm schon, komm schon, Arkonide! Sag es!« Liszog stellte die Ohren auf, als könnte er damit Lefkins Geständnis herauspressen.

»Ich habe das Artefakt der Goldenen ...«

Lefkin da Findurs Satz ging in Zerfts Aufschrei unter: »Das kennen wir doch alles schon.«

»Der alte Mann labert und labert«, pflichtete ihm Liszog bei. »Der soll endlich Klartext reden, sonst kann Zerft meinetwegen ...«

»Psst!«, sagte Golath. Er konnte nicht gleichzeitig dem Arkoniden zuhören und das Gerede seiner Artgenossen ausblenden. »Haltet doch endlich die Klappe!«

»Halt du sie doch!«, schimpfte Zerft. »Wer hatte denn diese Idee mit der Frau?«

»Ich, mein Bester. Dafür hätte dein Hirn gar nicht gereicht.«

»Ach so?« Zerft wuchtete sich aus seinem Sessel und stapfte auf Golath zu. »Der strohdumme Zerft, der sowieso zu allem zu blöd ist, meinst du das?«

Golath streckte sich und stellte sich dem anderen entgegen. Zerft überragte ihn um mehr als einen Kopf.

»Ich weiß, dass du dich für etwas Besseres hältst«, sagte Zerft. Sein Atem blies Golath direkt ins Gesicht. »Aber der grobschlächtige Nichtsnutz Zerft ist nicht so blöd, wie du denkst.«

»Ach so? Das ist mir noch gar nicht aufgefallen.«

Zerfts Rüssel schnellte vor, packte Golaths Rüssel direkt am Ansatz und zog ihn zu sich heran. Golath musste sich unter dem festen Griff auf die Zehenspitzen stellen. Zerfts Augen starrten ihn aus keiner Handbreit Entfernung an.

»Du denkst, du wärst so schlau«, knurrte Zerft. »Dabei hättest du auf Lepso ohne mich ganz schön dumm aus der Wäsche geschaut.«

»Ach so?« Golath hatte Mühe, die Worte zu artikulieren.

»Ja, so! Ich sage dir auch, weshalb. Was glaubst du, warum du im Kasino so gute Karten hattest? Weil du ein ach so toller Balidanspieler bist? Weil du so viel besser als der reiche Arkonide warst?«

»Ja, genau.«

»Dann glaubst du wohl auch an intelligente Wasserbewohner, die die überlichtschnelle Raumfahrt selbst entwickelt haben. Nein, Golath, du irrst, und zwar gewaltig! Wenn ich nicht den Croupier – sagen wir mal – *überredet* hätte, dir die richtigen Karten auszuteilen, hättest du sogar den Schwingquarz innerhalb von zehn Minuten verzockt.«

»Das ist nicht wahr! Wie hätte ein hirnloser Zuchtstier wie du so etwas anstellen sollen? Du hast ja nicht einmal in der Brunft die Spielregeln beachtet.«

Zerfts Pupillen verengten sich. Er ließ Golaths Rüssel los und stieß ihn von sich. »Das wird dir noch leidtun!«, zischte er, drehte sich um und verließ die Zentrale.

Hinter ihm schloss sich das Schott.

»Was schaust du so?«, fragte Golath, als er Liszogs Blick bemerkte.

»Ich habe mir das Gerede der beiden Gefangenen angehört.«

»Und?«

»Nichts, was wir nicht schon wüssten. Der Arkonide erzählt ihr die haargleiche Story wie uns.«

»Gut, dann landen wir jetzt auf Ufgar.« Golath massierte seinen schmerzenden Rüssel. »Ich weiß auch schon, wo.«

# Kapitel 12

Noch stand die ANETIS'KHOR in einem Hangar von Tinios, dem Asteroiden, den En'Imh seine Heimat nannte. Noch nie in seinem Leben hatte er ihn verlassen. Wozu auch? Bisher hatte sich nie die Notwendigkeit ergeben. Seine Tätigkeiten als Unterunterlotse hatten immer in einem der Kontrolltürme stattgefunden – und er war stolz darauf.

Ohne das von Leuten wie Che'Den belächelte »Bodenpersonal« würde rund um Hela Ariela nichts mehr gehen und schon gar nicht fliegen. Dazu war der Raumschiffsverkehr rund um das Leuchtfeuer in den letzten Jahrhunderten viel zu dicht geworden. Inzwischen konnte man die Schiffsbewegungen durchaus mit dem Kerngebiet von Thantur-Lok vergleichen. In jeder Millitonta sprangen Dutzende Schiffe durch den Hyperraum, und das war En'Imhs zweites Problem.

Sein erstes Problem stand auf zig Teilbereichen der Holos vor ihm: die Sprungdatenbank der arkonidischen Flotte. Er seufzte.

Che'Den, der vor der Konsole des Kommandanten saß, blickte von der Darstellung des Raumsektors Hela Ariela auf. »Was ist los?«, fragte er.

En'Imh deutete auf die unzähligen Holos. »Das wird nicht einfach werden.«

»Aber du wirst dein Bestes geben, Brüderchen?«

En'Imh biss die Zähne zusammen. »Ja, immerhin haben wir den Auftrag eines Sternengottes.«

»Du glaubst auch alles, oder?« Che'Dens Grinsen reichte bis zu den Ohren.

»Khe'Rhil sah nicht gerade aus, als ob er scherzen würde«, gab En'Imh zurück. Ihm lag eine noch schärfere Entgegnung auf der Zunge, aber er verzichtete darauf.

»Trotzdem würde mich interessieren, weshalb dieser Lefkin da Findur für Khe'Rhil und den Sternengott Anetis so wichtig ist.«

»Ja, wäre interessant«, gab En'Imh zurück. »Aber Khe'Rhil hätte uns informiert, wenn das in seinem Sinn gewesen wäre.«

»Also machen wir uns an die Arbeit. Wieso klinkst du dich

nicht virtuell in das Netzwerk des Militärs ein? Ich habe gehört, das wäre die einfachste Methode.«

En'Imh stöhnte auf. Wie sollte er mit seinem Zwillingsbruder zusammenarbeiten, wie der Hohe Lotse gefordert hatte, wenn Che'Den andauernd alles besser wusste?

Er griff nach dem Neurohelm, den er aus dem Fundus seines Appartements mitgebracht hatte. *Kommandant* Che'Den hatte zwar kein Verständnis für die positronischen Bauteile gehabt, aber ohne den Aktenkoffer voll mit ihnen wäre die Suche nach dem Raumschiff der Unither von Anfang an zum Scheitern verurteilt gewesen. Das hatte Che'Den letztlich überzeugt.

Der Helm, der eigentlich aus zwei handähnlichen Hauptteilen bestand, deren Finger sich an En'Imhs Hinterkopf schmiegten, stellte die Verbindung mit der Bordpositronik der ANETIS'KHOR her. Er verspürte ein leichtes Prickeln an den Schläfen, als die ersten Bilder in seinem Geist erschienen.

Das Neurointerface setzte die Topologie des Netzwerks in verständliche Bilder um, am ehesten vergleichbar mit den Tunnels der Röhrenbahn eines Planeten. Die Bahnhöfe entsprachen den Netzknoten, deren Verwaltungsbereich den Firewallregeln und die Züge den Datenpaketen, die sie passierten. Eines dieser Pakete war er selbst, zusammen mit seinen Werkzeugen und Programmiersprachen.

In annähernd Nullzeit verließ er den kleinen Bahnhof des peripheren Knotens in seinem Pult und näherte sich dem turmhohen Gebilde der Hauptpositronik. Schon von Weitem glänzte das Tor in der Mitte des Turms. Es funkelte wie ein Hyperkristall, der Normalenergie in fünfdimensionale umwandelte.

En'Imh wurde von ihm magisch angezogen, aber er wusste, dass dies nur ein visuelles Symbol für die Hyperfunkverbindung zu Tinios und dem Rest des arkonidischen Imperiums darstellte. Der nächste Turm – nein, er musste sich korrigieren –, die nächste Burg mit mehr Türmen, als er überblicken konnte, war nur eine kurze Zwischenstation.

Rasend schnell flitzten winzige, erleuchtete Hallen an ihm vorüber – Hyperfunkrelais im Leerraum zwischen den Sternen – und zwischen ihnen der dunkel glimmende Steg der Magnetschiene. Ihm war es, als würde ihn jemand nach seinem Individualausweis fragen, aber niemand war zu sehen. Stattdessen materialisierte mitten auf dem Steg eine grün irisierende Kugel, über deren Oberfläche weiße Blitze tanzten.

En'Imhs Fahrt wurde abrupt abgebremst. Ihm wurde unerträglich heiß, und als er an sich hinunterblickte, sah er, wie die feinen Härchen an seinen Armen verkohlten. Er wollte fliehen, doch seine Füße schienen mit dem Metall der Schiene verschmolzen.

Panik kam in ihm auf. Er musste ...

Gedanklich griff er nach dem Arsenal in seinem Koffer. Lichtspeeren gleich zuckten seine Waffen in die Richtung der Erscheinung. Sie vergingen kurz vor der Kugel in flimmernden Leuchterscheinungen, ohne eine erkennbare Reaktion hervorzurufen. Sein Geist fühlte sich an, als rührte jemand darin mit einem großen Löffel um.

*Nichts ... wie ... weg!* Jedes Neuron seines Hirns schien ihm dies zuzurufen.

Gleichzeitig kroch die Kälte des Weltalls an seinen Beinen höher, ließ die Zellen erstarren und verband ihn noch stärker mit der Schiene. Die Eiseskälte tastete weiter über seinen Bauch zum Herzen.

Auch ohne eine Gebrauchsanweisung der Sicherheitsvorkehrungen der Flotte wusste er, dass dies das Ende war. Hörte erst einmal sein Herz auf zu schlagen, folgte nach spätestens drei Minuten der Gehirntod. Aber En'Imh wollte nicht sterben!

In einer letzten Gewaltanstrengung bäumte er sich auf. Nacheinander riss er seine Fußsohlen vom Untergrund los und feuerte eine letzte Salve auf die Kugel ab. Der Rückstoß katapultierte ihn den ganzen Weg zurück bis in die ...

Gleißende Helligkeit blendete ihn. Aus der Ferne war ein Brüllen zu hören, wie ein Tier in höchster Not. Schauer von Adrenalin jagten durch seine Fingerspitzen, die im Rhythmus des Herzschlags prickelten.

Es dauerte eine Weile, bis er registrierte, dass er selbst die Schreie ausstieß. Die Lichtflut wich einem Gesicht – Che'Dens Gesicht, das trotz des schwarzen Körperfilms Besorgnis zeigte.

»Was ist los?«

Wie in Zeitlupe sickerten die Worte in En'Imhs Bewusstsein. Er schwamm mit ihrem Klang, klammerte sich an ihnen fest, um nicht weggeschwemmt zu werden.

»Hey, verdammt! Was ist los?« Che'Den schüttelte ihn an den Schultern.

Eine Woge schwappte über ihn hinweg, aber dann durchbrach sein Kopf die Wasseroberfläche. »Unmöglich!« Zu mehr als einem Wort war er in diesem Augenblick nicht fähig.

»Was ist unmöglich?« Che'Den beugte sich über ihn und hob seinen Kopf an.

Erst jetzt merkte er die Kühle unter seinem Körper. Er lag auf dem Boden. »Wie lange war ich weg?« Nur zögernd kam der Satz über seine geschwollene Zunge.

»Weniger als eine Zehnteltonta«, antwortete Che'Den. »Eben hast du noch mit mir gesprochen, dann bist du zusammengebrochen.«

»Ich ... ich denke, ich bin bis zu einem Abwehrfort der Flotte vorgedrungen, dort war Endstation.«

»Was heißt das?«

»Das heißt, ich bin mit meinen Tricks am Ende.«

Che'Den machte große Augen. »Hast du auch alles versucht? Brauchst du vielleicht jemanden, der dir hilft?«

»Du vertraust mir nicht.« En'Imh atmete schwer. Seine Beine fühlten sich taub an. »Habe ich trotz deiner Anordnungen das Netzwerk in meinem Appartementturm überlistet oder nicht?«

»Das ist etwas ganz anderes«, antwortete Che'Den, der sich sichtlich unwohl fühlte. Er mochte zwar eine Koryphäe als Lotse sein, aber von Hacken verstand er rein gar nichts.

»Nein, ist es nicht«, widersprach En'Imh. »Aber wenn es dich tröstet, erkläre ich es dir. Zuerst habe ich versucht, die Eingabemasken zu überlisten, aber sie sind alle wasserdicht abgesichert, wie ich neidlos zugeben muss.« Er zeigte auf schnörkellose Holos, die jahrzehnte- oder gar jahrhundertealt waren. »Selbst die ältesten von ihnen sind gegen alle Attacken gehärtet. Da waren Profis am Werk.«

»Ja?«

»Ja, sie verstehen ihr Handwerk. Ihre Abwehrmechanismen sind einfach zu stark. Trotz vierundzwanzig Reflectionservern überwand das Konterprogramm mehr als die Hälfte von ihnen, ehe ich die Verbindung unterbrochen habe. Zwei Millitontas später, und es hätte meinen Geist überrollt. Und auch wenn dir das vielleicht gefallen hätte, wäre ich dir als lallender Idiot keine große Hilfe. Zum Glück habe ich unseren Standort verschleiert. Sie werden uns nicht aufspüren.«

Che'Den antwortete nicht, aber an seinem nachdenklichen Blick las En'Imh ab, dass ihn diese Eröffnung schockierte.

»Kannst du uns nun hineinbringen oder nicht?«, fragte Che'Den nach einer Pause.

»Immerhin weiß ich, welche Tricks unsere Gegner anwenden. Zusätzlich zum Zugangskode benötigt man ein Zertifikat, das in der aufrufenden Stelle hinterlegt sein muss ...«

»... und das wir nicht haben.«

»Nicht hatten!«, grinste En'Imh. »Du unterschätzt mich noch immer, Bruder. Das Zertifikat habe ich inzwischen, aber da ist noch eine weitere Hürde: Wir benötigen eine gültige Hardware-ID, die offenbar nur von militärischen Einheiten erzeugt werden kann.«

»Wie meinst du das?«

»Kannst du dir das nicht denken?«, feixte En'Imh. »Wir müssen in einen Stützpunkt der Flotte eindringen.«

»Bist du wahnsinnig?« Che'Den ließ vor Schreck En'Imhs Kopf los.

Aber En'Imh hatte sich so weit erholt, dass ihm das nichts ausmachte, im Gegenteil, er rappelte sich hoch und stützte sich mit einer Hand an der Konsole ab. »Nein, das ist mein voller Ernst.«

Che'Den schwieg.

Das war also die Endstation ihres Weges auf der Suche nach dem entführten Arkoniden.

Plötzlich huschte ein Grinsen über Che'Dens Gesicht. »Militär, hast du gesagt?« Als En'Imh nickte, fuhr er fort: »Reicht dir auch ein Schlachtschiff?«

# Kapitel 13

Crest schreckte aus dem Schlaf hoch.

Was war das? Ein dumpfer Schlag ging durch die IQUESKEL. War das Schiff erneut transitiert?

*Unmöglich,* kommentierte der Extrasinn. *Die Konverter hätten nach der kurzen Aufladezeit kein Dutzend Lichtjahre geschafft. Außerdem hättest du das gemerkt. Erinnere dich an die Kopfschmerzen nach dem letzten Sprung!*

*Das stimmt auch wieder. Aber was ist es dann?*

Er hielt sich an der Umrandung der Liege fest. Tatsächlich, er hatte sich nicht getäuscht. Das Metall des Rahmens vibrierte leicht. Dazwischen fühlte er, dass das Schiff wie unter Einschlägen erbebte. Wurde die IQUESKEL etwa angegriffen?

Crest atmete vorsichtig ein. Es roch nach Verbranntem wie von verschmortem Kunststoff. Crest sah sich um. Die Lüftungsanlage war nicht die Ursache. Dort zeugte nur eine unebene Schweißnaht davon, dass Liszog das Gitter untrennbar mit dem Rohr verbunden hatte. So verhinderte er, dass Crest einen weiteren Fluchtversuch startete.

Aber irgendwoher musste der Geruch kommen. Crest stand auf und ging zum Schott. Der Gestank wurde immer beißender. Seine Augen begannen zu tränen.

*Was haben die Unither nun vor? Ausräuchern?,* dachte er.

*Du bist ja schlimmer als die irdischen Derengar vor fünf Jahrhunderten. Dein Weltbild ist nicht heliozentrisch, sondern egozentrisch.*

*Dann brennt es da draußen,* stellte Crest fest.

*Es könnte auch sein, dass die IQUESKEL abstürzt. Das würde die Vibrationen erklären.*

Crest fühlte sich hochgehoben. Der Antigrav!

Unvermutet setzte die Gravitation wieder ein. Crest stürzte, landete auf allen vieren und rollte zur Seite. Schmerz durchfuhr den rechten Knöchel und ließ ihn aufstöhnen.

Crest hustete. Durch den schmalen Spalt unter dem Schott drang Rauch in seine Kabine.

Vorsichtig belastete er den Knöchel. Gebrochen war nichts,

aber es stach bei jeder Bewegung. Wenn er bloß den Zellaktivator gehabt hätte!

*Du kannst von Glück sagen, dass das Schiff nicht gerade in einer Bremsphase war,* sagte der Extrasinn. *Da wärst du nicht mit einem verstauchten Knöchel davongekommen.*

*Lass das!* Crest stand auf.

Tesma Rayare! Was war mit ihr? »Tesma!«, rief er, doch er erhielt keine Antwort.

Plötzlich ging ein Kreischen durch das Schiff, wie Metall auf Metall, wie Stahl, der seine Belastung hinausschrie. Eine Explosion erschütterte das Schiff.

Die Tür seiner Zelle flog auf, und eine Arkonidin stand vor ihm. War das seine Mitgefangene? Sie war groß und kräftig. Crest hatte sie sich jünger vorgestellt und zerbrechlicher.

»Rasch!«, rief sie. »Wir müssen hier raus!«

Sie drehte sich um und lief los, ohne auf ihn zu warten. Obwohl ihm das Herz bis zum Hals schlug, folgte er ihr. Ihr roter Overall war der einzige Orientierungspunkt im dichten Qualm.

»Wo laufen wir hin?«, schrie er.

Tesma drehte den Kopf. »Hinunter zum Hangar. Dort gibt es ein Rettungsboot und einen Jäger.«

Abrupt blieb sie stehen, sodass Crest sie um ein Haar umgerannt hätte. Sie stand an der Öffnung eines Antigravschachts und hielt sich mit einer Hand am Rahmen fest. Crest stellte sich auf die andere Seite des Zugangs.

»Kein Antigravfeld«, sagte Tesma, die ihre freie Hand in den Schacht hielt.

Crest blickte nach unten. Fünf Meter unter ihm spannte sich ein Sicherheitsnetz quer über den gesamten Schacht. Darunter verlief der Antigravschacht in einer Krümmung nach innen, die der äußeren Wandung des Raumschiffes folgte. Der einzige senkrechte Antigravlift führte von der Polkuppel zur Bodenschleuse. Die anderen Bereiche verboten sich von selbst, da sie kritische Bereiche der Strukturfeldkonverter durchstoßen hätten.

»Da muss doch ein Notschacht sein!« Crest sah sich um. Direkt neben ihm war ein Piktogramm in die Wand eingelassen, das eine stilisierte Treppe zeigte. Er öffnete die Verriegelung und blickte auf schmale Stufen, die von schummrig orangerotem Licht erhellt wurden. Und kein Rauch!

Tesma huschte an ihm vorbei. Crest hatte Mühe, mit ihr Schritt zu halten. Er zählte drei Schotten, an denen sie vorbeiliefen. Erst das vierte trug die ersehnte Aufschrift »Hangarebene«.

Das Schott schwang auf, und der Schacht mit der Nottreppe füllte sich mit Qualm, nicht so dicht wie oben, aber stark genug, um die Augen zu reizen.

»Welche Richtung?«, fragte er.

»Keine Ahnung«, antwortete die Arkonidin, »aber so groß ist das Schiff nicht.«

Sie hatte recht. Nachdem sie zwanzig Meter den bogenförmig gekrümmten Gang entlanggelaufen waren, konnte er die Aufschrift am ersten Schott entziffern. »Hangar«, stand da in einer technisch nüchternen Schriftart.

Während Crest nach Verfolgern Ausschau hielt, kümmerte sich Tesma um das Schott. »Ich bekomme das Ding nicht auf«, schimpfte sie. »Irgendetwas blockiert den Öffnungsmechanismus.«

»Dahinter lodert der Brand«, stellte er fest. »Hier dringen aus allen Ritzen Rauchschwaden.«

»Stimmt, den Hangar können wir vergessen.«

»Wo nehmen wir die Schutzanzüge für eine Notlandung her?«, fragte Crest.

»Ich fürchte, es gibt keine. Ich habe die Unither noch nie in einem gesehen. Außerdem dürfte uns deren Konfektionsgröße nur behindern. Aber das ist nicht so schlimm. Ich denke, die Unither sind zu ihrem Basislager zurückgekehrt. Dafür sprechen auch die vier Transitionen, die alle über die Maximalreichweite der Konverter gingen. Ufgar, also ihre Räuberhöhle, ist über zweitausendeinhundert Lichtjahre vom Leuchtfeuer Hela Ariela entfernt. Das würde passen.«

»Klingt logisch«, antwortete Crest. »Wo sollten sie sonst auch hin?«

Aus der Richtung, aus der sie gekommen waren, drang ein Poltern, vermischt mit dumpfen Lauten, die sich wie unterdrückte Stimmen anhörten.

»Das sind Liszog und Zerft«, raunte er der Arkonidin zu. »Wir sollten hier verschwinden!«

So leise wie möglich rannten sie den Bogengang entlang. Jetzt, da er wusste, wonach er Ausschau halten musste, fand er das Schott zu den Stufen auf Anhieb.

Der Schlag traf ihn völlig unvorbereitet. Ein Ächzen ging durch das Schiff, ehe es in leichter Schräglage zur Ruhe kam.

»Landung erfolgt«, meldete die Bordpositronik überflüssigerweise.

Crest zog das Schott hinter sich zu. Auf einen Schlag erstarben die Sirenenklänge und die stampfenden Schritte der Unither. Die Treppe endete auf einem Absatz, der ins Innere des Schiffes führte.

»Wir befinden auf der untersten Ebene der IQUESKEL«, flüsterte Tesma. »Dort ist die Bodenschleuse.«

Vorsichtig öffnete Crest den Zugang zum letzten Raum, der sie von der Freiheit trennte – und prallte zurück. Vor ihnen stand Golath in der Mitte des Raums; er hielt einen Strahler in der Hand.

»Eure Flucht ist zu Ende, Arkoniden.« Der Unither fuchtelte mit dem Strahler und bedeutete ihnen, aus dem Gang herauszukommen. »Stellt euch dort hinüber! Ich will eure Hände sehen!«

Crest hob die Hände. »Lassen Sie uns reden, Golath! Wir sind für Sie nutzlos.«

»Das entscheide immer noch ich. Und ich entscheide, dass ihr hierbleibt.«

»Warum?«, fragte Crest und ging langsam auf Golath zu. Aus den Augenwinkeln sah er, dass Tesma an seiner Seite blieb. »Tesmas Vater wird das Lösegeld nie zahlen. Mein Schmuckstück hat nicht den Wert, den Sie sich vorgestellt haben. Da können Sie uns genauso gut laufen lassen.«

Über Golaths Gesicht zog sich ein breites Grinsen, das jedoch gefror, als er bemerkte, wie nahe Crest und Tesma schon an ihn herangekommen waren.

»Halt, stehen bleiben!«, rief er. »Keinen Schritt weiter!«

In diesem Moment sackte der Boden ab und senkte sich um mehrere Meter. Crest verlor den Halt und fiel. Er prallte auf den Metallboden, genauso wie Golath ihm gegenüber. Der Strahler fiel dem Unither aus der Hand und rutschte unter einen Maschinenblock am anderen Ende der Halle.

Tesma reagierte als Erste. Sie hechtete auf den Unither zu, der sich mit den Händen am Boden abstützte, rollte sich ab und kickte ihm mit der Stiefelspitze auf den Rüsselansatz. Golath kippte rücklings um, schlug schwer auf den Boden auf und blieb reglos liegen.

*Der Zellaktivator!* Crest eilte zu Golath und durchwühlte dessen Taschen. Nichts!

»Was suchst du?«, fragte Tesma.

»Das Schmuckstück, weshalb mich die Unither entführt haben. Wäre auch zu schön gewesen.«

»Tut mir leid«, sagte Tesma. Sie hielt sich an einer Strebe fest und hantierte an den Kontrollen für die Bodenschleuse. »Den Antigrav können wir vergessen. Wir werden notgedrungen hinunterspringen müssen.«

Crest beugte sich über die Luke. Unter ihnen breitete sich eine mit Buschwerk bedeckte Lichtung aus. Bis zum Boden mochten es vier oder fünf Meter sein!

Tesma hielt sich an der Kante fest und kletterte durch das Loch. Kurz ließ sie die Beine auspendeln, dann sprang sie hinunter. »Worauf warten Sie, Lefkin?«, rief sie von unten herauf.

Er zögerte. Er war kein Sportler. Mit Sport hatte er nie viel am Hut gehabt, schon gar nicht in den letzten Jahren, als das Alter und die Krankheit ihren Tribut gefordert hatten.

*Man ist so alt, wie man sich fühlt,* stichelte der Extrasinn.

Alt. Wie alt fühlte sich Crest wirklich? Er versuchte, in sich hineinzuhören, was sich geändert hatte, seit die Unither ihm den Zellaktivator gestohlen hatten. Ein unbestimmtes Gefühl der Schwäche lauerte dort wie ein Raubtier in der Finsternis.

Hinter sich hörte er den Klang des Schotts. Die Unither!

Crest schwang sich über den Rand der Bodenschleuse und sprang. Schmerz durchfuhr ihn. Dieser vermaledeite Knöchel!

Aber es half nichts, er musste zu den Baumriesen am Rand der Lichtung. Immer wieder blickte er über die Schulter. Wo blieben die Unither?

»Lefkin!« Tesma stand am Rand der Lichtung, in der das Raumschiff aufgesetzt hatte, und gestikulierte wild mit den Armen. »Achtung!«, schrie sie und deutete auf die IQUESKEL.

Crest sah zurück. Aus dem Hangar, dessen Außenschott weit geöffnet war, schlugen Blitze. Die Druckwelle einer Explosion schleuderte brennende Teile heraus. Sie regneten über den Bäumen am Waldrand nieder. Einer der Stämme fing sofort Feuer, aber eine zweite Druckwelle löschte den Brand wieder. Zu Crests Glück lag der Hangar etwas seitlich, sodass er weitestgehend verschont wurde. Etwas weiter links, und der Feuerregen hätte ihn voll getroffen.

Schwer atmend blieb er stehen. Es dauerte einige Sekunden, bis das Grollen der Detonationen abebbte. Schwarzer Rauch stieg in fetten Wolken zum Himmel, sodass der Schriftzug der IQUESKEL immer wieder verschwand. Die Landestützen waren nicht voll ausgefahren und zusätzlich ungleichmäßig, sodass das Schiff in Schräglage auf der Waldlichtung stand.

Crest riss sich vom Anblick des weidwunden Schiffes los und humpelte zu Tesma, die ihn besorgt ansah. »Ich habe mir den

Knöchel verstaucht«, sagte er. »Sie sollten auf mich keine Rücksicht nehmen und allein fliehen. Ich würde Ihnen nur zur Last fallen.«

Tesma reichte ihm die Hand. »Das kommt gar nicht infrage. Wir haben es bis hierher gemeinsam geschafft, da können Sie nicht einfach aufgeben!«

# Kapitel 14

En'Imh streichelte zärtlich über den Lichtkoppler, der ihm an Bord der DSCHIR'FAMA gute Dienste geleistet hatte. Auf eine Berührung an der Unterseite ertönte ein feines Klicken. Eine verborgene Klappe öffnete sich und gab einen Speicherkristall frei.

Als er ihn in einen Schlitz in der Konsole steckte, zitterte seine Hand. Noch war nicht abzusehen, ob der Kristall die gewünschten Daten enthielt. Gähnend langsam wanderte der Fortschrittsbalken nach oben. Wenn es so weiterging, war erst in einer Vierteltonta mit einem Ergebnis zu rechnen.

Nachträglich musste er seinen Bruder für die Idee mit der DSCHIR'FAMA loben. Che'Den hatte offiziell beim Hohen Lotsen angefragt, dass er sich gerne persönlich beim Kommandanten des arkonidischen Schlachtschiffes für seinen Fehler entschuldigen wollte. Khe'Rhil hatte anerkennend genickt und es für eine gute Idee gehalten.

Der Naat hatte gedroht, höchstpersönlich für Che'Dens Degradierung zu sorgen. Nicht, dass En'Imh dies gestört hätte, aber das hatte sein Zwillingsbruder nun auch nicht verdient. Trotzdem hatte es ihn gefreut, den großspurigen Che'Den einmal so kleinlaut zu sehen.

En'Imhs Kumpel vom Tinios-31337 hatten nicht schlecht gestaunt, als er sie nach ein paar Quadratzentimetern Tarnfolie für den Lichtkoppler gefragt hatte. Immerhin hatte sein ehemaliger Studienkollege Mi'Tnic ihm ein ausreichend großes Stück besorgen können.

»Du willst meine Quelle ohnehin nicht wissen«, hatte Mi'Tnic gesagt. »Ich müsste dich dann auf der Stelle töten.«

Daraufhin hatte En'Imh gegrinst und die Folie eingesteckt.

Wie erwartet hatten die Wachen des Schlachtschiffes sie passieren lassen. Entweder hatten sie den getarnten Lichtkoppler nicht bemerkt oder für den Krimskrams eines Jugendlichen gehalten.

Der kommandierende Naat hatte nicht schlecht gestaunt, als Che'Den bei ihm um Verzeihung bat. Der schwarze Riese hatte abwechselnd seine drei Augen geschlossen und schließlich Che'Dens Entschuldigung akzeptiert.

In der Zwischenzeit hatte En'Imh den Koppler freigelassen, der sofort eine Datenbuchse in der Zentrale gefunden hatte, von der aus er die Kommunikationskanäle des Schiffes anzapfte. Ihn gruselte noch immer, wenn er an den Naat dachte, der fast doppelt so groß wie er selber war. Aber der Anblick der Soldaten und Kampfroboter hatte ihn kaltgelassen.

Die Folie hatte perfekt funktioniert, denn En'Imh hatte den zurückkehrenden Lichtkoppler nicht gesehen. Erst als eines der Beinchen gegen seinen Stiefel getreten hatte, hatte En'Imh das Gerät in einer schnellen Bewegung hochgehoben und in seine Tasche gesteckt.

Ein Piepsen ließ En'Imh hochschrecken: Die Daten waren in die Speicher der ANETIS'KHOR überspielt. »Hey, Bruderherz!«, rief er. »Es geht los.«

Che'Den blickte von seinen Holos auf. »Okay, dann zeig mal, was wir erbeutet haben.«

*Sieben Milliarden Einträge. Die gesamte Sprungdatenbank der letzten vier Tage.*

En'Imh wischte über die Kontrollen. »Wie sollen wir aus dieser Fülle das richtige Raumschiff herausfiltern?«

»Kennst du die technischen Grundlagen der Datenbank?«, fragte Che'Den.

»Nein, aber du wirst es mir gleich erklären«, spottete En'Imh.

»Ich rekapituliere zuerst mal die Grundlagen. Die Transition, also der Sprung durch den fünfdimensionalen Hyperraum, ist die einzige uns bekannte Möglichkeit, schneller als das Licht zu reisen. Dabei sind die Transitionstriebwerke äußerst energieintensiv, weshalb die Sprungreichweite von der Energie begrenzt ist, die ein Schiff aufbringen kann. Größere Schiffe sind deshalb im Vorteil gegenüber kleineren. Je größer die Distanz des Sprungs ist, desto länger braucht ein Schiff, um die Strukturfeldkonverter für den nächsten Sprung wieder aufzuladen.«

»Erzählst du mir auch etwas, das ich noch nicht weiß?« En'Imh grinste. »Ich weiß selbst, dass die maximale Reichweite für einen Sprung bei etwa sechshundert Lichtjahren liegt, gerüchteweise schaffen Prototypen des Regenten sechshundertfünfzig. Nach so einem Gewaltsprung beträgt die Wartezeit bis zum nächsten zwanzig Stunden, außer man will nur eine Kurzdistanz überbrücken, dann sind es nur zwei Stunden. Außerdem sinkt die Reichweite mit der Eintrittsgeschwindigkeit.«

»Genau«, bestätigte Che'Den. »Da die IQUESKEL unsere Schiffe abgehängt hat, müssen wir von der Maximaldistanz ausgehen. Damit beginnt unsere Suche.«

»Das ist immerhin etwas.« En'Imh rief das Holo der Sterndatenbank auf und zoomte es auf eine Kugel von einem Meter Durchmesser. Die meisten Sterne befanden sich in einer Ebene, die halb so dick wie der Durchmesser der Kugel war – die dreitausend Lichtjahre dicke Hauptebene der Großen Insel, seiner Heimatgalaxis. »In den vergangenen vier Tagen und vier Stunden können die Unither höchstens sechsmal transitiert sein, das ergibt eine Kugel mit einem Radius von etwa dreitausendsechshundert Lichtjahren mit Hela Ariela im Mittelpunkt. Die Leuchtpunkte stellen aber nur die hellsten der etwa zehn Milliarden Sterne in diesem Sektor dar. Soll ich jetzt die Sprungdatenbank einschränken?«

»Mach mal«, bat Che'Den. »Das klingt sinnvoll.«

»Über das Kerngebiet des Imperiums ist eine Unzahl von Strukturtasterbojen verstreut. Je nach Alter und Zustand messen sie Transitionen im Umkreis von bis zu 35 Lichtjahren an. Registriert eine Boje eine Transition, sendet sie einen kurzen Hyperfunkimpuls mit den Daten über Relaisstationen an die arkonidische Flotte. Alle Daten laufen in einer fortwährend aktualisierten Sprungdatenbank zusammen – das haben wir jetzt gestohlen. Damit haben wir die IQUESKEL in null Komma nichts.«

»Moment, nicht so schnell! So einfach, wie du jetzt tust, ist es doch nicht«, widersprach Che'Den. »Erstens ist das ganze System ungenau. Irgendwo im Umkreis von 35 Lichtjahren transitiert innerhalb von ein paar Sekunden ein Schiff – es fliegt ab oder kommt an. Zweitens gibt es keine Signatur, anhand derer man ein Raumschiff identifizieren könnte. Drittens steht die angemessene Erschütterung in keinem Zusammenhang mit der Länge des Sprungs oder der Größe des Schiffs. Zu allem Überfluss: Transitionen erfolgen für gewöhnlich in Nullzeit. Es kann jedoch bis zu 4 Minuten und 33 Sekunden dauern, bis ein Schiff wieder in den Normalraum zurückfällt – zumindest ist das die bisher längste gemessene Zeitspanne.«

»Das ist mir wirklich neu«, gab En'Imh zu. »Weiß man, warum das so ist?«

Che'Den schüttelte den Kopf. »Es gibt Hypothesen für die Ursache dieser Verzögerungen, aber mehr nicht. Aus den Daten der letzten zehntausend Jahre Raumfahrt des Großen Imperiums lässt sich ablesen, dass es Perioden gab, in denen die Verzögerungen deutlich zugenommen haben.«

»Echt? Für wie lange?«

»Jahrzehnte oder sogar Jahrhunderte! Auch hierfür gibt es keine Erklärung. Die Wissenschaftler gehen von null bis 2,71 Prozent der Sprünge aus, bei denen es in der Vergangenheit zu Sprungverzögerungen kam.«

»Und heute?«

»Da habe ich auch keine Ahnung.« Che'Den breitete die Arme aus.

»Egal. Vielleicht haben wir Glück, und es trifft auf das Unitherschiff nicht zu.« En'Imh legte verschiedene Filter über die Zeitserien der Sprungdaten. Immer mehr bunte Linien zogen sich quer durch die Kugel, mal kurze, mal lange, mal gerade, mal abgeknickte, mal radial vom Zentrum Hela Ariela ausgehend und mal quer durch den Sektor. Der Schiffsverkehr um das Leuchtfeuer war dicht, beinahe so dicht wie in Thantur-Lok selbst.

»Kannst du das vergrößern?«, fragte Che'Den. »Eine Beschriftung der wichtigsten Sterne wäre zudem hilfreich.«

En'Imh betätigte den virtuellen Regler mit zwei Fingern. Die Kugel dehnte sich quer durch die Zentrale aus.

»Blende mal die Vektoren aus, die nicht bei Hela Ariela beginnen!« Che'Den sprang von seinem Podest und eilte quer durch die Zentrale. Er deutete auf eine Stelle im Holo, wo eine Linie mitten im Nichts endete. »Was ist hier? Gibt es hier keinen Stern?«

Wieder veränderte En'Imh einen Regler. Weitere Sterne erschienen in diesem Bereich bis hinunter zu einer Größe von der Hälfte der Sonne Arkon. Buchstabenkolonnen schwebten über bewohnten Systemen.

»Dachte ich es mir doch!«, triumphierte Che'Den.

»Was?«

»Unitha!«, rief er. »Die Entführer sind in ihre Heimat zurückgekehrt und haben die Geisel mitgenommen.«

# Kapitel 15

Der Urwald war völlig still: keine brüllenden Tiere, keine kreischenden Vögel, keine surrenden Insekten. Nur die Laute ihrer Stiefel, das Schmatzen auf dem feuchten Waldboden, echoten dumpf von den Baumriesen.

»Lefkin, wo bleibst du?«, fragte Tesma bestimmt zum hundertsten Mal. Vor Stunden hatten sie ganz automatisch von der unpersönlichen zur direkten Anrede gewechselt. »Wir müssen weiter!« Sie hatte sich einen Stock geschnappt, mit dem sie die Farne zerschlug, die ihnen den Weg versperrten.

Crest biss die Zähne zusammen. Der Knöchel war angeschwollen und belastete den Fuß auf schmerzende Weise, die jeden Schritt zur Qual machte.

Die dampfende Luft tat ein Übriges. Die Feuchtigkeit kondensierte auf der Zunge, wenn er durch den Mund atmete. Jeder Atemzug fühlte sich an, als würde er ein Stück aus dem Nebel herausbeißen.

Die IQUESKEL war bereits nach wenigen Metern im Regenwald aus ihrem Sichtfeld verschwunden. Trotzdem waren sie weitergelaufen, einerseits, um vor den Explosionen des Schiffs in Sicherheit zu sein, und andererseits, weil sie die Unither fürchteten. Mehrmals hatten sie ihre Fluchtrichtung geändert, denn sie wussten nach wie vor nicht, ob einer der Unither den Absturz überlebt hatte.

Seit Stunden stieg das unwegsame Gelände sanft an. Die allgegenwärtigen Bäume mit ihren moosbewachsenen Stämmen bildeten ein Gewirr, das sie zu weiten Umwegen zwang. Aus den Astgabeln wuchsen langblättrige Pflanzen, deren Blütendolden wie geschaffen waren, von winzigen Vögeln besucht zu werden. Aber der Absturz des Schiffes schien die Tiere vertrieben zu haben, obwohl das Grollen der Explosionen seit einiger Zeit ausgeblieben war. Nur spannenlange, bleiche Würmer kümmerten sich nicht um die IQUESKEL, denn sie schlängelten sich zu Dutzenden vor Crest über den Boden. Rotbraune Wolken von Pilzsporen schwebten durch die Luft und reizten die Atemwege.

»Lefkin!« Tesmas Stimme hallte zwischen den Bäumen.

Crest sah die Arkonidin nicht. Er beschleunigte seinen Schritt. »Ich bin hier.«

»Komm!«

Das Sonnenlicht, das matt durch das Blätterdach und den Nebel drang, nahm mit einem Mal an Intensität zu. Das Grün der Moose leuchtete heller, und auch der Waldboden schmatzte nicht mehr wie zuvor. Stattdessen fühlte er sich fester an und trockener, so als hätte der Wald bald ein Ende.

Crest nahm keine Rücksicht mehr auf seinen Knöchel. Er rannte bergauf, immer in Tesmas Spur, bis er aus dem Dickicht ins gleißende Licht der gelben Sonne trat. Die Arkonidin stand auf einem Felsblock, der in der Mitte der Anhöhe aus dem Boden ragte, und winkte ihm zu. Einzelne Baumfarne wuchsen auf der Lichtung in den Himmel und spendeten Schatten.

»Komme schon«, rief er betont heiter, obwohl sie sah, wie er hinkte.

Der Aufstieg auf den Felsen erwies sich als schwieriger als gedacht. Tesma musste ihm mit ihrem Stock helfen, sodass er sich die letzten Meter daran hochziehen konnte.

Wie sie so dastand mit ihrem silbrigen Haar und dem samtigen Teint, erinnerte sie ihn an Thora. Seine Fluchtgefährtin mochte zwar um einiges älter als seine Adoptivtochter sein, doch sie legte die gleiche Tatkraft und Energie an den Tag.

Tesma hielt ihm die Hand hin und zog ihn zu ihrem Aussichtsplatz hoch. »Es sieht gut für uns aus«, sagte sie und zeigte in die Ebene hinab, wo noch immer dunkler Rauch über den Bäumen lag. Der silberne Rumpf der IQUESKEL war kaum zu erahnen, nur das Blinken im Sonnenlicht verriet ihren Standort.

»Ich weiß nicht«, antwortete Crest. »Ich bin nicht so optimistisch wie du. Wir sind auf einem fremden Planeten gestrandet, der Natur ausgesetzt, und wissen nicht, wohin wir uns wenden sollen.«

Tesma nickte. »Ich kann dich gut verstehen, aber so schlecht steht es nicht um uns. Ich bin inzwischen sicher, dass wir uns tatsächlich auf Ufgar befinden. Zwar nicht ganz an der Stelle, wo wir Hilfe erhalten können, jedoch auch nicht wirklich weit entfernt.«

»Was heißt das?«

»Siehst du die beiden Vulkane dort?« Tesma deutete auf zwei Kegel, die aus der Landschaft ragten. Aus dem höheren stieg eine weiße Wolke auf.

»Ich habe die Feuerberge oft gesehen«, fuhr sie fort, ohne auf seine Reaktion zu warten. »Von der Siedlung aus, in der sie mich gefangen hielten. Der einzige Unterschied war, dass der kleinere Vulkan von dort aus auf der anderen Seite des großen zu sehen war.«

»Ich verstehe«, murmelte Crest. Er befürchtete, dass ein langer Marsch durch die Wildnis auf ihn wartete. »Wie weit ist das Lager der Unither entfernt?«

»Schätzungsweise achtzig Kilometer. Aber es ist kein Lager im eigentlichen Sinn.«

»Sondern?«

»Ufgar ist eine unberührte Welt, quasi der Bau der Schatzsucher.« Tesma machte eine weit ausladende Handbewegung. »Sie haben sich hier eingerichtet und mehrere Häuser und Anlagen gebaut – na ja, ich denke eher, dass sie die Siedlung von Robotern bauen ließen. Dort könnten wir Schutz und vielleicht sogar einen Hypersender finden.«

»Wohnten dort noch mehr Unither?«

»Nein, nur die drei Ausgestoßenen.«

»Dann bleibt ein winziges Problem«, sagte er. »Das Ganze funktioniert nur, wenn die Unither tot sind.«

»Wenn nicht, sind wir sowieso chancenlos.«

Crest nickte. »Welche Wahl bleibt uns schon?«

Die kurze Pause auf dem Hügel hatte ihm gutgetan. Seitdem hatte er den Knöchel fast nicht mehr gespürt. Dazu trug vor allem die provisorische Mullbinde bei, die er aus einem Streifen seines Umhangs gefertigt hatte. In regelmäßigen Intervallen befeuchtete er sie in dem Bachlauf, dem sie seit seiner Quelle mitten im Wald gefolgt waren. Die Kühle des Wassers verhinderte bis jetzt zuverlässig, dass der Knöchel weiter anschwoll.

Die Geräusche des Urwalds waren inzwischen zurückgekehrt, aber die Tiere, die sie verursachten, hatten die Arkoniden bisher nicht zu Gesicht bekommen. Vor allem das Trippeln wie von Dutzenden Beinen jagte Schauer über seinen Rücken, denn es hörte sich an, als wären die dazugehörigen Tiere ziemlich groß.

*Mach dich nicht selbst verrückt!,* meldete sich der Extrasinn. *Wenn es Raubtiere wären, hätte sie euch längst angegriffen.*

*Vielleicht warten sie auf die Nacht,* entgegnete Crest. *Da wären wir ein leichtes Ziel.*

*Aber nein. Geh einfach weiter!*

Crest schüttelte den Kopf und schloss zu Tesma auf. Er bewunderte, mit wie viel Kondition sie durch den Wald stapfte, ungeachtet der abgestorbenen Urwaldriesen, die quer über dem Weg lagen und die sie überklettern oder umgehen mussten.

»Sag mal«, fragte er, »hast du während der Zeit deiner Gefangenschaft heimlich trainiert?«

Tesma blieb stehen und drehte sich zu ihm um. Sie strich sich eine Haarsträhne aus der Stirn. »Wenn mich die Unither nicht benötigten, durfte ich mich frei in ihrer Siedlung bewegen. Sie wussten, dass ich ihnen nicht davonlaufen würde.«

Crest deutete auf eine Wand aus Farnen in etwa zwanzig Metern Entfernung. Sie wirkte, als ob sich dahinter ein meterhohes Wesen bewegte. »Hast du die Bewohner von Ufgar jemals zu Gesicht bekommen?«

Tesma schüttelte ihr silbernes Haar. »Nicht lebend. Einmal brachte Zerft eines dieser Monster mit. Er muss es wohl mit dem Strahler erwischt haben, denn außer einem Fellklumpen mit zehn Beinen war nicht mehr viel übrig. Der Kopf fehlte, aber man erkannte an einer kreisrunden blutigen Fläche an der Körperoberseite, was Zerft weggeschossen hatte.«

Crest versuchte sich anhand Tesmas Erzählung die Tiere vorzustellen, die in einiger Entfernung von ihnen durch den Wald liefen, aber es gelang ihm nicht.

Ein Zischen ließ ihn herumfahren. Er erstarrte.

Auf dem ausgetretenen Urwaldpfad vor ihnen stand eines der Wesen, die Tesma gemeint haben musste, und gab fauchende Laute in ihre Richtung ab. Das Monstrum war halb so groß wie Crest, und sein schlanker, runder Körper war über und über mit schwarzem Fell bewachsen, das keinen Blick auf die Beine gestattete. So konnte er nicht verifizieren, ob das Tier tatsächlich über zehn Beine verfügte.

Der völlig kahle Kopf schloss ohne ersichtlichen Hals an den Körper an. Rund ein Dutzend winzige schwarze Punkte, die wie Augen glänzten, waren über die Vorderseite verteilt. Die schorfige und mit Narben übersäte Haut deutete auf heftige Kämpfe hin, aber die Öffnungen, die über das *Gesicht* verteilt waren, schienen natürlichen Ursprungs zu sein. Trotzdem war ihm unklar, wozu das Wesen so viele Riechorgane benötigte.

»Verschwinde!«, rief Tesma.

Das Vieh schien davon wenig beeindruckt zu sein. Es hob den Kopf und stieß erneut das Fauchen aus.

»Los, hau endlich ab!«, schrie Tesma. Sie trat einen Schritt auf das Wesen zu.

»Nicht!«, sagte Crest, doch es war bereits zu spät.

Aus einer der Öffnungen am Kopf des Tieres schoss eine Flüssigkeit, die in der Luft zerstob und Tesma und ihn an den Händen traf. Die hellgelben Tropfen brannten leicht auf der Haut.

Crest wischte die klebrige Brühe am Moos eines Baumes ab. Die Feuchtigkeit des grünen Belags tat ihm gut. Sie kühlte die Haut und linderte das Brennen rasch. »Tesma!«, rief er.

Die Arkonidin hörte nicht auf ihn; sie näherte sich dem Säuresprüher weiter.

Ein brodelndes Geräusch aus den Tiefen des Tierkopfes ließ Crests Herz schneller schlagen. Tesma war vier, fünf Schritte vor ihm und schien das Unheil nicht kommen zu sehen.

In einer fließenden Bewegung riss er sich den Umhang von den Schultern. Er stürzte nach vorn, stellte sich neben Tesma und streckte den Umhang wie einen Schild vor sich.

Im gleichen Moment kam die Attacke des Säuresprühers. Der Strahl traf den Umhang mit voller Wucht. Ohne den Schutz hätte Tesma die ganze Ladung ins Gesicht bekommen. So tropfte die nun tiefgelbe Flüssigkeit vom Umhang auf den Boden. Wo sie auftraf, zischte der Urwaldboden kurz auf. Dem Kleidungsstück erging es nicht viel besser. Die Säure zerfraß den Stoff, und schwarze, verkohlte Ränder blieben zurück. Im Nu hingen nur noch Fetzen in seiner Hand, von denen ein Übelkeit erregender Gestank ausging. Angewidert stieß er die Überreste von sich.

Crest riss Tesma weg, hinter einen der grün bewachsenen Bäume und aus der Schussbahn des Tiers.

»Was hast du dir dabei gedacht?«, fragte er heftig atmend. Auch wenn die Situation für den Moment bereinigt war, konnte er sich eine lebensmüde Fluchtgefährtin nicht leisten. Allein würde er die Siedlung der Unither niemals finden.

»Es tut mir leid«, sagte sie mit gesenktem Blick. »Ich hätte nie geglaubt, dass dieses ... dieses Scheusal ...« Erst jetzt schien ihr bewusst zu werden, in welche Gefahr sie sich mit ihrer unnötigen Aktion gebracht hatte.

»Alles in Ordnung?«, fragte er.

Tesma nickte. In ihrem Gesicht war wieder dieser entschlossene Ausdruck, der ihm schon Stunden zuvor aufgefallen war.

Crest spähte am Stamm vorbei. Der Säuresprüher hatte seine

Position auf dem Pfad nicht verlassen, aber mit gesenktem Kopf wirkte er nicht mehr so angriffslustig. Trotzdem hatte Crest unheimlichen Respekt vor dem Tier, das in seinem Kopf eine tödliche Waffe produzierte.

»Wir müssen hier weg«, stellte er fest, »und zwar ohne dass uns das Vieh sieht.«

# Kapitel 16

Die ANETIS'KHOR materialisierte nach dem vierten Hypersprung in der Peripherie eines Sonnensystems, dessen Ekliptik unter 45 Grad zur Hauptebene der Milchstraße geneigt war. Eine gelbe Sonne wurde von acht Planeten umkreist, von denen der dritte von der Astrogation als bewohnt ausgewiesen wurde.

*Unith.*

Die Unither unterhielten in ihrem Heimatsystem auf zwei weiteren Planeten Stützpunkte, wie ein stetiger Strom von interplanetaren Fähren zu ihnen bewies. Groß und drohend schwebten drei arkonidische Schlachtschiffe im Orbit von Unith – Statussymbole der Besatzungsmacht.

Dagegen nahm sich die hundertzwanzig Meter durchmessende ANETIS'KHOR vergleichsweise mickrig aus, obwohl auch Lotsenschiffe bewaffnet waren. Im Leerraum zwischen der Großen Insel und Thantur-Lok lauerten viele Gefahren.

En'Imh streckte sich und schüttelte die Auswirkungen des Transitionsschocks ab.

»Alles gut überstanden?«, bellte die befehlsgewohnte Stimme seines Bruders durch die Zentrale.

»Geht so.« Nacheinander kamen die Klarmeldungen der einzelnen Stationen.

»Bei mir auch«, sagte En'Imh als Letzter und öffnete träge die Augen. Vor ihm wartete auf dem Holo ein Eingabefeld auf seine Bestätigung, das die Manipulation des Hyperfunks abschloss. Zufrieden nickte er seinem Bruder zu. Die vorgeschaltete Positronik würde alle falschen Körpersignale von Che'Den erkennen und gegebenenfalls korrigieren, sodass ihn niemand einer Lüge überführen konnte. Und lügen würde er müssen, wenn er ganz offiziell Erkundigungen über den Verbleib des flüchtigen Schiffes einholte.

Che'Den aktivierte den Hyperfunk. Ein Hologramm mit einer großen arkonidischen und einer kleinen unithischen Flagge flammte vor ihm auf.

Nur wenige Sekunden später erschien das klobige Gesicht eines Unithers. »Was kann ich für Sie tun?« Er stockte. »Äh, Lotse.«

Eigentlich hatte En'Imh einen Arkoniden erwartet, für den die Verschleierung gedacht war. Ein Unither würde die Sache allerdings unheimlich vereinfachen.

Che'Den straffte seinen Oberkörper. Für den Unither musste er nun noch größer aussehen. »In der Tat können Sie etwas für mich tun. Ich suche ein unithisches Raumschiff, dessen Daten ich Ihnen parallel übermittle.«

Der Unither strich sich unbewusst über die Phantasieuniform, die an arkonidische Angeber aus den hochstehenden Familien erinnerte. Er starrte auf die hereinkommenden Informationen.

»Hat ... hat ...« Der Unither gluckste. »Hat der Kapitän etwa die Passage von Arkon nach Hela Ariela nicht bezahlt?«

»Ja, deshalb suche ich ihn.« Die Lüge kam Che'Den locker und ohne Zögern über die Lippen.

»Ich verstehe«, antwortete sein Gegenüber.

En'Imh fürchtete schon, dass der Unither die Anfrage an einen Naat oder Arkoniden hinaufdelegieren würde, aber er tippte mit den fingerartigen Fortsätzen seines Rüssels auf ein Eingabeholo außerhalb des Erfassungsbereichs der Kamera. Endlich blickte er hoch.

»Ich habe das von Ihnen gesuchte Schiff gefunden«, sagte er nuschelnd. »Es steht im Moment auf einem kleinen Raumhafen auf Usgroll.«

Che'Den zog die Augenbrauen hoch.

»So nennen *wir* den fünften Planeten«, antwortete der Unither auf die unausgesprochene Frage. »Auf den *arkonidischen* Karten heißt er nur Unitha V.«

Wenn En'Imh sich nicht täuschte, schwang in seiner Stimme Ablehnung gegenüber allem Arkonidischen mit. Dabei waren die Unither seit Jahrhunderten Angehörige des Großen Imperiums. Und dazu gehörten nun mal auch die Lotsen, ob sie das wollten oder nicht.

»Ich überspiele Ihnen die Daten des Schiffes und die Landekoordinaten«, fügte der Unither hinzu. »Ich hoffe, Sie können Ihre Mission abschließen und werden unser System bald verlassen.«

*Das würde dir so passen,* dachte En'Imh.

»Danke«, antwortete Che'Den und desaktivierte die Verbindung. Triumphierend hob er die Faust in En'Imhs Richtung. »Wir haben sie!«

»Warte erst einmal ab, was die Infos der Unither hergeben!«

Vor den beiden Lotsen baute sich das Abbild eines Kugelraumers auf. achtzig Meter Durchmesser, sechs Landestützen, silbrige äußere Hülle ...

»Da stimmt etwas nicht!«, rief En'Imh. »Das Schiff heißt nicht IQUESKEL, sondern BLUME VON UNITH.«

Che'Den grinste. »Da sieht man wieder, dass du noch nie aus Tinios hinausgekommen bist. Die Schatzsucher sind nicht dumm. Sie sind auf der Flucht und verschleiern ihre Spuren. Bestimmt kennen sie Leute, die sogar die Kennung eines Raumschiffes modifizieren können.«

En'Imh zoomte das glänzende Schiff heran. »Und wie erklärst du dir, dass das Schiff keinen kantigen Triebwerkswulst besitzt? Das bareonische Schiff hatte einen besessen, dieses jedoch nicht. Es sieht wie eine gewöhnliche arkonidische Korvette aus.«

»Natürlich haben sie das Aussehen des Schiffes verändert. Das gehört ebenfalls zur Tarnung.«

»Ich glaube das nicht«, entgegnete En'Imh. »Es sind Ausgestoßene. Sie können nicht so einfach zurück.«

»Die Sehnsucht der Unither nach ihrer Heimat muss übermächtig sein. Sie hoffen, dass dieser entführte Arkonide ihre Eintrittskarte zurück in die Gemeinschaft ist.«

»Hast du gesehen, wie der Unither von der Verwaltung vor dir gekuscht hat?«, fragte En'Imh. »Unither gelten eher als schwerfällig und leichtgläubig. Das passt nicht zu unseren Schatzjägern. Alles an der Entführung spricht dafür, dass sie nicht von langer Hand geplant war, sondern spontan durchgeführt wurde. Und dann sollen sie ihr Schiff umbauen, ihm zur Tarnung eine neue Kennung verpassen – und zu allem Überfluss verstecken sie sich in ihrem Heimatsystem!«

»Woher willst du wissen, wie Unither denken?«, fragte Che'Den entschlossen. »Du hast noch nichts von der Außenwelt gesehen!«

»Ha!«, machte En'Imh. »Ich lerne viel durch meine Fiktivspiele ...«

»Mach dich nicht lächerlich!«, unterbrach Che'Den. »Wir fliegen den fünften Planeten an. Dort spazieren wir rein, befreien den Arkoniden und können wieder nach Hause düsen.«

# Kapitel 17

Die erste Nacht verbrachten sie unter einem weit überhängenden Felsen knapp über der Waldgrenze. Während Tesma sich im weichen Boden am Ende der Höhle zusammenkauerte und sofort einschlief, kam Crest nicht zur Ruhe. Zu viel war in den letzten Tagen auf ihn eingestürmt – erst die Entführung, dann der Verlust des Zellaktivators, der Absturz der IQUESKEL und schließlich ihre wilde Flucht durch den Dschungel.

Er stand leise auf, ging zum Höhleneingang und setzte sich auf die Abbruchkante.

Im Tal, wo das Raumschiff der Unither ausbrannte, wallten gelbweiße Nebel, angestrahlt von zwei kleinen Monden. Darüber gleißten die Sterne der Milchstraße, und irgendwo dort draußen musste Arkon sein.

Ob Rhodan inzwischen auf dem Weg dorthin war? Er wünschte dem Menschen, dass er es schaffte, die Position der Erde aus dem Epetran-Archiv zu löschen, bevor es dem Regenten in die Hände fiel. Aber gleichzeitig war Crest klar, dass es nicht leicht werden würde. Er selbst wusste am besten, dass der Regent ein ernst zu nehmender Gegner war. Der Flug der AETRON war nicht zuletzt eine Flucht vor dem langen Arm des Herrschers von Arkon gewesen.

Der Stich im Herzen tat weh wie schon ewig nicht mehr. Thora!

Die funkelnden Sterne verschwammen vor seinen Augen. Wo seine Ziehtochter jetzt wohl war? Er war nicht einmal sicher, ob sie noch lebte. Der Notruf hatte nicht so geklungen, als ob ihre Gruppe so lange aushalten würde, bis Hilfe kam. Dabei war nicht einmal klar, wie alt der Funkspruch überhaupt war. Seit Thora von Snowman verschwunden war, waren Monate vergangen, und wann das Gerät der Goldenen die Nachricht aufgefangen hatte, ließ sich ebenfalls nicht eruieren. Thora konnte längst tot sein – und er war der Letzte, der ihr helfen konnte.

Crest seufzte.

Er musste sich erst einmal selbst helfen! Sich und Tesma Rayare, die im Inneren der Höhle ruhig schlief. Sein Blick wanderte zu ihr. Im schwachen Schein der Sterne und der beiden Monde war ihre Gestalt nur zu erahnen.

Alles in seinem Kopf fühlte sich seltsam leer an. Jeder Gedanke, den er fasste, zerstob, bevor er ihn festhalten konnte. Deshalb blieb er sitzen, bis die Sterne am Himmel verblassten und der Morgen die Landschaft in ein einheitliches Graublau tauchte.

Sie marschierten, bis Crest völlig erschöpft war. Er musste sich hinsetzen und ausruhen. War es die ungewohnte Höhe oder die Hitze des Tages, er hätte es nicht zu sagen vermocht. Seit sie die Höhle hinter sich gelassen hatten, brannte die gelbe Sonne unaufhörlich auf sie herunter. Außerdem musste er nun schon den dritten Tag ohne Zellaktivator auskommen. Oder war es der vierte? Er fühlte sich kraftlos und matt, beinahe so wie auf Arkon, vor dem Flug mit der AETRON. Aber das war lange her, wie eine Erinnerung aus einem früheren Leben. Er war inzwischen ein anderer geworden.

Nur kurz hatte er mit Tesma diskutiert, ob sie die beiden Vulkane großräumig umgehen sollten, um weiterhin im Schutz des Urwalds vorwärtszukommen. Das kahle Plateau erstreckte sich jedoch so weit Richtung Osten, dass sie sich schließlich dagegen entschieden hatten. Der Umweg hätte sie mindestens zwei weitere Tage gekostet.

Dafür mussten sie bis zum Pass geschätzte tausend Höhenmeter überwinden, und das über Geröllbuckel und Rinnen, die von heftigen Regenfällen in den Berg gefräst worden waren. Das machte den Anstieg eher zu einem Kriechen, mal hinauf und dann wieder hinunter in eine Senke, wo von den Sturzbächen nicht einmal ein Rinnsal übrig geblieben war, längst versickert im Schotter.

Das letzte Wasser hatten sie vor dem Abmarsch getrunken, aus einem Kunststoffbeutel, den Tesma in einer Tasche ihrer Montur gefunden hatte. Sie hatten ihn vor zwei Tagen in jenem Bach unten im Regenwald angefüllt, dem sie so lange gefolgt waren.

»Lefkin, komm, es ist nicht mehr weit.« Tesma deutete auf den Einschnitt des Passes über ihnen. »Dort steigt Dampf auf, vielleicht gibt es da auch Wasser in dieser kahlen Einöde.«

*Reiß dich zusammen!,* flüsterte der Extrasinn. *Sie hat recht.*

Crest strengte sich noch einmal an. Das Schwierigste war aufzustehen. Seine Fußsohlen waren taub, der Knöchel steif, die Wadenmuskeln brannten, und seine Kehle war ausgedörrt wie die Halden mit Vulkanasche, auf denen sie herumkletterten.

Tesma kam die letzten Meter zurück. Sie hielt ihm die Hand hin, doch dafür war Crest zu stolz.

»Geht schon«, murmelte er.

*Sie ist wirklich gut trainiert,* sagte der Extrasinn.

*Das Privileg der Jugend,* gab Crest zurück. Er hatte Mühe, mit ihr gleichauf den Anstieg zu bewältigen, aber er wollte sich keine Blöße mehr geben.

Gelbe und orangefarbene Fumarolen säumten ihren Weg. Aus Löchern fauchte Wasserdampf. Er war mit Schwefelwasserstoff versetzt, der Crest husten ließ. Der Qualm stank erbärmlich. Bizarre Formationen, von glänzenden, tafeligen Kristallen aus elementarem Schwefel bis hin zu amorphen und nierig-traubigen Aggregaten, wuchsen am Rand der Spalten empor, ernährt vom endlosen Nachschub der unterirdischen Gase.

Als sie den Pass erreichten, flatterte eine Schar von blauschwarzen Vögeln kreischend von einem Wasserloch auf. Genau genommen waren es zwei Wasserstellen, die wie türkisfarbene Augen aus dem hellbraunen Eruptivmaterial blickten. Von der größeren der annähernd kreisrunden Wasserflächen stieg feiner Wasserdampf kaum sichtbar auf. An ihrem Rand blubberte heller Schlamm und spielte einen Rhythmus, der so gar nicht zu dieser unwirtlichen Gegend passte: kurz-kurz-lang, kurz-kurz-lang.

Dabei fiel ihm Perry Rhodan ein, mit dem er vor Monaten über die beiden Mutantinnen Anne Sloane und Tatjana Michalowna mithilfe von Morsezeichen kommuniziert hatte. Der einzige Unterschied war, dass der blubbernde Matsch nichts Sinnvolles, sondern endlos »U U U« sagte ...

Er musste gar nicht probieren, denn er wusste auch so, dass dieses Wasser und der Schlamm viel zu heiß waren. Aber die kleinere Wasserstelle schien kühler zu sein. An ihrem Ufer waren noch die Krallenabdrücke der Vögel zu sehen, die vorhin aufgeflogen waren.

Vorsichtig prüfte er die Wassertemperatur mit dem Finger und zog ihn zufrieden zurück. »Es ist nur lauwarm«, sagte er freudig.

»Danke«, sagte Tesma. Sie bückte sich zum Wasser hinunter.

Auch Crest hockte sich hin und schöpfte die Flüssigkeit mit beiden Händen. Argwöhnisch kostete er. »Bäh!« Die Brühe schmeckte wie bittere Medizin, wirkte jedoch nicht unbedingt giftig.

Tesma lachte. »Ich habe auch schon Besseres getrunken. Aber wir können unseren Beutel wieder auffüllen.«

»Ja, man gewöhnt sich an alles.« Er trank mit Todesverachtung die nächsten Schlucke. Trotz des widerlichen Geschmacks löschten sie seinen Durst.

»Eine Farbe wie Bernsteinwein.« Tesma hielt den durchsichtigen Kunststoffbeutel in die Höhe, den sie mit dem Mineralwasser aus dem See gefüllt hatte.

Für Crest sah es eher wie ... Nein, er würde Tesma nicht sagen, wie das Wasser aussah.

In dem Moment bebte die Erde. Der Boden unter seinen Füßen hob und senkte sich im Sekundentakt um mehrere Zentimeter. Crest fiel auf die Knie.

Aus der Mitte des heißeren Sees schoss eine Fontäne in die Abenddämmerung. Von den umliegenden Hängen lösten sich runde Felsbrocken und rollten mit lautem Getöse herab, klatschten in die beiden Wasserlöcher. Crest musste sich zur Seite werfen, um einem der meterhohen Blöcke auszuweichen.

So schnell, wie der Spuk begonnen hatte, war er auch zu Ende. Die Erde kam zur Ruhe, und das Wasser der beiden Seen, das durch die Gewalt der einschlagenden Felsen über die Ufer getreten war, floss wieder in die Becken zurück.

Es überspülte die Fußabdrücke – und inmitten der Vogelspuren ...

Crest erstarrte. Langsam drehte er den Kopf und sah sich vorsichtig um. Was im vulkanischen Schlick seine Spuren hinterlassen hatte, war kein Vogel. Zwei parallele Schleifspuren trennten verschiedene Abdrücke, drei links und drei rechts, unterschiedlich weit von der Mitte entfernt. Der Abstand zwischen dem vordersten und dem hintersten Beinpaar maß über drei Meter. Besonders der hinterste Abdruck hatte beeindruckende Dimensionen. Crest stellte probehalber seinen Stiefel daneben, aber selbst zwei Stiefel hintereinander reichten nicht ganz für die Länge des fremden Fußabdrucks.

Was ihn noch mehr erschreckte, war der Abdruck selbst: Von einem spitz zulaufenden Längsteil zweigten hakenförmige Auswüchse ab, die einen das Fürchten lehrten. Welches Monster auch immer dahintersteckte, er hatte keine Lust, ihm zu begegnen.

Deshalb war er ganz froh, als Tesma ihn rief. Sie stand hinter einem pultförmigen Felsblock. »Hey, Lefkin, komm rauf! Ich habe ein Versteck für die Nacht gefunden.«

Tesmas Zuflucht erwies sich als nach allen Seiten geschlossen, sodass man sie nicht entdeckte, wenn sie in ihrem Inneren schliefen. Trotzdem schichtete Crest einen Haufen der überall herumliegenden faustgroßen Steine in einer Ecke auf. Er wollte etwas zu seiner Verteidigung bei sich haben.

In dieser Nacht war er zu müde, um wach zu bleiben. Die Sonne war kaum untergegangen, als er einschlief. Aber die Geschehnisse des Tages ließen ihn auch im Schlaf nicht in Ruhe.

Er träumte von dem Ungeheuer, das die überdimensionalen Spuren im Schlamm hinterlassen hatte. Aber jedes Mal, wenn er im Traum glaubte, dem Ungeheuer gegenüberzutreten, und erfahren durfte, wie es *in natura* aussah, verschwamm dessen Fratze und verwandelte sich in den halbkugeligen Schädel eines Unithers.

Mit dem späten Nachmittag fiel der Nebel im Regenwald ein. Die Sonne war durch den Dunst nur mehr zu erahnen, und das machte den Weg der Flüchtlinge noch gefährlicher.

Der Abstieg vom Vulkan hatte fast den ganzen Tag gedauert, und dieser Tag war ereignislos verlaufen. Einmal war ein Schwarm schwarzblauer Vögel im Tiefflug über Crest und Tesma hinweggeflattert; das war der Höhepunkt gewesen. Beim Gehen hatte Crest nichts gesprochen, sondern Gedanken gewälzt; für ausgiebige Gespräche hatte ihm die Luft gefehlt. Auf der Passhöhe war sie so dünn gewesen, dass er Mühe hatte, mit tiefen Atemzügen seine Lungen mit Sauerstoff zu versorgen. Mit schwindender Höhe und der Sonne im Zenit war die Hitze aufgestiegen, und zuletzt war ab der Baumgrenze noch die schwüle Feuchte des Urwalds dazugekommen.

Frisches Wasser aus einem Bach gab es bislang keines. Die beiden hatten Tesmas Beutel geleert, ehe sie den Wald erreicht hatten. Die abgestandene Brühe aus den kelchförmig zusammengewachsenen Blättern von Schmarotzerpflanzen, die er in den Astgabeln der Urwaldriesen vorfand, getraute sich Crest nicht zu trinken; zu groß war seine Angst vor Würmern oder anderen Parasiten.

Dafür hatte Crest mit müden Augen eine Horde von unterarmlangen Tieren beobachtet. Sie sahen wie violette Schweinchen mit langen buschigen Schwänzen aus, mit denen sie sich an Ästen festhielten. Die Meute war gerade beim Verspeisen von gelben Früchten, als Crest und seine Fluchtgefährtin an ihrem Baum vorbeikamen.

Die Schweinchen kreischten wie Affen und versuchten, die Eindringlinge zu vertreiben, aber Crest war viel zu durstig, um einfach weiterzugehen. Laut schreiend lief er auf die Tiere zu.

Zuerst blieben die Tiere wie angewurzelt auf den Ästen stehen, doch dann ergriffen sie die Flucht. Zwei der gelben Früchte flogen auf Crest zu, aber entweder konnten die Schweinchen nicht zielen, oder sie hatten seine Geschwindigkeit unterschätzt. Die beiden Wurfgeschosse landeten abseits von Crest im Dickicht der Farne.

Er blieb stehen und hob eine der gelben Früchte auf. Die Haut fühlte sich glatt an und gab kaum nach, als er sie mit dem Fingernagel drückte. Sie verströmte einen süßlichen, fruchtigen Duft.

*Nicht!*, warnte der Extrasinn. *Du weißt nicht, ob sie für dich giftig sind.*

*Ja, aber ich weiß, dass ich durstig bin. Wenn ich nicht bald etwas Flüssiges zu mir nehme, klebt mir die Zunge am Gaumen fest.*

Vorsichtig biss er in die Frucht. Sie schmeckte etwas gewöhnungsbedürftig – wie süßer Schleim mit winzigen pfeffrigen Kernen. Aber sie war so saftig, dass er keinen Zweifel hegte, damit seinen Durst löschen zu können.

»Tesma, komm herüber!«, rief er. »Die Dinger sind essbar. Komm!«

Die Arkonidin winkte ab. »Nein danke. «

»Wie du willst.« Er packte ein halbes Dutzend der Schleimfrüchte und ging zum Pfad zurück, wo Tesma wartete. »Ich glaube nicht, dass wir heute noch auf Wasser stoßen. Es wird schon dunkel, und da wäre es gut, wenn wir bald einen Platz zum Schlafen finden würden.«

»Ich denke mit Schrecken an die Fußabdrücke am See«, sagte sie. »Was tun wir, damit wir vor den Ungetümen sicher sind, wenn wir schlafen? Säuresprüher brauche ich ebenfalls nicht in meiner Nähe.«

»Das Beste wäre ein Baum mit weit ausladenden Ästen, auf den wir klettern können.«

Sie gingen weiter, fanden aber nichts Passendes. Entweder waren die Urwaldriesen zu alt und zu morsch, oder die Äste boten keinen Platz zum Schlafen. Zudem begrenzte der Nebel die Sicht, und die hereinbrechende Dämmerung erschwerte die Suche zusätzlich. Crest richtete sich darauf ein, die Nacht in einem Behelfslager zu wachen.

»Lefkin!« Tesma blieb stehen. »Siehst du den Baum dort drüben?«

Crest hätte den hoch aufragenden Stamm im Nebel übersehen, aber jetzt, da sie ihn darauf hinwies, machte er die Umrisse aus. Alle eineinhalb Meter wuchsen ein Dutzend Äste aus dem Stamm, verliefen den ersten Meter einigermaßen waagerecht und bogen sich dann steil nach oben. So bildeten sie eine Art umlaufende Plattform.

*Sie könnten auch einen Sichtschutz bieten, wenn man die Zwischenräume mit Moos auskleidet,* vermeldete der Extrasinn. *Die fünfte oder sechste Plattform dürfte sicher sein.*

Crest bejahte in Gedanken und wiederholte die Worte des Extrasinns laut, sodass Tesma erfuhr, was er von ihr erwartete.

Sie halfen einander auf die untersten Äste und kletterten höher, Etage um Etage. Mit jeder Ebene stieg seine Zuversicht, auch wenn der Stamm laufend dünner wurde und bei jedem ihrer Tritte mitfederte. Auf der sechsten Plattform war tatsächlich Schluss. Der Stamm schwankte und mit ihm die umlaufenden Äste, sodass sie sich zum Abdichten mit Moos auf gegenüberliegende Seiten stellen mussten. Zum Glück wuchsen die dichten grünen Matten auch hier oben, sodass sie sich weitere Klettertouren ersparten.

Erschöpft legten sie sich dann auf den natürlichen Boden und lehnten sich an die aufragenden Äste.

»Hörst du das?«, flüsterte Tesma auf einmal.

Von unten drangen schmatzende Geräusche herauf. Crest bohrte mit dem Finger ein Loch ins Moos und spähte hinunter.

Er zuckte zurück, denn im letzten Licht des Tages erkannte er drei Wesen, die ihm bekannt vorkamen.

»Säuresprüher!«, flüsterte er zurück.

Sie verhielten sich still, bis die Laute der Raubtiere verstummt waren. Erst dann wagte er es, Tesma eine der gelben Früchte anzubieten.

»Nein danke«, antwortete sie. »Vielleicht morgen früh, wenn du noch keine Auswirkungen zeigst.«

»Du kennst aber das *Gesetz der Drei?«*, fragte er.

»Was soll das sein?«

»Die Faustregel fürs Überleben. Man kann drei Minuten ohne Luft überleben, drei Tage ohne Wasser und drei Monate ohne Nahrung.«

»Aha«, sagte sie und rollte sich zur Seite.

»Ist so«, antwortete er, »obwohl, bei den drei Monaten bin ich nicht ganz sicher.«

»Da bin ich richtiggehend froh, dass ich meinen Durst heute Mittag mit Seewasser gestillt habe. Sonst wäre ich jetzt auf deine Schleimfrüchte angewiesen.«

»Lästere nur, morgen früh wirst du mich um die Dinger anbetteln.«

»Sicher«, antwortete sie. »Aber jetzt bin ich müde.«

Irgendwann in der Nacht wachte Crest auf. Seit er den Zellaktivator besaß, benötigte er nur wenig Schlaf. Daran zumindest hatte sich nichts geändert, obwohl ihm Golath das Gerät abgenommen hatte. Er versuchte in sein Inneres hineinzuhören, ob es Veränderungen gab.

Die bleiernen Glieder machten ihm zu schaffen. War das eine Auswirkung, oder lag es bloß an den Tagen voll Strapazen auf diesem Planeten?

Gedanken flossen wie Sirup durch sein Hirn. Waren das erste Vorboten, dass sein Leben bald erlosch?

Und die trockene, spröde Haut? Kehrte das Alter in seinen Körper zurück, oder war dieser Nebelwald schuld daran?

Die braunen Flecken auf seiner blassen Haut? Zeigten sich die ersten Altersflecken wieder auf seinen Unterarmen, oder taten ihm die intensiven Strahlen dieser Sonne nicht gut? Kehrte gar der Krebs zurück?

Mit den Fingerspitzen strich er über den Handrücken. Er spürte rissige Haut und altes Fleisch, aber er fühlte auch das wilde Pulsieren des Blutes in seinen Adern.

Crest ballte die Hände. Nein! Noch war er nicht alt und gebrechlich. Noch schlug das Herz eines Kämpfers in ihm, egal ob mit oder ohne Zellaktivator! Er hatte nicht vor, auf dieser verlassenen Welt zu sterben. Damit Perry Rhodan ihn in seinem Gedenken womöglich »Crests Planet« nannte? Nein danke!

Ein lautes, scharrendes Geräusch vom Boden ließ ihn zusammenzucken. Crest schob das Moos beiseite.

Im Licht der zwei Monde, die milchig verwaschen am Himmel standen, marschierte eine Armee aus drei Meter langen Monstern durch den Urwald. Zu beiden Seiten des Kopfes standen riesige Insektenaugen ab, deren Facetten wie ein Regenbogen glänzten. Der spitze Kopf endete in zwei kraftvollen, scherenförmigen Mandibeln, die sich unablässig vor dem Maul bewegten. Der lang gestreckte Körper stelzte auf drei dünnen Beinpaaren einher, die im Mondlicht rot leuchteten. Zwei Reihen von Dornen entlang dem letzten Beinglied und scharfe Krallen an dessen Ende unterstrichen den Eindruck von Gefahr.

Der Anführer der Riesen hob witternd den Kopf. Seine Fühler wippten dabei auf und ab. Schließlich drehte er den Kopf in seine Richtung.

Crest duckte sich und hielt den Atem an. Witterte ihn das Vieh, oder sah es ihn womöglich sogar? Im Infrarotbereich etwa?

Er wusste, dass die Evolution unterschiedlichste Tierarten hervorgebracht hatte, die durch besonderes Sehen an ihre Umwelt angepasst waren. Terranische Bienen sahen im Ultraviolettbereich, sodass Blüten für sie wie Leuchtfeuer aus einer Wiese herausstachen. Schlangen nahmen die Wärmestrahlung wahr, die von ihrer lebenden Beute ausgesandt wurde, während Zugvögel sich wiederum am Magnetfeld eines Planeten orientierten. Warum sollten die sechsbeinigen Ungeheuer von Ufgar nicht wie Schlangen im Infraroten sehen können?

Crest duckte sich noch tiefer. Mehr konnte er nicht tun. Er wusste nicht, ob die Wesen im Ernstfall den Baum erklettern konnten. Er wollte es gar nicht wissen.

Wieder drangen die scharrenden Laute von unten zu ihm herauf, als ob Hornplatten aneinander schabten oder über den Boden streiften. Aber – er glaubte es kaum! – die Geräusche kamen nicht näher. Nein, sie entfernten sich sogar, aber es mussten Hunderte Individuen sein. Das würde noch eine lange Nacht werden, ehe die Viecher verschwunden waren.

Andere mochten in einer Situation wie dieser zu ihrem Gott beten oder sich vor Angst entleeren, aber er war ein Derengar, ein Mann der Wissenschaft. Und die Wissenschaft war es, an die er sich in schlechten Zeiten immer gehalten hatte. Sie hatte ihm die Antworten gegeben, die ihm die irrationalen Arkoniden nicht gaben, kein Adeliger und schon gar kein Imperator. Und dann hatte der Regent nach Arkons Thron gegriffen, und wieder war es nur die Wissenschaft gewesen, auf die Crest sich hatte verlassen können.

Während neun oder zehn Meter unter ihm die Sechsbeiner wie Soldaten marschierten, dachte Crest an jene Disziplin, die sein Leben war: die Historische Anthropologie. Sie mochte zwar nicht in direkter Weise mit diesem Planeten und seinen Bewohnern zu tun haben, andererseits spielte auch hier die Geschichte von Arbeit, Gewalt und Krieg eine Rolle – seien es diese Monster oder die gewalttätigen Unither in ihrem abgestürzten Raumschiff.

Wer so wie er Geschichte als historische Praxis verstand, konnte zwischen vielen intelligenten Arten der Milchstraße Parallelen ziehen.

Dabei schienen alle die gleichen Fehler zu machen, als könnte keiner vom anderen lernen. So vielfältig und veränderlich die kulturell geprägten Lebensweisen sein mochten, die Erfahrung verriet Crest, dass es viel mehr Gemeinsamkeiten gab, als populationsgenetische Unterschiede suggerieren wollten. Das galt nicht nur für Arkoniden und Arkonidenabkömmlinge, sondern auch für so exotische Wesen wie Swoon oder Unither.

Die Rüsselwesen mochten anders aussehen als Arkoniden, doch ihre Mentalität unterschied sich nicht gravierend. Ihre Gemeinschaftsorientierung war für Arkoniden zwar etwas sonderbar, doch galt das nicht ebenso für die Mitglieder eines arkonidischen Khasurns? Die Adelsfamilien hielten zusammen, wenn ein äußerer Gegner auftrat. Die Unither sahen das genauso, deshalb war es die größte Strafe, aus dieser Gemeinschaft ausgeschlossen zu werden – so wie für die drei Getriebenen an Bord der IQUESKEL.

Je offener man die Vergleiche anstellte, ob durch Strukturanalysen, historische Längsschnitte oder interkulturelle Vergleiche über die *conditio humana*, wie die Menschen sagen würden, desto bewusster wurde einem, dass die Dimensionen des Menschlichen für alle Völker galten.

Crest hatte auch das Auf und Ab in der Entstehung rechtlicher Traditionen überall gefunden. Ob das Pendel nun Richtung Demokratie oder Diktatur ausschlug und die Entscheidung beeinflusste, was Recht und was Unrecht darstellte – die Schnittmenge zwischen Arkoniden, Swoon und Topsidern war bedeutend größer, als man vermuten konnte.

Was er jedoch bedauerte, war der Verlust von bereits errungenen Freiheiten. Mit der Machtübernahme des Regenten feierten Praktiken aus den archaischen Perioden fröhliche Urstände. Der Überwachungsstaat mit seinem Denunziantentum und dem generellen Misstrauen in alle Bürger lauerte an jeder Ecke. Seine Handlanger wie der Emporkömmling Sergh da Teffron bildeten nur die Spitze des Eisbergs. Die meisten Adeligen hatten sich inzwischen mit dem Regime arrangiert, und das war besonders bitter.

Die letzten Oppositionellen wurden einer nach dem anderen mundtot gemacht. Wer sich den Mund nicht verbieten ließ, wurde systematisch observiert. Irgendetwas blieb immer hängen, und wenn es nur eine Bagatelle aus der Vergangenheit war, eine Jugendsünde oder eine intime Kleinigkeit, die niemanden etwas anging.

Auch Crest hatte es letztlich erwischt. Schon bezahlte Vortragsreihen waren abgesagt worden, die Honorare hatte man zurückgefordert. Wenn er nach dem Grund gefragt hatte, waren Ausreden gefolgt, oder er hatte überhaupt nichts vom Veranstalter gehört. Freunde hatten begonnen, ihn zu meiden, hatten sich verleugnen lassen oder hatten seine Anrufe von Avataren beantworten lassen. Dabei wäre es so wichtig gewesen, ein Gegengewicht zum Regenten zu bilden.

Diese Chance war vertan. Noch schlimmer, jetzt musste er sich mit Unithern herumschlagen, die zum Glück nicht wussten, welchen Fang sie in Wirklichkeit gemacht hatten.

Er fragte sich, ob eines der Rüsselwesen noch am Leben war. Aber das war unwahrscheinlich. Speziell Zerft hätte alles darangesetzt, die beiden Flüchtlinge wieder einzufangen. Der bullige Unither schien sich einen besonderen Spaß daraus zu machen, körperlich Unterlegene zu demütigen. An Golath wollte Crest gar nicht denken. Wenn dieser sich an Tesma für die Stiefelattacke rächte ...

Crest merkte, dass die scharrenden Geräusche aufgehört hatten. Vorsichtig spähte er hinunter, wo die Prozession der sechsbeinigen Monster entlangmarschiert war.

Der Pfad war leer. Nichts deutete mehr auf die unüberwindliche Meute hin. Auch in der Ferne glommen keine Facettenaugen mehr im Mondlicht.

Erleichtert lehnte er sich zurück. Die Anspannung forderte nun doch ihren Tribut. Außerdem war er allen Willensanstrengungen zum Trotz nicht mehr der Jüngste. Noch ehe der Morgen graute, schlief er ein.

»Lefkin!«

Crest blinzelte. Vor dem blaugrauen Himmel zeichnete sich ein Gesicht ab, das von silbrig weißen Haaren eingerahmt wurde. Tesma!

»Wir sollten aufbrechen.« Unruhig sah sie sich um.

»Was ist los?«

»Ich weiß nicht«, antwortete sie und blickte ernst drein. »Auf einmal war da so ein Grollen ...«

»Von einem Tier?« Crest erinnerte sich noch mit Schrecken an die Armee der Sechsbeinigen.

»Nein, ich denke eher, es war der Vulkan.«

Wie zur Bestätigung rollte ein Donnerschlag über sie hinweg. Crest versuchte, die Nebelwand zu durchdringen, hinter der er den Doppelvulkan wusste, aber der Anblick blieb ihm verwehrt. Stattdessen blies ihm ein nasskalter Wind die Haare aus der Stirn. Ein weiterer Donner blieb aus.

»Na ja, wenn es weiter nichts ist ...« Crest holte die gelben Früchte hervor und hielt sie Tesma hin.

»Nein danke«, antwortete sie. »Ich habe deinen Bauch rumoren hören, da verzichte ich lieber.«

Wenn Tesma wüsste! Crest biss herzhaft in eine der saftigen Früchte.

Die Arkonidin beobachtete ihn, als ob sie auf etwas wartete. »Ich bin schon einige Zeit wach«, sagte sie.

Täuschte er sich, oder lag ein seltsamer Ausdruck in ihrem Gesicht?

»Was willst du damit sagen?«, fragte er verunsichert.

»Ach, nichts.« Sie blickte über den Rand der Äste, als könnte sie Löcher in den Nebel starren.

»Komm schon!«, sagte er. »Du hast angefangen, jetzt möchte ich auch wissen, was los ist.«

»Ich ...«, begann sie und brach ab. »Nein, es geht mich nichts an.«

Crest hob die Augenbrauen. »Was geht dich nichts an? Wir sind Fluchtgefährten und sollten allein deshalb keine Geheimnisse voreinander haben.«

»In Ordnung.« Sie legte den Kopf schief. »Sag mir, was an deinem Schmuckstück so besonders ist!«

»Nichts.« Crest hob verwundert die Augenbrauen. »Es ist ein Schmuckstück, mit dem ich viele persönliche Erinnerungen verbinde. Warum?«

»Ach, nur so.« Sie schüttelte verlegen den Kopf. »Du warst auf der IQUESKEL so aufgeregt, weil Golath weder das Schmuckstück noch das Artefakt der Goldenen bei sich trug.«

Crest schluckte den Bissen hinunter und fixierte sie. »Wieso kommst du ausgerechnet jetzt darauf?«

»Du hast im Schlaf gesprochen ...«

Crest fühlte sich, als hätte er seine Hand in die Schussbahn eines Thermostrahlers gehalten. Er verschränkte die Finger, damit sie nicht sah, wie er zitterte. Hatte er sein größtes Geheimnis im Schlaf verraten? Wusste sie von dem Zellaktivator?

*Pass jetzt auf, was du sagst!*, ermahnte ihn der Extrasinn.

*Kunststück!*

»Was ... was habe ich gesagt?«, fragte er. Gleichzeitig spürte er die Leere, die das Fehlen des Zellaktivators hervorrief. Er hatte ihm die Kraft gegeben, den Kampf gegen den Regenten wieder aufzunehmen. Diese Energie fehlte ihm nun.

»Dass du ohne das Schmuckstück nicht leben kannst«, antwortete sie.

»Wirklich?«, fragte er und versuchte, dabei möglichst gleichgültig zu klingen. Aber es kam ihm vor, als ob es ihm nicht wirklich gelänge.

»Ja, und es hat ziemlich echt geklungen, nicht wie ein Traum.«

Crest schüttelte den Kopf. »Trotzdem: Ich muss geträumt haben. Ich kann mich nicht einmal erinnern. Wenn das Schmuckstück wirklich so lebenswichtig wäre, müsste ich doch etwas davon wissen.«

*Gut gemacht,* lobte der Extrasinn, aber Crest war bei Weitem nicht so euphorisch wie sein Gedankenbruder. Tesmas Blick zeugte ebenfalls nicht gerade davon, dass sie ihm glaubte.

»Was hat das Schmuckstück mit Thora zu tun?«, fragte sie.

»Warum?«, fragte er perplex.

»Du hast ihren Namen gerufen.«

Ein ganzer Meteoritenschauer fiel ihm vom Herzen. Wenn Tesma den Zellaktivator mit Thora in Verbindung brachte, hatte er im Schlaf nicht viel verraten. Außerdem hätte sie nicht vom Schmuckstück gesprochen, wenn sie dessen wahren Zweck kannte.

*Trotzdem solltest du vorsichtig sein,* sagte der Extrasinn. *Vielleicht will sie dich aushorchen.*

*Der Gedanke ist mir auch schon gekommen,* gab er zurück.

»Thora ist meine Adoptivtochter«, sagte er. »Ich habe dir doch erzählt, dass ich nicht weiß, wo sie sich aufhält. Von dem Artefakt der Goldenen weiß ich nur, dass sie in höchster Gefahr ist. Ich vermisse sie!« Die letzten Worte kamen heftig.

»Ja ... ja, natürlich.« Tesma hob abwehrend die Handflächen. »Es tut mir leid. Ich wollte dich nicht bedrängen. Ich dachte nur ...«

»Schon gut«, sagte er.

Die Äste unter ihm vibrierten. Ein Brausen lag in der Luft, das in den Ohren schmerzte.

»Ein Erdbeben!«, schrie er über das Tosen hinweg.

Neben ihnen krachten tonnenschwere Äste von Urwaldriesen auf den Boden. Die Luft war von umherschwirrendem Moos und splitterndem Holz erfüllt, das gegen die Brüstung prasselte. Über ihnen knackte es.

Crest folgte mit den Augen dem Stamm über ihnen. In eineinhalb Metern Höhe ragte der nächste Kranz aus Ästen aus dem Stamm, ein wenig kleiner als der, auf dem sie Zuflucht gefunden hatten. Von dort kam das Krachen. Direkt an der Ansatzstelle eines Astes splitterte das Holz des Stammes.

»Wir müssen hinunter!«, rief er. »Wir haben keine andere Wahl. Entweder erschlägt uns der Baum, auf dem wir Zuflucht gefunden haben, oder sein Nachbar.«

Wie zur Bestätigung brach einer der Äste über ihnen ab und knallte herunter. Tesma sprang zur Seite, schwang sich über die Brüstung und hangelte sich eine Ebene tiefer.

Crest warf einen letzten Blick auf die Stelle, wo der Stamm dem Erdbeben nicht mehr standhielt. Inzwischen reichte der Riss quer durch den Stamm. Höchste Zeit!

Er wuchtete seinen Körper über das natürliche Geländer und ließ sich fallen, rappelte sich hoch, sprang ein zweites Mal, ein drittes Mal.

Über ihm explodierte der Baum. Holzsplitter flogen in alle Richtungen davon und bohrten sich in die benachbarten Urwaldriesen. Die oberen Äste hielten zwar die meisten Geschosse ab, aber der Rest reichte auch noch, um ihm schmerzhafte Wunden beizubringen.

»Für diese Art von Abenteuer bin ich eindeutig zu alt!«, brüllte er seinen Schmerz hinaus. Noch zwei Etagen!

Im Fallen sah er Tesmas roten Overall. Die Arkonidin war am Boden angelangt und brachte sich unter der letzten Astreihe in Sicherheit. Wenn nur die unterste Ebene hielt!

Crest hatte Mühe, die nächsten Äste zu erklimmen. Langsam ging ihm die Kraft aus. Wenn er nur den Zellaktivator ...

Irgendwie schaffte er es, seine müden Knochen ein weiteres Mal zu mobilisieren. Mit einem dumpfen Laut prallte er mit dem Rücken auf dem Waldboden auf. Die Luft presste es ihm aus den Lungen, schwarze Punkte tanzten vor seinen Augen.

Und da war etwas ... hinter den Punkten ... über ihm! Der Stamm ... er fiel!

Eine kräftige Hand packte ihn am Oberarm und zog ihn unter die schützenden Äste.

»Willst du dich umbringen?« Tesmas Stimme.

Die Dunkelheit lichtete sich. Dort, wo er zuvor gelegen hatte, bohrte sich die Spitze des Baumes in den Untergrund. Sein Herz setzte für einen Schlag aus. Wenn er ...

Mit einem Mal war es ganz still, so als hielte das Beben den Atem an. Wie ein grüner Nieselregen segelten Moosteilchen zu Boden. Feine Nebelschwaden züngelten wie Feuer darüber.

Crest schloss die Augen. Wäre Tesma nur ein wenig langsamer gewesen, hätte ihm kein Zellaktivator dieses Universums mehr helfen können.

Erst nach Minuten kamen die Geräusche des Urwalds zurück, auch von einem Nachbeben war nichts zu spüren. Tesma kletterte hinaus, und Crest folgte ihr. Das Erdbeben hatte eine Schneise in den Urwald geschlagen, die bis zur Waldgrenze am Hochplateau führte. Die Spitze des kleineren der beiden Vulkane war dahinter deutlich zu sehen. In jener Richtung, wo die Siedlung der Unither lag, waren die Zerstörungen bei Weitem nicht so schlimm. Der Pfad war weitgehend frei, nur einige dickere Stämme lagen quer über ihm.

»Ich denke, wir können aufbrechen«, sagte Crest. »Und – danke!«

»Nichts zu danken. Komm, weg hier!«, sagte Tesma und übernahm wieder die Führung.

# Kapitel 18

Che'Dens schwarzer Körperfilm glänzte bläulich im Widerschein der Hologramme. Mit einem Fingerschnippen holte En'Imh eine Kopie der astrogatorischen Daten auf das Display vor seinem Sessel.

Die dunkelbraune Halbkugel, die vor ihm dreidimensional dargestellt wurde, sollte einen Schnitt durch den Planeten Usgroll darstellen. Kruste, Mantel, Kern – die Schichten des fünften Planeten zeugten von einer Welt, deren Innerstes längst erloschen war. Der feste Kern war für das schwache, kaum messbare Magnetfeld verantwortlich, das keinen Schutz vor dem Sonnenwind bot. Normalerweise hätte der Planet mit seinem Durchmesser von 10.200 Kilometern und einer Anziehung von 0,71 Gravos eine Atmosphäre halten können, doch die ionisierende Strahlung hatte den Großteil der Lufthülle vor Jahrmillionen hinweggefegt.

Die verbliebenen Gasmoleküle – in der Hauptsache einundsiebzig Prozent Kohlendioxid, dazu fünfundzwanzig Prozent Stickstoff und drei Prozent Argon – reichten für einen Luftdruck von zweihundertfünfzig Hektopascal. Das entsprach auf den meisten arkonidischen Siedlungswelten einer Höhe von etwa elf Kilometern. Da Usgroll am äußersten Rand der habitablen Zone seine Bahn zog, reichte die Energie der Sonne Unitha nicht aus, um Pflanzen am Leben zu erhalten. Selbst der Treibhauseffekt der Kohlendioxidatmosphäre genügte nur für eine mittlere Jahrestemperatur von fünfundzwanzig Grad unter null.

»Ich setze zur Landung an«, meldete Bhe'Num, der Stellvertretende Kapitän der ANETIS'KHOR und damit auch Kopilot des Schiffes.

»Haben wir einen Richtstrahl?«, fragte Che'Den.

»Ja«, antwortete Bhe'Num, »zwanzig Kilometer Distanz bis zum Ziel, rasch fallend.«

»Keine auffälligen Energiekonzentrationen, keine geladenen Waffensysteme«, sagte Tyr'Fhe, die Feuerleitoffizierin. Fahrig strich sie über ihre blonden, fast goldenen Augenbrauen.

Der »Raumhafen« entpuppte sich als vier nahe beieinanderliegende Krater, die durch Röhren miteinander verbunden waren.

Niemand hatte sich die Mühe gemacht, den gesamten Komplex zu überdachen oder mit einem Schutzschirm abzusichern. Deshalb führten schlauchförmige Gebilde von den Bodenschleusen der beiden gelandeten Raumschiffe zu den Endpunkten der Röhren, die durch die Kraterwälle bis zur flachen Ebene inmitten der Wälle reichten. Von außen unsichtbar erstreckte sich in der Mitte der Anlage eine Art Kontrollgebäude mehrere Etagen in den Boden von Usgroll. Der Scan ergab, dass die Röhren ebenso wie das Gebäude eine atembare Sauerstoffatmosphäre enthielten.

Die beiden Schiffe ähnelten einander, zwei Achtzig-Meter-Korvetten, die ihre besten Tage vor Jahrzehnten oder gar Jahrhunderten gehabt haben mussten. Dellen von Meteoriten und Schrammen wie von Parkschäden in zu engen Häuserschluchten wechselten sich mit rostig braunen Flächen ab. En'Imh fragte sich, welche Atmosphäre eine derartige Reaktion hervorrief, konnte doch nichts von Salzwasser bis Salzsäure dem Raumschiffsstahl etwas anhaben.

In der letzten Phase der Landung drehte sich die ANETIS'KHOR, bis der Beiboothangar zum Zentralgebäude zeigte. Dabei erkannte En'Imh auch den Grund, warum der Raumhafen ausgerechnet an dieser Stelle angelegt worden war. Neben dem Krater mit dem vermeintlichen Schiff der Schatzjäger fuhr ein Muldenkipper über eine Rampe in die Tiefe eines Tagebaus. Deshalb waren sie also hier.

Ein Ruck ging durch das Schiff.

»ANETIS'KHOR gelandet«, sagte Bhe'Num mit einem eine Spur zu militärischen Gehabe. Der erfahrene Lotse sah es bestimmt nicht gern, dass Khe'Rhil ihm einen Jüngling wie Che'Den vor die Nase gesetzt hatte.

Leise grollend liefen die Impulstriebwerke aus. Che'Den hielt es nicht in seinem Kommandantensessel. Klackend sprang der Verschluss seines Sicherheitsgurts auf.

»Ich wünsche euch viel Erfolg!«, sagte En'Imh und lehnte sich in seinem Sessel zurück.

»Kommst du nicht mit?«, fragte Che'Den.

»Nein. Ich bin noch immer nicht überzeugt, dass der Kugelraumer da drüben die getarnte IQUESKEL sein soll.«

»Du bist ein ewiger Pessimist.« Che'Den hob seine Waffe und klopfte auf das Energiemagazin.

En'Imh schüttelte kurz den Kopf. »Nein, Realist.«

»Los!« Tyr'Fhes Befehl hallte von den Wänden der Verbindungsröhre. Obwohl es sich um künstliche Produkte handelte, muteten sie ob ihrer verschiedenen Braun- und Grüntöne wie organisch gewachsene Strukturen an. Dazu ragten aus den Wänden Gebilde hervor, die Ranken und Gräsern ähnelten. Die Luft roch etwas streng, aber eher wie in einem Garten als in einer sterilen Raumstation, die von der Außenwelt abgeschottet war.

Die Lotsen gingen in zwei Ketten vor, eine am linken Rand des Ganges, eine am rechten. In ihren schwarzen Kampfanzügen wirkten sie in dieser Welt seltsam deplatziert, mit Strahlern im Anschlag und eingehüllt von flirrenden Individualschutzschirmen.

Che'Den marschierte als Letzter, da er den kampferprobten Leuten von Tyr'Fhe nicht im Weg stehen wollte.

Sie hob die Hand, und augenblicklich stoppten alle Mitglieder ihres Trupps. Inzwischen mussten sie im Zentrum der Anlage angekommen sein, denn vor ihnen weitete sich der Gang zu einer Halle.

Che'Den schloss zu ihr auf. Auch hier dominierten die reliefartigen Strukturen an den Wänden.

»Sieh mal!«, sagte Tyr'Fhe und deutete auf zwei Antigravaufzüge in der Mitte der kuppelförmigen Halle, die in die Tiefe führten. Rund um die beiden Röhren breiteten sich die Tische und Stühle eines Restaurants aus, das bis auf einen Robotkellner verlassen wirkte. Auf einem der Tische standen ein halb gefüllter Teller und daneben ein dickbauchiges Glas mit einer roten Flüssigkeit.

»Da hatte es jemand offenbar besonders eilig«, bemerkte Che'Den. Er blickte auf die Anzeige seines Armbands und drehte sich um die eigene Achse, doch der Infrarotscan zeigte lediglich Schlieren von Personen, die den Raum längst verlassen hatten. »Hier ist niemand!«

Tyr'Fhe nickte. »Vielleicht haben wir im Schiff der Unither mehr Glück.«

»Gut, gehen wir!«, ordnete Che'Den an.

Zwei Lotsen rannten zur gegenüberliegenden Seite der Halle, während die übrigen sicherten.

Nichts geschah. Kein Alarm gellte, kein Kampfroboter erschien. Ohne Zwischenfall erreichten sie den Tunnel, der zum anderen Schiff führte. Die beiden vordersten Lotsen pressten sich an die Wände und zielten mit ihren Waffen auf einen Punkt am Ende der Röhre. Die anderen rückten in der Mitte des Ganges vor, um den Vorgang alle zwanzig Meter zu wiederholen.

Die Sicherheitsvorkehrungen erwiesen sich jedoch als unnötig, denn kein einziger Unither kam ihnen entgegen. Selbst der transparente Verbindungstunnel zur Bodenschleuse der IQUESKEL war frei.

»Gesichert«, rief einer der Lotsen, der inzwischen am Schiff der Unither angekommen war.

Zusammen mit Tyr'Fhe stieg Che'Den den leicht ansteigenden Verbindungsgang hoch. Erstaunt erkannte er, dass die Unither die Schleuse offen gelassen hatten. Die Lotsen brauchten nicht einmal höflich *anzuklopfen* ...

Alles in ihm sträubte sich dagegen, in diese Falle zu tappen, aber Khe'Rhils Befehl war unmissverständlich gewesen. Sie mussten diesen Arkoniden aus der Hand der Unither befreien!

»Ich glaube nicht, dass das eine Falle ist.« Tyr'Fhe schien seine Gedanken zu erraten. »Viel eher haben die Entführer eingesehen, dass sie gegen uns keine Chance haben.«

*Dein Wort in Anetis' Ohr!*

»Trotzdem dürfen wir kein Risiko eingehen«, sagte Che'Den laut. Wenn die Unither an Bord waren, wussten sie längst über ihre Besucher Bescheid. Flüstern hätte sowieso keinen Sinn gehabt.

»Nein, natürlich nicht.« Tyr'Fhe deutete auf den zentralen Antigravschacht vor ihnen. »Je drei Mann – wir treffen uns in der Zentrale!«

Sie schickten zwei Dreiertrupps voraus, dann betrat Che'Den zusammen mit Tyr'Fhe den Schacht. Nach zwei Öffnungen, die zu den peripheren Räumen des Achtzig-Meter-Schiffes führten, folgte der Bereich des Überlichtantriebs, der den Großteil des Schiffes einnahm. Nur eine weitere Öffnung im Schacht leitete sie hinaus auf eine lichtlose Plattform in der Mitte der Strukturkonverter.

Che'Den sah nach oben. Die ersten Lotsen verließen über ihnen unangefochten den Schacht, dann die zweite Dreiergruppe. Er spannte die Muskeln und umkrampfte den Abzug seiner Waffe noch fester. Noch fünf Meter, drei ...

Das seitwärts gepolte Feld schob ihn aus dem Schacht hinaus in die Zentrale des Schiffes. Zu beiden Seiten standen je drei Lotsen und hielten ihre Waffen auf etwas gerichtet, was im exakten Mittelpunkt der Zentrale stand – der Sessel des Kommandanten, der in diesem Moment herumschwang.

Gekleidet in eine grün gefleckte Montur, saß darin ein klobiger Unither. Seine Haut war wie bei den meisten Unithern glatt und hellbraun. Der kaum bewegliche Kopf saß direkt auf seinen Schultern, der Rüssel wie in einer demütigen Geste eingerollt.

Aus großen, lauernden Augen sah er Che'Den direkt ins Gesicht. »Ich habe Sie bereits erwartet.«

Che'Den ließ die Waffe sinken. »Dann können wir uns die Höflichkeitsfloskeln sparen. Wo ist der Arkonide?«

Der Rüssel des Unithers zuckte. »Sie wissen von dem Arkoniden? Das überrascht mich jetzt aber.«

»Genau deswegen sind wir hier«, sagte Che'Den mit Nachdruck.

»Oh«, machte der Unither.

»Und wir werden ihn mitnehmen«, fügte Che'Den hinzu.

Die Gesichtsfarbe des Unithers wechselte zu einem dunklen Braun. »Sie glauben aber nicht ernsthaft, dass er noch an Bord ist, oder?«

Che'Dens Herz schlug schneller. Wollte das Rüsselwesen damit sagen, dass sie dem Schiff der Entführer umsonst nachgejagt waren?

»Sie bluffen!«, sagte er laut.

»Wieso sollte ich? Jetzt, da Sie mich aufgespürt haben, sehe ich keinen Grund dazu. Sie werden mir schon glauben müssen ...« Er zögerte. »Oder Sie müssen, wenn Ihnen das lieber ist, jeden Kubikzentimeter der BLUME VON UNITH durchsuchen.«

In Che'Den kochte es. Was bildete sich dieser Unither ein? Selbst in seiner aussichtslosen Lage gab er nicht zu, dass sein Schiff in Wirklichkeit IQUESKEL hieß.

»Was ich tun oder nicht tun muss, bestimme immer noch ich. Deshalb werde ich nur genau einmal fragen: Wo ist der Arkonide?«

»Ich dachte, das wüssten Sie. Wie hätten Sie mich sonst aufgespürt?«

Che'Den verengte seine Augen zu Schlitzen. Sein Gesichtsausdruck veranlasste den anderen dazu, schnell weiterzusprechen.

»Gut, gut, ich sage es ja«, presste der Unither hervor. »Ich habe ihn zuletzt an unserem Treffpunkt in Sub-Ariela gesehen.«

»Was?« Da hatte Che'Den den Auftrag, den Arkoniden zu verfolgen und nach Hela Ariela zurückzubringen, und dann hatte der Unither ihn zehn Lichtjahre vom Leuchtfeuer entfernt aussteigen lassen. Er fühlte sich aufs Gröbste verarscht, obwohl er noch nicht genau wusste, von wem. »Sie machen Scherze!«

»Das liegt mir fern. Warum sollte ich?« Der Unither sah Che'Den aus seinen riesigen Augen treuherzig an – oder interpretierte er den Blick falsch, und es war in Wirklichkeit Verschlagenheit?

»Ich habe Ihre Spielchen allmählich satt. Legen Sie die Karten endlich auf den Tisch! Sie wissen, dass ein umfassendes Geständnis strafmindernd wirkt.«

»Ja, ja, schon gut. Also ...« Der Unither führte die Hand unter seine Kombination.

»Halt!«, rief Tyr'Fhe. Ihr Strahler zielte auf den Kopf des Unithers. »Ganz langsam!«

Nur mit zwei Fingern griff der Unither unter seine Kombi und holte mit den Fingerspitzen einen Datenträger hervor. »Das ...«

»... haben Sie für den Arkoniden erhalten«, vervollständigte Che'Den den Satz.

»Wieso *für?* Natürlich *von dem* Arkoniden, *für* die Eyemalin-Lieferung.«

In Che'Den arbeitete es. Was wurde hier gespielt? Worum ging es? Offenbar nicht um Lefkin da Findur, wie er bisher geglaubt hatte, sondern ganz banal um eine Drogenlieferung. Er presste die Lippen zusammen, sein Gesicht wurde heiß, und sein Magen wog auf einmal schwer wie ein Stein.

Geistesgegenwärtig ging er die vier Schritte auf den Unither zu und entriss ihm den Datenträger. »Das Ganze wird noch ein Nachspiel für Sie haben.«

»Das ist mir klar.« Der Unither neigte Kopf und Rüssel. »Verfügen Sie über mich!«

Che'Den nickte. »Ich werde mich wieder bei Ihnen melden«, sagte er bebend. Hier war für ihn nichts mehr zu holen. Er drehte sich um und wandte sich an Tyr'Fhe: »Wir rücken ab!«

Che'Den betrat über den Antigravschacht die Zentrale der ANETIS'KHOR. Missmutig trat er nach einem Reinigungsrobot der Schildkrötenklasse, der daraufhin surrend in seinem Dock an der Wand verschwand.

En'Imh saß nach wie vor in seinem Sessel, so als hätte er sich in der letzten Stunde keinen Millimeter bewegt, die Kapuze nach hinten geschoben, sodass seine Glatze im Schein der Leuchtplatten glänzte. »Na, wo ist der Arkonide?«, fragte er grinsend.

»Sprich ... mich ... nicht ... an.« Che'Den ballte beide Hände zu Fäusten. »Es ist das falsche Schiff, verdammt.«

»Hab ich dir doch gleich gesagt, Bruder.« En'Imh feixte. »Aber du wolltest ja nicht auf mich hören.«

»Spotte du nur«, antwortete Che'Den. »Wir sitzen im selben Schiff – mein Versagen ist auch deines. Khe'Rhil wird uns beide wegen Unfähigkeit ...«

»Gar nichts wird der Hohe Lotse«, unterbrach ihn En'Imh und schüttelte tadelnd den Kopf. »Während du Methans und Arkoniden gespielt hast, war ich auch nicht untätig.«

Vor seinem Pult erschien die bekannte Darstellung der Umgebung von Hela Ariela. Eine blaue Linie zeigte die Hypersprungsequenz, der sie bis nach Unitha gefolgt waren.

»Und?«

»Sei nicht so ungeduldig!«, sagte En'Imh beschwichtigend. »Ich bin nochmals meine Abfragen durchgegangen, und siehe da, ich hatte bei der Ausweitung auf die maximale Sprungdifferenz einen Eingabefehler gemacht.« En'Imh seufzte. »Durch den falschen Wert wurden bei der Abfrage nur Verweildauern im Hyperraum von knapp über vier Minuten berücksichtigt. Und ra-ru-rick ...«

Auf einen Fingerzeig von En'Imh erschien eine gezackte gelbe Linie, die in denselben Raumsektor wie Unitha führte. Das zweite Schiff hatte sein Ziel also nicht auf direktem Wege angeflogen wie die BLUME VON UNITH.

»... Zaubertrick. Darf ich vorstellen, das ist die IQUESKEL! Ihr zweiter Sprung benötigte die Maximalverweildauer von 4:33 Minuten, während alle übrigen in Nullzeit erfolgten.«

»Verstehe einer den Hyperraum«, seufzte Bhe'Num im Pilotensessel.

»Ähem ...« Es fiel Che'Den nicht leicht, dies zu sagen. »Gute Arbeit, Bruder!«

»Und weißt du, was das Beste ist?«, fügte En'Imh hinzu. »Wo der Strukturtaster das Ende der letzten Sprungetappe festgelegt hat, gibt es im Umkreis nur *ein* Sonnensystem mit einem bewohnbaren Planeten. Gerade einmal 371 Lichtjahre trennen uns von den Schatzjägern. Das bedeutet: lediglich eine einzige Transition!«

Che'Den schluckte seinen Groll über die verpatzte Befreiungsaktion hinunter und wandte sich an seinen Stellvertreter: »Bhe'Num, sobald die Strukturkonverter aufgeladen sind, springen wir. Und dann holen wir uns diese Verbrecher!«

# Kapitel 19

Am fünften Tag erreichten sie den Rand des Urwalds. Unvermittelt öffnete sich der Wald, der ihnen das Vorankommen erschwert hatte, und gab den Blick auf einen See frei. Das Gewässer erstreckte sich über mehrere Kilometer in alle Richtungen. Crest und Tesma waren am Rand einer sichelförmigen Bucht herausgekommen, die zwischen Wald und See eingebettet und frei von Bäumen war.

Im Licht der gelben Sonne schimmerten die Anlagen der Schatzjäger golden. Die Aussicht auf eine Mahlzeit und ein richtiges Getränk unterdrückte Crests Verlangen, zum See zu laufen und daraus zu trinken.

Die Siedlung bestand aus etwa dreißig Häusern. Auf die Distanz wirkten die Bauten wie wuchtige Kuppeln, zwischen denen sandige Pisten ins Zentrum führten. Der ganze Uferstreifen war von einem hohen Zaun umgeben.

Die gesamte Siedlung sah aus, als ob die Bewohner sie gerade verlassen hätten. Dabei wusste Crest, dass außer Golath, Liszog und Zerft noch nie ein Unither hier gewesen war. Offenbar hatten die drei Schatzjäger eine Geistersiedlung errichtet, von der sie hofften, dass sie eines Tages von Artgenossen bewohnt wurde. Es war absurd: Drei einsame Vertriebene schufen eine Traumwelt, die ihnen ein Gefühl von Heimat geben sollte. Dabei hatten sie nur vergessen, dass kein Unither freiwillig seinen Planeten verlassen würde.

»Gibt es eine Absicherung?«, fragte Crest. Tesma sah ihn fragend an. »Ich meine Schutzschirme, Elektrosperren oder Ähnliches, abgesehen von der Umzäunung«, fügte er hinzu.

»Nein, im Normalfall nicht«, antwortete sie. »Gegen die Fauna des Planeten hat der Zaun bisher immer gereicht. Ich habe von Golath gehört, dass es irgendwo einen Schutzschirmprojektor geben soll, der im Ernstfall auf eine gefährdete Stelle an der Peripherie ausgerichtet werden kann.«

»Das heißt, wir spazieren da ungehindert hinein?«

»Ja und auch wieder hinaus. Das war den Unithern egal. Du weißt ja, was im Urwald wartet.«

Crest nickte. Und ob er das wusste. Freiwillig würde er die Strapazen des Feuchtwaldes nicht noch einmal auf sich nehmen. Da konnte er die Unither gut verstehen. Sie brauchten ihre Gefangene nicht einzusperren, der unwegsame Urwald war Grenze genug.

Tesma ging zum nächstgelegenen Tor im Zaun.

Crest hatte befürchtet, dass ein elektronisches Schloss über den Zugang wachen würde, doch es war nur ein einfacher mechanischer Riegel aus widerstandsfähigem Verbundstahl. Weder die Säuresprüher mit ihrer chemischen Waffe noch die sechsbeinigen Monster mit ihren Mandibeln konnten etwas gegen diesen Mechanismus ausrichten. Mit brachialer Gewalt war ihm nicht beizukommen, und die nötige Feinmotorik fehlte den Tieren dieses Planeten.

Mit flinken Fingern betätigte Tesma die leicht zu durchschauende Mechanik. Das Tor schwang zur Seite. Crest trat hinter ihr hindurch und fand sich in einer Märchenwelt wieder – einer unithischen Märchenwelt.

Die runden Bauten, deren Oberfläche aus der Distanz glatt gewirkt hatte, erwiesen sich als verspielte Gebäude, die grob an Jurten erinnerten. Crest hatte ähnliche Unterkünfte auf der Erde zum ersten Mal gesehen, am Rand der Wüste Gobi. Aber es gab einen gravierenden Unterschied. Während die Jurten auf der Erde aus einem mit Wollfilz, imprägniertem Segeltuch und Baumwolle umgebenen Holzgerüst gefertigt wurden, bestanden die hiesigen Bauwerke aus widerstandsfähigem Plastbeton.

Wahrscheinlich hatten die Unither die Häuser von riesigen robotgesteuerten 3-D-Druckern erbauen lassen, wie sie normalerweise bei der Kolonisierung von neuen Welten eingesetzt wurden. Die Drucker verwendeten dabei das pulverisierte Gestein der Umgebung, um es einzuschmelzen und daraus Schicht für Schicht die Gebäude zu erstellen. Damit war Plastbeton billig und kam ohne den Import von Baumaterial aus.

An den Außenwänden der gedrungenen Bauten ragten Skulpturen von Unithern in herrischen Posen hervor. Daneben verzierten religiöse Sprüche die Wände. Die meisten handelten von der Genesis der alten Unither – Religion für Bewohner, die es nicht gab und nie geben würde.

*Hinter jeder Wüste findet sich ein Weidenschössling, für jeden, der guten Glaubens ist und den Göttern Tribut zollt,* war da in einem dunkleren Gelb zu lesen. *Diene der Gemeinschaft, und die Savanne wird dich ausspeien auf deinem sternenumflorten Weg nach Norden.*

»Wir begrüßen die Neuankömmlinge!« Die Stimme dröhnte über die Straße.

Erschrocken suchte Crest nach dem Urheber der Laute, aber niemand war zu sehen. Die Straße war so leer wie zuvor.

»Wir begrüßen ...«

Crest rannte die letzten Meter zum nächstgelegenen Haus. Er drückte sich an die Hauswand und winkte Tesma herbei. »In Deckung!«, rief er.

Die Arkonidin lief über die Straße. Neben ihm duckte sie sich in den Schatten des Hauses.

»Wir begrüßen ...« Die Stimme ließ sich nicht beirren.

*Ihr seid im Überwachungsbereich irgendwelcher Sensoren,* mutmaßte der Extrasinn. *Solange sie euch sehen, wird die Begrüßung weitergehen. Außer ihr wisst, wie man antworten müsste, damit die Stimme aufhört.*

»Dort ist die Tür.« Die Arkonidin deutete auf einen Mauervorsprung.

»Dann lass uns nachsehen, ob die Siedlung auf neue Bewohner ausgelegt ist.«

Zumindest das Problem, wie sie in das Haus hineinkommen sollten, löste sich von selbst. Als sie auf der Schwelle standen, schwang die Tür auf.

»Hallo!«, rief Crest in die Öffnung. »Ist da jemand?« Keine Reaktion. »Ich sehe das als Einladung an«, sagte er.

Crest trat ein. Sanftes Licht, das aus Wänden und Decke zu kommen schien, hüllte ihn ein. Mit jedem Schritt wanderte das Licht mit ihm mit, während es außerhalb des Lichtkegels dunkler war.

»Geht es auch heller?«, sagte er zu sich selbst. Deshalb überraschte es ihn umso mehr, als die Außenwand des Gebäudes an einigen Stellen transparent wurde und das Tageslicht einließ. Was von der Straße wie eine einheitliche Wand aus Plastbeton ausgesehen hatte, entpuppte sich als strukturierte Oberfläche, in die ovale Fenster eingelassen waren. Er ging zum erstbesten Fenster.

Schriftzeichen erschienen, Diagramme und eine Kugel mit stilisierten Kontinenten: Ufgar.

Er brauchte einen Moment, um zu erkennen, dass dies die Wetterprognose und die Erdbebenwahrscheinlichkeit präsentieren sollte. Ein leuchtender Punkt südlich des Äquators stellte anscheinend die Position der Siedlung dar. Crest legte eine Hand auf das Display.

»Ich begrüße die Neuankömmlinge.«

Crest zuckte zusammen. Die Stimme klang freundlicher als jene auf der Straße, aber das beruhigte ihn nicht. »Haus, bist du das?«, fragte er.

Leise, fremd klingende Musik erklang, nur von Trompeten und Posaunen. »Ja, ich stehe zu Diensten.«

Es mutete ihn mehr als seltsam an, dass der Servo eines unbewohnten Hauses aktiv war, als wären seine Bewohner nur kurz weg. Maschinen, die die Anwesenheit von unithischen Artgenossen simulierten, um das Leben halbwegs erträglich zu machen.

»Wir hätten gerne etwas zu essen«, sagte er spontan.

»Leider habe ich nichts eingelagert«, antwortete das Haus.

Das war zu erwarten gewesen. In den Jahren, seit es die Siedlung gab, war außer den drei Schatzjägern bestimmt kein Unither hier gewesen. »Schad...«, sagte er.

Das Haus unterbrach ihn. »Soll ich euch etwas bestellen?«, fragte es.

Crest jubelte innerlich. Sollte es wirklich so einfach sein? »Ja«, antwortete er. Aber: Was aßen Unither eigentlich?

Fragend blickte er zu Tesma. »Früchte und Fladenbrot, bitte«, sagte sie.

Es dauerte eine Weile, bis sich das Haus erneut meldete. »Es tut mir leid, Bestellungen sind derzeit nicht möglich. Versucht es später nochmals!«

Enttäuscht drehte sich Crest zu Tesma. »Ich fürchte, wir haben hier nichts mehr verloren.«

»Was tun wir nun?«, fragte Crest.

»Ich weiß, wo wir ganz sicher Nahrung finden«, antwortete Tesma. »In der Unterkunft, die in den letzten Monaten mein Zuhause war.«

»Welche ist es?«

»Siehst du das große Gebäude dort vorne am See?«

Crest bejahte. Ihm war das höchste der Häuser schon aufgefallen. Es sah zwar ähnlich aus wie die übrigen in der umzäunten Anlage, doch im Gegensatz zu diesen verfügte es über mehrere Stockwerke. Eine Hyperfunkantenne auf dem Dach verriet zudem, dass es das infrastrukturelle Zentrum der Siedlung sein musste. Außerdem mündeten alle Wege auf den Platz davor.

Niemand begegnete ihnen. Vom See wehte eine sanfte Brise

herauf, die all die Strapazen vergessen ließ. Der Planet schien sich beruhigt zu haben, denn auch die beiden Vulkane lagen schlafend da.

»Sag einmal«, sagte er, »nach deiner ersten Flucht, bist du da nie auf die Idee gekommen, es nochmals zu versuchen?«

Tesma schüttelte resignierend den Kopf. »Sie hätten mich ja doch wieder eingefangen.« Sie machte eine Pause. »Wo hätte ich hin sollen?«

Crest deutete auf ein kleines Boot mit Außenbordmotor, das vertäut an einem Steg hing und mit den Wellen schaukelte.

»Und dann?« Tesma zuckte die Schultern. Sie zeigte auf das gegenüberliegende Ufer, wo ein weißer Sandstrand von undurchdringlichem Dschungel gesäumt wurde. »Du hast einige der Raubtiere dieser Welt kennengelernt – von den Unithern ganz zu schweigen.«

Der große Bau sah vom Design her ähnlich aus wie die kleineren, nur dass alles doppelt so groß war: die Skulpturen der Unither, die religiösen Schriften. Selbst der Eingang war keine Tür, sondern ein breites, zweiflügeliges Tor, dessen Griffe Unitherrüssel darstellten.

»Ich gehe vor«, sagte Tesma. Sie löste den Griff ihrer Hand. »Du solltest hier draußen Wache halten. Ich möchte nicht im letzten Moment von einem Unither überrascht werden!«

»In Ordnung.« Crest nickte. Die Unither hätten zwar in den vergangenen Tagen genügend Gelegenheiten gehabt, ihnen aufzulauern, aber die Flüchtigen mussten vorsichtig bleiben.

Er stellte sich neben den Eingang mit dem Rücken zur Wand. Damit überblickte er den größten Teil des Areals, und wenn er ein paar Schritte nach vorn trat, auch den Rest der kleinen Bucht. Zischend glitt das Portal zu.

Stille wie auf einer Totengedenkstätte umfing ihn. Wie mussten die gemeinschaftssüchtigen Unither leiden, dass sie solch einen Aufwand betrieben? Langsam verstand er ihr verzweifeltes Bestreben, nach Unith heimzukehren.

Crest suchte den Himmel ab, als könnten die Unither noch auftauchen. Die Luft war klar, und von einem Kondensstreifen war nichts zu sehen. Auch das charakteristische Brummen eines Gleiterantriebs fehlte.

Ein Geräusch schreckte ihn auf, das klang, als stamme es von einer elektrischen Entladung. Am Zaun standen zwei Säuresprüher und versuchten, ihn zu überklettern. Das Geräusch stammte vom Schutzschirm, der sich flimmernd vor den Zaun legte. Spritzer hochkonzentrierter Säure trafen auf die energetische Barriere, wo sie zischend vergingen. Der vordere Säuresprüher sah das als Affront und wollte gegen den durchsichtigen Gegner antreten. Aber das Tier kam nicht weit. Es prallte gegen den Schutzschirm und war im selben Augenblick tot.

»Alles klar! Hier ist niemand.« Tesma stand im Eingang und winkte ihm. »Lefkin, kommst du?«

»Was gefunden?«

»Ja, die Vorräte sind noch dort, wo Golath sie vor unserem Abflug deponiert hat.«

Crest nahm zwei Stufen auf einmal. Die Aussicht auf eine normale Mahlzeit verlieh ihm Energie, die fast an jene des Zellaktivators heranreichte.

An der Seite von Tesma betrat er das Gebäude. Ein Gang führte ins Zentrum, dessen Wände und Decke ein rötliches Licht ausstrahlten. Behagliche Wärme ging von ihnen aus.

»Was ist mit dem Hyperfunk?«, fragte er.

»Ich habe keine Ahnung«, antwortete sie. »Wir sollten uns zuerst stärken. Danach können wir immer noch nach der Funkanlage suchen.«

Crest nickte. Seit den gelben Früchten vor zwei Tagen hatte er nichts mehr gegessen.

Der Gang endete an einer kreisrunden Halle, die eher zu einem Einkaufszentrum auf der Erde passte. Palmen trugen eine Empore, zu der eine Treppe mit überbreiten Stufen hinaufführte. In der Mitte stand ein Springbrunnen auf einem Podest. Wie aus einem Füllhorn schoss das Wasser aus einem goldenen Rüssel in die Höhe und schwebte wie schwerelos in das darunter liegende Becken. Die Tropfen glitzerten in allen Farben des Regenbogens. Welche Verschwendung für drei einsame Gha'essold!

»Wo müssen wir hin?«, fragte er.

»Dort drüben ist meine ... mein Zimmer.« Sie zeigte auf eine Tür auf der anderen Seite der Halle, die halb geöffnet war.

Ein schleifendes Geräusch ließ ihn herumfahren. Hinter dem Springbrunnen kam ein Unither hervor. Golath! Der Unither war bewaffnet, sein Strahler zielte auf Crests Brust.

»Das Spiel ist aus, Arkonide!« Golath grinste. »Sie sind erstaunt, mich zu sehen? Haben Sie ernsthaft geglaubt, ein Schiff wie die IQUESKEL würde einfach abstürzen? Liszog *kann* fliegen – und ein bisschen mit dem Antigrav *spielen*. Geben Sie zu, die Rauchbomben waren ein tolles Spektakel!«

Crest hob die Fäuste. Vorsichtig ging er einen Schritt auf Golath zu.

»Bleiben Sie stehen!« Die dunkelrot glühende Abstrahlmündung ruckte ein paar Zentimeter höher.

Crest erstarrte mitten in der Bewegung. Diesmal würde ihm kein Überraschungsmoment helfen. Tesma stand direkt neben ihm; auch sie rührte sich nicht. Golath verfügte eindeutig über die besseren Argumente.

Ein kehliges Lachen drang aus dem Rachen des Unithers. Seine Waffe ruckte zur Seite. Ein fast unsichtbarer Strahl überbrückte die wenigen Meter zwischen ihm und den Flüchtlingen.

»Nein!«, schrie Crest. Er warf sich herum, aber es war zu spät.

Tesma wurde am Oberkörper getroffen. Sie sank auf die Knie und fiel zur Seite. Zusammengekrümmt blieb sie auf dem Boden liegen.

»Sie Untier!« Crest wollte sich auf den Unither stürzen, doch der nächste Schuss aus Golaths Waffe brachte den Boden vor ihm zum Kochen. Ein Spritzer des Materials streifte ihn am Bein. Crest schrie auf.

»Sie wollen doch nicht so enden wie sie, oder?«

Crest bückte sich. In ihm keimte die irrige Hoffnung, dass Tesma noch leben könnte. Hier musste es irgendwo ein Medokit geben. Wenn wenigstens ihr Puls ...

Aber was war das?

Unter der von Tausenden Grad heißem Plasma verkohlten Schusswunde glänzte es metallisch. Die ausgefransten Ränder schimmerten stahlblau, und dazwischen tanzten Elmsfeuer über bunte Kabelstränge. Crest blieb der Mund offen.

»Ein Dienstrobot«, erklärte Golath. »Das Gefühl, sich von Arkoniden bedienen zu lassen, ist doch durch nichts zu überbieten.«

Crest fiel es wie Schuppen von den Augen.

Ein Roboter! Stählerne Muskeln, ein karbonfaserverstärktes Gerippe und genmodifiziertes Biomolplast als Haut!

Jetzt machten plötzlich all die Kleinigkeiten Sinn. Deshalb war Tesma den Säuresprühern so sorglos gegenübergetreten; sie hätte das Tier mühelos getötet, ohne auch nur einen Maschinengedanken an die Säure verschwenden zu müssen.

Er schüttelte den Kopf. Wenn er genau nachdachte, hatte er sie weder essen noch trinken sehen – Kunststück, ein Robot brauchte das natürlich nicht. Und an jenem Morgen, an dem er nicht sicher gewesen war, ob sie schlief, hatte sie die gleichmäßigen Atemzüge nur vorgetäuscht. Ihre Augen – nur hoch entwickelte

Kameraoptiken. Deshalb hatte sie den Baum trotz des Nebels sehen können. Genauso hatte sie beim Erdbeben die Verletzlichkeit nur gespielt. Es war auch nichts Besonderes, dass sie ihn gerettet hatte.

Golath richtete den Strahler erneut auf Crest. »Sie sehen, Sie sind ganz in meiner Hand. Nachdem Sie es meinem Robot nicht verraten haben, frage ich Sie zum letzten Mal: Was hat es mit diesem angeblichen Schmuckstück auf sich?«

Crest rang mit sich. Inzwischen war ihm alles egal. Ohne die Unither würde er nicht mehr von diesem Planeten wegkommen – und wenn er Golath nichts Neues erzählte, würde der den Zellaktivator niemals herausrücken.

»Was hat der Fünf-D-Impuls zu bedeuten?«, hakte Golath nach.

»*Welcher* Impuls?« Crest blickte den Unither ungläubig an.

»Ihr Schmuckstück sendet in unregelmäßigen Abständen einen Fünf-D-Impuls aus.« Golath schüttelte seinen Rüssel. »Was bedeutet das? Kann man darüber geortet werden? Und sagen Sie ja nicht, Sie wüssten von nichts!«

Crest war fassungslos. Er konnte darauf keine Antwort geben, denn bis zu Golaths Frage hatte er nichts davon gewusst. Sollte der Zellaktivator über weitere, unbekannte Fähigkeiten verfügen? Oder war das Geschenk des ewigen Lebens ein Trojanisches Pferd, eine Falle? Das war für ihn unvorstellbar. Zu sehr hatte der Aktivator dafür gesorgt, dass er sich wieder jung fühlte.

»Ich weiß es wirklich nicht«, sagte er deshalb. »Das ist die Wahrheit!«

»Wir werden noch sehen, was die Wahrheit ist. Jetzt haben wir ja lange Zeit, uns darum zu kümmern.«

»Aber ich ...«

Ein durchdringender Summton unterbrach ihn. Golaths Kommunikator! Der Unither starrte auf das winzige Holo, das sich über dem Gerät aufbaute.

Crest konnte nicht sehen, mit wem Golath sprach. Ein Verzerrerfeld behinderte die Sicht. Er mutmaßte, dass es einer der beiden anderen Schatzjäger war, denn Golath fluchte leise vor sich hin. Missmutig senkte er nach dem Gespräch die Waffe.

»Die Lage hat sich geändert«, sagte der Unither, »wir sprechen später weiter. Jetzt müssen wir erst einmal schnellstens zurück zur IQUESKEL. Da trifft es sich gut, dass dieses Gebäude über einen Gleiterhangar verfügt.«

Golath fuchtelte mit dem Thermostrahler, aber Crest wäre auch so mitgekommen. Er wusste, wann er verloren hatte.

# Kapitel 20

Che'Den rieb sich den schmerzenden Schädel. Langsam wurde auch die restliche Besatzung der Zentrale wach, wie er am Husten oder den stöhnenden Lauten erkannte. Vor ihm baute sich ein Holo mit der dreidimensionalen Darstellung des Zielsystems auf. Noch ehe er und die anderen Lotsen die Nachwirkungen der Transition überwunden hatten, hatten die automatischen Systeme alle möglichen Ortungsergebnisse eingeholt.

Das Sonnensystem lag in einer Entfernung von 2119 Lichtjahren zu Hela Ariela und war in den arkonidischen Karten unter der Bezeichnung »Ufgar« eingetragen. Von den fünf Welten, die diese gelbe Sonne umkreisten, befand sich nur die zweite in der habitablen Zone und verfügte damit über einigermaßen erträgliche Lebensbedingungen.

»Wieso hat sich trotzdem niemand die Mühe gemacht, den Planeten zu erforschen und ihm einen Namen zu geben?«, sagte er mehr zu sich selbst.

Umso überraschter war er, als ihm jemand antwortete. »Das liegt an den starken tektonischen Aktivitäten, die zu häufigen Erdbeben und Vulkanausbrüchen führen.« Das war Ghu'Han, die für Ortung und Astrogation verantwortlich war. Sie drehte sich zu ihm um und klimperte mit den auf ihren Wimpern aufgeklebten Kristallen.

»Das ist eine plausible Erklärung. Gibt es Spuren von unseren Schatzjägern?«

»Noch nicht.« Sie schüttelte den Kopf. »Entweder fliegen sie gerade im Ortungsschatten eines der Himmelskörper, oder sie sind irgendwo gelandet. Aber wenn sie hier sind, werden wir sie früher oder später finden.«

»Davon gehe ich aus«, antwortete Che'Den und betrachtete die Ortungsdaten erneut. Der zweite Planet hatte in etwa Standardgravitation und verfügte über zwei Monde, die ihre Welt in exzentrischen Bahnen umkreisten. Das Klima schien gemäßigt zu sein, wenn man den gespeicherten Daten glauben durfte. Im Moment war auf dem gesamten Planeten nichts von den riesigen Gewitterfronten zu sehen, von denen der Bericht eines arkonidischen Erkunders sprach. Das Ganze sah tatsächlich nach einem idealen Versteck für die Unither aus.

»Bhe'Num, einschwenken in einen Orbit um Ufgar II, Höhe achttausend Kilometer!«, befahl Che'Den. »Ghu'Han, wir beginnen mit der Planquadratsuche am Äquator und tasten uns zuerst nach Norden vor. Wenn wir dort nichts finden, untersuchen wir die Südhalbkugel. Bis wir im Orbit sind, überprüfe bitte die anderen Monde und Planeten, obwohl ich glaube, dass unsere Galgenvögel auf Ufgar II gelandet sind.« Er betätigte den Rundruf. »Alle Mann auf ihre Posten! Wer weiß, was uns erwartet.«

Atemlos kam Golath in der Zentrale der IQUESKEL an. Der Rüssel schmerzte von den Pendelbewegungen während des ungewohnten Laufens. Wenigstens lag die für den Arkoniden präparierte Kabine nahe an der Hauptebene des Schiffes und war damit leicht vom Gleiterhangar aus zu erreichen gewesen. So hatte er da Findur gleich nach der Landung abliefern können, ehe er über den Korridor quer durch die Kavernen des Hyperantriebs gerannt war.

»Gibt es etwas Neues?«, fragte er Liszog, der vor der Steuerkonsole kauerte.

»Es ist ein Schiff der Lotsen von Hela Ariela.« Liszog blickte auf und machte ein vorwurfsvolles Gesicht.

»Die Orter sagen, dass das Raumschiff über zwei schwere Impulsgeschütze verfügt, dazu ein paar Thermokanonen«, grollte Zerft von der Ortungskonsole. »Damit könnten sie uns spielend aus dem All fegen.«

»Verdammte ...« Golath hieb mit dem Rüssel auf die Lehne von Liszogs Pilotensessel. »Wie haben die uns aufgespürt?«

Zerft stieß ein nervendes Tröten aus. »Das fragst ausgerechnet du? Du hast uns doch das Unglück in Form dieses Arkoniden aufgehalst. Sein Schmuckstück war es!«

Daher wehte also der Wüstenwind.

»Ich fürchte, er hat recht«, stimmte auch Liszog zu, allerdings weniger bestimmt als Zerft.

»Papperlapapp«, sagte Golath. »Die Impulse sind viel zu schwach. Sie reichen bestimmt nicht weiter als bis zum nächsten Sonnensystem.«

Liszog kratzte sich mit dem Rüssel hinter dem Ohr. »Da wäre ich mir nicht so sicher.«

»Genau«, dröhnte Zerft. Der Bulle stand auf und streckte die klobigen Arme von sich. »Das erfindest du gerade. Du hast in

Wirklichkeit gar keine Ahnung – oder hast du vielleicht einen Abschluss in Hyperphysik? Oder wenigstens in Normalphysik?«

»Du etwa?« Golath rollte drohend den Rüssel ein.

Zerft stieß sich demonstrativ von der Wand ab und ging ein paar Schritte auf Golath zu. »Trau dich doch«, höhnte er, »aber reg dich nachher nicht auf, wenn dir das Echo nicht bekommt.«

Golath kniff die Augen zu. »Ach was! Ich will mich nicht mit dir streiten. Wir sollten überlegen, was wir tun, wenn uns die Lotsen entdecken.«

»Ja, ja«, beeilte sich Liszog zu sagen. »Noch haben sie uns nicht aufgespürt, aber selbst wenn, haben wir gute Chancen, ihnen zu entkommen. Die Lotsen haben schon einmal das Geheimnis unseres historischen Schiffchens zu sehen bekommen.«

Golath machte eine zustimmende Geste. »Vielleicht finden sie uns gar nicht.«

Zerft senkte den Rüssel, als wollte auch er die Auseinandersetzung beenden. Trotzdem trompetete er lautstark, während er ein dreidimensionales Bild von Ufgar aufrief, das in Streifen eingeteilt war. »Träum weiter! Sie scheinen genau zu wissen, dass wir hier sind. Bei diesem Suchmuster ist es nur eine Frage der Zeit, bis sie die IQUESKEL orten.«

»Da hilft uns auch der eisenhaltige Boden rund um das Schiff nicht mehr«, bestätigte Liszog. »Aus der Ferne vielleicht, aber wenn sie direkt über uns sind ...«

»Dann ist alles klar.« Erneut schlug Golath mit dem Rüssel auf Liszogs Sessel. »Wenn die Lotsen ihre Suche auf die Südhalbkugel ausweiten, starten wir!«

Che'Den rieb sich die Schläfen. Seit sechs Stunden klapperten sie nun bereits die Planquadrate ab, die ihnen die Positronik vorgegeben hatte – ohne Ergebnis. Entweder hatten sich die Unither gut versteckt, oder die Lotsen suchten an der falschen Stelle. Oder – und daran wollte er gar nicht denken – auch das Ufgarsystem erwies sich als Sackgasse. Dann würden sie mit leeren Händen nach Hause kommen, denn eine weitere Spur, die über mehr als einen Sprung von Hela Ariela wegführte, gab es nicht. Und es passte nicht zu Flüchtlingen, dass sie sich gleich im Umkreis des Sonnenleuchtfeuers vor ihren Verfolgern versteckten.

Er seufzte. Zumindest hätte *er* so gehandelt. Er hätte so viele Lichtjahre wie möglich zwischen sich und den Ort gebracht, an dem sie den Arkoniden Lefkin da Findur entführt hatten. Er war sich nicht sicher, ob er seine eigenen Maßstäbe an das Verhalten der Unither anlegen durfte.

Che'Den schüttelte die müßigen Gedanken ab, die allesamt reine Spekulation waren. Er konnte in Wirklichkeit nicht einmal erahnen, was in den Unithern vorging. Herdenwesen und ausgestoßene Einzelgänger, dies widersprach sich so stark, dass selbst der beste Seelenklempner keine Prophezeiungen abgeben würde. Wie sollte es ein einfacher Lotse und Raumschiffskapitän wie er?

Er beneidete Bhe'Num, der die ANTETIS'KHOR von Unith ins Ufgarsystem gesteuert hatte und den er in seiner Eigenschaft als Kapitän danach in die Kabine abkommandiert hatte. Sein Stellvertreter ruhte sich aus, während er in Langeweile verging.

In der Mitte der Zentrale rotierte ein zwei Meter durchmessendes Abbild von Ufgar II, und weit draußen – direkt vor Tyr'Fhes Feuerleitkonsole – standen die beiden Monde in Konjunktion. Auf der Projektion der Außenkameras zogen sie ganz nahe beieinander ihre Bahn. Bei jeder Umkreisung der ANETIS'KHOR um den Planeten bedeckte der größere den kleineren Mond. Beim ersten Mal hatte der Anblick noch erhebend gewirkt, wenn der kleinere Mond hinter dem größeren verschwand und kurz darauf wieder auftauchte, aber ab dem dritten Mal hatte Che'Den das Schauspiel nicht mehr beachtet.

Auf dem Planeten selbst wurde ein sphärisches Quadrat nach dem anderen durchsichtig grün eingefärbt. Die Nordhalbkugel war schon bis zum Pol grün, und seit Che'Dens letztem Korrekturmanöver folgte der erste Streifen südlich des Äquators, dessen Teile von Orange auf Grün wechselten.

»Ortung!«, schrie Ghu'Han quer durch die Zentrale. »Unbekanntes Schiff im Alarmstart.«

Che'Den reagierte instinktiv. Ein Ruck ging durch die ANETIS'KHOR. Das leise Brummen der Impulstriebwerke steigerte sich zu einem infernalischen Dröhnen, das vom einsetzenden Gefechtsalarm noch übertönt wurde.

»Bestätige bareonische Signatur der Schiffshülle!«, schrie Ghu'Han, als wolle sie das Tosen um sie herum noch weiter verstärken.

Ein bareonisches Schiff! Endlich!

Che'Den korrigierte die Triebwerkskonfiguration geringfügig, um sie dem Fluchtkurs der IQUESKEL – denn nur um sie konnte es sich handeln – anzupassen.

In diesem Moment durchstieß das Raumschiff der Unither die

äußerste Schicht von Ufgars Atmosphäre und beschleunigte mit allem, was die Konverter hergaben.

»Verdammt!«, kam es lautstark von Ghu'Han, die verblüfft auf ihre Konsole starrte.

»Verdammt!«, entfuhr es auch Che'Den, als er die Ortungseinspielungen der Astrogatorin auf dem riesigen Holo in der Mitte der Zentrale sah.

Fünfhundertfünfzig Kilometer pro Sekundenquadrat!

Diesen Beschleunigungswerten des bareonischen Schiffes hatte Che'Den nichts entgegenzusetzen.

Die Kursvektoren der beiden Schiffe zeigten in die gleiche Richtung, mit der IQUESKEL etwas voraus und der ANETIS'KHOR wenige Zehntausend Kilometer versetzt dahinter. Noch flog das Lotsenschiff schneller, aber der bareonische Aufklärer würde sie in kürzester Zeit dank seiner besseren Beschleunigung abhängen.

Che'Den presste die Lippen zusammen. Die Unither waren offenbar erfahrene Raumfahrer. Sie hatten ihr Manöver geschickt angesetzt und waren genau in dem Augenblick gestartet, in dem das Lotsenschiff diametral auf der anderen Seite des Planeten flog.

»Geschützstatus!«, rief er, obwohl er die Antwort bereits wusste.

»Kanonen gefechtsbereit«, antwortete Tyr'Fhe mit Bedauern in der Stimme. »Jetzt liegt der Planet zwischen uns und den Unithern, und im freien Weltraum kommen wir zu spät. Unsere Einsatzschussweite reicht dann nicht mehr aus, um das feindliche Schiff mit einem Sperrfeuer ernsthaft zum Stoppen zu zwingen.«

Che'Den unterdrückte einen Fluch auf die Sternengötter. »Dro'Sar, können wir denn gar nichts tun?«, fragte er.

»Bedaure«, antwortete der Triebwerksingenieur und hob die Arme. »Die Maschinen geben bereits ihr Maximum.«

Sollten die Unither ihnen entkommen?

Che'Den starrte fassungslos auf die Holodarstellung, auf der sich das bareonische Schiff langsam von ihnen entfernte.

»Lass mich an die Steuerung!«, ertönte eine bekannte Stimme von hinten.

Che'Den drehte sich zu En'Imh um. »Du?«

»Verdammt, tu es! Frag nicht lang!«

Che'Den war zu perplex, um wirklich Fragen stellen zu können. Wie in Trance schob er die Steuerelemente zu En'Imhs virtuellem Pult ...

... und erstarrte, als der Kurs der ANETIS'KHOR plötzlich immer weiter von dem bareonischen Schiff wegwies.

»Was tust du?«, rief er entsetzt.

Sein Bruder schien ihn nicht zu hören. Stattdessen bauten sich zusätzliche Holodisplays rund um En'Imh auf.

Che'Den staunte, als er Symbole entdeckte, die normalerweise nur auf Kriegsschiffen der arkonidischen Flotte verwendet wurden. Er wollte gar nicht wissen, wie sein Bruder an die dafür notwendigen Algorithmen herangekommen war. Trotzdem zwang ihn die Neugierde, sich zur Seite zu beugen, um Einzelheiten auf der Darstellung erkennen zu können.

Am leichtesten identifizierte er linker Hand den Leuchtkreis mit Fadenkreuz, der um das optische Abbild der fliehenden IQUESKEL projiziert wurde, und deren Bewegungsvektor, der aktuell nach links oben zeigte. Eine Linie zeigte den künstlichen Horizont an, den die Positronik aus der Ebene mit diesem Vektor und der ANETIS'KHOR errechnete. Weitere Linien deuteten die Unterschiede des Kurses des Lotsenschiffes an – je paralleler, desto größer war die Übereinstimmung, das wusste Che'Den.

Aber die Linien auf En'Imhs Display bildeten eine Schraubenlinie. Sein Zwillingsbruder flog einen Kurs, der von dem Unitherschiff wegführte!

Am rechten Rand der beweglichen, kontaktanalogen Informationen stand eine Leiste mit statischen Infos, von Waffenstatus: *gefechtsbereit, außer Reichweite,* Entfernung, Beschleunigung und Annäherungsgeschwindigkeit: *Die beiden Schiffe drifteten immer weiter auseinander* – bis hin zu einer Prognose des Raumkampfes: *unmöglich.*

Dafür zeigten die zukünftigen Wegpunkte der ANETIS'KHOR stetig nach rechts, wo – Che'Den hielt den Atem an! – die beiden Monde standen. Und sein Bruder steuerte das Lotsenschiff direkt darauf zu. *Er ist wahnsinnig!,* dachte Che'Den in aufkeimender Panik.

Auf der statischen Anzeige durchbrach die Beschleunigung den orangefarben markierten Maximalwert von fünfhundert Kilometern pro Sekundenquadrat. Das Lotsenschiff beschleunigte mit Werten, die seine Triebwerke nicht hergeben durften.

Verdutzt sah Che'Den zu Dro'Sar.

»Die Monde!«, rief der Triebwerksingenieur ihm zu.

Che'Den sah zwischen En'Imhs Anzeigen und den beiden Monden auf dem großen Hologramm hin und her. Und dann verstand er.

Die ANETIS'KHOR raste auf die winzige Lücke zwischen den

beiden Monden zu. In der Simulation zeigten die Wegpunkte knapp über die Oberfläche des größeren hinweg. Der Mond füllte inzwischen das gesamte Holo aus und stürzte geradezu auf das Lotsenschiff zu. Dabei war es völlig egal, dass sich in Wirklichkeit nicht der Mond, sondern das Schiff bewegte. Graugelbe Kraterwälle, vielfach höher als die ANETIS'KHOR, ragten in die Schwärze des Alls hinaus und schienen nach dem Schiff zu greifen.

»Ich weiß, was du vorhast!«, brüllte Che'Den, um die Aufmerksamkeit seines Bruders zu erregen.

Schweißperlen standen auf En'Imhs Stirn, sein Gesicht war bis auf weiße Ringe unter den Augen stark gerötet. Fast unmerklich nickte er.

Che'Den fuhr fort: »Trotzdem bin ich der bessere Pilot. Lass mich dir wenigstens in dieser Phase helfen!«

»Ja, klar«, antwortete En'Imh und gab die Kontrollen frei. »Aber es hätte viel zu lange gedauert, bis ich dir meine Idee erklärt hätte.«

Che'Den nickte nur; sie wechselten die Plätze. Dann drückte er die ANETIS'KHOR tiefer hinunter auf die Gesteinswüste des Mondes. Immer weiter schob sich der Beschleunigungsindikator in den Bereich jenseits der Fünfhundertermarke. Wo früher orangefarbene Werte gegenüber der IQUESKEL angezeigt hatten, dass sie deren Vorsprung nie mehr aufholen würden, zeigten nun alle Anzeigen auf Grün. Nur eine einzige Markierung wechselte plötzlich auf Rot.

Der Flugvektor endete in einem Kraterwall!

Fieberhaft bediente Che'Den die Kontrollen. Das Schwerefeld des unbekannten Mondes, das En'Imh für sein Manöver verwenden wollte, hielt das Lotsenschiff erbarmungslos in seinem Griff. Die ANETIS'KHOR gewann kaum Höhe – zu wenig, um dem hochragenden Gebirge zu entkommen.

Und dann gefror für Che'Den die Zeit.

Er fühlte sich wie der Reiter auf einem urzeitlichen Drachen, einem störrischen Drachen, der nicht auf den Druck seiner Sporen reagieren wollte. Gleichzeitig raste die Wand auf sie beide zu, die ihr Ende bedeuten würde.

Da! Eine Lücke im Wall, die er zuvor nicht gesehen hatte, tat sich auf. Wie die Bissspur eines noch größeren Drachen fehlte ein Stück in der steinernen Mauer, durch das er und sein Drache mit knapper Not hindurchpassen würden. Eine halbe Bogensekunde Abweichung zum bisherigen Kurs, nicht mehr, aber auch nicht weniger!

Che'Den presste die Zähne zusammen, dass es in seinen Ohren knirschte. Eine noch winzigere Kurskorrektur, und dann waren sie hindurch. Sie rasten über die flache Ebene eines vor Milliarden von Jahren erkalteten Lavabeckens, immer schneller, immer höher – und dann riss sich der Drache los von der Schwerkraft des Mondes, hinaus in das freie Weltall.

»Ziel in Reichweite der Impulsgeschütze!« Tyr'Fhes Meldung zerbrach die Illusion des Drachen. Schlagartig fand er in die Wirklichkeit zurück.

»Die sind auf 49 Prozent Licht!«, schrie En'Imh.

Die Gedanken in Che'Den überschlugen sich. Sie hatten den Auftrag, den Arkoniden lebend nach Hela Ariela zurückzubringen, aber wenn er jetzt falsch entschied, würden sie keine zweite Chance erhalten. Bis sie erneut die Daten aus der Sprungdatenbank der Flotte besorgten, waren die Unither längst über alle Berge. Sie würden bei halber Lichtgeschwindigkeit in den Hyperraum verschwinden. Und dann mussten die Schatzjäger nur auf ein anderes Schiff wechseln, um ihre Spuren zu verwischen ...

Che'Den konnte nur spekulieren, weshalb dieser Lefkin da Findur für Khe'Rhil und den Sternengott Anetis so wichtig war. Aber ihm war klar, dass dieser Arkonide besser starb, als ihnen durch die Lappen zu gehen.

Che'Den richtete sich in seinem Pilotensessel kerzengerade auf. »Feuer frei!«

Golath starrte in die undurchdringliche Schwärze in der Zentrale. Gespenstisch zuckten zwei Lichter auf und ab – die Armbandkommunikatoren von Liszog und Zerft.

»Bei euch alles klar?«, rief er in die Dunkelheit.

In dem Moment flammte die Notbeleuchtung orangerot auf, zwei handbreite Streifen in rund drei Metern Höhe ringsum an der Wand. Blau gleißend stabilisierte sich ein Hologramm vor Liszog.

»Verdammt!«, fluchte Liszog. »Die IQUESKEL treibt antriebslos mit 49,2 Prozent Licht auf den vierten Planeten zu. Der Doppeltreffer hat uns den Schutzschirm hinweggefegt.«

»Das erklärt aber noch nicht, warum wir wie ein hilfloser Wurm daliegen«, sagte Golath.

»Die überschüssige Energie der Treffer muss auf die Projektoren zurückgeschlagen und zu einer Notabschaltung geführt haben«, mutmaßte Liszog.

»Wann haben wir wieder genug Saft für Impuls?«

»In zehn Minuten, vielleicht auch in zwanzig.« Liszog rief weitere Einstellungsfenster auf. »Immerhin ist die Autoreparatur bereits angelaufen. Ersatzteile haben wir ausreichend an Bord, aber nicht unbedingt an den richtigen Stellen.«

»Der Typ da drüben muss verdammt clever sein«, sagte Zerft. »Nicht nur, dass sie uns überhaupt gefunden haben, nein. Ich dachte, sie könnten uns nicht einholen, aber da haben wir uns getäuscht.«

»Oder er ist verdammt wahnsinnig«, entgegnete Golath. »Wir hatten angenommen, dass sie den Arkoniden lebend wollten – oder zumindest seine Artefakte intakt, oder? Der Schuss aus beiden Polkanonen vorhin hätte aber die IQUESKEL genauso gut atomisieren können.«

»Ja, das sehe ich ebenso«, sagte Zerft. »Unser letztes Blatt war wohl noch nicht gekaut.«

»Seit wann bist du religiös?«, fragte Liszog. Als er Zerfts warnenden Blick bemerkte, sprach er nicht weiter.

Flackernd schaltete sich die Hauptbeleuchtung ein. Die restlichen Holodisplays erwachten wieder zum Leben. Vor Golath erschienen die Statusanzeigen der wichtigsten Systeme des Schiffes. Über die Hälfte waren entweder außer Betrieb oder zu weniger als dreißig Prozent einsatzbereit. Energie schien in ausreichender Menge verfügbar zu sein, aber sie fand keinen Weg zu den Aggregaten.

»Liszog, Notenergie umleiten!«, befahl Golath. »Wir benötigen die Impulstriebwerke – und zwar rasch.«

Liszog rief die entsprechenden Kontrollroutinen auf, quittiert von unheilvollen Tönen.

»Was ist?«, fragte Golath.

»Es geht nicht. Die Positronik blockiert meinen Zugang, weil sonst die Lebenserhaltungssysteme abgeschaltet werden müssten.«

»Aber es wäre doch nur für ein paar Minuten!« Golath war fassungslos. »Mach schon! Wenn wir nach einem Hypersprung in Sicherheit sind, kannst du meinetwegen wieder die Luftzufuhr einschalten.«

»Ja, ich weiß«, sagte Liszog. »Sag du es doch der Positronik, auf mich hört sie nicht.«

»Ach so?« Golath trommelte mit beiden Händen auf Liszogs Sessel. Sein Rüssel tastete sich zu Liszogs Hals vor.

»Es geht trotzdem nicht«, keuchte Liszog. »Selbst wenn du mich umbringst.«

»Lass ihn in Ruhe!«, knurrte Zerft.

Golath zögerte. Wenn er jetzt nachgab, war seine Autorität für immer untergraben.

Vor Liszog blinkte eine Anzeige in drohendem Gelb. Er wand sich aus Golaths Griff und keuchte: »Sie rufen uns!«

# Kapitel 21

»Ergeben Sie sich!« Che'Den musterte sein Gegenüber. Zum ersten Mal sah er den Grund für seinen *Auftrag,* seinen Kontrahenten, von Angesicht zu Angesicht.

Der Unither wirkte zu allem entschlossen, aber das kaum merkliche Zittern seiner Rüsselspitze verriet seine Nervosität. »Sicher nicht«, entgegnete er. »Wer gibt Ihnen das Recht, harmlose Schatzsucher zu überfallen? Ihr Arkoniden glaubt doch, euch alles herausnehmen zu können.«

»Wir Lotsen sind keine Arkoniden, zumindest nicht in Ihrem Wortsinn«, widersprach Che'Den. »Aber darum geht es überhaupt nicht. Sie haben aus einem Schiff im Wartesektor von Hela Ariela einen Arkoniden namens Lefkin da Findur entführt.«

»Was erlauben Sie sich?«, sagte der Unither in gespielter Entrüstung und streckte die beiden dicken Stummelarme aus, die in vierfingrigen, daumenlosen Händen endeten.

Che'Den hatte damit gerechnet, dass sein Gegner alles abstreiten würde, doch er hatte vorgesorgt. Auf einen Wink ging jenes Video der Raumüberwachung über Funk hinüber, auf dem die IQUESKEL deutlich neben dem roten Keilraumschiff zu erkennen war. »Wollen Sie etwa leugnen, dass Sie mit Ihrem Schiff an der TIA'IR angelegt haben?«

»Es geht Sie überhaupt nichts an, mit wem ich Geschäfte mache. Von einem – wie sagten Sie: Levin? – habe ich noch nie gehört.«

»Lefkin!«, korrigierte Che'Den. »Lefkin da Findur. Und Sie haben ihn gekidnappt. Warum sollten Sie sonst vor uns fliehen?«

Der Unither krümmte den Rüssel und entrollte ihn wieder. »Noch einmal: Wir sind gewöhnliche Schatzjäger. Wir können jederzeit hinfliegen, wohin wir wollen.«

Che'Den hob den Zeigefinger und deutete auf den Unither. »Ein letztes Mal: Ergeben Sie sich!«

Die Gesichtsfarbe des Unithers wechselte zu einem dunklen Braun wie die Schatten auf Tinios. »Keine Chance!« Sein Rüssel schnellte nach vorn. Augenblicklich wurde sein Konterfei schwarz. Der Unither hatte die Verbindung unterbrochen.

Che'Den aktivierte den Traktorstrahl der ANETIS'KHOR. So schnell würden die Unither ihm nicht mehr entkommen.

Er wandte sich an Tyr'Fhe. »Die Unither haben es nicht anders gewollt. Da sie den Arkoniden nicht ausliefern, müssen wir ihn uns holen.«

Die Lotsin griff nach dem Strahler, der an der Seite ihrer Feuerleitkonsole lehnte, und stand auf. »Ich habe nichts anderes erwartet; genau so habe ich die Unither eingeschätzt. Ich möchte das gleiche Team mitnehmen wie auf Unitha V. Die Leute haben es verdient, sich zu rehabilitieren.«

»Ja, in Ordnung.« Che'Den brannte ebenfalls darauf, seinen Fehler mit dem falschen Schiff auszubügeln. »Bhe'Num, du übernimmst das Kommando über die ANETIS'KHOR. Manövriere uns so nahe an die IQUESKEL heran, dass wir den Verbindungstunnel verwenden können, um zu den Unithern überzuwechseln.« Er zögerte. »Und lass Kra'Onh den Feuerleitstand übernehmen. Ich möchte keine Überraschung erleben. Im Zweifelsfall schießt ihr ihnen die Antriebssektion weg!«

Bhe'Num nickte. Er schien nur darauf gewartet zu haben, dass er sich endlich in den Kommandantensessel schwingen konnte.

»Tyr'Fhe, können wir?«, fragte Che'Den.

»Ja«, antwortete die Lotsin und blickte auf ihren Armbandkom. »Meine Leute werden an der Außenschleuse auf uns warten.«

»Kann ich auch mit?«, fragte En'Imh.

Che'Den runzelte die Stirn. »Ich dachte, du machst dir nichts aus Außeneinsätzen?« Er wusste, dass sein Bruder über keinerlei Kampferfahrung verfügte.

»Das ist etwas anderes«, sagte En'Imh. »Auf Unitha V war das Ziel an die Station angedockt, aber hier wird dir niemand das Schott freiwillig öffnen. Vielleicht benötigst du jemanden, der die Positronik der anderen Seite lahmlegen kann.«

»Guter Punkt«, antwortete Che'Den. »Dann komm mit, aber beeil dich!«

»Können wir noch etwas tun?«, fragte Golath mit einem Blick auf die beiden Holos. Eines zeigte die Ansicht der Außenkamera, die auf den gläsernen Verbindungsschlauch zwischen den beiden Raumschiffen gerichtet war. Das andere zeigte einen leeren Gang, der an einem massiven Schott endete. Golath wusste, dass dies jene Stelle im Inneren der IQUESKEL war, an der außen der Tunnel angedockt war. Noch war von den Aktivitäten der Lotsen nichts zu sehen, aber er rechnete jeden Moment damit, dass die Reste des Metallschotts zerfetzt im Gang lagen.

»Bist du wirklich so blind?« Zerft deutete mit dem Rüssel auf die Lotsen, die in voller Kampfmontur vor dem Schott des bareonischen Aufklärers lauerten.

»Halt 's Maul!«, schimpfte Golath. »Dich habe ich gar nicht gefragt. Du bist doch sowieso zu blöd dafür.«

Zerft wackelte mit dem Kopf, dass sein Rüssel hin und her pendelte. »Wenn jemand dumm ist, dann du. Du weißt nicht, wann du verloren hast.«

In Golath kochte es. »Genau das ist der Unterschied zwischen uns beiden«, zischte er zwischen den Zähnen hervor. »Dir fehlt jedes Gefühl für Strategie. Aber das brauchst du auch nicht, mein Bester. Es reicht, wenn einer von uns denken kann.«

»Wenn du nicht gleich die Klappe hältst ...« Zerft hob drohend den vernarbten Rüssel.

Wieder einmal bewahrheitete sich, was Golath über den Schläger ihres Trios dachte. Zerft hatte nichts gelernt, und das merkte man ihm an. Die Standardreaktion des brutalen, aber durchaus nützlichen Vollidioten war Aggression.

»Dann was? Willst du dir wirklich deine letzte Chance auf die Freiheit verbauen? Ich bin der Einzige, der sie dir bieten kann.«

Golath schielte auf die beiden Holos. Er erwartete, dass die Lotsen das Schott aufschweißten, doch als keine Funken sprühten und die Flügel trotzdem zur Seite fuhren, war er ratlos. Wie hatten die Lotsen es geschafft, das Schott zu öffnen, ohne es zu zerstören?

Zwei, vier, acht, zwölf ... vierzehn Arkoniden in Kampfmontur enterten die IQUESKEL. Dabei interessierte es ihn nicht, ob sie sich selbst als Arkoniden – diese verdammten Besatzer! – empfanden oder nicht. Alle diese dünnbeinigen, dünnarmigen und langhalsigen Wesen waren Arkoniden, auch wenn sie es abstritten – so wie dieser überhebliche Raumschiffskommandant, der nun wie die anderen einen Strahler im Anschlag hielt.

Die Arkoniden sicherten nach allen Seiten. Nur der Kleinste von ihnen hantierte mit einem handtellergroßen Gerät. Als sich hinter dem Kleinen das Schott wieder schloss, wusste Golath, wie die Lotsen ohne Gewaltanwendung in die IQUESKEL hatten eindringen können.

»Soso, die Freiheit?«, unterbrach Zerft seine Gedanken. »Das musst du mir jetzt erklären! Und zwar so, dass ich es verstehe.«

»Hör genau zu!«, sagte Golath. »Dann kannst du etwas lernen.«

Er legte seine Hand auf das Fach in der Konsole vor ihm. Der Sensor des Kodeschlosses entnahm eine winzige Probe seiner DNS und verglich sie mit dem hinterlegten Genmuster. Es klickte, und das Fach glitt lautlos auf. Golath ergriff die beiden Artefakte und steckte sie in seine Kombination.

»Was schaust du so?«, fragte er. »Die Lotsen wollen entweder diesen Lefkin da Findur oder seine beiden Artefakte. Ich werde sie ihnen geben, wenn sie uns im Gegenzug freien Abzug gewähren. Und das werden sie, andernfalls werde ich die Dinger vernichten – und diesen Arkoniden gleich mit. Komm jetzt, Zerft!«

Die ersten drei Lotsen verschwanden im Antigravschacht, als Che'Den von oben ein Krachen hörte.

»Raus aus dem Schacht!«, schrie er in der Hoffnung, dass die drei Späher noch dem aufwärtsgepolten Feld entkamen.

Drei Flüche kamen aus dem Schacht, dann folgten die Verursacher. In etwa zwei Metern Höhe stießen sie sich von der metallenen Umrahmung des Schachtzugangs ab und fielen zu Boden. Sie rollten sich ab und kamen einige Schritte später wieder auf die Füße, ihre Waffen im Anschlag Richtung Schacht. Zwei hohe Piepstöne und Blinkimpulse folgten – sie hatten ihre Strahler auf Desintegratormodus gestellt.

Auch die anderen Lotsen sprangen zur Seite, nur En'Imh blieb ungerührt stehen. Che'Den sprang vorwärts und riss seinen Bruder zur Seite.

Gerade im letzten Moment, denn ein riesiges Metallgebilde krachte auf den Boden des Antigravschachts. Mit den langen Teleskoparmen und den Spinnenbeinen sah es aus wie ein Bauroboter, der normalerweise für Wartungsarbeiten am Überlichttriebwerk eingesetzt wurde. Einer der Unither musste ihn in den Schacht geschickt und anschließend die Schwerkraft umgepolt haben.

Che'Den konnte nur zusehen, wie das Gewirr aus Metall und Drähten Funken sprühend Hitze verbreitete. Rauchwolken stiegen auf, die sofort von der Lüftung abgesaugt wurden.

En'Imh riss sich von ihm los. Er stand auf und wischte sich den imaginären Staub von der Kampfmontur. »Wäre nicht nötig gewesen«, maulte er.

Ein Zischen ließ ihn herumfahren, gefolgt von einer Detonation. Einer der stählernen Arme des Ungetüms schlug unkontrolliert umher. Genau an der Stelle, wo En'Imh zuvor gestanden hatte, krachte er auf den Boden und blieb zuckend liegen.

»O... okay«, stotterte En'Imh. »Da... danke!«

»Schon in Ordnung«, antwortete Che'Den. Er hob seinen Strahler und zielte auf die Steuereinheit. »Welch freundliche Begrüßung«, murmelte er und drückte ab.

Mit einem letzten Fauchen sank der Bauroboter in sich zusammen. Jetzt aber lag er im Weg: Er war so gewaltig, dass er den gesamten Boden des Antigravschachts einnahm. Damit gab es keine Möglichkeit mehr, auf schnellem Weg in die Zentrale vorzudringen. Ihr Ziel war aber die Zentrale. Wer sie in der Hand hatte, kontrollierte auch das Schiff.

»Wir nehmen die Nottreppe!«, rief er Tyr'Fhe zu.

Der Trupp fand rasch den Zugang zur Wendeltreppe, die sich schraubenförmig um den Antigravschacht wand. Im Eilschritt hetzten sie die Stufen empor – fast vierzig Meter waren es bis zur Zentrale.

Ein stechender Geruch reizte die Nase. Che'Dens Augen begannen zu tränen. Je höher sie kamen, desto schlimmer wurde es.

En'Imh keuchte hinter ihm. »Ich könnte die Unither mit ihren eigenen Rüsseln erwürgen. Nicht nur, dass sie den Antigravschacht blockieren und mich die Stufen hinaufsteigen lassen, attackieren sie uns mit Giftgas.«

»Du übertreibst«, antwortete Che'Den. »Wenn es dir zu viel wird, klapp den Helm zu.«

Ein schmatzendes Geräusch folgte, dann hörte er En'Imhs Atemgeräusche nur noch über Funk. Che'Den drehte sich zu seinem Zwillingsbruder um und grinste.

»Vorsicht!« Tyr'Fhes Ruf gellte aus dem Helmempfänger im Kragen. »Da ergießt sich eine klebrige Flüssigkeit über die Stufen.«

Vor Che'Den glänzte der Treppenabsatz. Vorsichtig tastete er mit der Stiefelspitze in die blassrosa getönte Schicht. Sie war in der Tat klebrig, aber nicht so sehr, als dass sie den Trupp aufhalten konnte.

»Wir gehen weiter«, stellte er fest. »Tretet einfach nicht mit der ganzen Sohle auf!«

»In Ordnung«, meldete Tyr'Fhe leise. »Wir haben hier nur ein kleines Problem.«

Der restliche Trupp war knapp über ihnen. Che'Den hetzte die Stufen hinauf – und blieb abrupt stehen, um die anderen nicht umzurennen.

Drei groß gewachsene Arkonidinnen – wie kamen die jetzt

her? – versperrten ihnen den Weg. Eine von ihnen schüttete die rosafarbene Flüssigkeit aus einem Eimer auf den Boden, während die anderen beiden eine Herde von Schildkrötenrobotern dirigierten, die das stechende Gebräu auf Boden und Wänden verteilten.

»Benutzen Sie bitte den Antigravschacht«, sagte die Frau mit dem Eimer. »Hier wird generalgereinigt.«

Che'Den runzelte die Stirn. Irgendetwas stimmte nicht. Wenn Arkonidinnen an Bord eines Unitherschiffes putzten, war dies mehr als ungewöhnlich, um nicht zu sagen *unmöglich*. En'Imhs Prusten hallte aus dem Helmempfänger.

»Was ist so witzig?«, fragte Che'Den.

»Die Frauen ...«, antwortet En'Imh und schüttelte sich vor Lachen. Nicht einmal Che'Dens tadelnder Blick stoppte ihn. »Die Arkonidinnen ... sie sind ... sie sind *Roboter!*«

Auch Che'Den musste grinsen. »Lasst uns durch!«, befahl er. »Eure Reinigungslösung wird uns schon nicht schaden.«

»Wenn ihr unbedingt wollt.« Beleidigt traten die drei Arkonidinnen zur Seite. Auch die Schildkröten wuselten zur Wand, um den Trupp vorbeizulassen.

Zwanzig Stufen weiter standen die Lotsen vor einem verschlossenen Schott, das sich nicht öffnete. Der Bewegungsmelder klickte, und auch der Taster für die manuelle Bedienung reagierte mit einem taktilen Feedback, aber die Metalltür selbst rührte sich nicht. Che'Den wusste, dass in Achtzig-Meter-Raumern auf halber Höhe zur Zentrale eine Serviceplattform eingebaut war, um die Strukturkonverter überholen zu können. Warum sollte es auf einem bareonischen Schiff anders sein?

»Jemand in der Zentrale muss den Zugang blockiert haben«, sagte Tyr'Fhe.

En'Imh nickte und zog seinen Lichtkoppler aus der Tasche. »Es hat am Außenschott schon einmal geklappt, es wird auch hier ...« Mit einem Zischen fuhr das Schott zur Seite. »... ein zweites Mal funktionieren. Sag ich doch!« Er grinste.

Die übrigen Lotsen sahen betreten weg, denn sie hatten sich noch immer nicht an den Anblick gewöhnt. En'Imh konnte seine unschicklichen Gewohnheiten nicht lassen. Er hatte die Kapuze vom Kopf gezogen, ehe er den Helm vorgeklappt hatte – und seine Glatze spiegelte sich im Licht.

»Weiter!«, sagte Che'Den und deutete auf das Schott auf der gegenüberliegenden Seite der Serviceplattform. »Zwei bleiben hier und bewachen den Zugang zum Antigrav.«

»Könnten wir nicht ...«, begann En'Imh.

Che'Den unterbrach ihn: »Nein, können wir nicht. Du hast gesehen, wozu die Unither fähig sind. Ich möchte nicht im Antigravschacht stecken, wenn ihnen die nächste Gemeinheit einfällt.«

Die zweite Hälfte der Nottreppe passierten sie ohne Zwischenfälle. Entweder waren den Unithern die Ideen ausgegangen, oder sie hatten die Aussichtslosigkeit ihres Unterfangens eingesehen. Che'Den hatte mehrmals versucht, den Anführer über Funk zu erreichen – ohne Erfolg.

Vor dem Zugang zur Zentrale machten sie ein letztes Mal halt.

Tyr'Fhe teilte ihre Leute ein und gab ihnen genaue Anweisungen, wie sie die Zentrale zu sichern hatten. Links des Schotts stand ein Lotse, während ein zweiter dort kniete, um zwei verschiedene Höhen abzudecken, genauso wie rechts des Zugangs. Sie sollten den Übrigen Feuerschutz geben, die in die Zentrale stürmen sollten. En'Imh hielt den Finger über seinen Koppler.

*Drei, zwei ...* Che'Den zählte mit den Fingern, sodass ihn alle sehen konnten. *Eins, null.*

En'Imh betätigte den Kontakt, der den Öffnungsmechanismus des Schotts auslöste. In Zweiergruppen stürmten die Lotsen vor.

Überraschte Laute kamen aus Che'Dens Helmempfänger, dann Tyr'Fhes klare Stimme. »Zentrale gesichert«, sagte sie unsicher. »Che'Den, das musst du dir ansehen!«

Er trat gemeinsam mit seinem Bruder in das Rund der Zentrale. Im Sitz des Piloten saß ein einsamer Unither mit erhobenen Händen, dem universellen Zeichen, dass er aufgab.

# Kapitel 22

Crest kauerte im hintersten Winkel seiner Kabine auf dem Boden. Noch nie in seinem Leben hatte er sich so erbärmlich gefühlt. Erst die Erfolg versprechende Flucht mit Tesma und schließlich die Ernüchterung, als Golath mit einem Schuss seine Träume zerrissen hatte. An den Haaren hatte der Unither ihn vom Hangar in seine alte Unterkunft gezerrt, wo er ihn danach ohne ein weiteres Wort der Erklärung eingesperrt hatte.

Crest seufzte. Er fühlte sich so schwach wie schon lange nicht mehr. Ohne die belebende Kraft des Zellaktivators kam er sich alt vor, als wäre er wieder auf dem Erdmond, als die AETRON ohne Aussicht auf Hilfe dort gestrandet war.

*Trotz deines Alters und deiner Krankheit hast du zu den agilsten Arkoniden an Bord gehört,* wandte der Extrasinn ein.

*Das ist lange her,* antwortete Crest. *Ich bin so unsäglich müde.*

Er hörte ein Geräusch, das nicht hierher gehörte. Crest schreckte hoch.

Im Rahmen des Schotts standen Golath und Zerft, der Schläger. Beide Unither sahen nicht gerade freundlich aus, obwohl sich Crest noch immer mit ihrer Physiognomie schwertat.

Der Anführer der Schatzjäger rollte drohend den Rüssel ein. »Steh auf, Arkonide!« Golath klopfte auf den Schaft seiner Waffe. »Wird's bald?«

»Was? Warum?«

»Eigentlich kann dir das egal sein«, antwortete der Unither. »Aber weil sie dich demnächst mitnehmen werden, kann ich es dir auch gleich sagen: Die Lotsen von Hela Ariela werden dich mitnehmen.«

»Wieso?« Crest verstand kein Wort von dem, was Golath sagte.

»Weil sie dieses verdammte Schiff geentert haben!«, schrie der Unither. »Aber wenn sie dich und deine Artefakte haben wollen, werden sie uns mit der IQUESKEL ziehen lassen müssen. Andernfalls ...«

»Was ist andernfalls?«, fragte Crest, den ein Verdacht beschlich.

»Andernfalls ... werde ich dich umbringen«, vervollständigte

Golath seinen Satz. »Und jetzt steh endlich auf! Oder soll ich dir in den Fuß schießen?«

Crest erhob sich. Welcher Irrsinn! Sein Schicksal hing davon ab, ob die Lotsen auf Golaths Bluff hereinfielen oder nicht. Im schlimmsten Fall starb er einen sinnlosen Tod, weil Golath nicht verstand, wann er verloren hatte.

*Im Gegensatz zu dir,* ätzte der Extrasinn.

»In Ordnung«, sagte Crest. »Dann rufen Sie doch die Lotsen und fordern sie auf, sich aus der IQUESKEL zurückzuziehen.«

Golath hob den Armbandkom zum Mund, aber er kam nicht mehr dazu, den Funkspruch abzusenden. Zerft verschränkte die Finger, holte mit beiden Händen aus und schlug Golath von hinten auf den Schädel. Der Unither sackte lautlos zusammen.

Ehe Crest reagieren konnte, beugte sich Zerft über seinen ehemaligen Anführer. Er kramte in dessen Taschen und förderte den Zellaktivator sowie das Gerät mit Thoras Notruf zutage.

»Hier«, sagte Zerft. Er hielt Crest den Aktivator und das Artefakt hin.

Zögernd, als befürchte er eine Falle, griff der Arkonide danach. Unbeschreibliche Erleichterung durchflutete ihn, als er die Impulse des Aktivators spürte. »Wieso tun Sie das?«, fragte er.

»Golath hält sich für unendlich klug. Aber er ist dumm. Er kennt nur Gewalt.«

»Was haben Sie mit mir vor?« Crest traute dem Frieden nicht. Zerft hatte in der Vergangenheit oft genug gezeigt, dass er vor Gewalt nicht zurückschreckte.

»Nichts«, antwortete Zerft zu Crests Überraschung. »Sie können gehen. Mit Ihren Sachen. Das ist alles, was die Khe'Mha'Thir wollen. Sie werden uns ziehen lassen.«

Zerft fesselte seinen bewusstlosen Artgenossen routiniert mit Plastikbändern, als ob er dies bereits sein Leben lang gemacht hätte. Dann wandte er sich an Crest: »Kommen Sie, sonst werden die Lotsen noch ungeduldig!«

»Halt! Stehen bleiben!« Tyr'Fhe riss ihren Strahler hoch und richtete ihn auf einen Riesen in unithischen Maßstäben, der neben einem Arkoniden die Zentrale betrat. Er war zwei Meter groß und bullig, sein Rüssel mit schlecht verheilten Narben übersät, mit einem Wort: furchterregend!

»Nicht schießen!«, sagte der Weißhaarige. »Er ist ein Freund.«

Der Unither drehte die Hände so, dass Che'Den und die anderen erkennen konnten, dass er unbewaffnet war. »Ich kapituliere.«

Bevor Che'Den reagieren konnte, ging ein Ruck durch die IQUESKEL. Auf dem Holo sah er, dass hinter der ANETIS'KHOR ein Walzenraumer materialisiert war, der unvermittelt auf das Lotsenschiff zu feuern begann. Die Besatzung der ANETIS'KHOR reagierte augenblicklich und erwiderte das Feuer. Daten wurden eingeblendet; die Walze war dreihundertfünfzig Meter lang und durchmaß siebzig Meter.

Hilflos musste Che'Den zusehen, wie die beiden Schiffe einander beschossen. Er konnte nicht eingreifen, denn die IQUESKEL war ohne Schutzschirm und Antrieb praktisch ein Wrack.

»Bhe'Num!«, rief er in sein Helmmikro. Das einzige Geräusch, das ihm aus dem Empfänger antwortete, war statisches Rauschen.

Che'Den erstarrte. Der Schutzschirm der ANETIS'KHOR baute weitaus schneller ab als jener des Walzenschiffes!

»Vollschub auf die Triebwerke!«, rief er. »Wir müssen hier weg!«

»Der war gut«, sagte der Unither im Pilotensessel. »Glauben Sie, Ihre Leute hätten die IQUESKEL entern können, wenn wir Impuls gehabt hätten?«

En'Imh drängte sich zwischen den Lotsen nach vorn. »Was ist denn kaputt?«

»Die Sekundärenergie zum Zünden der Kernfusion kommt nicht bei den Meilern an«, antwortete der Unither.

»Schalten Sie mir diese Konsole frei?«, fragte En'Imh den Unither. Er schwang sich mit einer Behändigkeit, die Che'Den ihm niemals zugetraut hätte, in den freien Sessel.

»Klar. Schon passiert«, antwortete der Unither.

»Gut, wir beide werden dieses Schiff flügge bekommen. Wir müssen!«

Vor En'Imh bauten sich Reihen von Holos auf: die Baupläne der IQUESKEL. Energieerzeuger, Ringverteiler; Linien, die unheilvoll rot blinkten – das waren die beschädigten Leitungen. Schaltpläne rasten vorbei, stockten. En'Imh zoomte ein Bauteil ins Hundertfache. »Ich hab's!«, rief er. »Können wir die Überlast-Ableiter umpolen?«

Dem schmächtigen Unither stand der Schweiß auf dem Kopf. »Sie meinen, anstatt die überschüssige Energie den Strukturkonvertern zuzuführen, den umgekehrten Weg? Bei einem Dämpfungsfaktor von hunderttausend zu eins müssten wir schon eine gewaltige Menge Energie hineinpulvern.«

»Würde es gehen oder nicht?«

»Ich habe keine Ahnung.« Der Unither stieß ein Tröten aus.

Auf dem Holo flackerte das Abbild der ANETIS'KHOR. Der Schutzschirm des stolzen Schiffes brach jeden Augenblick zusammen. Sollte so Che'Dens erstes Kommando enden?

»Keine Zeit zum Überlegen«, sagte Che'Den in die Stille. »Los!«

En'Imh und der Unither sahen einander an. Synchron schalteten sie die Energiebahnen frei.

Ungeheure Energien aus den Speichern der Strukturkonverter brandeten gegen die Sicherungen, wurden hinuntertransformiert auf ein nutzbares Niveau. Zögernd startete die Kernfusion, bis der Prozess sich endlich selbst erhielt.

»Stützmasseneinschuss«, kommentierte der Unither.

En'Imh nickte. »Schalte Energieüberlauf ab.«

»Reaktoren halten!«, rief der Unither. »Schub setzt ein.«

»Schutzschirm aktiv!«, schrie En'Imh vor Begeisterung. Auf einen Wink von ihm baute sich mitten in der Zentrale ein Holo mit den Beschleunigungsdaten der IQUESKEL auf.

Hundert Kilometer pro Sekundenquadrat, zweihundert, vierhundert, fünfhundert, fünfhundertfünfzig.

Che'Den staunte. Der barconische Aufklärer beschleunigte mit Werten, gegen die die ANETIS'KHOR richtiggehend lahm wirkte.

*Fünf Sekunden bis zur minimalen Sprunggeschwindigkeit!*

Blitze zuckten über die transparente Blase, die das Lotsenschiff einhüllte und verhinderte, dass die ANETIS'KHOR getroffen wurde.

*Vier Sekunden.*

Die Blase um die ANETIS'KHOR wurde milchig trüb. Auswüchse bildeten sich im Schirm und verformten sich unter dem Beschuss der Walze. Aber Bhe'Num wehrte sich. Doppeltreffer um Doppeltreffer schlug in den Schirm des Walzenschiffes ein.

*Drei Sekunden.*

Ein Feuerstoß fegte die zerbrechliche Hülle der ANETIS'KHOR hinweg. Ungeschützt trieb die stählerne Kugel vor dem Angreifer im All. Sie feuerte noch immer im Takt Punktbeschuss auf dessen Schutzschirm, aber die Treffer schienen auf die Walze keine Wirkung zu haben.

*Zwei Sekunden.*

Eine Salve aus vier Geschützen traf die ANETIS'KHOR mittschiffs auf Höhe der Energiespeicher. Che'Den hielt den Atem an, als der Kugelraumer lautlos platzte.

*Eine Sekunde.*

Che'Den rechnete sich aus, wie an Bord der Walze die Geschütze neu programmiert wurden. Ein erster Schuss würde im Schirm der IQUESKEL verpuffen. Die nächste Breitseite aber ...

Und dann war es vorbei. Der Entzerrungsschmerz raste durch jede Faser seines Körpers. Die IQUESKEL war transitiert.

»Was war das?«, stöhnte er. Ihm wurde schwarz vor Augen, als ihn der Schock des Wiedereintritts in den Normalraum übermannte.

»Ich habe einen Verdacht«, hörte er den weißhaarigen Arkoniden sagen. Seine Stimme war fest, als berührte ihn der Schock nicht. »Und er wiegt so schwer, dass wir herausfinden müssen, woher dieses Schiff kam. Um jeden Preis!«

»Was wollen Sie damit ...?« Eine gewaltige Explosion schnitt Che'Den das Wort ab.

**Rüdiger Schäfer**

# Eine Handvoll Ewigkeit

# Kapitel 1

Perry Rhodan kannte die Stimme, und doch dauerte es eine gefühlte Ewigkeit, bevor er sich auf jenen Tag aus einer fernen Vergangenheit besann, an dem er sie gehört hatte.

Wie alt war er damals gewesen? Sechs Jahre? Nein, fast sieben. Sein Atem ging stoßweise. In immer schnellerer Folge schälten sich nun Einzelheiten aus dem Nebel einer längst vergessen geglaubten Zeit.

Manchester, Connecticut. Spencer Street. Die Bushaltestelle.

Rhodan glaubte das Gewicht des viel zu großen Rucksacks zu spüren, den er getragen hatte, fühlte die Strahlen der Frühsommersonne auf der Stirn.

Die Stimme gehörte dem Busfahrer. Mr. Mendez. Linie 91. Die Erinnerung stand jetzt so klar und deutlich vor ihm, dass es ihm beinahe vorkam, als wäre er wieder dort. Auf der Erde. Im Mai des Jahres 2007.

Die Impressionen verblassten und machten anderen Platz. Schlaglichtartig explodierten Dutzende von Eindrücken in seinem Kopf. Sie waren ihm fremd und vertraut zugleich, ein Teil von ihm, untrennbar mit ihm verbunden und doch wie aus einer anderen Welt.

Sein missglückter Versuch, von zu Hause fortzulaufen, seine große Schwester Deborah, die ihre Sucht noch vor dem dreißigsten Geburtstag das Leben kostete, sein Onkel Karl, wenige Jahre später mitsamt seiner Farm verbrannt, Marcus, Taylor, Reg.

Namen und Ereignisse folgten in schwindelerregendem Wechsel.

Dann kam das Feuer. Die Flammen griffen nach den Bildern seines Lebens wie nach einem Satz alter, vergilbter Fotos. Innerhalb von Sekunden hatten sie sie verzehrt, und alles, was zurückblieb, war ein kleines Häufchen Asche.

Rhodan streckte die Hand aus. Unter der Asche glitzerte etwas. Seine Finger schlossen sich um eine dünne silberne Kette und zogen sie hervor. Ohne zu wissen, warum, griff er mit der anderen Hand in seine Hosentasche.

Ein Anhänger. Auch er kam ihm vertraut vor. Er gehörte seinem Onkel und zeigte den heiligen Georg, der die Lanze auf einen Drachen gerichtet hatte. Langsam, fast zwanghaft hob er beide Arme. Anhänger und Kette passten perfekt zueinander.

Rhodan schloss die Augen. Das Schwindelgefühl, das ihn erfasst hatte, hielt nur wenige Atemzüge an. Dann war alles vorbei. Er öffnete die Augen, und vor ihm stand ...

... Atlan!

»Fühlen Sie sich nicht wohl?«, fragte der Arkonide.

Rhodan schüttelte den Kopf. Der Anhänger in seiner Handfläche hatte sich in ein schäbig aussehendes, nur wenige Zentimeter großes Ei aus Metall verwandelt. »Alles in Ordnung«, stieß er hervor. »Ich war nur für einen Moment ... abwesend.« In seinem Geist wirbelten die Scherben der Szenen aus der Vergangenheit durcheinander. Was hatte sie ausgelöst? Der Zellaktivator?

*Nehmen Sie ihn! Sie haben ihn verdient!*

Atlans Worte schienen noch immer in der kühlen Luft des beginnenden Tages nachzuhallen, bevor sie endgültig vom Morgennebel verschluckt wurden, der über dem verfallenen Fabrikgelände stand. Die Sonne, die auf Artekh 17 üblicherweise hinter dichten Wolken verborgen war, hatte offenbar eine Lücke gefunden, denn ihr Licht war ungewohnt hell und warm. Es würde die grauen Schwaden schnell vertreiben.

Rhodan sah zu den Gefährten hinüber, die in der Nähe einer halb eingestürzten Mauer auf den Boden gesunken waren. Der athletische Iwan Goratschin hielt die zierliche Ishy Matsu in seinen Armen. Die Japanerin hatte ihren Kopf auf die Schulter des Zündermutanten gebettet und die Augen geschlossen.

Neben dem Pärchen hockte Belinkhar im Schneidersitz, die Unterarme auf die Knie gestützt. Die noch immer feuchten Haare hingen ihr wirr in die Stirn.

Die dramatischen Ereignisse im Zweistromland, die riskante Flucht durch den reißenden Strom Khertak und der anstrengende Aufstieg an die Planetenoberfläche hatten jedes einzelne Mitglied der kleinen Gruppe gezeichnet. Sie waren erschöpft und ob des Erreichten unzufrieden. Ihr Ziel, die Gefangennahme des arkonidischen Regenten, hatten sie verfehlt. Und nicht nur das: Der Herrscher war tot; in blindem Zorn erschossen von Atlan, der seine Gefühle nicht unter Kontrolle hatte halten können. Die Konsequenzen, die sich aus dieser Kurzschlusshandlung ergaben, wagte Rhodan noch nicht abzuschätzen.

Hinzu kam, dass man mit Ernst Ellert erneut einen Freund und Verbündeten von unschätzbarem Wert verloren hatte. Der Mutant hatte sich praktisch in Rhodans Armen aufgelöst und war spurlos verschwunden. Immerhin blieb dadurch wenigstens die Hoffnung, dass er nicht wirklich gestorben, sondern lediglich in einen jener schwer erklärbaren Zustände gewechselt war, in die ihn seine geheimnisvolle Parafähigkeit versetzen konnte.

Rhodan atmete tief durch. Hinter den Resten eines ehemaligen Silos erkannte er kurz die dunkle Silhouette Chabalhs. Der Purrer hatte die zurückliegenden Strapazen noch am besten weggesteckt und durchstreifte die Gegend auf der Suche nach möglichen Gefahren.

Rhodan betrachtete den Aktivator eindringlich. Er sah anders aus als das Exemplar, das ihm ES vor mehreren Monaten auf Wanderer angeboten hatte. Das Gerät war kleiner, durchmaß an der dicksten Stelle kaum mehr als vier Zentimeter. Die Oberfläche wirkte grau und wies an mehreren Stellen perlmuttfarbene Flecken auf, so als wäre sie einst lackiert gewesen. Auf einer Seite war der Aktivator schwarz verfärbt. Dort zog sich ein langer Kratzer über das Material.

*Unsterblichkeit,* dachte Rhodan. *Ein Leben ohne Krankheit und Tod. Und all das passt in ein Objekt von der Größe eines Taubeneis.*

Er schloss die Finger um das vergleichsweise winzige Ding in seiner Hand. Der Zellaktivator hing an einer dünnen, silbern schimmernden Kette. Für den flüchtigen Blick nur ein bedeutungsloses Schmuckstück, ein vom Zahn der Zeit gezeichneter Talisman von bestenfalls sentimentalem Wert.

Rhodan hätte Stiqs Bahroff gerne über seine Erfahrungen befragt. Doch Bahroff war mit hoher Wahrscheinlichkeit tot. Er hatte den Aktivator abgelegt und war in den Khertak gesprungen. Seine letzten Worte waren Rhodan von Iwan Goratschin übermittelt worden, der den Freitod des Halbarkoniden gemeinsam mit Atlan beobachtet hatte.

*Ich will nicht unsterblich sein und für immer auf das Leben zurückschauen müssen, das ich geführt habe.*

Was hatte Bahroff damit gemeint? War die Unsterblichkeit nicht etwas, nach dem sich jedes Lebewesen sehnte? War dieser Aktivator nicht die Erfüllung eines uralten Traums, die geradezu märchenhafte Chance, sich der quälenden Furcht vor dem unwiderruflichen Ende für immer zu entziehen?

»Warum?«, fragte Rhodan leise. Der verständnislose Blick Atlans ließ ihn lächeln. »Warum glauben Sie, dass ich ihn *verdient* habe?«, fügte er hinzu und öffnete die Faust mit dem Aktivator darin.

Der Arkonide wischte sich mit dem schmutzigen Ärmel seiner

Uniformjacke über die Stirn. Sie alle sahen derzeit nicht unbedingt salonfähig aus. Ihre Odyssee hatte Spuren hinterlassen – innerlich wie äußerlich.

»Was wollen Sie von mir, Rhodan?«, stieß Atlan hervor. Er machte auf einmal einen verärgerten Eindruck. »Wie oft muss man Ihnen das ewige Leben anbieten, bevor Sie es endlich akzeptieren?«

»Ich bin mir nicht sicher, *was* ich da akzeptieren würde.« Rhodan schüttelte den Kopf. »Gerade Ihnen sollte klar sein, dass die Ewigkeit eine ziemlich lange Zeitspanne ist.«

»Ich frage Sie noch einmal: Was wollen Sie von mir?« Atlan zuckte in vollendet menschlicher Manier mit den Schultern. »Soll ich Ihre Hand halten und Ihnen versichern, dass alles gut wird? Sie sind ein erwachsener Mann. Treffen Sie Ihre Entscheidungen, und dann respektieren Sie die Konsequenzen.«

»Na schön. Reden wir Klartext.« Nun spürte auch Rhodan Zorn in sich aufsteigen. »Sie haben diesen Zellaktivator Sergh da Teffron geschenkt. Hatte der das ewige Leben ebenfalls *verdient?«*

»Touché«, sagte Atlan. »Es freut mich, dass Ihr Verstand offenbar noch intakt ist. Natürlich würde ich da Teffron lieber vor ein ordentliches Gericht stellen, als ihn unsterblich zu machen. Die Übergabe an Bord der VEAST'ARK war ein Auftrag.«

»Ein Auftrag? Von wem?«

»Das ist unwichtig. Betrachten Sie die Fakten. Wir sind uns einig, dass der vom Regenten in Gang gesetzte Umbruch früher oder später zur Eskalation führen muss. Nicht nur Ihre geliebte Erde ist in Gefahr, sondern die gesamte Milchstraße. Das arkonidische Reich ist gigantisch. Schon vor der Konfrontation mit den Methans gab es lange Phasen der Expansion – und Sie dürfen mir glauben, dass meine Vorfahren nicht gerade zimperlich waren, wenn es um die Gewinnung neuer Untertanen für Arkons Glanz und Glorie ging.«

»Sie befürchten, dass sich die Vergangenheit wiederholt.« Rhodan hatte den Satz nicht als Frage formuliert. Auch die Geschichte der Menschheit, die im Vergleich mit den Arkoniden noch kurz war, hielt zahlreiche Beispiele dafür bereit, dass historische Fehler immer wieder aufs Neue begangen wurden.

»An den Regenten ist schwer heranzukommen«, sprach Atlan weiter. »Also musste ich den Hebel an seinem engsten Vertrauten ansetzen.«

»Sie?«, unterbrach Rhodan anzüglich. »Sie meinen Ihre *Auftraggeber* ...«

»Verkneifen Sie sich den Spott«, sagte Atlan ruhig. »Er steht Ihnen nicht. Was glauben Sie wohl, was geschehen wäre, wenn da Teffron den Aktivator angelegt hätte?«

»Sein krankhafter Ehrgeiz hätte ungeahnte Höhen erreicht«, gab Rhodan zurück. »Früher oder später hätte er versucht, den Regenten zu stürzen.«

»Genau«, bestätigte Atlan.

»Aber ein unsterblicher Regent, noch dazu einer vom Schlage da Teffrons, hätte alles viel schlimmer gemacht.«

»Sie denken wie ein Mensch.« Atlan lachte humorlos. »Auf Arkon bleibt nichts lange verborgen. Und wenn doch, kann man der Gerüchteküche mit ein paar gezielt gestreuten Informationen nachhelfen. Im Gegensatz zu Ihnen halten Arkoniden – vor allem, wenn sie dem Adel angehören – die Unsterblichkeit für überaus erstrebenswert. Da Teffron wäre nicht lange genug am Leben geblieben, um Schaden anzurichten. Das Wissen um die Existenz eines Zellaktivators auf Arkon würde ein beispielloses Hauen und Stechen unter den Mächtigen auslösen und die Führungsstrukturen des Imperiums nachhaltig destabilisieren.«

»Ein reichlich komplizierter Plan, meinen Sie nicht?«

»Wie ich schon sagte.« Atlan lächelte schwach. »Sie müssen noch viel über uns Arkoniden lernen.«

Rhodan starrte blicklos auf den Aktivator in seiner Hand. »Da haben Sie sicher recht, Atlan«, sagte er. »Sie sind ein Mann mit zahlreichen Geheimnissen. Und dennoch verlangen Sie von mir, dass ich Ihnen vertraue.«

»Es wird der Tag kommen, an dem Sie erkennen, dass ich Ihr Vertrauen verdiene«, gab der Arkonide leise zurück.

»Mag sein.« Rhodan schob den Zellaktivator in die Tasche seiner fleckigen Uniformhose. »Aber bis es so weit ist, müssen Sie mit meinem Argwohn leben.«

# Kapitel 2

Mit fest zusammengepressten Lippen starrte Sergh da Teffron auf die dunkelgraue Wolkenwand, die sich wie ein düsteres Omen fast über den gesamten sichtbaren Ausschnitt des Himmels zog. Sie lieferte ein perfektes äußeres Abbild seiner Gemütsverfassung.

Unmittelbar unter ihm erstreckte sich der Platz des Glanzes, jener inzwischen geschichtsträchtige Ort, auf dem der Regent vor nicht einmal zwei Tagen eine Rede gehalten hatte. Die Ansprache war über Hyperrelais direkt an alle großen Sender und Nachrichtenkanäle des Imperiums übertragen worden – und sie hatte das arkonidische Sternenreich in seinen Grundfesten erschüttert!

Stumm beobachtete da Teffron die kleine Gruppe Soldaten, die mit der Instandsetzung der beschädigten Statuen beschäftigt waren. Sie beseitigten die letzten Spuren der spontanen Tumulte, die durch die Worte des Regenten provoziert worden waren.

Zum ersten Mal seit vielen Jahrtausenden herrschte wieder das Kriegsrecht im Großen Imperium. Sergh da Teffron hatte in den vergangenen Stunden die beinahe im Sekundentakt einlaufenden Meldungen des Flottenkommandos, der autarken Außenposten und vor allem der Geheimdienste aufmerksam studiert. Noch war die seit der Rede verstrichene Zeitspanne viel zu kurz, um die allgemeine Lage verlässlich einschätzen zu können. Das Bild, das der Arkonide aus den erhaltenen Informationen gewonnen hatte, gab allerdings Anlass zu großer Besorgnis.

Unter dem Hochadel auf Arkon dominierte erwartungsgemäß die Empörung. Dort genoss der spurlos verschwundene Imperator nach wie vor große Sympathien, während der Regent als illegitimer Emporkömmling und gefährlicher Brandstifter galt. Das Ausrufen des Kriegsrechts befeuerte die allgemeine Antipathie gegen einen Mann, der seit seiner Inthronisierung eine ganze Reihe von Entscheidungen durchgesetzt hatte, die für die ehemalige Elite erheblichen Machtverlust bedeuteten.

Einige einflussreiche Familien hatten bereits durchblicken lassen, dass sie die angeblich bevorstehende zweite Invasion der Methans für nichts weiter als vorgeschoben hielten. Der Regent wolle die weitreichenden Befugnisse, die ihm der Staatsnotstand gewährte, lediglich zur Festigung seiner eigenen Position nutzen. Vor allem versichere er sich damit des Rückhalts durch das Militär.

In den Führungszirkeln der Flotte bewertete man die Entwicklung weitaus weniger emotional. Die von Beginn seiner Herrschaft an propagierte Expansionspolitik des Regenten war von den Admirälen verständlicherweise überaus wohlwollend aufgenommen worden. Das Gebaren des Adels auf Arkon wurde von manch hohem militärischen Würdenträger schon länger als Ausdruck purer Prunksucht und Arroganz empfunden, und die Autarkiebestrebungen vieler Kolonien waren in den Augen des eher absolutistisch denkenden Teils der Heeresleitung vor allem die Folge einer zu liberalen Grundhaltung des Imperators und seiner Ratgeber. Wenn sich die Gefahr durch die Methans als real herausstellte, war das praktisch der Todesstoß für jegliche Diplomatie und ein Freibrief für das drastische Vorgehen gegen jede Art von Widerstand.

Aras und Mehandor krähten indessen im Chor. Die bislang durch das Imperium gewährten Sonderrechte, die sowohl den Medizinern als auch den Händlerclans weitgehende Autonomie garantiert hatten, waren mit sofortiger Wirkung ausgesetzt worden. Der Rat auf Aralon malte düstere Endzeitszenarien aus und prognostizierte in ersten Verlautbarungen das Ende der medizinischen Grundversorgung und die Ausbreitung galaxisweiter Seuchen. Dagegen hielten sich die Mehandor noch halbwegs zurück und sprachen lediglich von einer drohenden Rezession, die das Imperium mittelfristig in ein gigantisches Armenhaus verwandeln würde.

Sergh da Teffron spielte nervös mit dem Ring an seinem Finger. Er hätte viel dafür gegeben, in diesen Stunden auf Arkon sein zu können, dort, wo das Herz seines Volkes schon immer besonders kräftig geschlagen hatte und noch in zehntausend Jahren schlagen würde.

»Sie wirken angespannt, Sergh.«

Sergh da Teffron hatte gar nicht bemerkt, dass der Regent das Zimmer betreten hatte, und konnte ein kaum merkliches Zusammenzucken nicht verhindern. Für die zahlreichen Adjutanten und Bediensteten war sein Quartier im Tir'tok tabu. Niemand hätte es gewagt, unangemeldet in da Teffrons Privaträume einzudringen. Für den Regenten galten solche Beschränkungen freilich nicht.

»Ich mache mir Sorgen, Herr«, sagte Sergh da Teffron und wandte sich um. Die Tatsache, dass ihn sein Gegenüber mit dem

Vornamen angesprochen hatte, war ihm nicht entgangen; über die Bedeutung dieses Umstands wagte er nicht einmal zu spekulieren.

»Angesichts der schwierigen Lage, in der sich das Imperium befindet, halte ich diese Sorgen für nicht unberechtigt.« Der Regent fuhr sich mit der rechten Hand über das kurz geschorene weiße Haar, in dem vereinzelte schwarze Strähnen schimmerten. Im kalten Licht der Deckenstrahler wirkte seine selbst für arkonidische Verhältnisse blasse Haut wie frisch gefallener Schnee. Der Mann, den Sergh da Teffron noch vor wenigen Stunden für tot gehalten hatte, trug eine dunkelblaue Kombination mit aufgenähten silbernen Zierknöpfen. Die Sohlen der schwarzen Stiefel, die bis knapp unter die Knie reichten, erzeugten beim Gehen nicht das geringste Geräusch.

Sergh da Teffron erwiderte das schwache Lächeln seines Gegenübers nur zögernd. Vor ihm stand der mächtigste Mann im Umkreis von Zehntausenden von Lichtjahren – und er wirkte auf befremdliche Weise heiter. Für da Teffron hatte die Aufgeräumtheit des Regenten, die sich unter anderem im völligen Verzicht auf das sonst so strenge Protokoll äußerte, beinahe etwas Bedrohliches.

»Allerdings verstellen einem klugen Mann die Bedenken nicht den Blick auf das Wesentliche«, sprach der Herrscher weiter. »Würden Sie mir da zustimmen, Sergh?«

»Unbedingt, Herr«, versicherte da Teffron. »Vor zehntausend Jahren stand das arkonidische Reich vor dem Untergang, und auch wenn sich die militärische Schlagkraft des Imperiums seit dieser Zeit vervielfacht hat, weiß niemand, in welche Richtung sich die Methans entwickelt haben. Wenn sie es allerdings wagen, uns erneut anzugreifen, darf man annehmen, dass auch sie sich in einer deutlich besseren Position wähnen, als das damals der Fall war.«

»Das ist es, was ich an Ihnen schätze.« Der Regent nickte. »Sie analysieren eine Situation mit dem notwendigen Abstand. Sie verlieren nie das große Ganze aus den Augen. Und um ehrlich zu sein: Sie sprechen genau das aus, was auch mich bewegt.«

Ein Teil der Anspannung fiel von Sergh da Teffron ab. Er war bereit zu akzeptieren, dass er das Bild, das er sich bislang vom Regenten gemacht hatte, in einigen Nuancen korrigieren musste. Ein Großteil der Informationen, die er über den Herrscher besaß, stammte aus Quellen, deren Zuverlässigkeit angezweifelt werden durfte. Seine persönlichen Begegnungen mit dem Mann ließen sich dagegen an den Fingern zweier Hände abzählen.

»Ich habe Ihren Bericht eingehend studiert.«

Der Satz, vom Regenten wie beiläufig hingeworfen, traf da Teffron wie ein Faustschlag. Augenblicklich waren das Misstrauen und die Angst wieder da. Nach seiner Rückkehr aus dem Untergrund des Planeten und der bitteren Erkenntnis, dass die von Atlan da Gonozal erschossene Person nur ein perfekter Doppelgänger des Herrschers gewesen war, hatte er den Regenten angelogen. Er hatte ihm die Existenz des Zweistromlands verschwiegen und das, was in den Tiefen von Artekh 17 geschehen war, nicht wahrheitsgetreu wiedergegeben. Nach dem Desaster im Tatlirasystem, dem Diebstahl der VEAST'ARK und den auf Palor entflohenen Menschen – alles Ereignisse, für die er die Verantwortung trug – war ihm das Eingeständnis eines weiteren Fehlschlags unzumutbar, ja geradezu lebensgefährlich erschienen.

Der Tod seines Doppelgängers hatte den Regenten nicht im Mindesten berührt. Er hatte die entsprechende Nachricht ebenso gleichgültig zur Kenntnis genommen wie die Huldigungen der Massen während seiner öffentlichen Auftritte auf Ghewanal. Nach Stiqs Bahroff, der im Zweistromland ebenfalls mit großer Wahrscheinlichkeit ums Leben gekommen war, fragte er gar nicht erst.

Das alles hätte da Teffron noch verstanden. Das Ziel der Mission war schließlich die Bergung der Pläne der geheimnisvollen Konverterkanone gewesen, einer Waffe, die den ersten Krieg gegen die Methans zugunsten der Arkoniden entschieden hatte und dann spurlos verschwunden war. Wenn dabei Kollateralschäden zu verzeichnen waren, musste man sie eben in Kauf nehmen.

Doch selbst *diesen* Fehlschlag, ein Versagen auf ganzer Linie, hatte der Regent geradezu stoisch registriert und dann mit einer unwilligen Handbewegung abgetan, eine Reaktion, die Sergh da Teffron noch immer nicht einordnen konnte.

Wozu also die vermeintlich achtlos hingeworfene Bemerkung über den schriftlichen Report, den da Teffron über seine Erlebnisse abgefasst hatte? Hatte der Herrscher etwas gemerkt? War der Bericht fehlerhaft gewesen? Wies er Unstimmigkeiten auf, die dem Herrscher aufgefallen waren und die er nun zur Sprache bringen wollte?

Es kostete Sergh da Teffron alles, was er an Selbstbeherrschung aufzubringen vermochte, um sich nichts anmerken zu lassen.

Der Regent war neben ihn getreten und hatte die Arme hinter dem Rücken verschränkt. Schweigend sah er durch das Panoramafenster auf den Platz hinunter. In der Ferne blitzten die Positionslichter eines Transportschiffs, das rasch an Höhe gewann und schließlich zwischen den grauschwarzen Wolken verschwand.

Da Teffron blieb ebenfalls stumm. Wenn der Regent tatsächlich etwas ahnte, durfte er nicht den ersten Schritt machen, durfte nicht übereifrig oder gar defensiv wirken.

»Ein trostloser Ort, finden Sie nicht?« Der Herrscher brach nach einer gefühlten Ewigkeit das Schweigen.

»Ja, Herr«, stimmte Sergh da Teffron zu. »Doch der Krieg schert sich nicht um den äußeren Schein.«

»Wahr gesprochen. Arkons Glanz strahlt in unseren Herzen. Man erkennt ihn im Blick der Soldaten, bevor diese ausziehen, um mit ihrem Leben für den Nimbus des Imperiums einzustehen. Er manifestiert sich in den Worten und Taten jedes Bürgers, der im Geist unserer glorreichen Vorfahren spricht und handelt. Wir leben in wahrhaft bedeutsamen Zeiten.«

Sergh da Teffron wagte es, den Kopf leicht zur Seite zu drehen und das Profil des Herrschers aus dem Augenwinkel zu betrachten. Zwanghaft fixierte er die kaum merkliche Erhebung auf der Brust des Regenten, die die Position des Zellaktivators markierte. Der Schock darüber, dass im Garten Crysalgiras nicht der echte Herrscher, sondern lediglich ein Doppelgänger getötet worden war, saß noch immer tief. War es möglich, dass er es – Aktivator hin oder her – erneut mit einem Double zu tun hatte? Das würde zumindest die unnatürliche Herzlichkeit erklären.

»Sie haben getan, was in Ihrer Macht stand«, fuhr der Regent scheinbar zusammenhanglos fort. »Falls Sie glauben, dass ich Sie aufgesucht habe, um Ihnen Vorwürfe zu machen, können Sie beruhigt sein. Ich weiß, dass mich viele für ein Ungeheuer halten. Für einen skrupellosen Despoten ohne Werte und Moral. Pragmatismus wird leider oft mit Gewissenlosigkeit verwechselt.«

Sergh da Teffron hatte das Gefühl, etwas sagen zu müssen, doch er brachte kein Wort heraus. Einen bizarren Moment lang glaubte er, dem Regenten direkt in die Seele schauen zu können, vermeinte, eine nie für möglich gehaltene Verletzlichkeit wahrzunehmen. Dann war der Augenblick auch schon vorüber, und die erdrückende Aura der Macht, die den Herrscher wie ein Energieschirm umschloss, gewann wieder die Oberhand.

»Unser Volk hat nicht darum gebeten, von den Göttern auserwählt zu werden, Sergh«, hörte er den Regenten sagen. »Aber es ist nun einmal geschehen. Nun müssen wir unserer Verantwortung gerecht werden und die damit verbundene Last auf möglichst viele Schultern verteilen. Ohne uns wäre diese Galaxis längst im

Chaos versunken; überrannt von den Horden blutrünstiger Eroberer, wie es die Methans nun einmal von Natur aus sind.«

»Arkon wird niemals untergehen, Herr ...« Sergh da Teffrons Stimme klang heiser. Aus seinem rechten Auge löste sich eine einsame Träne und zog eine feuchte Spur über Wange und Kinn, bevor sie im Kragen der Uniformjacke versickerte.

»Natürlich nicht«, stimmte der Regent zu. »Und jetzt ruhen Sie sich aus. Wenn Sie aufwachen, wird die Welt eine andere sein. Ich verspreche es Ihnen!«

# Kapitel 3

Als Perry Rhodan und Atlan die anderen Teammitglieder erreichten, blickten ihnen ebenso müde wie erwartungsvolle Gesichter entgegen. Der Nebel war größtenteils verschwunden. Neue Wolken hatten sich vor die Sonne geschoben und ließen das einsame Fabrikgelände noch trostloser wirken, als es ohnehin schon war.

In rund hundert Metern Entfernung erhob sich eine flache Lagerhalle. Davor türmten sich Berge aus Schutt, defekten Maschinen und verformten Metallteilen, von denen viele bereits Rost angesetzt hatten. Auf der einzigen größeren Insel des Planeten herrschte Platzmangel. So erschien es paradox, dass man die Anlagen noch nicht abgerissen und das Areal anderweitig genutzt hatte. Aber vielleicht hatte das Schicksal auch einfach nur beschlossen, ihnen nach all den Niederlagen und Rückschlägen der vergangenen Tage eine Atempause zu gönnen.

»Also? Was machen wir jetzt?«, stellte Belinkhar die naheliegendste Frage. Vermutlich glaubte sie, dass sich die beiden Männer zurückgezogen hatten, um Kriegsrat zu halten und das weitere Vorgehen festzulegen.

Rhodan tastete unwillkürlich nach dem Aktivator in seiner Hosentasche. Sein Blick blieb an Ishy Matsu und Iwan Goratschin hängen. Die Japanerin verschwand beinahe zwischen den muskulösen Armen des Zündermutanten. Goratschins Uniform hatte von allen am meisten gelitten. Sie wies zahllose Risse und Löcher auf; der linke Ärmel fehlte komplett.

»Wir müssen diesen Planeten so schnell wie möglich verlassen«, sagte Atlan, ließ sich neben der Mehandor auf den Boden sinken und lehnte sich mit dem Rücken gegen die Mauer. »Wenn erst publik wird, dass der Regent nicht mehr lebt, brechen wahrscheinlich alle Dämme.«

»Wenn sie nicht schon längst gebrochen sind«, warf Rhodan ein. »Vergessen Sie nicht, dass Sergh da Teffron einen Vorsprung hatte. Als offizieller Stellvertreter des Regenten wird er alles tun, um so schnell wie möglich die Macht zu übernehmen. Ich an seiner Stelle würde Ghewanal sofort hermetisch abriegeln und nach uns fahnden lassen. Wenn er uns in seine Gewalt bekommt, kann er uns jederzeit als die Mörder des Herrschers und sich selbst als denjenigen präsentieren, der die feigen Attentäter gefangen hat.«

»Außerdem dürfte der Bursche ziemlich scharf auf den Zellaktivator sein«, fügte Goratschin hinzu. »Wir sollten vorsichtshalber mit dem Schlimmsten rechnen und davon ausgehen, dass er weiß, wer das Gerät derzeit besitzt. Aber selbst wenn dem nicht so wäre: Ich glaube, wir sind uns einig darin, dass da Teffron ein nachtragender Typ ist. Er kann und wird uns nicht einfach ziehen lassen. Sein überspanntes Ego lässt das nicht zu.«

»Dennoch wird auch er Zeit brauchen.« Atlan verschränkte die Arme vor der Brust. »Weder der Regent noch seine Hand sind bei den maßgeblichen Eliten besonders beliebt. Vor allem der Hochadel wird die Situation ausnutzen und gegen eine Inthronisation da Teffrons aufbegehren, vielleicht sogar offen revoltieren. Es würde mich nicht wundern, wenn auf Arkon bereits ein neuer Imperator bereitstünde.«

»Mit etwas Glück würde also genau das geschehen, was Sie von Beginn an mit der Übergabe des Zellaktivators an Sergh da Teffron angestrebt haben, nicht wahr?«, fragte Rhodan. »Die Destabilisierung des Imperiums.«

»Auch auf die Gefahr hin, mich zu wiederholen: Sie sollten meine Zivilisation nicht ständig mit den Barbaren Ihrer geliebten Heimat vergleichen.« Atlan lächelte, als er den aufkeimenden Ärger in Rhodans Zügen bemerkte. »Der maßgebliche Faktor in einem Sternenreich von der Größe des arkonidischen Imperiums war und ist das Militär. Wer die Kommandeure und Admiräle bei Laune hält, muss keinen Staatsstreich fürchten. Wenn sich da Teffron nicht allzu dumm anstellt, wird sich der Aufruhr in Grenzen halten – und ich schätze die Hand des Regenten als einen überaus gewieften Taktiker ein.«

»Sie verstehen es, einem Mann Mut zu machen«, bemerkte Rhodan.

»Ich war noch nicht fertig«, sagte Atlan. »Es gibt zwei Faktoren, die die Lage verkomplizieren und eine Einschätzung der weiteren Entwicklung nahezu unmöglich machen. Zum einen ist das die drohende Invasion der Methans. Persönlich glaube ich nicht, dass der Regent so töricht war, diese Gefahr nur vorzuschieben. Es muss klare Indizien für einen Angriff geben, mit denen er die Flottenführung überzeugen wollte. Eventuell hatte er das sogar schon im Vorfeld seiner Rede getan. Zum anderen ist da der Zellaktivator. Sergh da Teffron ist alt. Wenn er mehr als nur eine Fußnote im Buch der arkonidischen Geschichte werden will, muss er das Gerät in seinen Besitz bringen. Um jeden Preis!«

»Dann schweben wir also in höchster Gefahr«, stellte Belinkhar fest.

»Wie ich schon sagte: Wir müssen hier weg.« Der Arkonide legte den Kopf zurück und starrte in den grauen Himmel. »Wir sollten uns zum Raumhafen durchschlagen und an Bord der TIA'IR gehen. Mit etwas Glück ist noch niemand auf die Jacht aufmerksam geworden.«

»Und dann?«, fragte Rhodan. Die Bitterkeit in seiner Stimme war nicht zu überhören. »Ist ein Vorstoß nach Arkon unter den derzeitigen Umständen überhaupt noch sinnvoll? Der Tod des Regenten hat alles verändert. Nichts ist mehr kalkulierbar. Die Erde ...«

»Wenn Sie mir Vorwürfe machen wollen«, unterbrach Atlan, »dann haben Sie wenigstens den Mut, sie offen auszusprechen.«

»Muss ich das?« Rhodan suchte den Blick des Arkoniden. »Ellert hat Sie gewarnt; er hat Sie *angefleht*. Aber Sie haben den Regenten trotzdem getötet. Und warum? Weil er die zehntausend Jahre alte Leiche Ihrer großen Liebe zerstrahlt hat? Mich würde interessieren, was Ihre *Auftraggeber* zu dieser Glanzleistung sagen!«

Mit einer fließenden Bewegung kam Atlan auf die Beine. Er machte zwei schnelle Schritte auf Rhodan zu, doch der wich keinen Zentimeter zurück. Die Gesichter der beiden Männer waren wenig mehr als eine Handbreit voneinander entfernt.

»Sie sollten Ihre Worte ein wenig bedachter wählen«, sagte Atlan leise. »Wenn ich tatsächlich so jähzornig und unbeherrscht bin, wie Sie andeuten, wäre es gefährlich, mich zu reizen.«

»Oder aber Sie spielen uns allen nur etwas vor«, erwiderte Rhodan. »War es nicht von Anfang an Ihr Ziel, den Regenten zu ermorden? Wollten Sie Iwan nicht als bequemen Erfüllungsgehilfen Ihrer undurchsichtigen Pläne einsetzen?«

»Lassen Sie mich Ihr Gedächtnis auffrischen, mein junger Freund.« Atlan trat zurück. Seine Züge entspannten sich. »Ich war damals nicht der Einzige, der ein Attentat auf den Herrscher befürwortet hat.«

»Das mag sein«, gab Rhodan zurück, »aber die Entscheidungen treffe nun einmal ich.«

»Und es ist wahrlich beeindruckend, wie weit Sie uns damit gebracht haben.«

Rhodan fühlte sich auf einmal unendlich müde. Er *wusste,* dass Atlan unrecht hatte, spürte in jeder Faser seines Körpers, dass ein feiger Mord keine Probleme löste, sondern lediglich neue schuf, doch er fand nicht die richtigen Worte, um dem Arkoniden seine Überzeugung begreiflich zu machen. In einem musste er Atlan allerdings zustimmen: Arkoniden und Menschen waren grundverschieden.

»Seid ihr jetzt fertig?« Auch Belinkhar hatte sich erhoben und blickte die beiden Männer abwechselnd an. »Gut. Dann könntet ihr vielleicht ein paar konstruktive Vorschläge zur Verbesserung unserer Lage machen.«

»Wir müssen uns trennen«, sagte Atlan.

»Das kommt nicht infrage«, widersprach Rhodan sofort. »Wir sind ...«

»Hören Sie mir erst einmal zu, bevor Sie protestieren.« Der Arkonide ließ ihn nicht ausreden. »Da Teffron wird nach uns suchen, daran besteht nicht der geringste Zweifel. Unsere einzige Chance, diesen Planeten zu verlassen, ist die TIA'IR. Wenn wir uns aufteilen, ist die Chance, dass wenigstens einer von uns den Raumhafen erreicht, wesentlich größer, als wenn wir als Gruppe agieren. Benutzen Sie Ihren Verstand, Rhodan. Sie wissen, dass ich recht habe.«

»Rhodan nicht allein!«

Chabalh war wie aus dem Nichts aufgetaucht. Die Gabe, sich absolut lautlos zu bewegen, führte der Purrer damit nicht zum ersten Mal vor.

Atlan seufzte. »Erklären Sie Ihrem Schoßhündchen, was auf dem Spiel steht«, wandte er sich an Rhodan. »Vielleicht begreift er dann, dass Sie durchaus in der Lage sind, Ihre Windeln ein paar Stunden lang allein zu wechseln.«

Chabalh duckte sich und fletschte die Zähne. Aus seiner Kehle drang ein gefährliches Knurren.

Sofort trat Rhodan neben ihn und legte ihm eine Hand auf den Kopf. »Sagten Sie nicht gerade noch etwas über die bedachtsame Wahl von Worten?«, fragte er, wartete jedoch keine Antwort ab. »Wir besitzen keinerlei Ausrüstung mehr. Wenn wir uns trennen, haben wir keine Möglichkeit, untereinander in Verbindung zu bleiben.«

»Und können deshalb auch nicht angepeilt werden«, gab Atlan zurück. »Sie mögen die Wahrheit nicht gerne hören, Rhodan, aber es lässt sich nun einmal nicht ändern. Wir stecken bis zum Hals in Schwierigkeiten. Deshalb schlage ich vor, dass wir umgehend aufbrechen. Jeder für sich allein. Wer die TIA'IR als Erster erreicht, trifft alle Vorbereitungen für einen Notstart. Alles Weitere ergibt sich aus den bis dahin herrschenden Umständen.«

»Mit anderen Worten: Sie würden uns also auch auf Ghewanal zurücklassen?«, wollte Rhodan wissen.

»Wenn es die Situation erfordert – ja!«, gab der Arkonide zurück. »Und ich erwarte von Ihnen und allen anderen dasselbe.«

Lange Sekunden sagte niemand etwas. Die Tatsache, dass ihm keiner zur Seite sprang und ebenfalls Einspruch gegen Atlans Argumente erhob, bewies Rhodan, dass die Entscheidung längst gefallen war. Sie warteten lediglich darauf, dass er sie offen aussprach.

»Na schön«, stieß er hervor. »Uns bleibt tatsächlich keine andere Wahl. Wir sehen uns an Bord der TIA'IR. Viel Glück!«

# Kapitel 4

»Alle Wartungsarbeiten sind abgeschlossen, Herrin.« Nertan da Hindur lehnte sich in seinem Sessel zurück und warf einen scheuen Blick zum Sessel der Rudergängerin hinüber. Für einen Moment verschwand das für ihn typische Lächeln aus seinen Zügen, das in den Jahren zu so etwas wie einem Markenzeichen geworden war.

Ihin da Achran nahm die Meldung ihres Adjutanten ohne sichtbare Reaktion zur Kenntnis. Sie konzentrierte sich auf die Holos ihres Kontrollpults, die sie wie ein Schwarm arkonidischer Lohmusfalter umschwebten.

Die VAREK'ARK hatte vor rund einer Stunde ihre Position auf dem Raumhafen von Ghewanal bezogen. Der Regent hatte eine weitere öffentliche Parade angekündigt. Außerdem waren vor Kurzem fünf der wichtigsten Flottenbefehlshaber im Orbitalgeflecht um Artekh 17 eingetroffen. Offenbar hielt es der Herrscher für angeraten, dem in Aufruhr befindlichen Imperium zu zeigen, dass die militärische Führung unverrückbar an seiner Seite stand.

Die Parade würde direkt am Tir'tok, der Bodenstation des einst von den Methans zerstörten Orbitalfahrstuhls, beginnen und sich die gesamte Siegesstraße entlang bis an die Grenze der Minenschächte ziehen.

Wie alle öffentlichen Auftritte des Regenten zuvor würde man auch diesen fast im gesamten Sternenreich per Direktübertragung verfolgen können.

Die Rudergängerin verschob mit knappen Gesten einige Holos und stellte eine Verbindung zu Tahor da Leghat her, dem derzeitigen Chef der Imperialen Leibgarde. Ein weiteres Holo materialisierte und zeigte das scharf geschnittene, stets mürrisch wirkende Gesicht des Offiziers.

»Wie weit bist du?«, fragte Ihin da Achran.

Da Leghat drehte kurz den Kopf zur Seite. Seine kurzen weißen Haare zeigten an den Schläfen bereits erstes Grau. Niemand wusste genau, wie alt da Leghat war. Allerdings stellte die Rudergängerin nicht zum ersten Mal fest, dass der Mann noch immer fast genau so aussah wie zu jener Zeit, als sie das Bett mit ihm geteilt hatte. Wie lange war das inzwischen her? Fünfzig, nein beinahe sechzig Jahre.

»Alles ist bereit«, sagte Tahor da Leghat.

»Ich darf also davon ausgehen, dass es nicht erneut zu Unruhen kommt?«

»Die Vorfälle während der Rede des Regenten waren unverzeihlich«, gab der Arkonide steif zurück. »Ich übernehme dafür die volle Verantwortung und garantiere dir, dass sie sich nicht wiederholen werden.«

»Entspann dich, alter Freund!« Ihin da Achran hob die Arme, und die weißgoldenen Reifen, die sie an beiden Handgelenken trug, klirrten leise. »Niemand macht dir einen Vorwurf. Die Tumulte wurden selbstverständlich weder aufgezeichnet noch gesendet. Die Öffentlichkeit wird niemals davon erfahren.«

»Das ändert nichts daran, dass sie geschehen sind. Ich habe an einigen der festgenommenen Rädelsführer Exempel statuieren lassen. Und *die* wurden aufgezeichnet und gesendet!«

»Davon bin ich überzeugt.« Die Arkonidin verzog die vollen Lippen zu einem Lächeln. Zufrieden nahm sie das kurze Aufblitzen in da Leghats Augen wahr.

*Ich könnte dich noch immer jederzeit um den Verstand bringen,* dachte die Rudergängerin.

»Kann ich sonst noch etwas für dich tun?«, fragte der Offizier.

»Nein. Das ist für den Moment alles. Der Zug startet in ungefähr einer Stunde. Falls es Probleme geben sollte, möchte ich umgehend informiert werden.«

»Es wird keine Probleme geben.«

Ihin da Achran nickte nur und beendete die Verbindung mit einer Handbewegung. Versonnen blickte sie auf eines der großen Panoramaholos, das die dunkle Silhouette Ghewanals zeigte. Man hatte den Raumhafen der Insel aus Platzgründen ausgegliedert und auf einer Reihe von schwimmenden, am Meeresboden verankerten Platten errichtet. Das bot den Vorteil, dass man ihn jederzeit und mit überschaubarem Aufwand erweitern konnte, etwas, das mit Beginn der groß angelegten Mobilmachung früher oder später nötig werden würde.

Eine weitere Geste sorgte dafür, dass sich ein schwach flimmerndes Isolationsfeld wie eine Glocke über ihren Arbeitsplatz legte und sie von der Außenwelt abschottete. Das allgegenwärtige Flüstern und Murmeln, das die in der Zentrale des Flaggschiffs anwesenden Besatzungsmitglieder erzeugten und das man irgendwann nicht mehr bewusst wahrnahm, verstummte.

Die Rudergängerin kontrollierte das Protokoll ihres Privatkanals, der nur einer ausgesuchten Zahl von Personen bekannt war, und aktivierte dann den verschlüsselten Datenstrom. Wenn Ihin da Achran in ihrer langen Karriere etwas gelernt hatte, war das die Tatsache, dass wahre Macht stets auf einem Fundament von Informationen ruhte. Wer mehr wusste als alle anderen, war immer im Vorteil. Informationen – und vor allem *intime* Informationen – waren die Währung, mit der in der Welt der Reichen und Schönen bezahlt wurde. An diese heranzukommen erforderte zwar immer wieder großes Geschick und barg ein nicht geringes Risiko, doch der Gewinn, den man dabei erzielen konnte, war immens.

Ohne eine äußere Gemütsbewegung betrachtete sie die gestochen scharfen Bilder. Der Umstand, dass sie etwas Verbotenes tat, versetzte sie dabei in einen solchen Zustand der Erregung, in den sie ein Mann schon lange nicht mehr gebracht hatte. Während ihrer Zeit am Hof des Imperators hatte sie sowohl die Höhen als auch die Tiefen eines Lebens als Kurtisane kennengelernt. Selbst die Erinnerungen an die wenigen Liebhaber, die in der Lage gewesen waren, sie wirklich in Ekstase zu versetzen, verblassten jedoch gegenüber dem berauschenden Gefühl, das sich beim Betrachten dieser Aufnahmen einstellte. Sie beobachtete etwas, das außer ihr vermutlich noch nie jemand gesehen hatte – und wenn man sie dabei erwischte, war ihr Leben verwirkt.

Ihin da Achran hatte das Mädchen bereits vor vielen Monaten in das persönliche Umfeld des Herrschers eingeschleust, was alles andere als einfach gewesen war. Die dadurch gewonnenen Erkenntnisse nahmen sich bislang leider eher spärlich aus. Sie hatte weder etwas über das Schicksal des spurlos verschwundenen Imperators erfahren noch ob die Gefahr durch die Methans tatsächlich existierte und nicht nur ein gewaltiges Täuschungsmanöver des Herrschers war – zu welchem Zweck auch immer.

Da Achrans Aufmerksamkeit blieb an dem Talisman hängen, einem schäbig und abgenutzt wirkenden Schmuckstück, das der Regent an einer dünnen Kette um den Hals trug und das er selbst dann nicht ablegte, wenn er sich dem Rausch der Sinne ergab. Sie hatte schon oft darüber gegrübelt, welche Bedeutung es wohl für den Regenten besaß.

Fünf Minuten später unterbrach Ihin da Achran den Datenstrom und schaltete das Isolationsfeld ab. Sofort machte sich Nertan da Hindur bemerkbar. Ihr Adjutant hatte anscheinend die stündlichen Statusmeldungen des Trosses ausgewertet.

»Einige der kürzlich für den Tross rekrutierten Schiffe verlangen eine sofortige Freigabe, Herrin«, berichtete da Hindur. »Ein Frachter der Mehandor hat angeblich mehrere Tonnen Schwarznüsse an Bord, die in wenigen Tagen verdorben sind. Der dadurch drohende finanzielle Verlust ...«

Nertan da Hindur verstummte, als die Rudergängerin ihn mit strengem Blick fixierte. Ihin da Achran schnippte mit den Fingern und wartete, bis Fir'tun angeflattert kam, um sich auf ihre Schulter zu setzen. Die bizarre Mischung aus Vogel und Fellmütze sah zwar wie ein exotisches Haustier aus, war jedoch keines. Unter dem flexiblen Material verbarg sich eine hochwertige Kleinpositronik und machte Fir'tun zu einer leistungsfähigen mobilen Recheneinheit, die der Arkonidin schon oft wertvolle Dienste geleistet hatte.

»Verrate mir eines, Nertan«, sagte Ihin da Achran ruhig. »Besitzt der Tross derzeit die vom Regenten persönlich geforderte Sollstärke von 178 Einheiten?«

»Ja, Herrin«, antwortete der Adjutant niedergeschlagen. »Er besteht exakt aus dieser Zahl von Schiffen.«

»Auf wie viele dieser Schiffe können wir also verzichten?«

»Auf keines.«

»Da hast du es.« Da Achran lächelte ihren Assistenten nachsichtig an. »Und nun sei brav und beordere die Schlachtraumer des Trosses in die Nähe jener Bittsteller, die nicht länger im Glanz des Imperiums baden wollen. Sie sollen dort ein kleines Manöver abhalten, vielleicht auch den einen oder anderen Probeschuss abfeuern. Ich bin sicher, das wird mächtig Eindruck machen.«

»Ich verstehe«, sagte Nertan da Hindur nur und wandte sich wieder den Kontrollen an seinem Arbeitspult zu.

Ein akustisches Signal informierte die Rudergängerin darüber, dass der Regent seine Privaträume verlassen hatte und sich auf dem Weg in die Außenbereiche des Tir'tok befand. Kurz darauf erfassten ihn die Überwachungskameras. Das entsprechende Holo vergrößerte sich automatisch und schwebte direkt vor da Achrans Augen.

»Sieh an, sieh an«, murmelte die Arkonidin. »Da hat der greise Sergh da Teffron seinen Kopf tatsächlich erneut aus der Schlinge gezogen ...«

Natürlich hatte sie nichts anderes erwartet, nachdem sie der Regent einige Tage zuvor angesprochen und um eines ihrer Mädchen gebeten hatte – nicht für sich selbst, wie er versicherte, sondern *für einen guten Freund, der viel durchgemacht hat.*

Andererseits war der Herrscher manchmal überaus sprunghaft, und dann kümmerte ihn das, was er ein paar Stunden zuvor gesagt hatte, nicht mehr. Launenhaftigkeit war schon immer das Vorrecht der Mächtigen gewesen.

Ihin da Achran lauschte in sich hinein, doch die erwartete Verbitterung blieb aus. Mit den Jahren war ihre Wut auf da Teffron immer mehr verraucht. Er hatte sie betrogen, ausgenutzt und dann wie die leere Verpackung einer Notration weggeworfen. Der Mann war damals ein von vielen gemiedener Sonderling gewesen, doch sie hatte sein schlummerndes Potenzial von Anfang an erahnt, sich praktisch gegen ihr besseres Wissen mit ihm eingelassen. Nachdem alles vorbei gewesen war, hatte sie dem glatzköpfigen Arkoniden bittere Rache geschworen, doch heute war ihr klar, dass sie sich später gegenüber vielen anderen ganz ähnlich verhalten hatte. Mit Freundlichkeit und Rücksichtnahme machte man keine Karriere.

Sergh da Teffron hatte es von ganz unten nach ganz oben geschafft. Er war bis zur Hand des Regenten und damit offiziell zum zweitmächtigsten Mann des Imperiums aufgestiegen. Diese Leistung erkannte sie an, denn sie wusste aus eigener Erfahrung, welcher Opfer es bedurfte, um sich in der komplexen Hierarchie des Hochadels nach oben zu kämpfen.

Hinter dem Herrscher und seinem Stellvertreter gingen die Admiräle. Drei von ihnen kannte Ihin da Achran persönlich – *sehr* persönlich. Es erstaunte sie immer wieder, wie viele der jungen Adeligen, die ihre Dienste in Anspruch genommen hatten, inzwischen hohe Führungspositionen bekleideten. Andererseits war ihr in ihrer damaligen Rolle als Kurtisane nicht nur ein beachtlicher Ruf vorausgeeilt, sondern sie hatte sich ihre Kunden auch sehr penibel ausgesucht.

Die Gruppe wurde von vier Mitgliedern der Imperialen Leibgarde eskortiert, die schussbereite Strahlengewehre vor der Brust trugen. Ohne Zweifel war man auf dem Weg zu den Bodenhangars, wo der Prunkwagen wartete, in dem der Regent die Parade abhalten würde.

Ihin da Achran schaltete eine Verbindung zu ihrer privaten Unterkunft. Sekunden später erschien in einem der Holos das ungeschminkte Gesicht einer Frau von Anfang zwanzig. Die silbernen Haare waren kurz geschnitten. Sanft geschwungene Lippen, eine schmale Nase und leicht schräg gestellte Augen vermittelten unterbewusst das Bild einer unternehmungslustigen und aufrichtigen Person.

Die Frau trug eine schneeweiße Kombination mit schwarzen

Einsätzen in der Taille, die ihre drahtige, eher kleine Gestalt schlanker erscheinen ließen. Ihre Rundungen saßen an den Stellen, an denen sie bei einer Frau zu sitzen hatten, wiesen dabei jedoch nicht die oftmals schwelgerischen Proportionen auf, die man üblicherweise bei Kurtisanen antraf und an deren Ausformung die moderne Schönheitschirurgie selten unbeteiligt war.

Ihin da Achran nickte Theta wohlwollend zu. Sie hatte das Mädchen vor etwas mehr als zehn Jahren aus einer höchst unappetitlichen Situation gerettet und bei sich aufgenommen. Ihr war schnell klar geworden, dass die junge Frau über einige außergewöhnliche Talente verfügte und dazu nicht nur wissbegierig, sondern auch über die Maßen lernfähig war.

»Da Teffron ist unterwegs.« Die Stimme der Rudergängerin klang plötzlich müde.

»Dann bin ich es auch«, gab Theta zurück. Für einen Moment herrschte Schweigen.

»Wolltest du noch etwas sagen?«, fragte die junge Frau.

»Sei vorsichtig«, antwortete Ihin da Achran. »Du darfst ihn auf keinen Fall unterschätzen.«

Theta lächelte und zeigte dabei ihre makellosen Zähne. »Ich habe noch niemals jemanden unterschätzt«, erwiderte sie und unterbrach die Verbindung.

# Kapitel 5

Das allgegenwärtige Grau drückte merklich auf Perry Rhodans Stimmung. Hinzu kam, dass ihm erst jetzt bewusst wurde, wie sehr ihm die Gesellschaft der anderen in den vergangenen Wochen geholfen hatte, das Heimweh zu unterdrücken. Er vermisste die Erde und die dort zurückgebliebenen Freunde. Und er hasste die Ungewissheit, die nagenden Zweifel und die unterschwellige Angst, dass alles, was er tat, umsonst war, weil der Regent die Position der Erde längst kannte.

Vielleicht war seine Heimat bereits besetzt, hatte eine Flotte aus arkonidischen Kampfschiffen die Menschheit längst unterjocht und den blauen Planeten zu einem Teil des Großen Imperiums gemacht. Oder schlimmer noch: Sergh da Teffron hatte Rache für die Schmach genommen, die man ihm mit der Eroberung der VEAST'ARK zugefügt hatte; Rache an der gesamten Menschheit.

*Hör auf damit, dich verrückt zu machen!,* schalt er sich selbst. *Konzentrier dich auf das, was vor dir liegt, auf das, was zu tun ist.*

Rhodan hatte das Fabrikgelände über einen großen, freien Platz verlassen. Der Untergrund bestand aus mit verblassten Linien überzogenem Beton. Wahrscheinlich waren hier früher ferngesteuerte Transportkarren gefahren, die Material oder Fertigprodukte an ihre Bestimmungsorte gebracht hatten.

Das Areal wurde lediglich von einer knapp hüfthohen Mauer begrenzt, die Rhodan problemlos überstieg. Dahinter lag eine breite Rampe, die über einen rechtwinkligen Zubringer auf eine Hochstraße führte. Die Pfeiler, die die Rampe stützten, waren wie schon die Metallteile auf dem Gelände vom Rost stark angegriffen.

Er blieb stehen und sah sich um, rief sich Form und Architektur Ghewanals ins Gedächtnis zurück. Zwei Dinge waren jetzt wichtig. Zunächst musste er zumindest seine ungefähre Position bestimmen. Dann ...

Rhodan sah an sich hinab. Er brauchte dringend Kleidung zum Wechseln. Der bemitleidenswerte Zustand seiner Uniform würde zwangsläufig die Blicke auf sich ziehen. Somit standen seine Prioritäten fest.

Auch wenn ihm Atlans Aussagen nicht gefallen hatten, war

ihm am Ende nichts anderes übrig geblieben, als zuzugeben, dass der Arkonide recht hatte. Wenn sie zusammenblieben, war die Chance, den Raumhafen und die TIA'IR zu erreichen, praktisch gleich null.

Am schwersten war es gewesen, Chabalh zu überzeugen. Der Purrer hatte es sich offenbar zur Lebensaufgabe gemacht, Rhodan um jeden Preis vor allen Gefahren zu beschützen. Es hätte nicht viel gefehlt, und er wäre Atlan an die Kehle gegangen, als dieser energisch wurde und Chabalh kategorisch aufforderte, sich nicht *wie ein kleines Kind zu benehmen.* Die Diplomatie, das war Rhodan in diesen Sekunden einmal mehr klar geworden, zählte nicht zu den Stärken des Arkoniden.

Erst als Rhodan den Purrer zur Seite genommen und ihm die Situation in aller Ausführlichkeit dargelegt hatte, war so etwas wie Einsicht in den Purrer eingekehrt. Chabalh hatte sich bereit erklärt, seine Leibwächterrolle auf unbestimmte Zeit aufzugeben.

Rhodan überquerte die Rampe und bewegte sich im Schatten der Pfeiler auf eine Ansammlung hoher, weitgehend fensterloser Gebäude zu. Dass viele Häuser auf Ghewanal keine Fenster besaßen, verwunderte Rhodan nicht. Der trostlose Anblick, den die Insel bot, war nichts, an das man auch in den eigenen vier Wanden erinnert werden wollte.

Immer wieder tastete Rhodans rechte Hand nach dem Zellaktivator in seiner Hosentasche. Er musste aufpassen, dass sich das nicht zu einer Marotte entwickelte. Seit er die Erde verlassen und sich auf die gefährliche Reise zum Mond begeben hatte, hatte er eine ganze Reihe von Wundern geschaut und wahrscheinlich Unglaublicheres erlebt als die meisten Menschen zusammengenommen. Doch gegen das, was er da als unscheinbares Schmuckstück mit sich trug, verblassten die Ereignisse des letzten Jahres beinahe zur Bedeutungslosigkeit.

Rhodan wusste noch immer nicht, ob er Atlan dankbar sein oder ihn verfluchen sollte. Einmal erschien es ihm, dass der Arkonide ihm mit dem Gerät das wertvollste Geschenk gemacht hatte, das man einem Lebewesen überhaupt machen konnte. Dann wieder hatte er das Gefühl, dass der ehemalige Admiral der Imperiumsflotte den Aktivator jedem aufdrängte, der sich nicht schnell genug in Sicherheit brachte.

*Ich will nicht unsterblich sein und für immer auf das Leben zurückschauen müssen, das ich geführt habe.*

Diese Worte, die Stiqs Bahroff kurz vor seinem Tod gesprochen hatte, gingen ihm nicht aus dem Kopf? Was hatte die Unsterblichkeit dem Halbarkoniden angetan?

Rhodan umschloss den Aktivator mit seinen Fingern und lauschte in sich hinein. Hörte er da nicht ein leises Geräusch in seinem Geist, das er nie zuvor bemerkt hatte? Ein schwer zu beschreibendes Geräusch, das ihn an weißes Rauschen erinnerte, fast so, als würde ein Funkempfänger einen kodierten Spruch empfangen, den er nicht entschlüsseln konnte.

In der nächsten Sekunde war da nichts mehr. Nur die warme, glatte Oberfläche eines Objekts, das unendlich viele Fragen aufwarf und keine einzige Antwort bereithielt.

Glaubte Atlan wirklich, dass er, Rhodan, das ewige Leben *verdient* hatte? War der Entschluss, den Aktivator an Rhodan auszuhändigen, sein eigener gewesen, oder steckten seine mysteriösen *Auftraggeber* dahinter? Woher stammte das Gerät, das anders aussah als jenes, das er auf Wanderer erhalten und an Crest weitergegeben hatte?

Rhodan schüttelte unwillkürlich den Kopf. Er war noch nie jemand gewesen, dem es an Selbstvertrauen gemangelt hatte, doch innerhalb kürzester Zeit hatte man ihm nun bereits zum zweiten Mal die Unsterblichkeit offeriert. Einem Außenstehenden mochte es töricht, womöglich sogar arrogant vorkommen, aber Rhodan wollte mehr wissen. Warum ausgerechnet er? Was sah eine für den menschlichen Verstand nicht begreifbare Entität wie ES in ihm? Welche Ziele verfolgte ein zehntausendjähriger Arkonide, wenn er etwas so Außergewöhnliches wie das ewige Leben einem Mann schenkte, den er bestenfalls oberflächlich kannte?

*Belüg dich nicht selbst,* dachte Rhodan bitter. *Die wahre Frage lautet, ob du tatsächlich misstrauisch bist oder einfach nur Angst hast! Du fürchtest dich vor dem, was der Aktivator möglicherweise aus dir macht.*

Er war noch vergleichsweise jung, hatte nicht einmal die vierzig erreicht. In seinem Alter machte man sich noch keine tiefschürfenden Gedanken über den Tod. Hinzu kam, dass er einen gesunden und durchtrainierten Körper besaß. Gab es einen besseren Zeitpunkt, den natürlichen Verfall zu stoppen? Gab es eine elektrisierendere Aussicht als die, sich in alle Ewigkeit so stark und lebendig zu fühlen wie in diesem Augenblick?

*Warum hängst du dir den Aktivator nicht einfach um?,* flüsterte es verführerisch in seinen Gedanken. *Du gehst damit kein Risiko ein. Du kannst ihn jederzeit wieder ablegen.*

Rhodan zog die leere Hand aus der Hosentasche. Nein! Er war

noch nicht so weit. Und er wusste auch nicht, ob er jemals so weit sein würde.

Vor ihm lag eine verlassene Straßenschlucht. So etwas wie einen Bürgersteig für Fußgänger gab es nicht. Stattdessen führten Stufen auf eine Art Trasse hinauf, die wenige Meter über der Fahrbahn verlief. Rhodan war diese Form der Architektur bereits bekannt. Auch sie zollte dem allgemeinen Platzmangel auf Ghewanal Tribut.

Offenbar waren sie nach ihrem Aufstieg aus der Unterwelt irgendwo in den Randbereichen der Insel herausgekommen. Aus Richtung des nahen Ozeans, der fast ganz Artekh 17 bedeckte, wehte eine kaum merkliche Brise und brachte den unangenehmen Geruch von Chemikalien mit. Schon kurz nach der Landung auf Ghewanal war den Gefährten klar geworden, dass man es hier praktisch mit einer inselgroßen Produktions- und Militärinstallation zu tun hatte. Dabei war die einstige Natur so gut wie vollständig durch Technik ersetzt worden. Es regierten Zweckmäßigkeit und Effizienz.

Rhodan war klar, dass er früher oder später auf die ersten Inselbewohner treffen musste. Auch wenn er sich durch ein vorübergehend ungenutztes Industriegebiet bewegte und es früh am Morgen war: Ghewanal war dicht besiedelt. Hinzu kam, dass sich der Raumhafen am anderen Ende der Insel befand und er somit gut hundert Kilometer zurücklegen musste. Zu Fuß war das in vertretbarer Zeit nicht zu schaffen.

Rhodan sah die eigene Lage mit der nötigen Nüchternheit. Er war müde und hungrig, besaß weder Ausrüstung noch irgendwelche Zahlungsmittel und bewegte sich allein durch eine weitgehend unbekannte Stadt, in der man vermutlich bereits nach ihm suchte. Viel Grund zum Optimismus blieb da normalerweise nicht, doch Widrigkeiten hatten ihn schon von jeher eher angespornt als abgeschreckt.

Die Straße führte zwischen steil aufragenden Fassaden schnurgerade auf eine Art Turm zu. Dabei handelte es sich um einen jener trichterförmigen Bauten, die Rhodan schon an anderen Stellen gesehen hatte. Der zylinderähnliche *Stiel* des Gebäudes durchmaß an seiner Basis fast zwanzig Meter und verbreiterte sich nach oben, bis er in einer Höhe von über hundert Metern mindestens den fünffachen Durchmesser erreichte. Rhodan hatte zwar von Statik wenig Ahnung, war sich jedoch einigermaßen sicher, dass eine solche Bauweise nur mithilfe von stützenden Energiefeldern möglich wurde.

Kurz darauf machte er die ersten Gleiter aus. Die Fahrzeuge bewegten sich auf mehreren Ebenen – und vermutlich gesteuert durch ein Leitsystem – durch die Straßenschluchten. Vor dem Trichterturm waren mindestens zwei Dutzend weitere Fahrzeuge geparkt. Das Gebäude schien ein Firmensitz oder eine Behörde zu sein, denn die drei in Form von halbrunden Portalen gestalteten Eingänge waren trotz der frühen Stunde stark frequentiert.

Rhodan folgte der Trasse bis kurz vor den Trichterbau und betrat den Platz mit den geparkten Gleitern über eine nach unten führende Treppe. Für einen Moment überlegte er, ob er es wagen sollte, eines der Fahrzeuge zu stehlen, doch dann entschied er sich dagegen. Er hatte keine Ahnung, auf welche Weise die Gleiter gesichert waren; vermutlich hätte man ihn schneller in Gewahrsam genommen, als er bis drei zählen konnte.

Über den Toren prangte eine gewaltige Leuchttafel. Sie zeigte das Wort *IPAR* in arkonidischen Schriftzeichen. Rhodan hatte es noch nie gehört. Allerdings legte das daneben abgebildete Logo, das aus einem blauen Zahnrad und einer dahinter flammenden gelben Sonne bestand, die Vermutung nahe, dass IPAR ein Firmenname war.

Rhodan straffte sich und schritt auf den von ihm aus gesehen linken der Eingänge zu, als würde er das jeden Morgen tun. Bei den meisten Anwesenden handelte es sich um in schlichte Kombinationen gekleidete Arkoniden. Sie beachteten ihn gar nicht, sondern waren in intensive Selbstgespräche verstrickt. Es bedurfte keiner ausgeprägten Phantasie, um zu erkennen, dass es sich dabei um eine Form mobiler Kommunikation handelte, auch wenn Rhodan nirgendwo entsprechende Geräte entdeckte.

Das Tor führte ihn in eine geräumige Vorhalle. In deren Zentrum schwang sich eine gewaltige Wendeltreppe in die höheren Stockwerke. Das transparente Material, aus dem sie bestand, ließ sie äußerst fragil erscheinen, doch die Masse der Arkoniden vertraute sich der Konstruktion bedenkenlos an.

Im Zentrum der Helixstruktur hatte man einen Antigravschacht installiert. Ein großer roter Kreis auf dem Boden markierte dabei den Wirkungsbereich der künstlich verringerten Schwerkraft. Wer ihn betrat, wurde augenblicklich sanft angehoben und von gerichteten Kraftfeldern in die Höhe getragen.

Die gesamte Vorhalle war in angenehme warme Helligkeit getaucht. Allerdings konnte Rhodan keinerlei Lampen ausmachen. Stattdessen schien das Licht direkt aus Boden, Wänden und Decke zu sickern.

Vor der Wendeltreppe stand ein mächtiger, rund dreißig Meter langer Empfangstresen. Seine fingerdicke Platte aus Glas wirkte so glatt und poliert, als könne man darauf Schlittschuh laufen. Hinter dem Tresen wartete ein junges Pärchen; er in einer elegant wirkenden Kombination aus Hose, Weste und Jacke mit ausgewölbtem Kragen, sie in einem figurbetonten Einteiler aus blauem Stoff, der aussah, als liefe beständig Wasser an ihm hinab. Im Gegensatz zu den meisten anderen Arkoniden ignorierten sie Rhodan nicht. Im Gegenteil: Sie wandten ihm – immerhin freundlich lächelnd – ihre ungeteilte Aufmerksamkeit zu. Rhodan hatte keine andere Wahl, als an den Tresen zu treten.

»Willkommen bei IPAR, Herr«, begrüßte ihn die junge Dame mit samtener Stimme. »Sind Sie in Ordnung? Sie sehen ein wenig ... derangiert aus.«

»Mir geht es gut«, sagte Rhodan. »Ich hatte lediglich einen kleinen ... Unfall ...«

»Benötigen Sie medizinische Hilfe?«, erkundigte sich der Partner der jungen Frau besorgt.

»Nein, nein«, gab Rhodan zurück und lächelte – wie er hoffte – beruhigend. »Es wäre allerdings schön, wenn ich Ihre ... äh, Waschräume benutzen könnte.«

»Aber selbstverständlich. Folgen Sie mir.«

Der Arkonide führte Rhodan durch einen breiten Flur in den hinteren Abschnitt des Gebäudes. Dort deutete er auf eine Schwingtür, auf der ein Schriftzeichen angebracht war, das Rhodan kannte. Es stand für das arkonidische Wort *Arbtan,* was nichts anderes als *Mann* bedeutete.

Die sanitären Anlagen erweckten einen ebenso schwelgerischen Eindruck wie die Vorhalle. Auch hier verströmten der mit silbernen Platten ausgelegte Boden, die weiße Decke und die verspiegelten Wände behagliches Licht.

Rhodan verlor keine Zeit. Auch wenn ihn das Pärchen mit ausgesuchter Höflichkeit behandelt hatte, konnte er nicht sicher sein, was in den Köpfen der beiden Arkoniden vorging. Womöglich alarmierten sie in dieser Sekunde die Sicherheitskräfte.

Er war problemlos als Nichtarkonide zu erkennen, und ob ihm das Duo seine dünne Geschichte mit dem Unfall abgekauft hatte, durfte bezweifelt werden.

Rhodan trat an eines der wannengroßen Waschbecken heran, das sich schon bei seiner Annäherung automatisch mit kühlem, klarem Wasser füllte. Er brauchte nur wenige Minuten, um sich zu waschen, die zerzausten Haare in Ordnung zu bringen und seine zerrissene und fleckige Uniform wenigstens so weit herzurichten, dass er erst auf den zweiten Blick wie ein hergelaufener Bettler aussah.

Nach einem letzten prüfenden Blick in den Spiegel trat er an die Schwingtür, öffnete sie einen Spalt, spähte hinaus – und zuckte erschrocken zurück!

Von seiner Position konnte er den Empfangstresen nicht sehen; dafür hatte er einen umso besseren Blick auf die beiden schwarz uniformierten Männer, die sich breitbeinig und mit vor die Brust gehaltenen Strahlengewehren auf der rechten Seite der Vorhalle platziert hatten.

# Kapitel 6

*Das kann unmöglich dir gelten,* zuckte es durch Rhodans Kopf. *So schnell dürften selbst die Elitetruppen des Regenten nicht sein.*

Vorsichtig ließ er die Schwingtür zurückgleiten und sah sich um. An den Waschbereich schlossen sich zwei weitere Räume an, die die entsprechenden Installationen für kleine und größere Geschäfte beherbergten. Er brauchte kaum zwei Minuten, um seine Umgebung gründlich zu untersuchen. Danach stand fest, dass es keinen zweiten Ausgang gab.

In seinem Kopf jagten sich die Gedanken. Er durfte das Gebäude keinesfalls durch den Haupteingang verlassen, solange die Uniformierten draußen warteten. Zwischen all den gut gekleideten Arkoniden fiele er sofort auf. Ein Abwarten war auch mit einem hohen Risiko verbunden. Womöglich plapperte das Pärchen am Empfang, oder der Mann kam zurück, um nach ihm zu sehen.

Er hob den Kopf – und bemerkte die flache Abdeckung, die sich in gut zwei Metern Höhe über ein Teilstück der Wand erstreckte.

*Ein Lüftungsschacht?,* dachte er und hätte beinahe laut gelacht. *Das älteste Klischee der Welt, wenn es um die Flucht aus einem geschlossenen Raum geht. Das glaubt mir keiner, wenn ich es erzähle.*

Die Ernüchterung kam nur Sekunden später, denn egal wie heftig er auch an der Abdeckung zerrte: Sie bewegte sich keinen Millimeter. Ohne passendes Werkzeug war da nichts zu machen.

Es half alles nichts – er musste es riskieren.

Einer der beiden Uniformierten drehte den Kopf, als Rhodan die Schwingtür aufstieß und den Waschraum verließ. Rhodan nickte ihm wie beiläufig zu und bewegte sich dann in Richtung Antigravschacht. Dabei schritt er nicht eilig aus, sondern bewegte sich langsam und gemächlich, gerade so, als hätte er alle Zeit der Welt.

Aus den Augenwinkeln nahm er wahr, dass vier weitere Männer – allesamt in die auf Ghewanal verbreitete schwarze Soldatentracht gehüllt – vor dem Empfangstresen standen und auf das Arkonidenpärchen einredeten.

»... unmittelbar am IPAR-Trichter vorbei ... eindeutige Botschaft an die Galaxis ... große Ehre ...« Rhodan verstand nur vereinzelte

Wortfetzen. Er hatte sich anscheinend nicht geirrt. Die Männer waren nicht seinetwegen gekommen.

Er erreichte den roten Kreis und trat hinein. Von einem Moment auf den anderen fühlte er sich gewichtslos. Er verlor den Boden unter den Füßen und schwebte langsam nach oben. Erst jetzt wagte er, das Geschehen in der Vorhalle direkt zu beobachten.

Dort hatten sich gut ein Dutzend Soldaten versammelt. Zusätzliche Uniformierte waren auf dem Platz vor dem Trichterturm zugange. Durch die von innen durchsichtige Fassade verfolgte Rhodan, wie an diversen Stellen Absperrungen und Barrikaden errichtet wurden. Eine Gruppe von Männern installierte einen klobigen Schirmfeldprojektor auf dem Dach eines der gegenüberliegenden Häuser.

Wusste man, dass er, der Gesuchte, sich in dem Trichterbau aufhielt? Traf man deshalb Vorbereitungen, das Gebäude hermetisch abzuriegeln und ihn dann mit einer systematischen Suchaktion endgültig festzusetzen?

Nein. Er erinnerte sich an das, was er gehört hatte. Etwas oder jemand kam in Kürze hier vorbei. Eine eindeutige Botschaft an die Galaxis, eine große Ehre ...

*Der Regent!*

Natürlich! Es gab keine andere Erklärung. Die Rede auf dem Platz des Glanzes, die Ausrufung des Kriegsrechts, das Aussetzen der Sonderrechte für Mehandor und Aras, all das musste das Imperium in Aufruhr versetzt haben. Was eignete sich da besser, die Wogen zu glätten, als eine öffentliche Parade, die den verunsicherten Bürgern einen führungsstarken und selbstsicheren Herrscher zeigte?

Eines musste man Sergh da Teffron lassen: Er war alles andere als dumm. Anstatt den Tod des Regenten zu verkünden, sich selbst als Thronfolger auszurufen und dadurch den ohnehin schon brüchigen inneren Frieden noch mehr zu gefährden, schickte er den Doppelgänger des Machthabers auf einen Propagandazug durch die Straßen Ghewanals. Da sich im Artekhsystem hauptsächlich Flottenangehörige aufhielten, würde es nicht schwerfallen, ein publikumswirksames Spektakel zu inszenieren und ausreichendes Personal bereitzustellen, das dem Herrscher begeistert zujubelte. Der Umstand, dass für die Parade dennoch weitreichende Sicherheitsvorkehrungen getroffen wurden, zeigte, wie es um die Popularität des Regenten wirklich stand.

Rhodan lächelte unmerklich. Das war seine Chance. Der Umzug würde eine Menge Aufregung und Betrieb verursachen. Überfüllte Plätze, Verkehrschaos, unzählige Arkoniden und Fremdwesen auf den Straßen – die perfekte Tarnung für jemanden, der sich unbemerkt zum Raumhafen durchschlagen musste.

Rhodan verließ den Schacht auf einer der mittleren Ebenen. Dort war er von den Soldaten nicht mehr auszumachen. Blitzschnell orientierte er sich und folgte einer die gesamte Innenseite des Trichterstiels umlaufenden Galerie, von der in regelmäßigen Abständen Korridore abzweigten. Offenbar befanden sich in diesem Stockwerk ausschließlich Büroräume.

Die meisten IPAR-Mitarbeiter hatten ihre Plätze verlassen und sich vor einer gewaltigen Panoramascheibe versammelt, die die komplette hintere Hälfte der Etage einnahm. Es hatte sich anscheinend herumgesprochen, dass der Zug des Regenten direkt vor dem Gebäude vorbeikommen würde, und viele Arkoniden wollten sich die Gelegenheit, ihren Herrscher zu sehen, nicht entgehen lassen.

Rhodan bog in einen der Korridore ab. Viele der Bürotüren standen weit offen. Gleich im ersten Raum bemerkte Rhodan ein graues Jackett, das sein Besitzer achtlos über die Lehne eines Sessels geworfen und das ungefähr die richtige Größe hatte. An der Wand neben der Tür war ein beschriftetes Metallschild angebracht. Wahrscheinlich Titel und Name des Mitarbeiters.

Rhodan huschte in das Büro hinein und schloss schnell die Tür hinter sich.

Die Einrichtung des etwa zwanzig Quadratmeter großen Zimmers präsentierte sich schlicht, aber stilvoll. Ein Schreibtisch, eine Sitzecke mit hochlehnigen Stühlen, mehrere Bildschirme an den Wänden, ein schmaler Hängeschrank sowie ein künstliches Fenster in Form einer Leinwand, auf die die Kulisse einer imposanten Stadt projiziert wurde.

*Ist das Arkon?,* fragte sich Rhodan unwillkürlich, als er die mächtigen Türme, Trichterbauten und Hochstraßen sah, die sich vor einem strahlend blauen Himmel viele Hundert Meter in die Höhe streckten. In der Ferne – aufgrund von Hitzeflimmern nur undeutlich zu erkennen – glitzerte ein gewaltiges palastartiges Gebäude, als wäre es mit Millionen Diamanten besetzt.

Der Hängeschrank war nicht abgeschlossen – und endlich hatte er einmal Glück: In einem schmalen Fach fand Rhodan mehrere Hemden und zwei zum Jackett passende Hosen!

Unwillkürlich musste er lächeln. Arkoniden und Menschen mochten sich noch so sehr unterscheiden, doch manche Dinge waren wohl überall im Universum gleich. Kopfarbeiter, die den Großteil des Tages in Büros verbrachten, hatten immer irgendwo Kleidung zum Wechseln bereitliegen, um gegen Missgeschicke wie einen beim Mittagessen entstandenen Fleck gewappnet zu sein.

Hastig schlüpfte Rhodan aus seiner ramponierten Uniform und zog sich die frischen Sachen an. Sofort fühlte er sich wohler – und auf merkwürdige Weise auch sicherer. Die alten Kleider stopfte er in das unterste Fach des Schranks und hoffte, dass sein Diebstahl möglichst lange unbemerkt blieb.

Niemand hielt ihn auf, als er das Büro wieder verließ und auf die Galerie hinaustrat. Die Luft war von Lachen und Stimmengewirr erfüllt.

Rhodan vertraute sich erneut dem Antigravschacht an, schwebte diesmal jedoch nach unten. Einmal mehr bestätigten sich seine Annahmen: Auch in der Eingangshalle hatten sich zahlreiche Arkoniden versammelt und starrten durch die transparente Fassade nach draußen. Die Soldaten waren verschwunden, und niemand kümmerte sich um ihn, als er durch eines der drei Tore nach draußen schritt.

Wenige Minuten später hatte Rhodan den Trichterbau umrundet. Insgesamt hatte er dort eine knappe Stunde verbracht. Was IPAR nun eigentlich herstellte oder verkaufte, wusste er allerdings immer noch nicht. Er nahm sich vor, Atlan oder Crest bei Gelegenheit danach zu fragen.

Der Gedanke an Crest war schmerzhaft. Der Freund und Mentor war seit den Ereignissen beim Sonnenleuchtfeuer Hela Ariela spurlos verschwunden, vermutlich entführt von drei unithischen Kopfgeldjägern, möglicherweise aber auch auf der Suche nach seiner verschwundenen Ziehtochter Thora. Rhodan hoffte inständig, dass er den Wissenschaftler eines nicht allzu fernen Tages wiedersehen würde.

In den kommenden beiden Stunden bewegte sich Rhodan in Richtung Inselzentrum. Er besaß nach wie vor kein Geld und somit keine Möglichkeit, das öffentliche Verkehrsnetz Ghewanals zu nutzen. Zudem sandte sein Magen inzwischen eindeutige Signale aus, und seine Kehle war so trocken wie die Mojavewüste im Juli.

Vor ihm lief die Straße auf eine ausladende Kreuzung zu. Aus der Ferne drang Musik an seine Ohren. Sie war immer wieder mit langen Fanfarenstößen unterlegt und klang für menschliche Ohren bombastisch und überladen.

Dann erst wurde er auf die flimmernden Energiezäune aufmerksam, die die Kreuzung beinahe lückenlos umgaben. Als er den Kopf in den Nacken legte, konnte er die schwarzen Gleiter sehen, die hoch über der Fahrbahn schwebten und sich mit scharfen Konturen gegen den grauen Himmel abhoben. Sofort richtete er den Blick zurück auf die Straße, denn er ging davon aus, dass die Gleiter entsprechende Aufzeichnungs- und Überwachungsgeräte mit sich führten. Sergh da Teffron hatte die Steckbriefe Rhodans und seiner Freunde sicher schon großflächig verteilt.

Rhodan überlegte kurz, ob es nicht besser war, umzukehren und sich vom Ort des Geschehens zu entfernen, doch zum einen war er neugierig, zum anderen war die Gefahr einer Entdeckung hier wahrscheinlich genauso groß wie anderswo. Außerdem strömten in diesem Moment von allen Seiten Arkoniden herbei und eilten auf die Kreuzung zu. In der Wand aus Leibern erkannte er auch Mehandor, Aras und einige Spezies, die er noch nie zuvor gesehen hatte.

Rhodan hatte gar keine andere Wahl, als sich der Masse anzuschließen. Einen einzelnen Mann, der gegen den Strom der Schaulustigen ankämpfte, hätte man von oben sofort registriert.

Neben ihm tauchte ein Arkonide mit erstaunlicher Leibesfülle auf. Er trug eine unvorteilhafte, weil hautenge grüne Kombination, die an Schultern, Ellbogen und Knien mit glitzernden Pailletten verziert war. In den langen weißen Haaren fanden sich vereinzelte blaue und rote Strähnen, und Rhodan hätte schwören können, dass der Mann Lippenstift aufgetragen hatte.

»Der Regent persönlich!«, rief er mit einer Bassstimme, die so gar nicht zu seinem bunten Aufzug passen wollte. »Ist das zu fassen?« Dabei packte er Rhodan an der Schulter, zog ihn zu sich heran und drückte ihn fest an sich.

»Ja«, stieß Rhodan hervor. »Wirklich kaum zu glauben.«

Von hinten drängten weitere Neugierige nach, und der Dicke musste sein Opfer – freiwillig oder nicht – loslassen, um nicht umgerissen zu werden. »Passt doch auf, ihr rücksichtsloses Pack!«, beschwerte er sich lautstark.

Rhodan machte, dass er davonkam. Die Kreuzung war inzwischen nur noch knapp hundert Meter entfernt. Bewaffnete Soldaten hatten sich in zwei Reihen hinter den energetischen Barrieren aufgebaut und blickten der Menge grimmig entgegen.

Es gelang Rhodan um den Preis einiger unsanfter Rempler und Rippenstöße, seitlich auszuweichen und einen Platz in der Nähe eines Einsatzgleiters zu ergattern. Hier hielten sich nur wenige Ghewanaler auf, da die Sicht auf die Kreuzung nicht besonders gut war.

Die Fanfarenmusik wurde immer lauter. Kurz darauf erblickte Rhodan einen riesigen, mit Flaggen und Girlanden geschmückten Prunkwagen, der hinter einer grauen Hausfassade zum Vorschein kam und mit etwa zehn Stundenkilometern auf die Kreuzung zurollte. Im Zentrum des als mobile Bühne gebauten Fahrzeugs erhob sich ein riesiges, von einem goldenen Geländer umkränztes Podest.

Dann sah er den Regenten!

Rhodan konnte das Gesicht des in eine lange weiße Robe gehüllten Mannes nur ein paar Sekunden lang erkennen, doch die geradezu körperlich spürbare Selbstsicherheit, die den Herrscher umgab, wirkte deutlich länger nach. Hätte der Doppelgänger nicht ob des toten Regenten erschüttert sein, hätte er nicht zumindest Ansätze von Verunsicherung oder Rastlosigkeit zeigen müssen?

Zum ersten Mal, seit Rhodan aus dem Zweistromland an die Oberfläche von Artekh 17 zurückgekehrt war, beschlichen ihn leise Zweifel. Hatte Atlan wirklich den echten Regenten erschossen? War es möglich, dass der tatsächliche Herrscher seinen Doppelgänger in die Tiefen des Planeten geschickt hatte und selbst zurückgeblieben war? Wenn ja, dann musste Sergh da Teffron das wissen, denn er stand nur zwei Schritte hinter dem Regenten, umringt von einer Gruppe älterer Arkoniden in prächtigen, von Orden und Rangabzeichen übersäten Uniformen. Diese hohen militärischen Würdenträger wiesen darauf hin, dass die Flotte vorbehaltlos hinter ihrem Oberbefehlshaber stand.

Rhodan erhielt keine Gelegenheit mehr, weiter über die Konsequenzen seines Verdachts nachzudenken, denn in diesem Moment brach ein Wesen durch die Reihen der Soldaten, das auf den ersten Blick wie die Karikatur eines Humanoiden wirkte. Den kaum mehr als eineinhalb Meter großen Körper als dürr zu bezeichnen wäre eine Untertreibung gewesen. Da der Unbekannte lediglich eine kurze braune Hose trug, war sein zerbrechlich wirkender Leib mit der milchig weißen Haut gut zu sehen. Noch während Rhodan sich fragte, wie der Kleine durch die Absperrungen geschlüpft war, rannte er schon auf zwei kurzen, aber unheimlich flinken Beinen auf den Prunkwagen des Regenten zu. Dabei winkte er eifrig mit vier seiner sechs Arme und rief etwas, das Rhodan respektive sein implantierter Translator von seiner Position aus nicht verstand. Danach ging alles rasend schnell.

Der Weißhäutige geriet ins Straucheln, überschlug sich und prallte mit dem Rücken gegen die Verkleidung des Prunkwagens.

Bevor er sich wieder aufrappeln konnte, waren drei Soldaten heran, rissen den Kleinen brutal auf die Beine und zerrten ihn mit sich. Dabei schlugen sie ihm mehrfach mit den Fäusten auf den Kopf. Schließlich verschwanden die Uniformierten mit ihrem Gefangenen in einer Nische zwischen zwei Gebäuden, und die Parade lief weiter, als wäre nichts geschehen.

»Verlauste Missk«, hörte Rhodan eine Stimme neben sich. Sie gehörte einem der vielen jungen Arkoniden in Uniform, die den Straßenrand säumten und die man vermutlich hierher beordert hatte, damit die überall postierten Kameras eine passende Kulisse vorfanden. »Ich frage mich, warum man dieses Ungeziefer nicht längst ausgerottet hat!«

Einige seiner Kameraden nickten beifällig.

»Habt ihr gehört, was dieses kleine Monster gerufen hat?«, fragte ein zweiter Mann. »Es wollte mit dem Regenten reden. Unglaublich, was sich diese Missgeburten inzwischen herausnehmen!«

Rhodan quetschte sich zwischen dem Einsatzfahrzeug und einer Mauer hindurch und hielt auf den Durchgang zu, in dem die Soldaten mit dem Missk verschwunden waren. Nun, da der Prunkwagen die Kreuzung passiert hatte, löste sich die Menge schnell auf, und er kam gut voran. Kurz darauf erreichte er die dunkle Nische. Täuschte er sich, oder hörte er ein leises Wimmern?

Vorsichtig tastete er sich an einer Wand entlang. Seine Augen gewöhnten sich schnell an die Finsternis. Ein schmaler Durchlass öffnete sich in einen engen Hinterhof, eigentlich eher eine Art Kamin, der von den hier in die Höhe ragenden Gebäuden gebildet wurde. An einer der Fassaden glomm eine mit Schmutz und Staub überzogene Leuchtröhre und tauchte die Umgebung in schummriges Licht.

Der Missk lag am Boden und hatte alle sechs Arme schützend um den mageren Körper geschlungen. Um ihn herum standen die drei Soldaten und traten rücksichtslos auf ihn ein. Immer und immer wieder fuhren die schweren Stiefel der Männer in den verkrümmten Leib des Wehrlosen, der bei jedem Treffer einen kurzen, spitzen Schrei ausstieß.

»Aufhören!«, rief Rhodan laut und trat in den engen Innenhof hinein. »Auf der Stelle!«

Die drei Uniformierten hielten inne und starrten ihn überrascht an.

# Kapitel 7

»Wer ist *das* denn?«, fragte einer der Soldaten, ein älterer Mann mit kurzen weißen Haaren, buschigen Augenbrauen und einer langen dünnen Narbe, die sich von der rechten Schläfe bis unter das spitze Kinn zog. Er machte einen Schritt auf Rhodan zu und musterte ihn geringschätzig.

»Hast du dich verlaufen, Kerl?«, rief der zweite Arkonide. Auch er trug die Haare militärisch kurz. Sein breiter Oberkörper sprengte fast die Uniformjacke, und seine Hände wirkten im Zwielicht unnatürlich groß.

»He!«, meldete sich nach einigen Sekunden des Schweigens auch der Dritte im Bunde zu Wort, ein schlaksiger Jüngling mit aschfahler Haut. Die schwarzen Augen sahen aus, als hätte jemand zwei große Löcher in sein Gesicht gestanzt. »Man hat dich etwas gefragt! Antworte gefälligst!«

»Nein«, sagte Rhodan leise und beherrscht. »Ich habe mich keineswegs verlaufen. Ich dachte mir nur, dass ihr vielleicht Hilfe braucht. Dieser Missk macht einen äußerst gefährlichen Eindruck. Sicher, dass ihr ihm zu dritt gewachsen seid?«

»Was ...?« Der Schlaksige brauchte einen Moment, bis er begriff, dass Rhodan sie verspottete.

Der Ältere trat einen weiteren Schritt nach vorn. Erst jetzt bemerkte Rhodan, dass er eine Strahlenpistole am Gürtel trug. Vermutlich waren seine Kumpane ebenfalls bewaffnet. Das anzügliche Grinsen seines Gegenübers bewies, dass der Soldat Rhodans Blicke und die dadurch ausgelöste Besorgnis sehr wohl registriert hatte.

»Na schön, mein Freund«, sagte er mit übertriebener Freundlichkeit. »Du hattest deinen Moment. Ich schlage vor, dass du dich jetzt ganz schnell umdrehst und verschwindest. Das hier geht dich nichts an. Du willst doch sicher keinen Ärger mit dem Imperium, oder?«

Die anderen beiden Soldaten lachten, als hätte ihr Kamerad einen besonders guten Witz gerissen.

Währenddessen hatte sich der Missk aufgerappelt und den Kopf erhoben. Sein Gesicht zierten einige blutige Schrammen, und auf dem haarlosen Schädel entwickelte sich eine faustgroße blaurote Schwellung. Das seltsame Wesen blickte Rhodan aus großen Augen an und lächelte zaghaft.

Vor vielen Jahren hatte Rhodan ein populärwissenschaftliches Buch über Philosophie gelesen. Er erinnerte sich weder an den Titel noch an den Autor, aber ein Satz, das Zitat irgendeines griechischen Historikers, ging ihm seit damals nicht mehr aus dem Kopf. *Das Geheimnis des Glücks ist die Freiheit,* hatte es dort geheißen, *das Geheimnis der Freiheit aber ist der Mut.*

Rhodan hatte viel über diese Worte nachgedacht, den in ihnen transportierten Gegensatz zwischen Schlichtheit und Eloquenz bewundert. Für ihn bedeuteten sie nicht mehr und nicht weniger, als dass eine auf Freiheit fußende Gesellschaft nur dann überleben konnte, wenn sich jeder Einzelne der Bedeutung dieser Freiheit ebenso bewusst war wie der Gefahr, die ihr fortwährend drohte. Wer nicht bereit war, für die Freiheit anderer Opfer zu bringen, der hatte die eigene Freiheit nicht verdient.

»Hast du mich nicht verstanden?«, riss ihn die Frage des Narbengesichtigen aus den Gedanken. »Du sollst verschwinden!«

»Das tue ich gern«, gab Rhodan zurück. »Allerdings gehe ich nicht allein. Mein kleiner Freund hier ...«, er deutete auf den noch immer am Boden liegenden Missk, »... wird mich begleiten.«

Für ein paar lange Sekunden herrschte verblüffte Stille. Dann brachen die Arkoniden in lautes Gelächter aus. Es hallte von den Häuserfassaden wider, und der Missk nahm augenblicklich wieder Schutzhaltung ein.

Rhodan beobachtete das Trio aufmerksam. Im hintersten Winkel seines Verstands war ihm von Anfang an klar gewesen, dass diese Situation eskalieren musste. Und ebenso klar war, dass er nur dann eine Chance besaß, wenn er die bevorstehende Auseinandersetzung so rasch wie möglich beendete.

Die Hand des älteren Soldaten griff nach der Waffe am Gürtel, doch bevor die Finger überhaupt den Kolben berührten, war Rhodan nach vorn gesprungen. Seine Faust traf punktgenau jene Stelle zwischen Brustkorb und Magengrube, an der beim Menschen der Solarplexus lag, ein komplexes Geflecht aus Nervenfasern, deren Überstimulation zu Schwindelgefühlen bis hin zu Bewusstlosigkeit führen konnte.

Zu seiner Erleichterung schien sich die menschliche von der arkonidischen Anatomie zumindest in dieser Hinsicht nicht wesentlich zu unterscheiden, denn der Getroffene schnappte verzweifelt nach Luft und taumelte zurück. Rhodan setzte sofort nach und schlug den Soldaten mit einem zweiten Hieb bewusstlos.

Dessen Mitstreiter reagierten unangenehm schnell. Allerdings wurde die Enge des Innenhofs zu ihrem Verhängnis. Die Arkoniden griffen gleichzeitig nach ihren Waffen und sprangen zurück, um sich ein besseres Schussfeld zu verschaffen. Dabei stießen sie mit dem Rücken gegen eine Gebäudemauer. Dieser kurze Moment der Ablenkung reichte Rhodan aus.

Er setzte über den Missk hinweg, rammte dem linken Soldaten das Knie in den Unterleib und dem rechten den Ellbogen gegen den Hals. Einer der beiden Männer hatte die Strahlenpistole bereits gezogen. Nun glitt sie ihm aus den Händen und fiel polternd zu Boden.

Rhodan handelte rein instinktiv. Zwei schnelle Fausthiebe gegen die Schläfe seiner Gegner sorgten dafür, dass sie ihrem Kollegen in die Bewusstlosigkeit folgten. Er griff nach der Waffe und schob sie sich so in den Gürtel, dass sie von der Jacke verdeckt wurde. Dann packte er den Missk, zog ihn auf die kurzen Beine und gab ihm einen Stoß, der ihn in Richtung Ausgang taumeln ließ.

»Na los!«, zischte er dem völlig entgeisterten Humanoiden zu. »Beweg dich! Wir müssen verschwinden.«

Mit dem Missk im Schlepptau erreichte er die Straße und schaute sich um. Im ersten Moment wollte er gar nicht glauben, was er sah. Auf der Kreuzung, auf der vor Kurzem noch der Prunkwagen des Regenten gefahren und die von Tausenden Schaulustigen umlagert gewesen war, floss der Gleiterverkehr, als wäre nie etwas gewesen. Die Energiebarrieren, die Fahrzeuge der Sicherheitskräfte, die grimmig dreinblickenden Soldaten mit ihren Strahlengewehren – all das war verschwunden, als hätte es niemals existiert. Selbst die Zuschauer hatten sich in Rekordtempo in alle Himmelsrichtungen zerstreut, und wenn Rhodan nicht den kleinen Missk neben sich gewusst hätte, wäre er wohl zu dem Schluss gekommen, die Ereignisse der letzten Minuten nur geträumt zu haben.

»Hier entlang!«, sagte der weißhäutige Humanoide bestimmt und zog Rhodan nach rechts. Da eine Richtung vorerst so gut wie die andere war, leistete Rhodan keinen Widerstand.

»Wohin willst du denn?«, fragte er.

»Nach Hause«, lautete die Antwort. Die Stimme des Missk klang hoch und kindlich wie die einer Cartoonfigur; ein bisschen so, als hätte der Kleine Helium eingeatmet.

»Ich bin übrigens Perry«, stellte sich Rhodan vor. »Verrätst du mir auch deinen Namen?«

»Shy«, gab der Missk zurück.

»Shy? Wie das englische Wort für ...?« Er unterbrach sich, als ihm bewusst wurde, dass der Missk garantiert kein Englisch sprach und somit gar nicht wissen konnte, dass *shy* in dieser Sprache so viel wie scheu, schüchtern oder zurückhaltend bedeutete.

Sie verließen die Straße bereits an der ersten Abzweigung. Shy schien sich bestens auszukennen, denn er zögerte zu keinem Zeitpunkt und dirigierte seinen menschlichen Begleiter in immer engere und dunklere Gassen hinein. Dabei machte er ihn immer wieder auf Hindernisse wie Mauervorsprünge oder Bodenunebenheiten aufmerksam.

»Warte, Shy!«, sagte Rhodan schließlich und blieb stehen. Sie hatten eine Art Schutthalde erreicht. Vor ihnen stapelten sich Holzbalken, Stahlgitter und grob behauene Steine, die notdürftig mit Plastikplanen abgedeckt waren. Auch im Halbdunkel war deutlich zu erkennen, dass sich schon lange niemand mehr um das hier gelagerte Baumaterial gekümmert hatte.

»Ich muss wissen, wohin du mich bringst«, drängte Rhodan. »Ich habe wenig Zeit und muss so schnell wie möglich den Raumhafen erreichen.«

Shy wandte sich um. Seine Augen glänzten wie zwei winzige Scheinwerfer.

*Missk sind offenbar Nachtseher wie irdische Katzen,* schoss es durch Rhodans Kopf. Katzen besaßen in oder hinter der Netzhaut eine reflektierende Zellschicht, die das Licht ein zweites Mal durch die Retina leitete und so auch in der Dämmerung eine einwandfreie Sicht ermöglichte. Für Außenstehende sah es dann so aus, als würden die Augen leuchten.

»Der Raumhafen«, wiederholte Shy leise. »Bist du mit einem Raumschiff gekommen? Stimmt es, dass jedes Licht am Himmel ein Stern wie Artekh ist? Du bist kein Arkonide, nicht wahr? Kommst du von einer anderen Welt? Erzählst du mir ...«

»Shy, Shy!«, rief Rhodan und hob beide Arme. »Ich werde deine Fragen beantworten, aber zuerst brauche ich deine Hilfe. Du lebst hier, richtig? Du kennst alle Verstecke und Schleichwege, oder?«

»Natürlich«, bestätigte der Kleine. »Meine Geschwister und ich leben alle unter der Stadt. Die Arkoniden mögen uns nicht. Sie haben uns verboten, die Stadt zu betreten.« Bei den letzten Worten hatte Shy kurz den Kopf gesenkt, doch schon einen Lidschlag später stahl sich wieder ein Lächeln in sein Gesicht. »Das macht aber nichts«, sagte er. »So schön ist es hier oben auch wieder nicht.«

»Da bin ich völlig deiner Meinung, mein Freund.« Rhodan nickte. »Hör zu, ich würde mich gerne ein paar Stunden ausruhen. Vielleicht weißt du auch, wo ich etwas zu essen und zu trinken auftreiben kann.«

Der Missk war einen Schritt zurückgetreten und starrte sein Gegenüber mit offenem Mund an.

»Was ist los, Shy?«, fragte Rhodan. »Habe ich etwas Falsches gesagt?«

»Meinst du das wirklich?«, brachte der Weißhäutige zaghaft hervor. »Bist du ... *mein Freund?«*

Rhodan lächelte. »Aber ja«, sagte er dann. »Wenn du willst, bin ich sehr gerne dein Freund.«

# Kapitel 8

Als Sergh da Teffron in sein Quartier zurückkehrte, wusste er sofort, dass etwas nicht stimmte. Männer wie er entwickelten für so etwas einen sechsten Sinn – und oft genug hing sogar ihr Leben davon ab.

Die Parade war genauso verlaufen, wie es der Regent und seine Zeremonienmeisterin Ihin da Achran geplant hatten. Da Teffron kannte die Frau, die es von einer gewöhnlichen Palasthure bis zur Rudergängerin im Tross des Herrschers gebracht hatte, nur zu gut. Ihre Pfade hatten sich schon früh am Hof des damaligen Imperators gekreuzt. Zunächst war sie ihm sowohl als Gespielin wie auch als Verbündete im Dschungel der höfischen Ränkespiele sehr nützlich gewesen. Am Ende hatte er jedoch lernen müssen, dass auch sie nur auf ihren eigenen Vorteil bedacht war, und die Enttäuschung darüber hatte tiefe Spuren hinterlassen; Spuren, die man nicht sah, die aber umso mehr schmerzten.

Ihin da Achran hatte ihre gerechte Strafe erhalten – und ihm bittere Rache geschworen. Es nötigte ihm ein gutes Maß an Bewunderung ab, dass sie über die Jahrzehnte in eine Position gelangt war, in der sie ihm gefährlich werden konnte.

Sergh da Teffron betrat den großen Wohnbereich, dessen Fenster auf den Platz des Glanzes blickten. Irrte er sich? Spielten ihm seine überreizten Nerven einen Streich? Der für die Verhältnisse eines Militärstützpunkts verschwenderisch ausgestattete Raum lag still und leer vor ihm, doch seine Unruhe wollte sich nicht legen.

Die Hand des Regenten war sich nicht sicher, wie es nun weitergehen sollte. Das Imperium stand vor einem Krieg, der tief greifende Veränderungen mit sich bringen würde. Nicht nur für die Arkoniden, sondern für alle Zivilisationen, die unter dem Schutz des Sternenreichs wuchsen und gediehen. Im Angesicht einer so elementaren Bedrohung, wie sie die Methans zwangsläufig darstellten, musste jeder Opfer bringen, musste jeder seinen Teil zur Abwendung der Gefahr beitragen. Das würde naturgemäß Widerstand provozieren, denn beileibe nicht jeder war sich der wahren Größe des Imperiums sowie des Maßes an Respekt und Dankbarkeit bewusst, das er ihm schuldete.

Sergh da Teffron selbst sah diesen Entwicklungen mit großer innerer Aufregung entgegen, auch wenn das Schicksal mit ihm persönlich eher rüde umgesprungen war. Immerhin schien ihm der Regent die Misserfolge der letzten Wochen nicht nachzutragen. Selbst wenn man in Betracht zog, dass dessen Handeln nicht unbedingt im Einklang mit seinem Denken stehen musste, glaubte da Teffron, dass er zunächst erst einmal frei atmen konnte. Der Regent hatte keinen Grund, an der Loyalität seiner Hand zu zweifeln. Die Kriegsvorbereitungen würden zahlreiche Kritiker auf den Plan rufen, und in einer solchen Situation durfte der Herrscher auf niemanden verzichten, der treu und ergeben zu ihm hielt.

Sergh da Teffron durchquerte den Wohnbereich, ging an der balkonartigen Nische vorbei, in der ein runder Konferenztisch und sechs Sessel standen, und erreichte das Schlafzimmer. Der Raum war in blauen Pastelltönen gehalten und wurde von einem gewaltigen Bett beherrscht, über dem sich ein dunkelblauer Baldachin spannte. Für da Teffrons Geschmack waren der hochflorige Teppich, der begehbare Kleiderschrank und die sich anschließende Badelandschaft mit ihrer künstlichen Flora deutlich zu viel des Guten. Da der Regent ihm das Quartier angeblich persönlich hatte zuweisen lassen, nahm er es als Ausdruck seiner Wertschätzung und akzeptierte den Luxus.

Die junge Frau, die mit untergeschlagenen Beinen auf dem Bett saß und ihm lächelnd entgegenblickte, hatte er noch nie zuvor gesehen. Mit ihren kurzen silbernen Haaren, der schmalen Nase und den in einem ungewöhnlich hellen Rosa schimmernden Augen war sie nicht unbedingt das, was er eine Schönheit genannt hätte.

Sergh da Teffron machte zwei Schritte auf das Bett zu. »Wer sind Sie? Und wie bei allen Göttern Arkons kommen Sie hier herein?«

»Warum so schlechte Laune?« Ihre schneeweiße Kombination mit den schwarzen Einsätzen in der Taille lag hauteng an und betonte die makellosen Rundungen eines für da Teffrons Geschmack zu sportlichen Körpers. Schon während seiner Zeit als junger Offiziersanwärter im diplomatischen Dienst hatte er eher den großen und üppigen Typ Frau bevorzugt.

*Reiß dich zusammen!*, rief er sich zur Ordnung. *Du bist fast hundertsechzig Jahre alt. Also benimm dich entsprechend!*

»Ich fand dich großartig da draußen«, sprach die Unbekannte weiter und wedelte mit der rechten Hand unbestimmt in Richtung Fenster. »Fast so beeindruckend wie den Regenten selbst.«

Es geschah nicht oft, dass Sergh da Teffron die Worte fehlten. Für die unglaubliche Respektlosigkeit, ihn frech mit der persönlichen Anrede anzusprechen, hätte er diese impertinente Person auf der Stelle bestrafen lassen können. Warum er es nicht tat, warum er nicht die vor seinem Quartier patrouillierenden Wachen alarmierte und die Frau abführen ließ, hätte er nicht zu sagen vermocht. Stattdessen starrte er sie an und versuchte sich darüber klar zu werden, was er als Nächstes tun sollte.

»Ich bin übrigens Theta«, stellte sich seine Besucherin vor und rutschte an den Rand des Bettes. Die mehrere Quadratmeter große Matratze war so hoch, dass die Beine der Frau nicht bis zum Boden reichten. »Was ist?«, fragte sie und streckte ihm die Arme entgegen. »Willst du mir nicht helfen?«

Als Sergh da Teffron keine Anstalten machte, ihrer Aufforderung nachzukommen, zuckte sie mit den Schultern und sprang kurzerhand selbst. Dann legte sie den Kopf schief und sah ihn abwartend an.

»Was wollen Sie ... Ich meine, was *machen* Sie hier?«, stieß die Hand des Regenten schließlich hervor. Nach und nach gewann da Teffron seine Fassung zurück, und seine Überraschung verwandelte sich rasch in Ärger.

»Niemand hat dir etwas gesagt?« Theta wirkte ehrlich verblüfft. »Nun ja, wahrscheinlich wollte der Regent dich überraschen. Es scheint ihm gelungen zu sein.« Wieder zeigte sie dieses unglaubliche Lächeln, das ihm von Mal zu Mal bezaubernder vorkam und das die Dauer seiner Verwirrung ins Endlose zu verlängern schien.

»Der Regent?«, wiederholte er ungläubig.

»Genau der«, bestätigte Theta. »Du hast eine Menge durchgemacht, nicht wahr? Und du hast deinen Assistenten verloren. Unser Herrscher weiß Hingabe zu schätzen. Er schickt mich, um dir zu Diensten zu sein.«

»Das ... das ist doch wohl alles nur ein schlechter Scherz«, erwiderte der Arkonide. »Du willst mein neuer Assistent ... meine neue Assistentin sein?«

»Ich kann alles sein, was du willst«, sagte Theta leise und trat einen weiteren Schritt an Sergh da Teffron heran. Der Klang ihrer Stimme brachte eine Saite in ihm zum Schwingen, von deren Existenz er bislang nichts gewusst hatte.

»Du bist eine Kurtisane, eine von Ihins Mädchen.« Da Teffron hatte den Satz nicht als Frage formuliert.

Thetas Lächeln verschwand, und sie verzog die sanft geschwungenen Lippen zu einem vollendeten Schmollmund.

*Eines muss man der alten Hexe lassen,* dachte die Hand des Regenten an die Adresse Ihin da Achrans. *Sie dressiert ihre kleinen Schnüfflerinnen nahezu perfekt.*

Sergh da Teffron atmete tief durch. Beinahe hätte er den Köder geschluckt. Es war allgemein bekannt, dass sich der Regent gerne aus Ihin da Achrans Stall bediente. Die ehemalige Kurtisane hatte ihr altes Gewerbe nie ganz aufgegeben; schließlich war sie schon damals eine der Besten ihres Fachs gewesen, wie er aus eigener Erfahrung wusste.

Kurtisanen gehörten auf Arkon und dort vor allem beim Hochadel und am Palast des Imperators zum Alltag – und das sowohl in weiblicher als auch in männlicher Ausführung. Es handelte sich dabei meistens um hervorragend ausgebildete und ausgesprochen kluge Frauen und Männer, die ihren Pflichten mit großer Hingabe nachgingen. Auch wenn sich die öffentliche Meinung in den letzten Jahrtausenden gewandelt hatte und der Beruf der Kurtisane als moralisch anstößig empfunden wurde, galt er vor allem am Imperatorenhof als rechtschaffene und für die Betroffenen überaus einträgliche Profession.

»Die gute Ihin glaubt offenbar, dass ich inzwischen senil geworden bin«, sagte Sergh da Teffron und grinste süffisant. »Geh zu deiner Matrone zurück und sag ihr, dass sie es schon ein bisschen geschickter anstellen muss, wenn sie mir eine Spionin unterschieben will.«

»Was …?« Thetas fast weiße Haut wurde noch um eine Spur heller. In den rosa Augen glänzte es feucht. Wenn das Mädchen eine Schauspielerin war, dann eine verdammt gute!

»Lass es sein!« Sergh da Teffron drehte sich um und ging in den Wohnraum zurück. »Ich weiß zwar nicht, *wer* du bist, aber ich weiß sehr genau, *was* du bist. Also spar dir deine Tränen und mach, dass du wegkommst. Ich bin müde und will ein paar Stunden schlafen.«

Theta, die ihm gefolgt war, zog die Nase hoch und wischte sich mit der Hand über die Lippen. Ihre Schultern zitterten kaum merklich, und es war ihr anzumerken, dass sie mit

Macht gegen das Weinen ankämpfte. »Darf ich wenigstens eine Stunde bleiben, Herr?«, fragte sie. »Nur eine Stunde, ganz bestimmt. Ich verspreche, dass ich nicht störe und nur still dasitzen werde.«

»Wozu soll das gut sein?«, wollte die Hand des Regenten wissen.

Theta senkte den Kopf. Sie ließ sich auf einen der Schwebesessel sinken, die vor einem großformatigen Holoschirm aufgestellt waren, faltete die Hände und legte sie in den Schoß. »Es ist nur eine Bitte, Herr«, sagte das Mädchen kaum verständlich. »Nur damit sie ... damit sie glaubt ...« Ihre Stimme brach endgültig, und heftiges Schluchzen schüttelte ihren Körper, der plötzlich unglaublich zart und zerbrechlich wirkte.

*Sie spielt dir etwas vor,* dachte Sergh da Teffron. *Lass dich nicht täuschen. Das ist alles nur eine große Inszenierung. Warum sonst spricht sie dich plötzlich mit Herr an?*

Gegen seinen Willen ging er zu ihr hinüber und baute sich vor ihr auf. Er sollte sie am Arm packen und aus seiner Unterkunft werfen. Dieses armselige Mädchen war nichts weiter als eine Marionette. Sie war es nicht einmal wert, dass man Mitleid mit ihr empfand.

»Warum willst du noch bleiben?«, fragte er barsch. »Rede, oder ich ziehe dich an deinen Ohren hier raus.«

Theta hob zögernd den Kopf, und Sergh da Teffrons Herzschlag beschleunigte sich. Bei allen Göttern Arkons, warum sah er erst jetzt, wie unglaublich schön diese junge Frau war? Die Farbe ihrer Augen hatte sich durch das Weinen in ein glutiges Rot verwandelt. Die feuchten Tränenspuren auf den Wangen glänzten wie Kristallstaub, und die winzigen Grübchen um die Mundwinkel erinnerten den Arkoniden an eine Zeit, in der auch er noch jung und voller Tatendrang gewesen war.

»Wenn ich ... wenn ich bleibe«, sagte Theta zögerlich, »denkt Ihin vielleicht, dass ich ... dass wir ... dass ich dir zu Diensten war, Herr. Und dann ... dann wird sie mir vielleicht ... nicht wehtun.«

»Was redest du da für einen Unsinn?«, begehrte da Teffron auf. »Ihin hat ihre Mädchen nie geschlagen. Schläge hinterlassen Spuren.«

»Du musst mir nicht glauben, Herr«, gab Theta zurück. »Wäre ich an deiner Stelle, würde ich es auch nicht tun. Aber gib mir nur diese eine Stunde, und ich werde dich nie mehr um etwas bitten.«

Sergh da Teffron sah der jungen Frau tief in die Augen, und sie hielt seinem Blick mühelos stand.

*Warum nicht?*, dachte er. *Sie kann mir nichts anhaben, denn ich habe sie durchschaut. Warum soll ich mich also nicht noch ein bisschen mit ihr amüsieren?*

»Na schön«, sagte er laut und grinste. »Du kannst bleiben. Aber du wirst dir deinen Aufenthalt verdienen müssen ...«

# Kapitel 9

Ihin da Achran sichtete die letzten Meldungen. Beiläufig griff sie nach dem protzig wirkenden Kristallkelch, den ihr Nertan reichte. Wie gewöhnlich hatte ihr Adjutant den belebenden Arkonsirup im exakt richtigen Verhältnis mit Eiswasser verdünnt. Sie nahm einen Schluck und genoss den süßlich herben Geschmack des Getränks. Mit sicherem Gespür für ihre aktuelle Stimmung hatte Nertan die Sorte Arkonrose gewählt; genau das, was sie im Moment brauchte.

Die Rudergängerin war unzufrieden, aber das war sie im Prinzip immer. *Zufriedenheit ist Phlegma,* hatte ihr Vater früher oft gesagt. Er war ein hoher Offizier in der Imperialen Flotte gewesen, hatte seinen Nachwuchs jedoch nie offiziell anerkannt.

Ihin war von ihrer Mutter Matera erzogen worden. Selbst eine Kurtisane, hatte sie ihre Tochter von Beginn an auf das nicht einfache Leben am Hof vorbereitet und die Talente der kleinen Ihin früh erkannt. Matera hatte es nie geschafft, das Bett mit einem Imperator zu teilen; Ihin dagegen hatte während ihrer Zeit auf Arkon gleich drei von ihnen gehabt, was ihrer späteren Karriere ganz sicher nicht abträglich gewesen war.

Vor einer halben Stunde hatte sich der Regent erneut gemeldet, um sich persönlich für die Auswahl des Mädchens zu bedanken, das sie ihm geschickt hatte. Der Herrscher erfreute sich bereits seit Tagen einer außergewöhnlich guten Laune. Angesichts des drohenden Krieges war das zwar befremdlich, verwunderte Ihin jedoch nicht. Stimmungsschwankungen waren bei ihm keine Seltenheit.

Natürlich beging sie nicht den Fehler, die plötzliche Aufmerksamkeit des Herrschers mit echter Zuneigung zu verwechseln. Das Leben am Hof und der Aufstieg in den Hochadel waren nur mit viel Geschick und noch mehr Misstrauen zu bewältigen. Schon die Tatsache, dass ihr Mädchen keinerlei verwertbare Informationen erbeutet hatte, machte Ihin unruhig. War der Anruf des Regenten womöglich eine versteckte Warnung gewesen? Wusste oder vermutete er, dass ihn seine Rudergängerin ausforschte?

Ihin da Achran nahm sich in diesen Sekunden vor, in Zukunft aufmerksamer zu sein.

Ihre Unzufriedenheit wurde von der Tatsache gemildert, dass Theta bisher nicht angerufen hatte. Also hielt sie sich noch immer in den privaten Räumen von Sergh da Teffron auf. Die Rudergängerin rechnete nicht wirklich damit, dass der alte Zausel auf die junge Arkonidin hereinfallen würde. Andererseits war Theta das beste Mädchen, das sie derzeit hatte – und die Hand des Regenten eben auch nur ein Mann.

Manchmal fragte sich Ihin, ob es so etwas wie Evolution überhaupt gab oder ob die angebliche Weiterentwicklung intelligenten Lebens nichts anderes als eine Erfindung kreativer Exobiologen war. Die Arkoniden hatten ihr gewaltiges Sternenreich über Jahrtausende hinweg errichtet. Dennoch gab es in der langen und ereignisreichen Geschichte des Imperiums einen Faktor, der sich über die gesamte Zeit nie verändert hatte, eine Kraft, die damals wie heute als Triebfeder für politische Intrigen diente, für Kriege, Familienfehden, Verleumdungen, Attentate, Umstürze und was der hässlichen Dinge mehr waren: Sex!

Schenkte man den alten Schriften Glauben, war bereits der erste arkonidische Imperator einem von Eifersucht motivierten Mord zum Opfer gefallen. Es sollte nicht der letzte gewesen sein. Aus eigener Erfahrung wusste Ihin da Achran, dass selbst die intelligentesten und raffiniertesten Ränkeschmiede ins Stolpern gerieten, sobald man ihnen die richtige Frau – in manchen Fällen auch den richtigen Mann – in den Weg legte. Evolution hin oder her: Wenn die Hormone die Herrschaft übernahmen, war auch der mächtigste Verstand hilflos!

Auf einem der Holos über ihrer Steuerkonsole blinkte eine blaue Infozeile. Eine Nachricht, die sie zur Wiedervorlage gespeichert hatte.

»Nertan«, sagte sie, als sie den kurzen Text gelesen hatte. »Gib mir alles, was wir über die Ankunft der TIA'IR auf Ghewanal haben.«

»Sofort, Herrin!«, hörte sie die Stimme ihres Assistenten aus dem Hintergrund. Es dauerte keine zehn Sekunden, da erschienen die gewünschten Daten bereits auf dem Holoschirm. Nertan mochte seine Eigenheiten und ermüdenden Angewohnheiten haben, doch wenn es darum ging, ihre Wünsche in Rekordzeit zu erfüllen, konnte ihm niemand das Wasser reichen.

»Interessant«, murmelte Ihin da Achran. Laut den Aufzeichnungen der Sicherheitskameras hatten fünf Personen und ein

Purrer die Raumjacht vor knapp zwei Tagen verlassen. Angeblich handelte es sich um Gha'essold, Schatzsucher, die die schnittige Jacht gefunden hatten und nun als rechtmäßige Prise registrieren lassen wollten. Ihin da Achran hatte vor Kurzem selbst mit einem der Besatzungsmitglieder gesprochen. Die Lotsen hatten das Schiff überprüft und nichts Verdächtiges gefunden. Andernfalls hätte die TIA'IR auch niemals eine Landeerlaubnis für Ghewanal erhalten.

Ihin da Achran betrachtete die wenigen Fakten, die ihr über die seltsame Gruppe vorlagen. Der Arkonide nannte sich Geramor da Findur – die Namensähnlichkeit mit ihrem Adjutanten war fraglos nur Zufall. Dann waren da eine Mehandor namens Sibelh, zwei Männer von einem Planeten mit dem skurrilen Namen *Sand* ...

Die Rudergängerin schüttelte den Kopf. Man musste wahrhaftig kein Genie sein, um zu erkennen, dass es sich hier um Tarnidentitäten handelte. Dennoch hatten es die seltsamen Besucher bis nach Ghewanal geschafft – und waren kurz darauf spurlos verschwunden.

Einen Moment lang überlegte Ihin, ob sie Nertan mit einer tiefer gehenden Recherche beauftragen sollte, entschied sich dann aber dagegen. Zum einen war sie ziemlich sicher, dass er nichts finden würde, zum anderen schien sie hier auf etwas gestoßen zu sein, was sich als bedeutsam erweisen mochte. Der Umgang mit Informationen war mindestens ebenso wichtig wie deren Beschaffung, und vorerst zog es die Rudergängerin vor, ihren Verdacht für sich zu behalten.

In den Datenbanken war kein Planet mit dem Namen *Sand* verzeichnet. Das musste zwar nicht heißen, dass er nicht existierte, doch da Ihin da Achran Zugriff auf fast sämtliche Quellen des imperialen Informationsnetzes besaß, hätte es sie sehr gewundert. Die Gha'essold kamen ganz sicher nicht von einem geheimen Militärstützpunkt oder einer nicht registrierten Außenwelt.

*Wer seid ihr?,* fragte sie sich. *Und was habt ihr vor?*

Versonnen betrachtete sie die gestochen scharfen Bilder der TIA'IR. Das neunzig Meter lange Schiff besaß die Form eines spitz zulaufenden Keils. Zweifellos ein auf einer Privatwerft gebautes Fahrzeug. Solche extravaganten Konstruktionen konnten sich gemeinhin nur die reichsten der arkonidischen Familien leisten.

Laut den Sensoren der Routineüberwachung lagen die Energieerzeuger der Jacht still. Die antiquiert wirkende Glassitkuppel, die vermutlich die Zentrale überspannte und normalerweise transparent war, präsentierte sich als milchig weiße Warze auf der ansonsten knallroten Außenhülle des Schiffes. Wahrscheinlich ein gewöhnlicher Opakfilter, der das entsprechende Material bei Anlegen einer elektrischen Spannung undurchsichtig werden ließ.

*Solche veraltete Technik hat man vor Jahrtausenden verwendet,* dachte Ihin da Achran. Hatten diese vermeintlichen Gha'essold doch nicht gelogen und die TIA'IR tatsächlich irgendwo gefunden?

Was immer auch hinter alldem stecken mochte: Es verdiente ihre Aufmerksamkeit. Sie würde nach den Verschwundenen fahnden, vorerst jedoch allein und ohne Nertan einzuweihen. Zwar vertraute sie ihrem Assistenten bedingungslos, wollte jedoch zunächst einmal ausloten, welche Räder sie durch ihre Nachforschungen eventuell in Bewegung setzte.

*Ein wirklich bemerkenswertes Raumschiff,* dachte die Rudergängerin. *Wenn der Tross bei seiner Rückkehr ins Arkonsystem einfliegt, würde es sich ganz hervorragend an seiner Spitze machen ...*

# Kapitel 10

Je tiefer ihn Shy in die düstere Welt unter der Insel Ghewanal führte, desto mehr fühlte sich Perry Rhodan an die Schriften des italienischen Dichters Dante Alighieri erinnert, der im 14. Jahrhundert mit seiner *Göttlichen Komödie* einen der bedeutendsten Texte der Weltliteratur verfasst hatte. Im ersten der aus drei Teilen bestehenden Erzählung, die Rhodan während seiner Schulzeit gelesen hatte, beschrieb Dante in Versform seine Reise in die Tiefen der Hölle – und genau so kam ihm nun auch der Abstieg in den Untergrund der Insel vor.

Dem verwirrenden System aus Korridoren, Leitungsschächten, Abwasserkanälen und Belüftungsrohren nach zu schließen, bewegten sie sich durch die ältesten Teile der ehemaligen Kernstadt. Die unterirdischen Versorgungssysteme waren teilweise vor über zehntausend Jahren angelegt worden, und auch wenn arkonidische Technik eine bemerkenswerte Robustheit aufwies, hinterließen zehn Jahrtausende nicht zu übersehende Spuren.

Nach einer halbstündigen Wanderung erreichten sie eine Art Pumpstation, mit der früher vermutlich die städtischen Abwässer in Richtung Meer transportiert worden waren. Die Anlage war längst nicht mehr in Betrieb und teilweise demontiert.

Shy schlang die Arme eng um den Leib und schlüpfte geschickt zwischen zwei großen Kesselspeichern hindurch. Dabei verbog er seinen Körper auf eine derart groteske Weise, dass Rhodan schon auf das Brechen der Knochen wartete. Stattdessen kam der Missk Sekunden später wieder zum Vorschein, wand sich erneut schlangengleich durch den schmalen Spalt zwischen den mächtigen Tanks und wedelte fröhlich mit etwas, das einer antiken Grubenlampe ähnlich sah.

»Für dich, Freund Perry!«, rief er. »Wir Missk brauchen nicht viel Licht, aber ihr Arkoniden seht nicht besonders gut, wenn es dunkel ist.«

Rhodan nahm den Handscheinwerfer entgegen und überprüfte die Ladung der Batterie. »Ich bin kein Arkonide«, sagte er. »Ich dachte, das hätten wir schon geklärt.«

»Ja, natürlich.« Shy ließ die Schultern hängen. Für einen Atemzug wirkte er unendlich traurig. Dann ruckte sein Kopf nach oben, und sein Kummer war wie weggeblasen. »Gehen wir weiter?« Er fuchtelte aufgeregt mit dreien seiner sechs Arme in der Luft herum. Dabei tänzelte er unablässig vor und zurück.

»Ist es noch weit?«, erkundigte sich Rhodan.

Der kleine Missk konnte kaum eine Sekunde stillhalten, war ständig in Bewegung. Immer wieder hastete er voraus und verschwand in der Dunkelheit, nur um kurz darauf wieder zurückzukehren und mit ernster Miene zu versichern, dass der Weg sicher sei und *Freund Perry* sich keine Sorgen zu machen brauche.

»Wie alt bist du, Shy?«, fragte Rhodan, während er und sein Führer in knöchelhohem Wasser durch eine tunnelähnliche Kaverne wateten, die sich mehr als hundert Meter in die Länge zog.

Der Missk blieb stehen und legte die Stirn in Falten. Er schien tatsächlich nachzudenken. »Vier«, sagte er. »Ja, das stimmt. Ich bin vier.«

»Vier Jahre? Aber dann ... bist du ja praktisch noch ein Kind.«

Shy starrte ihn an, als hätte er etwas unglaublich Dummes gesagt. Dann stieß er ein schrilles Lachen aus und schlug mit den zwei unteren Armen so heftig auf den Boden, dass das Wasser hoch aufspritzte.

»Ihr Arkoniden seid lustig!«, rief er. »Nicht Jahre, Freund Perry. Dann wäre ich ja schon ein Greis. Monate. Ich bin vier Monate alt. Wie alt bist du?«

»Ich bin siebenunddreißig ... Jahre«, antwortete Rhodan. Er verzichtete diesmal darauf, sein Gegenüber darauf hinzuweisen, dass er *kein* Arkonide war. Vermutlich hätte es ohnehin nicht viel genützt.

»Siebenunddreißig Jahre?«, hauchte Shy und wich unwillkürlich einen Schritt zurück. »Wosnik, unser Lehrer, hat einmal erzählt, dass Arkoniden sehr alt werden. Aber siebenunddreißig Jahre? Bist du dir da sicher?«

»Absolut sicher. Dort, wo ich herkomme, werden Menschen wie ich oft achtzig, neunzig oder sogar hundert Jahre alt.«

Shy kam wieder einen Schritt näher heran und blickte ihm direkt in die Augen. Ihm war anzusehen, dass er seinen großen Freund verdächtigte, ihn auf den Arm nehmen zu wollen. »Hundert Jahre?«

»Wie alt werden Missk?«

»Höchstens fünf Jahre«, antwortete Shy. »Meistens weniger. Darf ich dich noch etwas fragen, Freund Perry?«

»Du darfst mich alles fragen, Freund Shy.« Rhodan lächelte.

»Was macht man in siebenunddreißig Jahren?«

»Ich ... ich weiß nicht, was du meinst.«

»Siebenunddreißig Jahre sind ...« Der Missk stockte, als würde er nach dem richtigen Begriff suchen. »Siebenunddreißig Jahre sind ... so viel«, sagte er hilflos. »Bist du nicht müde?«

Ohne es zu wollen, tastete Rhodan nach dem Zellaktivator in seiner Hosentasche. Da stand er nun und diskutierte mit einem vier Monate alten Kind, das wahrscheinlich nie seinen sechsten Geburtstag feiern würde, über die angemessene Länge des Lebens. Was machte man in siebenunddreißig Jahren? Was in hundert? Und was, wenn man einen Zellaktivator trug und sich überhaupt nicht mehr um Dinge wie das Altern oder den Tod sorgen musste?

»Ja, manchmal bin ich müde«, sagte Rhodan. »Dann ruhe ich mich aus, schlafe ein paar Stunden, und wenn ich aufwache, bin ich wieder frisch und munter.«

»Bist du ein Lehrer, Freund Perry?«, bohrte Shy weiter.

»Nein.« Rhodan schüttelte den Kopf. »Im Gegenteil. Ich muss selbst noch sehr viel lernen.«

»Wosnik ist drei Jahre und sechs Monate alt und weiß alles«, sagte der Missk bestimmt. »Vielleicht werde ich auch ein Lehrer, wenn ich so alt bin.«

»Du würdest bestimmt einen guten Lehrer abgeben. Aber jetzt sollten wir unseren Weg fortsetzen. Was glaubst du: Wie lange werden wir noch brauchen?«

»Wir sind gleich da«, antwortete Shy. »Entschuldige bitte, Freund Perry. Wenn ich gewusst hätte, dass du siebenunddreißig Jahre alt bist, hätte ich dich nicht solchen Strapazen ausgesetzt. Wenn du eine Pause brauchst, kann ich gerne warten.«

»Schon gut.« Rhodan verkniff sich nur mühsam ein Grinsen. »Ich schaffe das schon. Wir können weitergehen.«

Die Umgebung veränderte sich schlagartig. Shy und Rhodan durchschritten ein aus den Verankerungen gerissenes Schott und traten in eine riesige Halle. An der rund dreißig Meter hohen Decke brannten einige Leuchtelemente, flache, viereckige Platten, die früher wahrscheinlich die gesamte Fläche bedeckt hatten. An den Wänden liefen insgesamt vier übereinander angeordnete Laufstege aus Stahlgittern entlang, die von rostigen, hüfthohen Geländern gesichert und durch Treppen miteinander verbunden waren. Dahinter lagen zahlreiche Türen. Über einigen von ihnen entdeckte Rhodan verblasste arkonidische Buchstaben und Zahlen.

Im Zentrum der Halle stand das Skelett einer gewaltigen Maschine. Vermutlich handelte es sich bei dem Koloss um einen ehemaligen Energieerzeuger, denn etliche marode Leiterbahnen mündeten zu einem dicken Strang verknüpft in einen Kabelschacht.

Zwischen den kümmerlichen Resten arkonidischer Technik herrschte rege Betriebsamkeit. Hunderte, wenn nicht Tausende Missk hatten dort unten eine Art Lager errichtet. Die weder besonders komfortabel noch allzu stabil aussehenden Unterkünfte waren aus allem gemacht, was man in der Unterwelt Ghewanals an Material finden konnte.

Während Rhodan mehr und mehr Details des sich vor ihm abspielenden Gewimmels in sich aufnahm, huschte Shy ungeduldig um ihn herum und stieß dabei immer wieder scheinbar unabsichtlich gegen seine Beine.

Über der ganzen Szene lag eine Geräuschkulisse, die an das Zwitschern eines gigantischen Vogelschwarms erinnerte. Die Halle, das war auf den ersten Blick zu sehen, war hoffnungslos überfüllt. An vielen Stellen kletterten die Missk wie Ameisen übereinander, schoben sich beiseite, um ein wenig Platz zu schaffen, oder drängten sich eng zusammen. Dabei waren ihre Arme in permanenter Bewegung.

Rhodan machte ein paar Schritte in die Halle hinein. Die Luft war warm, feucht und roch alles andere als angenehm. »Hier lebst du?«

»Ja«, antwortete Shy. »Schön, nicht wahr?«

Rhodan wandte den Kopf und musterte seinen Begleiter. Machte der Missk etwa Scherze? Das hier war alles andere als *schön*. Andererseits kannte Shy keine andere Existenz als diese.

»Wer hat hier das Sagen?«, fragte er Shy. »Kannst du mich zu jemandem bringen, der eure ... Kolonie repräsentiert?«

»Was ist eine Kolonie?«, wollte der Kleine wissen.

»Ich meine damit dich und deine Artgenossen als Ganzes«, erläuterte Rhodan. »Alle Missk zusammen.«

»Ich hätte dich ohnehin zu Veram gebracht«, sagte Shy. »Sie und die anderen Greisinnen stehen der Familie vor. Sie wissen noch mehr als die Lehrer und sagen uns, was wir tun sollen.«

»Hat dich Veram in die Stadt geschickt? Hat sie dir gesagt, dass du versuchen sollst, mit dem Regenten zu sprechen?«

»Äh, nein ...« Der Missk zögerte und wirkte auf einmal peinlich berührt.

»Warum hast du es dann getan?« Rhodan ließ nicht locker.

»Der Regent ... ist ein großer Mann, der mächtigste Arkonide von allen.« Shy legte die Stirn in Falten und suchte nach Worten. »Hast du nicht gehört, was er gesagt hat? Das Imperium wird angegriffen. Die bösen Methans sind zurück. Auch die Missk sind ein Teil des Imperiums. Wir können helfen. Wir sind stark. Wir wollen arbeiten. Ich wollte ... ich wollte den Regenten fragen, ob er die Rationen erhöhen kann.«

»Die Rationen? Soll das heißen, dass euch die Arkoniden zwar nicht an der Oberfläche dulden, euch aber Nahrungsmittel zur Verfügung stellen?«

»Du solltest besser mit Veram reden! Sie kann das alles besser erklären als ich. Sagst du ihr, dass du mein Freund bist?«

»Natürlich, wenn du das willst ...«

»Dann komm, komm!«, rief der Missk und zerrte aufgeregt an Rhodans Hosenbein.

Über mehrere Treppen ging es bis hinunter zum Bodenlevel der Halle. Innerhalb von Sekunden war Shy von Dutzenden Missk umringt. Der Translator war von dem ohrenbetäubenden Zwitschern offenbar überfordert, denn Rhodan verstand kein einziges Wort. Nach und nach verschaffte sich Shy allerdings Gehör und verkündete den Umstehenden, dass er und sein Freund Perry zu Veram unterwegs waren, um mit dieser wichtige Dinge zu besprechen. Die Missk, allesamt kaum größer als Shy selbst, also vermutlich ebenfalls noch Kinder, lauschten mit immer größeren Augen und musterten Rhodan ehrfürchtig.

Shy, der das Spektakel sichtlich genoss, winkte Rhodan und lotste ihn durch die Halle auf einen großen, viereckigen Durchgang zu. Die Kinder folgten wie eine Prozession im Gänsemarsch. Links und rechts von ihnen erstarb die wimmelnde Bewegung, und immer mehr Missk versammelten sich, um nachzusehen, was los war.

Aus der Nähe vermittelten die meisten Missk einen eher kränklichen Eindruck. Dünn, ja geradezu hager waren sie alle. Die Augen der größeren und somit älteren Exemplare lagen tief in den Höhlen, und die Wangen waren so stark eingefallen, dass die Gesichter oft wie bleiche Totenköpfe wirkten. Ihre weiße Haut war mit roten und braunen Flecken übersät, und die Arme sahen aus wie dünne Spinnenglieder, die jemand an die ausgemergelten Körper geklebt hatte.

Shy führte den bizarren Aufmarsch mit weit ausgestreckten Armen an. Sie verließen die Halle, durchschritten einen breiten Korridor und kamen schließlich in einen Bereich der unterirdischen Anlagen, in dem vermutlich früher einmal Wartungspersonal untergebracht gewesen war. Von einem kreisrunden Verteiler zweigten zahlreiche Wohnkabinen und Lagerräume ab. Der zentrale Antigravschacht, der in die oberen Stockwerke des Komplexes führte, funktionierte nicht mehr. An seinen Innenwänden hingen lange Seile und Strickleitern herab.

Shy näherte sich einer der Kabinen, aus deren halb offenem Schott flackernder Lichtschein drang. »Ich werde nachsehen, ob Veram wach ist«, flüsterte der Missk. »Sie ist schon sehr alt und verlässt ihr Quartier nur noch selten.«

Auch die anderen Kinder, die bislang ohne Unterlass geschwatzt, gekichert und getuschelt hatten, waren schlagartig verstummt und richteten ihre Aufmerksamkeit nun auf die Behausung Verams. Unverkennbar empfanden sie vor der alten Missk einen gehörigen Respekt.

*Alte Missk?,* dachte Rhodan. *Die Frau ist wahrscheinlich noch keine fünf Jahre auf der Welt.*

Shy verschwand im Innern der Kabine. Rhodan warf den Kindern um ihn ein paar Blicke zu, die diese mit schüchternem Lächeln quittierten. Auf eine schwer zu beschreibende Weise fühlte er sich unwohl. War das Schicksal nicht schon grausam genug gewesen, als es den weißhäutigen Humanoiden eine Lebensspanne von gerade einmal fünf Jahren zugestanden hatte? Mussten sie diese Zeit auch noch in stillgelegten Versorgungsanlagen und Abwasserkanälen verbringen?

Einer der Knirpse trat nun zögernd nach vorn, teilweise von den anderen mit Getuschel ermutigt, teilweise mit auffordernden Stößen in den Rücken angespornt. Er hielt einen Gegenstand in den beiden oberen Händen, den Rhodan zunächst nicht erkannte. Scheu, fast ehrfürchtig streckte der Missk seine Arme aus.

»Für mich?«, fragte Rhodan.

Der Kleine nickte und wirkte dadurch verblüffend menschlich.

Rhodan nahm das Geschenk entgegen und betrachtete es. Es sah aus wie einer jener selbst gebastelten Sterne aus Stroh, die man an Heiligabend an den Weihnachtsbaum hängte, nur dass die einzelnen Strahlen in diesem Fall aus teilweise angerosteten Drahtstücken und ähnlichen Metallfragmenten bestanden. Die verschiedenen Teile waren notdürftig ineinander gesteckt und das gesamte Objekt erweckte einen eher kümmerlichen Eindruck.

»Das ist eine Sonne«, sagte der Missk.

»Sie ist ... wunderschön«, gab Rhodan zurück. »Und du willst sie mir wirklich schenken?«

Wieder nickte der Kleine.

»Wie heißt du?«, wollte Rhodan wissen.

»Tisk.«

»Dann danke ich dir, Tisk. Deine Sonne wird mich immer an meinen Besuch bei euch erinnern.«

Der Missk strahlte. Die anderen Kinder kamen nun ebenfalls näher und klopften Tisk anerkennend auf die Schultern.

»Du kannst jetzt kommen, Freund Perry!«, rief Shy in diesem Moment. »Veram möchte dich unbedingt kennenlernen.«

Rhodan hob kurz die Hand und nickte. Er war fast froh, dass der kleine Missk ihn aus dieser bedrückenden Situation befreite. Mit einem letzten Blick auf die hell leuchtenden Augen der Kinder drehte er sich um und betrat Verams Kabine.

# Kapitel 11

»Ich sollte jetzt besser gehen«, sagte Theta. »Ich habe dich lange genug aufgehalten. Du hast sicher wichtige Dinge zu erledigen.«

Sergh da Teffron antwortete nicht sofort. Seine Augen waren unverwandt auf die junge Frau gerichtet. Was war falsch daran, wenn er sich von diesem Geschöpf verzaubern ließ? Er war immer noch die Hand des Regenten, besaß die Kontrolle und hielt alle Fäden in der Hand. Worüber machte er sich also Sorgen? Er konnte sich der Kurtisane jederzeit bedienen, ohne jemandem darüber Rechenschaft ablegen zu müssen.

Im gleichen Moment maßregelte er sich selbst ob seines letzten Gedankens. Hatte ihn der Umgang mit den adligen Speichelleckern und höfischen Günstlingen so zynisch werden lassen, dass er sogar wahre Schönheit auf triviales sexuelles Verlangen reduzierte? Theta besaß diesen einzigartigen Liebreiz, diese Zartheit, die man sich nicht aneignen konnte, weil sie von einer inneren Quelle gespeist wurde, zu der der Verstand keinen Zugang besaß.

*Du bist ein alter Narr,* flüsterte eine hässliche Stimme in seinem Kopf. *Merkst du nicht, was sie mit dir macht? Sie hat dich genau da, wo sie dich haben wollte. Du bist ihr auf den Leim gegangen.*

Unsinn! Er hatte Theta aufgefordert, ihre Geschichte zu erzählen. Und er hatte ihr gesagt, dass er sofort erkannte, wenn sie log, und dass er ihr dann eigenhändig die Zunge herausschneiden und sie so zurichten würde, dass sie kein Mann jemals wieder ansah.

Theta war nicht dumm. Sie hatte in seinen Augen gelesen, dass er jedes Wort genau so meinte, wie er es sagte. Er war Sergh da Teffron, und sein Ruf eilte ihm voraus.

Also hatte das Mädchen geredet, hatte ihm erzählt, wie es in Waisenhäusern aufgewachsen war. Sie war von Beginn an eine Außenseiterin gewesen; klüger, aber nicht stärker als alle anderen. Also hatte sie die Demütigungen ertragen und die Schläge weggesteckt, denn die körperlichen Schmerzen waren nichts im Vergleich zu dem Schmerz, den sie in ihrer Seele trug.

Mit zwölf Jahren war sie bei einem Ehepaar untergekommen, das eine kleine Fabrik in der Nähe der Thogansenke auf Arkon besaß und das dortige schwülheiße Klima zum Anbau und zur Verarbeitung von Yhunalpflanzen nutzte. Das Leben schien sich zum Guten zu wenden, doch dann musste Theta feststellen, dass ihr neuer Vater von ihr weit mehr erwartete als die Liebe eines Kindes und vor allem weit mehr, als sie zu geben bereit war.

Die Situation eskalierte, und das junge Mädchen sorgte dafür, dass der Fabrikbesitzer sich bis zum Ende seines Lebens an den letzten nächtlichen Besuch im Zimmer seiner Adoptivtochter erinnern würde. In den nachfolgenden Wirren der behördlichen Untersuchungen hatte sich Ihin da Achran eingeschaltet und Theta zu sich geholt.

»Ich war damals in viele kleine Scherben zerbrochen«, berichtete die Kurtisane mit leiser, aber fester Stimme. »Und ich hatte mir geschworen, dass ich nie mehr weinen würde, dass ich nie mehr jemandem erlauben würde, mir wehzutun. Ihin hat mich wieder zusammengeflickt. Stück für Stück. Irgendwann kamen sogar meine Tränen zurück.«

»Dann hatte ich also recht«, sagte die Hand des Regenten zufrieden. »Die alte Vettel würde dir niemals wehtun. Du hast mich vorhin belogen.«

»Ich wollte bei dir bleiben. Unbedingt.«

»Warum?«

Sie hatte ihn angesehen mit ihren wundervollen, rosafarbenen Augen, in denen man versank und alles vergaß, was an dieser Welt so schäbig und verlogen und abstoßend war. »Weil ich bei dir das Gefühl habe, mich nicht verstellen zu müssen«, hatte sie gesagt, und es war die Wahrheit gewesen, die nackte, ungeschminkte Wahrheit.

An dieser Stelle ihrer Unterhaltung war Sergh da Teffron erstmals bereit gewesen, einen Irrtum einzugestehen. Vielleicht war Theta wirklich *anders.* Er hatte in seinem Leben nicht besonders viele Frauen gehabt. Seine Karriere hatte ihm keine Zeit für eine ernsthafte Beziehung gelassen, und später, während der dunklen Jahre auf Naat, hatte er den Kummer und die Enttäuschung mit anderen Mitteln betäubt.

Was die junge Frau sagte, war sinnvoller als alles, was die Hand des Regenten in den bisherigen gut eineinhalb Jahrhunderten seines Lebens gehört hatte. War es nicht der Kern einer Partnerschaft, dass man sich dem anderen bedingungslos offenbaren konnte, dass man die Maske, die man im Alltag trug, ablegte und sich so gab, wie man wirklich war?

*Sie ist eine Kurtisane, du sentimentaler Schwachkopf!,* ließ seine innere Stimme nicht locker. *Sie sagt dir genau das, was du hören willst. Sie liest in dir wie in einem offenen Buch. Begreifst du nicht, dass dieses Mädchen der Dolch ist, den dir Ihin da Achran früher oder später ins Herz rammen wird?*

Sergh da Teffron lächelte. Selbst wenn Theta eine Zuträgerin für da Achran war: Was sollte schon passieren? Er würde ihr keine Staatsgeheimnisse anvertrauen. Im Gegenteil. Vielleicht konnte er die junge Frau eines Tages sogar dazu benutzen, der Rudergängerin falsche Informationen unterzuschieben.

Als sich Theta aus ihrem Sessel erhob, blickte die Hand des Regenten irritiert auf. »Wohin willst du?«, fragte er.

»Die Stunde ist vorbei«, lautete die Antwort. »Ich danke dir für ...«

»Bleib!« Er stand ebenfalls auf. »Ich will, dass du bleibst. Warum nimmst du nicht ein Bad? Ich habe ein paar Dinge zu erledigen. Danach unterhalten wir uns weiter.«

Die Kurtisane senkte den Kopf als Zeichen der Zustimmung. Dann drehte sie ihm den Rücken zu und ging in Richtung Schlafzimmer. Noch in der Bewegung öffnete sie den Magnetsaum ihrer Kombination und ließ das Kleidungsstück einfach an sich hinuntergleiten.

Sergh da Teffron folgte Theta mit den Blicken, bis sie durch die Tür in der Badelandschaft verschwunden war. Kurz darauf ertönte das Plätschern von Wasser.

Der vergleichsweise kleine Arbeitsraum schloss sich direkt an den Wohnbereich an, konnte allerdings durch ein zuschaltbares Isolationsfeld komplett von der Außenwelt abgeschottet werden. Sergh da Teffron aktivierte es und nahm in einem Sessel Platz.

Die Hand des Regenten baute mehrere Holofelder auf und verschaffte sich einen schnellen Überblick über die allgemeine Nachrichtenlage. Die ersten Reaktionen auf den neuerlichen Auftritt des Regenten waren durchaus befriedigend. Die Einladung an die Kommandeure der Flotte entpuppte sich als kluger Schachzug. Die dadurch offensiv kommunizierte Unterstützung durch die militärische Führung stärkte die Position des Herrschers erheblich und zwang die Opposition vorerst zum Stillhalten. Selbst die schärfsten Kritiker in den Adelsfamilien wussten, dass sie gegen den Regenten *und* die Flotte nicht die geringste Chance hatten.

Mehrere Mehandorclans hatten eine gemeinsame öffentliche Protestnote nach Arkon geschickt, um gegen die »ungerechtfertigte und nach eingehender Prüfung nicht rechtmäßige Außerkraftsetzung der merkantilen Sonderrechte« zu protestieren. Auf zwei Kolonialwelten war es zu Zwischenfällen vor den arkonidischen Regierungsvertretungen gekommen. Der sofortige Einsatz von Naatsoldaten hatte jeden Gedanken an offenen Aufruhr im Keim erstickt. Es hatte ein paar Verhaftungen gegeben. Tote waren dagegen nicht zu beklagen.

Da Teffron nickte zufrieden. In der gegenwärtig angespannten Lage mochten Opfer unter der Zivilbevölkerung – unter welchen Umständen diese auch immer zustande kamen – die Funken sein, die das Pulverfass zur Explosion brachten. Interne Querelen wie Aufstände oder gar ein Bürgerkrieg waren das Letzte, was sich das Imperium leisten konnte.

Er nahm sich ein paar Minuten, um die letzten Schiffsbewegungen der Flotte zu studieren. Naturgemäß war ein Großteil der Streitkräfte im Raum um Artekh konzentriert. Mit dem Inkrafttreten des Kriegsrechts war auch eine allgemeine Generalmobilmachung verbunden. Überall im Imperium liefen die Vorbereitungen für einen Krieg. Das arkonidische Sternenreich zeigte seine Zähne – doch noch war nicht abzusehen, wo es als Erstes zubeißen würde.

Mit wachsender Unzufriedenheit projizierte Sergh da Teffron die streng vertraulichen Aufmarschpläne des Flottenkommandos auf die Holoschirme. Der Regent hatte es nicht für nötig befunden, ihn über Einzelheiten der bevorstehenden Methanattacke zu informieren. Das war insofern ungewöhnlich, als da Teffron als direkter Stellvertreter des Herrschers normalerweise den gesamten Angriffs- und Verteidigungsapparat des Imperiums steuerte und eng mit dem Flottenkommando zusammenarbeitete.

Offenbar hatte sich der Regent jedoch dazu entschlossen, diese Aufgabe diesmal persönlich zu übernehmen. Während er mit den Admirälen hinter verschlossenen Türen tagte, hatte er seinen engsten Vertrauten mit einer Gespielin aus Ihin da Achrans Kurtisanenschmiede abgespeist. Immerhin bedeutete das, dass Theta tatsächlich nichts weiter war als das, was sie behauptete zu sein.

*Er weiß es,* dachte er. *Der Regent weiß um deine Verfehlungen und wartet lediglich auf den richtigen Moment, um dich ohne großes Aufsehen aus dem Weg zu räumen. Bis dahin wiegt er dich in Sicherheit und biedert sich mit seiner aufreizend guten Laune an.*

Hatten ihm die Kommandeure auf dem Prunkwagen nicht bereits verstohlene Blicke zugeworfen? Waren sie bereits darüber informiert gewesen, dass es sich bei Sergh da Teffron um einen sinkenden Stern am imperialen Himmel handelte?

*Und jetzt ruhen Sie sich aus,* hatte der Regent zu ihm gesagt. *Wenn Sie aufwachen, wird die Welt eine andere sein. Ich verspreche es Ihnen!*

Die Welt veränderte sich derzeit tatsächlich mit beängstigendem Tempo – und die wahren Herausforderungen standen erst noch bevor. Noch wusste niemand, wie stark die Methans waren, was sie planten und warum sie nach zehn Jahrtausenden überhaupt einen neuen Vorstoß unternahmen. Die Gründe des Krieges waren längst vergessen, nicht aber die Opfer, die er gefordert hatte. Arkon und das von ihm repräsentierte Imperium hatten damals dem Ende ins Auge geblickt.

Sergh da Teffron zwang sich dazu, seine Gedanken zu ordnen und seine Energie auf die im Moment wichtigen Dinge zu konzentrieren. Die galaktostrategische Lage konnte er auch später analysieren. Nun galt es zunächst einmal, den eigenen Kopf zu retten – und dafür war es beileibe noch nicht zu spät.

Seine größte Enttäuschung war zweifellos Stiqs Bahroff. Der verfluchte *Karrak* hatte ihn hintergangen. Damit musste da Teffron zwei drängende Fragen beantworten: War seinem Assistenten ebenfalls die Flucht aus dem Zweistromland gelungen, und war er nach wie vor im Besitz des Zellaktivators?

Die Kontrolleinrichtungen auf Ghewanal hatten nichts registriert. Auch wenn die Überwachung der Insel nicht lückenlos war, senkte das die Wahrscheinlichkeit für eine Rückkehr Bahroffs erheblich. Da Teffron und sein Assistent waren von dem Arkoniden, der sich Atlan da Gonozal nannte – ein fraglos falscher Name, denn Charron da Gonozal war, wie jeder auf Arkon wusste, der letzte lebende Vertreter seines Geschlechtes –, und einem der Fremden verfolgt worden, die sich *Menschen* nannten und sich in den vergangenen Wochen zu einem echten Problem entwickelt hatten. Bahroff hatte die Flucht schließlich abgebrochen. War er zu Atlan da Gonozal und seinem Begleiter übergelaufen? Und wenn ja: Was war mit dem Zellaktivator geschehen?

Die Hand des Regenten weitete seine Suche aus, fand allerdings nichts Verdächtiges. Ghewanal war normalerweise eine eher schwach frequentierte Militärbasis, doch durch die bereits seit Wochen anhaltenden Truppenbewegungen und die Anwesenheit des Regenten war die Insel praktisch überlaufen, und die Stadt platzte aus allen Nähten. Hinzu kam, dass diese Menschen, allen voran deren Anführer, ein Mann namens Perry Rhodan, sich äußerlich kaum von Arkoniden unterschieden.

Wenn Stiqs Bahroff noch bei ihm gewesen wäre, hätte er ihn auf da Gonozal und Rhodan angesetzt. So blieb ihm vorerst nichts anderes übrig, als einen Filter zu programmieren, der die in jeder Sekunde einlaufenden Datenberge nach etwas durchforstete, was ihm beim Aufspüren der Gesuchten half. Außerdem schickte er eine Reihe von Robotsonden los – mehrere davon auch ins Zweistromland. Es handelte sich um Spezialanfertigungen, die er sich hatte bauen lassen und die er aus seinem Privatvermögen finanziert hatte. Doch immer wieder kehrten seine Gedanken zu Bahroff zurück.

*Ich hätte diesen kleinen schmutzigen Verräter auf der Stelle erschießen und mir den Aktivator nehmen sollen,* dachte Sergh da Teffron und schaltete das Isolationsfeld ab.

Als sein Blick auf die Sitzgruppe des Wohnbereichs fiel, waren die düsteren Gedanken sofort verschwunden. Theta hatte ihr Bad beendet und saß auf einem Sofa. Ihre kurzen, noch ein wenig feuchten Haare standen wie kleine Stacheln nach allen Seiten ab. Bekleidet war sie lediglich mit einem Handtuch, das sie sich um den Körper gewickelt und über der Brust verknotet hatte.

Die Hand des Regenten erhob sich und bewegte sich langsam auf die junge Frau zu. »Das ging schnell. Hattest du solche Sehnsucht nach mir?«

»Ich befürchtete, du hättest die Zeit vergessen«, antwortete Theta. »Du warst über eine halbe Stunde da drin.« Sie deutete auf die Nische mit dem Arbeitspult, über dem nach wie vor diverse Holos leuchteten. »Ich dachte schon, ich müsste den Rest des Tages allein verbringen.«

Da Teffron sah auf sein Armbandchronometer. Tatsächlich! Die Recherche hatte länger gedauert als gedacht.

Theta erhob sich und zeigte ihr bezauberndes Lächeln. Dann löste sie mit der Rechten den Knoten des Handtuchs, das lautlos zu Boden fiel.

Sergh da Teffron spürte, wie ihm das Blut ins Gesicht schoss. *Bei allen Göttern Arkons,* dachte er. *Sie ist fast noch ein Kind, und du bist ein alter Mann. Sie wird dich auslachen. Sie wird dich anschauen, und du wirst den Abscheu in ihren wunderschönen Augen sehen, weil sie etwas tut, was ihr zutiefst zuwider ist.*

Theta kam auf ihn zu, und ihre helle Haut schien von innen heraus zu glühen. Im ersten Moment wollte er sie von sich stoßen, wollte sich die Scham und ihr die Erniedrigung ersparen, doch er tat es nicht. Er ließ es geschehen, dass sie ihre Arme ausstreckte und ihn an den Wangen fasste, dass sie sein Gesicht heranzog, bis ihrer beider Lippen sich beinahe berührten. Ihr warmer Atem strich über sein Gesicht.

»Wovor hast du Angst?«, flüsterte die junge Frau.

»Ich habe keine Angst«, gab er zurück. Seine Stimme klang rau.

Theta schloss die Augen und drängte sich an ihn. Er spürte die Wärme ihres Körpers durch seine Kleidung hindurch, ließ die Hände über die glatte, weiche Haut ihres Rückens gleiten; erst zögerlich, dann immer fordernder.

»Zeig es mir«, hauchte sie in sein Ohr. »Zeig mir, dass du keine Angst hast.«

Sergh da Teffron packte sie und hob sie hoch. Theta schlang die Beine um seine Hüften. Ihr Duft erinnerte ihn an etwas, das er längst vergessen geglaubt hatte. Plötzlich war er wieder auf Arkon, auf der einzigen Welt im Universum, die ihm je etwas bedeutet hatte. Er schaute auf die Trichter und Türme der Hauptstadt hinab, spürte das in ihnen pulsierende Leben, und er wusste, dass diese Bilder die letzten waren, die er sehen wollte, wenn er eines Tages starb.

»Woran denkst du?«, hörte er Theta aus weiter Ferne fragen.

*An die Heimat,* wollte er antworten. *An den schönsten Ort, den sich ein Arkonide erträumen kann.*

Doch der Kloß in seinem Hals machte ihn stumm. Und als Theta seine Lippen mit den ihren verschloss, waren Worte nicht mehr nötig.

# Kapitel 12

In der Kabine war es unerträglich schwül. Perry Rhodan brach der Schweiß aus, kaum, dass er die Schwelle des bis zur Decke mit allerlei Plunder vollgestopften Raums überschritten hatte. In einer Ecke stapelten sich Holzkisten mit Kleidungsstücken. Daneben lagen – säuberlich geglättet und aufgeschichtet – Verpackungsfolien, wie man sie zum Schutz von Frachtcontainern verwendete. An den Wänden hingen fleckige Teppiche, teilweise mehrfach übereinander. Dafür war der Boden mit unzähligen Plastikflocken übersät, die bei jedem Schritt hochgewirbelt wurden und dann langsam nach unten sanken.

Rhodan sah Säcke mit Kabelresten, Drahtspulen in allen Größen, leere Glasflaschen, Rohrstücke, jede Menge Bauschutt und Elektroschrott sowie mindestens zwei Dutzend Objekte, die er auf den ersten Blick unmöglich identifizieren konnte. Die Kabine hatte weit mehr Ähnlichkeit mit einer Mülldeponie als mit der Heimstatt eines intelligenten Lebewesens.

Im Hintergrund des Raums stand eine Art Bett. Es war über und über mit Kissen bedeckt, und in seiner Mitte ruhte eine Gestalt, die sich so sehr von allen Missk unterschied, die Rhodan bisher gesehen hatte, dass er zunächst nicht glauben wollte, es tatsächlich mit Veram zu tun zu haben. Einzig die sechs Arme, die wie verdorrte Äste an der Seite des aufgeblähten Körpers ruhten, deuteten darauf hin, dass es sich hier wirklich um eine Missk handelte.

Verams riesiger Schädel sah aus wie ein zu prall aufgeblasener Ballon. Die fast schwarze Haut war straff gespannt und von zahllosen grauen Äderchen durchzogen. Zwei ebenfalls schwarze Augen lagen wie riesige Murmeln in flachen Vertiefungen. Als sie sich nun auf Rhodan richteten, hatte der Terraner für eine Sekunde die irreale Befürchtung, dass sie herausrollen und zu Boden fallen würden.

»Veram ist sehr krank«, sagte Shy leise. »Sie hat nicht mehr viele Tage.«

»Das tut mir leid.«

»Warum?«, fragte der kleine Missk. »Sie ist fünf Jahre und vier Monate alt. So alt werden nur wenige.«

»Ich ...«, setzte Rhodan an, schüttelte dann aber den Kopf. »Sollten wir sie nicht lieber in Ruhe lassen? Vielleicht können wir später wiederkommen, wenn ...«

»... ich tot bin?«, unterbrach ihn eine Stimme, die klang, als würde jemand mit langen Fingernägeln über eine Schiefertafel kratzen. »Das wäre ziemlich sinnlos, meinst du nicht?«

Shy kicherte albern. »Das ist mein Freund Perry, von dem ich dir erzählt habe«, sagte er. »Er ist siebenunddreißig Jahre alt und wird einmal hundert sein.«

»Hm ...«, brummte Veram und drehte ihren unförmigen Oberkörper ein wenig zur Seite. »Wie ich gehört habe, hast du unseren Ausreißer vor ein paar Arkoniden gerettet.«

»Jeder andere an meiner Stelle hätte das Gleiche getan«, gab Rhodan zurück.

»Jeder andere an deiner Stelle hätte zugesehen und Beifall gespendet«, entgegnete Veram. Als Rhodan widersprechen wollte, hob die Missk zwei ihrer sechs dünnen Ärmchen. »Ich danke dir für deinen Mut, auch wenn Shy den Tod verdient gehabt hätte.«

»Wie kannst du so etwas sagen? Er ist noch ein Kind. Und davon abgesehen hat *niemand* den Tod verdient.«

»Warum sterben wir dann?«

»Ich ... ich bin nicht sicher, ob ich deine Frage verstehe.«

»Du sagst, dass niemand den Tod verdient«, antwortete Veram. »Trotzdem müssen wir alle sterben. Wer ist deiner Meinung nach für diese furchtbare Ungerechtigkeit verantwortlich?«

»Auf meiner Heimatwelt glauben viele, dass der Tod nicht das Ende, sondern nur ein Übergang ist«, antwortete Rhodan. »Sie glauben, dass nur der Körper verfällt, die Seele dagegen, also das, was jeden von uns unverwechselbar und einzigartig macht, unsterblich ist.«

»Und glaubst du das auch?«

Rhodan dachte einen Augenblick nach. »Ich würde es gerne glauben«, sagte er dann. »Allerdings macht einem die Wirklichkeit das oft sehr schwer.«

»Eine kluge Antwort«, urteilte die alte Missk. »Warum bist du hier? Üblicherweise will niemand aus den oberen Sphären sehen, wie wir hier unten leben.«

»Ich hatte von der Existenz der Missk bislang keine Ahnung«, antwortete Rhodan. »Ich muss den Raumhafen erreichen. Dort warten meine Freunde auf mich. Wir müssen ... wir wollen Artekh 17 so schnell, wie es geht, verlassen.«

»Hm.« Veram brummte erneut und holte tief Luft. Irgendwo

in den Tiefen ihres Körpers zischte und blubberte es. »Möglicherweise können wir dir helfen«, sagte sie. »Der für uns zugängliche Teil des alten Versorgungssystems führt bis ins Stadtzentrum. Von da an bist du auf dich allein gestellt. Seit der Rede des Regenten befindet sich Ghewanal in Aufruhr. Es sollte also möglich sein, sich unerkannt fortzubewegen.«

»Das hört sich großartig an.«

»Jetzt bist du aber sicher erst einmal müde und hungrig«, fuhr Veram fort. »Ich habe bereits Anweisung gegeben, dir ein Lager herzurichten und eine Mahlzeit zuzubereiten. Wenn du einverstanden bist, kannst du hier bei mir essen, während ich dir ein wenig von uns Missk erzähle.«

»Das hört sich wunderbar an«, stimmte Rhodan zu.

»Gut. Dann sehen wir uns in einer Stunde wieder«, zeigte sich die alte Missk zufrieden. »Shy, du kümmerst dich um unseren Gast und sorgst dafür, dass er alles bekommt, was er braucht! Über deinen unerlaubten Ausflug in die Stadt reden wir später.«

»Jawohl, Veram«, gab Shy artig zurück. Er wirkte gar nicht zerknirscht, sondern packte Rhodan mit zwei seiner Hände am Arm und zog ihn in Richtung Ausgang. Dort erwarteten ihn bereits die anderen Kinder, die geduldig ausgeharrt hatten und nun in offensichtlicher Vorfreude aufgeregt herumzappelten.

»Du hast sicher Durst, Freund Perry!«, rief Shy so laut, dass man es wahrscheinlich noch in der Halle hören konnte, durch die sie das Reich der Missk betreten hatten.

»Allerdings.« Rhodan lächelte. »Für einen Schluck Wasser wäre ich dir sehr dankbar, Freund Shy.«

Der Missk lachte ausgelassen, schlug einen Purzelbaum. Die anderen Kinder nahmen die Szene mit schief gelegten Köpfen zur Kenntnis.

»Und es wäre schön, wenn uns deine Brüder und Schwestern begleiten könnten«, fügte Rhodan hinzu. »Ich würde euch alle gern näher kennenlernen.«

Die versammelten Missk brachen in Jubel aus. Sie umarmten sich gegenseitig, schwatzten wild durcheinander und wollten sich gar nicht mehr beruhigen.

Shy und die anderen Kinder hatten ihn durch eine weitere Maschinenhalle in einen Bereich geführt, in dem zwei Dutzend Missk an einer Reihe von riesigen Kesseln arbeiteten, deren dampfender

Inhalt einen verlockenden Geruch verströmte. Sofort meldete sich Rhodans Magen wieder.

»Das ist unsere Küche«, erläuterte Shy stolz, dabei eifersüchtig darauf achtend, dass sich keiner seiner Begleiter nach vorn drängelte und zu nahe an seinen Gast herankam. »Hier kochen wir alles, was wir von den Arkoniden bekommen – und das, was wir sonst noch finden.«

»Aber es reicht nicht aus, oder?«, fragte Rhodan in Erinnerung an eine ihrer ersten Unterhaltungen.

»In den letzten Monaten hat man uns mehr gegeben«, antwortete der kleine Missk. »Wosnik sagt, dass wir vielleicht sogar bald die Rationierung aufheben können. Deshalb wollte ich doch mit dem Regenten sprechen. Wir wollen nichts geschenkt haben. Wir können sehr nützlich für das Imperium sein. Wenn man uns nur lassen würde ...«

»Ihr wollt den Arkoniden helfen, obwohl sie euch wie den letzten Dreck behandeln?«, fragte Rhodan. »Es tut mir leid, Shy, aber das verstehe ich nicht.«

»Was ist daran so schwer zu verstehen, Freund Perry? Die Arkoniden *wissen* lediglich nicht, wie nützlich wir für sie sein könnten. Sie glauben, wir seien nicht besser als Ungeziefer, aber das stimmt nicht. Und eines Tages werden wir ihnen das auch beweisen.«

»Sie ignorieren euch. Sie werden euch nicht zuhören.«

»Wenn wir es ihnen immer wieder erklären, werden sie früher oder später zuhören *müssen,* Freund Perry. Wir gehen nicht weg. Die Arkoniden werden aufhören müssen, uns zu ignorieren.«

Rhodan schwieg. Offenbar schienen die Missk von jeher von den Arkoniden unterdrückt worden zu sein. Über die Gründe konnte er vorerst nur spekulieren, auch wenn sich im Hintergrund seines Verstands ein vager Verdacht zu formen begann.

Shy lotste Rhodan zu einigen primitiven Holztischen und bat ihn, Platz zu nehmen. Zwei der übrigen Kinder verschwanden kurz und kehrten mit einem Becher und einem großen Krug zurück. Shy goss ein und nickte seinem Gast auffordernd zu.

Obwohl Rhodan großen Durst verspürte, trank er zunächst nur vorsichtig. Wenn er während seiner bisherigen Aufenthalte auf fremden Welten eines gelernt hatte, war das die Binsenweisheit, unbekannten Speisen und Getränken ein gutes Maß an Misstrauen entgegenzubringen. Crest hatte ihm eine Reihe von Anekdoten aus der arkonidischen Weltraumfahrt erzählt, in denen unvorsichtige Pioniere aufgrund eines allzu sorglosen

Umgangs mit exotischen Delikatessen qualvolle Tode gestorben waren.

Die ölig schimmernde, leicht trübe Flüssigkeit besaß einen herben, jedoch durchaus angenehmen Geschmack. Er erinnerte entfernt an bestimmte irdische Biersorten, hatte jedoch eine süßliche Note, die erst zum Tragen kam, wenn man ihr mit der Zungenspitze nachspürte.

»Sehr gut«, sagte Rhodan und löste damit einen neuen Begeisterungssturm bei den Kindern aus. Er trank ein paar größere Schlucke, horchte in sich hinein und leerte den Becher dann in einem Zug. Sofort goss Shy nach.

Inzwischen waren auch einige der erwachsenen Missk näher gekommen, um den ungewöhnlichen Besucher genauer zu begutachten. Rhodan schaute sich um und begegnete neugierigen, aber befangenen Blicken. Er seufzte innerlich.

Seit er seine denkwürdige Reise zum irdischen Mond angetreten hatte, war er auf die Folgen von Ignoranz, Herrschsucht und Gleichgültigkeit gestoßen. Was er von der Erde im Kleinen kannte, hatte sich während seines Vorstoßes ins Weltall fortgesetzt – und das oft in weitaus schlimmerem Rahmen, als er es jemals für möglich gehalten hätte.

Er hatte sich bemüht, das alles einzuordnen, es vielleicht sogar zu verstehen. Er hatte versucht, sich dem manchmal erschütternden Zynismus eines Atlan da Gonozal anzunähern, der die Arroganz und Brutalität des arkonidischen Imperiums zwar als fehlerbehaftet, jedoch prinzipiell als effektiv einstufte. Geholfen hatte es ihm nicht.

Fast alles, was er bislang gesehen und erfahren hatte, stand seiner Vision eines friedlichen, von gegenseitigem Respekt geprägten Miteinanders entgegen. Die Arkoniden setzten das Recht des Stärkeren notfalls mit rücksichtsloser Gewalt durch. Ihre mächtigen Kampfschiffe dienten in Zweifelsfällen stets als letztes Argument, dem niemand widersprechen konnte. Auf dieser Basis war zwar ein gigantisches Sternenreich entstanden, aber dessen wahre Stabilität zweifelte Rhodan an.

Wenn die Missk auch nur ein winziges Zahnrad im Getriebe des Großen Imperiums waren, stand ihr Schicksal doch exemplarisch für die Borniertheit eines Systems, das auf Einschüchterung anstatt auf Solidarität setzte. Mit den Methans als neuer Unbekannten in dieser Gleichung mochte die Rechnung für den Regenten und seine Mitstreiter diesmal womöglich nicht mehr aufgehen.

Shy war inzwischen auf den Tisch geklettert und stellte Rhodan nun vor – selbstverständlich nicht, ohne mehrfach darauf hinzuweisen, dass sein Freund Perry ein persönlicher Gast Verams war und dass diese ihn höchstselbst beauftragt hatte, sich um ihn zu kümmern.

»Erzählst du uns, woher du kommst?«, fragte der kleine Missk schließlich, nachdem Rhodan auch den zweiten Becher ausgetrunken hatte.

»Der Planet, von dem ich stamme, heißt Erde«, erzählte Rhodan bereitwillig. »Er ist wunderschön und sehr weit entfernt.«

»Hat er auch eine Sonne?«, rief eines der anderen Kinder, was ihm prompt einen strafenden Blick Shys einbrachte.

»Aber ja«, sagte Rhodan. »Eine helle gelbe Sonne, die am Tag am Himmel steht und Licht und Wärme spendet. Wenn man vom Weltraum aus auf die Erde schaut, strahlt meine Heimat in Blau und Weiß.«

»Gibt es dort Arkoniden?«, fragte ein weiteres Kind.

»Nein. Die Arkoniden wissen nicht, wo die Erde ist. Und meine Aufgabe ist, dafür zu sorgen, dass das so bleibt.«

In der Kabine Verams war es nach wie vor unerträglich schwül. Rhodan saß vor der alten Missk auf einem eigens für ihn herangeschafften Stuhl. In Reichweite hatte man eine ansehnliche Reihe von Näpfen und Schüsseln auf einem Tisch platziert. Die Speisen dufteten exotisch, aber ausnahmslos appetitanregend – und sie hätten ausgereicht, mehrere Dutzend Missk zu versorgen.

»Unser Volk existierte noch nicht, als die Arkoniden auf Artekh 17 landeten«, sagte Veram. »Sie hatten erkannt, dass der Planet in seinen Tiefen enorme Reichtümer verbarg: seltene Erze, wertvolle Kristalle, synthetisch nur mit hohem Aufwand herzustellende Elemente. Doch der Abbau dieser Schätze erwies sich als äußerst kompliziert. Die damals verfügbare Technik genügte nicht, um das Gewünschte in akzeptabler Zeit und mit vertretbaren Kosten zu erreichen. Also suchte man nach Alternativen.«

Rhodan ahnte, was nun kommen würde.

»Die biologische Forschung feierte in der Zeit des Wiederaufbaus auf Arkon große Erfolge«, fuhr Veram fort. »Nach der Schlacht im Artekhsystem mussten die Methans eine Niederlage nach der anderen hinnehmen, und es war abzusehen, dass der Krieg schon bald zugunsten der Arkoniden beendet sein würde. Also konnte man sich anderen Dingen widmen. Wenige Jahre später wurde der erste Missk geboren – in einem Biolabor des Orbitalgeflechts.«

Rhodan nickte. Auf einmal hatte er keinen Hunger mehr; dennoch zwang er sich zuzugreifen, denn ihm war nur zu bewusst, dass seine Gastgeber sich dieses Festmahl buchstäblich vom Mund abgespart hatten.

»Köstlich«, sagte er leise und wandte kurz den Kopf, um Shy zuzulächeln. Er hatte ihn als Einziger zu Veram begleitet. Die anderen Kinder waren wieder vor der Tür zur Kabine der Alten zurückgeblieben.

»Besser als alles, was ich bisher von Arkoniden vorgesetzt bekommen habe«, fügte Rhodan hinzu, und es war nicht einmal eine Lüge. Die verschiedenen Gerichte waren ausgesprochen schmackhaft.

Shy grinste selig.

»Unsere Vorfahren erwiesen sich aus Sicht ihrer Schöpfer als voller Erfolg«, setzte Veram ihre Geschichte fort. »Sie waren genügsam, schnell, fleißig und durch ihren speziellen Körperbau extrem beweglich. Sie waren in der Lage, im Dunkeln zu sehen, und wenn ihre Arbeitskraft nach ungefähr fünf Jahren verbraucht war, starben sie einfach.«

Rhodan schluckte den letzten Bissen nur mit Mühe hinunter. Es fiel ihm schwer zu begreifen, dass intelligente Wesen anderen intelligenten Wesen etwas so Furchtbares antun konnten. Natürlich durfte er nicht den Fehler machen und das gesamte Große Imperium mit jenen Verbrechern gleichsetzen, die sich an den Missk vergangen hatten, doch die insgeheime Ehrfurcht, die er bislang vor den Leistungen der Arkoniden empfunden hatte, war nahezu vollständig verschwunden.

»Es tut mir leid«, sagte er, weil er das Gefühl hatte, etwas sagen zu *müssen*, um nicht zu explodieren.

»Das muss es nicht«, meinte Veram. »Wir Missk wurden von jeher benutzt. Für die Arkoniden waren wir lediglich Werkzeuge, aber ohne sie würden wir nicht existieren. Sie haben uns das Leben geschenkt, ein Leben, das wir mit allen Armen umfangen, wie mühsam und beschwerlich es auch sein mag.

Ghewanal ist unsere Heimat. Hier kommen wir zur Welt, und hier sterben wir. Als der Krieg vorbei war, wurden unsere Dienste nicht mehr benötigt. Für die Arkoniden wurden wir zur Last, denn unsere Frauen gebaren nach wie vor viele Kinder. In den fünf Jahren ihres Lebens kann eine Missk bis zu sechsmal schwanger werden und jedes Mal zwischen zehn und zwölf

Nachkommen zur Welt bringen. Ich selbst habe 61 Söhne und Töchter.

Also verbannten uns unsere Schöpfer für immer in den Untergrund. Sie steuerten unsere Anzahl durch die Menge an Nahrung, die sie uns gaben. Du fragst dich sicher, warum sie uns nicht einfach verhungern ließen, aber wir waren immer noch nützlich. Nicht mehr als Arbeitskräfte, aber als Ventil für die auf Ghewanal stationierten Soldaten. Es fanden zwar keine organisierten Jagden auf uns statt, aber jeder Arkonide wusste, wo er uns zu suchen hatte, wenn ihm nach ein bisschen Spaß zumute war.«

»Spaß?«, fragte Rhodan ungehalten »Ist das der Begriff, den die Arkoniden benutzen? *Spaß?«*

»Ist etwas nicht in Ordnung, Freund Perry?«, erkundigte sich Shy besorgt. »Du klingst so komisch.«

»Hier ist einiges nicht in Ordnung«, sagte Rhodan in mühsam unterdrücktem Zorn. »Habt ihr euch denn nie gewehrt? Habt ihr euch nie gegen diese barbarische Behandlung aufgelehnt?«

»Warum hätten wir das tun sollen?«, wunderte sich Veram. »Die Arkoniden hätten uns nur bestraft, und unsere Brüder und Schwestern hätten noch mehr gelitten. Ist es da nicht viel vernünftiger, sich an den zwar überschaubaren, aber glücklichen Momenten zu erfreuen, die das Leben bereithält? Eine Stunde gemeinsamen Schweigens. Ein Bad im Sickersee unter den verlassenen Stollen. Dem Gesang des Durchbruchs lauschen. Es gibt so vieles, für das es sich zu leben lohnt.«

Rhodan schwieg betreten. Wer gab ihm das Recht, das Verhalten der Missk zu kritisieren? Er, der nie Unfreiheit und Unterdrückung hatte erdulden müssen, der nie hatte hungern oder frieren müssen, der ein gutes, ein erfülltes, ein unabhängiges Leben gelebt hatte – wie konnte er es wagen, diese Wesen zu tadeln, weil sie sich nicht gegen ihr Joch stemmten?

»Ich danke dir für deine Gastfreundschaft«, sagte Rhodan und erhob sich. »Und ich danke dir für deine Geschichte. Ich werde sie mit mir nehmen und weitererzählen, denn sie ist es wert, gehört zu werden.«

»Du bist ein kluger Mann, Perry Rhodan«, sagte Veram. »Sind alle Menschen so klug wie du?«

»Ich weiß nicht, ob ich klug bin. Ich versuche lediglich, das zu tun, was ich für richtig halte.«

Er wandte sich zum Gehen. Noch ehe er die Kabine verlassen hatte, war die alte Missk vor Erschöpfung eingeschlafen.

Eine halbe Stunde später hockte Rhodan auf einer der Treppen, die die Laufstege in der Maschinenhalle miteinander verbanden. Er fühlte sich furchtbar müde, wusste aber genau, dass er im Moment keinen Schlaf finden würde.

In seiner Hand hielt er den Zellaktivator.

Seit er den zweiten Vorstoß nach Arkon begonnen hatte, war wenig Zeit zum Innehalten und Nachdenken geblieben. Streng genommen besaß er diese Zeit auch jetzt nicht. Vielleicht warteten die Gefährten bereits an Bord der TIA'IR auf ihn und fragten sich, wo er so lange blieb.

Andererseits spürte er deutlicher als jemals zuvor, dass er all das, was er in den letzten Wochen erfahren und erlebt hatte, dringend analysieren musste. Am liebsten wäre er zur Erde geflogen und hätte sich dort mit Reg und Eric, seinen Kameraden von der STARDUST, beraten. Die verfahrene Lage verlangte nach einer detaillierten Erörterung, insbesondere seit der am Horizont heraufdämmernden Gefahr eines neuen Methankriegs.

»Was ist das?«

Die Stimme ließ Rhodan zusammenzucken. Er war tief in Gedanken versunken gewesen und hatte Shy nicht kommen hören.

»Entschuldige bitte, Freund Perry«, sagte der kleine Missk erschrocken. »Ich wollte dich nicht stören. Ich wollte dich nur fragen, ob du etwas brauchst. Am besten verschwinde ich ganz schnell und ...«

»Nein.« Rhodan schüttelte den Kopf. »Bitte bleib hier und setz dich. Du störst mich nicht.«

Shy beäugte neugierig den Aktivator.

»Das ist ein Geschenk, das ich von einem Arkoniden namens Atlan erhalten habe.« Rhodan ließ die dünne Kette, an der das eiförmige Gerät hing, durch seine Finger gleiten. »Wenn man es wie ein Schmuckstück um den Hals trägt, sorgt es dafür, dass man niemals krank wird und nicht mehr altert. Theoretisch könnte man ewig leben.«

»Ewig?«, fragte Shy zweifelnd. »Wie lang ist ewig?«

»Sehr lang«, antwortete Rhodan.

»Länger als hundert Jahre?«

»Sehr viel länger als hundert Jahre.«

»Dann ist es ein schlechtes Geschenk, Freund Perry!«

»Warum das?« Rhodan drehte den Kopf und sah den Missk an.

»Weil man dann ganz allein ist«, gab Shy zurück. »Weil deine Brüder und Schwestern sterben und du nicht. Wosnik sagt, es gibt nichts Schlimmeres, als allein zu sein, und ich glaube, er hat recht.«

»Ja. Wahrscheinlich hat er das.«

»Möchtest du ewig leben, Freund Perry?«

Rhodan schloss die Hand um den Aktivator. »Das ist genau die Frage, die ich mir selber immer wieder stelle, mein Kleiner«, sagte er leise. »Man könnte meinen, die Antwort darauf sei einfach, doch sie ist es nicht.«

»Du hast Angst, dass du allein sein wirst«, stellte Shy mit Bestimmtheit fest.

»Diese Angst hat wohl jeder. Möglicherweise fürchte ich mich aber noch viel mehr vor der Wahrheit, davor, dass ich Dinge herausfinde, die mir aufgrund meiner zeitlich begrenzten Existenz normalerweise für immer verborgen bleiben.«

»Das verstehe ich nicht«, gab der Missk kleinlaut zu.

»Wir Menschen waren schon immer davon überzeugt, dass das Leben einen Sinn haben muss«, fuhr Rhodan fort. »Niemand, so sagen wir uns, treibt einen derart gewaltigen Aufwand und erschafft etwas so Unglaubliches und Wunderbares wie das Universum, ohne dass es einem höheren Ziel dient. Also haben wir gesucht und gesucht. Auf der Erde, mit Fernrohren im Weltraum – und jetzt sind wir mit Raumschiffen unterwegs und fliegen immer weiter in die Unendlichkeit hinaus.«

»Was habt ihr gefunden?«, fragte Shy.

»Gutes und Schlechtes. Schönes und Hässliches. Aber keinen Sinn. Keine Antwort auf die Frage, die uns umtreibt. Ich weiß nicht genau, warum ich dir das alles erzähle, Shy, aber ich habe das Gefühl, dass du und die Missk weit mehr vom Leben verstehen als alle Menschen und Arkoniden zusammen.«

»Die Arkoniden behaupten, die Missk sind dumm und verstehen gar nichts.«

Rhodan nahm zwei von Shys Händen in die seinen und sah dem kleinen Missk in die Augen. »Lass dir das von niemandem einreden, hörst du? Du und deine Brüder und Schwestern haben mehr Verstand als die meisten Arkoniden, die ich bisher getroffen habe.«

Shy strahlte vor Freude, und seine Augen leuchteten wie zwei kleine Taschenlampen. Für einige Sekunden herrschte Schweigen.

»Auf meiner Heimatwelt erzählt man sich eine Geschichte«, sagte Rhodan dann. »Dort glauben viele an ein allmächtiges höheres Wesen, das alles erschaffen hat, was existiert, darunter auch den Menschen als sein Ebenbild. Sie nennen dieses Wesen Gott, und der Mythos lautet, dass Gott eines Tages eine himmlische Vollversammlung einberief. Alle seine Helfer – die sogenannten

Engel – waren zugegen, und als endlich Ruhe einkehrte, eröffnete Gott ihnen den Grund ihres Hierseins.

›Es geht um eine äußerst wichtige Angelegenheit‹, sprach er, ›und ich möchte die Meinung jedes Einzelnen von euch hören. Ich will den Menschen das Geheimnis des Lebens mitteilen. Ich will ihnen den Sinn ihrer Existenz offenbaren. Doch in den Besitz dieser göttlichen Wahrheit sollen nur jene gelangen, die ihrer würdig sind. Wie vermag ich das zuwege zu bringen?‹

Die Engel überboten sich förmlich mit guten Ratschlägen. Einer schlug vor, die Wahrheit an der tiefsten Stelle des Meeres zu versenken. Ein anderer empfahl, sie in den dunkelsten Höhlen der Erde zu verbergen. Ein Dritter meinte wiederum, sie wäre nur auf dem Gipfel des höchsten Berges vor den Nachstellungen der Unwürdigen geschützt.

Als beinahe alle gesprochen hatten, meldete sich ein letzter Engel, und er war wohl der Klügste von allen. ›Nein‹, sagte er. ›Die Menschen sind durchtrieben und trickreich. Irgendjemand wird bestimmt in die Tiefen des Meeres hinabtauchen, einer wird garantiert die Eingeweide der Erde erforschen, und es wird auch jemanden geben, der den Gipfel des höchsten Berges erklimmt. Deshalb sollten wir das Geheimnis an einem Ort verbergen, wo nie ein Mensch nachschauen würde – noch nicht einmal im Traum: direkt in ihm selbst!‹«

»Das ist eine schöne Geschichte«, sagte Shy, nachdem sie eine Weile geschwiegen hatten.

»Ja, das finde ich auch«, stimmte Rhodan zu. »Es gibt nicht viele, die es wirklich wagen, tief in sich hineinzuschauen, denn das, was sie dort sehen, ist oft nicht besonders schmeichelhaft. Ich bin mir nicht sicher, ob du mich verstehst, Kleiner, aber ich fürchte, wenn ich diesen Aktivator anlege, habe ich irgendwann keine andere Wahl mehr, als auch die dunkelsten Winkel meiner Seele auszuloten. Was, wenn mich das ewige Leben so sehr verändert, dass ich mich selbst nicht mehr erkenne? Was, wenn mich *die Zeit* verändert? Kein Mensch hat bisher länger als hundertzwanzig oder hundertdreißig Jahre gelebt. Niemand weiß, was geschieht, wenn man zweihundert, fünfhundert oder gar tausend Jahre alt wird. Ist der Verstand überhaupt in der Lage, solche Zeiträume zu verarbeiten?

Die Unsterblichkeit hat einen Preis, Shy. Das weiß ich mit absoluter Sicherheit. Und ich frage mich: Was ist dieser Preis? Wer hat die Macht, ewiges Leben zu gewähren – und was verlangt er als Gegenleistung für ein derart wertvolles Geschenk? Wenn ich diesen Aktivator anlege, gewinne ich vielleicht tausend Jahre, aber ich verliere meine Freiheit!«

»Warum wirfst du diesen *Aktivator* dann nicht einfach weg, Freund Perry?«, fragte der Missk. »Das musst du dem Arkoniden Atlan ja nicht erzählen«, setzte er flüsternd hinzu.

Rhodan lachte befreit auf. »Ja«, sagte er und grinste. »Das wäre womöglich die beste Lösung.« Er fuhr Shy mit der Rechten über den kahlen Schädel. »Du bist wirklich ein schlauer kleiner Kerl. Aber jetzt bin ich doch ziemlich müde. Kannst du mir das Lager zeigen, das mir Veram in Aussicht gestellt hat?«

»Gerne, Freund Perry«, rief Shy. »Komm mit!«

# Kapitel 13

»Sie sollten sich ein paar Stunden ausruhen«, sagte Nertan da Hindur. »Im Moment ist wenig zu tun, und Sie werden Ihre Kräfte brauchen, wenn der Regent den Aufbruch befiehlt.«

»Ich weiß«, entgegnete Ihin da Achran. »Aber wir haben noch Zeit. Die Audienzstunden beginnen erst morgen früh. Erinnere mich an das Treffen mit den Vermittlern. Sie haben zwar schon eine Vorauswahl getroffen, aber ich will kein Risiko eingehen.«

»Selbstverständlich, Herrin«, bestätigte der Adjutant und kehrte an sein Arbeitspult zurück.

Die Rudergängerin aktivierte das Isolationsfeld und sichtete die neuesten Ergebnisse ihrer Nachforschungen. Vor knapp drei Stunden war Geramor da Findur am Raumhafen eingetroffen und an Bord der TIA'IR gegangen.

Sie hatte vorsichtshalber den Leiter der Flugkontrolle kontaktiert und ihm eingeschärft, der Jacht auf keinen Fall eine Starterlaubnis zu erteilen und sie sofort zu informieren, wenn jemand eine solche fordern sollte.

Eine weitere Meldung erregte ihre Aufmerksamkeit: Im Gol'tek-Bezirk in der Nähe der Gleiterwerften hatte man vor wenigen Minuten einen streunenden Purrer aufgegriffen und in den nächstgelegenen Stützpunkt gebracht. Purrer galten im Großen Imperium als gefährlich und durften auf bewohnten Planeten normalerweise nur in Begleitung eines Arkoniden frei herumlaufen.

Ihin da Achran überlegte nicht lange, sondern stellte eine Verbindung zum Büro des diensthabenden Offiziers des betreffenden Stützpunkts her. Auf einem Holoschirm erschien das Gesicht eines älteren Mannes mit langen weißen Haaren. Über einem markanten Kinn saßen ein dünnlippiger Mund, eine breite Nase und zwei aufmerksam blickende Augen, die sich nun überrascht weiteten.

»Edle da Achran«, sagte der Offizier. »Welch unerwartete Ehre. Ich ...«

Die Arkonidin lächelte zuckersüß. »Ist es in Flottenkreisen

nicht mehr üblich, sich einer Dame vorzustellen?« Natürlich hatte der Mann sie sofort erkannt. Die Rudergängerin des imperialen Trosses war medial mindestens so präsent wie die Hand des Regenten oder der Herrscher selbst.

»Natürlich«, brachte der Offizier heraus. »Entschuldigen Sie bitte vielmals. Melghor da Iriam zu Ihren Diensten, Herrin!«

»Ausgezeichnet. Ich habe gehört, dass Ihre Leute vor Kurzem einen Purrer aufgegriffen haben.«

»Das ist korrekt. Ich ...«

»Haben Sie diesen Vorfall bereits an die Zentralstelle weitergegeben?«

»Äh, nein ... Ich war gerade dabei.«

»Ich möchte, dass diese Verhaftung als streng vertraulich behandelt wird«, unterbrach sie ihren Gesprächspartner erneut. »Sperren Sie den Purrer ein und warten Sie auf weitere Anweisungen! Sie reden mit keinem, ausschließlich mit mir persönlich. Haben Sie das verstanden?«

»Jawohl, Herrin!«

»Gut. Ich werde Ihre Kooperationsbereitschaft nicht vergessen. Falls irgendjemand nach dem Purrer fragt, werden Sie mir das auf der Stelle melden. Ich habe Ihnen einen persönlichen Rufkode geschickt, der Sie direkt mit mir verbindet. Falls ich verhindert sein sollte, hinterlassen Sie eine Nachricht.«

Übergangslos schaltete da Achran das Gespräch ab. Ein neues blinkendes Holo hatte sich vor ihr aufgebaut. Es zeigte eine auf den ersten Blick unscheinbare Frau, die zu Fuß über eine Landeplattform auf die TIA'IR zueilte.

*Sieh an, sieh an,* dachte die Rudergängerin. *Nach und nach treffen unsere angeblichen Schatzsucher ein.*

Bei der Frau handelte sich um die Mehandor, die sich Sibelh nannte. Sie sah sich noch einmal kurz um und verschwand dann im Innern der Jacht.

Ihin da Achran hätte einiges dafür gegeben, wenn sie das in diesen Sekunden fraglos stattfindende Gespräch zwischen ihr und da Findur hätte mithören können.

Zwei weitere Stunden verstrichen, dann traf die zweite Frau der Gruppe ein. In der Liste der Lotsen war sie als Noika Semsin verzeichnet. Die Rudergängerin vertrieb sich die Zeit, indem sie die Wege der drei Gha'essold so weit wie möglich zurückverfolgte. Neue Erkenntnisse brachte ihr das aber nicht.

Am frühen Abend heulte einer der Giftwinde über die östlichen Ausläufer Ghewanals. Im Nordmeer hatte sich ein heftiger

Sturm zusammengebraut, der hochtoxische Algen an die Wasseroberfläche spülte. Die Pflanzen gaben ihre Schadstoffe an die Luft ab, und der Wind trug sie in Richtung Stadt. Die arkonidischen Baumeister von einst hatten allerdings eine findige architektonische Alarmanlage ersonnen, indem sie die meisten Gebäude so angeordnet hatten, dass die engen Straßenschluchten wie ein Tonkanal wirkten und durch die kreuzenden Böen ein hohes, geisterhaftes Wimmern entstand. Spätestens dann war es für die Bewohner Ghewanals an der Zeit, einen sicheren Unterschlupf aufzusuchen oder sich eine der überall kostenlos verfügbaren Atemmasken aufzusetzen.

Ihin da Achran fröstelte, während sie die Bilder über die Holos laufen sah. Die Rudergängerin fragte sich nicht zum ersten Mal, wie Arkoniden überhaupt auf Artekh 17 leben konnten. Diese Welt fraß sich langsam und unaufhaltsam in einen hinein, machte einen blind und taub, und ehe man es sich versah, hatte sie einen vollständig verschluckt.

Kurz nachdem der Sturm sich verzogen hatte, lief mit Evengor Malek der Vierte im Bunde ein. Der wuchtige Mann, dessen Haut im Licht der Scheinwerfer des Raumhafens grünlich schimmerte, stapfte über die Plattform, als würde er sich durch tiefen Schnee bewegen. Nun fehlte nur noch Sirran Taleh, jener Fremde, mit dem sie am Sonnenleuchtfeuer Hela Ariela kurz in Funkkontakt gestanden hatte.

Die Meldung der Sondereinheit, die während der Parade mit der Absicherung der Verkehrswege betraut gewesen war, hätte Ihin da Achran beinahe übersehen. Offenbar war es auf der Lashkarkreuzung zu einem Zwischenfall mit einem Missk gekommen. Diese noch während des Methankriegs genetisch gezüchteten Geschöpfe waren zunächst als billige Arbeitskräfte für die Minen eingesetzt und später in die Tiefen Ghewanals verbannt worden. Wenn es nach der Rudergängerin gegangen wäre, hätte man die primitiven und allenfalls mit rudimentärer Intelligenz ausgestatteten Kreaturen längst ausgerottet, doch das Flottenkommando ließ das nicht zu. Für die auf der Insel stationierten Soldaten gab es meist wenig zu tun, und die Jagd nach den weißhäutigen Missgeburten war zu einem beliebten Freizeitvergnügen geworden.

Mit mäßigem Interesse nahm da Achran zur Kenntnis, dass vor einigen Wochen ein Befehl ergangen war, der alle weiteren Nachstellungen bis auf Weiteres verbot. Die Missk, so hieß es in der von Sergh da Teffron persönlich unterzeichneten Anordnung, stünden ab sofort unter besonderem Schutz und seien in Ruhe zu lassen.

Der Missk, der es gewagt hatte, die Parade des Regenten auf der Lashkarkreuzung zu stören, war von drei Ordnungskräften beiseitegeschafft worden. Zwei Stunden später hatte man das Trio dann bewusstlos in einem schmalen Innenhof entdeckt. Der Missk war verschwunden, und die Soldaten berichteten von einem Unbekannten, der sie hinterrücks angegriffen und brutal niedergeschlagen hatte.

Ihin da Achran programmierte eine Bildauswertung sämtlicher Kameras, die sich im Umkreis von einem Kilometer zum Tatort befanden. Dann lenkte ein auf ihrem Privatkanal einlaufender Anruf die Rudergängerin ab. Sie schob das Holo mit einer knappen Handbewegung zur Seite und aktivierte die Verbindung.

Das hübsche Gesicht Thetas materialisierte aus dem Nichts. Die Kurtisane senkte kaum merklich den Kopf. »Ich habe nicht viel Zeit«, begann sie ohne jede Begrüßung. »Die Hand ist in einer Besprechung mit den Sektionsleitern des Orbitalgeflechts.«

»Hast du dich vergewissert, dass du nicht überwacht wirst?«, fragte da Achran.

»Selbstverständlich. Er ist immer noch misstrauisch, aber ich glaube, dass er angebissen hat. Bis er mir völlig vertraut, wird es allerdings eine Weile dauern.«

»Gut gemacht«, lobte die Rudergängerin. »Du rufst mich aber sicher nicht an, um Höflichkeiten auszutauschen. Was ist los?«

»Er sucht nach etwas ... nein, nach *jemandem«,* sagte die junge Frau. »Erst kurz bevor er gegangen ist, hat er die Überwachung des Raumhafens massiv verstärkt. Ich komme leider nicht an seine Datenspeicher heran. Ich könnte es natürlich versuchen, aber er ist sicher nicht so leichtsinnig und lässt seinen Zugang ungeschützt.«

»Kein Risiko«, warnte da Achran. »Wir sind zu weit gekommen, als dass wir schon jetzt alles aufs Spiel setzen. Sieh zu, was du erfahren kannst, aber tu nichts, was ihn auch nur im Ansatz argwöhnisch machen könnte.«

»Schon verstanden. Ich habe jedoch das Gefühl, dass hier etwas ziemlich Großes am Kochen ist. Ich konnte einen Blick auf die Holos seines Arbeitspults werfen. Er benutzt hochwertige Datenfilter und greift auf den kompletten Bestand des Überwachungssystems zurück. Dabei achtet er allerdings penibel darauf, nicht aufzufallen. Außerdem hat er ein paar Sonden losgeschickt. Darüber steht höchstens noch eine Großfahndung durch die lokalen Sicherheitskräfte. Da er eine solche nicht angeordnet hat, will er vermeiden, dass jemand mitkriegt, wen er sucht.«

»Was noch?«, fragte die Rudergängerin ungeduldig.

»Ich bin ziemlich sicher, dass es sich um mehrere Personen handelt«, berichtete Theta weiter. »Darunter ist auch ein Purrer.«

Ihin da Achran musste an sich halten, um nicht aufzuspringen. »Ein Purrer?«, rief sie mit mühsam unterdrückter Erregung. »Irrst du dich da auch nicht?«

»Nein.«

»Gut.« Die Rudergängerin atmete bewusst langsam, um ihre Nerven zu beruhigen. »Sobald du mehr über diese Sache erfährst, will ich es sofort wissen. Ist das klar?«

»Dann ist es also tatsächlich etwas Großes?«, fragte Theta.

»Möglicherweise. Und jetzt besorg dir etwas anderes zum Anziehen! Ich habe dir nicht umsonst gesagt, was der alte Sergh bevorzugt.«

»Meine Abendgarderobe ist bereits unterwegs.« Theta lächelte, wie nur sie es konnte. »Ich hoffe lediglich, der *alte Sergh* hat ein gesundes Herz.«

Ihin da Achran lächelte zurück und schaltete dann ab. Wieder einmal hatte sie ihre Intuition nicht getrogen. Sergh da Teffron tat das, worin er der Beste war: Er zog im Hintergrund seine Fäden und spannte sein Netz – und das unmittelbar unter den Augen des Regenten. Wenn ihr einstiger Liebhaber mit einer solchen Tollkühnheit agierte, musste sehr viel auf dem Spiel stehen.

Die Arkonidin schaltete das Isolationsfeld ab und starrte wieder auf die Bilder der TIA'IR, die die Kameras des Raumhafens direkt in die Speicher der VEAST'ARK schickten. Auf Ghewanal hatte es zu regnen begonnen. Da Achran hob die Rechte und bewegte Daumen und Zeigefinger. Die Optik zoomte so nahe an die Jacht heran, dass man die einzelnen Tropfen erkannte, die von der grellroten Oberfläche abperlten.

*Ein Prachtstück,* dachte die Rudergängerin. *Es wäre eine Schande, diese Perle ein paar dahergelaufenen Schatzjägern zu überlassen.*

Ihin da Achran beschloss, vorerst zu warten. Einer der Gha'essold fehlte noch. Wenn sie ihn nicht selbst fand, würde er früher oder später zu ihr kommen. Die TIA'IR hatte keine Starterlaubnis beantragt. Das hieß, sie wartete auf den fünften Passagier. Sie musste lediglich verhindern, dass Sergh da Teffron ebenfalls auf ihn aufmerksam wurde. Da die Hand des Regenten die Beobachtung des Raumhafens intensiviert hatte, war das alles andere als ein leichtes Unterfangen.

Diesmal fiel es der Rudergängerin schwer, unzufrieden zu sein. Dafür liefen die Dinge einfach zu perfekt.

# Kapitel 14

Die Schlafstelle bestand aus einer zerschlissenen, aber sauberen Matratze, zwei Kissen und einer dünnen Decke. Neben der Lagerstatt stand ein dreibeiniger Schemel, auf den jemand einen Becher und einen Krug mit jenem herbsüßen Getränk gestellt hatte, das Perry Rhodan bereits kannte.

Auch wenn er sich am liebsten sofort in Richtung Raumhafen auf den Weg gemacht hätte, wusste Rhodan, dass ein solches Verhalten kontraproduktiv gewesen wäre. Die Erschöpfung, die ihn seit seiner Rückkehr aus dem Zweistromland begleitet hatte, machte sich jetzt, da er sich auf das primitive Lager sinken ließ, erst richtig bemerkbar.

»Freund Perry?« Shy hatte sich vor ihm auf den Boden sinken lassen und schaute zu ihm auf.

»Ja?« Rhodan zog die Stiefel aus und absolvierte einige Dehnübungen, um die verspannte Muskulatur zu lockern.

»Würdest du mich zu einem der Vermittler begleiten?«, fragte der Missk.

Rhodan stutzte und hielt in seiner Gymnastik inne. »Vermittler? Ich weiß nicht, was du damit meinst.«

»Der Regent hält morgen mehrere Audienzstunden ab«, erklärte Shy. »Dort haben alle Bürger die Möglichkeit, gehört zu werden und ihre Anliegen persönlich vorzutragen. Die Vermittler nehmen die Audienzwünsche entgegen und entscheiden, wer vorgelassen wird. Wenn du mitkommst, hätte ich sicher gute Chancen, dass mich der Herrscher empfängt. Veram hat es selbst gesagt: Du bist klug!«

Rhodan seufzte. »Hör mir zu, Shy!«, sagte er dann. »Deine Absichten sind redlich, und ich verstehe, dass du die Dinge verändern willst. Ein Dialog mit dem Regenten ist jedoch nicht der richtige Weg.«

»Aber es heißt, der Regent habe den Imperator vom Thron gestürzt«, widersprach Shy. »Wir Missk sind viele Jahrtausende lang im Namen des Imperators unterdrückt worden. Der Regent ist anders. Wenn ich ihm von uns Missk erzähle, wird er sofort erkennen, dass wir ihm gegen die bösen Methans zur Seite stehen können.«

Rhodan rieb sich die brennenden Augen. Gegen so viel entwaffnende kindliche Logik war schwer anzukommen. »Leider ist es nicht ganz so einfach, wie du glaubst«, sagte er.

»Dann willst du mir nicht helfen?«

»Darum geht es nicht. Ich würde dir sehr gerne helfen, aber du wirst keine Audienz beim Regenten bekommen. Es tut mir leid, Shy, so funktioniert die Welt da oben nicht.«

Der kleine Missk schwieg, und zum ersten Mal, seit Rhodan ihn getroffen hatte, wirkte er traurig.

»Lass uns in ein paar Stunden noch einmal darüber reden, Shy, in Ordnung?« Der Missk tat Rhodan leid, aber je früher er begriff, dass seine Ausflüge in die Stadt viel zu gefährlich waren, desto besser. »Ich verspreche dir, dass wir eine Lösung finden werden. Am besten legst du dich auch für ein paar Stunden hin und schläfst.«

»Schlafen?« Shy kicherte unterdrückt. Seine gerade noch gezeigte Niedergeschlagenheit war wie weggeblasen. »Missk schlafen nur eine Stunde pro Tag. Höchstens. Und sie tun es, wann immer Zeit ist. Pass auf ...«

Shy schloss die Augen, und sein Gesicht entspannte sich. Sein Körper schwankte leicht hin und her, und die schmale Brust hob und senkte sich regelmäßig. Nach fünf Atemzügen öffneten sich die Augen wieder. Nach einem kurzen Moment der Orientierungslosigkeit lächelte der Missk und sah Rhodan Beifall heischend an.

»Du hast tatsächlich ... geschlafen?«

»Ja, Freund Perry. Ich würde dich doch nicht belügen!«

»Beneidenswert«, sagte Rhodan. »Auf Knopfdruck einschlafen. Und das sogar im Stehen. Das ist ungemein praktisch.«

Nachdem Shy verschwunden war, wurde es still. Das Gezwitscher der Missk drang aus weiter Ferne an Rhodans Ohren, und wenn man die Augen schloss, hätte man meinen können, irgendwo auf der Erde in einem Wald zu sein.

Ob die anderen wohl schon an Bord der TIA'IR waren? Würden sie auf ihn warten? Eventuell wurde die Lage ernst, und es bestand die Gefahr einer Entdeckung. Atlan würde fraglos die Mission über alles stellen und eine schnelle Flucht befürworten – notfalls auch ohne Rhodan. Ishy und Iwan dagegen würden eher ausharren wollen, und Chabalh ... nun, der Purrer wäre wohl nur mit Mühe davon abzuhalten, sofort aufzubrechen und nach seinem Schutzbefohlenen zu suchen.

Und Belinkhar? Aus der Mehandor wurde er noch immer nicht richtig schlau. Er mochte sie zweifellos, aber er konnte sie nicht einschätzen. Warum hatte sie sich ihnen angeschlossen? Durfte er so vermessen sein, anzunehmen, dass sie seine Nähe suchte? Und wenn ja, wie stand er dazu?

Seine Lider wurden schwer, und die ihn umgebende Dunkelheit senkte sich wie ein warmes weiches Laken auf ihn herab. Im Traum sah er sich selbst, nackt und nur mit dem Zellaktivator auf seiner Brust. Von irgendwoher erklang ein dumpfes Brummen, das die Luft zum Vibrieren brachte. Etwas war nicht so, wie es sein sollte.

Rhodan spürte, wie sich die dünne Kette um seinen Hals zusammenzog. Erst langsam, dann immer schneller. Er wollte nach dem eiförmigen Gerät greifen und es ablegen, doch es war zu spät. Die Kette saß bereits so stramm, dass er nicht einmal mehr fähig war, einen Finger unter die winzigen metallischen Glieder zu schieben.

Rhodan riss den Mund auf, rang nach Atem. Er brach in die Knie, wollte schreien, bekam jedoch keinen Ton heraus. Er hörte nur dieses Brummen, das nun so laut war, dass es seinen Schädel wie eine Glocke schwingen ließ. Der Druck auf seinen Kehlkopf wurde unerträglich.

*Sie haben ihn verdient,* hörte er Atlan sagen. Das Gesicht des Arkoniden schwebte übergroß vor ihm. Dann begann Atlan zu lachen, und aus seinen Augen schossen grellrote Blitze. Sie schlugen in Rhodans unbekleideten Körper, setzten ihn in Brand, dampften das Fleisch von seinen Knochen ...

Mit einem Schrei fuhr Rhodan hoch. Kalter Schweiß stand auf seiner Stirn, und es dauerte lange Sekunden, bis er wusste, wo er war. Mit zitternden Händen griff er nach Krug und Becher, trank in kleinen Schlucken. Langsam beruhigten sich seine aufgewühlten Nerven wieder.

Dann nahm er das Brummen erstmals bewusst wahr. Es war das Einzige, was seinen Albtraum überdauert hatte. Der Ton hing beinahe körperlich in der Luft, schwoll an und wieder ab und füllte jeden Winkel des Verstandes aus. Das Gezwitscher der Missk war dagegen vollständig verstummt.

Rhodan schlüpfte in seine Stiefel und eilte in die große Halle. Als er einen der Zugänge durchschritten hatte und von einem Laufsteg nach unten blickte, hielt er unwillkürlich inne. Eine schier unüberschaubare Anzahl von Missk hatte sich am Hallenboden versammelt. Die schlanken, weißhäutigen Wesen standen dicht an dicht und bildeten einen riesigen Teppich aus Leibern, der – wie von einer sanften Brise bewegt – langsam hin und her wogte.

Ihre Arme hatten sie eng angelegt; sie waren fast nicht als solche zu erkennen. Der Ton, der Rhodan geweckt hatte und der in der Halle als machtvoller Klang widerhallte, wurde von den Missk erzeugt. Sie *sangen.* Zumindest nahm Rhodan an, dass es sich um etwas Ähnliches wie Gesang handelte. Offenbar wurde er Zeuge einer Art Ritual.

»Es ist der Gesang des Durchbruchs«, sagte jemand leise neben ihm.

Er drehte den Kopf und musterte den Missk, der in etwa seine Größe besaß. Die fleckige Haut und das faltige Gesicht legten die Vermutung nahe, dass es sich um ein älteres Exemplar handelte. Rhodan sah sich nach Shy um, entdeckte ihn jedoch nirgendwo.

»Du musst dich ihm öffnen«, fuhr der Unbekannte fort. »Lass ihn in dich hinein, dann wird er dich führen.«

Rhodan machte einen Schritt nach vorn und umfasste das Geländer des Laufstegs mit beiden Händen. Mehrere Minuten lang ließ er das, was er sah und hörte, auf sich wirken. Als das Brummen allmählich leiser wurde und schließlich erstarb, hatte er leichte Kopfschmerzen. Er wandte sich dem Missk zu, der nach wie vor neben ihm verharrte.

»Ich bin Perry Rhodan«, stellte er sich vor.

Sein Gegenüber verzog die breiten Lippen zu einem Lächeln. »Das weiß ich«, sagte es. »Das weiß inzwischen *jeder* in der Familie. Mein Name ist Wosnik.«

»Shys Lehrer«, entfuhr es Rhodan spontan.

»So ist es.«

»Wo ist der Kleine? Ich hatte ihm versprochen, mit ihm zu reden.«

»Dazu dürfte es zu spät sein«, erwiderte Wosnik und verschränkte zwei seiner Arme hinter dem Rücken.

»Was ... was soll das heißen?« Rhodan sah den Missk bestürzt an. »Ist ihm etwas zugestoßen?«

»Er hat die Familie verlassen«, eröffnete ihm Wosnik. »Ich nehme an, dass er in die Stadt gegangen ist. Vermutlich unternimmt er einen neuen Versuch, mit dem Regenten zu sprechen.«

*Der Vermittler,* durchzuckte es Rhodan. *Er will einen dieser verdammten Vermittler aufsuchen!*

»Er wird sich umbringen«, sagte er. »Verdammt, du hättest ihn aufhalten müssen!«

»Warum?«, fragte Wosnik. »Er ist für sich selbst verantwortlich und kann tun und lassen, was er will.«

»Er ist ein *Kind!*«

»Er ist vier Monate alt«, gab der Lehrer zurück. »Und er besitzt einen scharfen Verstand. Wenn er ihn nicht benutzt, muss er die Konsequenzen tragen.«

»Ich muss mit Veram sprechen.« Rhodan wandte sich verärgert ab, doch bevor er die Halle verlassen konnte, hörte er erneut Wosniks Stimme an seiner Seite.

»Der Gesang des Durchbruchs wurde zu ihren Ehren angestimmt«, sagte der Missk leise. »Das geschieht immer, wenn eine der Ältesten stirbt.«

Rhodan schloss die Augen. Er hatte plötzlich das Gefühl, dass sich die Halle um ihn herum drehte, und lehnte sich schwer atmend gegen die Wand. Veram tot, Shy verschwunden – es kam ihm fast so vor, als hätte er eine ganze Woche geschlafen.

»Wo finde ich den nächsten Vermittler?« Rhodan trat an Wosnik heran und packte ihn an der Schulter. »Shy wollte einen der Vermittler aufsuchen und um eine Audienz beim Regenten bitten. Sag mir, wohin er sich wendet!«

»Ich kann dir leider nicht helfen. Aber die Vermittler sind überall. Du erkennst sie am imperialen Siegel. Wenn du eines der allgemeinen Informationspulte benutzt ...«

Die letzten Worte des Missk hörte Rhodan bereits nicht mehr. Er hatte schon viel zu viel Zeit in den Tiefen Ghewanals verloren. Er musste zum Raumhafen. Er musste die Erde retten. Und er musste Shy finden, bevor der sich in seiner Naivität in eine Situation manövrierte, aus der er nicht mehr lebend herauskam. Leider hatte Rhodan nicht die geringste Ahnung, wie er all das anstellen sollte.

## Kapitel 15

Der Weg zurück an die Oberfläche kam ihm ungewöhnlich lang vor. Mehrfach glaubte Perry Rhodan sogar, sich verirrt zu haben, doch schließlich erreichte er über einen langen, sanft nach oben verlaufenden Abwassertunnel eine Wandleiter, die über ein vergittertes Einstiegsloch auf eine Straße führte. Das Gitter stellte für den Strahler, den er einem der arkonidischen Soldaten abgenommen hatte, kein Hindernis dar. Nachdem er die Öffnung passiert hatte, verschweißte er das Gitter mit der auf geringste Intensität regulierten Waffe, so gut es ging. Wenn man nicht genau hinsah, war die Manipulation nicht zu bemerken.

Auf Ghewanal herrschte tiefste Nacht, auch wenn diese sich kaum vom trüben Tag unterschied. Da die anhaltend dichte Wolkendecke nur wenig Sonnenlicht durchließ, wurde die künstliche Beleuchtung praktisch nie ausgeschaltet.

Auch zu dieser Stunde waren noch zahlreiche Passanten unterwegs, in der Hauptsache Arkoniden, davon viele in Uniform. Zu Rhodans Erleichterung kümmerten sich die meisten nicht um ihn. Zwar erntete er den einen oder anderen neugierigen Blick, allerdings sprach ihn niemand an.

Im Geist ging er seine Möglichkeiten durch. Der Raumhafen war noch immer zu weit entfernt, um ihn zu Fuß zu erreichen. Rhodan rief sich die Eindrücke ins Gedächtnis, die er gesammelt hatte, als sie mit der TIA'IR auf Artekh 17 gelandet waren. Es gab hier nur wenige öffentliche Informationsquellen; er hielt sich eben auf einem Militärstützpunkt und nicht in einer Touristenoase auf. Wenn ihn sein Orientierungssinn jedoch nicht völlig im Stich ließ, befand er sich in etwa im Zentrum der rund hundert Kilometer langen Insel. Mit einem Gleiter hätte er die Distanz zu seinem Ziel in weniger als einer Stunde zurücklegen können.

Die große Frage war, wie eng Sergh da Teffron sein Überwachungsnetz geknüpft hatte. *Dass* die Hand des Regenten nach ihm und den anderen suchte, durfte als sicher gelten.

Ghewanal war eine Militärbasis. Wenn hier auch nur annähernd gleiche Bedingungen galten wie in ähnlichen Einrichtungen auf der Erde, waren die Möglichkeiten der Beobachtung umfassend. Vermutlich hatte man ihn bislang nur deshalb noch nicht entdeckt, weil er sich größtenteils im unterirdischen Reich der Missk aufgehalten hatte. Je länger er also auf offenem Gelände, sprich: auf den Straßen der Stadt, unterwegs war, desto wahrscheinlicher war es, dass ihn da Teffron irgendwann entdeckte.

Selten in seinem Leben hatte sich Rhodan isolierter gefühlt als in diesen Minuten. Fraglos war die Architektur auf Ghewanal ein Ergebnis des nur eingeschränkt verfügbaren Raums. Dennoch spiegelte sich im oft wuchtigen, protzigen Stil vieler Bauwerke der Umstand, dass deren Architekten einer Zivilisation entstammten, die seit Jahrtausenden ein gewaltiges Sternenreich beherrschte und der es nicht an Selbstbewusstsein mangelte.

Rechts von ihm erhob sich ein geradezu monströser Kasten, eine grauschwarze Wand, die bis in die Wolken hineinzureichen schien. Aus einigen wenigen Fenstern drang schwacher Lichtschein, doch er machte das Gebäude eher noch trostloser und düsterer, als es ohnehin schon war.

Links dagegen wuchs einer jener typischen Trichtertürme wie ein exotischer Pilz aus dem Boden. Von seinem Stiel führte eine Reihe von Röhren zu anderen Bauten. In einer Höhe von mindestens fünfzig Metern wölbte sich die zylinderförmige Basis nach außen und überspannte diesen Teil der Straße wie ein gigantischer Regenschirm.

Auch wenn die Arkoniden als humanoide Spezies nahezu zwangsläufig einigen universellen Prinzipien folgten, die sich schlicht aus anatomischen Notwendigkeiten ergaben, so hatten sie sich dennoch gänzlich anders entwickelt als die Menschen. Das zeigte sich nicht nur in ihrem Verhalten und ihrem allgemeinen Verständnis von Dingen wie Recht und Moral, sondern auch in der Art und Weise, wie sie ihre kulturellen Vorlieben und Abneigungen in die Gestaltung ihrer Umwelt einfließen ließen.

Zehn Minuten später betrat Rhodan eine Art Markt, auf dem selbst für ghewanalsche Verhältnisse außergewöhnlich viel Betrieb herrschte. Zudem wurde das Publikum zunehmend bunter. Neben Arkoniden in Zivilkleidung gesellten sich nun auch Vertreter anderer Spezies zu den Anwesenden.

Um den viereckigen Platz, dessen Seiten rund hundert Meter maßen, gruppierte sich eine unüberschaubare Zahl von Clubs, Restaurants, Geschäften und anderen Einrichtungen. Offenbar handelte es sich um eine Art Einkaufs- und Vergnügungszentrum. Oberhalb der Ladenlokale leuchteten bunte Hinweisschilder, die er nur zum Teil zu entziffern vermochte. In diesen Sekunden nahm er sich fest vor, nach der Rückkehr auf die TIA'IR seine Kenntnisse des Arkonidischen aufzubessern und die Verkehrssprache des Großen Imperiums gezielt zu erlernen.

Es war reiner Zufall, dass er seinen Blick für einen Augenblick hob und einen mit farbigen Hologrammen übersäten Pfeiler musterte, der ungefähr in der Mitte des Platzes rund zwanzig Meter in die Höhe ragte. Auch die Hologramme schienen in der Hauptsache auf die umliegenden Etablissements aufmerksam zu machen. Hin und wieder machte Rhodan jedoch auch Bilder aus, die sich auf aktuelle politische und gesellschaftliche Ereignisse bezogen.

Das keilförmige, signalrot lackierte Raumschiff, das nur für wenige Atemzüge auf einem der Holos erschienen war, hätte Rhodan unter Tausenden ähnlichen Fahrzeugen sofort wiedererkannt. Warum zeigte man die TIA'IR auf einem der öffentlichen Nachrichtenkanäle? Hatten die Behörden das Schiff beschlagnahmt? Waren die Gefährten bereits in Gefangenschaft? Fieberhaft huschten Rhodans Blicke über die Bilderflut, versuchten weitere Hinweise auf das zu erhaschen, was derzeit auf Ghewanals Raumhafen vor sich ging, doch die kurze Aufnahme der Jacht aus dem Besitz der arkonidischen Prinzessin Crysalgira da Quertamagin war offenbar alles zum Thema.

Rund um den Pfeiler hatte man eine Reihe von Pulten errichtet, die Rhodan für Infoterminals hielt. Womöglich war das Glück auf seiner Seite, und er musste sich nicht identifizieren, um sie zu benutzen.

Sorgfältig darauf achtend, dass niemand die Waffe in seinem Gürtel sah, kämpfte er sich durch die Menge. Er hatte sich nicht geirrt: Als er sich einem der zylinderförmigen, gut hüfthohen Pulte näherte, manifestierte sich auf dessen metallisch glänzender Oberfläche eine virtuelle Tastatur. Vor seinen Augen erschien ein Holo mit einer in mehrere Segmente unterteilten Benutzeroberfläche. Unschlüssig verharrte er vor dem Terminal und den unbekannten arkonidischen Schriftzeichen.

»Du siehst aus, als könntest du Hilfe brauchen.«

Die schlanke Arkonidin mit den schulterlangen silbernen Haaren stand urplötzlich neben ihm. Auf ihrer hohen Stirn glitzerte eine Nachbildung des Kugelsternhaufens M 13. Ihr Alter war aufgrund des zwar sichtbaren, jedoch sehr dezenten Make-ups schwer zu schätzen. Auch vom menschlichen Standpunkt aus war die Frau eine ausgesprochene Schönheit. Dass sie ihn einfach mit dem vertraulichen Du ansprach, war ungewöhnlich.

»Ich ... ich bin neu in der Stadt und mit dem Arkonidischen nicht besonders vertraut«, sagte Rhodan. »Ich könnte also in der Tat ein wenig Hilfe brauchen.«

»Was möchtest du denn wissen?«, fragte sie.

»Ich habe gehört, dass man um eine Audienz beim Regenten ersuchen kann, und würde gerne erfahren, wo ich den nächsten Vermittler finde.«

Die Arkonidin lachte. Dann schob sie ihn sanft beiseite und ließ ihre Finger mit bemerkenswertem Tempo über die Tastatur gleiten. Fasziniert beobachtete Rhodan dabei ihre mit diversen Sternkonstellationen verzierten und mindestens fünf Zentimeter langen Nägel.

»Du kannst es in ein paar Stunden im Ark'Ghenaaru-Hotel auf der Promenade der Bestimmung versuchen«, sagte sie. »Aber ich würde mir an deiner Stelle nicht allzu viel Hoffnung machen. Der Regent ist sehr wählerisch – und du siehst mir nicht gerade nach altem arkonidischem Hochadel aus. Bist du ein Kolonialarkonide?«

»Ja«, bestätigte Rhodan. »Ich heiße Sirran Taleh und komme vom Planeten Sand.«

»Nie gehört«, sagte die Frau und lächelte. Ihre rechte Hand berührte wie zufällig Rhodans Brust. »Ich bin übrigens Nadaye. Was machst du bis zur Öffnung der Vermittlerbüros, Sirran Taleh vom Planeten Sand?« Mit den letzten Worten trat sie so nah an ihn heran, dass der leichte Wind ihm eine Strähne ihres Haares ins Gesicht wehte.

»Ich ... ich weiß es noch nicht.« Rhodan wollte keine voreiligen Schlüsse ziehen, aber ihm drängte sich der starke Verdacht auf, dass es sich bei Nadaye um eine Prostituierte handelte.

»Dann schlage ich vor, dass wir schnell von hier verschwinden«, flüsterte die Arkonidin und drängte sich an ihn. »Und bevor du dir falsche Hoffnungen machst, mein Hübscher: Schau unauffällig über meine Schulter nach links. Die vier wenig freundlich dreinblickenden Männer in den schwarzen Uniformen sind deinetwegen hier.«

Sie hatte recht. Knapp fünfzig Meter entfernt bahnte sich ein Quartett von Soldaten seinen Weg durch das Gedränge. Es ging dabei wenig zimperlich vor und stieß jene, die nicht schnell genug Platz machten, rüde zur Seite. Laute Rufe und Verwünschungen erklangen, was die kräftig gebauten Arkoniden allerdings völlig kalt ließ.

»Los!«, zischte Nadaye und zog ihn mit sich. »Und sei nicht so verdammt steif!«, fügte sie nach wenigen Schritten hinzu. »Bist du noch nie mit einer Frau spazieren gegangen?«

Rhodan legte seinen Arm um Nadayes Hüfte.

Die Frau lächelte zuckersüß und küsste ihn auf die Schläfe. »Na also«, sagte sie zufrieden. »Und jetzt vorwärts. Schau nicht zurück.«

Seine neue Begleiterin bewegte sich ausgesprochen geschickt. Wann immer sich in der Wand aus Leibern vor ihnen auch nur die kleinste Lücke bildete, schlüpfte sie hindurch und zerrte ihn mit sich. Die zornigen Flüche hinter ihnen wurden immer leiser. Offenbar entfernten sie sich schnell von den Verfolgern.

Als sie einen übergewichtigen Arkoniden passierten, der eine Jacke mit Hunderten von goldenen Knöpfen trug, an denen winzige Glöckchen hingen, erhielt Rhodan unvermittelt einen Stoß in den Rücken, verlor das Gleichgewicht, geriet ins Stolpern und schlug lang auf den Boden. Zu allem Überfluss rutschte auch noch der Zellaktivator aus seiner Tasche und rollte über den steinernen Untergrund. Blitzschnell griff er zu und steckte ihn wieder ein.

Nadaye blickte ihn tadelnd an, als er sich aufrappelte und unter dem schadenfrohen Kichern einiger Zuschauer seine Kleider abklopfte. Offenbar hatte ihn einer der Umstehenden angerempelt, aber immerhin schien die Arkonidin den Aktivator nicht gesehen zu haben. Zumindest erwähnte sie ihn nicht.

»Wer bist du?«, stellte Rhodan die drängendste der ungefähr tausend Fragen, die ihn beschäftigten. »Warum hilfst du mir?«

»Willst du jetzt diskutieren oder lieber deine Haut retten?«, erwiderte sie, ohne sich umzudrehen.

Rhodan schwieg. Hatte sie durch Zufall bemerkt, dass sich die Ordnungskräfte für ihn interessierten, und erhoffte sich eine saftige Belohnung, wenn sie ihn dem Zugriff der Staatsmacht entzog? Unwahrscheinlich.

Nadaye sagte etwas, das Rhodan nicht verstand und der Translator nicht übersetzte. Vermutlich ein paar deftige Schimpfworte. »Da sind noch mehr!«, informierte sie ihn und nickte in Richtung einer Seitenstraße, auf die sie sich bislang zubewegt hatten. Weitere Uniformierte hatten sich dort in einer Reihe aufgestellt und spähten in die Menge. »Dort vorn kommen wir unmöglich durch.«

»Was machen wir?«

»Da rein!« Die Arkonidin löste sich von ihm und stieß ihn in Richtung einer breiten, aber ungewöhnlich niedrigen Tür, die sich bei Annäherung automatisch öffnete. Warme Luft und ein süßlicher Duft schlugen ihnen entgegen.

Der Raum war hoffnungslos überfüllt, doch Nadaye schob ihn unbarmherzig weiter. Der Translator war von dem herrschenden Stimmengewirr offenkundig überfordert, denn er lieferte nur ab und an ein paar unverständliche Worte und Satzfetzen. Anscheinend hatten sie eine Art Kneipe betreten – dem Gedränge nach zu schließen, eine überaus beliebte noch dazu.

»Hallo, schöne Frau!«, hörte Rhodan jemanden hinter sich grölen. »Ich bin kein Mann für eine Nacht, aber zwei Stunden hätte ich Zeit!«

Rhodan drehte den Kopf und sah einen fast zwei Meter großen Arkoniden in einer Art rotem Einteiler mit ausladenden Hosenbeinen. Die verschwitzten weißen Haare hingen ihm wirr in die Stirn, und die Rechte hielt den Henkel eines großen Maßkrugs umklammert. Einige der um ihn herum versammelten Männer, vermutlich seine Freunde, lachten laut.

*Und noch so ein Gesetz, das wohl auf allen bewohnten Welten der Milchstraße seine Gültigkeit hat,* dachte Rhodan kopfschüttelnd. Ob wohl schon jemals ein Mann eine Frau mit einem derart einfältigen Spruch rumgekriegt hatte?

»Suchst du einen starken Mann, der dir die kalte Nacht verkürzt, Süße?«, setzte der Schwachkopf im roten Strampelanzug – offenbar ermutigt durch das Gelächter seiner Saufkumpane – nach.

»Ja«, gab Nadaye zurück und lächelte ihn an. »Wollen du und deine Freunde mir bei der Suche helfen?«

Bevor der Bursche reagieren konnte, hatten sie ihn bereits passiert und waren in der Anonymität der Masse untergetaucht. Rhodan musste trotz seiner unangenehmen Lage grinsen. Wer immer diese Arkonidin war: Sie war nicht auf den Mund gefallen.

»Setz dich«, sagte Nadaye und drückte ihn in eine schmale Nische hinein, die von einem Vorhang verhängt war. Dahinter standen ein runder Tisch und einige mit blauem Stoff bezogene Sessel. Von der Decke hing eine schwach leuchtende Kugel, die schummriges Licht verbreitete. Rhodan ließ sich in eines der Sitzmöbel fallen.

»Hier bist du bis zum Morgengrauen sicher«, sprach die Frau weiter, nachdem sie sich ebenfalls gesetzt hatte.

»Wer ...?«, setzte Rhodan an, doch Nadaye erlaubte ihm nicht, seine Frage zu beenden.

»Halt den Mund und hör zu. Wenn du die TIA'IR erreichen willst, ohne Sergh da Teffron in die Hände zu fallen, musst du dich um einiges klüger anstellen. Deine Freunde sind bereits an

Bord der Jacht. Du dagegen hast viel zu viel Zeit vertrödelt. Da Teffrons Netz ist inzwischen lückenlos.«

»Was soll ich ...?«, versuchte es Rhodan erneut.

»Du sollst still sein und zuhören«, wies ihn die Arkonidin erneut zurecht. »Hinter dir findest du ein Päckchen mit Kleidung, einer weißen Perücke und roten Kontaktlinsen. Außerdem eine Geldkarte mit einem kleinen Guthaben sowie ein paar Banknoten. Die silberne Spange mit dem Symbol des Imperiums befestigst du am Kragen deiner Jacke. Sie erzeugt ein räumlich begrenztes, elektromagnetisches Feld, das deine Gesichtszüge für alle Kameras leicht verzerrt. Das sollte genügen. Lass dir nicht zu viel Zeit, bevor du von hier verschwindest. Wir beide haben uns nie gesehen. Ich wünsche dir viel Glück. Ach ja, noch etwas: Vergiss den Missk, den du suchst! Du kannst es dir nicht leisten, dich mit Nebensächlichkeiten aufzuhalten!«

Nadaye wandte sich ab und wollte verschwinden, doch Rhodan packte sie am Handgelenk. »Warte!«, rief er. »Sag mir wenigstens, wem ich meinen Dank schulde. Warum hilfst du mir?«

»Du schuldest niemandem etwas«, sagte die Frau mit plötzlichem Ernst. »Ich mag dich, deshalb gebe ich dir einen kostenlosen persönlichen Rat, Sirran Taleh vom nicht existierenden Planeten Sand: Setz dich in dein hübsches Raumschiff und flieg davon. Flieg, so schnell und so weit du nur kannst, und komm nie mehr zurück.«

Bevor Rhodan etwas erwidern konnte, hatte sie ihre Hand seinem Griff entzogen und war durch den Vorhang verschwunden. Lange Minuten saß er einfach nur da und starrte ins Leere. Schließlich zuckte er mit den Schultern, atmete tief durch, griff hinter sich – und begann Maske zu machen.

# Kapitel 16

Sergh da Teffron hatte Theta weggeschickt. Wenn sie tatsächlich Ambitionen hatte, in Zukunft als seine Assistentin zu arbeiten, musste sie ihre Fähigkeiten zunächst einmal unter Beweis stellen. Die Organisation eines Treffens mit den Flottenkommandeuren für den frühen Morgen erschien ihm da genau die richtige Herausforderung. Vielleicht würde er sie sogar mitnehmen und sie anweisen, das Kleid aus Rohinseide anzuziehen, mit dem sie ihn bei seiner Rückkehr in seine Privatgemächer überrascht hatte. Der seltene Stoff änderte sein Reflexionsverhalten abhängig vom emotionalen Zustand aller sich in einem Umkreis von drei Metern aufhaltenden Personen. Mit wachsender psychischer Anspannung wurde er immer transparenter. Die Hand des Regenten empfand ein diebisches Vergnügen dabei, sich vorzustellen, wie die in Ehren ergrauten Admiräle seine *Assistentin* mit den Augen auszogen – und schließlich begreifen mussten, dass sie genau das nicht nur in ihrer Vorstellung, sondern auch im Wortsinn taten.

Obwohl er in der Nacht so gut wie keinen Schlaf gefunden hatte, fühlte sich Sergh da Teffron wie neugeboren, ja geradezu verjüngt. Theta, das wusste er inzwischen, war eine außergewöhnliche Frau, und im Nachhinein war er froh, seinem ersten Impuls nicht nachgegeben und sie abgewiesen zu haben.

Die Frage, ob die Kurtisane nun tatsächlich von Ihin da Achran oder dem Regenten geschickt worden war, um ihn auszuspionieren, war plötzlich gar nicht mehr so wichtig. Da Teffron glaubte in Thetas Augen aufrichtige Bewunderung für ihn zu lesen – und was war daran erstaunlich? Er hatte es vom geächteten Statthalter auf Naat zum zweitmächtigsten Mann des Imperiums gebracht. Vermutlich gab es im gesamten Sternenreich keine Frau von Format, die nicht davon träumte, ein kleines Stück dieser Macht mit ihm zu teilen.

Theta war nicht nur schön, sondern auch klug. Sie wusste sich unterzuordnen, kannte ihren Platz im Konzert der Großen. Ihr war klar, dass er sie beim geringsten Verdacht auf Verrat bestrafen würde. Er würde sie nicht töten; er würde ihr weitaus Schlimmeres antun, und am Ende würde sie ihn um den Tod anflehen.

Doch solch unerfreuliche Gedanken schob er schnell beiseite. Theta würde nicht all das riskieren, was sie in so kurzer Zeit erreicht hatte. An seiner Seite konnte sie höher steigen, als sie es sich jemals erträumt hatte. Als seine Assistentin, seine *Partnerin*, stand ihr das Tor zum Zentrum allumfassender Macht weit offen. Und selbst wenn sie im Moment vielleicht noch mehr Ehrgeiz besaß, als gut für sie war, würde er ihr den schon noch austreiben.

Hinter der düsteren Silhouette der Stadt färbte sich der Himmel gelb, als die Hand des Regenten die Nische im Wohnbereich betrat und sich in seinen Sessel sinken ließ. Die Servos registrierten seine Anwesenheit und bauten mehrere Infoholos auf. Als Erstes rief er die Auswertungen der Robotsonden ab. Zehn Sekunden später hatte er seine Umwelt völlig vergessen.

Sergh da Teffron starrte mit brennenden Augen auf die Aufnahmen einer seiner Sonden. Der daumennagelgroße Roboter hatte die Gegend um das Tenkret-Forum abgesucht, einen ehemaligen Truppenübungsplatz, der sich im Verlauf der Jahrhunderte zu einem billigen Vergnügungsviertel gewandelt hatte. Die Hand des Regenten verabscheute die dort praktizierte unangemessene Liederlichkeit, doch natürlich wusste er so gut wie alle großen Feldherren, dass man Soldaten abseits des Schlachtfelds beschäftigen musste. Die damit einhergehende moralische Verwahrlosung war in Kauf zu nehmen, wenn man verhindern wollte, dass sich die jungen Männer irgendwann gegenseitig an die Kehle gingen.

Die Bilder zeigten einen Mann, den die von da Teffron programmierten Filter als einen der Gesuchten erkannt hatten. Er stand vor einem Infopult und wirkte ratlos.

*Perry Rhodan!*

Die Hand des Regenten schlug unbeherrscht mit der Faust auf die Armstütze des Sessels. Einer dieser verfluchten *Menschen*, von denen niemand wusste, woher sie kamen, und die nichts weiter im Sinn hatten, als Schwierigkeiten zu machen. Angespannt verfolgte er das weitere Geschehen auf dem Holo.

Das Gesicht der Arkonidin, die kurz darauf neben Rhodan auftauchte, wirkte seltsam verzerrt und unnatürlich. Dann sah da Teffron die glitzernde Nachbildung des Kugelsternhaufens M 13 auf der Stirn der Frau – ein als Körperschmuck getarnter Störsender, der verhinderte, dass Überwachungskameras eindeutig identifizierbare Bilder machen konnten.

Rhodan und die Unbekannte schoben sich durch das auf dem Forum herrschende Gedränge, als der Mensch plötzlich stolperte und stürzte. Sergh da Teffron verzog verächtlich die Mundwinkel. Einen Atemzug später erstarrte er. Rhodan hatte beim Fallen etwas verloren. Das nur wenige Zentimeter durchmessende eiförmige Objekt hing an einer dünnen Kette. Es rollte eine kurze Strecke über den Boden, bevor Rhodan blitzschnell den Arm ausstreckte, es ergriff und hastig in die Tasche seiner Hose zurückschob.

*Der Zellaktivator!*

Da Teffron ließ die Aufnahme zurücklaufen und wies die Positronik an, eine Ausschnittvergrößerung zu erstellen. Kein Zweifel: Das war das Gerät, das Atlan da Gonozal ihm vor mehreren Monaten an Bord der VEAST'ARK ausgehändigt und das Stiqs Bahroff mehrere Monate lang getragen hatte! Wie war dieser verfluchte Rhodan in dessen Besitz gelangt?

Er setzte die Auswertung fort. Unglücklicherweise wurden auch die lokalen Ordnungshüter auf den Menschen aufmerksam. Mehrere Einheiten der für Ghewanal zuständigen Militärpolizei hatten das Forum abgeriegelt und hielten nach Rhodan Ausschau. Am Vortag war es bei der Regentenparade zu einem Zwischenfall gekommen. Rhodan hatte in der Folge drei Soldaten des Imperiums angegriffen und niedergeschlagen. Dabei war auch eine Waffe entwendet worden. Seitdem war man auf der Suche nach ihm. Die Opfer der Attacke hatten offenbar eine ziemlich genaue Personenbeschreibung geliefert.

*Dieser penetrante Kerl macht nichts weiter als Ärger,* dachte die Hand des Regenten grimmig. *Und das vor allem mir!*

Rhodan und seine Begleiterin verschwanden kurz darauf in einer Bar. Als die Polizisten kaum zehn Minuten später zugriffen, waren beide Zielpersonen nicht mehr aufzufinden. Die Auswertung des Bildmaterials ergab keine Hinweise.

Sergh da Teffron fluchte innerlich. Wenn er direkt eingriff und die lokalen Behörden zurückpfiff, bestand die Gefahr, dass man an falscher Stelle auf seine Aktivitäten aufmerksam wurde. Er konnte relativ sicher sein, dass der Regent ein Auge auf ihn hatte und seinen Stellvertreter nach den Fehlschlägen der letzten Wochen besonders intensiv beobachtete. Allerdings hatte sich der Einsatz in diesem ebenso komplizierten wie gefährlichen Spiel gerade massiv erhöht: Es ging nun wieder um einen Zellaktivator, um die Unsterblichkeit.

*Ich hatte das Gerät monatelang in meinem Besitz,* dachte er. *Ich hätte es nur anlegen müssen. Stattdessen habe ich meinen nichtsnutzigen Assistenten vorgeschoben. Jetzt zahle ich den Preis dafür!*

Nein, so durfte er nicht denken. Das Risiko war unkalkulierbar und dieser Atlan da Gonozal alles andere als vertrauenswürdig gewesen.

Eine knappe halbe Stunde lang arbeitete sich Sergh da Teffron durch die in der Nacht gesammelten Datenberge, doch Rhodan blieb verschwunden. Dafür gab es nur eine mögliche Erklärung: Die unbekannte Arkonidin musste den Menschen mit einer entsprechenden Ausrüstung versehen haben! Für wen arbeitete diese Frau? Welches Interesse konnte sie daran haben, einem unbedeutenden Vertreter einer noch unbedeutenderen Spezies zu helfen?

Steckte womöglich Ihin da Achran hinter der Sache? Aber woher sollte sie von Rhodan wissen? Und was versprach sie sich davon, wenn sie seine Flucht unterstützte?

Ein leises Geräusch riss ihn aus seinen Gedanken. Erst jetzt wurde ihm bewusst, dass er das Isolationsfeld nicht aktiviert hatte. Mit einer knappen Geste ließ er die Holos über dem Arbeitspult verschwinden und starrte Theta an, die lächelnd vor ihm stand und die Arme vor der Brust verschränkt hatte. Sie trug ein langes hellblaues Kleid, das an den Schultern von schmalen Bändern gehalten wurde. Um die Taille lag ein breiter silberner Gürtel.

»Du hast einen Besucher«, sagte sie zur Begrüßung.

»Einen Besucher?«, fragte Sergh da Teffron. »Um diese Zeit? Du hast ihm hoffentlich gesagt, dass ich so früh niemanden empfange.«

»Willst du nicht wissen, wer es ist?«

»Na schön. Wer ist es?«

»Ein Fantan.«

Wenn Theta auf ihre Eröffnung eine besondere Reaktion erwartet hatte, war sie fraglos enttäuscht. Sergh da Teffron musterte die Frau eingehend, dann schüttelte er den Kopf. Er hatte die Fantan noch nie gemocht. Das aufdringliche Aroma, das ihnen anhaftete und das ihn an ranziges Hankaöl erinnerte, ließ seinen Magen revoltieren. Fantan waren nichts weiter als Parasiten, wertlose Schmarotzer, die im Unrat anderer wühlten, um nach wertlosem Plunder zu suchen.

»Lass mich raten«, stieß die Hand des Regenten abfällig hervor. »Er will mir etwas ungeheuer Wertvolles verkaufen und verlangt dafür *Besun*, richtig?«

»Sein Name ist Set-Yandar, und er behauptet, er sei im Besitz von Koordinaten einer Welt ...«, begann Theta.

Sergh da Teffron unterbrach sie. »Sag ihm, dass ich kein Interesse habe. Wenn er etwas will, soll er sein Angebot schriftlich einreichen. Wenn ich mich um jeden dahergelaufenen Bittsteller persönlich kümmern würde, hätte ich für nichts anderes mehr Zeit.«

»Wie du wünschst, Herr«, sagte Theta. »Kann ich sonst noch etwas für dich tun?«

»Hast du erledigt, was ich dir aufgetragen habe?«, wollte da Teffron wissen.

»Selbstverständlich«, versicherte die Kurtisane. »Die Admiräle lassen dir ausrichten, dass es ihnen ein Vergnügen sein wird, dich persönlich über die neuesten Entwicklungen zu unterrichten. Ein Konferenzraum ist reserviert.«

»Gut. Das ist im Moment alles. Lass mich jetzt allein. Ich muss nachdenken.«

Wortlos verließ Theta den Raum.

Sergh da Teffron lauschte einen Moment lang der sich ausbreitenden Stille nach. Die Dinge spitzten sich zu. Seine erste und einzige Priorität musste nun Perry Rhodan sein. Wenn er ihn zu fassen bekam, bekam er auch den Zellaktivator zurück. Alles konnte sich noch zum Guten wenden. Er durfte jetzt nur keinen Fehler machen ...

# Kapitel 17

Perry Rhodan kratzte sich wohl zum hundertsten Mal an diesem jungen Morgen am Kopf. Das Jucken wurde von Sekunde zu Sekunde unerträglicher. Inzwischen hegte er den ernsthaften Verdacht, dass die Perücke, die ihm Nadaye überlassen hatte, von Läusen befallen war – oder zumindest von einem arkonidischen Äquivalent davon.

Durch die Kontaktlinsen hatte seine Welt einen Rotstich bekommen. Bei jedem Blinzeln hatte er das Gefühl, dass die hauchdünnen Haftschalen wie heiße Klingen in seine Augenlider schnitten. Dennoch entfernte er sie nicht. Die Warnung der Arkonidin klang ihm noch zu frisch in den Ohren.

*Deine Freunde sind bereits an Bord der Jacht. Du dagegen hast viel zu viel Zeit vertrödelt. Da Teffrons Netz ist inzwischen lückenlos.*

Anstelle der vor einer gefühlten Ewigkeit gestohlenen Bürokleidung trug Rhodan nun wieder eine Uniform. Damit war die Gefahr, dass er auffiel, entschieden geringer. Mit Perücke und Kontaktlinsen ging er womöglich selbst auf den zweiten Blick als arkonidischer Flottenangehöriger durch, und vor den elektronischen Spürgeräten schützte ihn die Spange, die er an das Revers seiner Jacke geheftet hatte. Dass seine Individualsignatur ihn verraten könnte, musste er immerhin nicht befürchten, seit diese – ebenso wie die Crests und Belinkhars – auf der Medowelt Isinglass XIV manipuliert worden war. Sie war dem Imperium unbekannt.

Zunächst hatte er ernsthaft in Erwägung gezogen, der *dringenden Empfehlung* seiner unbekannten Helferin zu folgen und sich unverzüglich auf den Weg zum Raumhafen zu machen.

Mit einem Mietgleiter oder öffentlichen Verkehrsmitteln wäre es ein Leichtes gewesen, das Ziel innerhalb kürzester Zeit zu erreichen. Doch dann hatte er es doch nicht getan.

Atlan hätte ihn wahrscheinlich ausgelacht und als sentimentalen Weichling verspottet, aber er konnte Shy nicht einfach aus seinem Gedächtnis tilgen. Der Missk hatte sich davongemacht, um einen der Vermittler des Regenten aufzusuchen, nachdem er mit ihm gesprochen hatte. Er hatte ihn um Unterstützung gebeten, und er hatte sie verweigert.

Natürlich war Shys Plan unausgegoren, dumm und schlicht undurchführbar. Natürlich würde man ihn nicht zum Herrscher vorlassen, wahrscheinlich nicht einmal zum Vermittler, sondern ihm stattdessen eine kräftige Tracht Prügel verabreichen – wenn er Glück hatte. Aber Shy war ein Kind. Es war das Vorrecht der Kinder, nicht auf Erwachsene zu hören. Wie hatte Rhodan also nur ernsthaft erwarten können, dass sich der kleine Missk seinen rationalen Argumenten zugänglich zeigte?

Als er an einem älteren Arkoniden in roter Kombination und langem weißem Schulterumhang vorbeikam, sprach er diesen an und erkundigte sich nach der Promenade der Bestimmung.

»Sie sind praktisch schon da, mein Junge«, sagte der Mann und wies mit dem knochigen Zeigefinger seiner rechten Hand die Richtung. »Die Promenade zieht sich im Halbkreis um den Verwaltungskomplex der Flottenkommandantur. Das Ark'Ghenaaru-Hotel liegt genau auf dem Scheitelpunkt gegenüber dem Haupteingang des Zentralgebäudes. Dort steigen meistens die dicken Admiräle ab, wenn diese zu Besuch im Artekhsystem weilen.«

»Vielen Dank. Ich ...«

»Der Laden ist komplett ausgebucht, mein Junge«, ließ der Alte Rhodan nicht ausreden. »Da werden Sie nicht einmal mehr einen Schlafplatz in den Personalquartieren kriegen.«

»Das ist schon in Ordnung«, sagte Rhodan. »Ich möchte mich lediglich dem Vermittler vorstellen.«

Der Arkonide lachte. »Viel Glück«, rief er. »Sie werden es brauchen.«

Zehn Minuten später musste Rhodan einsehen, dass der Alte nicht übertrieben hatte. Je näher er seinem Zielort kam, desto belebter wurde die Straße. Von allen Seiten strebten jene in Richtung des Hotels, die auf eine Chance hofften, den Regenten persönlich zu treffen, oder dem ganzen Trubel einfach nur zusehen wollten. In der Hauptsache handelte es sich um Arkoniden.

Rhodan ließ sich treiben und beobachtete dabei aufmerksam die Umgebung. Die Kontaktlinsen waren dabei alles andere als hilfreich, doch erschien ihm eine möglichst umfassende Tarnung unumgänglich.

*Verdammt, Shy, wo bist du?,* dachte er mit wachsender Unruhe und sich der Aussichtslosigkeit seiner Strategie bewusst. Es wäre einem Wunder gleichgekommen, wenn er den Kleinen durch Zufall entdeckt hätte.

Schließlich erreichte er – zusammen mit Hunderten anderer – einen halbkreisförmigen Vorplatz, an dessen Ende die wuchtige Fassade des Ark'Ghenaaru-Hotels in die Höhe ragte. Das Gebäude sah eher wie ein Gefängnis aus. Breite, vergitterte Fenster wurden von mächtigen Steinsäulen eingerahmt, und auf dem Dach thronten eine Reihe gewaltiger Statuen, die – den martialischen Posen nach zu schließen – vermutlich irgendwelche arkonidischen Kriegshelden darstellten.

Der Platz selbst war vom üblichen Aufgebot an Uniformierten umstellt. In seiner Mitte hatte man ein abgestuftes Podium errichtet, dessen Seiten mit langen Tüchern verhängt waren. Darüber schwebte – offenbar von Antigravprojektoren gehalten – eine Art Altarhimmel. Der rote Stoff des Zierdaches flatterte sanft im Wind.

Rhodan kämpfte sich tapfer nach vorn und schaffte es tatsächlich, einen der vorderen Plätze zu ergattern. Dann kam plötzlich Bewegung in die Szene. Mehrere Scheinwerfer tauchten das Podium in grelles Licht. Aus Akustikfeldern schallte jene pompöse Musik, die er bereits während der Parade des Regenten vernommen hatte. Vereinzelter Applaus brandete auf.

Die den kompletten Rand des Platzes säumenden Soldaten schulterten wie auf einen unsichtbaren Befehl hin die Strahlengewehre. Gleichzeitig erklangen mehrere schmetternde Fanfarenstöße, die so laut waren, dass Rhodan es augenblicklich bedauerte, sich so weit nach vorne gedrängt zu haben. Die Arkoniden links und rechts von ihm schien der Lärm nicht zu stören. Im Gegenteil: Sie blickten mit seligem Lächeln in Richtung Podium.

Rhodan unterdrückte den Drang, sich die Augen zu reiben. Aufgrund der ständigen Reizung durch die schlecht sitzenden Kontaktlinsen liefen ihm längst die Tränen über die Wangen.

»Ja, es ist immer wieder ergreifend, nicht wahr?« Die Stimme gehörte einer älteren Dame, die leicht versetzt hinter ihm stand und gleichfalls aussah, als wolle sie im nächsten Moment in Tränen ausbrechen – wenn auch aus gänzlich anderen Gründen als Rhodan.

Er nickte nur. Über dem Podium zündeten die Zeremonienmeister dieses fast schon schmerzhaft schwülstigen Spektakels nun ein Feuerwerk aus gelben, roten und grünen Sonnen, das er nur verschwommen wahrnahm. Mit ziemlicher Sicherheit handelte es sich bei den inmitten einer langsam rotierenden Milchstraße schwimmenden Sternen um eine Projektion. Die Sonnen bewegten sich nach einem komplizierten geometrischen Muster und warfen dabei ständig neue Protuberanzen aus, die in den bewölkten Morgenhimmel hineinstießen und dort vergingen. Schließlich beendeten sie ihren kollektiven Tanz und strebten – beständig größer werdend – nach außen. Ihre Ränder verschmolzen miteinander und formten kurz darauf einen flammenden Ring mit einem pechschwarzen Loch in der Mitte.

Ohne es zu wollen, nahm Rhodan die aufwendige Darbietung nun doch gefangen.

Im Zentrum des schwarzen Lochs erschien ein winziger, grell strahlender Punkt, der schnell anwuchs. Innerhalb von Sekunden wurde er zu einer gigantischen dreidimensionalen Scheibe, die den Flammenring erstickte. Auf ihrer graublauen Oberfläche vereinten sich Linien und Kreise zu farbigen Mustern und fügten sich zu einem Bild, das Rhodan entfernt an eines der mittelalterlichen Burgwappen auf der Erde erinnerte.

»Das imperiale Siegel«, flüsterte die alte Arkonidin hinter ihm ergriffen.

Inzwischen konnte er wieder ein wenig besser sehen. Die Show war offenbar vorbei, denn nun betrat ein hochgewachsener Arkonide in weißem Prunkgewand das Podium. Auf seinem Kopf saß eine Art Krone mit zungenähnlichen, nach außen gebogenen Zacken. Über die versammelte Menge hatte sich atemloses Schweigen gesenkt. Jegliche Bewegung war zum Stillstand gekommen. Nichts regte sich mehr ... nichts außer einem undefinierbaren, milchig weiß schimmernden Etwas, das in beachtlichem Tempo über den roten Altarhimmel rutschte.

Rhodan kniff die brennenden Augen zusammen, um etwas erkennen zu können, doch sein Blick blieb unscharf.

»Da!«, rief jemand aus der Menge. »Da oben! Seht doch!«

»Das ist doch gar nicht möglich! Ist das etwa ...?«

»Ja! Das ist ein Missk! Dieses Scheusal hat das imperiale Siegel befleckt!«

»Holt ihn da runter! Holt ihn sofort da runter und schlagt ihn tot!«

Rhodan reagierte blitzschnell und ohne lange nachzudenken. Anscheinend hatte es Shy irgendwie bewerkstelligt, sich Zugang zum Podium zu verschaffen. Vielleicht hatte er sich auch während der Aufbauarbeiten versteckt. Wie auch immer: Nun war er für alle Anwesenden deutlich zu sehen – und Rhodan blieben bestenfalls Sekunden, um den Kleinen vor dem sicheren Tod zu bewahren.

Als die ersten Soldaten bereits die Waffen anlegten und nach oben zielten, beugte er den Kopf nach vorn und entfernte die Kontaktlinsen. Vor ihm, aus Richtung des Podiums, wurden die Rufe lauter und aggressiver.

Rhodan zog den Strahler aus dem Gürtel und schoss. Einmal, zweimal, dreimal. Die grellgelben Lanzen aus purer Energie zuckten dicht über die Köpfe der Menge hinweg und sorgten umgehend für die gewünschte Reaktion.

Panik brach aus. Die Arkoniden um ihn herum ergriffen unkontrolliert die Flucht. Rhodan steckte die Waffe weg und rannte gleichfalls los. Einige der Umstehenden schrien laut und deuteten mit den Fingern auf ihn, dann war er im Gewimmel der Leiber untergetaucht.

Aus den Augenwinkeln erkannte Rhodan, dass der Vermittler längst wieder verschwunden war. Wahrscheinlich hatten ihn die eigenen Leute sofort in Sicherheit gebracht, weil sie ein Attentat befürchteten. Mehrere hohe Pfeiftöne gellten über den Platz; dann mahnte eine laute Stimme die Anwesenden zur Ruhe und zu einem geordneten Verlassen des Areals. Sie hätte ebenso gut versuchen können, eine aufgeschreckte Elefantenherde aufzuhalten.

Wo war Shy?

Unmittelbar vor Rhodan entstand eine Lücke in der Menge, in die er sofort hineinstieß. Die meisten Arkoniden strebten vom Podium weg und versuchten, die Nebenstraßen zu erreichen oder auf der Promenade selbst einen möglichst großen Abstand zwischen sich und den Ort des Geschehens zu bringen. In der Ferne heulten Sirenen auf. Mit Sicherheit war bereits Verstärkung unterwegs.

Rhodan fluchte stumm in sich hinein. Die Aufmerksamkeit der Behörden war das Letzte, was er brauchen konnte. Dann sah er den Missk.

Shy hatte den Rand des Podiums erreicht und ließ sich an einem der großen Banner nach unten gleiten. Dabei stellte er sich erstaunlich geschickt an. Kaum hatte er den Boden erreicht, wandte er sich nach links, wich einer Gruppe Soldaten aus, die mit gezogenen Waffen auf ihn zustürmten, und rannte auf eine Rampe zu, die auf eine der für Ghewanal typischen Trassen führte.

Rhodan folgte dem Kleinen. Er musste sich dem Missk irgendwie bemerkbar machen, doch Rufen hatte aus der Entfernung keinen Zweck. Im umgebenden Chaos hätte ihn Shy nicht gehört.

In der Nähe des Hotels erhoben sich mehrere Gleiter in die Luft. Noch war die Lage unübersichtlich, aber die Menge löste sich nun schneller auf, und die Soldaten bekamen das Geschehen in den Griff.

Ein Strahlschuss peitschte aus Richtung Podium über den Platz und schlug nur einen halben Meter vor Shy in das Gestänge der Trasse ein. Funken sprühten. Flüssiges Metall spritzte gegen eine fensterlose Hausfassade und tropfte auf die Straße. Der Missk verlor die Balance, hing für einen endlos langen Moment in der Luft und fand dann mit zweien seiner sechs Hände wieder Halt.

Zwei weitere Soldaten eröffneten das Feuer, zielten aber glücklicherweise deutlich schlechter als ihr Kollege. Die Schüsse rissen große Löcher in die umgebenden Gebäude, brachten Shy jedoch nicht in Gefahr. Sekunden später war der Missk um die Fassadenecke herum und vorläufig außer Sicht.

Rhodan verließ die Promenade der Bestimmung und folgte Shy über eine breite Zufahrt auf eine Art Parkplatz. Dort waren zahlreiche Gleiter – oft auf mehreren Ebenen übereinander – abgestellt. Die meisten gehörten vermutlich Besuchern, die sich den Auftritt des Vermittlers hatten ansehen wollen. Innerhalb von wenigen Augenblicken erfasste Rhodan die Situation.

Shy hatte für seinen Rückzug eine Sackgasse ausgewählt. Der Parkplatz wurde nach hinten von einer schmucklosen Wand begrenzt; rechts und links versperrten zwei Energiebarrieren den weiteren Fluchtweg.

Der Missk hockte auf dem Dach eines schnittigen dunkelgrünen Gleiters mit übertrieben großen Heckflossen und blickte auf die anrückenden Soldaten. Sein Kopf drehte sich ruckartig in alle Richtungen.

Rechts von Rhodan, kaum mehr als zehn Meter entfernt, beobachtete eine junge Arkonidin das Geschehen. Sie trug eine bunte Kombination und hatte die langen weißen Haare zu mehreren Zöpfen geflochten. Die Frau hatte soeben den Einstieg eines lang gestreckten Gleiters geöffnet, der Rhodan an die früheren Fahrgeschäfte auf irdischen Rummelplätzen erinnerte. Offenbar war die Dame im Aufbruch begriffen gewesen, bevor das dramatische Geschehen sie in seinen Bann gezogen hatte.

Mit wenigen Schritten war Rhodan bei ihr. »Verschwinde!«, zischte er und zog den Strahler aus dem Gürtel.

Die Arkonidin sah ihn einen Moment lang mit großen Augen an. Dann drehte sie sich um und eilte davon.

Rhodan schwang sich in das Fahrzeug und begutachtete die Kontrollen. Schon während seiner Ausbildung zum Piloten hatte man ihm nachgesagt, dass er so ziemlich alles fahren oder fliegen konnte, was eine Karosserie und einen Motor besaß. Starter, Schubregler, Steuerknüppel, Autopilot, dazu ein paar Schaltknöpfe für die positronische Trimmung und die Feineinstellung der Antigravtriebwerke. Auch dieser Gleiter unterschied sich allenfalls in Details von jenen, die er bereits geflogen hatte.

Mit einem gewagten Schwenk um hundertachtzig Grad brachte Rhodan die Maschine in Position. Die Soldaten hatten Shy beinahe erreicht – und es sah nicht so aus, als legten sie es darauf an, ihn lebend in ihre Gewalt zu bringen.

Rhodan feuerte zwei Schüsse in eine der Energiebarrieren ab. Heftige Entladungen zuckten über die flimmernde Oberfläche. Ein explosionsartiger Knall ertönte, als die ionisierte Luft so heiß wurde, dass sie sich mit Überschallgeschwindigkeit ausdehnte. Dann brach der Schirm zusammen. Er war für solche Belastungen nicht ausgelegt.

Die Soldaten fuhren herum. Ihre Aufmerksamkeit war kurzzeitig abgelenkt, als sie in Deckung hechteten, die Strahlengewehre hochrissen und nach dem vermeintlichen neuen Gegner Ausschau hielten.

»Spring, Shy!«, schrie Rhodan und brachte den Gleiter längsseits des Fahrzeugs, auf dem der Missk noch immer hockte.

Der Kleine reagierte sofort. Mit einem beglückten »Freund Perry!« stieß er sich ab und landete punktgenau auf dem Kopilotensessel. Sofort schloss Rhodan die Einstiegstüren und drückte den Schubregler nach vorn.

Im gleichen Moment erklang aus unsichtbaren Akustikfeldern eine befehlsgewohnte Stimme: »Der Pilot des weißen Markhera 400 wird hiermit aufgefordert, sofort zu landen und sich den Sicherheitskräften zu ergeben. Ich rufe den Piloten des weißen Markhera 400. Sie haben einen Missk an Bord, der sich illegal auf Ghewanal aufhält. Jede Hilfeleistung Ihrerseits wird als kriminelle Handlung eingestuft und entsprechend bestraft.«

»Was machst du hier, Freund Perry?«, fragte Shy.

Rhodan steuerte den Gleiter in steilem Winkel um einige Häuserecken. Das Fahrzeug reagierte für seinen Geschmack ein wenig zu sensibel auf die Lenkbewegungen, doch er hatte es gut im Griff. Seine Erleichterung darüber, dass Shy nichts geschehen war, verflog mit jedem zurückgelegten Meter mehr. Stattdessen brach sich der Zorn Bahn.

»Was *ich* hier mache?«, rief er wütend. »Das sollte ich wohl besser *dich* fragen! Hast du den Verstand verloren? Verdammt, Shy, hast du aus unserer ersten Begegnung nichts gelernt? Diese Soldaten hätten dich umgebracht. Sie hätten dich erschossen, ohne auch nur darüber nachzudenken – und ich kann dir nicht ständig das Leben retten.«

»Aber der Regent ...«, setzte der Missk an.

»Der Regent interessiert sich nicht für dich«, schnitt ihm Rhodan das Wort ab. »Er wird dich nicht empfangen. Er wird nicht mit dir reden. Niemals! Wenn du das nicht endlich akzeptierst, kann ich dir nicht mehr helfen. Kriegst du das denn nicht in deinen sturen Schädel hinein?«

Shy sah Rhodan mit großen feuchten Augen an. Er schien darauf zu warten, dass sein großer Freund zum Abschluss etwas Versöhnliches sagte, aber der dachte gar nicht daran.

*Wenn ich ihn mit Samthandschuhen anfasse, tue ich ihm keinen Gefallen,* überlegte Rhodan. »Außerdem bringst du nicht nur dich selbst in Gefahr«, fuhr er laut fort. »Hast du überhaupt eine Ahnung, welche Risiken ich eingehen musste, um dich zu finden? Willst du etwa ...«

Ein scharfer Knall im Heck des Gleiters ließ ihn verstummen. Das Fahrzeug brach nach rechts aus und legte mehrere Meter im freien Fall zurück, bevor Rhodan es abfing und in scharfem Winkel in den Steigflug zwang. Auf dem Instrumentenbrett leuchteten mehrere Sensorfelder, und ein dumpfer Warnton füllte die enge Kabine.

»Was ist passiert?«

»Wir sind nicht mehr allein«, stieß Rhodan hervor und beschleunigte. Drei der blinkenden Lichter erloschen. Wahrscheinlich hatte die Reparaturautomatik die entsprechenden Schäden beseitigen können. Dennoch spürte Rhodan, dass sich der Gleiter nun träger steuerte und schwerfälliger auf seine Kommandos ansprach.

Er wandte den Kopf und suchte den trüben Himmel hinter sich ab. Durch die transparente Heckscheibe war nicht viel zu erkennen, zumal es in diesem Moment zu regnen begann. Dann machte er allerdings die Positionslichter der schnell näher kommenden Verfolger aus. Es handelte sich um zwei schwarze, massige Kampfgleiter mit deutlich erkennbarer Panzerung und fraglos schwerer Bewaffnung.

Voraus lagen die Türme und Hochstraßen des Stadtzentrums. Nur einen Lidschlag später erschien wie aus dem Nichts ein fingerdicker Lichtbalken, der den Bug des Gleiters um wenig mehr als einen halben Meter verfehlte.

»Himmel, diese Irren riskieren ein Feuergefecht mitten in der

Stadt!«, rief Rhodan. Er drückte das Fahrzeug steil nach unten und flog in eine der Straßenschluchten hinein. Seine Hoffnung, dass die Verfolger den Beschuss einstellen würden, wenn die Gefahr bestand, dass Unschuldige zu Schaden kamen oder Gebäude in Mitleidenschaft gezogen wurden, erfüllte sich nicht. Zwei weitere Schüsse gingen denkbar knapp an dem Gleiter vorbei.

Rhodan spürte kalten Schweiß auf der Stirn. Die Sichtverhältnisse verschlechterten sich weiter, und er wusste nicht, welche Schaltungen er betätigen musste, um die positronischen Flughilfen zu aktivieren. Andererseits hätten ihm die wohl ohnehin nicht geholfen. Computer reagierten viel zu logisch und berechenbar. Ihre Jäger hätten sie in kürzester Zeit gestellt, wenn er die Kontrolle an eine Maschine abgab.

»Halt dich fest, Shy!«, rief Rhodan. »Es könnte ein bisschen holprig werden.«

Der Missk klammerte sich derweil mit allen sechs Armen an den Kopilotensessel und hatte die Augen fest geschlossen.

Rhodan überlegte, ob er den Gleiter vielleicht auf das offene Meer hinaussteuern und sich dem Raumhafen von der See aus nähern konnte, verwarf die Idee gleich wieder. Die Kampfmaschinen waren definitiv schneller und mit dem notwendigen Spürgerät ausgestattet. Sobald er den Schutz der Gebäude verließ, war sein Schicksal besiegelt.

Der zweite Treffer schlug in die rechte Seite des Fahrzeugs ein – und er war verheerend. Shy stieß einen schrillen Schrei aus, als die Kabinenwand neben ihm auseinanderplatzte. Der doppelt armlange Riss vergrößerte sich rasend schnell. Ein kalter Wind wehte Regentropfen in die Kabine. Dort, wo sie Rhodans nackte Haut berührten, breitete sich zunächst ein Brennen aus, dann wurde die Stelle taub.

Der Steuerknüppel bockte wie ein Wildpferd in Rhodans Händen, als sich der Gleiter aufgrund der verlorenen Flugstabilität zur Seite neigte. In die Schreie Shys mischten sich das Heulen des Windes, das Wimmern des Alarms und das Rauschen des immer stärker werdenden Regens. Brandgeruch stieg in Rhodans Nase.

Verzweifelt mühte er sich, die Maschine in eine halbwegs waagrechte Lage zu bringen. Der Höhenmesser war ausgefallen. Er hatte keine Ahnung, wie weit sie noch von der Planetenoberfläche entfernt waren. Ein Blick durch die Pilotenkanzel, die einen breiten Sprung aufwies, zeigte lediglich Schwärze und ein paar tanzende Lichter.

Ein mörderischer Schlag warf den Gleiter herum. Im ersten

Moment dachte Rhodan, sie wären bereits am Boden, dann aber sah er für einen Atemzug den mächtigen Stiel eines Trichtergebäudes vor sich. Ihr Fahrzeug war mit irgendetwas kollidiert und drohte nun endgültig auseinanderzubrechen.

Mit grimmiger Entschlossenheit warf sich Rhodan gegen den Schubregler. Hinter ihm gaben die völlig überlasteten Triebwerke letzte Klagelaute von sich, bevor sie für immer verstummten. Der Gleiter drehte sich mehrfach um sich selbst. Mehrere kleine Explosionen schickten Schwärme von Glas- und Plastiksplittern durch die Kabine. Dann erfolgte der Aufprall.

Vor Rhodans innerem Auge erschien das Gesicht seines Onkels Karl. Warum musste er ausgerechnet jetzt an ihn denken?

Die Explosion war so laut, dass sie ihn vorübergehend taub machte. Um ihn herum tanzten gelbe und blaue Flammen. Er spürte, wie die Hitze nach ihm griff. Die Luft, die er einatmete, enthielt kaum noch Sauerstoff.

*Es gibt wahrlich schönere Orte zum Sterben,* dachte Rhodan noch, bevor er das Bewusstsein verlor.

# Kapitel 18

Ihin da Achran hatte von Beginn an mit Schwierigkeiten gerechnet. Dennoch war sie enttäuscht, als sich ihre Ahnung nun bestätigte.

Sergh da Teffron war kein Dummkopf. Wenn es schon die lokalen Sicherheitskräfte schafften, den letzten flüchtigen Schatzjäger aufzuspüren, galt das erst recht für die Hand des Regenten. Da Teffron hatte seine Leute losgeschickt, um den Mann, der sich Sirran Taleh nannte, aufzugreifen. Das bedeutete, dass ihr nicht mehr viel Zeit blieb.

*Welches Risiko bist du bereit einzugehen, altes Mädchen?,* dachte sie. *Bist du wirklich sicher, dass der Gha'essold den Einsatz wert ist?*

Nadayes Bericht war wenig erhellend gewesen. Zwar war es ihr gelungen, den Fremden vorerst in Sicherheit zu bringen, aber statt sich sofort auf den Weg zum Raumhafen zu machen, schien ihm mehr am Schicksal eines einzelnen Missk gelegen zu sein. So angestrengt die Rudergängerin auch nachdachte, ihr fiel kein einziger Grund ein, warum dieser Sirran Taleh sich ausgerechnet mit einer dieser weißhäutigen Plagen abgab.

*Was, wenn ich mich irre?,* dachte sie immer wieder. *Was, wenn Sergh nur eines seiner perfiden Spiele spielt und mir eine Falle gestellt hat, wenn diese Schatzjäger in seinem Auftrag handeln?*

Nein! Sie durfte so kurz vor dem Ziel nicht schwach werden. Auf ihre Instinkte konnte sie sich verlassen. Letztlich ging auch da Teffron ein erhebliches Wagnis ein, wenn er ohne Wissen des Regenten und ohne die lokalen Behörden zu involvieren, eine Menschenjagd ausrief. Und warum sollte er ausgerechnet die Rudergängerin attackieren? Ihin da Achran vermochte ihm nicht wirklich gefährlich zu werden.

Zum wiederholten Mal in den vergangenen Stunden aktivierte sie das Isolationsfeld um ihren Arbeitsplatz. Tahor da Leghat meldete sich erst nach dem fünften Rufsignal. Der Chef der Imperialen Leibgarde sah erschöpft aus.

»Ich habe dich geweckt«, stellte Ihin da Achran fest. »Das tut mir leid.«

»Das muss es nicht«, gab der Arkonide zurück. »Für dich bin ich jederzeit zu sprechen.«

»Ich brauche deine Hilfe«, sagte die Rudergängerin. Da Leghat schwieg und blickte mit starrem Gesicht in die Kamera.

»Ich fürchte, dass du große Schwierigkeiten bekommen wirst, wenn die Falschen erfahren, was du für mich tun sollst«, fuhr die Rudergängerin fort. »Man könnte es dir sogar als Hochverrat auslegen ...«

In seinen Zügen zeigte sich ein kaum merkliches Lächeln. »Seit wann hast du Skrupel, andere in Gefahr zu bringen, wenn es deinen Zielen dient?«

»Du bist der einzige Mann, der mich jemals durchschaut hat, Tahor.« Nun lächelte auch die Rudergängerin.

»Zumindest der einzige, der noch am Leben ist«, bemerkte da Leghat trocken. »Also: Was willst du?«

Ihin da Achran sprach, und Tahor da Leghat hörte zu. Wenn ihn ihre Bitte überraschte, zeigte er es nicht. Schweigend und ohne das geringste Zeichen äußerer Anteilnahme lauschte er ihren Worten. Als sie geendet hatte, nickte er bedächtig.

Die Arkonidin wartete geduldig. Sie kannte ihren Leibgardisten lange genug, um zu wissen, dass man ihn nicht drängen durfte.

»Ich werde die Männer meiner persönlichen Eliteeinheit nehmen«, sagte Tahor da Leghat schließlich. »Sie gehen für Arkon und mich in den Tod.«

Diesmal war es an Ihin da Achran zu schweigen. Da Leghat hatte noch nicht zugestimmt. »Dir ist klar, was du da von mir verlangst?«, fragte er.

»Du bist der Einzige, von dem ich es verlangen *kann*«, sagte die Rudergängerin.

»Wie immer die Sache auch ausgeht: Du stehst danach in meiner Schuld?«

»Ich stehe danach in deiner Schuld!«

»Ohne Einschränkungen?«

»Ohne Einschränkungen! Du hast mein Wort!«

»Gut.« Tahor da Leghat nickte erneut. »Dein Wort genügt mir. Ich werde sofort aufbrechen. Schick mir die aktuellsten Informationen über meinen Privatkanal.«

»Wird umgehend erledigt. Und Tahor ...?«

»Ja?«

»Danke.«

Er lachte leise. »Warte noch mit deinem Dank, meine Liebe! Du weißt nicht, was ich als Gegenleistung von dir verlange.« Ohne ihr die Chance zu einer Erwiderung zu geben, schaltete er ab.

Ihin da Achran wählte eine neue Verbindung. Auf dem Holo

erschien das Gesicht von Melghor da Iriam. Der Offizier hätte beinahe Haltung angenommen, als er erkannte, wer ihn da zu so früher Stunde anrief.

»Ist der Purrer noch immer in Gewahrsam?«, fragte die Rudergängerin.

Da Iriam bestätigte.

»Und Sie haben niemandem davon erzählt?«

»Genau so, wie Sie es befohlen haben, Herrin.«

»Ausgezeichnet. Dann möchte ich, dass Sie jetzt Folgendes tun ...«

Das letzte Gespräch an diesem Morgen führte Ihin da Achran zehn Minuten später mit Theta. Die Kurtisane lieferte ihr endlich die Bestätigung, die sie brauchte. Sergh da Teffron war ohne jeden Zweifel hinter dem geheimnisvollen Mann vom Planeten Sand her. Es war ihr zudem gelungen, einen kurzen Blick in die Aufzeichnungen ihres neuen Herrn zu werfen. Der wahre Name Sirran Talehs lautete Perry Rhodan.

Während ihrer Unterhaltung gewann die Rudergängerin den Eindruck, dass Theta nicht wie üblich mit ganzem Herzen bei der Sache war.

Hatte sie ihr mit diesem Auftrag zu viel zugemutet? War sie dem Stress etwa nicht gewachsen?

»Du wirkst abwesend, Kind«, sagte Ihin da Achran. »Bedrückt dich etwas? Du weißt, dass du mit mir über alles reden kannst.«

»Es ist nichts«, entgegnete Theta und bemühte sich um ein verbindliches Lächeln. Es gelang ihr gut, allerdings nicht gut genug, um da Achran zu täuschen. »Die Hand hält mich auf Trab, stellt mir Aufgaben, um meine Fähigkeiten als seine neue Assistentin zu testen. Das ist anstrengend.«

»Melde dich, wenn du Hilfe benötigst.«

»Das werde ich.«

Ihin da Achran gönnte sich einige Minuten stillen Sinnierens, bevor sie das Isolationsfeld abschaltete und ihren Adjutanten nach einer Erfrischung schickte. Nertan da Hindur brauchte wie gewohnt nicht lange. Dann reichte er ihr einen Becher Arkonsirup der Sorte Sonnenfeuer. Lächelnd genoss sie das belebende Getränk, das erst eiskalt durch ihre Kehle rann, um im Anschluss ihren Magen mit wohliger Wärme zu füllen.

Auf einem der Nachrichtenholos lief ein Bericht über einen Zwischenfall während der Vermittlerzeremonie vor dem Ark'Ghenaaru-Hotel. Erneut ging es um einen Missk, der sich offenbar hinter die Absperrungen geschlichen und das Siegelritual empfindlich gestört hatte. Als in der Folge ein unbekannter Arkonide mehrere Strahlschüsse über die Köpfe der versammelten Menge abgefeuert hatte, war es zu einer Massenpanik gekommen. Der Missk war im entstehenden Trubel entwischt.

Ihin da Achran schickte die Aufzeichnungen des Geschehens durch ihre Positronik. Die Bilder des Schützen waren aus größerer Entfernung gemacht und deshalb nicht besonders deutlich, aber Körpergröße, Kleidung und Haartracht passten. Den letzten Hinweis gaben ihr schließlich die leicht verzerrten Gesichtszüge, die nur von einem entsprechenden elektromagnetischen Störfeld herrühren konnten.

*Perry Rhodan,* dachte die Rudergängerin. *Er hat die Panik bewusst ausgelöst, um dem Missk das Leben zu retten.*

Es überraschte Ihin da Achran nicht, dass sämtliche Berichte über den Vorfall als vertraulich eingestuft worden waren. Diesbezüglich hatte zweifellos Sergh da Teffron die Finger im Spiel. Ihm musste daran gelegen sein, sowohl die Existenz Rhodans als auch seine Jagd auf ihn geheim zu halten. Wenn der Regent erfuhr, was sein Stellvertreter in seiner Freizeit trieb, würde er Fragen stellen; Fragen, auf die Sergh da Teffron mit hoher Wahrscheinlichkeit keine befriedigenden Antworten wusste.

Rhodan und der Missk waren mit einem gestohlenen Gleiter entkommen. Ihin da Achran schickte sämtliche verfügbaren Daten mit höchster Verschlüsselung an Tahor da Leghat. Das finale Spiel hatte begonnen.

Die Rudergängerin atmete mehrmals tief durch. Dann setzte sie den Becher an die Lippen und trank den Rest in einem Zug aus.

# Kapitel 19

Mit dem Erwachen kamen die Schmerzen.

Perry Rhodan hatte das Gefühl, dass sein Schädel jede Sekunde zerspringen musste. Übelkeit stieg in ihm auf, sein Magen revoltierte. Der Brechreiz wurde so intensiv, dass er sich instinktiv zur Seite wälzte, um im Ernstfall nicht am eigenen Erbrochenen zu ersticken.

*Astronautenreflex,* dachte er. *Tausende von Trainingsstunden zahlen sich irgendwann aus.*

Der Geruch von heißem Metall und verschmorter Isolierung stach in seine Nase. Um ihn herum zischte und knackte es. Die Erinnerungen kamen in schneller Folge und schickten neue Schmerzwellen durch seinen Schädel.

Die Flucht mit dem Gleiter. Der Absturz. Wo war Shy?

Stöhnend kämpfte sich Rhodan auf die Beine. Ein scharfes Stechen im rechten Knie ließ ihn kurzzeitig einknicken, dann hatte er sein Gewicht so verlagert, dass der Schmerz erträglich war, und stemmte sich endgültig hoch. Er sah sich um.

Von dem Gleiter war praktisch nichts übrig geblieben. Dass Rhodan die Bruchlandung dennoch halbwegs heil überstanden hatte, konnte nur daran liegen, dass sämtliche Schutzengel ihre Flügel über ihm ausgebreitet hatten.

Der nach wie vor niederprasselnde Regen hatte die meisten Feuer gelöscht. Lediglich hier und da loderten noch ein paar kleinere Brandherde. Rechts von ihm, nur ein paar Meter entfernt, lag die zerfetzte Pilotenkabine. Der Sessel des Kopiloten war aus der Verankerung gerissen und wies mehrere große Brandflecken auf.

»Freund Perry, geht es dir gut? Bist du verletzt?« Shy kam hinter einem Trümmerstück zum Vorschein, das sich tief in den weichen Untergrund gebohrt hatte. Offenbar war der Gleiter über einem unbebauten Stück Land niedergegangen, und der vom Regen aufgeweichte Boden hatte den Sturz zusätzlich gemildert.

»Ich bin in Ordnung«, beruhigte Rhodan den Missk. »Was ist mit dir?«

»Es tut mir so leid, Freund Perry.« Shy trottete mit hängenden

Armen heran. »Es ist alles meine Schuld. Ich habe nicht auf dich gehört. Wenn dir etwas passiert wäre ...«

»Es ist mir aber nichts passiert«, unterbrach Rhodan. »Wir müssen verschwinden. Ich weiß nicht, warum die Suchtrupps noch nicht hier sind, aber sie dürften jeden Moment eintreffen. Kennst du dich in der Gegend aus?«

»Nein«, kam es kleinlaut von dem Missk.

»Na schön. Dann spielen wir eben Pfadfinder.«

Sofort hellte sich Shys Miene auf. »Pfadfinder? Was ist das für ein Spiel, Freund Perry? Erklärst du mir die Regeln?«

Rhodan wollte etwas sagen, überlegte es sich aber anders. Immerhin: Die Strahlenpistole steckte nach wie vor in seinem Gürtel. Sie waren also nicht völlig wehrlos. Zudem ließ der Regen langsam nach; die Sichtverhältnisse würden sich über kurz oder lang verbessern.

»Bleib dicht bei mir«, wies er Shy an. »Wir müssen als Erstes einen Unterschlupf finden und uns orientieren.« Er wischte sich ein paar nasse Strähnen des langen weißen Haares aus dem Gesicht. Kurz überlegte er, ob er die lästige Perücke ablegen sollte, entschied sich jedoch dafür, sie aufzubehalten. Vielleicht hatte man seine Verkleidung noch nicht durchschaut.

In der Ferne ragten einige größere Gebäude auf. Rhodan nahm Shy an einer seiner Hände und zog ihn mit sich. Gemeinsam hasteten sie über den matschigen Boden. Der Regen, der inzwischen in ein feines Nieseln übergegangen war, verursachte einen heftigen Juckreiz auf Rhodans Gesichtshaut.

»Da sind sie!« Shy war stehen geblieben und deutete nach oben. Aus Richtung des Stadtzentrums senkten sich vier Transportgleiter aus dem dunkelgrauen Himmel herab. Im Unterschied zu den Kampfmaschinen waren sie ungepanzert.

Rhodan sah, wie die Seiten der Transporter nach oben fuhren und die Fahrzeuge mehrere Dutzend Soldaten ausspuckten. Im Laufschritt verteilten sie sich über das Gelände.

»Weiter!« Rhodan sprang auf und rannte zu einer schmalen Einfahrt hinüber, die von einem portalähnlichen Steintor eingerahmt wurde. Shy folgte ihm auf dem Fuß. Seine weiße Haut war in der Dämmerung viel zu deutlich auszumachen.

»Reib dich mit Matsch ein!«, befahl ihm Rhodan. »Die Soldaten sehen dich sonst schon von Weitem.« Während sich der Missk mit Dreck beschmierte, versuchte Rhodan sich zurechtzufinden.

Das Gebäude, an dessen Mauer sie kurz zuvor gestoßen waren, schirmte sie vorerst vor einer Entdeckung durch die Soldaten ab.

Allerdings hatten diese vermutlich schon die Verfolgung aufgenommen. Viel Zeit zum Nachdenken blieb nicht.

Vor ihnen führte eine Straße auf eine flache Halle zu; eventuell ein Lager. Daneben standen drei Gebilde, die an altmodische Getreidesilos erinnerten. Verkehr herrschte so gut wie keiner. Lediglich auf einer hinter der Halle schwach erkennbaren Hochstraße bewegten sich ein paar einzelne Gleiter.

Sie benötigten keine zwei Minuten, um die Entfernung bis zu den Silos zurückzulegen. Während Rhodan nach Atem rang und sich sein lädiertes Knie wieder bemerkbar machte, schien Shy keinerlei Konditionsprobleme zu haben. Im Gegenteil: Der von oben bis unten mit Matsch bedeckte Missk hetzte wie ein übermütiger Hund immer wieder voraus und kehrte dann zurück, um Rhodan mit schüchternem Blick zu mustern.

*Wahrscheinlich macht er sich große Sorgen um seinen uralten Freund Perry, der immerhin schon siebenunddreißig Jahre auf dem Buckel hat,* dachte Rhodan. Seine Hand tastete wieder einmal nach dem Zellaktivator, und er fragte sich, ob seine Kopfschmerzen wohl verschwinden würden, wenn er ihn anlegte. War es überhaupt nötig, ihn sich an einer Kette um den Hals zu hängen? Hatte das Gerät nicht bereits von dem Moment an auf ihn gewirkt, als er es von Atlan ausgehändigt bekam? Oder waren die Schlaglichter aus seiner Vergangenheit – die fragende Stimme des Busfahrers, der silberne Anhänger seines Onkels – schlicht Reaktionen seiner überreizten Nerven gewesen?

»Nur ein paar Sekunden«, keuchte Rhodan. »Es geht gleich wieder.«

»Dahinten sind sie schon, Freund Perry«, stieß Shy hervor. Seine Hand wies in die Richtung, aus der sie gekommen waren.

Rhodan wandte den Blick. Die im Zwielicht auf und ab hüpfenden Lichter kamen schnell näher.

Sie liefen weiter. Rhodan zog ernsthaft in Erwägung, den Zellaktivator irgendwo in der Nähe zu verstecken, doch das hätte keinen Zweck gehabt. Selbst wenn Sergh da Teffron nicht sicher wusste, dass sich das Gerät in Rhodans Besitz befand, musste er es zumindest vermuten. Stiqs Bahroff war im Zweistromland zurückgeblieben. Die Hand des Regenten durfte also davon ausgehen, dass er in die Gewalt von Atlan und Iwan Goratschin geraten war oder sich vielleicht sogar freiwillig ergeben hatte. Einer aus Rhodans Gruppe führte den Aktivator somit zwangsläufig mit sich.

Sosehr er sich auch gegen die bittere Wahrheit sperrte: Alles deutete darauf hin, dass er am Ende seiner Flucht angekommen war. Sergh da Teffron hatte gewonnen. Das Einzige, was Rhodan nun noch tun konnte, war, dafür zu sorgen, dass Shy halbwegs unbeschadet aus dieser Sache herauskam.

Hinter einem Stapel von Fässern fanden sie vorübergehend Deckung. Es war merklich heller geworden, auch wenn die Sonne wie üblich von einer dichten Wolkendecke verhüllt wurde.

Rhodan rieb sich das schmerzende Knie. »Pass gut auf, Shy«, sagte er. »Was ich dir jetzt auftrage, wird dir nicht gefallen, aber du musst es trotzdem tun. Versprichst du mir, dass du mir gehorchst? Ich will, dass du es schwörst – bei unserer Freundschaft!«

»Ich ... ich ... schwöre«, gab der Missk zögernd zurück.

»Gut«, zeigte sich Rhodan zufrieden. »Dann verschwinde!«

»Was?«

»Mach, dass du wegkommst! Lauf, so schnell du kannst!«

»Aber ... aber, Freund Perry ...« Shys schmächtiger Körper zitterte. Seine großen leuchtenden Augen füllten sich mit Tränen. »Ich kann doch nicht ...«, flüsterte er mit brechender Stimme.

Rhodan packte ihn hart bei den Schultern. »Du kannst nicht nur, du *musst!«,* sagte er rau. »Ich habe dir nicht zweimal das Leben gerettet, damit dich da Teffrons Henker jetzt einfach umbringen. Kehr zu deiner Familie zurück! Lebe dein Leben! Um mich musst du dir keine Sorgen machen. Die Soldaten werden mir nichts tun.«

Shy sah ihn an. Vielleicht versuchte er zu ergründen, ob sein *Freund Perry* ihm die Wahrheit sagte und ihn die Jäger wirklich verschonen würden. Im Gesicht des kleinen Missk vermischten sich Trauer und Trotz, Unverständnis und grenzenlose Enttäuschung. Schließlich trat er an Rhodan heran und umschlang ihn mit allen sechs Armen.

Rhodan erwiderte die Umarmung. Aus der Ferne drangen die Rufe der anrückenden Soldaten an seine Ohren. Vorsichtig schob er das Kind von sich weg.

»Beeil dich, Freund Shy!«, sagte er leise und lächelte. »Und vor allem: Versuch nie wieder mit dem Regenten zu sprechen!«

Wortlos drehte sich der Missk um und rannte davon. Rhodan sah ihm nach, bis er hinter der Lagerhalle verschwunden war. Dann zog er den Strahler aus dem Gürtel und überprüfte die Ladeanzeige. Das Energiemagazin war noch fast halb voll. Das würde mehr als ausreichen, um Shy ein wenig Zeit zu erkaufen.

Vorsichtig spähte er über den Rand des vorderen Fasses hinweg – das im gleichen Augenblick explodierte!

Rhodans Brust schien plötzlich in Flammen zu stehen. Er wurde mit elementarer Wucht nach hinten geschleudert, kam hart auf und rutschte auf dem nassen, glitschigen Boden mehrere Meter, bevor ihn ein weiteres Fass stoppte. Irgendjemand schrie, und es dauerte mehrere Sekunden, bis er begriff, dass er es selbst war.

Er reagierte rein instinktiv, rollte sich zur Seite und in Deckung. Die Strahlenpistole hielt er immer noch in der Hand. Der Zorn und das Adrenalin in seinem Blut setzten frische Kräfte frei.

Warum schossen diese verdammten Schwachköpfe auf ihn? Wollte Sergh da Teffron ihn etwa nicht lebend? Das ergab keinen Sinn!

Rhodan sah das Licht mehrerer Helmlampen auf sich zukommen. Den Strahler in Position bringen, zielen und abdrücken war eine fließende Bewegung. Er wusste nicht, ob er getroffen hatte; allerdings erhielt er kein Gegenfeuer. Sofort wechselte er die Stellung, rannte nach rechts und in Richtung der Halle. Vielleicht konnte er sich dort ...

»Keine Bewegung! Waffe weg!«

Der scharfe Befehl war noch nicht verhallt, da flammte auch schon eine Reihe von an hohen Stahlmasten befestigten Scheinwerfern auf und badete das Gelände in blendende Helligkeit. Etwa zwei Meter von Rhodan entfernt stand ein Mann in schwarzer Uniform und mit einem Strahlengewehr im Anschlag. Die Mündung mit dem blass flimmernden Abstrahlfeld war auf Rhodans Körpermitte gerichtet.

»Ich wiederhole mich nicht!«, sagte der Soldat. Von mehreren Seiten eilten seine Kameraden herbei. »Lassen Sie die Waffe fallen, oder ich werde schießen! Sofort!«

Rhodan hob langsam die Arme. Er wollte etwas sagen, wollte seiner Frustration auf irgendeine Weise Ausdruck verleihen, doch er erhielt nicht mehr die Gelegenheit dazu. Der Schatten kam von links – und dann ging alles unglaublich schnell.

## Kapitel 20

Der Soldat mit dem Strahlengewehr stieß einen erstickten Schrei aus. Etwas riss ihn von den Beinen, brach über ihn herein wie ein Wirbelsturm. Aus mehreren Richtungen erklangen laute Rufe. Jemand brüllte einen Befehl. Der huschende Schatten nahm für eine Sekunde Gestalt an.

»Chabalh!«, rief Perry Rhodan überrascht.

Der Purrer bewegte sich mit einer Geschwindigkeit, die Rhodan bislang noch bei keinem anderen Lebewesen beobachtet hatte. Bevor einer der Umstehenden auch nur daran denken konnte, die Waffe zu benutzen, hatte Chabalh bereits drei Uniformierte ausgeschaltet. Mit einer seltsamen Mischung aus Faszination und Unbehagen verfolgte Rhodan, wie sein selbst ernannter Leibwächter einen Soldaten nach dem anderen mit Hieben seiner mächtigen Pranken zu Boden schickte.

All das dauerte vielleicht eine halbe Minute. Dann senkte sich eine unwirkliche Stille über die Szenerie. Chabalh verlagerte sein Körpergewicht auf die Hinterläufe und richtete sich hoch auf. Aufmerksam sondierte er die Umgebung. Es hätte Rhodan nicht im Geringsten gewundert, wenn der Purrer sich mit den Fäusten triumphierend auf die Brust getrommelt hätte, doch das tat er nicht. Stattdessen eilte er katzengleich auf Rhodan zu und blieb dicht vor ihm stehen.

»Nicht viel Zeit«, sagte er in seiner typischen abgehackten Sprechweise. »Hier nicht sicher.«

»Woher kommst du so plötzlich?«, wollte Rhodan wissen. »Hat dich Atlan geschickt?«

Chabalh musterte ihn mit großen Raubtieraugen. Es war schwer, in seinem exotischen Gesicht zu lesen, aber Rhodan glaubte Verwirrung zu erkennen.

»Nein«, stieß der Purrer hervor. »Nicht Atlan. Nicht TIA'IR. Schnell jetzt!«

Zu weiteren Erklärungen – wenn man die knappen Kommentare Chabalhs denn als solche bezeichnen wollte – schien der Purrer vorerst nicht bereit zu sein. Er nickte Rhodan zu und streckte ihm auffordernd den verlängerten Rücken entgegen. Rhodan zuckte mit den Schultern, saß auf und schlang die Arme um Chabalhs kräftigen Hals. Der rannte sofort los und hielt auf die Lagerhalle zu.

*Ich komme mir vor wie Mogli, der auf Baghira durch den Dschungel reitet,* schoss es durch Rhodans Kopf. Als Kind hatte er die Geschichten des britischen Schriftstellers Rudyard Kipling geliebt.

Leichter Wind kam auf und brachte den Geruch von Chemikalien mit sich, ein schwaches Aroma von Chlor und Schwefelwasserstoff.

Kurz bevor sie die Halle passieren und damit endlich den lichtüberfluteten Platz mit den Silos verlassen konnten, schlug ein hellroter Energiestrahl unmittelbar vor Chabalh in den mit großen Betonplatten bedeckten Boden ein. Der Purrer wechselte so abrupt die Richtung, dass Rhodan beinahe den Halt verloren hätte. Sie wurden von einem Schauer aus Steinsplittern getroffen, und Rhodan drückte sich eng an das seidige Fell.

Am grauen Himmel waren die beiden Kampfgleiter erschienen, die ihn bereits zuvor verfolgt und abgeschossen hatten. Nun drehten sie bei und nahmen sie von zwei Seiten gleichzeitig unter Beschuss.

Der Purrer schlug mehrere Haken, während links und rechts von ihm die Betonbrocken durch die Luft zischten.

Die Druckwelle eines Treffers in direkter Nähe warf Chabalh aus der Bahn. Sein schwerer Körper kippte, und für Sekunden lastete das ganze Gewicht des massigen Purrers auf Rhodans Brustkorb. Er glaubte seine Rippen brechen zu hören, stechender Schmerz fuhr durch seine Lungen. Dann hatte sich Chabalh wieder gefangen. Er packte Rhodan und schleuderte ihn hinter eine gemauerte Einfriedung, die früher womöglich einmal das Fundament eines Krans oder einer anderen Maschine gewesen war.

»Warte hier!«, rief der Purrer. »Ich komme wieder!« Rhodan hatte nicht mehr genug Luft, um Einwände zu erheben – und das Schicksal schien nicht bereit zu sein, ihm Zeit zum Atemholen zu lassen.

Hinter ihm detonierte ein Teil der Einfriedung. Rhodan warf sich verzweifelt nach vorn. Durch die Staubwolken, die sich um ihn gebildet hatten, sah er weitere Soldaten auf sich zukommen. Offenbar war Verstärkung eingetroffen.

Rhodan tastete nach der Strahlenwaffe, fand sie jedoch nicht. Hatte er sie während des wilden Ritts verloren?

»Keine Angst, Freund Perry!«, rief in diesem Moment eine wohlbekannte Stimme. »Ich rette dich!«

Rhodan fuhr herum. Aus dem Schatten der Lagerhalle, die nun in rund fünfzig Metern Entfernung zu seiner Rechten lag, löste sich die Gestalt des Missk. Shy rannte direkt auf ihn und die Uniformierten zu – und in seinen Händen hielt er die vermisste Strahlenpistole!

»Shy!«, schrie Rhodan entsetzt. »Nein!«

Doch es war zu spät. Der Kleine löste die Waffe aus. Der nadeldünne Energiestrahl fuhr wirkungslos und weitab aller möglichen Ziele in den Boden. Zu einem zweiten Schuss kam Shy nicht mehr.

Rhodan hätte nicht zu sagen vermocht, welcher der Soldaten sein Gewehr abgefeuert hatte. Er sah nur, wie der Missk frontal getroffen wurde. In Shys Gesicht spiegelte sich Überraschung. Er fasste sich mit allen sechs Händen an die Brust, lief noch ein paar Schritte weiter und stürzte dann zu Boden.

Zwei der sich in Sichtweite befindlichen Soldaten sackten ebenfalls in sich zusammen. Gleich darauf ein weiterer. War das Chabalhs Werk? Rhodan konnte den Purrer nirgendwo erkennen, und es war ihm in diesem Moment auch egal.

Den hämmernden Kopfschmerz, die stechenden Rippen und das pochende Knie ignorierend, schleppte er sich mit zusammengebissenen Zähnen zu Shy hinüber. Der Kleine lebte. Als er Rhodan erblickte, lächelte er glücklich.

»Ich habe ... dich gerettet ... Freund Perry ...«, brachte er mit Mühe heraus.

»Ja«, sagte Rhodan erstickt. »Ja, das hast du.« Er ging in die Knie, schob dem Missk die Arme unter Schultern und Rücken und hob ihn an. Der Körper des Kleinen besaß so gut wie kein Gewicht.

»Lass sehen«, flüsterte Rhodan und drückte Shys Hände mit sanfter Gewalt beiseite, um die Schusswunde zu begutachten. Die weiße Haut um die Einschussstelle war schwarz und verbrannt. Der Energiestrahl war glatt durch den schmächtigen Missk hindurchgegangen.

»Verdammt, Shy! Warum hast du nicht auf mich gehört? Du hast es mir geschworen ... du hast ...«

»Es ... tut mir leid ... Freund Perry«, kam es kaum verständlich von den Lippen des Missk. Dann legte sich noch einmal ein Lächeln auf dessen Züge. »Aber ich ... ich musste dich doch ... retten ...«

Als Rhodan den leblosen Körper Shys an sich drückte, begann es wieder zu regnen. Er schloss dem Kleinen die Augen und erhob sich. Sein Kopf war auf einmal wie leer gefegt. Blicklos starrte er auf die um ihn herum reglos am Boden liegenden Soldaten. Von den beiden Kampfgleitern war nichts mehr zu sehen. Er kam sich plötzlich wie in einem Traum vor.

»Kleiner Mann tot«, hörte Rhodan die kehlige Stimme Chabalhs wie durch eine Wand aus Watte. Der Purrer war neben ihn getreten und hatte ihm eine seiner Pranken auf die Schulter gelegt. »Sehr traurig, aber wir müssen weiter.«

»Ich kann ihn nicht einfach hier zurücklassen«, sagte Rhodan.

»Doch, das können Sie«, sagte da eine unbekannte Stimme in seinem Rücken. »Ich verspreche Ihnen, dass ich mich um ihn kümmern werde.«

Rhodan drehte sich langsam um. Den hageren Arkoniden mit dem scharf geschnittenen Gesicht und den kurzen weißen Haaren hatte er noch nie zuvor gesehen. Nun streckte er ihm die Arme entgegen, um ihm die Leiche Shys abzunehmen.

»Wer sind Sie?« fragte Rhodan.

»Mein Name tut nichts zur Sache«, antwortete der Mann. »Aber wenn Sie an Bord Ihres Schiffes zurückwollen, tun Sie jetzt genau das, was ich Ihnen sage.«

# Kapitel 21

Entkommen? Wie war das möglich?

Sergh da Teffron sprang aus seinem Sessel auf und durchmaß den Wohnbereich seines Quartiers mit schnellen Schritten. Auf einem Tisch stand eine gläserne, mit Wasser gefüllte Karaffe. Die Hand des Regenten packte das schwere Gefäß und schleuderte es mit Wucht an die gegenüberliegende Wand. Es zersprang mit einem lauten Knall in mehrere Teile.

Rhodan war verschwunden! Da Teffrons Leute hatten ihn praktisch bereits in Gewahrsam gehabt, als der Purrer aufgetaucht war und die Soldaten nahezu mühelos überwältigt hatte. Was dann passiert war, ging aus den Berichten der Betroffenen nicht eindeutig hervor.

Selbst mit seinem unerwarteten Helfer in der Not hatte Rhodan von Beginn an keine Chance gehabt. Das Gebiet um den abgestürzten Gleiter war weiträumig abgeriegelt worden, und man hatte umgehend mit den Aufräumarbeiten begonnen – schon allein, um eine eventuelle Untersuchung durch die lokalen Sicherheitskräfte zu verhindern. Seine Truppen hatten den Menschen umstellt, aber dann ...

Der Angriff war praktisch aus dem Nichts erfolgt. Störsender hatten die Kampfgleiter zur Landung gezwungen und die Kameras blind gemacht, Lähmstrahler die Soldaten betäubt. Die Präzision, mit der die Aktion ausgeführt worden war, ließ auf Profis schließen. Existierte auf Artekh 17 womöglich eine Opposition, die sich gegen die militärischen Pläne des Regenten richtete und nun die Zeit zum Losschlagen gekommen sah?

Da Teffron konnte sich keinen Reim auf die Vorgänge machen. Nun galt es, den entstandenen Schaden so gering wie möglich zu halten. Er musste Spuren beseitigen, womöglich auch den einen oder anderen Zeugen. Und trotz all seiner Anstrengungen, trotz der eingesetzten Ressourcen, stand er am Ende mit leeren Händen da.

Ein akustisches Signal trieb ihn an sein Arbeitspult zurück. Eine der Robotsonden, die er ins Zweistromland geschickt hatte, sendete wichtige Informationen. Die Maschine hatte anscheinend eine Spur von Stiqs Bahroff entdeckt. Sie war auf einen der Nethor-Anführer aufmerksam geworden, der beobachtet hatte, wie Sergh da Teffrons ehemaliger Assistent freiwillig in den reißenden Fluss gesprungen war. Zuvor jedoch hatte er den Zellaktivator abgelegt.

Der von der Sonde übermittelte Bericht des Nethor half der Hand des Regenten zwar nicht wirklich weiter, beseitigte aber zumindest die letzten Zweifel am Verbleib des Aktivators. Bahroff hatte offenbar den Verstand verloren und den Freitod gewählt. Sofort waren die alten Zweifel wieder da. Hatte ihn das Gerät dazu getrieben? War das der Grund gewesen, aus dem Atlan da Gonozal es ihm damals überlassen hatte?

Da Teffron mochte das nicht recht glauben. Rhodan war ein Verbündeter da Gonozals. Letzterer hätte ihm den Zellaktivator also kaum überlassen, wenn dieser eine derart fatale Wirkung entfalten würde. Hinzu kam, dass Bahroff am Anfang zwar einige bedenkliche körperliche Reaktionen gezeigt, dann jedoch äußerst positiv auf die Impulse des Aktivators reagiert hatte.

Die Hand des Regenten überlegte fieberhaft. Spuren beseitigen. Keine losen Enden zurücklassen. Niemand, vor allem nicht der Regent, durfte Verdacht schöpfen.

Sergh da Teffron wies die Robotsonde an, in den Garten Crysalgiras zurückzukehren und die Leiche des Doppelgängers zu beseitigen, den Atlan da Gonozal dort erschossen hatte. Sollte der Herrscher irgendwann auf die Idee kommen, eigene Nachforschungen anzustellen, würde er nichts mehr finden.

In den folgenden beiden Stunden erteilte Sergh da Teffron zahllose Anweisungen. Er holte Informationen ein, stellte Weichen, gab Befehle. Es war das, was er am besten konnte. Die Jagd auf Rhodan und seine Gefährten hatte an diversen Stellen Aufmerksamkeit erregt, aber die Hand des Regenten war zuversichtlich, dass er selbst nicht mit den Ereignissen in Verbindung gebracht wurde.

Das dicht gewebte Überwachungsnetz, das er über Ghewanal gelegt hatte, blieb derweil bestehen. Die Gesuchten mochten untergetaucht sein, doch mit hoher Wahrscheinlichkeit hatten sie die Insel noch nicht verlassen. Zwar starteten und landeten permanent Schiffe auf dem stark frequentierten Raumhafen, doch da Teffron ließ jedes einzelne von ihnen streng kontrollieren. Es bestand somit nach wie vor die Möglichkeit, dass er die Flüchtigen aufspürte.

Schließlich nahm die Hand des Regenten Verbindung zu

Lyra da Meriton auf. Die ehemalige Verwaltungsbeauftragte für Nachschubversorgung war seit zwei Jahren Leiterin des wieder aufgenommenen Bergbaus auf Ghewanal. Gefördert wurde erst seit einigen Monaten, und die ersten Ergebnisse ließen auf das Vorhandensein großer, verwertbarer Lagerstätten seltener Minerale und Metalle schließen. Weiterhin hatte man in großer Tiefe riesige Gaskammern entdeckt. Deren Qualität wurde zwar noch ausgewertet, doch die vorläufigen Berichte klangen vielversprechend.

Die Gefahr eines drohenden Krieges machte eine ausreichende Rohstoffversorgung zur zwingenden Notwendigkeit. Deshalb hatte da Teffron unter anderem vor Kurzem die Rationierung der Nahrungsmittel für die auf Artekh existierende Missk-Kolonie ausgesetzt. Die Experten rechneten damit, dass die Population der in Genlaboren herangezüchteten Kreaturen binnen Jahresfrist explodieren würde und man dadurch ausreichend willige und vor allem billige Arbeiter zur Verfügung hatte.

»Edler da Teffron.« Lyra da Meriton zeigte sich überrascht, als der Kontakt endlich zustande kam. »Welchem Umstand verdanke ich die hohe Ehre?«

Die Arkonidin, deren herbes Gesicht im zentralen Holo über der Arbeitskonsole stand, hatte die langen Haare golden gefärbt und zu einer kunstvollen Frisur aufgetürmt. Um den schlanken Hals trug sie ein ebenfalls goldenes Band, das aus Hunderten winziger Schuppen bestand und bei jeder Bewegung ein leises Klirren erzeugte. Eine breite Nase, dünne Lippen und ein fast schon kantig zu nennendes Kinn verliehen ihr einen harten Zug. Dem entgegen stand ihre sanfte Stimme, die die Hand des Regenten ein wenig an die Thetas erinnerte.

»Ich nehme an, die neuen Probebohrungen laufen noch?«, fragte Sergh da Teffron. Er wusste, dass sein Gegenüber viel Wert auf Umgangsformen legte. Die da Meritons waren eine der ältesten arkonidischen Familien, und ihre Angehörigen bildeten sich einiges auf ihre Herkunft ein – für da Teffron lediglich ein Grund mehr, sie zu verachten.

»Im Gegenteil, Edler«, antwortete die Arkonidin. Falls sie seine direkte Art brüskierte, ließ sie es sich nicht anmerken. »Die Bohrungen sind abgeschlossen. Ich habe mir erlaubt, die gewonnenen Kerne direkt zu Regol da Harator zu schicken. Wenn ich mich nicht irre, arbeitet er bereits an deren Analyse. Sämtliche Resultate gehen Ihnen natürlich umgehend zu.«

»Ausgezeichnet«, sagte die Hand des Regenten. Auch wenn

er die blasierten Vertreter des Hochadels aus tiefstem Herzen verabscheute, musste er die Umsicht und die Eigeninitiative der Frau respektieren. »Es gibt allerdings einen Punkt, den ich noch einmal persönlich und mit allem Nachdruck betonen möchte.«

»Ich höre.«

»Ich will, dass Sie bei Ihren Aktivitäten die Risiken für Ghewanal auf das absolute Minimum reduzieren. Im Zweifelsfall stoppen Sie alle Aktivitäten!«

Für einen Moment herrschte Schweigen. Dann räusperte sich Lyra da Meriton. »Ich bin nicht sicher, ob ich Sie richtig verstehe, Edler«, sagte sie. »Die Ausbeutung der hiesigen Bodenschätze genießt höchste Priorität. Und das vorhandene Kostengerüst ...«

»Verschonen Sie mich mit Zahlen«, unterbrach Sergh da Teffron grob. »Artekh 17 ist einer der wichtigsten Militärstützpunkte des Imperiums. Vielleicht wird er in der anstehenden Auseinandersetzung mit den Methans sogar kriegsentscheidend. Ich will nicht riskieren, dass wichtige strategische Anordnungen durch eine vermeidbare Kontamination verzögert werden.«

»Ich verstehe nicht ...«, setzte die Arkonidin an.

Da Teffron ließ sie erneut nicht ausreden. »Das müssen Sie auch nicht. Das Ökosystem auf Artekh 17 ist stark belastet, in einigen Fällen sogar praktisch nicht mehr vorhanden. Ich werde nicht zulassen, dass die teilweise bereits irreparablen Schäden durch Verantwortungslosigkeit und Inkompetenz noch vergrößert werden. Die vereinbarten Förderquoten bleiben davon selbstverständlich unberührt. Wenn Sie zusätzliche Mittel benötigen, machen Sie eine Aufstellung und senden Sie diese ausschließlich an mich persönlich. Habe ich mich klar ausgedrückt?«

»Klar wie das Wasser der Palastbrunnen«, antwortete Lyra da Meriton steif. Es war ihr anzusehen, dass sie weitere Einwände hatte, doch sie war klug genug, sie nicht zu äußern.

»Gut«, sagte die Hand des Regenten mit einem kurzen zufriedenen Lächeln. »Sie leisten gute Arbeit da unten. Wenn der Krieg gewonnen ist, werden begabte Führungspersönlichkeiten benötigt, um das Imperium neu zu ordnen. Sie sind noch jung. Sorgen Sie dafür, dass alles reibungslos verläuft. Ich vergesse niemanden, der auf meiner Seite steht.«

»Sie können sich auf mich verlassen, Edler.«

Mit einem knappen Nicken beendete Sergh da Teffron die Verbindung. Da Meriton war ein letzter Unsicherheitsfaktor gewesen, aber das Gespräch hatte seine Bedenken zumindest einigermaßen zerstreut. Wenn der Bergbau auf Artekh 17 weiter intensiviert wurde, bestand die Gefahr, dass man das Zweistromland früher oder später entdeckte. Das durfte auf keinen Fall geschehen, denn dann wüsste der Regent sofort, dass sein Stellvertreter ihn hintergangen hatte. Da Teffron blieb nichts weiter übrig, als die entsprechenden Aktivitäten persönlich zu überwachen und sich Lyra da Meriton als eine Verbündete heranzuziehen.

Als er Schritte aus Richtung Wohnbereich hörte, schaltete er die Holos ab und stand auf. Theta war von einem Botengang zurückgekehrt und lächelte ihm entgegen. Sie war barfuß, trug ein dunkelgrünes Kleid, dessen Saum zwei Handbreit über den Knien endete, und sah einfach hinreißend aus.

»Du arbeitest zu viel, Sergh«, sagte sie. Ihr Blick fiel auf die Scherben der Karaffe. »Schlechte Nachrichten?«

»Nichts, worüber du dir deinen hübschen Kopf zerbrechen müsstest«, antwortete er. Er ging auf sie zu und zog sie an sich.

»Mein hübscher Kopf zerbricht nicht so leicht«, flüsterte sie. Dann küsste sie ihn.

Während sich ihre Zunge spielerisch den Weg zwischen seine Lippen bahnte, waren Perry Rhodan, der Zellaktivator, der Regent und all die Probleme, mit denen sich Sergh da Teffron zu befassen hatte, für einen wertvollen Augenblick vergessen.

Aus einer unsichtbaren Quelle flossen der Hand des Regenten frische Kräfte zu, und er fühlte sich zum ersten Mal seit einer halben Ewigkeit ... ja, *glücklich.* Es war ein Gefühl, das ihm bislang noch keine Frau hatte geben können, und er verfluchte die Skepsis, die er seinem emotionalen Zustand nach wie vor entgegenbrachte.

*Warum akzeptierst du nicht, was sie in dir auslöst, was sie mit dir macht?,* fragte er sich selbst. *Wann hast du verlernt zu leben? Wann hast du verlernt, einem anderen bedingungslos zu vertrauen, auch auf die Gefahr hin, verletzt zu werden?*

Ohne dass sich ihre Lippen voneinander lösten, hob er Theta auf seine Arme. Sie presste ihren Körper noch enger an ihn, ihre knappen, kontrollierten Bewegungen wurden eindeutiger, verlangender.

Als Sergh da Teffron mit ihr das Schlafzimmer erreichte, hatte die Welt um ihn herum aufgehört zu existieren. Da waren nur noch er und Theta. Er und diese einmalige, wunderbare Frau.

*Bei allen Göttern Arkons – ich liebe sie!,* dachte da Teffron, aber er sprach seine Gedanken nicht aus.

*Wenn Sie aufwachen, wird die Welt eine andere sein. Ich verspreche es Ihnen!,* hörte er die Stimme des Regenten in seinem Kopf, und auf einmal erschienen ihm diese Worte in völlig neuem Licht.

Theta hatte die Welt, *seine* Welt, verändert. Umfassender und gründlicher, als jeder Krieg, jede Revolution, jeder Zellaktivator es jemals vermocht hätte. Um alles andere würde er sich später kümmern.

# Kapitel 22

Es war stockdunkel.

Wände, Boden und Decke des winzigen Verstecks waren fugendicht verschlossen und ließen nicht den kleinsten Lichtschimmer passieren.

Perry Rhodan konnte sich kaum bewegen. Die Luft war heiß und stickig, stank nach Schweiß und den Ausdünstungen zweier Männer, die dringend eine Dusche brauchten.

Rhodan versuchte ruhig und gleichmäßig zu atmen. Der unbekannte Arkonide hatte ihm mehrfach versichert, dass ihnen ausreichend Sauerstoff zur Verfügung stand. Zudem sollte ihre Reise im schlimmsten Fall eine Stunde dauern. Alles war arrangiert, Komplikationen waren nicht zu erwarten.

Die Unruhe des Purrers, der unmittelbar neben ihm lag, war geradezu körperlich zu spüren. Chabalh hatte sich erst auf massives Drängen bereitgefunden, in die an einen Sarg erinnernde Geheimkammer zu steigen. Sein Schnaufen und Knurren wurde von Minute zu Minute reizbarer, ungeduldiger. Rhodan hoffte inständig, dass sein selbst ernannter Leibwächter nicht kurz vor einer handfesten Panikattacke stand. In der herrschenden Enge konnte das fatale Folgen haben.

»Es dauert nicht mehr lange, Chabalh«, flüsterte Rhodan dem Gefährten zu. »Schließ die Augen und denk an eine große, weite Wüste. Kannst du die sanften Linien der Dünen sehen? Die Sonne am blauen Himmel?«

»Nein!«, keuchte der Purrer. »Nichts sehen!«

»Halte trotzdem durch!«, ermunterte er ihn. »Wir sind fast am Ziel. Und wir müssen leise sein. Unser unbekannter Retter hat gesagt, dass jegliche Fracht am Raumhafen streng kontrolliert wird. Fraglos eine weitere Anordnung unseres besonderen Freunds Sergh da Teffron.«

Chabalh antwortete nicht. Immerhin keuchte und grummelte er für den Augenblick merklich weniger. Der geheimnisvolle Arkonide hatte vorgeschlagen, den Purrer vorübergehend zu paralysieren, doch Rhodan hatte abgelehnt. Vielleicht war das ein Fehler gewesen.

Ihr Versteck befand sich im Innern eines Transportcontainers mit den Maßen zehn mal vier mal drei Meter. Über den Inhalt des Containers wusste Rhodan nichts. Der Arkonide hatte ihm allerdings versichert, dass er ganz in der Nähe der TIA'IR abgeladen werden würde. Ihr Schlupfwinkel würde sich öffnen, und danach hatten sie exakt drei Minuten, um an Bord der Jacht zu gelangen. Nach Ablauf dieser Zeit würden sich die in diesem Bereich des Landefelds ausgefallenen Überwachungskameras wieder einschalten und sie unweigerlich erfassen.

»Und Sie wollen mir wirklich nicht verraten, wem wir unsere wundersame Rettung zu verdanken haben?«, hatte Rhodan zum Abschied gefragt.

»Auf Arkon gibt es ein Sprichwort«, antwortete sein Gegenüber. »Wenn die Sonne scheint, frag nicht, wer sie entzündet hat.«

»Ich werde es mir merken«, sagte Rhodan. Dann hatte er sich in die schmale Aussparung am Boden des Containers gezwängt, und zwei Soldaten hatten den Einstieg geschlossen.

Chabalh bewegte sich unruhig. Seine Krallen schabten über das Leichtmetall ihres Gefängnisses. Es klang derart laut, dass Rhodan einen Moment lang den Atem anhielt. Wenn in diesem Moment ein Kontrolleur oder einer von da Teffrons Spürhunden in der Nähe war, musste er das Kratzen auch ohne technische Hilfsmittel hören.

»Um Himmels willen«, stieß Rhodan hervor und versetzte dem Purrer einen Tritt mit dem rechten Fuß. »Sei still!«

Seit ihrem Aufbruch hatte er sein Zeitgefühl komplett eingebüßt. Er hatte nicht die geringste Ahnung, wie lange sie schon unterwegs waren. Es mochten ein paar Minuten oder mehrere Stunden sein.

Natürlich hatte er sich seitdem Gedanken über ihren unbekannten Helfer gemacht. Um einen Sergh da Teffron zu überlisten, bedurfte es des Einsatzes erheblicher Ressourcen. Die Liste derer, die in der Lage waren, die Hand des Regenten an der Nase herumzuführen, war kurz. Leider war Rhodan mit der Machtpyramide des Großen Imperiums noch nicht ausreichend vertraut, um in dieser Hinsicht einen begründeten Verdacht äußern zu können.

Wem nutzte es, wenn er und seine Gefährten Sergh da Teffron nicht in die Hände fielen? Derjenige ging ein nicht geringes Risiko ein, wenn er ihnen half. Er musste dringend mit den anderen sprechen. Vielleicht wusste einer der Gefährten mehr oder hatte auf dem Weg zum Raumhafen etwas aufgeschnappt.

Chabalh war bereits kurz nach der Trennung vom Rest der

Gruppe durch eine Polizeipatrouille festgesetzt worden. Man hatte ihn betäubt und in eine Zelle gesteckt. Irgendwann war er schließlich in einen Gleiter verfrachtet und abtransportiert worden. Eine unbekannte Stimme hatte ihm eröffnet, dass man ihn zu Rhodan bringen würde und dass er diesem beistehen müsse. Mehr wusste der Purrer nicht zu berichten.

Nadaye, der hagere Arkonide, Chabalh – je mehr Teile dieses Puzzles in Rhodans Hände fielen, desto deutlicher wurde ihm klar, dass er auf seinem Weg über die Insel permanent Hilfe erhalten hatte. Warum gab sich der Unbekannte, der für all das verantwortlich war, nicht zu erkennen? Wenn eine weitere Fraktion existierte, die gegen den Regenten und dessen Pläne opponierte, warum offenbarte sie sich dann nicht? Mit vereinten Kräften erreichte man mehr und kam schneller voran.

Shy hatte das alles nicht helfen können. Rhodan musste immer wieder an den kleinen Missk denken, an seine Begeisterungsfähigkeit, seine kindliche Freude, seine Unkompliziertheit. Er würde nie mehr zu seiner Familie zurückkehren.

Rhodan wünschte, er hätte den Missk helfen, ihnen zumindest Hoffnung auf eine bessere Zukunft geben können. Was die Arkoniden den Missk auf Ghewanal antaten, war bitteres Unrecht, ein beschämender Machtmissbrauch, und er fragte sich, auf wie vielen solcher verabscheuenswürdigen Verbrechen das Fundament des Großen Imperiums wohl ruhen mochte. Wie viele Zivilisationen hatten die Arkoniden einfach unterworfen, weil sie es konnten, weil sie es vor sich selbst mit den Erfordernissen des Krieges, den Geboten der Expansion oder anderen fadenscheinigen Gründen rechtfertigten?

Der Container bewegte sich immer noch, doch die Fahrt wurde langsamer und unruhiger. Mehrfach wurde der Transportbehälter von harten Schlägen getroffen. Metall prallte auf Metall. Die Erschütterungen durchliefen das Material und waren auch in ihrem Versteck deutlich zu spüren. Chabalh wurde wieder nervöser, und Rhodan legte ihm beschwichtigend eine Hand auf den Kopf.

»Wahrscheinlich wird unser gemütliches Asyl gerade umgeladen«, vermutete er flüsternd. »Wir müssten bereits am Raumhafen sein. Jetzt dauert es nicht mehr lange, mein Freund. Nur noch ein paar Minuten, und wir sind hier raus.«

Schließlich kam der Container zur Ruhe. Rhodan zählte die Sekunden. Als er bei hundert angelangt war, hörte er ein leises Klicken. Im gleichen Moment blendete ihn grelles Licht.

»Los, Chabalh!«, stieß er heiser hervor. Er räusperte sich. »Wir haben drei Minuten.«

Neben ihm bewegte sich der Purrer. Rhodan fluchte in Gedanken. Es schien Ewigkeiten zu dauern, bis sich seine Augen an die Helligkeit gewöhnt hatten. Ihr arkonidischer Helfer hatte nicht gelogen: Sie befanden sich tatsächlich auf dem Raumhafen von Ghewanal.

Rhodan drehte sich langsam um sich selbst. In einiger Entfernung konnte er das klobige Empfangsgebäude ausmachen, das er bereits bei der Ankunft auf Artekh 17 als Ausbund der Hässlichkeit identifiziert hatte. Dahinter war undeutlich die Skyline der Stadt zu erkennen.

Dann sah er die TIA'IR! Vor dem tristen Hintergrund wirkte das intensive Rot der Raumjacht beinahe unwirklich. Der Anblick des Schiffes erfüllte ihn so sehr mit Erleichterung, dass er unwillkürlich einen Freudenschrei ausstieß. Sie hatten es geschafft!

»Chabalh!«, rief Rhodan. »Bring uns nach Hause!«

Das ließ sich der Purrer nicht zweimal sagen. Rhodan sprang erneut auf seinen breiten Rücken und legte die Arme um den kräftigen Hals. Hatten die Gefährten sie bereits entdeckt? Es erschien ihm nur logisch, dass sie die Umgebung der TIA'IR überwachten und nach Chabalh und ihm Ausschau hielten.

Kaum eine Minute später hatte er Gewissheit. Die Schleuse im unteren Teil des Schiffsrumpfs stand offen, und eine schmale Rampe war ausgefahren. Vor dem hellen Rechteck des Einstiegs zeichneten sich die Konturen von Iwan Goratschin und Belinkhar ab.

»Willkommen an Bord!«, sagte der Mutant. »Ihr habt euch Zeit gelassen.« Dann stahl sich ein Grinsen in sein Gesicht, und er schloss Rhodan in seine Arme. Sofort fühlte der sich an seine lädierten Rippen erinnert.

Auch Belinkhar ließ es sich nicht nehmen, Rhodan angemessen zu begrüßen; allerdings fiel ihre Umarmung deutlich sanfter aus. »Ishy und Atlan sind in der Zentrale«, sagte sie. »Sie brennen bereits darauf, eure Geschichte zu hören.«

»Ja.« Rhodan nickte. »Ich denke, wir haben einiges zu besprechen.«

# Kapitel 23

Das Holo zeigte das Symbol der ankommenden Überrangverbindung nur einen Wimpernschlag lang. Danach erschien das markante Gesicht des Regenten über Ihin da Achrans Steuerkonsole. Die Rudergängerin neigte den Kopf und hob ihn erst wieder, als der Herrscher zu sprechen begann.

»Sie sehen heute wieder einmal umwerfend aus, meine liebe Ihin. Eines Tages müssen Sie mir Ihr Geheimnis verraten.«

»Sie sind ein Schmeichler, Herr«, gab da Achran zurück. »Aber das Schicksal hat es in so vielen Dingen gut mit mir gemeint, dass ich mich nicht beschwere. Die Zeit war gnädig, und das Privileg, Ihnen und Arkon dienen zu dürfen, lässt mich jeden neuen Tag in tiefer Demut und Dankbarkeit erleben.«

»Ich bin der, der dankbar sein sollte.« Der Regent beugte sich nach vorn, und das Holo wuchs automatisch im gleichen Tempo, in dem sein Gesicht größer wurde. »Vor allem, weil ich weiß, dass Ihre Worte ehrlich gemeint sind. Ein Mann in meiner Position ist leider nur allzu oft von Heuchlern und Leisetretern umgeben, von Frauen und Männern, die nicht sagen, was sie denken, und ihren Intellekt lieber verkümmern lassen, als ihn in den Dienst der Sache zu stellen.«

»Kann ich etwas für Sie tun, Herr?«, fragte Ihin da Achran. Die naheliegende Bemerkung, dass manch einer, der in Gegenwart des Herrschers sagte, was er dachte, den nächsten Morgen nicht mehr erlebte, behielt sie für sich.

»Das können Sie allerdings«, erwiderte der Herrscher. Die Finger seiner rechten Hand spielten scheinbar gedankenverloren mit der Kette um seinen Hals. Als er sich wieder zurücklehnte, konnte die Rudergängerin den eiförmigen Talisman unter der Kombination des Regenten unruhig auf und ab tanzen sehen.

»Die Pflicht ruft mich an den Hof zurück«, fuhr der Regent fort. »Wann ist der Tross abflugbereit?«

»Geben Sie mir eine Stunde, Herr«, antwortete da Achran. »Wissen Sie schon, in welchem der Schiffe Sie reisen werden?«

»Nein. Ich werde das kurzfristig entscheiden.«

»Selbstverständlich.« Das Holo erlosch, und die Rudergängerin war wieder mit sich und ihren Gedanken allein. Sie drehte kurz den Kopf und registrierte, dass ihr Adjutant zu ihr herüberschaute. Als sich ihre Blicke begegneten, errötete er und wandte sich hastig ab.

»Nertan!«, rief sie. »Der Regent wünscht in einer Stunde nach Arkon aufzubrechen. Ich erwarte die Klarmeldungen der einzelnen Trossquadranten in dreißig Minuten.«

»Verstanden, Herrin.« Da Hindur war aufgesprungen und wollte davoneilen, doch die Arkonidin hielt ihn mit einer Handbewegung zurück.

»Noch etwas ...« Sie machte eine kurze Pause. »Wir werden einen Neuzugang aufnehmen. Um den kümmere ich mich allerdings persönlich.«

»Ein zusätzliches Schiff?«, fragte der Adjutant erschrocken. »Aber das wäre ...«

»Wie gesagt«, unterbrach ihn die Rudergängerin. »Das werde ich selbst übernehmen. Du kannst gehen.«

Die Verbindung mit der TIA'IR kam sofort zustande. Am anderen Ende erkannte Ihin da Achran den Arkoniden Geramor da Findur.

»Rudergängerin da Achran«, sagte er. »Es ist mir eine Ehre.«

Ihin da Achran musterte die markanten Züge ihres Gegenübers. Außer da Findur hielt sich offenbar niemand sonst in der Zentrale auf. Auch Perry Rhodan suchte sie vergeblich, allerdings erfasste der Kamerawinkel nicht den gesamten Raum.

Der Einsatz Tahor da Leghats und seiner Elitegardisten war mehr als zufriedenstellend verlaufen. Sowohl Rhodan als auch der Purrer waren wohlbehalten – und vor allem unbemerkt – an Bord der Raumjacht gelangt. Sergh da Teffron musste vor Wut kochen – und wenn er eines Tages erfuhr, dass sich die Gesuchten während der gesamten Zeit praktisch direkt vor seiner Nase aufgehalten hatten, würde er wahrscheinlich explodieren.

»Ich werde diese Ehre sogar noch vergrößern«, sagte die Rudergängerin. »Zwar kann ich Ihnen und Ihren Freunden nicht die gewünschte Privataudienz beim Regenten verschaffen, doch dafür biete ich Ihnen einen Platz in seinem Tross an.«

»Sie meinen ...« Geramor da Findur verlor für einen Moment die Fassung. Dann hatte er sich wieder unter Kontrolle. »Sie wollen damit andeuten, dass die TIA'IR den Tross mit nach Arkon begleiten soll?«

»Wenn Sie meine Worte als Andeutung interpretieren, muss ich an meiner semantischen Präzision arbeiten«, gab Ihin da Achran zurück. »Wir brechen in einer knappen Stunde auf.«

»Ich habe verstanden.« Geramor da Findur verbeugte sich leicht. Als Arkonide wusste er selbstverständlich, dass man das *Angebot* der Rudergängerin nicht ablehnen konnte. »Im Namen der gesamten Besatzung bedanke ich mich für diese unerwartete Auszeichnung und für die außergewöhnliche Gnade, die ewige Perle des Imperiums mit eigenen Augen schauen zu dürfen.«

»Man wird Ihnen in Kürze alle notwendigen Daten übermitteln. Finden Sie sich zum genannten Zeitpunkt an den entsprechenden Koordinaten ein! Und seien Sie pünktlich! Der Regent hasst es zu warten.«

»Wir werden da sein.« Geramor da Findur beugte sich noch ein wenig tiefer hinab.

Die Rudergängerin nickte zufrieden und unterbrach die Verbindung. Ihr Blick fiel auf eines der kleineren Holos, das die TIA'IR auf dem Raumhafen Ghewanals zeigte. Eines war nach den Ereignissen der letzten Stunden sicher: Bei den an Bord der Jacht befindlichen Personen handelte es sich definitiv nicht um Gha'essold!

*Nur keine Sorge,* dachte Ihin da Achran. *Ich werde schon noch hinter euer Geheimnis kommen.*

# Kapitel 24

Perry Rhodan hatte geduscht und sich neu eingekleidet. Die winzige Kabine, die er an Bord der TIA'IR bewohnte, bot kaum genug Platz für das schmale Bett, den in der Wand versenkbaren Tisch, einen Stuhl und die Nasszelle, in der man – einem alten irdischen Sprichwort zufolge – eine Maus nur mit erheblicher Mühe hätte ertränken können. Trotzdem kam ihm die bessere Besenkammer, die er bewohnte, in diesen Minuten wie der schönste und sicherste Ort des Universums vor.

Rhodan legte sich auf die fingerdünne Matratze und verschränkte die Arme hinter dem Kopf. Versonnen starrte er an die knapp zwei Meter entfernte, grausilbern schimmernde Decke. Eine viereckige Leuchtplatte spendete angenehme Helligkeit.

Atlan hatte ihn über das interne Kommunikationsnetz über den Anruf von Ihin da Achran informiert. Die Rudergängerin hatte die TIA'IR dem Tross des Regenten einverleibt, eine Entwicklung, die Rhodan so nicht vorausgesehen hatte. Natürlich stellte die Jacht der arkonidischen Prinzessin Crysalgira da Quertamagin, die sie unter nicht geringen Schwierigkeiten in einem Geheimdepot auf dem Planeten Siron erbeutet hatten, ein bemerkenswertes Raumschiff dar, und im Gefolge des Herrschers waren sicherlich weniger beeindruckende Konstruktionen vertreten. Dennoch kam Rhodan die Offerte verdächtig vor.

Als Angehörige der Regentenflotte waren weitere Überprüfungen zu befürchten, und die Tarnidentitäten als Schatzjäger, die sie sich zugelegt hatten, waren alles andere als wasserdicht. Vorerst konnten sie lediglich hoffen, dass sich die Rudergängerin tatsächlich nur an der Schönheit der TIA'IR berauschte und deren Besatzung für zu unwichtig erachtete, um sich näher mit ihr zu beschäftigen.

Immerhin hatte sich damit die Frage, ob ein Flug nach Arkon überhaupt noch notwendig war, erledigt. Sie würden das Zentrum des Großen Imperiums also doch noch zu Gesicht bekommen. Die Aussicht darauf erregte Rhodan nach wie vor. Arkon war das Herz eines gigantischen Sternenreichs, das er in seiner gesamten Ausdehnung vermutlich noch nicht einmal ansatzweise erfasst hatte. Der Name stand für einen Ort, an dem sich die Arkoniden seit vielen Jahrtausenden entwickelt hatten, und selbst wenn er das wenige, das Crest, Thora und Atlan bislang von ihrer Heimat erzählt hatten, von aller Leidenschaft und Emotionalität befreite, blieb noch immer genug übrig, um ihn zu elektrisieren.

Sein Blick fiel auf die Datumsanzeige seines Armbandchronometers. Auf der Erde schrieb man den 12. Mai des Jahres 2037. In Terrania war es früher Abend. Vor rund drei Monaten war er von dort zu seinem zweiten Vorstoß nach Arkon aufgebrochen, doch es kam ihm vor, als wäre er bereits viele Jahre unterwegs.

Nun, da er zum ersten Mal seit dem Verlassen des alten Fabrikgeländes und dem Beginn seiner Irrfahrt über Ghewanal wieder Atem schöpfen konnte, kehrten auch die Erinnerungen zurück, die geradezu überfallartig auf ihn eingestürmt waren, kurz nachdem Atlan ihm den Zellaktivator ausgehändigt hatte. Es hatte sich angefühlt, als würde jemand ein Feuerwerk in seinem Geist abbrennen, und jede einzelne Rakete, die vielfarbig und Funken sprühend in seinem Schädel zerbarst, repräsentierte einen Moment seines Lebens, den er aus irgendeinem Grund nicht vergessen durfte.

Seine Gedanken kehrten zu Deborah zurück. Er hatte sich damals schwere Vorwürfe gemacht, hatte sich jahrelang eingeredet, dass er sie hätte retten können, wenn er sich nur mehr angestrengt, sich stärker bemüht hätte. Die Worte seines Onkels Karl hatten zunächst nicht geholfen, doch irgendwann musste er einsehen, dass der alte Mann wahrscheinlich der Klügere von ihnen beiden gewesen war.

*Kein Mensch kann einen anderen Menschen vor sich selbst schützen.*

Rhodan vermisste Deb in jeder einzelnen Sekunde seines Lebens, doch das, was ihr zugestoßen war, hatte sie sich einzig und allein selbst angetan. Und all jenen, denen sie etwas bedeutet hatte!

Seit diesen Ereignissen war viel Zeit vergangen, und so manche Wunde war inzwischen vernarbt. Letztlich hatte das Schicksal es mehr als gut mit ihm gemeint. Zwar war ihm nichts geschenkt worden, doch jedem Kampf wohnte nun einmal das Element des Zufalls inne. Was ihn betraf, hatte sich das Pendel häufig in seine Richtung geneigt.

Ein leises Klopfen an der Kabinentür riss ihn aus den Gedanken. Auf sein »Herein!« ließ die Automatik das Schott zur Seite fahren.

»Störe ich?«, fragte Atlan.

Rhodan richtete sich auf und schüttelte den Kopf. »Nein. Ich wollte ohnehin gerade in die Zentrale gehen. Der Abflug des Trosses ist sicherlich ein faszinierendes Spektakel.«

»Ein paar Minuten haben wir noch.« Atlan betrat die Kabine; das Schott schloss sich hinter ihm. Der Blick des Arkoniden huschte durch den engen Raum und blieb schließlich an dem Zellaktivator hängen. Rhodan hatte ihn auf den Tisch gelegt, bevor er in der Nasszelle verschwunden war.

»Ich habe lange darüber nachgedacht«, sagte er langsam. »Sehr lange.«

»Haben Sie auch eine Entscheidung getroffen?«

Rhodan nickte. Dann hob er den Kopf und sah dem Arkoniden direkt in die Augen. »Darf ich Ihnen eine sehr persönliche Frage stellen, Atlan?«

Der Angesprochene wand sich zwischen Tisch und Bett hindurch und setzte sich Rhodan unmittelbar gegenüber auf den Stuhl. »Wir sind unter uns«, gab er zurück. »Warum also nicht?«

»Wenn Sie an meiner Stelle wären«, sagte Rhodan, »und wenn Sie wüssten, was Sie nach zehntausend Jahren Unsterblichkeit zwangsläufig wissen – würden Sie Ihr Geschenk annehmen?«

Atlan lachte leise. »Ich fürchte, ich kann Ihnen in dieser Sache nicht helfen. Wenn Sie mich fragen, ob ich meine damalige Entscheidung bereue, dann antworte ich mit einem klaren Nein. Extreme Langlebigkeit hat wie wohl alles in diesem Universum ihre Licht- und Schattenseiten. Sie werden sich von ein paar Illusionen verabschieden müssen. Sie werden feststellen, dass sich manches nicht ändern lässt, egal wie oft Sie es auch versuchen. Und Sie werden lernen müssen, mit Verlust umzugehen.«

»Und mit Einsamkeit«, fügte Rhodan hinzu.

»Ja, damit sicher auch.«

Einige Sekunden lang sprach keiner der beiden Männer ein Wort. Dann griff Rhodan nach dem eiförmigen Gerät und hielt es dem Arkoniden hin.

»Ihr Vertrauen ehrt mich«, sagte er ernst. »Und ich bin mir bewusst, welche einmalige Gelegenheit Sie mir bieten. Aber ich muss ablehnen.«

Atlan nahm den Aktivator entgegen. »Verraten Sie mir den Grund?«, wollte er wissen. Er klang weder ärgerlich noch enttäuscht.

»Ja. Ich glaube, man könnte es ›gesundes Misstrauen‹ nennen. Nicht gegen Sie, Atlan, sondern gegen dieses ... Ding. Ich weiß nicht mehr darüber als das, was Sie mir gesagt haben. Und das ist herzlich wenig. Woher kommt dieser Aktivator? Wer hat ihn hergestellt? Warum wird er verschenkt? Ist er eine Falle? Oder sogar eine Waffe? Und wenn dieses Gerät tatsächlich unsterblich macht, was steht dann auf seinem Preisschild? Können Sie mir die Antwort auf nur eine einzige meiner Fragen geben, Atlan?«

»Ich ...« Der Arkonide brach ab, überlegte. »Ich kann Ihnen nur sagen, dass ich seit zehntausend Jahren tot sein sollte. Aber ich lebe.«

»Das ist nicht zu leugnen.« Rhodan lächelte.

»Wieso zögern Sie dann?«

»Weil ich glaube, zumindest *einen* Preis für diese Unsterblichkeit zu kennen: die Freiheit. Die Freiheit zu entscheiden. Die Freiheit, der zu sein, der ich bin. Die Freiheit, die ich nur habe, wenn ich niemandem außer meinem Gewissen verpflichtet bin, wenn ich niemandem etwas schulde – schon gar nicht mein Leben.«

Atlan senkte den Blick. Er sagte nichts.

»Und da ist noch etwas«, fuhr Rhodan fort. »Sie werden mich vielleicht auslachen, aber es ist ... ein Gefühl. Mein Leben ist einzigartig. Und bedeutend. Aber nicht einzigartiger oder bedeutender als jedes beliebige andere. Ich kann diesen Aktivator nicht anlegen, weil er allem widerspricht, an das ich glaube. Ich wünschte, ich könnte es Ihnen in einfachen Worten erklären, aber leider kann ich das nicht.«

»Sie müssen mir gar nichts erklären«, sagte Atlan sanft. »Ich weiß, dass der Gedanke an die Unsterblichkeit beängstigend sein kann.«

»Angst mag eine Rolle spielen, aber sie würde nicht ausreichen. Angst kann man überwinden. Es wird vielleicht die Zeit kommen, in der ich meine Entscheidung bereue. Aber ich bin der festen Überzeugung, dass man den Tod nicht betrügen kann. Sie mögen seit zehntausend Jahren am Leben sein, Atlan, doch gealtert sind Sie dennoch. Nicht auf die Weise, wie normale Sterbliche altern, sondern anders. Tiefgreifender. Endgültiger.« Rhodan lachte. Es klang ein wenig hilflos. »Rede ich Unsinn?«, fragte er.

Der Arkonide erhob sich und steckte den Aktivator in die Tasche seiner Kombination. Er legte Rhodan die Hand auf die Schulter und sah ihn an. »Nein«, sagte er. »Keineswegs.«

Dann drehte er sich um und verließ die Kabine.

**ENDE**

Die Reise in die Unendlichkeit geht weiter:

PERRY RHODAN Neo 14

**»Welt der Stürme«**

**Michelle Stern**

# Sachiko

# Prolog

Es ist nicht sein Planet. Er hat keinen Planeten.

Diese Insel des Lebens in der Unendlichkeit ist ihm fremd.

Er liebt die Enge von Raumschiffen, die zahlreichen Dinge, die ihn dort umgeben – das Besun.

Tag für Tag lebt er aber an diesem unwirklichen Ort im grellen Licht einer gelben Sonne.

Er steht am Ufer. Die Dämpfe des Sees steigen zu ihm auf, halten seine Haut feucht und erinnern ihn doch daran, dass die Feuchte fehlt, die er gewohnt ist. Es ist bloß Wasserdampf, ohne Zusatzstoffe, die seine Haut geschmeidig halten. Er vermisst die Öle, die er kennt, die Gerüche, die mit ihnen verbunden sind, und vor allem seine Wir-Familie.

Er hätte sich der Regierung von Terrania stellen können, aber er hat Angst. Viele Menschen sind böse auf ihn. In Tokio haben sie ihn gejagt, weil er einen Barhocker mitgenommen hat.

Sie verstehen nichts von Besun. Sie sind wie Kinder, die im Spiel den Blick für die Einzigartigkeit der Umgebung verlieren. Vielleicht ist es diese Welt, die sie blind macht.

Unwohl schaut er sich in der Weite um, streift sein Blick den offenen Himmel, die grünen Berge und die wolkenverhangene Bergspitze des Nantai. Ihm fehlen die Begrenzungen, das Geborgene, das Kraft schenkt, um Besun zu erkennen.

Es ist nicht sein Planet. Noch hat er die Hoffnung nicht aufgegeben.

Er will nach Hause.

# Kapitel 1

Der Regenschauer legte sich, tauchte die rotgoldenen Prachtbauten vor den Zedern und jahrhundertealten Tannen in mystischen Nebel. Dampf stieg vom Boden auf. Die Waldluft roch würzig und herb. Noch lag Ruhe über der Schreinanlage.

Shinichi trat unter dem Vordach hervor, näherte sich der Wand des heiligen Stalls. Jeden Morgen ging er zuerst zu dieser Wand, schaute auf das bunte Holzbild der Drei Affen, die dort nebeneinanderhockten. Der erste hielt sich die Ohren zu, der zweite den Mund und der dritte die Augen. Sie gemahnten, das menschlich Gute zu hören, zu sprechen und zu sehen – und nichts anderes.

In den Jahren hatte es viele Bildinterpretationen gegeben. Besonders der Westen hatte die Drei Affen nie richtig verstanden und bezeichnenderweise in ein »alles Schlechte nicht wahrhaben wollen« umgedeutet. Shinichi fand, dass das eine Menge über die ehemals westliche Welt aussagte.

Er selbst hatte auch eine Interpretation. Er mochte besonders die Vorstellung, dass mit dem menschlich Guten ursprünglich das Universelle gemeint war. Wenn man sich von Wertvorstellungen wie Gut und Böse verabschiedete und stattdessen auf das Wahre und das Unwahre schaute, blieben die Regeln und Gesetzmäßigkeiten des Universums.

Ein wahrer Mensch sagte eben »das Gute«, redete, hörte und tat es. Nicht, weil es »gut« war, sondern weil er damit die Wahrheit lebte.

»Versinkst du schon wieder in Philosophien?«, fragte Akina. Die Miko hatte sich in den Sandalen lautlos angeschlichen.

Shinichi war froh, dass sie wie alle Schreindienerinnen einen roten Hakama trug. Ohne den auffallenden Hosenrock hätte er sich wahrscheinlich jeden Tag über ihr plötzliches Auftauchen erschreckt. Vielleicht sollte er eine Tradition erfinden, die Glöckchen an den weiten Ärmeln der weißen Oberbekleidung vorschrieb.

»Ich liebe das Bild einfach«, rechtfertigte er sich. »Es ist einzigartig.«

»Das haben sich die Fantan auch gedacht.« Akina zog die Augenbrauen zusammen. Ihr Mund wurde heller, so fest presste sie die Lippen aufeinander.

Sie zeigte jedes Mal Ärger, wenn sie auf das Thema zu sprechen kamen. Die Fantan hatten bei ihrem Besuch auf der Erde vor weniger als einem Jahr die Originalschnitzerei herausgeschnitten und mitgenommen. Die nun aufgehängten Drei Affen waren eine detailgetreue Fälschung.

»Sie sind Fantan«, sagte Shinichi. »Außerirdische. Wir sollten verstehen, dass sie anders sind.«

Akina legte den Kopf schief. »Denkst du das wirklich? Die Drei Affen sind das Wahrzeichen Nikkōs! Warst du nicht in Tokio im Widerstand, als diese Schwabbelkleptomanen uns mit ihren Flundern überrollt haben?«

Unbehaglich hob Shinichi die Schultern. »Ja, war ich.«

Er dachte an die Zeit zurück, in der er gemeinsam mit seinem älteren Bruder in der Tokio-Wacht Jagd auf Fantan gemacht hatte. An die flunderförmigen Raumschiffe, die wie fliegende Untertassen über den Hochhäusern gestanden hatten. An die Bar, in die jeden Tag ein anderer Fantan hereinspazierte, um sich einen der handgeschnitzten Stühle mitzunehmen. An das Teehaus im Hamarikyu-Park, das von einem Traktorstrahl gehalten in der Luft unter einer Flunder schwebte. Eine Angestellte war noch darauf gewesen und hatte sich schreiend mit einem Sprung in den Teich gerettet.

Akina grinste. »Du bist sauer auf die Fantan, das sehe ich dir an. Du machst bloß immer auf abgeklärt und friedfertig. Aber wenn du einen vor dir hättest, würdest du auf ihn losgehen.«

Shinichi fühlte sich ertappt. Manchmal hatte er noch immer Albträume von der Tokio-Wacht-Zeit. Besonders der Schrei der Teehausangestellten, die mit wedelnden Armen in die Tiefe gestürzt war, hatte sich in seine Erinnerung gebrannt. Die Frau im schicken, schwarzen Kostüm hatte sich beim Aufprall im flachen Gewässer beide Beine gebrochen. »Zum Glück werde ich nie wieder einen sehen.«

»Sag das nicht.« Akina zupfte am Zopf auf ihrem Hinterkopf. Sie hielt die Haare traditionell zusammengebunden, wenn sie bei der Arbeit war. »Ich glaube, sie sind noch immer hier und verstecken sich, bis wir unachtsam werden. Ihre geheime Basis ist unten am Chuzenji-See. Sie bereiten da etwas vor.«

Shinichi verbarg seine Genervtheit hinter einem Lächeln. Irgendwann im Laufe der Jahre beim Verkaufen von Glück bringenden und Liebe fördernden Amuletten war Akinas Verstand

Amok gelaufen. Wenn es nach der Miko ginge, hatte die Erde seit Perry Rhodans Flug zum Mond schon die zwanzigste geheim gehaltene Invasion hinter sich.

»Ja, sicher. Deshalb beobachten immer wieder Touristen, wie ein Fantan unter den Kegon-Fällen badet.«

»Du machst dich lustig«, beschwerte sich Akina. »Aber das solltest du nicht. Es geschehen seltsame Dinge. In Santiago de Chile gab es ein Unglück. Irgendwelche ominösen energetischen Entladungen, die ganze Viertel verwüstet haben. Und in Terrania heißt es, dass ein arkonidischer Reaktor Probleme macht. Sie überlegen sogar, die Stadt zu evakuieren. Ich glaube, die verheimlichen uns etwas.«

In Akinas Welt gingen ständig apokalyptische Dinge vor. Vermutlich war der Vorfall in Santiago de Chile ein harmloser Unfall gewesen, der bloß ein oder zwei Häuser betroffen hatte.

»Es geht bald los«, wechselte Shinichi das Thema.

Es war kurz vor acht. Shinichi hatte seine erste Führung um neun, trotzdem war er lieber vor Ort, als in der engen Unterkunft zu sitzen. Er genoss den Studienjob in der traumhaften Landschaft. Dank seiner guten Noten in Geschichte hatte er sich den begehrten Platz im Toshogu-Schrein ergattern können. Es war die perfekte Ergänzung, während er seine Abschlussarbeit schrieb. Dass Nikkō knapp hundertfünfzig Kilometer von seiner Heimatstadt Tokio entfernt lag, störte ihn wenig. Wozu gab es Elektroautos?

Sie gingen ein paar Meter, schauten vom Yomeimon-Gebäude auf den Aufgang zum Toshogu-Schrein hinunter. Eben war eine Busladung Schüler angekommen, von denen die Hälfte mehr mit ihren Pods beschäftigt war als mit dem historischen Grabmal von Ieyasu Tokugawa. Für die prachtvollen, goldroten Bauwerke hatten die Kinder kaum einen Blick übrig. Vermutlich zockten sie irgendwelche Spiele, in denen sie Perry Rhodan zu den Arkoniden begleiteten oder an seiner Stelle zum Mond flogen. In ihrem Alter wäre es Shinichi wahrscheinlich genauso gegangen.

Die Lehrer riefen die Kinder zusammen, stellten sie in einer Gruppe neben der reich verzierten, fünfstöckigen Pagode auf. Sicher ging der Vortrag über die zehn Zentimeter über dem Boden schwebende Hauptsäule zu einem Ohr rein und zum anderen wieder raus.

»Ich muss dann«, sagte Akina. »Die Pflicht. Kannst du Sachiko sagen, dass ich sie erst in zwei Stunden brauche? Sie ist oben beim Grabmal, und du wanderst doch eh in deinem Morgenritual da rauf, um dem ersten Ansturm zu entfliehen, oder?«

Shinichi lächelte. »Ja, gerne.« Er wollte ohnehin mit Sachiko reden. Eigentlich wollte er das schon seit Tagen, schob es aber vor sich her. Immer wenn er in Sachikos Nähe kam, fehlten ihm die Worte. Aber dieses Mal hatte er dank Akina bereits ein erstes Thema. Er würde über seinen Schatten springen und Sachiko auf einen Tee einladen. Oder auf ein Grünes-Tee-Eis. Sie liebte Eis aus grünem Tee. Wer nicht?

Schneller als sonst durchquerte er den inneren Bezirk, lief am mit Blattgold bedeckten, majestätischen Schreinhauptgebäude vorbei, durchquerte das Sakashitamon-Tor. Selten zuvor war es ihm so leichtgefallen, die steinernen Stufen hinaufzusteigen. Er brachte die ersten hundert hinter sich, ohne es recht zu bemerken.

Sachiko. Wie wundervoll es wäre, wenn sie »Ja« sagen würde. Sie wohnte wie Shinichi in Tokio, war wie er gekommen, um sich etwas Geld neben dem Studium dazuzuverdienen. Ihre Fächer waren Kunst und Gestaltung. Es passte perfekt. Er liebte es, wenn sie an Zeichnungen saß und dabei leise vor sich hin pfiff.

Im Geist erschien das grinsende Gesicht seines Bruders vor ihm: *Du sprichst sie nie an, Kleiner. Nie!* Riku war ganz anders als er. Ein echter Draufgänger. Er war es gewesen, der Shinichi damals überredet hatte, der Tokio-Wacht gegen die Fantan beizutreten.

Nach den nächsten hundert Stufen machte Shinichi eine kurze Pause. Er schaute hinauf zu den Wipfeln der Sicheltannen, die den Aufgang umgaben. Noch hatte sich der Nebel nicht ganz verzogen. Aber es war abzusehen, dass die Sonne hervorkommen würde.

Shinichi nahm den Rest des Aufstiegs in Angriff. Oben angekommen, wartete er, bis er nicht mehr außer Atem war. Er hörte Sachikos leises Pfeifen, ehe er sie sah. Die Melodie klang vergnügt.

Sachiko saß in der Nähe der Kranichstatue. Sie hatte einen Skizzenblock auf den Knien, zeichnete aber gerade nicht. Ein Bleistift lag neben ihr. Obwohl sie noch nicht arbeiten musste, trug sie wie üblich die Miko-Kleidung. Der hellrote Hakama war ein Fanal zwischen dem Grau des Mausoleums und dem Grün der Bäume.

Sobald sie ihn sah, lächelte sie und hörte zu pfeifen auf. »Shinichi! Was machst du hier oben?«

»Akina schickt mich. Sie braucht dich erst in zwei Stunden.«

»Okay, danke.«

Shinichi überlegte fieberhaft, worüber sie noch sprechen könnten. Der Gedanke, Sachiko direkt zu fragen, ob sie mit ihm ausgehen wolle, ließ ihm den Schweiß ausbrechen. Er dachte an sein Gespräch mit Akina zurück. Ein versteckter Fantan-Stützpunkt am Chuzenji-See? Nein. Verschwörungstheorien? Auf gar keinen Fall.

Die Stimme des Bruders drang aus Shinichis Erinnerung: *Los, vorwärts! Manchmal muss man einfach drauflosrennen!*

»Ist noch etwas?«, fragte Sachiko.

»Hast du von den Energieentladungen in Santiago de Chile gehört?«, platzte Shinichi heraus.

»Ja. War wohl ein Unfall.« Sachiko schaute zum Wald. »Aber seltsam ist es schon. Seitdem ich den Bericht gehört habe, ist mir, als müsste ich weg.«

»Weg? Das verstehe ich nicht.«

»Ich auch nicht. Ist wohl bloß eine Laune. Fernweh vielleicht. Und das, wo ich gerade quasi Urlaub mache.« Sie lachte. Es war ein schönes Lachen. Alles an Sachiko war schön. Sie passte in diese Schreinanlage, die prächtig, majestätisch und wundervoll zugleich war. Den Göttern nah.

Die Stimme seines Bruders kicherte in ihm. *Verliebter Idiot. Hör auf, sie anzuschmachten. Mach schon!*

»Sachiko?«

»Ja?«

»Ach nichts.« Er konnte es einfach nicht. Er würde es nie können. Vermutlich würde er als Jungfrau sterben, weißhaarig und allein.

»Kennst du ›Hachikō-no-shin'yō‹?«, fragte Sachiko.

Shinichi war verwirrt über den Gesprächswechsel. Warum fragte sie ihn nach einer lokalen Band aus Tokio? »Ja.« Er merkte, dass seine Hände zitterten.

Als er auf seine Finger blickte, blinzelte er ungläubig. Sie schienen durchscheinend zu werden! Er schüttelte den Kopf. Unmöglich! Hände wurden nicht einfach durchsichtig. Der Aufgang über die Treppen hatte seinem Kreislauf offensichtlich zugesetzt. Vielleicht hätte er doch etwas frühstücken sollen.

Sachiko stand auf. »Sie geben morgen ein Konzert im Tokio Tower. Ich habe zwei Karten.«

»Oh.« Shinichi wünschte sich, er würde etwas Intelligentes von sich geben. Am liebsten hätte er sich zu Ieyasu ins Mausoleum gelegt, um zu verschwinden. Er stellte sich an, als hätte er sein Gehirn irgendwo als Reliquie abgegeben.

»Willst du mitkommen?« Sachiko klang aufgeregt – und ein wenig ängstlich.

»Gern!«

Sie lachte. Es klang gelöst. »Super! Ich hole dich ab. Wir können mein Auto nehmen.«

»Großartig.« Shinichi betrachtete erneut seine Hände. Sie waren sichtbar, was auch sonst. Er musste sich den Zwischenfall eingebildet haben.

# Kapitel 2

Sachiko war eine gute Fahrerin. Weder trödelte sie herum, noch raste sie. Shinichi fühlte sich wohl. Er genoss es, wenn sie aufs Gas trat und er in den Sitz gepresst wurde. Im Gegensatz zu seinem längst überholten Modell hatte ihr Wagen einen dreifach gestaffelten Akku, der in kürzester Zeit wieder aufgeladen war und an die tausend Kilometer hielt.

Aus dem Pod kam die Musik von »Hachikō-no-shin'yō«. Hin und wieder pfiff Sachiko mit, manchmal summte sie auch.

»Wie bist du an die Karten gekommen?«, fragte Shinichi.

»Eine Tante hat sie mir geschenkt. Ich will dich schon seit zwei Wochen fragen.« Sie wurde fast so rot wie der Miko-Hosenrock, den sie im Shinto-Schrein trug. »Wenn ich gewusst hätte, dass du ›Ja‹ sagst, hätte ich mich schon früher getraut.«

Sie lachten beide. Ob sie genauso schüchtern war wie er?

Shinichi war glücklich. Er ließ sie reden, liebte es, ihr zuzuhören. Über ihr Studium, die Musik, die sie hörte, was sie über Terrania und die Entwicklungen des aufregenden vorigen Jahres dachte.

Viel zu schnell erreichten sie das Parkhaus, von dem aus sie mit öffentlichen Verkehrsmitteln weiterfuhren. Ein Vorteil war, dass sie den Wagen dort kostenfrei aufladen konnten. Am Ausgang holten sie sich Yakitori-Spieße und Eis aus grünem Tee in einem der Läden.

Sobald sie in der S-Bahn saßen, sahen sie den über dreihundert Meter hohen Tokio Tower hinter anderen Hochhäusern herausragen. Die rot-weiße Spitze zeigte wie eine flugbereite Rakete in den blauen Abendhimmel.

Sachiko wischte sich über die Stirn. »Heiß, oder?«

»Nicht mehr als sonst.« Shinichi betrachtete die dünnen Schweißtropfen, die sich wie Kristallperlen auf ihrer Stirn bildeten. »Geht es dir nicht gut?«

»Ich weiß nicht. Ich fühle mich ein wenig krank.« Sie lächelte. »Aber davon lassen wir uns das Konzert nicht verderben, einverstanden?«

»Einverstanden. Hast du genug getrunken?«

»Vermutlich nicht. Vielleicht liegt's daran.«

Sie stiegen aus. Sachiko wurde stiller. Es schien sie Mühe zu kosten, so weit zu gehen. Endlich erreichten sie das Wahrzeichen Tokios. Überrascht bemerkte Shinichi die drei mit Gas gefüllten arkonidischen Riesenfiguren. Sie waren bei seinem letzten Besuch noch nicht da gewesen. Die weibliche Figur erinnerte an Thora da Zoltral. Ihr Kopf war deutlich größer als der Körper und im Mangastil gehalten. Ein Stück weiter stand die überdimensionierte, zylinderförmige Gestalt eines Fantan.

Sie hatten noch etwas Zeit, bis das Konzert anfing. »Willst du in einen der Läden?«, fragte Shinichi.

Sachiko schüttelte den Kopf. »Was will ich mit dem ganzen Touristenkram? Lass uns lieber schon rauffahren und etwas trinken.«

Auf der hundertfünfzig Meter hoch gelegenen Aussichtplattform war es voll, aber nicht überlaufen. Sie ergatterten zwei freie Plätze in einem Café in der Nähe der Bühne. Shinichi bestellte an der Theke Mochis und zwei Mal grünen Tee. Als die Bedienung ihm die beiden Reiskuchen reichte, gab es einen lauten Schlag hinter ihr. Sie zuckte zusammen, ließ die Teller los. Mehrere Menschen schrien überrascht. Shinichi fing die Teller gerade noch auf, balancierte die Mochis, die auf den Boden zu fallen drohten.

»Was zum Teufel war das?«, fragte eine ältere Dame mit Akzent in der Stimme.

Der Bedienung lächelte entschuldigend und drehte sich in die Richtung um, von wo der Lärm gekommen war. »Sieht aus, als hätte der Eiszerkleinerer den Geist aufgegeben. Ein Kurzschluss vermutlich. Machen Sie sich bitte keine Sorgen.«

Shinichi brachte das Essen zu Sachiko, die ihn erschrocken anschaute. »Es war bloß ein Kurzschluss«, sagte er.

Sie entspannte sich.

Auf der Bühne spielte eine Vorband, deren Namen sich Shinichi vermutlich auch in zehn Jahren nicht würde merken können. Obwohl sie von ihrem Platz aus gut zuhören konnten, wollte Shinichi lieber aufstehen. »Geht es dir besser?«

»Ja, der Tee hat geholfen!«

»Dann komm, bevor es dunkel wird.«

Es war einer der klaren Tage, an denen man weit ins Land hinausblicken konnte. Shinichi wollte herausfinden, ob er dieses Mal vom Tower aus den Fuji sah. Er ging an die vollständig verglaste Front Richtung Chūbu, suchte die schneebedeckte Vulkanspitze. Irgendwo weit hinter dem Häusermeer musste sie sein, aber er fand sie nicht.

»Vielleicht erkennst du den Fuji von oben«, sagte Sachiko. Sie klang wenig begeistert bei der Vorstellung, auf die höhere Aussichtsplattform zu fahren. Sicher wollte sie so kurz vor dem Konzert nicht weg.

»Ist schon in Ordnung. Suchen wir uns einen Platz in der Menge.« Shinichi bot ihr die Hand. Er hoffte, dass er nicht zu sehr schwitzte – und vor allem hoffte er, dass Sachiko die Geste nicht ignorierte.

Sie legte ihre Finger in seine. Ihr Lächeln war wie eine Umarmung, in der Shinichi sich geborgen fühlte.

Gemeinsam fanden sie einen Weg näher an die Vorband heran. Das Gedränge wurde dichter, doch niemand war grob oder rücksichtslos. Kleinere Lücken gab es noch immer, und die nutzte Shinichi geschickt aus. Er wollte Sachiko einen der besten Plätze bieten.

Sie klammerte sich fester an ihn. »So weit vor müssen wir gar nicht!«

»Warum nicht? Es ist noch etwas frei.«

Er wollte Sachiko mit sich ziehen, doch sie hielt dagegen. Von einem Moment auf den anderen verschwand die Welt, als würde er blind werden. Shinichi ließ Sachiko los, griff sich an die Augen. Es war nicht alles weg. Der erste Eindruck hatte ihn getäuscht. Er sah noch immer die Bühne und sogar die Band. Auch die Glasfronten und das erhöhte, voll besetzte Café waren noch da – aber die Menschen um ihn her waren verschwunden!

Verblüfft drehte er sich zu Sachiko um, die ihn aus großen Augen anstarrte. »Was ...«

»Bitte«, flüsterte sie. »Bring mich hier raus!«

Nun erst fiel ihm auf, dass ihre Hand nicht einfach warm war, sondern heiß. Sie schien mit jeder Sekunde mehr zu glühen!

Shinichi zog Sachiko zu sich. Sein Herz schlug schneller als der Takt des Songs. »Was ist los?«

Sachiko schwankte. Er wollte sie wegbringen, stieß jedoch gegen einen unsichtbaren Menschen. Jemand, den er nicht sah, rief lauthals: »Hey, pass doch auf!«

Von einem Augenblick zum anderen war die Menge wieder da. Shinichi wurde schwindlig. Er hatte das Gefühl, jemand hätte seine Knie gegen Mochis ausgetauscht.

»Aber ...«, setzte er an, »wie kann das sein?«

»Es ist so heiß«, flüsterte Sachiko. Auf ihrer blassen Haut leuchteten rote Flecken. Das kurze, schwarze Haar klebte strähnig am Kopf.

Shinichi erschrak noch mehr als über die verschwundenen Menschen, die so unverhofft wieder aufgetaucht waren. »Du brauchst einen Arzt! Du musst ins Krankenhaus!«

»Kein Krankenhaus ...«, flüsterte sie. »Es geht sicher gleich wieder.«

»Garantiert nicht! Du kannst ja kaum mehr stehen!« Kurzerhand hob er sie auf seine Arme. Er war kein Kraftsportler, doch Sachiko wog keine sechzig Kilo. Er trug sie an den Rand, wandte sich an einen dunkelhäutigen Mann, der bereits auf sie aufmerksam geworden war. »Rufen Sie einen Krankenwagen!«

Der Fremde nickte und zog seinen Pod hervor.

»Kein Krankenhaus«, flüsterte Sachiko erneut. »Ich habe Angst.«

»Ich bleibe bei dir.«

»Sicher?« Ihre Augen waren verschleiert. Sie schien nicht mehr ganz da zu sein. Der Blick war entrückt, als könnte sie in eine Welt der Geister und Götter sehen.

»Ganz sicher. Ich verspreche es.«

»Dann ist es gut.«

Ihr Atem ging unregelmäßig, stockte, als hätte sie vergessen, wie Atmen ging. Shinichi erschrak. Sein Hals fühlte sich an, als würde ihn jemand würgen. Was war mit Sachiko? Hatte sie eine schwere Erkrankung? Er wusste fast nichts über sie.

Und dann dieser Vorfall mit der Menge.

Unvermittelt dachte Shinichi an seine Hand, als er Sachiko am Grabmal von Ieyasu angesprochen hatte. Die Finger waren unsichtbar geworden, genau wie die Menschen auf der Aussichtsplattform. Ein Zufall? Bildete er sich etwas ein? War das Verschwinden der Menge vielleicht ein optischer Effekt gewesen? Oder war Sachiko ... War sie vielleicht eine Mutantin?

Zögernd griff er nach ihrer Handtasche, holte den Pod heraus. Er musste ihre Familie erreichen.

Als der Notarzt kam, hatte er gerade mit Sachikos Bruder telefoniert und versprochen, sich erneut zu melden, sobald sie im Krankenhaus waren. Über das Thema Mutantin hatte er kein Wort verloren – Sachikos Bruder auch nicht.

Shinichi erntete viele mitleidige Blicke, als er neben der Liege beim ersten Lied der Band zum Aufzug ging.

Sie fuhren ins St. Luke's. Shinichi war froh darüber. Dort wusste er Sachiko in besten Händen. Nervös wartete er, was die Ärzte ihm sagen würden. Die Krankheit war so plötzlich gekommen. Was, wenn es ein Virus war, mit dem er sich ebenfalls angesteckt hatte?

Eine Schwester hatte Shinichi in einen freien Untersuchungsraum gesetzt, abseits der anderen Besucher. Zuerst wollte man herausfinden, was mit Sachiko war. Es fühlte sich unangenehm an, isoliert zu werden. Doch Shinichi entschied, sich erst Sorgen zu machen, wenn er mehr wusste.

Er rief Sachikos Bruder an, informierte ihn, wohin Sachiko gekommen war.

Es dauerte keine dreißig Minuten, bis die Tür aufging und eine erschöpft aussehende Ärztin eintrat. Shinichi sprang vom Stuhl auf. Beim Näherkommen schien ihm die Ärztin mehr erschüttert als erschöpft. Sie wirkte wie jemand, der Neuland betreten und sich unversehens von einer hungrigen Horde Bären umzingelt wiedergefunden hatte.

»Ich bin Cho Kobayashi.«

»Was ist mit Sachiko?«, brach es aus Shinichi heraus.

Kobayashi bemühte sich nicht einmal, zu lächeln. Das war ein schlimmes Zeichen. »Es tut mir leid«, sagte sie. »Aber noch wissen wir nicht, was genau Ihre Freundin hat. Aufgrund des Fiebers und anderer Symptome ist es mit hoher Wahrscheinlichkeit ein Virus, doch es ist kein Virus, wie wir es kennen.«

»Was soll das heißen? Ein Virus, das Sie nicht kennen?«

Kobayashi hob die Arme. Es sah ein wenig aus, als würde sie ertrinken und nach einem unsichtbaren Seil greifen. »Die Untersuchungen laufen noch. Sachiko ist vorübergehend stabilisiert, doch wir befürchten das Schlimmste.«

Das Schlimmste. Die beiden Wörter brannten sich tiefer in Shinichi als der Schrei der Angestellten, die aus dem Teehaus gestürzt war. Sollte das heißen, Sachiko musste sterben? Aber warum?

»Kann ... Kann ich sie sehen?«

Kobayashi nickte. »Das können Sie. Was auch immer es ist, es scheint nicht ansteckend zu sein. Auch das ist uns ein Rätsel. Möglicherweise handelt es sich um einen nicht-irdischen Erreger. Wir werden deswegen mit Terrania Kontakt aufnehmen. Vielleicht weiß man dort mehr. Ich hoffe nur, wir kommen durch. Diese Krise mit dem arkonidischen Reaktor scheint schlimm zu sein.«

Wie betäubt ließ sich Shinichi von Kobayashi zu Sachikos Zimmer führen. Er trat in einen kleinen, aber gemütlich eingerichteten Raum, der eher an ein Hotelzimmer als eine Klinik denken ließ. Der einzige deutliche Unterschied waren die auf Rollstützen stehenden Monitoren und Geräte bei Sachiko. Kabel hingen an ihr wie an einem Cyborg. Sie sah so schmal aus. Als hätte sie in der zurückliegenden Stunde abgenommen. Ihr Gesicht war dunkelrot, die Lippen stachen weiß und rissig hervor. Der Mund glänzte feucht. Eine Schwester hatte wohl gerade erst eine schützende Fettschicht aufgetragen.

»Ich lasse Sie allein«, sagte Kobayashi. »Sie wissen, wo Sie für die Schwester drücken müssen?«

Stumm nickte Shinichi. Er trat an Sachikos Bett, beugte sich über sie. »Sachiko?«

Ihre Lieder flatterten. Sie öffnete rot geränderte Augen, die aussahen, als hätte sie mehrere Nächte hintereinander durchgemacht. »Shinichi?«

»Ja.«

»Meine Eltern?«

»Sie sind auf dem Weg. Kann ich etwas für dich tun?«

Sie packte seine Hand. Im Griff der dünnen Finger lag überraschend viel Kraft. »Ja! Bitte, fahr zum Chuzenji-See! Die erste Botschaft Richtung Chuzenji-Tempel, wenn man von den Wasserfällen kommt. Nimm den Schlüssel! Du musst die Flöte holen ...«

»Die Flöte?« Was sollte das sein?

»Bitte! Sag es niemandem! Und ... und verurteile mich nicht ...« Ihre Stimme wurde leiser, verklang in einem Flüstern.

»Sachiko?«

»Bitte«, murmelte sie. »Die Flöte. Ich brauche sie. Vielleicht ...« Ihr Kopf sank zur Seite. Sie war eingeschlafen.

Verwirrt ging Shinichi an das vordere der beiden schräg sitzenden Fenster. Hatte Sachiko im Fieber gesprochen? Und wenn es ihr ernst war? Wenn sie nun wirklich etwas aus dieser Botschaft brauchte?

»Sag es niemanden.« Die Worte klangen in seinem Gedächtnis nach. Neugier und Sorge stritten in ihm. Er kehrte zum Bett zurück, zog die Schublade der hölzernen Kommode auf. Da lagen Sachikos Autoschlüssel und die Kette, die sie zuvor um den Hals getragen hatte. An ihr war ebenfalls ein Schlüssel befestigt.

Auf einem der medizinisches Geräte wurde links unten in der Ecke die Uhrzeit angezeigt. Shinichi war seit fast vierzig Minuten im Krankenhaus. Sicher kam Sachikos Familie in den nächsten Minuten. Sie würde nicht lange allein sein.

Er hatte gefragt, was er für Sachiko tun könnte – und sie hatte ihm eine klare Anweisung gegeben. Vielleicht war sie ja wirklich eine Mutantin, und in der Botschaft gab es einen anderen Mutanten. Jemanden, der etwas über ihre Krankheit wusste. Wenn ihre Familie ihr hätte helfen können, hätte Sachiko sie gefragt, doch sie hatte sich an ihn gewandt. Auch wenn Shinichi ihre Beweggründe nicht verstand – er wollte ihr vertrauen. Vor allem wollte er alles tun, damit Sachiko wieder gesund wurde.

Er nahm beide Schlüssel und machte sich auf den Weg.

# Kapitel 3

Normalerweise liebte Shinichi den gewunden Weg durch den Wald hinauf zum See. Egal in welcher Jahreszeit – die geschwungene Straße zeigte sich von beeindruckender Schönheit, besonders im Herbst, wenn das gelbe und rote Laub um die Wette strahlte.

In dieser Mainacht dagegen wollte er die Fahrt am liebsten so schnell wie möglich hinter sich bringen. Die Worte der Ärztin gingen ihm nicht aus dem Kopf, Sachikos rotes, verschwitztes Gesicht, ihre leise, schwächer werdende Stimme.

Er musste sich zusammenreißen, sich an die Geschwindigkeitsbegrenzungen zu halten. Auf dieser Strecke gab es sie nicht umsonst. Neben den über vierzig engen Haarnadelkurven waren auch umherirrende Japanmakaken keine Seltenheit.

Endlich erreichte er die verlassenen Besucherparkplätze an den Kegon-Wasserfällen und stellte den Wagen ab. Als er ausstieg, fing es an zu regnen. Es waren keine Taifunausläufer, lediglich ein unangenehmes Tröpfeln mit mäßigem Wind. Shinichi zog den Reißverschluss des Anoraks hoch und streifte die Kapuze über. Er wünschte, er hätte eine Taschenlampe dabei. Der kleine Ort am Seeufer war wie ausgestorben; Licht war Mangelware. Er überquerte die leere Straße, bog links an das Seeufer ab. Die Botschaft, die Sachiko meinte, lag keine fünf Minuten zu Fuß entfernt, wenn man sich beeilte. Eigentlich war es gar keine Botschaft. Es war eins der Landhäuser der Botschaften.

Erst während er ging, fiel Shinichi auf, wie steif er durch die lange Autofahrt und die Anspannung geworden war. Er machte eine Lockerungsübung mit den Schultern. Obwohl es absolut ruhig war, fühlte er sich unsicher, ja bedroht. Auch wenn er sich Letzteres nur ungern eingestand. Was würde in dem Landhaus auf ihn zukommen? War das, was er tat, verrückt?

Er näherte sich der Villa über das Seeufer. Es war ein verfallenes Gebäude, von dem er nicht einmal wusste, welcher Botschafter hier einst ein und aus gegangen war.

Am Chuzenji-See gab es zahlreiche dieser Anwesen. Einige waren für die Öffentlichkeit zugänglich gemacht worden, wie die Botschaftsvilla der Briten. Diese hingegen stand leer, verwitterte im schwülen Seeklima. Niemand hatte ihre Statik geprüft. Wegen der ständigen Erdbeben und des mangelnden Interesses lohnte der Wiederaufbau nicht.

Im Dunkeln sah das zweigeschossige Holzhaus schwarz aus. Shinichi kam sich vor wie ein Dieb. Daran änderte auch die Tatsache nichts, dass er einen Schlüssel in der Hosentasche trug, der vielleicht ins Schloss passte.

»Hallo?«, fragte er, als er das Gelände betrat. Niemand antwortete. Singzikaden sirrten, das Wasser des Sees schwappte mit leisem Platschen ans Ufer, irgendwo fuhr ein Auto in der Ferne. Der Regen prasselte leise auf die Bäume, die das Haus und seine Fensterfronten vor neugierigen Blicken verbargen.

Shinichis Herz klopfte schneller, während er die Treppenstufen zum Türaufgang hochstieg. Er suchte nach einer Klingel, fand jedoch keine. »Ist da jemand?«

Keine Antwort. Zögernd zog Shinichi den Schlüssel hervor. Er war froh, wenn er ins Trockene kam, trotzdem sträubte sich alles in ihm, das verfallene Haus zu betreten. Er hatte an diesem Ort nichts verloren.

»Sachiko«, flüsterte er. Sie lag im Sterben. Was war er für ein Narr, dass er seine Zeit mit Angst vergeudete? Entschlossen probierte er aufzuschließen – der Schlüssel passte! Die Tür schwang nach innen auf. Ein ranziger Geruch kam Shinichi entgegen. Alles war dunkel.

Er trat in eine kahle Vorhalle, in der es nichts Nennenswertes zu entdecken gab, außer einem beigefarbenen Teppich. Wenn in der Villa Möbel gestanden hatten, hatte man sie wohl längst fortgeschafft. »Hallo?«

Es war niemand da. Das Landhaus wirkte so verlassen, wie ein leer stehendes Haus nur wirken konnte. Warum hatte Sachiko ihn an diesen unheimlichen Ort geschickt? War es doch das Fieber gewesen, das sie dazu verleitet hatte? Aber warum passte dann der Schlüssel?

Shinichi zog seinen Pod aus der Tasche, schaltete die Lichtfunktion ein. Schwache Helligkeit erleuchtete den kahlen Raum. Er durchsuchte die Nachbarzimmer, stieg in den ersten Stock, doch es gab nichts zu entdecken. Die alte Villa war unbewohnt. Da waren keine Einrichtungsgegenstände und schon gar keine Musikinstrumente.

Frustriert zog er sich in den Vorraum zurück. Er hatte die Tür offen gelassen und hörte von dort aus das Wasser des Sees, das über das steinige Ufer rollte. Der Regen dagegen hatte aufgehört.

Sollte er nach Tokio zurückfahren? War er den ganzen Weg umsonst unterwegs gewesen, während Sachiko ihn im Krankenhaus gebraucht hätte?

Wenn er doch bloß etwas erreichen könnte.

Shinichi hielt in seinen Gedanken inne. Etwas regte sich in seinem Gehirn. Ein Puzzleteil, das zuvor zwischen anderen verborgen gewesen war, lag plötzlich in leuchtendem Rot vor seiner Nase. Er hob den Pod an, schaut sich um. Warum beim tausendarmigen Buddha des Mitgefühls, lag in diesem Raum ausgerechnet dieser Teppich?

Alles, was er in der Villa sonst gesehen hatte, war alt. Aber der Teppich musste neu sein. Er war vermutlich jünger als ein Jahr. Neugierig geworden, legte Shinichi den Pod ab und schob den Teppich zur Seite. Sein Atem beschleunigte. Tatsächlich! Da war eine Falltür in den Boden eingelassen!

Er betrachtete die unauffällige Klappe. Obwohl die Fassung für die Falltür wie mit dem Skalpell ausgeschnitten schien, war der Gesamteindruck doch eher der, als hätte ein Hobbybastler gewütet. Das war sicher keine Tür, die zur Grundausstattung des Landhauses gehörte. Irgendwer hatte sie später eingebaut.

Als Shinichi sich bückte und nach dem metallenen Riegel griff, zitterte seine Hand. Er war nie der Mutigste gewesen, selbst in seiner Zeit bei der Tokio-Wacht nicht. Aber hätte Sachiko ihn an diesen Ort geschickt, wenn ihm hier Gefahr drohte?

Entschlossen packte er zu, wuchtete die Tür auf. Eine Leiter kam zum Vorschein, die in einen Tunnel führte. Ein Gang zeigte vom Haus fort in die Richtung der Kegon-Wasserfälle. Shinichi nahm sich den Pod, steckte ihn ein und machte sich an den Abstieg. Unten angekommen, war der ranzige Geruch noch stärker. An etwas erinnerte ihn dieser Gestank, aber an was? Altes Schmieröl?

Nach wenigen Metern endete der Gang. Vermutlich war Shinichi nun schon auf der anderen Seite der Straße, die über ihm verlief.

Vor ihm öffnete sich ein etwa vier auf fünf Meter großer Raum, vollgestopft mit Müll. Jedenfalls war das im schwachen Licht des Pods Shinichis erster Eindruck. Er revidierte ihn schnell. Es war eigentlich kein Müll. Es waren die verrücktesten Dinge, die irgendein Messie wahllos aufeinandergestapelt hatte: alte Pfannen, eine hässliche, unförmige Stehlampe, durchsichtige Regenschirme, Kissen, die mit Katzen bestickt waren, ein Autoreifen, die Leine eines Boots, Touristenkarten mit Lageplänen, bemaltes Geschirr, verschiedene Flaschen mit öligem Inhalt ...

Stück für Stück kamen neue Kuriositäten zum Vorschein, eingearbeitet in einen Haufen, der wie ein zwei Meter breiter Wall mitten durch das Zimmer verlief. Wenn sich Sachikos Flöte bei diesem Zeug befand, würde das ein unmögliches Unternehmen werden. Sogar an den Wänden war irgendwelcher Kram aufgehängt. Poster von Mangafiguren, eine Angel, zerrissene Ansichtskarten, Schnürsenkel und ...

Shinichi glaubte nicht, was er da sah! Vor Überraschung stieß er einen Schrei aus.

»Was?« Er starrte auf die Schnitzerei.

Das waren die Drei Affen! Und sie sahen täuschend echt aus, originalgroß, in genau den Farben, die sie nun dank der hohen Luftfeuchtigkeit hätten, wenn es denn das Original wäre: ein wenig verblasst seit der letzten Restauration vor drei Jahren.

»Das kann nicht sein. Unmöglich.« Er merkte kaum, dass er laut sprach. Fassungslos ging er auf die Schnitzerei zu. Waren das wirklich die echten Drei Affen? Nikkōs Wahrzeichen?

Langsam dämmerte ihm, wer in diesem Versteck hausen musste. Entsetzt hob er den Pod, drehte sich zu dem Ding um, dass er im Halbdunkel für eine hässliche, unförmige Stehlampe am Rand des Haufens gehalten hatte. Nur dass es gar keine Stehlampe war!

Zwar hatte das Ding die Form eines säulenartigen Zylinders, doch das war eigentlich schon alles an Ähnlichkeit.

Mit zusammengekniffenen Augen erkannte Shinichi die feinen Schuppen, die glitzernden Einbuchtungen und Öffnungen im oberen Bereich sowie die sechs an den Körper gepressten Extremitäten. Zwei davon nutzte das Wesen als Füße, die restlichen vier als Arme.

Ein Fantan! Warum regte er sich nicht? War er tot? Versteinert? Oder ...

Shinichi lächelte. »Du bist gar nicht echt, was? Du bist bloß eine Attrappe!« Er ging an die vermeintliche Stehlampe heran und verpasste ihr einen Schubs. Seine Hand drang unangenehm tief in weiche Schuppenhaut ein.

»Ähh ...«, war alles, was er hervorbrachte.

Auch der Fantan war offensichtlich kein Freund großer Worte. »Du ... Du ...«, brachte der Außerirdische hervor.

Wo genau der Translator saß, der seine Sprache ins Japanische übersetzte, entdeckte Shinichi nicht. Das Teil musste irgendwo in der dunklen Haut integriert sein.

»Ich ...«, brachte Shinichi hervor. Er fühlte sich wie in einem

Kurs, in dem er nach langer Pause wieder lernen sollte, seine Stimmbänder zu benutzen.

»Du kannst mich sehen?«, brachte der Fantan heraus.

Shinichi stutzte. »Natürlich kann ich dich sehen! Hast du vielleicht gedacht, du wärst unsichtbar, oder ...« Verwirrt hielt er inne. Seine Gedanken überschlugen sich. Unsichtbar! Sachiko! Die Leute im Tokio Tower, seine Hand!

Er atmete tief ein. »Warst du etwa unsichtbar?«

»Ja«, sagte der Fantan. »Bin ich es jetzt nicht mehr?«

»Offensichtlich nein«, stellte Shinichi fest.

Im oberen Bereich des Körpers verschoben sich glänzende Öffnungen. Der Fantan schaute wohl an sich hinunter. »Oh«, machte er.

»Ja, oh«, sagte Shinichi.

»Ist Sachiko tot?«

»Was?« Die Frage brachte Shinichi zum Schwanken. »Nein! Natürlich nicht!«

»Wieso kannst du mich dann sehen?«, verlangte der Fantan zu wissen. »Ich bin unsichtbar, seitdem ich sie das erste Mal getroffen habe!«

»Nun ...« Shinichi überlegte. »Sachiko ist krank. Sie hat ein Virus, und offensichtlich ist sie eine Mutantin. Vielleicht ist die Krankheit daran schuld.« Dass Sachiko inzwischen gestorben sein könnte, wollte er nicht in Betracht ziehen.

»Ein Virus?« Der Fantan hob seine vier Arme, streckte sie aus. Wieder veränderten sich die dunklen Mulden. Er musste wohl kontrollieren, ob noch alles an ihm dran war.

»Ja. Es geht ihr sehr schlecht. Sie sagte ...« Shinichi hielt inne. Wie verrückt das alles war. Er stand in einem geheimen Raum am Chuzenji-See und redete mit einem Fantan! Sein Blick fiel auf das Wahrzeichen Nikkōs an der Wand. Was trieb der Fantan an diesem Ort? War er überhaupt ein Freund von Sachiko? Warum sollte Shinichi ausgerechnet einem Fantan vertrauen?

»Was?«, fragte der Fantan. Er kam langsam näher.

Angespannt wich Shinichi zurück. Der Außerirdische war ihm nicht geheuer. Der Fantan schien es zu merken. Er blieb stehen.

Shinichi riss sich zusammen. Seine Beine wollten sich am liebsten selbstständig machen und das Weite suchen, doch er blieb an Ort und Stelle stehen. Vielleicht war dieser Fantan Sachikos Chance auf Heilung. »Nun ..., sie sagte etwas von einer Flöte.«

»Die Flöte!« Der Fantan hob die vier Arme. Er brach in hektische Aktivität aus, wühlte in einem der Haufen.

»Sind das die echten Drei Affen?«

»Die da? Ja, ja«, sagte der Fantan. »Aber Haru wäre mir lieber gewesen.«

»Haru?«

Der Fantan zerrte ein Fahrrad aus dem Berg an scheinbar wahllos gehorteten Gegenständen. Für ihn musste das alles »Besun« sein.

»Schwer zu übersetzen. Feuchtigkeit, aber auch ein Gefühl.« Er warf mehrere feingliedrige Ketten hinter sich, wühlte sich tiefer in die Schichten hinein.

Shinichi schwieg und ließ ihn machen. Was war zwischen Sachiko und dem Fantan vorgefallen? Warum hatte sie ihn unsichtbar gemacht? Und wieso hatte sie ihn nicht der terranischen Regierung überantwortet? Sollte die sich um den verrückten Kerl kümmern.

»Da ist sie ja«, sagte der Fantan. Er drehte sich zu Shinichi um. »Ich heiße übrigens Foth-Kundur. Das macht ihr Viergliedler doch so, oder? Dass ihr euch vorstellt?«

»Shinichi«, brachte Shinichi hervor. Er schaute auf den rätselhaften Gegenstand in zwei von Foth-Kundurs handähnlichen Armenden. Das Ding erinnerte in der Tat entfernt an eine Flöte – aber es war ganz sicher keine. Das Material wirkte futuristisch, wie von einer anderen Welt. Der Schimmer, der darüber gleißte, war unnormal. In den löcherartigen Vertiefungen leuchtete es blau. »Was ist das?«

»Ein xeno-medizinisches Gerät. Ich habe es von einem Ara, aber für Fantan taugt es nichts. Es ist bloß für Viergliedler geeignet.«

Shinichi öffnete den Mund. »Aber ... Aber das ist perfekt! Wir müssen damit zu Sachiko!«

»Du«, sagte Foth-Kundur. »Ich nicht. Ich bin ein Fantan. Ich bleibe versteckt und beschütze das Besun.«

»Ich weiß doch gar nicht, wie das Teil funktioniert!«

»Das bekommen selbst Kleinstableger hin«, sagte der Fantan gönnerhaft. »Ich zeige es dir.« Er winkte Shinichi heran. Der regte sich nicht. Er wollte nicht näher zu dem nach Öl und vergammelten Kräutern riechenden Wesen.

»Was ist?«, fragte Foth-Kundur. »Stört dich mein Geruch?«

»Offen gestanden ja.«

»Mich auch. Mir sind die Hautsymbionten ausgegangen, und ich finde keinen Nachschub. Euer Planet ist wahrhaft arm. Und nun komm schon her. Ich beiße nicht, ich habe ja nicht mal Zähne. Sachiko ist deine Freundin, oder?«

»Ist sie«, gab Shinichi zu. »Und deine?«

Foth-Kundur hielt inne. Einige der Öffnungen und Vertiefungen auf seinem Oberleib wurden stumpf. »Ja«, sagte er dann. »Verwirrenderweise. Vielleicht ist dies das schönste Besun.«

Shinichi spürte einen leichten Stich von Eifersucht in der Brust. Verrückt. Wie konnte er auf den Außerirdischen eifersüchtig sein? Er überwand sich, trat näher an den Fantan heran. »Erklär mir, was ich tun muss.«

## Kapitel 4

Shinichi war müde und überdreht zugleich. Er hätte nicht schlafen können, selbst wenn er es gewollt hätte. Neben ihm auf dem Beifahrersitz lag das außerirdische Diagnosegerät, das Antiviralia herstellen konnte.

Er fuhr mit dem Wagen direkt zur Klinik. Es war noch dunkel, als er ankam, dennoch herrschte reger Betrieb. Einige Techniker liefen durch die Flure, mehrere Schwestern redeten auf den Gängen aufgeregt miteinander.

Shinichi trat an die Information. »Ist etwas vorgefallen?«

»Kurzschlüsse«, sagte der livrierte Portier hinter dem Tresen knapp. »Nichts, worüber man sich Sorgen machen müsste.«

Aber Shinichi machte sich Sorgen. Kurzschlüsse, wie der im Tokio Tower, kurz bevor Sachiko zusammengebrochen war. War das wirklich ein Zufall? Er rannte los.

»Hey!«, rief ihm der Portier hinterher. »Wo wollen Sie denn hin?«

Shinichi stürmte zum Fahrstuhl, fuhr hinauf, hechtete den Gang zu Sachikos Zimmer entlang. Vor der Tür blieb er stehen, als wäre er gegen ein unsichtbares Hindernis geprallt. Sachikos Familie stand da, aneinandergeklammert. Der Mutter und der kleinen Schwester liefen Tränen über die Wangen.

»Sachiko?«, fragte er.

Ihr Vater drehte sich zu ihm um. Der Blick durch die schmalen Brillengläser ging Shinichi bis in die Knochen. »Es ist zu spät. Sie bemühen sich, aber ...«

»Nein!« Shinichi stürmte in den Raum.

Kobayashi und ein weiterer Arzt beugten sich über Sachiko. Beide trugen Mundschutz und Handschuhe.

Auf dem Monitor war der Herzschlag kaum mehr auszumachen.

»Gehen Sie raus!«, fuhr Kobayashi ihn an.

Statt einer Antwort kam Shinichi näher. Er drückte Sachiko den Diagnoseteil des Arageräts auf den nackten Unterarm.

»Was tun Sie da?«, fragte der zweite Arzt. Er war so perplex, dass er nicht einmal dazu ansetzte, Shinichi aufzuhalten. Fahrig strich er sich mit den Händen durch weiß gesträhnte Haare.

»Das ist ein außerirdisches medizinisches Gerät«, antwortete Shinichi knapp. »Ich habe es aus meiner Zeit bei der Tokio-Wacht von einem Fantan erhalten.« Die Lüge ging ihm flüssig über die Lippen. Er mochte von den Fantan nichts halten, aber Foth-Kundur schuldete er etwas – und Sachikos Freunde waren auch seine.

»Das ist nicht zulässig!«, mischte sich Kobayashi ein. »Sie können nicht einfach ...«

»Wollen Sie ihr Leben retten oder nicht?«

Kobayashi schwieg betroffen.

Die Diagnoseeinheit gab einen langen Ton von sich. Das blaue Licht verblasste. Shinichi drehte das Gerät um, wie Foth-Kundur es ihm gezeigt hatte. Er setzte die andere Seite mit den Löchern nach unten auf Sachikos Haut an. Fast sofort war ein leises Zischen zu hören.

»Was haben Sie ihr gegeben?«, fragte Kobayashi.

Shinichi beantwortete die Frage nicht – er konnte sie nicht beantworten. Er konnte bloß hoffen. Hilflos hob er die Schultern.

Einige Sekunden standen sie alle drei wie eingefroren im Krankenzimmer. Die leisen Geräusche der medizinischen Geräte waren lauter als ihre Atemzüge. Dann änderte sich etwas auf dem Überwachungsmonitor – Sachikos Herzschlag wurde kräftiger.

»Ein Wunder«, flüsterte Kobayashi. »Es ist ein Wunder.«

Shinichi wartete auf einer Bank im Gang in der Nähe von Sachikos Zimmer. Er bekam noch mit, wie eine Krankenschwester eine Liege für Sachikos Mutter in den Raum stellte, damit sie bei ihrer Tochter sein konnte. Der Vater und die Geschwister gingen nach Hause. Sachikos Zustand hatte sich stabilisiert, das Fieber war gesunken.

Shinichi dagegen wollte nicht gehen. Er musste eingeschlafen sein, denn als eine Frau ihn ansprach, zuckte er zusammen und öffnete die Augen. Verwirrt schaute er zu der kurzhaarigen Fremden hoch. Sie trug einen Blaumann, wie eine Arbeiterin. Make-up suchte er an ihr vergeblich.

»Shinichi Nakamura?«

»Ja?«

»Mein Name ist Iga Tulodziecky. Ich muss Ihnen ein paar Fragen stellen. Es geht um eine Frau, die im Tokio Tower bei Ihnen ...«

Ein Donnern wie von einer Explosion unterbrach ihren Satz, übertönte das letzte Wort. Der Gangboden bebte leicht. Shinichi hörte Sachikos Mutter schreien.

»Sachiko!« Er sprang auf.

Iga Tulodziecky fuhr herum.

Die Tür des Zimmers flog auf, doch niemand kam heraus. Erst einige Sekunden später taumelte Shinichi Sachikos Mutter entgegen. An ihrem Unterarm war der Stoff der Bluse zerrissen. Eine faustgroße Brandwunde breitete sich dort aus.

Cho Kobayashi rannte ihnen entgegen. Zwei Schwestern folgten der Ärztin. »Was ist passiert?«

»Sie ist verletzt!«, sagte Shinichi. Verblüfft bemerkte er, dass Tulodziecky bereits in den verwüsteten Raum eilte. Er folgte der Frau im Blaumann, während Kobayashi und die Schwestern sich um die Verletzte kümmerten.

Der Kleiderschrank war ein Trümmerhaufen. Schwarze Spuren zogen sich über zwei Wände, als hätte es gebrannt, doch es war kein Feuer da. Es roch lediglich leicht verschmort.

»Wo ist sie?«, fragte Tulodziecky alarmiert.

Shinichi riss die Augen auf. Das Bett war leer!

»Ich ... Ich weiß nicht!«

»Was hat sie für eine Gabe? Kann sie nur Menschen unsichtbar machen oder auch Gegenstände?«

»Woher wissen Sie das?«

»Im Tokio Tower gab es eine Überwachungskamera. Leider ist der Anruf des St. Luke's bei uns im Chaos untergegangen, sonst wären wir schon früher gekommen. Wir müssen Ihre Freundin finden! Ich sage es nur ungern, aber ... Sie ist eine lebende Bombe!«

»Eine lebende Bombe?«, echote Shinichi. Ihm wurde kalt vor Entsetzen.

»Jedenfalls ist sie nicht hier«, sagte Tulodziecky. »Kann sie sich auch selbst unsichtbar machen?«

Shinichi erstarrte. Einen Augenblick schauten Tulodziecky und er sich an. Die Tür, die zuerst aufgegangen war, doch es war niemand aus dem Krankenzimmer gekommen – das musste Sachiko gewesen sein!

»Kommen Sie!«, rief Tulodziecky. Sie rannte los.

Shinichi heftete sich an sie. »Wohin? Was hat Sachiko vor?«

»Sie ist eine Mutantin und will nach Terrania! Im Moment wollen alle Mutanten nach Terrania!«

»Wieso?«

»Keine Zeit für Erklärungen!« Sie erreichten den Ausgang, passierten eine Skulptur aus zwei überdimensionierten, erhobenen

Händen, die mehrere Ringe hielten. »Wo ist die nächste S- oder U-Bahn-Station?«

Endlich begriff Shinichi: Nach Terrania kam man nur mit Verkehrsmitteln. »Da lang! Aber wie sollen wir sie finden?«

»Gute Frage!«, brachte Tulodziecky hervor. »Ich rufe Verstärkung! Wir müssen davon ausgehen, dass sie die nächstmögliche Bahn in Richtung Terrania nimmt!«

»Also Richtung Tokio-Station!« Shinichis Atem ging schwerer. Er war kein Sportler – aber wie schnell konnte Sachiko sein? Sie hatte noch immer Fieber gehabt! Sogar wenn es ihr besser gegangen war, war sie noch lange nicht wieder vollständig gesund gewesen. »Warum ... ist Sachiko eine Bombe?«

»Sie hat eine Krankheit, die nur Mutanten befällt. Ihre Gabe spielt dabei verrückt. Es kommt zu energetischen Entladungen.«

»Wie in Santiago de Chile?«

Tulodziecky stolperte und wäre beinahe gestürzt. »Woher wissen Sie davon?«

»Reine Schlussfolgerung«, stieß Shinichi hervor.

»Sie sind clever. Lassen Sie das besser niemanden sonst wissen. Wir brauchen keine Massenpanik.«

»Geht klar.« Shinichi hatte ohnehin ganz andere Probleme, als an die Presse zu gehen. Er musste Sachiko finden!

Der Eingang der Station tauchte vor ihnen auf. Tulodziecky holte eine dünne Injektionspistole aus Kunststoff aus der Vordertasche des Blaumanns. »Nehmen Sie die! Sie müssen Sachiko betäuben, bevor es zu einem Unglück kommt! Und keine Angst: Wir haben ein Gegenvirus.«

»Sie hat schon Hilfe bekommen«, erwiderte Shinichi. »Durch ein medizinisches Gerät der Fantan.«

»Jetzt verstehe ich. Deshalb lebt sie noch und ist wach.« Tulodziecky blieb stehen und schaute Shinichi eindringlich an. »Aber nicht mehr lange! Wir haben einen Ara-Arzt bei uns, der das Virus erforscht. Glauben Sie mir, das Einzige, was dauerhaft hilft, ist das speziell von uns entwickelte Gegenvirus. Sachiko kann geheilt werden, aber wir müssen sie finden, ehe sie ein paar Häuserblocks in die Luft jagt und uns mit dazu!«

»Sie verstehen es, Menschen zu motivieren.« Shinichi nahm die Injektionspistole an sich und steckte sie unter die Jacke.

Ein paar alte Frauen starrten ihn an. Eine griff nach ihrem Pod. Sie schien sich nicht entscheiden zu können, ob sie ein Foto machen oder die Polizei rufen sollte.

»Weiter!«, drängte Tulodziecky.

Sie hetzten die Treppe hinunter. Am Bahnsteig schauten sie in beide Richtungen. Es herrschte mäßiger Betrieb, die Hauptverkehrszeit war vorbei.

Tulodziecky riss die Augen auf. »Verdammt, sind das viele Menschen!«

Shinichi zog ungläubig die Augenbrauen zusammen. Ihm kam es beinahe leer vor.

»Teilen wir uns auf!«, schlug Tulodziecky vor. »Ich schaue in der Richtung, Sie in der anderen. Vielleicht fällt uns etwas auf. Jemand, der angerempelt wird, ohne dass eine andere Person zu sehen ist, zum Beispiel! Wenn wir Glück haben, wird Sachiko zu Teilen oder ganz wieder sichtbar. Vermutlich hat sie in ihrem Zustand keine Kontrolle über ihre Fähigkeiten!«

»Einverstanden!« Shinichi schlängelte sich durch die Menge.

Noch vier Minuten, bis die Bahn einfuhr. Wenigstens hatten sie ganz sicher keine verpasst. Wenn Sachiko zu dieser Station gelaufen war, musste sie noch vor Ort sein. Ihren Autoschlüssel hatte sie zum Glück nicht, der steckte noch immer in Shinichis Jacke. Falls sie wirklich nach Terrania wollte, war das die beste Möglichkeit, sie abzufangen.

Aber wollte er überhaupt in diesem Moment in Sachikos Nähe sein? Voller Entsetzen dachte Shinichi daran, was Sachiko anrichten konnte. Er hatte Bilder von dem Unfall in Santiago de Chile gesehen. Die Kathedrale der Stadt und ein halbes Dutzend weiterer Gebäude waren dem Erdboden gleichgemacht worden. Wenn Sachikos Gabe Amok lief, würde er vielleicht sterben. Er war in tödlicher Gefahr, und eigentlich war er kein Held – aber Tulodziecky allein lassen? Sachiko aufgeben?

Noch drei Minuten, bis die Bahn kam. Hektisch schaute er sich um. Es gab nichts Auffälliges zu entdecken. Jede Menge Menschen, darunter Schüler in Schuluniformen, kleine Kinder mit Müttern, weißhaarige Alte, Angestellte in Anzügen, sogar zwei traditionell wie Geishas gekleidete Frauen ... Das alles half ihm nichts. Wie sollte er Sachiko finden, wenn er sie nicht sehen konnte?

Was würde sie tun? Er schloss die Augen, blendete den Trubel um sich aus.

Da hörte er es. Leise und traurig. Ganz anders als sonst. Ein zartes, abgehacktes Pfeifen ganz am Anfang der Haltestelle, dort, wo die Bahn einfahren würde. Shinichis Herzschlag beschleunigte. Er riss die Augen auf, blickte in die Richtung, aus der es kam. Da war eine Säule, doch an ihr lehnte niemand.

»Sachiko!« Er stürzte auf das Pfeifen zu.

»Shinichi?« Ihre Stimme klang verzerrt, als drohte auch sie unsichtbar zu werden oder einfach zu verschwinden. »Lass mich! Ich muss es tun.«

»Es tun?« Shinichi war verwirrt. »Was? Nach Terrania gehen?«

»Nein.« Sachiko klang, als wüsste sich nicht recht, was sie redete. »Sie rufen mich dorthin. Ich soll nach Terrania, aber ich gehe nicht! Ich wollte diese Gabe nie haben! Es reicht mir. Ich mache Schluss!«

Shinichi rann ein Schauer über die Halswirbelsäule. »Schluss machen? Was meinst du damit?«

»Du weißt, was ich meine. Es tut mir leid. Aber ich will nicht nach Terrania. Ich bleibe in Tokio. Besser tot hier als lebend dort.«

Das klang völlig verrückt. Sie musste hohes Fieber haben.

»Du ...« Er wagte es kaum auszusprechen. Hastig schaute er zu den Gleisen. »Du willst dich umbringen?«

»Verschwinde!«

Er hörte leise Schritte, die sich von ihm entfernten, folgte ihnen und griff zu. Seine Finger streiften ihre Hand. Sachiko schlug ihm in den Magen. Shinichi stöhnte. Der Schlag war aus dem Nichts gekommen. »Sachiko, nein!« Er riss die Injektionspistole hervor.

Umstehende wichen erschrocken vor ihm zurück, Eltern nahmen ihre Kinder hoch und pressten sie an sich.

Ein harter Stoß prellte seinen Arm zur Seite. Wieder hatte Sachiko zugeschlagen. Shinichi fiel das Instrument aus der Hand. Es rutschte einige Meter, geriet zwischen die Füße eines bulligen Kerls mit tätowierter Glatze. Der Glatzkopf trat es fort.

Menschen zeigten auf Shinichi, tuschelten, riefen und sprachen durcheinander. Einige rannten weg.

»Sachiko!« Der Zug würde gleich einfahren. Wie sollte er sie aufhalten, wenn sie sich wirklich davorwerfen wollte?

Rikus Gesicht tauchte in Shinichis Erinnerung auf. Die Stimme des Bruders klang klar und deutlich, als würde Riku neben ihm stehen: *Los, vorwärts! Manchmal muss man einfach drauflosrennen!*

Shinichi rannte! Er stürmte los, die Arme ausgebreitet. Die Menschen um ihn wichen zurück. Nach drei Metern prallte er gegen ein unsichtbares Hindernis – Sachiko! Sie stürzten beide dicht vor den Gleisen. Er bekam ein Bein zu packen, hielt es fest. Sie trat nach ihm.

»Lass mich los! Ich muss das tun!«

»Nein! Du bist krank! Du kannst geheilt werden!«

Sachiko wollte ihn von sich schieben, doch Shinichi drückte sie zu Boden.

Der tätowierte Glatzkopf und zwei andere Männer liefen zu ihm, zerrten ihn hoch. Für sie musste er ein Verrückter sein. Unter ihm kämpfte sich Sachiko frei.

»Nicht!« Er würde Sachiko verlieren! Aus der Ferne hörte er die Bahn.

»Au!« Sachikos Gegenwehr ließ schlagartig nach. Er spürte, wie ihr Arm schlaff wurde.

Tulodziecky und drei Männer in schwarzen Anzügen tauchten auf.

»Zur Seite!«, rief Iga Tulodziecky, eine Waffe in der Hand. Sie musste mit Betäubungsmunition auf Sachiko geschossen haben. »Das ist ein terranischer Sondereinsatz! Weg von diesem Mann!«

Die Menge gehorchte, der Zug fuhr ein.

Sachiko war gerettet.

# Kapitel 5

Iga Tulodziecky nahm sie mit an Bord der VEAST'ARK, die am Goshunsee stand. Shinichi hätte nie gedacht, einmal ein außerirdisches Raumschiff von innen erkunden zu können. Noch dazu die VEAST'ARK, die ganze Welten vernichten konnte.

Voller Staunen lernte er die auf kurzen Säulenbeinen umhergehenden, schwarzhäutigen Naats kennen – jedenfalls aus der Ferne. Er wagte nicht, einen der über drei Meter großen Riesen anzusprechen. Auch wenn sie im Verhältnis zum Körper winzige Münder hatten, fürchtete er doch auf kindliche Weise, von ihnen gefressen zu werden. Es war ihm peinlich, aber er blieb lieber auf Abstand. Die Naats waren Krieger. Sie zu verärgern, war nicht ratsam.

Während Sachiko das Antivirus erhielt und über zwei Tage lang tief und fest schlief, ließ Shinichi sich von Laufbändern durch die Schiffsbereiche tragen, die er besichtigen durfte. Es gab ständig etwas Neues zu entdecken.

Drei Tage nach dem Vorfall am Bahnsteig sah Sachikos Gesicht wieder rosig aus. Die gräuliche Blässe war verflogen. Sie lächelte Shinichi an. »Ich fühle mich schon viel besser. Das Antivirus hat Wunder bewirkt.« Ihr Lächeln wurde dünner. Als sie weiterredete, senkte sie die Stimme. »Trotzdem wäre ich gestorben, wenn du nicht zu ihm gefahren wärst.«

Shinichi ging nicht davon aus, dass sie überwacht oder belauscht wurden. Auch in Terrania schätzte man die Privatsphäre – und das galt sicher ebenso für die VEAST'ARK.

»Du meinst den Fantan«, sagte er ebenso leise. Obwohl sie allein im Zimmer waren, wollte er nichts unnötig riskieren, falls jemand das Krankenzimmer betrat. »Woher kennst du ihn eigentlich?«

»Ich bin ihm in Tokio begegnet. Er rannte weg, eine Meute war hinter ihm her. Er lief genau auf mich zu. Ich bekam große Angst – da wurde er unsichtbar.«

»Angst.« Ein weiteres Puzzleteil fügte sich ein.

Deshalb also hatte Sachiko den Fantan unsichtbar gemacht, die Menschen in der Menge und später sich selbst – sie hatte Angst gehabt. Nach dem, was sie ihrer Mutter aus Versehen angetan hatte, musste ihre eigene Gabe sie in Panik versetzt haben – deshalb war auch sie unsichtbar geworden. Nun war Sachiko schon seit knapp drei Tagen wieder sichtbar. Aber warum war Shinichis Hand im Shinto-Schrein durchscheinend gewesen?

Er schmunzelte. Natürlich! Sachiko musste Angst gehabt haben, dass er Nein sagte und ihre Einladung ins Konzert abwies. Sie war genauso schüchtern wie er.

»Und wie ging es weiter?«, fragte Shinichi. »Wie kam Foth-Kundur an den Chuzenji-See?«

»Er wollte zurück auf sein Raumschiff, aber seine Leute haben ihn nicht mehr gesehen und sind ohne ihn abgeflogen, als die Meute sie jagte. Sie dachten wohl, er wäre tot. Einige Wochen später hat er mich gefunden. Er war noch immer nicht zu sehen. Zuerst habe ich mich gefürchtet, aber dann hat er mir leidgetan. Die Fantan waren weitergezogen – und er war bei uns gestrandet. Irgendwie war das meine Schuld. Ich wollte ihn wenigstens wieder sichtbar machen, doch es hat nicht geklappt. Er wollte sich nicht stellen, also haben wir gemeinsam überlegt, wo er sich verstecken könnte. Das sind wir auf die leer stehenden Villen am Chuzenji-See gekommen.«

Es summte an der Tür. Iga Tulodziecky trat ein. Sie wirkte wie auf dem Sprung, gleichzeitig sah sie bedrückt aus. Inzwischen wusste Shinichi, dass es eine Mutantenkrise gegeben hatte – alle Mutanten weltweit waren von dem Virus betroffen gewesen, und in Terrania war die Lage eskaliert. Zum Glück hatten Tulodziecky und ihre Freunde nun wieder alles unter Kontrolle. Allerdings war wohl einiges zu Bruch gegangen. Unter anderem sollte der Goshunsee verdampft sein.

»Kann ich reinkommen?«, fragte sie.

»Klar!«, sagte Sachiko. »Danke, dass Sie mir geholfen haben.«

»Gern. Sie leben und sind geheilt, aber ... Ich habe eine schlechte Nachricht.«

Sachiko wurde blass. »Was ist los?«

Tulodziecky kam näher. Sie atmete tief ein und erinnerte Shinichi dabei an einen Wasserspringer, der vor dem Sprung vom Zehnmeterturm Luft holte.

»Nun«, druckste Tulodziecky. »Ich rede nicht gern lange um Dinge herum. Viele Mutanten haben jetzt veränderte Gaben. Sie dagegen haben Ihre Gabe verloren.«

»Verloren?«, fragte Sachiko. »Ganz sicher?«

»Ganz sicher. Es tut mir ...«

»Ja!« Sachiko sprang aus dem Bett. Sie umarmte die verblüffte Tulodziecky. »Das ist der beste Tag meines Lebens!« Sie ließ Tulodziecky los. »Sie wissen gar nicht, wie viel Angst ich hatte, dass ich versehentlich jemanden für immer unsichtbar mache oder dass jemand merkt, was mit mir los ist. Ich wollte diese Fähigkeiten nie!«

Sie strahlte Shinichi an.

»Oh«, machte Tulodziecky. »Na bestens. Dann lasse ich Sie wieder allein. Sobald die Abschlussuntersuchungen vorbei sind, können Sie zurück nach Tokio fliegen. Ihre Eltern warten schon ungeduldig. Sie haben alle paar Stunden angerufen, während Sie geschlafen haben.«

»Ich freue mich auf sie«, sagte Sachiko.

Shinichi griff Sachikos Hand. Nach Tokio. Nach Hause. Genau dahin wollten sie.

# Epilog

Es ist nicht sein Planet. Er hat keinen Planeten.

Die Menschen und ihre Verhaltensweisen sind ihm fremd. Dass er dennoch mit einem von ihnen befreundet ist, verwirrt ihn. Sachiko hat ihn unsichtbar gemacht und damit dafür gesorgt, dass er auf der Erde bleiben musste. Trotzdem ist er ihr nicht böse. Sie hat es nicht so gewollt, und das versteht er.

Gern würde er sich mit anderen Fantan darüber austauschen, aber das kann er nicht. Ein Funkgerät hat er nicht mehr. Es würde ihm auf die Entfernung ohnehin nichts nutzen. Die Kommunikation zwischen ihm und seinem Schiff ist abgebrochen, als das Gerät auf der Flucht in Tokio verloren ging. Dennoch hat er nie die Hoffnung aufgegeben.

Er könnte sich der Regierung von Terrania stellen, aber warum? Um zu riskieren, dass sie ihn festhielten oder für das Einsammeln von Besun verantwortlich machten? Es gibt einen besseren Weg, auch wenn der nun, nachdem er sichtbar geworden ist, schwieriger wird: Er wird warten.

Er will nach Hause, und er weiß, dass er eines Tages zurück auf ein Raumschiff seiner Leute kommt. Er weiß es, weil er ein Fantan ist und weil die Fantan die Erde besucht haben. Und in einem ist er sich ganz sicher: Fantan kommen immer zurück.

# ENDE

NEU!
DAS MAGAZIN FÜR ALLE
SCIENCE-FICTION-FANS
Auch als
eMagazine
erhältlich (App für
Android und iOS)!
STAR WARS
DIE LETZTEN JEDI
100 SEITEN
AUSGABE 32 JETZT AM KIOSK,
AUSGABE 33 AB 25. OKTOBER ERHÄLTLICH!
WWW.PANINICOMICS.DE
WWW.GEEK-MAG.DE

# Nachwort

Flackermann, der nicht riecht – fürwahr eine originelle Umschreibung hat der Purrer Chabalh in diesem Band der PERRY RHODAN NEO-Reihe für den Mutanten Ernst Ellert gefunden, der allen Rätsel aufgibt.

Das erste Mal sind wir Ellert gleich im allerersten Buch der Platin Edition begegnet, in Wim Vandemaans Episode »Ellerts Visionen«. Der Autor ließ uns miterleben, wie der Journalist Ernst Ellert in München die Rückkehr der STARDUST zur Erde und ihre Landung in der Wüste Gobi im Fernsehen verfolgt. Seine beiden älteren Freunde KaHe und Walter wissen, dass Ellert in seinen »weißen Träumen« Visionen einer potenziellen Zukunft sehen kann, die aber nicht unbedingt eintreten müssen. Am Landeplatz der STARDUST erblickt er eine herrliche Stadt, zugleich aber auch die Möglichkeit grenzenloser Zerstörung. Weil Ellert glaubt, Perry Rhodan nützlich sein zu können, reist er, begleitet und unterstützt von KaHe und Walter, in die Wüste Gobi, wo die drei viele Anhänger Rhodans vorfinden.

Nachdem er dies in einem seiner Träume gesehen hat, geht Ellert mit seinen Freunden daran, mit einer chinesischen Baumaschine einen Tunnel zu dem Energieschirm zu bohren, der die STARDUST schützt. Perry Rhodan hat einen ähnlichen Traum gehabt, kommt Ellert von der anderen Seite entgegen und lässt eine Strukturlücke im Schirm schalten. Diese muss aber überstürzt geschlossen werden, weil Soldaten der chinesische Belagerungsarmee in den Tunnel stürmen. Ernst Ellert wird von den Energien des Schirms getroffen und stirbt – aber nicht vollständig.

Vielmehr fällt er in eine Art Winterschlaf. Seine Körpertemperatur sinkt auf acht Grad, das Herz schlägt stündlich nur noch zweimal, und einmal pro Stunde tut er einen Atemzug. In dieser Scheintodstarre bringt man ihn in Terrania unter. Nicht zu Unrecht stellt Timothy Harnahan den Leblosen später seinen Freunden Mildred Orsons und Julian Tifflor als einen »Terraner der ersten Stunde« vor.

Von Beginn an dabei war Ernst Ellert auch in der klassischen PERRY RHODAN-Serie. Gleich im vierten Roman, »Götterdämmerung« von Clark Darlton, geben fünf Mutanten ihren Einstand: Tako Kakuta, John Marshall, Anne Sloane, Ras Tschubai und eben Ernst Ellert – sie alle sind auch den Lesern von PERRY RHODAN NEO bestens bekannt, wenn sie in NEO auch ein wenig anders beschrieben werden als in der klassischen Serie. In Letzterer führte John Marshall keinen Shelter für entwurzelte Kinder und Jugendliche, sondern arbeitete ganz konservativ als Angestellter in der Zentralbank von Brisbane und hatte, kurz bevor er mit Perry Rhodan zusammentraf, dank seiner telepathischen Gabe einen Banküberfall vereitelt.

Interessant ist ein Blick in das Exposé dieses vierten klassischen PERRY RHODAN-Romans. Von den fünf genannten Mutanten taucht in diesem Exposé nur Tako Kakuta auf, der »kleine, schmalbrüstige Japaner mit dem Kindergesicht«. Er warnt Perry Rhodan davor, dass die Belagerer dabei sind, einen Tunnel unter der Energiekuppel zu graben, die über der STARDUST liegt, und darin eine Wasserstoffbombe zu zünden. Man sieht, dass der Energieschirm in PERRY RHODAN NEO schon etwas weiter entwickelt ist. Er schützt auch nach unten.

Die vier anderen Mutanten mitsamt ihrem Hintergrund hat Clark Darlton offenbar selbstständig, vermutlich in mündlicher Absprache mit Exposé-Autor K.H. Scheer, entwickelt. Der liefert im Exposé zum Band sieben nämlich Kurzporträts zu allen vieren nach, zu einem Zeitpunkt, als der Roman Nummer vier noch gar nicht fertiggestellt war. Unzweifelhaft erscheint, dass sich Clark Darlton, der eigentlich Walter Ernsting hieß und damals im oberbayerischen Irschenberg wohnte, mit dem Münchner Journalisten Ernst Ellert sein eigenes Alter Ego in die Serie hineingeschrieben hat. Dazu passt, dass er ihm mit Heinrich Lothar, dem Verleger Aarn Munro, dem Arzt Frettel und dem Maler Jonny unter nicht allzu wasserdichten Pseudonymen Mitglieder seines eigenen Freundeskreises zur Seite stellte.

Walter Ernsting versah *seinen* Ellert mit dem Etikett »Teletemporarier«. *Dieser* Ellert kann mit seinem Geist in der Zeit reisen und so beispielsweise in München voraussehen, dass er sich acht Tage später bei Perry Rhodan in der Wüste Gobi befinden wird. Es spricht für Karl-Herbert Scheers konzeptionelle Weitsicht, dass er sofort erkannte, welch gefährliche Hypothek der noch jungen Serie mit dieser Figur auferlegt worden war.

Entsprechend schrieb er im Exposé Nummer sieben: »Achtung, sehr wichtig! Ellerts enorme Fähigkeiten dürfen noch nicht zu stark herauskristallisiert werden. Wenn er schon über Monate hinweg alles voraussagen kann, wird die Gesamthandlung der Rhodan-Serie entscheidend geschwächt! Es muss jede Spannung verloren gehen, wenn Rhodan immer wieder auf diesen fähigen Mann zurückgreift ... Durch Ellerts Fähigkeiten entstehen laufend Widersprüche, gleichgültig, in welcher Form man ihn verwendet ... Ellerts Eigenschaften sind eine Gefahr für die ganze Serie.«

Und der kategorischen Aussage »Besonders im Anfangsbereich der Serie darf es keine Teletemporation geben.« ließ Scheer die eindeutige Anweisung folgen: »Ernst Ellert muss daher im Laufe des siebten Bandes den Heldentod sterben.«

Der genannte und wieder von Walter Ernsting alias Clark Darlton verfasste siebte Band der klassischen Serie trägt den Titel »Invasion aus dem All« und ist dem Kampf gegen die Individualverformer gewidmet, einem außerirdischen Insektenvolk, das den Lesern von PR NEO erspart geblieben ist. Am Ende des Romans steht eine atomare Versuchsanlage kurz vor der Explosion. Um das Inferno zu verhindern, muss Ernst Ellert einen durch Hitze festgebackenen Schalthebel wieder in die Ausgangsstellung drücken, wobei sein Arm zu einem Stumpf verschmort. Sein Körper wird einer elektrischen Spannung von 10.000 Volt ausgesetzt. Aber Walter Ernsting wäre nicht er selbst gewesen, wenn er Scheers Vorgabe »Dabei findet er durch Elektrizität den Tod.« ohne Hintertürchen umgesetzt hätte.

»Ein furchtbarer Schmerz durchzuckte seinen Körper«, schrieb Ernsting, »verging aber sofort wieder. Der Raum um ihn versank in einer grundlosen Leere, die weder Anfang noch Ende besaß. Farbige Reflexe wirbelten um ihn herum, kamen näher und entfernten sich wieder. Undefinierbare Töne, abstrakt und unmelodisch, drangen an seine Ohren – oder was immer sie ersetzte. Diese Eindrücke kamen und gingen in rhythmischer Folge, als sei er in das Innere eines pulsierenden Universums geraten.

Unter und über ihm war nichts. Er schwebte im Nichts und fand keinen Halt mehr unter den Füßen. Einmal war ihm, als zöge in großer Entfernung eine Sonne an ihm vorüber, von wirbelnden Planeten umgeben. Milchstraßen drehten sich langsam um sich selbst und verschwanden hinter ihm im Raum. Die Ewigkeit schrumpfte zusammen.« Walter Ernsting hatte seinen Ernst Ellert gerettet, ihn in Raum und Zeit in Sicherheit gebracht.

Ellert atmet nicht, sein Herz steht still. Dennoch bleibt die Körpertemperatur bei siebenunddreißig Grad. Perry Rhodan lässt den leblosen, aber dennoch nicht toten Körper in fünfzig Metern Tiefe in einem unterirdischen Mausoleum beisetzen, über dem eine dreikantige Pyramide errichtet wird.

Damit verschwand Ellert vorläufig aus der Serienhandlung. Erst mit Band 77 – selbstverständlich von Clark Darlton geschrieben – kehrte er zurück, um dann gleich in einer ganzen Reihe von Romanen eine Rolle zu spielen. Mit seiner neuen Paragabe, seinen Geist in andere Wesen zu versetzen und diese zu übernehmen, schien sich auch K. H. Scheer anfreunden zu können.

Ellert besiedelt seinen alten Körper aber nie wieder dauerhaft, streift immer wieder durch Raum und Zeit. Was er dabei erlebt, hat Walter Ernsting später zum Inhalt dreier PERRY RHODAN-Taschenbücher gemacht, in denen er seiner Neigung, über das Wesen der Zeit und deren Anfang und Ende zu philosophieren, ohne das strenge Korsett der Serienhandlung freien Lauf lassen konnte. Als Ernst Ellert schließlich in Band 140, der 1964 unter dem bezeichnenden Titel »Ein Toter soll nicht sterben« erschienen ist, das Plasmagehirn eines Fragmentraumers der Posbis unter seine Kontrolle bringen muss, wird sein Körper so sehr in Mitleidenschaft gezogen, dass er teilweise in Verwesung übergeht.

Er blieb daher für fast zwanzig Jahre von den PERRY RHODAN-Autoren unbeachtet in seiner Gruft.

Ellerts Geist hingegen tauchte des Öfteren in den Romanen auf, immer wieder in anderen Körpern zu Gast und meist im Auftrag der Superintelligenz ES unterwegs.

Erst in Heft 1165 kehrte er schließlich in seinen angestammten, halb zerfallenden Körper zurück. »Einsteins Tränen«, enthalten auch in dem gleichnamigen PERRY RHODAN-Silberband 139, ist das letzte Werk des unvergessenen William Voltz und erschien im Dezember 1983. Voltz, der am 24. März des folgenden Jahres verstarb, hat den Roman im Endstadium seiner Krebserkrankung geschrieben und darin in ergreifender Weise den Zerfall des eigenen Körpers reflektiert.

Mit der psionischen Aufladung, die er ES zu verdanken hat, vermag Ellert den eigentlich unbrauchbaren Körper noch einmal in Gang zu setzen, seine Gruft zu verlassen und Terrania zu betreten. »Den Kopf hatte er weit zurückgelehnt, damit er erst gar nicht in Versuchung kam, seinen Körper zu betrachten«, heißt es in dem Roman. »Er war nackt, der hässlichste und am widerlichsten anzuschauende Nackte, der jemals die Füße auf terranischen Boden gesetzt hatte.«

Im Verlauf der Geschichte erhielt Ellert einen dauerhaften Ersatzkörper, dem später andere folgten. Episodenhaft und doch mit einer gewissen Regelmäßigkeit tritt Ernst Ellert in den folgenden fünfundzwanzig Jahren als Bote und Helfer von ES in Erscheinung, bis sich die Superintelligenz schließlich in »Der letzte Tag«, dem 2599. Roman der klassischen PERRY RHODAN-Serie, in zwei Entitäten aufspaltet. Diese teilen Perry Rhodan mit, dass Ellert fest mit ihnen verschmolzen sei, dass eine Rückkehr oder erneute Freisetzung völlig unmöglich wäre. Das Heft erschien im Juni 2011, nur wenige Monate vor der ersten NEO-Ausgabe. Man hätte also annehmen müssen, in Zukunft hätten nur noch NEO-Leser das Privileg, Ernst Ellert in einem neuen Roman begegnen zu dürfen.

Doch Wim Vandemaan, inzwischen einer der Exposé-Autoren der klassischen PERRY RHODAN-Serie, ist von der Figur zu sehr angetan, als dass er sich damit hätte abfinden mögen. Schon in der Taschenbuch-Trilogie um das »Rote Imperium« hatte er Ellert eine prominente Rolle spielen lassen. Mit Band 2909 hat er Ernst Ellert nun in die klassische Serie zurückgebracht. Den ganz alten Ellert, in dem Zustand, in dem er in Heft sieben »gestorben« ist. Sicherlich nicht zufällig war es ja auch Wim Vandemaan, der Ernst Ellert in das Universum von PERRY RHODAN NEO eingeführt hat. Und inzwischen ist sicher auch klar, wen er mit dem geschäftstüchtigen Walter und dem technisch versierten KaHe gemeint hat, die er Ellert auf seinen Weg in die Gobi mitgab.

Seit »Ellerts Visionen« gehen die NEO-Autoren mit *ihrem* Ernst Ellert äußerst behutsam um. Eine Figur, die den Nimbus des Geheimnisvollen, des Undurchschaubaren nicht verlieren darf. Er taucht sporadisch auf, unversehens. Begegnet Perry Rhodan in halbmaterieller Form im Wegasystem und macht unverständliche Aussagen. Erscheint dann ein halbes Handlungsjahr später, als die Not am größten ist, auf dem Planeten Snowman und bietet Thora, Gucky, Julian Tifflor, Mildred Orsons und Orlgans die Möglichkeit zur Flucht. Und dass in einem späteren Notruf Thoras ausgerechnet von Callibso und von Puppen die Rede ist, bringt einen weiteren großen Mythos des Perryversums ins Spiel.

Im vorliegenden Band der Platin Edition ist Ernst Ellert zunächst der Flackermann, der nicht riecht – und wieder scheint er Einblick in Dinge zu haben, von denen niemand etwas weiß. Dann nimmt er feste Gestalt an, um Perry Rhodan anschließend geradezu durch die Hände zu gleiten und ein weiteres Mal spurlos zu verschwinden. Auf Nimmerwiedersehen? Wohl kaum. Die Geschichte des Ernst Ellert ist noch lange nicht zu Ende erzählt. Wir dürfen gespannt sein.

Michael Thiesen